U0507159

作者参加“郑克鲁学术思想研讨会”

大孙儿韦若辰

小孙儿杨奕辰

作者杨昌龙

作者杨昌龙

作者杨昌龙

作者游圣彼得堡

作者和弟弟妹妹

作者为孙儿画汽车

老爷車 13.8.2015. 龍

HUMMER(悍馬)
19.8.2015. 龍

CHEVROLET(雪佛兰)
18.8.2015 龍

老爺車
8.9.2015.龍

ROLLS-ROYCE（劳斯萊斯）
（1909）
5.9.2015.龍

3.10.2012.

ROLLS-ROYCE（劳斯莱斯） 28.8.2015.

王国维说:“诗人视一切外物,皆游戏之材料也。然其游戏,则以热心为之,故诙谐与严重(即严肃——引者注)二性质,亦不可缺一也。”(《王国维文集》第一卷第 169 页)。我当然算不上诗人,但倘若把诗人作广义理解,我则想:此言对如我辈酷爱散文者,亦当适用无疑,所以我这本文集,不过是热心人的游戏而已。

目录

生活偶悟（52 篇）

内外游记（39 篇）

文学随笔（57 篇）

他序：《网友、文友和亲友的反馈》

说明：从2009年10月开始，70岁的我，为排遣寂寞，以网名“龙凤呈祥”在新浪博客上撰写小品。2013年，又以“秦岭龙凤”为网名，在“中国文学论坛网”（后改名“说乐社区”网）的“散文随笔”栏，发了一系列散文创作（大多属于《拾零集》中的篇章），竟先后引起不少网友、文友和亲友们的热议且回复。这些反馈意见，无论是商榷的、补充的，还是欣赏的、叫好的，大家随意发言，毫不介怀，直抒胸臆，都很有趣。他们的笑议和思考，睿智和风趣，也让我获益良多，故都很可爱。尤其是网友，虽隔山隔水，互不相识，也从未谋面，但其音容笑貌尽现眼前，恰如挚友聚会，率性而谈，真实亲切，趣味盎然，实实不亚于一场各抒己见的散文内容讨论会，所以我十分珍惜。为感谢诸位朋友们，也为留个纪念，我便从他们的反馈中选出一小部分，原文下载于后，集在一起，置于书首，奉为“他序”。

读过《德国总理默克尔的亲民细节》，网友“会飞的鱼吼”说：“怎么说呢？可以看得出来，您很欣赏德国的国民素质，也敬重德国领导人的品质。可是，我们不得不说，两个国家隔了浩瀚的海洋，文化底蕴，民族习俗，历史背景等等，都有不同。中国人更讲究含蓄，但是有时又过于热烈。如若我国领导人如此接近民众，我想那屋顶上都该有人的。”网友“紫荆棘鸟”说：“嗯，丹麦女王还骑自行车买菜，从不用名牌包包！”

读过《“外事无小事”语源考》，网友“skidoo”说：“呵呵，那个年代我们没有富朋友，只有几个穷朋友，进不了俱乐部，人家歧视和敌视我们，搞得大家很紧张，尤其搞外事工作的，就像战士。现在和缓多了，虽然人家仍然提防着，毕竟意识形态不同，但我们一再说明：我们也是要以人为本，不再紧绷什么弦了。他们观察了很久，有点信了，但心里底线，还是提防着。外交的确无小事。但‘外事’这个范畴可以改一改了，我以为，自己出国玩玩，放开点好，自由点好，澡堂子里，都一样的人，甭管黑头发黄头发，黑眼睛蓝眼睛，都老百姓嘛。这个意识有点沉重，既然我代表中国人，我要行得标准，言得规范。其实除非你挂个大牌子，上书'我是中国人'。否则，人家就认为你是亚洲人、黄种人。"网友"吉儿"说："如果是白人，在他身上刮一刮，看他是不是涂了粉，他是不是就特有优越感？"网友"狐雕之舞"说："其实，秦岭，人只要有修养，走到任何地方，心中自有一个行为准则，坦然些，绷得太紧，人家还以为我们没见过世面，不是吗？"

读过《退休老教授，闲话国家碎片化》，网友"紫荆棘鸟"说："对话有趣，但不像'老教授'的对话。我一直不喜欢中东人的贪婪。"网友"残月凝霜"说："国家碎片化的悲剧，在于人们不再把国家作为生活的最高保障。"网友"会飞的鱼吼"说："您的文章中，每个教授代表的是每个方面对国家碎片化的理解吧?!! 这一手法新颖、活泼，读来津津有味呢！"网友"skidoo"说："周有光说：'对的就是对的，错的，不管走了多远，还是要回来重新走。'这话我很认同，因为它印证了很多事，大事小事都有。"网友"狐雕之舞"说："我突然感觉是智者在写帖，同样是智者在回帖。我的理解比较简单，分久必合，合久必分，似乎是大势发展的规律，每个改朝换代，都是用血肉铺成的道路。希望每个人都会警惕。"网友"紫荆棘鸟"说："No，No，以前呢，身强力壮的去当屠夫，客人们若旁边一阵鼓噪，屠夫就觉得自己是民族英雄，刀枪不入，于是出头搞义和团运动，一边卖大力神丸赚钱，一边打官府，顺便打家劫舍骚扰百姓。以前缺少啥？就缺少一部共和大典。"

于是，引来"skidoo"的长篇大论：

"问题可不是那么简单啊。不管什么'典'，都要由人来执行，且不说这'典'是从天上掉下来？还是从大洋某处飘过来的？但终究这'典'还是由我们自己造出来的。对，关键是要属于中国自己的'典'。以前陆续承认过'一穷二白''初级阶段''灾难深重'，近期又提及'中国梦'。看看这些字眼，就知道中国的实际情况，人文的进化状况，适合什么管理方式。这种管理方式是普适于全国，可能不适用于某个阶层，或某几个阶层，他们的知识和领悟力已经超越了这种方式，于是便觉得痛苦，怎么办？主要有三条路：抨击、牢骚、躲避。没办法，国家是整体的，又如此之大，少数服从多数，要考虑大众，不能舒服了几千万，放弃了 12 亿。有人要说：那普世的方法多好啊，怎么能说是放弃了 12 亿？这未免太理想和浪漫,不知道或者不思考国情民情的想法,看上去美,其实行不通。参见历史上的几次共和努力,北洋时期和民国时期。毛主席是最懂中国人是怎么回事的,于是就放弃了建国前宣传的共和,而将它只作为一个花瓶,摆在客厅。什么原因?中国的文化,几千年的传统文化就没有这个脉,也没有朝这个方向发展的意思,就像法国大革命前那样的思想启蒙时期,卢梭、孟德斯鸠、伏尔泰、亚当斯密等这些人物的思想传播和培育,而这些思想也不是天上掉下来的,而是从人民中慢慢汲取发现,然后整理出来的,可以说引导了趋势。但中国它自身还没有进化到这个程度。有人说,可以引进嘛!可我以为,中国不是某个岛,某个小地区,小国家,人口单一,地理单一,历史不长,搞个手术,移植一下就可以了。中国太大了,大在南北差异,东西差异,种族差异。人又太多,资源均分太贫瘠,导致生产关系很逼仄和紧张。我们的祖先很强悍,将辛苦积攒的这么巨大的地盘传给我们,同时也将复杂的情况和后果传给了我们,我们只能接受和尽力维护。为什么说维护?稍一松劲,就散了,这个罪过谁敢承担?前苏联、前南斯拉夫、前罗马尼亚……没人敢承担。可以肯定的是,若制度的底子一动,必将分裂。民主公投嘛,人权嘛,我不想在你这里待着,我要分家,也有人支持我,想一下,有先例,也有外例。我们面临的正确之路是:慢慢进化,不偏不倚,使用我们文化的最有利的工具:中庸。历史几次证明,任何极端的路子都走不远,都要回来老老实实重新走。但每次极端大事件都会刺激我们思考,避免犯同样的错误。错误不可避免,就像正确是建立在错误的否定之上的。同样的错误,有时一次还不够。至于您说的义和团运动,简单说,那是起源于民间情绪,而后被当时政府利用的工具,变成准军队,总首领是端亲王载漪,后期闹得不可收拾。八国打进来,正是这个原因。出师的理由是:保护侨民,惩罚凶手。最后慈禧被迫杀了几个大臣,载漪也被流放了。而现在的网络有点当时的特征了,舆情可以利用一下,比如反日运动,但要防止它无序无限扩大,而无法收拾,会陷入被动。中国的情况,注定是要发展属于自己的东西,不是美式的,不是英式的,不是法式的,也不是德式的,但可能都有一点,历史上我们自己独创,今后也会那样,但会学习和借鉴了,性格不那么内向了,总之最后的名字叫:中式的。中国的伟大和独特,正在于此。”

网友“狐雕之舞”加入进来道:“呵呵,在我认为,相比之下,现代人进步更多的似乎是欲望,人性似乎退化了好多。谢谢版主大人的教诲,唐宗宋祖之类原来是如此出身的，果然我的知识浅薄，所谓活到老学到老，真是真谛。”网友“紫荆棘鸟”似乎笑着说：“我一半左右的留言，是纯粹玩笑灌水的，你别当真。”

读过《一款可爱的“老爷车”》，网友“紫荆棘鸟”说：“保养得很好的古典老爷车，其实很贵的。每年的维修费就不俗。一般‘名人’养着这样的车，到游行的时候就派上了用场。”网友“会飞的鱼吼”说：“哈哈！您的生活还真是有乐趣呢！话说您会传照片了没？您能不能把您画的老爷车，照张照片传上来呢？俺真的很想看看。话说，您的小孙子真叫一个可爱啊！喜欢。俺想看照片！”网友“狐雕之舞”也说：“呵呵，希望看到怡人的景致。秦岭，别客气啦，我也是想看美图和美文。”我回复道：“朋友，实在对不起，我还不会发照片。试了多次，都遭失败。等我学会后一定补上。秦岭龙凤。”网友“紫荆棘鸟”说：“说起老爷车，这里我发了一组。那是名符其实的。”我看过照片后回复：“您的一组老爷车照片，太好了。谢谢您愿与我们同享。感谢各位朋友的帮助和支持，我终于学会发照片了！我画的那三辆老爷车，其中第二辆，黑色的，就是我的文章中讲的那款老爷车。秦岭龙凤。”网友任宇一条，看了我的老爷车照片，惊叹地大喊一声：“哇！”网友“skidoo”也说：“楼主老先生画的好极了，有专业范啊！那辆梅赛德斯，可是20世纪初最豪华、最经典的商务车了！”

读过《“忍”，是一门学问！》，网友“紫荆棘鸟”说：“嗯，忍，无非就是灰色，黑&白的线性组合的表现形式。‘现代文明’的代价，就是将自己的棱角磨平。”网友“会飞的鱼吼”说：“忍字，心头一把刀，即忍即割心，不过什么事至极则无敌，痛的次数多了，自然也就麻木了，这大概就是人们所说的历练。”网友“skidoo”说：“秦岭所阐述的这个‘忍’，我理解，不妨叫‘化’更好。忍字，视觉传达到内心，有种自尊的压制感，正像鱼吼斑竹说的‘忍字刀’，那刀锋颇惊悚，总之很被动。若是‘化’，便是转化了，便主动了。四两拨千斤，以柔克钢，拆招于无形，舒畅而大有乐趣啊！纵观历史，孰不见，自异域侵入的东西，无论是文化思想，还是武力，均被我民族给‘化’了，变成自己的东西，冠以中国特色。这是大本事！我们不是受气的‘小媳妇’，我们是千年的‘老婆婆’。”网友“紫荆棘鸟”说：“俗话说，嫂可忍，叔不可忍，可见男人的忍耐，火候天生差一些。”网友“skidoo”紧接着说：“我们男人却也难！若与女人比肩，男人忍，就有娘气之嫌，很不好听，有时只好装暴躁了。”

读过《要用变化的眼光看人》，网友“会飞的鱼吼”说：“我明白，哲学的观点，事事都在随时间的前进而变化。我也明白，对于一个人来说，不能一棒子打死，更不能如一碗水一样，一眼看到底。同样，如果是个优秀的人，你更不能因为他犯了错误，就否定他的优秀，即使这个错误犯过好多次。但是，我就是做不到，我不能原谅，我追求完美。其实，与其说我不能原谅别人，倒不如说我不能原谅自己，我不能原谅自己有眼无珠，看不清辨不明，这种时候我便会选择逃避，我也知道这样不对，我也想改变，可是，就是不敢去变化。如此没有用。”我回复：“理性分析是一回事，实践操作是另一回事。人人都如此，我也一样。不过，理性认识可以指导今后的实践。愿我们共勉！秦岭。”网友“会飞的鱼吼”又说：“我不得不说，你文中提到的这个人的人生，前半生是失败的，后半生是成功的。所谓成功、失败的定义，不是指他挣了多少钱，当了多久官，也不是生活多么好，而是他明白了人活着怎样才能有意义，并且，努力去让自己变得有意义，这就是成功的！”网友“skidoo”说：“教授说的，是个方法论的问题，是用睿智，宽容，辩证的态度，去深度理解和对待事物。说白点，就是对待事物的技术问题。就像，看你想做个精明的钳工，还是做个有造诣的工程师。鱼吼现在年轻，再经受些岁月的历练就会明白。但年轻有年轻的大好，好好把握和享受。固然各年龄段说各年龄段的事儿，若同样的年龄，比别人走得远点，也无坏处。”我回复道：“朋友，我建议：网上讨论不宜用‘教授’称，我就是大家中的一员，自由发表意见，平等相处更好。何况退休后，什么都不是了。我从你们的帖子中也受到不少启发。就叫我‘秦岭’吧。”网友“会飞的鱼吼”接着说：“多谢秦岭前辈文章中的经验之谈。对我来说，这绝对具有指导意义。唉，一直以来，我都向着能够睿智地看待生活中的人和事发展，希望自己到一定年龄的时候，不致因为败絮其中而招致嫌弃。可是，我发现这似乎很难，因为我总是很天真，很鲁莽，不懂得用辩证的眼光看待事物。至于宽容，有的时候，我分辨不出：这件事我宽容对待了，是不是就意味着我放弃了自己的原则，自己的底线了？”网友“skidoo”回答：“您的话，应了教授帖子之大意：原则和底线，而变化恰恰是指它们。规则里，白和黑是虚构的，模糊的灰色是实质。坚持持有白或黑的人感觉到了美，同时也不断付出代价。看他是否能够承受，若能，就好。在灰色里混迹的人，不能说没有感觉到美，事实上，他作为一个观察者欣赏着美，但保持安全距离，因而他可能是舒服的。这是个有机的混沌的世界,不管怎么说,每个人都会得到各自的一份。认识和方法的优劣,也是辩证的,只在你的选择,你选了,就是优的;你没选,就是劣的;没有假设。你有机会,或放弃,或接受,并最终成为过去式。时间是主宰者,任何思维,任何观念,都是它手里的风筝。”网友“紫荆棘鸟”说:“如果在时间的纤维丛上,取个截面,就应该以静止的眼光看人,呵呵。”网友“会飞的鱼吼”又说:“明白了。阿开(可能指skidoo)是说世界是混沌的,而世界的颜色是灰色的,这是主色调。而我却总渴望纯净的颜色,却也为自己的追求付出了代价,这可能和我刚刚踏进社会有关。对于社会,我是新人,能得到你们这些前辈如此诚挚的教导是我的福气。谢谢您!”网友“只是一个书生”说:“文章写得有点长,没细看,但标题起得好,‘要用变化的眼光看人’,这说得很好,很对。因为人是随着时间的迁移而发生变化的,不光是生理上的,还有心理上的,即智力的变化,特别适用于年轻人!”我又重复说明:“朋友,别称‘教授’、‘前辈’之类,我叫‘秦岭’,凡夫俗子一个。自由发言,平等讨论,毫无介怀最好。”网友“会飞的鱼吼”说:“其实,什么称呼无所谓,只是个代号而已,而我们称您为教授、前辈,也只不过是表示尊重,嘿嘿,毕竟这是您称得上的,您太谦虚了!不过既然您都说了,以后就叫您秦岭,得您令。嘿嘿!”

读过《与劝教者对话》,网友“skidoo”说:“显然劝教者自己也一头雾水。但没见过上帝不等于没有上帝,幸福也看不见,但有幸福这个感觉存在。宗教哲学将上帝描述为非物,是不证自明的。这给辩论带来麻烦。宗教大约是人类精神的寻根情节,就像人需要有父母才存在,精神的源头上也有这个需要。‘信则有,不信则无’,这话最好了。靠感情讹诈或因果恫吓的宗教劝化者比较低级。因为物质世界是差异的,故而宗教也有差异,若学习的内容是先进性为原则的话,基督教似乎可以研究一番。我印象里,一些大学者和思想家,在晚年从挑战和怀疑而皈依了宗教,想来是要寻找内心的平静吧,实在是一种方法。毕竟人的能力太有限了。‘有’和‘无’的概念之外,还有‘未知’,未知是无限的,人的智能能体会到这一点就是格外的幸运了。进化的终点和进化的起点,永远是未知的,我觉得这是好事。也许,没有始和终,概念和它制造的‘工具’,是人类自己创造的规则和玩法。”网友“紫荆棘鸟”说:“老实说,我比较倾向于楼上 Skidoo 的评论,不太认同楼主秦岭的文章。那些在街头拉人‘入教’的,说老实话,一般没啥水平(当然有些有,但是是个案),他们的浅薄,不一定能推断出宗教是浅薄的这个结论。

上帝存在不存在,是难以证明也难以证伪的。现代科学只将那些证明了的以及证伪了的拿来说事。从这个意义而言,science 对上帝存在与否是没有结论的。”网友“skidoo”说:“楼主秦岭的观点我是赞同的,真善美,道德范畴之大同。同时,也没有一个正牌宗教不把这块匾悬于堂前,否则,没人进门。”网友“狐雕之舞”说:“不得不赞叹:秦岭非常有智慧,说的话非常有禅理。我是修禅者,处于无神论和有神论中间,我的修行理由很简单,就是家庭幸福和增长智慧,为他人带来快乐。佛家修行,就是从内心挖掘真善美,把心、行修正到一致,悟出真谛,逐一升华。神佛或者菩萨,真的是很遥远的事情,踏踏实实地生活,认认真真地用真善美要求自己,同样对待别人,才是最重要的。”

读过《不要两次被一块石头绊倒》,网友“天下清客”说:“哈哈,想起了那句,人不能两次踏进同一条河流。”网友“会飞的鱼吼”说:“还有一句就是:吃一百个豆也吃不出那个味(记吃不记打),就是有些人总是被同一块石头绊倒,不懂得吃一堑长一智的道理。不过这还算好的。更有甚者,跌倒了干脆就不起来了。我趴着总不会再摔倒吧?”网友“skidoo”说:“秦岭先生真知灼见。这些岁月沉淀下来的,乃是真金。我不由得想,人的一生,必然是个斗争的过程,因斗而生趣。而主要的对手,还是自己啊!”

读过《解读世界名著〈第二性〉》,网友“会飞的鱼吼”说:“我决定要读读《第二性》这本书。女性的处境就是不自由。小的时候臣服于父母,结婚之后臣服于丈夫。秦岭,是不是说女人拒绝婚姻,长大成人才能真正的自由,然而若当真如此,那人类如何繁衍?另外,婚姻是建立在爱的基础上的,试问,哪个女人为自己的爱人孕育他们爱的结晶时,会觉得是在受苦受难呢?说‘女人是英雄的消遣物,在男女之间,顶多是使用者和被使用者的关系,就像划火柴一样,点燃之后马上把它扔掉’,又说‘一个男人在女人面前,就像站在一匹马或一头牛的面前一样,只要准备搏斗就行’。秦岭,我不得不把它贴出来,因为我看到这两句话的时候非常气愤,但是我想说这两句话的人,一定比我有知识,有思想,懂道理,明世事,我想,这些并没有让他对人类之所以有男女之分,有更加明确、客观、公正、不带偏见的理解,反而成了他们嘲笑、贬低、诋毁女性的资本,骄傲自大甚至自负到如此,让我觉得即使他们是再伟大的作家、思想家也不能掩盖这方面的无知。女人与生俱来的‘顺从’,那是男人自以为的。其实这种表面的顺从,不能说明我们女性的懦弱，无能，而是我们与生俱来的博爱。是爱，是爱让我们心甘情愿地臣服；也是爱，让我们不计回报地付出，甘做幕后英雄；更是爱，让我们什么时候都以对待孩子的心态去对待男人，所以我们忍受、宽容、原谅男人那些不成熟不懂事的想法。”

读过《你听见娜拉的摔门声了吗?》，网友“西贝贾”说：“我听见了！”网友“烟浅浅”说：“我也听见娜拉的那声‘摔门声’了。不过，我要说的是，故事的结局放在现在，当天夜里，娜拉想着可怜的孩子，还是回家来了，从此，娜拉的心就封锁起来了，无人知晓她的心底有着怎样不为人知的苦。我想说的是，现实中有太多的事情阻碍了那一声摔门声，否则那门早已体无完肤了！”

读过《金钱是一把双刃剑》，网友“会飞的鱼吼”说：“这块试金石太过猛烈，今天有几个人能经得住考验？如此试出来的，恐怕只有丑陋了。还是不要试的好。”网友“skidoo”说：“多么无辜的货币啊。它只是流通手段和支付的符号，支配它的是人。我和货币打了20年交道。15年前，我常在油墨、纸张和混合着潮湿味道的金库里走来走去，是我永久记忆的一部分。纸币是最上乘的艺术品。构图、绘画、科技集于一身！”

读过《睁开你那只闭着的眼睛》，网友“qinaide889”说：“楼主说得真棒，就是这个理哈！”网友“小猫会飞”说：“是该睁开了！”网友“会飞的鱼吼”说：“总想着如此睁眼瞎的干部，早晚会连睁眼的机会都没有的，闭着眼看待他的职责，也就是对自己的职责不负责任，而这种人早晚会被剔除出管理者的队伍的！秦岭的文章总是富于道理，思想深刻，或反映现实，或思考人生，总能引起我的共鸣，看到你如此思考至深的文章，我想自己会越来越喜爱思考的，会活得有点深度。”

读过《什么是自由?》，网友“会飞的鱼吼”说：“曾经看到过一句话：人们过分地追求所谓的自由，然而，绝对的自由是不存在的，那是因为，禁锢人们的恰恰是他们追求的自由。只有进了笼子的鸟儿，才会向往蓝天；只有鱼缸里的鱼儿，才会渴求大海……只有遭受禁锢的灵魂，才会渴求精神的自由。”网友“skidoo”说：“正如‘鱼吼’斑竹所说的那两句格言的意思，我也认为自由的真正含义乃是：遵守道德和法律的自由。倘突破道德和法律的自由，据我所知所闻，不是肉体被禁锢了，就是精神崩溃了。说到底，人，是群居性生物；自由，是相对的。”

读过《什么是一家情亲?》，网友“狐雕之舞”说：“‘爱，是不能用数学方法计算的。三心二意不是爱,全心全意才是爱。我相信,天下父母给予儿女的,都是真爱和全爱。'说得真好!我几乎是含着泪看完的,很多时候,真的养儿才知父母恩。祝福秦老师!"我回复:"谢谢狐雕之舞,您读懂了我们做父母的心!秦岭。"网友"会飞的鱼吼"说:"这女儿还真是不懂事,小时如此,就是大了也未见好转,让父母寒心啊!"

读过《"语言如果有固定的那一天,它就死了!"》,网友"最萌素色"说:"正如人的思维,一旦被局限,想象就死了。"网友"会飞的鱼吼"说:"语言是一个民族的灵魂,灵魂如果被禁锢了,又怎么会有肉体的活泛?"网友"紫荆棘鸟"说:"觉得'房奴'可以收录,但是'秀场'还是不要收录的为好。另外的例子如'木有',也不应该收录。官方字典,还是以维护稳定、特别是消除没必要的新歧义为好。"网友"skidoo"说:"是啊,字典毕竟还是一种威权的组织结构。权威的体现技巧,在于维持稀缺和少数,以便于引得芸芸众生争先恐后的欲望,你的想法是理性的。"网友"美眉"说:"语言同知识一样都是活的,需灵活对待。"

读过《解读"好雨知时节"》,网友"会飞的鱼吼"说:"师傅说,只有谦虚谨慎才能不树敌,才能成功。现在的社会,浮躁是通病吧,很难静下心来,幸而得一法,才不至于一如从前那般浮夸愚钝。秦老师酷爱思考,并且,思考的结论如此有深度,这点是小鱼该认真学习的。"网友"小桨荡轻舟"说:"板凳都没轮上。不过,这么安静思考出来的东西,自然生成一种出自淤泥不染尘埃的感觉。酷爱之,也是我个人最最追崇的东西。顶了!"

读过《不和的金苹果》,网友"会飞的鱼吼"说:"的确如此。想想帕里斯代表的是一类人,一类受到诱惑而不知如何选择的人,那些金光闪闪的诱惑,刺花了人们的双眼,蒙蔽了人们的心智,于是错误的选择就诞生了,悲剧也就接踵而至。怎样才能避免诱惑面前错误的选择呢?涉世未深的鱼儿是这么想的:当诱惑的陷阱摆在面前的时候,一定要坚守自己的心,自己内心真正的善与恶的界限,无论如何璀璨夺目的诱惑,我们都不能逾越这条鸿沟。善因善果,恶因恶果,绝非迷信,而是自然定律。"

读过《我对"思考"的思考》,网友"紫荆棘鸟"说:"秦老师这篇文章,是近段时间写得最好的。但,'思考,也叫实事求是',这话可能不对。思考,无非就是逻辑推理,以及脑袋对已知的信息进行加工。思考,很可能是带有目的和功利的,'实事求是'，只是思考时刻意追求的一种方式，想要尽力保证思考结果的理性、中立和无偏。"网友"skidoo"说："赞同紫荆的看法。实事求是属于思考范围内的一种方法，又可归类为方法论。不能与思考同位。但我想，秦岭先生的意思是说，思考要'思之有物'，要有实实在在可推可导的内容，而不是漫无目的地凭空瞎寻思。"网友"哑女"说："思考其实是给心喂食，不然心就死了。"

读过《浅说"押韵"》，网友"会飞的鱼吼"说："真是学习了。（回家）用电脑时一定要分享。此贴可置顶！"网友"紫荆棘鸟"说："进来学习'十三辙'，好玩。好，好，我帮你（指会飞的鱼吼）顶到上头去，设置一周。"网友花痴夕二人组说："虽然有点看不懂，但不得不说这很值得我学习，谢谢分享！"

读过《软着陆——议退休》，网友"skidoo"说："多好啊，准备得越充分，退休就适应得越快。我父亲也在大学教书，退休后每天比较安闲，但我没有深入了解他的内心真实情况。我仅能提供我能提供的基本帮助，还是在他愿意接受的情况下。他很注意保持独立性。祝楼主身体健康愉快！"我回复："谢谢您的问候。退休的知识分子，有些共同特点：独立，自尊，希望平静，愉快。祝您的父亲健康快乐！"网友"会飞的鱼吼"说："有情趣的退休生活是值得人羡慕的。祝您身体健康，老有所乐，老有多为！"网友"西贝贾"说："呵呵，能有时间写文章，能自己安排自己的生活多好，你说呢？退休了，自由了，让文学之梦飞翔吧！把心情和感慨都写出来，整理成册，一定是很曼妙和愉快的事情哦！支持你！"

读过《但愿是我堕落》，网友"紫荆棘鸟"说："一般美国的抢劫犯，黑人居多，一般只抢几个零花钱。秦岭说得没错，一般遇到要钱的，你给他 20—30 块钱，就没事了（个别变态的除外），说不定抢钱的歹徒还会和你握手告别，彼此送上一句假惺惺的祝福，呵呵。美国的商品便宜，通常刷信用卡，大家身上一般都没啥现金，歹徒一般没指望从谁身上抢多少钱，能收获 20 块钱，一般就不会发虚火了。说归说，大家身上虽然都放个几十刀"防身"，实际上大家遇到这些歹徒的可能性是很小的，我也没听到我一些熟人哪个被抢劫了——美国这些歹徒有个优点，就是一般只在他们的'区域'晃荡，即使打架斗殴，也是彼此之间打架。所以除非你黑灯瞎火地只身跑到贫民窟，一般还是很安全的。秦老师此文标题有感叹号，所以我猜秦老师写文章时，心情是很郁闷的，说不定还在生气。"

读过《说话的艺术》，网友"烟浅浅"说："嘿嘿，这是您的自问自答吧？不过，这说话确实是门艺术,得好好学习啊!"网友"宁静的海浪"说:"好马出在腿上,好人出在嘴上。一个人是否会说话,在很大程度上,将会关系自己人生的成败!"隆志秀女士说:"写得很好呀,杨老师。我看现在关于人生哲理类的散文集在青少年中很受欢迎,你先积累起来,以后可以发表也可以成集出版。不过,最主要的是要从写作中得到乐趣,健康快乐第一!"

读过《一个老贫农的永恒启示》,网友"会飞的鱼吼"说:"这种精神现代社会的确少有,谦虚、诚实、守信、肯干,现在有几个能做到?"网友"哑女"说:"干好本职,守住本分,心无旁骛,埋头苦干,向这样的人致敬!"网友"老湘潭"说:"做人勿忘本,致敬!"网友"亿海之鱼"说:"世风日下的今天,想成功的人都是用尽心计的,没心计的那些注定是失败者。"

读过《什么是"孤独"?》,网友"会飞的鱼吼"说:"人总是需要陪伴的,想想陪伴自己几十年的人突然离去了,该会有怎样的孤独与苦楚,那些深深思念的夜里定是灵魂与灵魂的相碰。"网友"紫荆棘鸟"说:"没错,地球要是哪天突然没有月亮了,就会觉得自己如同冥王星一般寒冷、遥远、不群、渺小。"网友"黄叶斌"说:"国外的墓碑就是那么有特色的。学习先生的游记美文!"

读过《大地之母》,网友"紫荆棘鸟"说:"哈,盖亚大约和咱们的女娲娘娘差不多,地位可能还高点。"网友"会飞的鱼吼"说:"大地之母,人之根本。看来坐飞机也不能太长时间哈。"网友"紫荆棘鸟"接着说:"可以学习阿凡提,在脚底和鞋垫之间放上些泥土。话说这坐海轮啊,还是顺从波塞冬爷爷的为好,晕船不算啥,要是波塞冬爷怒了,将海轮沉底去见大地之神盖亚,那就惨了。""会飞的鱼吼"调侃说:"没关系的,紫荆姐姐会飞的,去救他们就好了。""紫荆棘鸟"又说:"会飞也不能飞到海水里去吧?从水里救人,那是你的本职工作啊!"

读过《丰庆公园里活跃着一群快乐的艺术家》,网友"江上一舟"说:"美文!美文!快乐的生活来源于美好的心态!你的文章确实写得很美!问好。"郝克刚教授发来短信说:"写得太好了,虽然我们没有去,也犹如身临其境。如能附上几张照片,配上这篇散文就更好了。把你的散文全传过来。我同我夫人都喜欢读。"

读过《笑议"无限"和"有度"》,网友"江上一舟"说:"作者能把一篇议论文题材写成一篇记叙文,而且那么自然,能引起人们很多思考,真是不容易,赞一个!

问好。”我回复道：“江上一舟：您好！我觉得您善于写作，会品味文字，对我鼓励不小。谢谢您和我交流。秦岭。”网友“zlm-lt”说：“（你写了）一篇很有深度，很有生活气息的文章，如果我是小说故事的版主，如果你的文章放在了《小说故事》版块里，我要为你加精！”我回复：“谢谢您的赞美。今年上半年，我在小说故事栏，发过两个短篇小说《公交车上》、《刘江波》和一个中篇《海伦》，如果能得到您的阅读、指正和评论，我将十分感谢。秦岭。”网友“zlm-lt”回答：“好的，加为好友吧，直接进入你的空间读你的文字更好一点。不过，我不是版主，只能带着欣赏的眼光去拜读。”朋友安正仁发短信说：“杨老师：我仿佛参加了他们的活动和闲聊。‘笑议’一文在轻松愉悦的闲话过程中，实际上涉及了一个人生的重大课题，无限和有度的深沉思辨。你的文章就是这样，和风细雨，轻轻渗透。我将好好地珍藏。”

读过《祭牙文》后，网友“江上一舟”说：“（这是）一篇诙谐、有趣但又颇令人思考和回味的‘祭文’！就一颗掉落的牙齿，楼主写成一篇洋洋洒洒的美文，实在佩服！此文选题新颖，构思巧妙，语言朴实，实为一篇好文章！建议版主加精！”我回复：“我怀疑您是一位学识深厚、文字经验丰富的文学教师！您的话就是一位老师给我作文的批语。我谢谢您的赞美！秦岭。”他又回复道：“秦岭老师，我只是一个文学爱好者（尤其喜欢国学）。我本科学的是英语，在海军当了17年的英语翻译；研究生学的是经济学。现从事外贸。当散文版版主也是自不量力。惭愧呀！您是一个大家，希望以后多多指导我。我先在此谢谢您了。问好！”我回复：“您太客气了，我们互相学习。”网友“西贝贾”参加进来说：“呵呵，读了这篇文章，也读了下面你俩的对话，太开心了啊！”网友“武雄太一郎”说：“楼主先生太有意思了，写了这么一篇美文，让我大开眼界。原来生活中什么都可以写，就看你是不是去用心发觉了。武雄太一郎会向楼主学习的。”我回复道：“‘生活中什么都可以写，就看你是不是用心去发觉了。’这句话讲得很深刻。把素材加工改造成题材，是所有作者关心和重视的一件事。你有此悟，我很赞赏。祝你成功！秦岭。”网友“江上一舟”说：“再次欣赏美文！”网友“小三的角色”说：“文采很好，支持一下！”

读过《话说“人生处境”》，网友“江上一舟”说：“好一篇指导和引导青年初涉社会的好文章！建议大家都来看看！加精感谢！问好秦岭老师！另外，从头至尾,我没有发现一个错别字,可见作者之认真和细心!”我回复道:“‘指导青年’,的确不敢当。此文只是与一位青年交谈中的基本内容,仅供诸位参考。我感谢江上一舟的欣赏,想必我们都有同感和共鸣。秦岭。”朋友安正仁短信说:“杨老师:这篇话说‘处境’的文章,是人生的箴言和指南。仔细品读,真像‘仙人’指路,我要好好咀嚼体会。”

读过《闲聊“死后话语权”》,网友“西贝贾”说:“富含哲理哲思,说理明了”。

网友“江上一舟”说:“遗作是‘死后话语权’的一种典型形式,这有一定道理。人的尸体可以腐烂,思维可以消失,但人的文学作品可以永存,思想得以延续。然而,仅凭文字来评价一个人,还远远不够,因为很多人的思想和文字并不一定与其行动匹配。通过故事情节中的人物对话来论述主题,使得论述生动不单调。挺好的一篇文章!加精支持!问好秦岭老师!”我回复道:“您不仅是个会品味文字的人,还是个很会思考的人,我完全赞同您的看法。我觉得,我们俩不仅心相通,而且都是喜欢舞文弄墨以表述心迹的人。有您这个知音,我不感到寂寞了!谢谢您。秦岭。”他又立即回复:“谢谢秦岭老师的溢美之词。我之所以能够理解一二分,那是因为您的文章主题突出,言之有物。我最不喜欢的是某些长篇累牍的文章,读完却不知所云,摸不着边际,找不到主题。认识您是我的荣幸。我愿意成为你的至好文友!问好!”网友“西贝贾”说:“问好!很喜欢您的文哦!”

网友“wengxuelantan”说:“这话题大,说不好请楼主谅解。

“1. 教授的侄儿如果没有发横财有那么点儿资产,估计教授情绪没这么大;

“2. 有那么个特殊时期,有些原始资本积累总有点不伦不类,但随着价值的正常回归和资产残值的递减,传统的资产增值速度将不复存在,知识将是创造价值的源泉;

“3. 齐白石画的白菜,现在用数十万颗能吃的白菜去交换,足见艺术的价值;

“4. 古名人留下来的大都没有什么实物,或著作,或思想,看来死后话语权取决于精神方面的东西或传达精神方面的简单实物;

“5. 芸芸众生,只要没有什么想传多世的想法,更关注生前的精彩,与已无关的物质累积与自已又有多少关系呢?以上想法,如有不敬,敬请原谅。问好楼主。”

我回复:“您的想法,和我有相似处,请仔细读我的文章,就能体味出来。您能回复,我已经很感谢了,不存在‘不敬’、‘原谅’的问题。您愿和我讨论,就是看得起我,谢谢您的参与。向您问好。秦岭。”

读过《退休老教授趣对楹联》,朋友安正仁发来短信说:“杨老师:你的美文吸引了我,引起了我的诸多思考,连读三遍不忍离开电脑。第一遍是阅读,第二遍是赏读,第三遍是品读。这是一群文化人的雅集,这是一群哲人的人生经验交流,看似洒脱轻松,实际上隐藏人生百味。‘实迷途其未远,知今是而昨非’,一副副大彻大悟、渗透人生的对联,我读起来却是沉甸甸的。文化人就是不一样,用这种高雅的文学方式,非常含蓄地表达出人生况味。谢谢您的文章让我获益多多。正仁,2014 年 9 月 4 日晨。”网友“老农”说:“《趣对楹联》,真是高水平之作。”朋友柯君祥发短信说:“杨老师:趣联的确有趣,已转发多位同学共赏!”

读过《愚蠢与聪明》,朋友安正仁发来短信说:“这一篇真是大家手笔,先给无知而又狂妄的人画像,呼之欲出,如闻其声,如观其人,生动极了。渐渐地引出‘聪明’问题的议论,用先哲大师的名言作结,发人深思,回味无穷。”

读过《帮儿子迈过第一道坎儿》,朋友安正仁发来短信说:“杨老师:三篇文章我读完了,就像在课堂上听您讲课,循循善诱,诲人不倦。解决‘儿子’的问题,绝不怒目金刚,而如春雨润物。古今中外,深入浅出,国学西学,有的放矢。对‘欲望’和‘潜意识’作了鞭辟入里的分析,挖出了社会上这类人的病根,达到治病救人目的,收到皆大欢喜的效果。但须对如‘儿子’这样聪明、睿智、高智商、迷途未远、知过必改的人,方可奏效;若是那些好色猎艳的贪腐分子,则不是促膝谈心所能奏效的。这就是我的肤浅的读后感。祝您中秋快乐!正仁,9 月 8 日。”

读过《我就爱做我的小板凳儿》,姜小卫教授从四川外国语大学(重庆)发来读后感说:“已经拜读过好几遍,刚刚又看了一遍,感触良多。非常感谢您送我一只可爱的‘小板凳’!不,应该是一只永远支撑着我艰难前行的大板凳。我非常期待您的大作能尽快出版刊行,让更多的读者收益。我称其为‘大家小品’,的确如此,如果说在《笔墨春秋》中看到您在艰难时局中始终恪守自己的信念,对心里所追求的东西孜孜以求、从不言弃,那么在这样的大家小品中,可以领略到您对于生活截然不同的感悟。人练达、文练达、情亦练达,更重要的是,生活智慧也可以达到如此练达通脱、恬静淡然,却又如此深刻幽远的境界。川外数年间,我做完博士后报告一直在读书,您写的那句话,‘人的思想应该像筛子,把该漏掉的漏掉,把最精粹的筛选出来,’让学生警醒。如果说,人生最大的浪费是自己的天分的话,那么,人生最大的遗失其实就是自己瞬间的“顿悟”。您在《笔墨春秋——文字生涯大盘点》中,已经为学生我做出了最好的表率。”

朋友安正仁发来短信说:“此文含蓄隽永,蕴涵丰富,我觉得这篇散文就是给我写的。我欣赏您的‘春蚕到死丝方尽,心未成灰笔不辍’的精神,敬佩您的老当益壮,老而弥坚的品行意志。您的文章句句入心,篇篇珠玑,无论长篇,无论短制,总保持着一种平和淡雅,没有剑拔弩张,没有金刚怒目,但文字是深情的,友善的,深刻的,如良师益友促膝交谈。我认为您已经大彻大悟,参透了人生。您这种积极乐观的心境,当可永葆美妙之青春。我将努力向您学习,只要大脑功能还有,就学习不停,思索不停,鼠标不停,只因我乐意、我喜欢。杨老师,感谢您不嫌我愚钝,给我送来这么多精神食粮。我将打印成文稿,和您的书一起放在案头。期望赐教。敬颂近祺。”

读过《全面满足愿望等于绝望》,女儿杨萌说:“爸,海明威太偏激了,所以走上死路。我们因为永远不满足,永远在追求满足,所以不会走上绝路,嘿嘿。说正经的,现在很多自杀的人不是因为一切都满足了(试问,有这样的人吗?),失去了生存动机,而是要么看不到希望,要么得了忧郁症。因为满足而绝望的人,我认为几乎没有。更多的是因为不满足才会导致绝望,所以要知足常乐。和你的看法略有不同,请原谅,嘻嘻!”

自序：《我就爱做我的小板凳儿！》

一

王国维说："散文易学而难工。"至于我，只想就其"易"，并不想求其"工"，尤其是刻意求工。为什么呢？年迈所致。

人老了，退休了，没事可干了，从社会人变成家庭人，从功利人回归自然人，即人们俗称的"蜗居老寓公"。

虽是"寓公蜗居"，但总不能整天呆坐、游手好闲、过着空虚又痛苦的日子吧，还得干点兴味犹存、力所能及、自觉快乐的事。不过，这不叫"干事儿"，更准确点说，应当唤作"营生儿""捉拿儿"，称为"解闷儿""念想儿"，或仅是一点"余兴儿"、一丝"残梦儿"。所以，我的这些篇什，可以一言以蔽之曰"消遣"，我则戏称为"墓外絮语"，即一个老人临终前的絮叨——闲言碎语而已。

我家有个亲戚，农村人，做过小学教师，当过教育专干。因为年轻时学过木匠，开过小家具店，卖过桌椅板凳。困难时期，也曾靠做沙发赚钱。现在退休了，闲居在家，依赖事业有成的子女们，足够供老两口过着"不差钱儿"的日子。他无事可干，唯一爱好，就是躲进斗室，重操旧业，兴致勃勃地做他的小板凳儿。开始只为玩玩，做得多了，就摆在大门口，三块两块地卖几个零钱花，后来见无人光顾，就干脆收了摊子。但收了摊子未收心，他仍故技难丢，旧习不改，兴致反而日渐增长，至今仍旧蹲在斗室，照做不误。

他有一儿三女，里孙外孙、侄孙侄孙女、加上亲朋好友的孙儿辈，浩浩荡荡一大群，逢年过节，都来看望他老人家。临走时，他都要给小孙孙们每人送个自做的木质小板凳儿。于是大家劝他道：现在商店里各种塑料小凳儿多的是，花色好，样式新，轻而巧，既可爱，又实用，还便宜，您老不必耗时费力，自讨苦吃，仍然做那些没用的小玩意儿。您劳累辛苦了一辈子，何不趁早"金盆洗手"，吃好喝好休息好,安度晚年享清福?

老人笑呵呵地反问:“啥叫享清福?我很少抽烟,从不喝酒,不爱闲聊,打麻将也未成瘾,更讨厌牵条狗,装阔显摆闲溜达,闲得无聊,闷得难受,只剩下一件事,就是喜欢做我的小板凳儿!我干这个营生儿,才叫享清福!

是啊,天生为人,长着两只干活的手,不干活,要手干吗?虽然老了,干不了大活,干点小活总可以吧。劳作一生,习惯成自然,手不干点什么,心里空得发慌啊!

二

于是,我想到了自己。

老伴儿生前出于关爱,为维护我的健康,总是不让我干这干那。买菜、做饭、洗衣服,全是她一人大包揽,甚至连我写点寄情于文字的小散文,在她眼里也都成了费神劳心的多余事。我是个教书匠,一辈子没离开过书,也没离开过纸和笔。自从学会使用电脑,每天总想点点鼠标,敲敲键盘,写点什么,才感觉活得充实。为此,我编了四句顺口溜,取名“老年自画像”:

轻车熟路精其辞,固本浚源勤于思。
含英咀华魂绕梦,雅怀逸兴自乐之。

老伴读后笑道:我猜想,你心中装的什么?是不是野心勃勃想立言?是不是如欧阳修说的:想“勒之金石,播之声诗,以耀后世而垂无穷”?是不是还惦记着《典论·论文》中讲的:“文章,乃经国之大业,不朽之盛事。年寿有时而尽,荣乐止乎其身,二者必至(达)之长期,未若(比)文章之无穷。是以古之作者,寄身于翰墨,见意于篇籍,不假良史之辞,不托飞驰之势,而声名自传于后。”你莫非也为追求能自传于后的好名声,从而想学学那些古之文豪,当个今之名家?

我赶紧笑答:“过奖了,过奖了!你不愧是中文系五年制本科毕业生,至今竟能将欧阳修的《昼锦堂记》和《典论·论文》中的段落,一字不差地背下来,佩服佩服!至于我,也知道著书立说之伟大,留名后世之光荣,但我从没立过那么大的雄心壮志,也没有古圣先贤的笔墨本事。我这个人呀,一生从教为文,在教师行列里，只是个中不溜儿的芸芸众生，是个一辈子不想争雄、只愿守雌的书呆子。我早已否定了声闻过情的名誉追求，却落下了玩字、词、句、篇的行文习惯，养成了舞文弄墨、反思人生、品味书香、喜欢哲理的些许乐趣，不也是终生职业的余韵？恰如那位爱做小板凳儿的亲戚一样，仅是一招'手艺'而已，至今还想干点接地气、入人心、见微知著的芝麻小事。春蚕到死丝方尽，心未成灰笔不辍！这点笔底情结，至今难解，痴心不死，恐怕直到瞑目，我都无法自改了！"

所以我告诉她：杨雄说过"言为心声"；刘勰也提到："心生而言立，言立而文明，乃自然之道也。"且特别强调："夫岂外饰？盖自然耳。"我的散文写作，正属此意，不过服从心底欲望，毫无勉强之意。我这些肺腑之言，不知她能否理解？

不过，我也深感老伴儿关爱我的美好心肠，无非是怀着多陪她些时日的强烈愿望，盼我能专注于养生保健、延年益寿罢了。故每每听见她的善意唠叨，我就想起那个乐于做小板凳儿的亲戚来。于是便总是笑道：

"请放心，别管我，我就爱做我的'小板凳儿'！"

三

2009 年 10 月，我也想在网上"摆个地摊"，推销"我的小板凳儿"，便注册了"新浪博客"，接着又加入"中国文学论坛网"(后改名"说乐社区")，在散文和小说栏目，星星点点、断断续续地发点东西，目的只有一个：仅想填补我那晚年岁月的最后空白。

建博先得取名。叫什么呢？我的名字中有个"龙"字，老伴儿名字中有个"凤"字。我征求她的意见：我的博客取名"龙飞凤舞"好，还是"龙凤呈祥"好？她说："我们老啦，舞不动了，飞不起了，只追求平安祥和，还是'龙凤呈祥'好！"于是我就此定为博名。后因重名者太多，故在"中国文学论坛网"上，又改名为"秦岭龙凤"。

写什么呢？内容当然大大区别于理论思考。具体说，不过是闲思所得、趣闻偶感而已。因为我想：人的思想不该像漏斗一样，把所有的东西都漏掉；而应该像筛子一样，把该漏掉的漏掉，把不该漏掉的筛选出来，即我老来的一些"顿悟"。

因为有人说过：生命价值不在于长和短，而在于顿悟的早与晚。我早年愚钝，学舌多，自悟少；中年虽有所悟，只因我悟性差，还算不得彻悟、大悟；晚年才有了一些迟悟、偶悟和散悟。我便打算随心所欲,信马由缰,充分利用退休后的自由时间和空间,去率性而为。所以天上地下、宏观微观,从中到外、古往今来,上採下摘、左顾右盼,兴之所至、信笔写来,有用无用、无关紧要,喜欢而已、快乐就行。

因此,我的写作,纯属自言。只为求实,不敢自誉;只说真话,不敢作秀;只求交流感悟,而不求世人之知己也。

我国宋朝的苏洵,在写给欧阳修的信中曾说:"区区而自言,不知者又将以为自誉以求人之知己也。"即以自夸求人赏识,此乃正是我撰写《拾零集》过程中的最大担心。我只想对阅读我散文的朋友们说一声:在这里,我姑妄言之,您呢?也就姑妄听之吧,仅为博您一笑而已。就像参观欣赏摆在"地摊儿上的小板凳儿"一样,要不要?买不买?随您。

也许,我这些奇形怪状、色彩斑斓的"小板凳儿"的最大意义,就在于您读后那善良回味的一笑之中吧!

四

《拾零集》应该是我撰写的最后一本书。现在回头审视,纵观一生,我的文字生涯,共可分为五个时期:

1. 蹒跚学步时期(1959—1966 年),20—27 岁;
2. 社会磨炼时期(1966—1981 年),27—42 岁;
3. 渐入佳境时期(1981—1989 年),42—50 岁;
4. 攀登高峰时期(1989—2006 年),50—67 岁;
5. 天高云淡时期(2006—2017 年),67 岁至今。

显然,从 67 岁的"天高云淡"时期开始,就是我真正的退休生活了。如果说,此前是我追求功利、艰苦奋斗、专事职业生涯的在岗阶段,那么此后,就是我退岗休息、带病生存、坚守生命底线的养生保健阶段了。从此,我以"顺应自然、安于现状、乐在其中"为宗旨,抱着"活得快乐点、老得缓慢点、死得迅速点"的愿望,彻底放弃了专题研究和理论思考,仅打算写点散文,以短小轻便为宜,只为自我玩赏,填补余暇。趁我离世前仍有余兴,现将一生重要篇章,重点是退休后的零星写作,收集成册,集结出版,取名《拾零集》,这便是继职业终止的《笔墨春秋》之后，给我的文字生涯画上的最后一个句号。我愿把它奉献给读者朋友，仅供诸位饭后茶余笑读而已。

古人云："有韵者谓之诗，无韵者谓之文。"这个集子，就文体讲，实属仅区别于韵文而言的广义散文，因为还包括部分小论文在内。我分门别类，按"生活偶悟""内外游记""文学随笔"归入三档。每一档内，则按写作日期的顺序排列。这样既凸现笔者的思考历程，也反映出产生背景的客观性来。

我这一生，在教学之余，从撰写《巴尔扎克创作论》开始，经《西方文学史纲》《论文学家萨特》、《萨特评传》、《艺术的人学》、《笔墨春秋》，直到这部散文集《拾零集》，宣告我整个文化思考、笔耕墨云的终结。这就是我的全部文字生涯，就是"来到人世走一遭"的那个"完整的杨昌龙"了。

我希望，在我身后，请我的两个女儿杨纯和杨萌，将我这七本书，和妈妈井凤霞的那本《岁月晚唱：我的人生大盘点》共八本遗作，加上一本《龙凤照选》，置入同一专用盒中，盒面上镶嵌一帧我俩的遗像，永远保存在你们两家的书架上。每到年节或祭日，当你们思念我俩的时候，既可上坟烧纸、行墓园祭扫之孝；也可静坐下来，任选其中一本，一边打开阅读，一边回忆思考，自会使我俩的在天之灵深感慰藉。这不就是和父母的灵魂交流，也正是对我们的最好纪念吗？

杨昌龙
2017 年 12 月 15 日于海南省海口市南国米兰园

生活偶悟
（52篇）

1.《“说话”的艺术》

（2009.10.9.写于西北大学桃园校区）

昨天，一位我认识的工科大学毕业生来家闲聊，对我说：

“我认为：人，只要具有专业真本事，便能走遍天下。不是有人说嘛：‘学会数理化，走遍天下都不怕！’至于会不会说话，是否能说会道，关系并不大！”

我摇摇头，谈了我的看法：

“学会实干的真本事，当然是青年人的首事。油嘴滑舌，也不值得追求。但倡导‘会说话’，学会说话，可也绝对是一件‘真本事’呀！”

他用怀疑的眼光，盯着我说：

“但我听人常说‘听其言，必观其行’。是说耳听是假，眼见为实。看人，行为和成果第一。听其说话，则远在其次！”

我一笑：“这是对的。俗语说：‘言多必失’，‘沉默是金’；德国谚语也讲：‘上帝给每人两只耳朵、两只眼睛、一张嘴巴，就是要人们多听多看，但要少说’。如果是针对夸夸其谈、常说空话的具体对象，对症下药，有的放矢，这都自有它的道理。但我仍然认为：千万不可轻视说话。的确，会说话很重要！”

“真的吗？”他继续瞪着疑惑的眼睛。

我说：“你看，作为人，来到世界上，第一个入世准备就是咿呀学语；掌握说话的能力，成为人生第一课；离开这个世界时，最后一件事就是闭上嘴巴，把说话的功能留给活人世界。可见，说话这个本事，生前不能带来，死后也不能带走，是伴随人生于始终的一种才能！”我又举例说：我国语言学家王力先生，写过一篇散文《说话》，开篇就讲：“说话是最容易的事，也是最难的事。最容易，因为三岁孩子都会说话；最难，因为最擅长辞令的外交家，也有说错话的时候。”

“啊!”他来了兴趣:“您老还真会说话。那您给我说说,会说话都有哪些表现?都有哪些好处?”

“别表扬我,我直到现在还在学习说话。但我越来越感到:一个人会说话,一生受用不尽!你瞧,发音为说话,交流靠说话,哑语即说话,文字也是说话。当语言和文字无法表情达意时,音乐(使用音符、旋律)、舞蹈(使用形体、动作)、绘画(使用线条、色彩),便是说话的延长和补充,成了另一种‘说话’,所以人们俗称‘艺术语言’。如何把话说得准,说得巧,说得深,说得圆,说得美,说得真切,说得适时,说得动人,说得人心悦诚服,一直是人们津津乐道、不断探讨的一个长盛不衰的热门话题!”

“喔!”他惊异地瞪大了眼睛:“照您这么说,说话还真成一门学问了?”

“没错儿。我国古人认为:《左传》是外交家的说话,《战国策》是纵横家的说话,《世说新语》则是清谈客的说话,曾被称为会说话的三部经典。目前大学中文系开设的“现代汉语”“古代汉语”,终极目的都是为了教会学生说话(包括用文字说话)。此外,关于说话的重要性,我国古圣孔子就有很多名言:如‘不知言,无以知人也。’‘君子不以言举人,亦不以人废言。’‘夫人不言,言必有中。’‘一言可兴邦,一言可丧邦。’‘有德者必有言,有言者不必有德。’‘名不正则言不顺,故君子名之必可言也,言之必可行也。君子于其言,无所苟而已矣。’等。”

“我懂了,说话还真不是件小事,它连接着大千世界!孔子可真是个‘知言者’!看来,只因我不以‘言’为专业,向来轻视说话,所以我也是个不会说话的人。那么请问,孔子是否说过,哪些是‘不会说话’的表现呢?”

“他总结过,说话中应当忌讳的毛病,如‘言未及之而言(不该言之而言)谓之躁,言及之而不言(该言而不言)谓之隐,未见颜色而言(不看情势而言)谓之瞽’。‘躁’(急躁)‘隐’(隐晦)‘瞽’(盲目)三字,就是‘不会说话’的典型表现!

他深思了一会儿,点点头又问:“还有吗?”

“当然有。在我国的古圣先贤中,孟子也可谓‘知言’者。公孙丑问孟子:‘何谓知言?’孟子曰:‘诐辞知其所蔽,淫辞知其所陷,邪辞知其所离,遁辞知其所穷。生于其心,害于其政;发于其政,害于其事。’”

“什么是诐辞、淫辞、邪辞、遁辞?这段话是什么意思?”

“翻译过来就是:不全面的言辞,我知道它的片面性之所在;过分的言辞,我知道它失足之所在;不合正道的言辞,我知道它背离正道之所在;躲闪的言辞,我知道它理屈之所在,理屈则辞穷嘛。至于‘生于其心……害于其事’四句,是讲它的危害性。可见,能识别‘诐’‘淫’‘邪’‘遁’这四种言辞者,也属于知言之人。所以有人说:我们既要‘知言’,更要‘慎言’。比如,外交家的许多话,就常常不便‘老实说’!”

“是的。那么,怎样‘慎言’呢?”

“一,迟说。即察言观色、审时度势之后再说;二,少说。因为言多必失,还是少说为佳;三,不说。沉默是金,能不说尽量不说。懂得了这三条,也叫会说话。”

“这么说来,我们每天在人际交流中,在生活的千言万语中,不仅要会说话,还要会听话;不仅自己要学会说话,还必须懂得他人各种说话的内涵和方式,学会识别各种语言!”

“说得对。说话的方式,有多种多样:有直言、婉言;有颂言、讽言;有繁言、简言;有真言、假言;有晶莹清澈的语言、也有模糊朦胧的语言;有实话实说的语言、也有虚情假意的语言;有坦诚率直的语言,也有弦外之音的语言;有逻辑推理的语言、也有形象描绘的语言等。”

“啊,按照您的理解,说话很不简单,内藏的学问很深呐!”

“是的。它是人们多种能力的综合表现。我想:其中的思维能力,无疑占据着中心地位。”

“您是说,思维和说话的关系最密切?嗯,让我想想。”

他陷了入沉思,像是在自言自语,缓慢地、低声地边想边说:

“您看:口齿笨拙,那是思维迟钝的表现;语惊四座,那是思维独到的表现;表述不清,那是思维混乱的表现;条分缕析,那是思维明晰的表现。我理解得对吗?”

我惊讶于他的思维敏锐,便会心地笑笑说:

“小伙子,你的聪慧机敏和善于思考,令我佩服。很快就能有这么深入见地的人,我遇到的还真不多!”

“您也别表扬我。听了您的话,我忽然意识到,说话,应当是个更广泛的概念!”

“不错。”我一兴奋,话便多了起来,就接着他的话茬道,“倘扩而展之,引而伸之，如果把使用文字作笔头表述，也视为一种语言，那么，写作也是说话，而且是更讲究的说话。所以韩愈说：‘人声之精者为言，文辞之于言，又其精也。’意为文学家的词语，都是更精辟的语言。”

“那么，作诗填词，也算是一种‘说话’了？”

“当然喽，王国维就说过：‘大家之作，其言情也必沁人心脾，其写景也必豁人耳目。其词脱口而出，无矫揉妆束之态。其所见者真，所知者深也。诗词皆然。持此以衡(量)古之作者，可无大误矣。’(《王国维文集》第一卷第154页)在这里，王国维举诗词作者为例，说明他们都是善于言辞即会说话的姣姣者，为什么他们能说得那么好？他的回答是：究其源有二：真与深也。从这个意义上讲，文学理论就是研究说话的理论，文学创作呢？则是更逼真、更形象地说话，设法把话说得更真、更准、更深、更美、更吸引人，所以说，它也是一种‘艺术的语言’。有些作家，尤其是优秀作家，是‘带电体’，很会说话，一开口就能让人‘中电’。说人，能抓住特征，生动形象；说事，来龙去脉，真实准确；说理，逻辑清晰，总有过人见解。他的作品，或有绘声绘色的描述，或有幽默风趣的韵味，或有起伏跌宕的节律，或有刻骨铭心的感情，这一切，都是通过‘说话’体现出来的。他们的话，吸引人，鼓动人，启发人，使人一听难忘，永刻心头！”

他忽然问：“既然说话如此重要，如何培养说话的基本功呢？就是说，为了学会说话，我应从哪里做起呢？”

“两条。一要正其心；二要扩词量。”

“何谓正其心？”

“所谓知言，不就是辨别是非曲直，权衡轻重得失吗？因此，心正理正，才能辞正言正。要正其辞，先要正其理；要正其言，先得正其心。也就是说：要想说得正确、恰当、不出错，必须先培养健康正确的价值观。”

他郑重地点点头：“懂了。”

“其次，还要在文化学习中，尤其在生活实践中，努力扩充词汇的拥有量！”

“是不是说，单以会不会说话分级别，不同的人，掌握的词汇量，大不相同？”

“对呀！”我说，“阿尼克斯特在《莎士比亚传》第335页说，语言学家统计过：文化水平低的人，能掌握一千多个单词；有文化教养的人，能掌握三千至五千个单词；而思想家、演说家，则能掌握一万个以上的单词；至于世界著名‘戏剧诗人’

莎士比亚，经统计，共使用过二万四千多个单词!”

“啊，我明白了。”他歉意地站起来，握着我的手说，“太感谢了！今天，您给我上了一堂人文知识课，使我懂得了说话的重要性，还让我获得了‘说话’的艺术和学习说话的基本功！因为我也要写学术论文嘛!”

“我也有收获啊!”

他一愣：“什么收获?”

我一拍他的肩膀：“我也找到了你这位工科生的‘知音’呀!”

我俩都会心地笑了。

忽然，我的手机铃响了。拿起一看，原来是朋友发来的一条短信。读后，我乐了：“也是关于‘说话’的精辟提示。”

“快念念，我听听!”

“好吧，”我念道，“‘急事，请慢慢地说；大事，要清楚地说；小事，须幽默地说；没把握的事，应谨慎地说；没发生的事，绝不要胡说；做不到的事，千万别乱说；伤害人的事，坚决不能说；讨厌的事，对事不对人地说；开心的事，可看场合说；伤心的事，不要见人就说；现在的事，做好了再说；未来的事，未来再说。’哈哈！总结得好吧?”

“精彩!”他笑道，“这分明是一篇关于‘会说话’的当代最新版！请您也转发到我的手机上来吧!”

2.《评“评……”》

（2009.10.15.写于西北大学桃园校区）

晨练结束，我坐在丰庆湖边的石凳上休息，仰望蓝天白云，俯瞰鱼儿戏水。有两位老人坐在我旁边谈闲话。一位戴圆帽的老头，拎着一个小布兜，可能是个退休医生；另一位拄拐杖的秃顶老头，可能是个退休教授。他们的谈话内容，引起了我的兴趣。

圆帽医生说：

“很多患者的故事告诉我：社会上评先进，评模范，评优秀，评奖金……我总觉得，这个‘评’字中，浸透了计划体制的旧味道。从产生动议、选评委，经操作，到结果，不无糊弄群众、暗箱作弊之嫌，难免脱离实际，常常事与愿违，在荒谬之外，总少不了孳生长官意志和幕后腐败。”

“我有同感。”秃顶教授说，“一年一度秋风劲。我曾经是我校职称评审委员会的委员，我仅举二十世纪九十年代我校评职称为例。这是一场不折不扣的‘争夺战’！大学校园，表面平静，文质彬彬，背后可是紧锣密鼓，紧张得很。参评者使出浑身解数，大有拼个你死我活的架势：找关系，拉选票，烧香磕头，甚至痛哭流涕……求告者可怜，值得同情；听诉者可叹，无可奈何。申请者能做到释然于心，不愿媚俗而耻于求人者，很少。”

“这样‘评’的结果，必然是怨言纷纷，很难公正了？”

“是的。虽然很多合格者如愿以偿，但每次总有几个差者登上金榜，优者名落孙山。这种不平等竞争，往往是‘非学术因素’在起作用，给同事之间的关系埋下了不少隐患。在知识分子堆中，多少恩恩怨怨，不都是从职称中‘评’出来的？”

“为什么会把个职称评得如此之滥，把人际关系搞得如此之糟呢？”

“为什么？道理很简单，因为票子、位子、房子、车子、甚至妻子（丈夫）、老子，都和职称挂上了钩。个人全面利益的强烈驱动，无论是谁，也要为它拼命一番的！”

圆帽老头一边听着，一边从小布兜里拿出一块烙饼，随手掰成小粒粒，丢进湖水中。不一会儿，便有三三两两的红色小鱼逐渐靠近，张开大口，吞而食之。紧跟着，成群结队、色彩各样的大小鱼儿，黑的，黄的，白的也游了过来，一个个都失去了平日逍遥悠闲的风度和超然物外的气质，忽然挤成一团，争抢不休，有的还相互碰撞打架，翻飞跳跃，竟溅起了一团团不小的白色水花，因而吸引了不少游客，尤其是妇女和孩子，站在岸边，指指点点，看得不亦乐乎。

秃顶老头见了，一笑，用手杖指着鱼群说：

“你瞧，就像它们一样。其实在人间，每评职称，也如同鱼儿抢食，争先恐后，各不相让，实实无异于为选美而‘争夺一只金苹果’”。

“选美女？金苹果？什么意思？我没有你肚子里的故事多，讲给我听听！”

秃顶老头谦和地笑道：

“作为交换，那你可得针对我这个糖尿病患者，教教我应该如何保健养生哟！”

“没问题！”圆帽老头笑道：“你呀，一点亏都不吃。快讲啊！”

“好。这个故事，来自一则希腊神话。说的是，著名战将阿喀琉斯的父母举行婚礼时，忘记邀请‘不和女神’厄里斯，这个‘不和女神’就给婚宴上扔下一只‘不和的金苹果’，上面刻着一句话：‘送给最美丽的女子’。你想想：参加婚宴的女神很多，谁敢自诩最美呢？大家都噤若寒蝉，只有三个最著名的女神敢说自己最美：天后赫拉、智慧女神雅典娜和美神爱神阿弗洛狄忒。她们都认为只有自己是最美的，便争夺起这只金苹果来。众神之父宙斯，权力最大，地位最高，他也无法决断，就命令神使赫尔墨斯，带领这三位女神，去人间找到花花公子帕里斯作评判，说帕里斯认为谁最美，就把金苹果奖给谁。帕里斯呢，望着这三个女神，个个都庄严神圣、高大美丽，难分伯仲。这时，天后赫拉为了得到金苹果，就对帕里斯说：我可以让你做人间最富有的国王，想以‘财’贿赂他；女神雅典娜为了得到金苹果，答应帕里斯将来成为人间最有智慧的人，想以‘智’贿赂他；而美神爱神阿弗罗狄忒，为了得到金苹果，则允诺要把世界上最美丽的女子赠给帕里斯为妾，则想以‘色’贿赂他。在‘财’‘智’‘色’三者中，花花公子当然选择‘色’。于是，帕里斯一高兴，便把金苹果送给了美神爱神阿弗洛狄忒。赫拉和雅典娜一见，大为生气，发下毒誓，要向帕里斯及其王国报复，从而引起了举世闻名的特洛伊战争。后经十年血战，希腊和特洛伊双方都死伤无数——这就是一则因‘评美’而引发人间灾难的有名故事。”

“啊，太有趣了！可见，‘评职称’和‘评美女’完全是同一个性质的事！”

“因此，”秃顶老头把他的拐杖在地上狠狠地戳了几下道：“我想奉劝决策者：不要做现代‘不和女神’厄里斯！也想为申评者进一言：不要仅为争美、去哄抢那只带毒的金苹果！”

“哈！难怪十多年前，一位朋友告诉我：他的学校每年都要闹一次‘地震’，指每年评职称就要死人。他还说：贾平凹的小说《白夜》第 8 页写的：祝一鹤想评教授，数次评定不上，便突发脑溢血，五日昏迷不醒……夜郎一怒之下，写了一副对联贴于病房门框，上联是：学问能强国黄泉君眼可闭；下联是：职称堪杀士红尘吾意难平！成心要给领导示威似的。”

“据我所知，这一对联就来源于我们学校的中文系，就是说，素材在生活中确有其事。不过，这位死者的确是一位学有专长、功底深厚，而且德高望重，在评职称中却遭人暗算，加上有病，当他得知未被评上正高后，气绝身亡。另一教授为主持正义，挥毫疾书，在追悼会上，挂出了此联，于是不胫而走，既为此公鸣了不平，也对当时的单位领导表示了抗议！”

“不过，物极必反。”秃顶老头继续道，“尽管竞争仍然激烈，但近十多年来，情况好转多了。”

“为什么？”

“年轻一代终于从长辈们血的教训中懂得了：生命比职称更重要！所以大家说：宁要长寿，不要教授！”

“是啊，社会在发展，时代在进步，人也变聪明了，应该把那些身外之物，早点看透才对！”

3.《睁开你那只闭着的眼睛！》

（2009.12.12.写于西北大学桃园校区）

满载乘客的长途汽车，正行驶在高速公路上。乘客们有的注视着窗外流景，有的低头浏览着手机短信，有的挂着耳线、仰靠椅背闭目欣赏音乐，有的则一会儿东倒，一会儿又西歪地打瞌睡。除了行车马达的轰鸣声和偶尔响起的喇叭声之外，车内显得安安静静，悄无声息。唯有坐在我身边的叔侄两人，一老一少在闲聊天。

老者是个有文化的小人物，约五十出头，满脸皱纹，稳重朴实，显得拘谨，甚至有点畏缩，像个老实巴交的小学老师；年轻人呢，约二十出头，则像个打工仔，声音虽不大，但无拘无束，血气方刚，说起话来，铿锵有力，带着一股子冲劲。

听内容，他们是在谈论眼下普遍存在的干部作风问题。

老者似乎根据穿着打扮，以为他身边的我不说话，板着脸，严肃有余，又衣帽整洁，像个干部模样。他打量了我一会儿之后，便转过脸去，悄悄对年轻人说道：

“我昨天去县衙办事，又碰了钉子。真是事难办，脸难看，所以我一见干部，就想起猫头鹰：面目狰狞，瞪着一只眼，常给人报凶信。他们呀，总让我感到畏惧！”

既然老者对我产生误判，且有防范之心，我便干脆眯起眼睛，装着睡觉，做出不关心他们谈话的样子。

只听年轻人说：“猫头鹰？叔，你是在骂他们，还是在夸他们呢？动物中的猫头鹰睁只眼闭只眼，那是为了轮换休息，以便更集中精力，加强警戒。当闭着的那只眼休息的时候，另一只眼睁着，担负着更机灵的警戒任务，起着两只眼睛的作用。所以，飞禽中的猫头鹰，忠于职守，应当赞美。而你说的人类中的猫头鹰则恰恰相反，敷衍塞责，应当谴责。”停了一下，经过思考，他又说：

“噢！我明白了，你用这个动物做比喻，是想说明：某些干部像猫头鹰一样，经常睁只眼、闭只眼？”

“是的。”

我从右眼缝隙中发现，老者乜斜了我一眼后，仍然压低声音对年轻人说：“这种一只眼干部，倘追本溯源，并不是现代产物，而是古已有之。我爱读古书，我给你讲个故事吧。”

年轻人来了兴趣：“好啊，我想听！”

老者清了一下嗓子，稍稍恢复了自然声调道：“春秋时期，吴国大夫伍子胥逃到楚国边境昭关被捉。边境军官审问时，伍子胥坦率承认：自己就是伍子胥！而且说：楚王为什么要抓我呢？因为他想得到我的那颗宝珠。但是那颗宝珠我已经丢了，我说了楚王也不会相信。现在，你若把我押解给楚王，我就对他说：是你把那颗宝珠抢去，并且吞进你的肚子里去了！这个边防官员想：那么楚王一定会信以为真，为得到那颗宝珠，一定会把我开膛破肚的！想到这里，他便决定睁一只眼闭一只眼，于是向下发令说：‘这个人不是伍子胥，放他走吧！’”

这个故事我知道，根据《东周列国志》记载，和他讲的情节有点出入。

听完故事，年轻人赞赏道：“有趣。这个故事，固然说明伍子胥的聪明机警，但从另一面看，它也生动表现了这个边防官员的渎职过程。他分明是个地地道道的‘一只眼干部’。”

老者继续小声道：“说得对。如果说，这个官员因为性命攸关，睁一只眼闭一只眼，还情有可原的话，”他一顿，“那么现在，我们有些管理干部的所作所为，就无论如何也不能原谅了！”

“你能举例说明吗？”年轻人说。

“你看，对亲朋好友违规违纪，他睁一只眼闭一只眼；对老婆孩子营私舞弊，他睁一只眼闭一只眼；为买官铺路给上司行贿，他目无法纪，睁一只眼闭一只眼；对来自下属的巴结逢迎，请客送礼，甚至接受巨额贿赂的时候，他也是睁一只眼闭一只眼；明明看见上司违法谋私，为保护自己，官官相护，他睁一只眼闭一只眼；明明看见公产流失，为分一杯羹，硬拿明白装糊涂，他睁一只眼闭一只眼；明明看见有人欺行霸市,为非作歹,只因是自己的哥们弟兄,他睁一只眼闭一只眼;明明看见老实人遭受欺压凌辱,又在自己管辖范围之内,多一事不如少一事,他还是睁一只眼闭一只眼……"

年轻人笑道:"说得好!这种单眼干部啊,实际上是两只眼睛都闭着,看见了也装作没看见。睁着的那只是盲眼,闭着的那只才是明眼!急需要睁开的那只明眼却闭着,不起作用的那只盲眼,反而为装装样子却睁了开来。所以实际上,他们是双目失明,有眼无珠,看见了完全等于没看见。于是老百姓也把他们叫作'睁眼瞎干部'!这种'睁眼瞎',其实眼睛并不真瞎,对于自己的私利,却向来心明眼亮,眼光锐利得很,一点都不装糊涂!"

我从眼角余光中发现,老者环顾了四周。我猜:他在担心除我之外,周围还有没有干部模样的乘客在偷听他俩谈话。当他再一次用怀疑的目光扫了我一眼之后,便趴在年轻人的耳边,更加小心地悄悄说道:

"对于这种'单眼'干部,应当像毛主席说的那样,在他们背上,猛击一掌,大吼一声:睁开你那只闭着的眼睛!"

年轻人指着他,笑了:

"叔啊,您老真逗,真是个天真幼稚的白面书生!不听世人说嘛:'大吼一声,纹丝不动!猛击一掌,挠个痒痒!'仅凭你喊一声、打一拳,解决不了任何问题,震动不了他们的灵魂。多少贪腐官员,不用说罚款了,甚至连坐牢杀头,都未必能使他们清醒过来!'前腐后继'这个词儿,不就是他们用实际行为制造出来的嘛!你就大声点说吧,怕什么呀!您老是个知书达理之人,难道不懂,古往今来、凡胆小怕事的善良弱者,永远只配做牺牲品吗?"

老头不服,瞪大了眼睛,但仍然低声反驳:"谁胆小怕事啦?"

"嘿嘿!"小伙露出鄙夷神色,低声微笑道:

"您不就是!连说句大话,都不敢理直气壮,总怕别人听见!"

真是点中了穴位!老者受到强烈刺激,沉默了片刻,似乎意识到:骨鲠在喉,不吐不快。于是,一挺胸膛,一反常态,猛地站起身来,面对全车客人,突然大声吼道:

"官员中的猫头鹰,睁开你那只闭着的眼睛!"

在静默的大客车里,其声之大,如同一声炸雷,震动了整个车厢!

这一声喊，也令我震惊！我瞪大眼睛，前后一看，竟把所有的乘客都惊醒了过来，很多人都伸长脖子，左顾右盼，举目注视，不知发生了什么突发事件？连正在开车的司机，也惊异地回头张望，责备性地吼了一声：

“神经病！”

4.《咖啡馆的旁闻》

（2010.2.1.写于西北大学桃园校区）

一天中午，我本想清净地休息一会儿，独自坐在咖啡馆喝咖啡，忽听隔壁四个顾客，似乎都是没结婚的青年知识分子，在大声议论“金钱和爱情”的时髦话题，倒引起了我的注意。因为只隔着一道矮矮的隔板，我虽看不见他们的人样儿，却能清晰地听见他们热烈的争论声。于是，我便饶有兴趣地聆听起来。

“眼前的社会，是个人欲横流，崇拜金钱的世界。所有的坑蒙拐骗、犯罪作恶、贪污腐败、人性泯灭，都是金钱惹的祸！”这是一个激昂的男声。

“我不同意。”一位尖利的女声道，“哪里是金钱的错？金钱被人使用，要从金钱持有者身上找原因。人，才是罪魁祸首！”

“是呀！”另一位平和的男声说，“好人用钱办好事，坏人用钱干坏事。应该说，金钱具有两重性！”

一个浑厚的女声表示赞同：“对，这样讲比较全面。”

激昂男仍大声坚持自己的看法：“但我还是认为，今天应该看到，金钱的诱惑力太大了。我们年轻人最容易上的当，大多都发生在不会处理金钱和爱情的关系上。在爱情、婚姻、家庭中，尤其应当拒绝拜金主义！”

“这话对。”浑厚女声说，“巴尔扎克早就说过，在拜金主义者心目中，婚姻是一桩买卖，是两袋金币的结合！”

“哈哈，说得太好了！”又是激昂的男声说。

尖利女声调侃地说：“好什么呀！你们城市人看婚姻，是两袋金币的结合，我们农村穷，没有金币，只有传统观念。哪个姑娘出嫁不收男家聘礼？应该说，这种做法虽不合理合法，却也合规合矩哟！”

“什么规矩？那是旧规旧矩，应当破除才对！收聘金聘礼，那是典型的买卖婚姻！”激昂男说，“买卖婚姻是封建残余！”

“不对不对！”平和男声以平和的口气反对道，“封建婚姻的本质是‘父母之命，媒妁之言’，对吧？”。

“我赞同，”浑厚女声分析道，“买卖婚姻更带有资产阶级性质，因为它建立在‘一手交钱一手交货’的现金交易的基础上！”

“别争了！”激昂男平息道，“我认为，眼下的城市、农村都一样，正在发生大变化，都奔金钱万能的方向跑，只不过城市快、农村慢而已。看看我们眼前的现实，大家都生活在唯利是图的世界里，爱情，便成了敛财的手段！”

“不对吧？言重了！”尖利女声发出质疑。

“不信？”浑厚男申述道，“你看：凡拜金主义者，婚前，必有一场财产的谈判；结婚，等于一宗生意的成交；结婚证书，就是一纸有利可图的合同；婚后，必有一系列支配财产的竞争；离婚时，必经一番分割财产的战斗；死后，也必有一场抢夺遗产的战争！”

“概括得精彩！”

“老兄智商高！”

“你看电视、报纸上报道的那些事儿，关于婚姻、爱情纠纷，还不都是这副德行！”

大家你一言我一语地纷纷表示赞同。

“那么，在这种时局中，我们应当怎么办？”尖利女声提问。

“怎么办？哪怕你是视爱情为婚姻灵魂的人，也绝不能忽略家庭财政问题！”浑厚女声用警示的语气说：

“今天，利用爱情、婚姻，骗人钱财者，男女都有，比比皆是，千万不可掉以轻心！”

“是的。爱情是人性的结晶，是家庭内涵的中枢神经，是永葆家庭活力、维持婚姻生命力的核心价值。所以我认为：没有爱情的家庭，或者说，婚后仍然培养不起来爱情的家庭，迟早都会解体！倘视财产为唯一，一生都围着金钱转，在家庭生活中，没有爱情，只剩下了冷冰冰的金钱关系，这种本末倒置的婚姻，命运最可悲！”

我暗暗点头，很赞同她的观点，我在心里为她鼓掌！

5.《中国妓女问题》

（2010.2.11.写于西北大学桃园校区）

教师饭厅的餐桌上，刚吃完饭的几位青年教师在嘻嘻哈哈拉闲话。

一位历史系讲师嬉笑着说："报纸上有人讲：中国妓女的祖师爷，是齐国宰相管仲。是他首创国家大妓院，那时不叫'妓院'，叫'女市'。'女市'一经设立，便将妓女商业化、合法化了。这大概是世界史上有文字记载的第一次呀。据说，在当时的都城临淄，开设的官办'女市'共有 7 家。可见，我国才是目前遍及世界的'红灯区'的开创国呢！"

另一位站起来反问："难道你还以此为荣？这可是社会丑陋，争不得第一呀。"他语气又转向和缓："不过，倘若你想作为专题研究，我给你补充一条资料：宋代著名词作家柳永，可算是我国历史上第一个'艺妓导师'。宋徽宗宠爱的妓女李师师，应该是柳永的得意门生。此时的各大城市，歌女舞妓盛行，当与柳永大有关系。他的著名词句：'衣带渐宽终不悔，为伊消得人憔悴''兰舟催发，执手相看泪眼，竟无语凝噎''想佳人，妆楼颙望，误几回、天际识归舟'等等，其实不是写正常人的爱情，那表现的都是艺妓的感情！"

如此熟悉文学作品，分明是一位中文系的教师。

那位历史系讲师接着说：

"可见妓女现象的起始，既有上层贵族需要，故能网开一面，允许它合法存在；又有文人的热心咏唱，加以推波助澜，方能得以延续，从此妓女这个群体，便在我国历史上流传下来了。"

"但也有断档期。"另一位教师说："我国真正消灭了妓女现象，则是在 1949 年。中华人民共和国的建国初期，毛泽东主席在北京微服私访，见一个老鸨追打妓女,经怒斥之后,他回到办公室,便下决心'要把房子打扫干净!'可见,在毛泽东主席眼里,妓女现象属于'肮脏的垃圾''社会的污垢'。所以,北京在一夜之间,查封了 224 家国民党统治时代留下来的妓院。首都带了头,接着在全国各大城市,开展了一场声势浩大的'解放妓女运动',于是,中国也从此变成了全世界唯一没有妓女的、最干净的国家了!"。

"我补充!"那位文学教师抢过话头,"西安也不例外。1950 年,西安市出动警察、军队,一夜之间,用大卡车把所有的妓女集中起来办学习班,做'改娼从良'的思想教育工作。时任西北局书记的习仲勋同志,面对她们,讲的第一句话是:'姐妹们,你们受苦了!'许多妓女深受感动,泪流满面,还有不少人失声痛哭。因为,她们从来没听见过这么亲切的称呼! 从来没感受过这种亲人般的关怀! 一位至今仍然健在的老前辈,一辈子从事外交工作、至今身居北京的陕西乡党王永成老先生当时就在现场,讲起这个场面来,还历历在目,激动不已。他说:这句话,也使他的灵魂受到极大的震撼!"

"但是,"那位历史系讲师又说,"自从改革开放以来,我国的暗娼又死灰复燃了! 现在,随着经济大潮涌来,我国的地下卖淫也已遍布各地,到处流行起来。于是,便有人大声疾呼:'还我一个纯朴的民风民俗!'也有人仰天长叹:'谁是毛泽东之后,第二次在我国彻底清除此种丑陋现象的人呢?'"

一位外国文学教师插言道:"1988 年,我赴巴黎任教,在给法国学生上《中国报刊阅读》课时,当我讲到中国社会的发展成就之一是消灭了妓女现象的时侯,一位法国学生,立即站起来反驳道:'老师,您错啦! 中国有妓女!'并举他的朋友在中国的经历为证。我当然不予承认。但是回国后,1993 年,我去珠海参加学术会议,亲身经历了高等饭店里早晚两波、各不下十人次的'暗娼招商电话',足以证明:当年该生的话不假。面对事实,我不得不承认:我真的错了!"

"现在更甚了!"一位经济系讲师大声说,"2006 年,我去欧洲旅游。在阿姆斯特丹的大街上,竟然看见高鼻子、蓝眼睛的外国人,站在经营性生意的大门前,热情招徕顾客。看见我们是中国人,便冲过来,用不太标准的普通话大喊:'很漂亮! 很便宜! 有发票! 爸爸不要钱!'惊得我目瞪口呆!"

大家听了,都哈哈大笑。一位汉语教师大发感慨:

"哈,我们的'孔子学院'全球开花;我们的'汉语普及'遍及世界,深入到各个角落,的确成就卓著。但是我国虽无明妓,却暗娼泛滥,人人有目共睹。特别是‘腐败输出’,其速度之快,效率之高,也令人咋舌！请想想,哪些人才有资格有胆量,干了这种臭事还敢开发票,能回国报销呢?”

大家在嬉笑怒骂中站起来,准备离席回家。那位提出话头的历史系讲师,一边拿起书包,收起笑容,一边用餐巾纸擦擦嘴,满脸严肃地说:

“所以妓女现象,绝不仅仅是个轻薄话题,一笑了之;也不是个浅层次的道德问题,感叹一番世风日下,就算完事。而是应当放在世界和历史的大视野下严肃对待、深刻审视的大题目。因为它能反映社会百态和历史事实,也关乎一个民族的德操素养、精神追求,更关乎一个国家的移风易俗和社会兴衰,意义重大啊!因此,我真想写一部《中国妓女史》,好好挖掘一下蕴藏于其中的丰富内涵!”

“好啊!”大家围着他喊道,“我们渴望拜读。祝愿您的大作早日问世!”

6.《一个老贫农的永恒启示》

(2010.2.21.写于西北大学桃园校区)

1976年,我作为被抽调的高校教师,下乡到洛南县某公社第四生产队蹲点,其中的记忆几乎全忘掉了。但有一个人的形象,却永远留在我的心底。

他,是个六十五岁的老贫农,名叫冀喜才,瘦瘦的脸颊,黑黑的面庞,见了人话不多,只呲眯一笑,就算打了招呼。他身披一副垫肩,肩挑两只粪桶,东家出来,西家进去,把家家水茅坑中的粪尿,挑进大田,浇进地里。不论风天雨天,热天冷天,从早到晚,从春到冬,天天如此,永不间断。你从没见过他偷懒转悠,从没见过他闲聊天。我每次看见他,不是挑着空粪桶回村,就是挑着两满桶粪尿进地。那副垫肩,那根扁担,从没下过肩,仿佛本来就长在他的肩膀上似的。但是谁都知道:四队的条条路上,铺满了他的层层脚印;四队的块块田里,洒遍了他的串串汗珠。每到麦收时节,他总喜欢坐在碾打成堆的麦场上,抽着旱烟袋,盯着麦堆看,眼睛流露出满足和幸福的微笑,仿佛在说:我日复一日,经年累月,没有白辛苦!

在当时那种突出政治的年代,我在日记中这样写道:

"从这一家茅坑,到那一家茅坑,从这一块田埂,到另一块田埂,他干的是最脏最臭的活,也是最苦最累的活,但他的思想是最香的,心底是最甜的。他从未说过,自己为革命做出了多少贡献,但他天天都在为革命做贡献。谈起社会主义来,他没我的空话多;但干起社会主义来,我比他的实际行动少。我问自己:当你满怀喜悦坐上餐桌的时候;当你衣食无忧求学深造的时候;当你精力充沛从事自己手头工作的时候;你可曾想到过他,这些种出稻粮,无声供养你的一日三餐,无数个如他这样的默默无闻的老贫农?"

今天，无疑有人会讥笑我说：哈，又破又旧，又酸又臭！这已是上个世纪的“价值观”，什么贫农、富农？什么勤劳、革命？早被抛进历史垃圾堆了！你不睁眼看看眼前的社会现实：“广告海洋”，已经代替了“语录海洋”；“为人民币服务”，已经代替了“为人民服务”；“个人自由”，已经代替了“驯服工具”；“人不为己、天诛地灭”，已经代替了“大公无私、斗私批修”。现在时兴的是：包装就是优质，掩盖就是纯洁；狡猾叫作聪明，诚实叫作愚蠢；谦虚等于无能，狂妄等于自信；权力能换金钱，行贿才会高升；泡妞显示本事，心黑才能致富……。生活的真实面目是：虽有主流力挺正气，但逆流成灾，歪风劲吹。丑恶与良知并存，真理与谬误共生。在这种世风中，你还大谈特谈什么埋头傻干，持之以恒？你这不是在误导我们年轻人吗？告诉你，这个老贫农的“忠厚老实，埋头苦干”，已经不是什么纯朴高尚的“优秀品质”了，反而是愚蠢老朽、是讥笑讽刺的对象，属于早被唾弃的“愚昧落后”(out)的事物了！

但是，我不这么认为。

尽管，这位老农早已作古，时代已经发生了沧桑巨变，社会价值观遭遇了全面颠覆，可我至今，仍对他心怀敬仰！

为什么？

因为他的行为中，包含着一种精神，这就是干好本职、守住本分的忠贞不渝，心无旁骛、埋头苦干的实干精神。人的能力有大小，不和别人比高低，只要在自己平凡的工作岗位上，默默无语、踏实劳动，兢兢业业、优质服务，就能创造你的物质财富，就能实现你的人生价值。比如，身在运输队，就要当个技术娴熟的好司机！身在医院，就要做个治病救人的好医生！身在学校，就要成为传道、授业、解惑的好教师！

我这一辈子，就是拿这个老贫农做榜样，一直走到今天的。

对我来说，他并没有死，他的精神不会死！他永留我心中！

7.《有妈就有家》

（2010.11.20.写于西北大学桃园校区）

一个月前，年迈多病的姐夫去世，为安慰孤独的大姐，亲朋好友来到她家，相聚一堂。

我看到，姐姐的儿子——我的外甥——避过众人耳目，把一厚叠百元钞票递给妈妈，小声说："这些钱，是我们兄弟姐妹给您的，您先用着。想吃啥买啥，想哪儿玩就去哪儿，善待自己放宽心，您的健康最重要！"

我听了，不住称赞："多好的孩子呀，少有！"

外甥大声说："不是我好，是我今天才体会到：爸走了，再不保住妈，这个家就散了。有妈就有家啊！"说着说着就流下了眼泪。

"是啊，宁舍一个当官的爹，都不舍一个叫花子的妈！妈就像一块磁石，有一种内聚力。有妈就有家，没妈就没家！"我大声赞叹道。于是你一言，我一语，由"妈"字开了头，大家议论纷纷，引起了一场以家庭伦理为主题的大讨论。

这个"讨论会"很有意思，没人主持，没人定调，也没人总结。有的三言两语，有的长篇大论；有的赞同附和，有的质疑补充；有人严肃争论，也有人嘻嘻哈哈。自由发言，毫不介意，争先恐后，十分热闹。

我喊道："爸、妈的作用不同：爸是柱石，能撑起家也能撑起天；妈不一定能撑起天，但一定能撑起家。因为妈是纽带，能拢起一家情，也能维系一家亲。撑天的人是栋梁，少数就行；而撑家的人是磁铁，富有引力，个个妈都是行家！"

"说得好！"甚至有人鼓掌。在座的所有女性：尤其是大姑娘、小媳妇，这些年轻妈、未来妈、后备妈妈们，两眼放光，兴致大增，就连大妈、老妈、奶奶们听了，也满脸堆笑，都很激动！

“儿是根，女是心，有儿有女胜黄金！”

当话题从妈妈转到儿女身上时，气氛发生了变化。

“唉，”忽听一位奶奶叹息道：“孩儿和孩儿不一样啊！”

“你还不满足？”旁边的姑娘说：“村儿里谁不夸你的儿媳乖！”

“好娃哩，那是我乖！一天三餐我做，两个孙子我管。我起得最早，扫院喂猪抹桌子；我睡得最晚，赶鸡上架关后门。倘要走亲戚，比如今天，想来看看大姐，给她说说宽心话，还得给儿媳妇请假。人家不同意，我哪敢走出大门一步？你说说，是谁乖？”

“我那儿子也是，心里只有他孩子和媳妇，早把老爸老妈忘脑后了！”另一位大妈紧跟着说。

“我那儿子，嗨，头发丝栓豆腐，难提！”一个老大爷也说。

另一个老人也附和道：“子女向父母要钱，顺溜；父母向子女要钱，艰难啊！”

一个小伙不敢大声反对，只低声嘟哝道：“向父母要钱‘顺溜’？那是我们未成年的时候。长大成人了，还能那样吗？我就很难张口。随意要？那不成‘啃老’了吗？”

“大伯大妈呀，”一个三十出头的中年妇女笑着说，“现在，我们做子女的也难呀：毕业等于失业，找份好工作更难，起早贪黑打工，老板恨不得从我们骨头里榨出油来，薪水仅千元左右，谈恋爱要钱，结婚要钱，租房子要钱，看病要钱，生孩子更要钱，还要多少分点出来孝敬父母。哪样离了钱能行？”

“是的，你们难，”一位大爷不同意，大声嚷道，“可是，和我们养孩子的时候比，你们好哪儿去了！我们那时，条件更差，困难更大，能吃顿饱饭就很满足了！”

“我觉得：父母对子女的爱是无限的；而子女对父母的爱，则是有限的！”另一个老头补充说。

“父母爱子女，是顺流而下；子女爱父母，是逆流而上。不能比！”一个老太太也插言道：“父母的家，就是子女的家；可子女的家，绝不是父母的家！”

“是的，父母心里，子女总占第一位；而父母呢？在子女心里只占第三位！第一位是孩子；第二位是妻子或丈夫；第三位，才是父母和岳父母。”

“那也不尽然。我在家就不是排老二，而是排老四！”一个上有老、下有小的中年男子说，“一等公民是儿子，二等公民是妻子，三等公民是父母，四等才轮到我!”

大家哈哈大笑。

一位五十岁左右的亲戚说:“我们村儿里,有的老妈妈,说是到城里跟儿女享清福,实际上是当保姆,做饭洗衣管孙子,活得累,也活得糊涂,她还大赞特赞‘难得糊涂’;我却想大声疾呼:当爷当奶的,要‘活得明白,难得明白’才对!”

“所以有人总结说:闲事少管!闲钱少攒!让儿女离远!给老伴温暖!”

“还有更难听的呢,说什么:老伴是恩人,女儿是亲人,儿子是仇人,媳妇是敌人,女婿是外人,孙子是另一个世界的人!”

“看来,当个儿子真倒霉,名声更比女儿坏。不是常说‘女儿是妈妈的小棉袄’吗?”

“没错!”一个小伙子自我嘲讽,笑着大喊,“生个女儿百货楼,生个儿子万事愁!”

又是一阵哄堂大笑……

“对不起,我先道声歉。”一个当老师、戴眼镜的人站起来,慢条斯理地说话了,“下面的话不好听,请诸位长者谅解。”他歉意地微笑道:“大伯大妈、爷爷奶奶们,和你们比,我是小字辈。但我刚退休,也加入到你们的行列了。作为长辈,咱们有些话也说得不对。比如,我一开始工作,就不能向父母要钱了,连启齿都难,哪里还谈得上‘顺溜’?父母一生节俭度日我知道,所以每月都是我主动寄钱给他们,虽然给的不多。说到家庭地位,在我结婚生子之后,说实话,我没法把父母排到‘绝对第一位’。我不得不把孩子排第一。在‘父母利益’和‘子女利益’发生冲突时,比如孩子患病、同时又要给父母寄钱时,面对微薄薪水,我只能先顾孩子,然后说明困难,请父母谅解。”

有人同情地悄悄点头。

他继续说:“要我说呀,咱别怪怨孩子,更别责备孩子。父母爱子女无限,子女爱父母有度,没说错,是句大实话。但不只眼前如此,世世代代都一样!人同此情,世同此理,谁也别怨谁。两代人之间的爱下和敬上,自古就是不等式,是不能用数学公式计算的,更不能用商品交易的方式,做等价交换的!父母养育儿女,不是放债收息;儿女孝敬父母,也不是欠账还钱。双方都能做到尽力而为,不去计较盈亏得失就成。现在什么都商品化了,市场化了,但亲情、血缘,万万不能商品化、市场化！子女不是商品，父母更不是商品！只有双方都胸怀那一份‘热乎乎的亲情’，才是价值无限的！明白了这个理儿，便能换位思考，理解对方，妥善处理好我们谁也逃不脱的家庭伦理关系！”

“对，言在理！说得好！”接着掌声四起，他的话获得了满堂彩。

“开饭了！”忽听姐姐的大儿子大喊一声，端来一大盘荤素兼有的菜肴和酒水。那个三十出头的青年妇女，首先请年长者们入上座。那个戴眼镜的老师带头，高举酒杯大声说：

“我先祝各位老者，健康长寿！你们的健康，就是我们小字辈的福分啊！”

8.《看斗牛》

（2010.11.30.写于西北大学桃园校区）

西班牙的斗牛节目名闻世界。但我既对它的惊险刺激毫无兴趣，也对它以血腥残忍的手段对付诚实如牛的动物不敢恭维。然而，我对被玩于股掌中的笨牛，总深深怀有一种“恨铁不成钢”惋惜之情。

看着那头怒目圆睁、两角高耸、气势汹汹的雄牛，我一面为它的体魄健壮、勇猛彪悍和拼搏到底的精神所折服；一面又为它那简单无知、愚蠢透顶、反复受骗达到不可救药的地步而摇头。你看：它只知道攻击红布，而对藏在红布背后、操纵红布的“人”，一次又一次对它的挑逗愚弄却熟视无睹。真是有眼无珠，可笑亦复可悲！

雄牛的脑袋可谓巨矣！雄牛的眼睛可谓大矣！但巨而无智，大而不明。他真正的敌人——“人”，就在它身边，就在它眼前，稍加思索便一目了然。然而，它竟视而不见，如同瞎子，一错再错，以致最终，只落得被“人”杀死的可悲下场！

斗牛场上，实际则是狡猾和愚蠢的搏斗，是愚弄和被愚弄的表演。在生活的舞台上，在世界的争斗中，在地球这个硕大无比的斗牛场里，不是也有一些“类牛者”呢？

啊，看一场斗牛赛，当给人们以深刻启发！

9.《警惕“挖坑”的蚁狮！》

（2011.1.15.写于西北大学桃园校区）

每日的报纸电视新闻中，尤其在普法知识节目里，都有许多骗子骗钱骗色的报道，虽然表现五花八门，损招迭出，但手法大同小异，其致一也。

“一”在何处？或叫“设局”，或叫“下套”，即都会“挖坑”！这种精心设计，巧妙实施，专门“挖坑”以骗人的伎俩，常让我想起一种小动物——“蚁狮”。

“蚁狮”这东西，据说陕西也有，但我在那没见过。我赴非洲刚果（布）任教期间，在那棕红色的沙土地上，遍地都是。我们经常把它放在一个沙盘中，再抓一些蚂蚁，看它怎样捕捉猎物，怎样吃掉蚂蚁，觉得非常好玩。

什么是“蚁狮”呢？

在生物学上，人们把蚁蛉的幼虫叫“蚁狮”。它的样子，有豆粒般大小，腹背隆起，上颚发达，长而弯曲，内侧有牙齿。它在干燥的沙土地上，能倒退着行走，一边旋转身子，一边向沙子里钻去，不断挖掘出一个小小的漏斗状的陷坑，还用两只触须，不断把砂子往外弹抛，这样，就能使漏斗四周平滑陡峭，以便让猎物更容易落入陷阱。它把自己埋藏在坑底，只露出头部长长的触须和蚁夹，待蚂蚁落入陷阱后，它便突然伸出它的武器，夹而食之。当它缩进沙土中，迅速把蚂蚁的汁液吸干之后，便把干瘪的蚁壳抛弃在外。其动作之迅速快捷，令人惊异。

我经常惊叹它的超高智能。它真是自然界中通过制造陷阱，捕获猎物的绝妙高手！

“蚁狮”作为昆虫，为了生存，捕食猎物，是一种动物的本能，不应在我们的褒贬之列。但在人类社会中，也有类此者，如各种托儿，各种骗子，为了金钱女色，先设圈套，巧行诱惑，在你麻痹大意、毫无防范的状态下，利用你对他的信任，然后张开血盆大口，施以鲸吞式的掠夺。这不正和蚁狮的伎俩如出一辙么？从他们身上，我懂得了什么叫“狡猾”！什么叫“奸诈”！什么叫“凶残”！什么叫“狠毒”！

对于这种专门以敛财劫色为目的，挖坑害人、巧取豪夺的贪得无厌者，我们则必须予以厉声谴责、坚决打击！

善良的好心人啊，我们决不能把这些人间的“蚁狮”们，当作“生存本能”去解读，更不能误作“聪明智慧”去赞美！

10.《“0.618”的启示》

（2011.4.14.写于西北大学桃园校区）

“爷爷，我们数学老师今天上课，提到0.618，这串数字是什么意思？”

我一惊，意识到：刚上初中的孙儿开始会学习了！因为他能提问题了。所以我很高兴，我解释说：

“0.618，这是指，把一条线段分为两部分，其全长AB与较长部分AC之比，等于较长部分AC与较短部分CB之比。其公式是：AB∶AC＝AC∶CB。倘设定全长是1，C点就在0.618处，即AC占全长的0.618，那么CB就是0.382。所以，人们就把‘0.618’处，叫作‘黄金分割点’。”

他歪着脑袋，瞪着疑惑的大眼睛，又问：

“0.618这个分割点，何以如此珍贵？为什么古今中外，都要给它冠以‘黄金’二字，来强调它的价值呢？”

我便严肃认真地继续解释道：

“这是因为，C点在AB全长之间，常常是出现最佳效果的位置，也叫时间和空间的最高峰值点。只要符合这个严格比例，就会产生和谐性和艺术性。据说，大量事实证明，遵循这个比例，必然会产生更协调、更美观的审美效果。所以它在造型艺术，如绘画、音乐、雕塑、建筑的艺术构思和工程设计中，都具有不可忽视的美学价值，故而成为“优选法”的数学根据。可见，它不是迷信，是科学。所以达芬奇说：这个比例，‘是艺术之母，是艺术女王！’”

孙儿继续问：

“据记载，许多人都热衷于赞美这个比例的妙用。是真的吗？”

“是的。”我给他列举了下列资料：

一支乐曲，常在全乐章的 0.618 处，达到高潮；

二胡千金，放在 0.618 处，发出的音色最为和谐悦耳；

报幕员站在舞台前沿的 0.618 处，位置最美，声音传播也效果最好；

著名建筑物的三维轮廓，大都采用 0.618 和 0.382 之比(或近似值)，因为它能引起视觉的和谐美感；

科学实验中，常能在 0.618 左右的位置，找到最佳数值，可以得出最合理的试验次数，避免了人力、物力和时间的大量浪费；

最完美的身段，是以人的肚脐眼儿为标志，它应位于下身占身高的 0.618 处；

最漂亮的脸庞，是以眉毛的位置为准，它也应当长在脸长的 0.618 处；

还有人说，什么样的人生最快乐？要看顺境和逆境在一生中所占的比例，也应该用 0.618 和 0.382 的两分法，取近似值，即四分如意——平安和享受，六分不利——忍耐和奋斗。

……

听完后，他似乎有所悟，便道：

"我能否这样猜想：既然黄金分割的应用范围如此广泛，那么，推而广之，引而伸之，人们对待自己的理想追求，是否也应当找到 0.618？审视自己的奋斗经历，也需要找到 0.618？预测自己的事业成功，也似乎该懂得 0.618？"

我笑笑说："它只是一个概数，未必事事精准，千万别生搬硬套，取个参考值而已。孩子啊，等你走出学校，踏进社会，在实践中，利用这个公式，验证你经历过的往事，规划你正在干的现事，预测你即将要干的新事，它或许能给你积累经验，丰富智慧，也许能使你变得更自觉、更聪明，不走极端，少涉弯路。"

他听完后，轻轻地点了点头。

11.《从“山寨”谈起》

（2011.6.6.写于西北大学桃园校区）

朋友问我:“现在新词汇真多,加紧学习都来不及。比如‘山寨’,我就不懂,它的确切意思究竟是啥?”

我说:“按我的理解,它包括抄袭、恶搞、仿制、盗版、克隆,一言以蔽之曰‘山寨’现象。再经梳理,还可分为‘山寨产品’‘山寨心理’‘山寨行为’‘山寨文化’等等。”

“你怎么评价这种‘山寨’现象?”

“我认为:如果山寨仅仅是照猫画虎,低层次重复,便毫无意义,当然不好。但是,把它作为伟大理想的起步,则又当别论了。”

“说得好,我也有同感。人说‘山寨’,实际上说的是‘复制’,即‘模仿’的意思。所以,必须理清‘创新’和‘模仿’究竟是什么关系。只有在二者的正确关系中,才能看清楚模仿对创新的意义,哪项创新能离开模仿的奠基作用呢?”

“是的。现在人人都在高唱‘创新’,强调‘创新’,‘创新’成了这个时代交响曲中的最强音符。这当然是对的。但是,要达到创新的目标,实现创新的理想,绝对不可否定基础、抛弃‘模仿’。其实,‘模仿’在实现‘创新’的过程中,是非常重要、必不可少的。应当说,它是最初级的学习。”

他笑道:“别只讲空道理,举实例才能服人。”

我说:“你看,任何人在孩提时代,一切都是模仿。咿呀学语是模仿,蹒跚学步是模仿,幼儿园里的小宝宝们,学校里的莘莘学子,工作岗位上初出茅庐的人,都是从模仿别人起步的。请问:凡是取得辉煌成就的人,哪一位的人生第一步,工作第一步,不是从模仿开始的?”

“再举学习书法为例吧。”我补充道，“大家都说：书法应从楷体练起，说明打基础的重要。仿帖，就是模仿名家字帖。人们讲：行书、草书，必须经过‘读帖’和‘仿帖’阶段，才能在此基础上，写出自己的特点，练出自己的风格，才能将自己的人生感悟，融进笔墨，淋漓展示，才能称得上是‘自成一体’。”

“这个例子好。这些都说明了模仿的重要。”

“固然，只模仿，不创新，像驴拉碾盘，原地转圈儿，那是低层次重复，科技必然不会发展，社会当然不能进步；但是，心气浮躁、投机取巧、全盘否定模仿的人，不重视打好基础，比如不学走路就想快跑，越过学步便想腾飞，只想一口吃成胖子，一锄头挖出一块金砖来，这种一步登天的事是不可能发生的。什么事都有个日积月累、由浅入深、由低到高、从量变到质变的过程。俗话说‘心急吃不了热豆腐’，讲的就是这个理儿。等你走了弯路，才明白过来，还得从头做起，这就叫事倍功半，甚至是劳而无功，只会浪费更多的金钱、时间和精力！”

“是啊，后悔药不好吃——聪明之人不屑为也！”

所以，青年人要“创新”，就必须懂得“创新”和“模仿”的关系。

“你说说，它们二者究竟是什么关系呢？”

“我认为，只要两句话就能概括：模仿是创新的基础，创新是伟大的模仿！”

12.《解析“臭皮匠和诸葛亮”》

（2011.7.29.写于西北大学桃园校区）

“臭皮匠和诸葛亮”，倘解析起来，包含以下不同效果的四个层次。

1. “三个臭皮匠，顶个诸葛亮”。倘用数学不等式表示，即 $1+1+1>3$。这是说：人人都有所短，人人也都有所长。即使是三个臭皮匠，只要善于学习，取长补短，虚怀若谷，团结协作，便可集中大家的智慧和才干，就能办成大事，也能顶个诸葛亮。俗语说：“三人一条心，黄土变成金”！就是讲的这个理儿。

2. “三个诸葛亮，一个臭皮匠”。如用不等式表示，即 $1+1+1<1$。这是讲：即使是智者，也有他的所短。我们常常见到的人际现象，是智者不智，自以为是，骄傲自负，目中无人。智者之间，互不服气，产生嫉恨，发生“窝里斗”，便是内耗，所有的积极因素，都被抵消殆尽。所以人们总结说：唯我独尊者，虽智必败。实际上，这是在呼唤和强调“团队精神”。人常说“一山不藏二虎”，何况三虎共藏一山，就是讲的这个理儿。

3. “三个诸葛亮，超级诸葛亮”。用不等式表示，也是 $1+1+1>3$。这是说：一个智者，再加上能善识他人优长，兼具谦虚宽容之美德，掌握沟通协调之才能，他必是智者中之大智，才者中的大才。是集高智商、高才商、高情商于一体的超高者。有了这种“超高团队”，必然会不断挑战人间极限，创造出前无古人的世界奇迹！这就是被称作个人素质中的“强强联合”。

4. “三个臭皮匠，仍是臭皮匠”。还用不等式表示，即 $1+1+1=1$。这是说：一个愚者，本已缺乏智慧，还自以为是，骄傲自负，坐井观天，拒绝他人帮助。这种人越多越坏事。所以，要办好事情，不在人数多，而在于有智慧，素质高，懂得互相学习。倘多而无智，必然事倍功半，甚至产生负值。这就是人们常说的：“群氓没法集思广益!”

以上四种,无论智、愚、成、败,都是在讲“处理好人与人之间关系”的重要性。1 和 3 是正面经验,是鼓励;2 和 4 是反面教训,是警示。无论正面、反面,归结为一点,就一句话:一生必须致力于正确处理好人和人之间的关系!

朋友,您的团队属于哪一种呢?

13.《不要“两次被一块石头绊倒！”》

（2011.7.31.写于西北大学桃园校区）

“不要两次被一块石头绊倒！”这是一句教人聪明的警世名言。

人，尤其是年轻人，不要怕被石头绊倒。绊倒，这是常事。谁无失误？谁不跌跤？世界上不存在没跌过跤的人。哪个人离开娘怀，从爬行到直立行走，没跌过跤？没摔过跟头？哪个人初出茅庐，从说话到办事，没吃过亏？没上过当？没犯过错误？

可见，跌跤不可怕。可怕的是，多次被绊倒，多次在同一地儿被绊倒，反复被同一块石头绊倒，还不总结经验教训！

所以说，聪明的人并不是不跌跤的人，而是跌了跤，就实事求是，认真琢磨，沿着来龙去脉，及时找到跌跤的原因，以便从此记住，再也不犯同样错误的人，并引而伸之，扩而大之，举一反三，在对待其他事情上，不做跌了跤才知疼的傻瓜，而要做一个未跌跤就知疼，从而为避免受疼而防止再跌跤的聪明人。因此大家说：多次被同一块石头绊倒的人，才叫傻瓜！

记得名演员宋丹丹说过一段话：

“有人摔了一跤，悟出了一个理儿；有人摔了一跤，悟出了三个理儿；有人摔了一串儿跤，一个理儿也没悟出来。这就是才智的比较。”

天才，即生而知之者，也许有，但我不信。我宁可相信“天生丽质”，也不愿相信“天生聪明”。漂亮不等于智慧，聪明也绝非天生。

人人都会说：“吃一堑，长一智。”但很多人只感到“堑”的可恼、可怕，却不懂得由它而生的“智”之可贵、可爱。看来，“堑”是什么？“智”从何来？是个值得探讨的问题。

古人说:“知有种种之阶级:其上者,生而知之;其次,学而知之;其下,困而知之。”(见《王国维文集》第三卷第195页)

扪心自问,我当然不是“生而知之”者,也不信“生而知之”者,因为我自知先天愚笨;我是“学而知之”吗?是的,我靠学校教育,从小学、中学到大学,层层深造,打好基础,然后在工作实践中历练,初步增长了一些知识,但这绝不是全部;说句老实话,我主要是个“困而知之”者。我的智慧大多来自遭遇困难、被迫克服的“困而后知”,即吃一堑才能长一智,摔了一跤,甚至多次摔跤,才可能悟出一个理儿来。

所以,直活到老迈的今天,我才懂得了这个道理:智从堑生,堑为智母,多堑多智,无堑无智!

回顾一生,我的智本来就不多。仅有的那一点儿“智”,也都是从“堑”的教训中孕育而来,有的,还是两次、三次,甚至多次被同一块石头绊倒之后,吃了不少亏(堑),才增长了一智的。

如果说:七十多岁的我,今天还有些许聪明,那都是在碰钉子、犯错误和摔了多次跤之后,日积月累积攒起来的,恰如我零存整取的存折一样。而我的那些更多的没经验、不大懂、全不懂的“不聪明”之处,都是没有机会摔跤,从而也不能获得“真知”的空白。在我的脑海中,这种“弱智空白”比“堑后之智”的面积,不知要大过多少倍!所以,我一生总觉得我很笨。你相信吗?在这里,我可没有一点点谦虚的意思,更没有“幽默”的必要!

如果我能再活一世,我甘愿在青少年时期,多碰几颗钉子、多跌几次跤、多吃几个堑,以便让我在涉世之后,比别人更聪明些,更智慧些。

我很爱先贤说的一句话:“勿忧拂意,不惮初难”。“忧”者,虑也;“惮”者,怕也;“拂意”是不随我心;“初难”,即早期困难。“拂意”和“初难”,都该属于广义的“吃堑”之列。

这八个字,与其说,是为打消我们的顾虑和恐惧,不如说,是在鼓励我们的志气和勇敢,甚至可以说,像为增营养而吃苦瓜一样,要我们在主观励志上,去自讨苦吃,去化堑为智,去热爱“吃堑”,去多多“增智”!

14.《婚比今夕》

（2011.9.15.写于西北大学桃园校区）

最近几年，常看到青年人喜结良缘，披婚纱，拍婚照，布新房，摆婚宴，鸣放鞭炮，车队成串，宾客满堂，其结婚仪式，排场豪华，好不热闹，令我十分艳羡。前年，还看到北京长安大街上，36 辆纯一色的红色高档小车，排成长龙、浩浩荡荡、迎娶新人的宏大场面，其档次之高、车数之多，大概创造了中国的历史之最！

是啊，结婚乃人生大事，一生只有一次，大大庆贺一番，也是值得的。仅以结婚为例，对照时代的变化，比较生活的提高，必然会令人惊叹不已。

于是，我回想起我当年结婚的细节来。

1967 年 6 月 15 日，我结婚了。

那时，我眼前无工作可干，望未来更是一片茫然。故对结婚，既无兴致可言，也无大庆准备。我没理发，没洗澡，穿着平日旧衣服；我爱人，同系同学，已经毕业，但工作分配还无消息，所以心情抑郁，她不仅一身旧衣，衬衣领上还打有补丁，实与乞丐无异。

洞房，是仅 18 平米的一间二人合住的单身教工宿舍。我过去同班、现在同舍的老白，出于善心帮助，主动让出位置，搬到办公室去住。

两张单人床并在一起，就算婚床了。但是，由于布票紧缺，买不到大床单，买来的普通床单，仅宽 1.5 米，盖不严两张单人床宽 1.8 米的面积，只好再用旧床单，像一条长长的大补丁一样，才补足了床沿那 30 厘米的一条空挡。

唯有两床被子是新的。一条红色绸被面是岳母送的，另一条闪闪发光的金黄色缎被面，还是 1967 年春天，我和郗政民老师在“革命串联”中，南下苏杭时买的。

当我在杭州绸缎店，看到各色漂亮的丝绸被面时，非常羡慕。我看中了最便宜的一种，标价 16 元人民币，我还买得起，但必须交付 6 张“杭州市丝织品专用工业券”。这种购物券，在当时虽是免费证券，但没有它，钱再多也别想买到手。更何况，丝织品是杭州特产的著名产品。我这个西安人，哪有杭州人特有的工业券啊？只好站在柜台前，隔着玻璃，“望洋兴叹”，神色羡慕地反复观看着，久久不忍离去。

女售货员，大约三十岁左右，高高的个头，圆圆的脸庞，一副南方女性的特点。她大概看出了我的心思，不断鼓励我买。

身旁的郗老师也帮腔，对她说道：“这个小伙子，马上就要结婚了，看上了这条被面，所以很想买，但是没有你们的工业券啊！”

女售货员问我：“你真要结婚了？”

我点点头，遗憾地笑答：“是啊，只可惜，没福气盖你们杭州的丝绸被面！”

她有点心动，沉默了好长时间，为难了半天，忽然大发慈悲，说道：

“好吧，我祝福你！你掏钱，我替你付工业券！”说着，她就从口袋里掏出了自己的票证，如数放进专用的小匣子里。

我真没料到，她竟有如此善心，而且说到做到！我喜出望外，十分感激，一边付款，一边不断说着：“您真是菩萨心肠，谢谢您，谢谢您了！”同时心里暗想：“结婚的时候，我一定要给她寄喜糖过来！”

可是，三个月过后，直到 6 月 15 日结婚这天，我这才想起：当时只顾高兴，竟然没记下她的姓名和地址！唉，我怎么如此粗心！半生里，我曾无数次地自责过。至今，每看见这条被面，每回忆起这件往事，还是遗憾不已！我只能遥祝她：“好人一生平安！”

那时，婚礼主办人收受贺礼，首先要划清政治界限。教授、副教授们，是“反动学术权威”，要排除在外；正副系主任、正副党总支书记们，是“走资派”，也要排除在外。这两类人中，即使没有定性的，也是怀疑对象，为避嫌，都要打入另册，不能收受礼金；其余的，统归“革命同志”之列。

全系“革命教工”共 40 余人，按当时的通行规矩，每人 5 角钱，共收礼金 20 多元，由我同班留校的老蒙同学领头，陈老师、郝老师、薛老师等青年教师参与。他们经商量，买了几斤喜糖、一包红枣、一套茶具、两个塑料封皮笔记本和一个写有“谦虚谨慎，戒骄戒躁”的毛主席语录镜框，加上从薛老师处借来的一台收音机，简要布置了一下宿舍，就算准备齐全了。

我俩没带红花，没摆喜宴，没放鞭炮，连个像样的结婚仪式都没举行。只在晚饭后，大家聚在新房，热闹一番，就算完事。

过后，我记得，傅庚生教授、刘持生教授、党总支副书记王世文老师等人见了我，还偷偷向我表示了祝贺，说他们很想交礼金，但鉴于身份，害怕给我造成不良影响，只得作罢。对于这种真意表白，我很理解并心存感激，也都一一当面谢过了。这些细节，如今想来，颇觉滑稽，但那是时代的禁锢，历史的畸形，谁也没法摆脱。

看看今天，同是结婚，今昔差别，何等悬殊啊！

现在讲述这种对比，我并不想说明什么苦呀，乐呀，悲呀，喜呀，批判呀，歌颂呀，今是呀，昨非呀等等，而是只想表达一点：

人，是个历史动物。历史境遇造成了人的悲、喜、祸、福，酸、甜、苦、辣。昨天的历史，造就了我和我们那一代；今天的历史，以崭新的方式，正在造就新的一代。倘若无视这个大局势，看不到个人只能融入其中而无法选择的历史际遇，那就会变成井底之蛙、鼠目寸光，只知道盲目地受苦，或者盲目地享乐，就可能变成一个思维的矮子、时代的盲人！

当一个随波逐流的盲者，可悲！

15.《学点政治经济学！》

（2011.10.26.写于西北大学桃园校区）

生活在今天经济大潮中的中国人，实在应当学点政治经济学，联系现实，至少应弄懂三组关系。

1. 收入和贡献的关系。

在我国，只有部分高收入者，对国家，对社会贡献大。劳有所值，名实相副。但有相当一部分人，贡献小于收入，收入远大于贡献。这就叫：收入高≠贡献大！因此，大家都说：不能把这两者简单划等号！

2001年诺贝尔经济学奖获得者约瑟夫·斯蒂格利茨著文说："美国塔尖的1%，控制了40%的财富。"不要认为：美国社会是个"民主自由、机会均等"的社会；不要认为：只要勤劳加智慧，就"人人皆有可能"；不要认为：通过公平竞争，中下层人士就能挤进上流社会。不，这是做梦，是妄想！

美国如此，中国又如何？在经济制度上，中国正在走美国的老路。我们1%的塔尖精英们，其收入和贡献的真实状况，不也值得调查研究和公布示众吗？（人人都知道：官员们公布财产有多难啊！）看看究竟有多少是"按劳获酬"，有多少是"酬大劳小"！还有多少是"不劳而获"！！

2. 权和钱的关系。

平常，我们只看到"权钱交易"的游戏，却很少谈论"钱能生权，权又能生更多钱"这种更危险的游戏。"权钱交易"固然可怕，而"钱能生权""权能敛钱""钱权互为母子关系"这种双向游戏更可怕。前者仅是社会不公，而后者则能使整个社会变质！前者只是部分腐烂，而后者则使社会整体全都烂透！

斯蒂格利茨举例说："在二十世纪80年代的金融丑闻中，银行家查尔斯·基廷,被一位国会议员讯问,他花在数位当选委员身上的150万美元是否能买到权势时,查尔斯回答:‘我肯定希望如此。’”所以,他深刻地指出:“事实上,所有美国参议员和大多数众议员,赴任时都属于塔尖1%者的跟班,靠塔尖1%者的钱留任。他们明白:如果把这1%者服侍好,则能在卸任时得到犒赏。”这段话启示我们,千万不可小看“塔尖儿那1%的能量”啊!

正因为美国政权把巨大的财富集中到一小撮精英手中,所以人们已经看到对不公正社会的反抗,如2011年10月的“占领华尔街”运动。这个运动,是最现实的一面镜子。这不是危言耸听,因为它是“资本”和“放纵资本”之后的必然发展规律!是分配不公、愈演愈烈必然产生的后果!

3. **先富和后富的关系。**

邓小平说:“白猫黑猫,能抓住老鼠,就是好猫!”这是鼓励致富,先富带动后富,要想整体富裕,必须让一部分人先富起来的意思。在改革开放初期,此言不无道理,作为政策,起到了“开路”的作用;但现在看来,“先富带后富,大家一起富”,只是我们的美好愿望,但愿它不要变成我们的痴心妄想。

斯蒂格利茨的“滴漏”一词,用得很妙,不仅形象生动,而且十分准确,很值得玩味,更值得中国决策层思考。“滴漏”二字,是这位经济学家用来描述大款们给社会的捐赠行为的。的确,所有富翁为社会慷慨捐助的那点儿钱,和他们的全部不当收入比起来,和99%的广大下层穷困者的勉强生存和因财富和权势造成的社会不公比起来,实在是九牛一毛、少得可怜、星星点点的“滴漏”而已!他说:“美国现在实行的,当然不是‘滴漏型经济’,但是某些做法实在不敢赞许!在贫富差距不断拉大的状况下,这种‘滴漏’,带给社会的那一点儿好处,只能让下层人、失业者、贫困的劳动者产生‘疏离’感。它不能拉近上下贫富的关系,只能产生疏远和反感。”

斯蒂格利茨最后说:“塔尖儿上的1%者,拥有最好的房子、最好的教育、最好的医生和最棒的生活方式,但是有一件事,看来是金钱买不来的,这就是:意识到他们的命运和其余99%的人生活得怎样息息相关。这就是历史上塔尖儿们最终都懂得了的道理,但是往往为时已晚!”所以说,面对这种不平等,即塔尖和塔基的不平等,1%和99%的不平等,倘不愿刹车,还要再狠踩“油门”,继续在高速路上狂奔下去,可以肯定的是:“最终也会让富翁们后悔!”

注：此文是我对2001年诺贝尔经济学奖获得者约瑟夫·斯蒂格利茨2011年5月在美国知名杂志《名利场》发表文章《1%的“民有、民治、民享”》一文的读后思考。

16.《说说“学位等级”》

（2011.10.28.写于西北大学桃园校区）

前天，一个想将来考研的大三学生问我：“同学们常常谈论学位称号，如什么叫硕士？什么叫博士？学位还有哪些等级？各等级应怎样具体定位？各级之间是什么关系？大家就说不上来了。我也似懂非懂，您能给我解释解释吗？”

我想了想，谈了谈我的理解。我说：

“全部学位等级，倘笼统界定，可分为五级：业士，学士，硕士，博士，博士后。”

业士：指大学未毕业，即大学肄业。

学士：在大学本科阶段，教师出题目，教师也知道解法，学生运用在大学学过的知识答对了，各门课程都获通过，就可以拿到学士学位。

硕士：具有学士或同等资质，考上了硕士研究生。导师讲完专业课，和学生共同讨论，选出研究课题。这个课题，别人可能研究过，但学生有新解。学生做出来之后，导师请同行专家们进行评审，大家认为正确，就能获得硕士学位。

博士：获得硕士学位的学子，经过入博考试合格后，在导师指导下，学生选出研究课题。但此课题前人很少做过，或从未有人做过，老师也不知道该怎样解答，或者知道一点，但并未深入研究。学生做了几年之后，把课题解决了，便由导师出面，请同行专家们进行评审。大家认为正确，就可获得博士学位。

博士后：在博士后阶段，最重要的是无需导师具体指导，由自己找到重要的研究课题，并寻找准确的研究方法和发展方向。找到了这个课题和方向，然后埋头工作，做出成果，这就是博士后了。但也有人认为：“博士后”处于学习和工作的结合部,已经不属于学位范围,而应归于“工作”类别了。由于这一等级,上归学习阶段,下属工作范畴,两种看法,各有道理,皆可成立。只是认知角度不同,见仁见智而已。

学位等级及关系,大体如此。这只是我的理解,请你仅作参考。

17.《软着陆——议退休》

（2011.12.2.写于西北大学桃园校区）

每个人，除了生和死之外，从摇篮到坟墓，必经人生四件大事：上学，工作，结婚，退休。前三件谈的人很多了，我这里，只想谈谈第四件：应当怎样对待“退休”。

像火车要进站，轮船要靠港，飞机要着陆一样，人人到老年，都要面对退休。

大概是1992年吧，我53岁，从上海开完学术会议归来，在我的软卧车厢碰见一个老头，七十岁左右。送站的是他精干的老伴，还有儿子儿媳、女儿女婿、孙子孙女一大群，面包、香肠、方便面、各种水果，都堆在靠车窗的茶几上，两个行李包放在床下面。开车前，孙儿们拉着爷爷的手，不想松开；儿女们告诉他，一路怎样吃喝休息；老伴千叮咛万嘱咐各种注意事项，特别强调，到站见到接车人后，一定要立即找邮局、打长途、回电话，免得她和家人操心等等，因为那时手机还未出现。

我非常羡慕。心想：这个老爷子多幸福！可他一直板着面孔，就是不说话。

我和他是两个相对的下铺。开车后，他躺在那里，闭目养神，一言不发。我想了解他，便向他发问。他只在回答我时，抬一下眼皮，从口中蹦出一两个字，似乎多说一个字，都令他厌烦。

我问：“老先生，您去哪儿？”

“兰州。”

“干什么去？”

“访友。”

我不由地想赞美他几句：“那么多亲人来送您，什么心都替您操到啦，您老真幸福!”

他这才抬起头来,瞪了我一眼,冷冰冰地反问道:

“幸福?”

“怎么,难道不是吗?”

他紧闭双眼,仍不说话。沉默了一大会儿,叹了口气,这才突然睁大眼睛,用狠狠的语气回答道:

“等你退休,就明白了!”

哦? 我不懂。迟疑了一下,我又问:“为什么? 退休多好啊,没有任务,轻松愉快,没有压力,自由自在,想干什么就干什么,还不好吗?”我是“愿闻其详”的意思。

不料,他一字一顿,大声吼道:

“退、休、就、是、等、死!”

我一惊,这六个字,就像六颗钢钉,重重地楔进我的心头,着实有点可怕,令我至今难忘!

但是,也有人说:退休了,轻松了,没有压力了,想到人生时日不多,一辈子吃苦辛劳,现在无人管束,终于可以放开手脚、自由自在、随心所欲地吃喝玩乐了。我认为:这种放纵式的思考,又走向另一极端。说它是“自坠陷阱”,当然是耸人听闻;但视后果为“不容乐观”,则无疑是对的。

显然,上述两种极端想法,都属于消极思维。

谁都清楚,随着我国老龄化时代的到来,如何面对退休,怎样正确思考,平稳过渡,并安全进入退休期,是摆在面临退休和已经退休的所有老人面前的一个实实在在的严肃题目。究竟做怎样的准备,才能过好退休生活? 的确是个大问题,很值得我们认真对待。

所以我想:我们一定要积极思考,而不能消极悲观;要逐步适应,缓缓落地,努力实现“软着陆”!

于是,我退休后,为了过好这一关,便和老伴商量,取得共识,我们认为,必须做到如下几条:

第一,会想。就是要会思考,会思考很重要。

必须想开不想窄,想乐不想悲,想顺心事不想违心事。昨天的事不讲,明天的事不想，今天的事不问，一心专注健康。人们都说：淡化昨天，看重今天，向往明天。什么是我的“明天”呢？平安健康。谁若问我：退休后你追求什么？我的回答是四字境界：“天高云淡”。

孔子说过：少年戒色，中年戒斗，老年戒得。“得”者，贪也，是老年人之大忌，最要不得！我只牢记四句话：还营养于饭淡茶粗，还脉通于闲庭信步，还乐观于唱歌跳舞，还心态于喜怒知度。也要努力实践以下四个字：宁、静、康、乐：

宁：指灵魂安宁——与焦躁抗争；

静：指生活安静——与纷乱抗争；

康：指身体健康——与疾病抗争；

乐：指精神快乐——与悲观抗争。

第二，减负。自动减负，懂得卸掉包袱。大家都说：高职不如高薪，高薪不如高寿，高寿不如高兴。高寿即健康，高兴即快乐。健康加快乐，应当是老年人的向往！为了达到既健康又快乐，就要学会自己减负。

不同的人，需要不同的减负：小学生减负，指书包；胖女减负，指瘦身；老年人减负，则指身心两轻，更重要的是心轻。人常讲要做“零帕族”。“帕”，是物理学上的压力单位。老头子的心理负担，往往都是自找的，多余的，是徒劳。我们应该减负到零，真正成为“零帕一族”。

第三，改变。改变生活方式，全面落实到位。因为退休后，从在岗到离岗，落差很大，很多人难以适应。工作压力没了，家庭责任少了，养生保健成了主要任务。为此，我从教师位置上退下来，必须全面改变过去的生活方式。

我从第一天起，睁开眼先做一套全身按摩。早点之后，“第一节课”是公园走路一小时，之后回家上电脑，随着兴趣写点东西。12 点午饭，半小时后午休。3 点起床，静坐书桌，或读书或看报，下午 5 点出外散步，6 点晚饭，7 点看新闻，8 点开始泡脚、刷牙，9—10 点上床睡觉。入梦前，再以按摩全身结束这一天。在节奏上，把动和静协调起来；在活动上，把劳和逸结合起来；在饮食上，把粗和细搭配起来；在菜点上，把荤和素兼顾起来。

其实，人不复杂。信徒们说，仁慈的上帝，从天上看人间，只看到两种人：上了年纪的孩子和年龄幼小的孩子。退休者，就是上帝眼中的那个“上了年纪的孩子”，幼稚，单纯，脆弱，甚至还有点愚钝，因为时代变了，什么都不懂了，但是，仍然有点可爱！

我想：只要学会“软着陆”，我就是一个可爱的退休者。

18.《“挑食”“偏食”和“厌食”》

（2011.12.5.写于西北大学桃园校区）

一个朋友的孩子，大二学生，利用周末，专门来家，给我倾诉他的苦恼：

“我们经常为上课纠结，无论是必修课，还是选修课，都有纠结。有的课，我很喜欢，但有的课没意思，我不想听，却为了学分不得不硬着头皮，凑合着去听。实际上，‘身在曹营心在汉’，人在课堂，心在窗外。所以有同学说：‘必修课选逃，选修课必逃！’逃课，成了某些大学生的习惯；但每次逃课之后，我都心里惴惴不安。杨伯伯，你说说，我该怎么办？”

我回答：“这叫‘挑食’！一个人才的成长，需要全面的营养。你光想吃肉，不想喝汤，光吃白面精米，不愿吃素菜杂粮，怎能保证健康成长？要我说呀，什么喜欢不喜欢？只要课表上安排的课，我都去听。拾到篮篮儿都是菜嘛！”

“不！有的是草，是杂草，不是菜！个别老师，我特讨厌。有的常迟到早退，讲课短斤少两，应付了事，似乎只为混碗饭吃；有的备课草率，讲得干巴巴，只怕学生提问题；有的喜欢自吹自擂，老子天下第一，常用不少时间骂人，似乎只有自己的见解才是英明的；有的呢，从头到尾，一字不落地照本宣科，我怀疑他根本就没备课，还自我感觉良好。他们都太没自知之明了！这样的大学教授，是人都会当。我发誓不听他们的课！”

我笑道：“学习不能情绪化，无论哪个老师讲课，都应去听！连孔子都说，‘三人行，必有我师，’何况是已经拿到资格证书，站到三尺讲台上的老师呢！”

我告诉他：“老师讲课，各有特点，哪能个个都对你的胃口？苦瓜虽苦，却有特殊营养。要相信，每个老师都各有优长之处，逃了课，等于放弃了学习机会，损失的是自己。即使个别老师，真讲得不好，我也去听，有利无弊，因为我可以从反面学习呀。倘我毕业之后,踏进社会,不论是当老师上讲台,还是开会要发言,或讲演作报告,我都可以作为教训,当作一面镜子,以他为戒,吸取教训,警惕他的毛病,避免他的缺点。这对于我,不正像吃苦瓜一样,也是一种难得的营养和补充吗?"

"照你说,在学习上,不该'挑食'?"

"对,这是我当学生时候的经验。因为,从'挑食',到'偏食',再到'厌食',都只有一步之遥。莘莘学子,从'挑食'开始,经'偏食'引诱,下滑一步,到患上'厌食症',便无药可医,后果堪忧啊!"

"有点儿道理。"他低头思考了一会儿,笑笑说,"拾到篮篮儿都是菜? 这句话生动形象,不仅有理,也很有趣。"

他终于做出决定:"好吧,就是它啦,我听您的!"

19.《谈“雅”论“俗”》

（2011.12.17.写于西北大学桃园校区）

作为退休老师，我参加了一次学生聚会，真是感受良多。

同学们几十年不见，十分亲热，没有隔阂，显得特别热闹，仿佛又回到当年那种大姑娘、小伙子的时代，但又没有那时的羞涩、腼腆、拘谨和稚嫩，坦露的都是豪爽、率真、大度和包容，而且，他们大都正当为人父母的年龄，个别人已经登上了爷爷奶奶的位置。人间甘苦，他们都已尝过。在这种场合，也只有在这种场合，才能破除各种羁绊，互相平等待人，做到不分大款、草民，不分高官、百姓，连性别、尊卑、贵贱的界限都打破了，人人畅所欲言，都想一吐为快。爽朗的笑声，坦率的拥抱，似乎已无所顾忌，善意的揭短，亲切的攻击，当年从未公开过的秘密，也都不必忌讳，多以玩笑的形式，暴露在光天化日之下，晾晒在大庭广众之中。大家仿佛走进了一个世外桃源、人间天堂，这里只有纯洁的平等、快乐，只有真正的民主、自由，没有人惦记身份、地位，没有人计较荣辱、得失。社会上那些金钱至上、实用主义、森严等级、言不由衷和虚伪假面等等庸俗习气，都被浓浓的同窗感情消融得无踪无影。四十多岁的成年人，一个个都变成了单纯天真、幼稚无邪、充满童趣的小孩子。

席间，班长说：“今天，我们每个人，都是人格平等的同学朋友，都是纯个体存在的自由灵魂！”

一个绰号“孔乙己”，喜欢咬文嚼字的同学慢悠悠地说：“此言固然不谬，但也要看到，人和人是有差别的。宏观而论，人可分为三种：高雅人、平常人和庸俗人！”

于是，围绕着“雅俗”二字，叽叽喳喳，讨论起来了。

一位女同学，当年的“班花”认为：“我们大多数人，都是平常人，高雅者少，因为要具备较高的物质条件和精神教养，才能达到高雅。”

一位当记者的同学说：“班花尚且如此，我辈岂敢攀高？我们这些平常人，向往高雅，追求高雅，实属正常；但是，今天的社会，千万不要有了钱，灵魂仍然粗俗，素质依旧低下，却要故作高雅，东施效颦，打肿脸充胖子，硬要附庸一番。结果，没做成高雅人，却招人讥笑，反倒成了庸俗人！”

“哈，你这是在说我吧？”一位大款同学，以为记者旁敲侧击，是在影射他。于是，他借着酒劲，大笑着站起来反击：“是的，记者是‘无冕之王’，你当然高雅；我呢？我爱钱，我粗俗！”

“你误解了，我是指一种社会现象！”记者连忙笑着解释，“我是说，做不了高雅人不要紧，以平常心做个平常人总是可以的；但是，你也千万别为了在语言上战胜别人，以‘粗俗’自诩，自称甘做庸俗人。其结果，倒真成了个地地道道的庸俗人！”

“你还是在说他嘛！”引来大家一阵大笑。

班花又站起来，赶紧平息事态：“说句实话，人人心底深处，都不愿做庸俗人。大家虽是平常人，但在日常生活中，我们都力戒粗俗，蔑视庸俗，厌弃媚俗。至少，都会口头赞许高雅事，行动力争不庸俗！这一点，已成了我们做人的底线！大家说，是不是呀？”

“是！”全场一呀声地喊，颇像一群小学生在齐声回答老师的问题，故而又引发一场大笑。

“那么，究竟什么是‘庸俗’呢？”一个同学大声提问，其他同学争抢着回答：

“巴结奉迎，讨好上司！”

“自作聪明，虚荣心重！”

“为了私利，出卖人格！”

“骄傲虚伪！”

“攀龙附凤！”

“死要面子活受罪！”

……

班长一摆手，大家安静下来。他笑道：“表现尽管多种多样，五花八门，但要看是对谁。庸俗的人，对他的上司和他崇拜之人，巴结奉迎，摇尾乞怜；对他的下属和下层，装腔作势，粗俗傲慢，总是蔑视斜视；对于他的同辈、同僚、同层次的人，惯常则是称兄道弟，互相吹捧，或吹牛撒谎，不懂装懂。可谁要是揭了他的短，他便张口伤人，使泼撒野，不占上风不撒手。”

“我补充！”一位戴金丝眼镜、身为教师的同学大喊道，“什么叫庸俗？我举个例子。《资治通鉴》中说：‘喜宾客，好谈论，多引知名之士。’说这种人‘轻鄙庸俗，人多怨之’。这才是典型庸俗的具体表现！”

又有人插话：“我愿做个平常人，但我不愿做个平庸人。可是在具体生活中，什么是平常、平庸，什么是高雅、庸俗？有很多细节，其性质，很难区分开来！”

他举例道：“比如，《增广贤文》中有两句话：‘随时莫起趋时念，脱俗休存矫俗心。’译成白话就是：符合时宜时，不要起追求时髦之念；摆脱庸俗时，不要存纠正世俗之心。追求时髦，就是‘趋时’；纠正世俗，就是‘矫俗’。都是做过了头，这叫‘过犹不及’，言中之意是：不要走极端。这里的‘世俗’一词中，就含有二义：既有庸俗，也有风俗。‘风俗’无需褒贬，而‘庸俗’则要坚决抵制了。那么，究竟什么是‘随时’，什么是‘趋时’？什么是‘高雅’，什么是‘庸俗’呢？谁能给我厘清？”

“正因为难以分辨，所以实际生活中，就不存在真正的高雅人和纯粹的庸俗人！人人都是相对的存在，或者是常雅偶俗的人，或者是偶雅常俗的人！”

“什么叫雅？什么叫俗？”班长发话了，“国学大师季羡林先生说：二者界限十分模糊，往往你中有我，我中有你，绝非楚河汉界，畛域分明。他认为：雅是高一等的，即阳春白雪；俗呢，低一等的，即下里巴人；但高一等的人数少，低一等的人数多。究竟谁高谁低呢？没有评价标准。老先生在最后给出了答案：雅和俗都是手段不是目的。所谓雅，就是在美的享受中，在潜移默化中，能提高人的精神境界，净化人们的心灵，健全心理素质，促进大家向前看，向上看，向未来看，让人们爱国，爱社会主义，爱人类，愿意为实现人类走向大同理想而奋斗。反之呢，就是俗。”

忽然，坐在我左侧的一位同学说：“远在天边，近在咫尺，我身旁就有一位高雅人。”他一指我，大声道，“我们的杨老师，很有儒雅风度，就不是庸俗人！”

“不不不！”我赶紧摆手，大笑道，“我呀，我给自己总结了九个字：常随俗，厌媚俗,思免俗。‘常随俗’就不高雅嘛！我这个人啊,属于哪一种呢？既不高雅,也不庸俗,就是那种半雅半俗、不雅不俗、亦雅亦俗、雅俗兼有的芸芸众生,就是你们所说的那种‘平常人’,即属于季先生讲的‘多数人’之一！”

20.《赞凤霞——祝寿辞》

（2012.4.8.写于西北大学桃园校区）

欣逢老伴七十大寿，女儿杨纯主办，并出面邀请亲友参加寿宴。女儿致《欢迎辞》，老伴致《感谢辞》，我，则致了下面这篇《祝寿辞》。

凤霞，今年是你的70大寿。有感于你一生的辛和劳，对我的恩和爱，我辗转反侧，夜不能寐，特拟就这篇文字，作为老伴我送给你的一份生日礼物。

1961年，你考进西北大学中文系，我们便成为同学和同行，又都是团干部，因为工作关系有了接触，从而加深了了解，开始了我们的认识、交往和相爱的历史。

我们从相识（1961）到结婚（1967），恋爱六年；从结婚（1967）到现在（2012），夫妻四十五年。四十五个春夏秋冬啊，一万六千多个日日夜夜，我们同甘共苦，相濡以沫，互帮互扶，一直走到今天！

你肯定记得，我俩相爱的初衷，完全出于共同的文学理想，但是，我俩的性格特征却截然相反。你，坦诚率真，聪明精干，思维敏捷，言辞犀利，而且坚韧顽强，绝不言败，属于“外向型”个性；而我呢，不喜交际，不善言辞，内心炽热，外表淡然，虽善良诚恳，只心中有数，常三缄其口。我还从小重视人际关系，忌讳直言，喜欢婉言，最怕无意中出语伤人，甚至宁愿被人视作软弱无能、难成大器，也不愿叫人误解为骄傲自负、盛气凌人，所以崇尚温良恭俭让，显然属于“内向型”个性。

按说，“内向”与“外向”冰炭难容，却要共同生活，怎能相伴终生？想想看，这样两种人，同住一个屋檐下，同一锅里搅勺把，磕磕碰碰能不经常发生么？如果说，家庭就是社会的缩影，把家庭也可以看作一个“小社会”的话，那么，恩格斯的话就很有道理。他说:“一个仅仅由两个人组成的社会,如果每个人都不放弃一些自治权,又怎么可能存在呢?”的确,我们在冲撞中,都被迫放弃了一些“自治权”,因此,我们虽然哭过、笑过,吵过、闹过,但感情却从未破裂过。我们尝遍了酸、甜、苦、辣,体验了喜、怒、哀、乐,经历了一个又疼又痒的“磨合”过程,也在浏览了人间百态,并经过了不断深思之后,这才发现:摩擦比出了长短,歧见克服了片面,争论获得了真知,碰撞加深了感情。这种对立统一、相克相生的个性互补,成全了我们的家庭和事业。所以,我们没有越走越远,而是越走越近,越来越心贴心,越来越分不开了。你成了我的一半,我也成了你的一半,我们相加才拥有了“完整”。现在,我们互看对方,就像站在镜子前面,看见另一个自我一样。你,就是我的惟一,我,也是你的惟一;你心里总装着我,我心里也总装着你;纵然我远走非洲、欧洲,身,虽相隔十万八千里,而心,却从来没有分离过。在这人生夕阳时,回顾一生,我才恍然大悟:原来,我们是一对“绝配”!

凤霞,说实话,你有很多缺点,比如,在理想主义、英雄主义主导下,你有时简单急躁,主观片面;虽正直善良,却有方无圆,长于守则,短于变通;虽崇尚坦诚,但过分要强,常于无意间伤人,尤其是在青年时代!但你有个大优点,那就是通情达理,即通大情,懂大理,明大义,是个常算大账、不计琐碎的“明白人”,而不是目光短浅、鸡肠小肚、不明事理的“糊涂人”。总之,你胸怀的是“大情大爱”,而不是“小情小爱”!

固然,妻子柔情似水、甜言蜜语、小鸟依人之类,会使丈夫感到温馨惬意,获得慰藉,也是一种幸福。因此,我也喜欢小情小爱。但我总觉得,所谓“小女子”者,心里装的全是小情小爱、小恩小义,不讲大理,不顾大局,不明大义,甚至走到胡搅蛮缠,必然会让丈夫难以忍受。凤霞,你之所以受我敬重,是因为你也有小情小爱,如关怀丈夫女儿体贴入微,总从小事做起;一家大小的冷暖悲喜,都在你的关注之中。然而,你异于“小女子”者,是能把大情大爱,常置于掂量和选择的首位,总能让小情小爱,去服从大情大爱!

小情小爱,只讲小道理;而大情大爱的可贵之处,不只懂得大道理,还能在大、小道理之间,总让小道理服从大道理;在大、小情之间,总让小情服从大情;在大、小爱之间,总是让小爱服从大爱。凤霞,你正是如此!你相夫教子,不忘大情大爱,常从大处着眼,重视大道正道,只要瞅准目标,便能坚定不移,让所有的情和爱，都为促进远大目标的实现形成合力，因而效果颇佳。在我从教为文的笔墨生涯中，你总以大情大爱“相夫”；在我的家庭历史上，你也总以大情大爱“教子”，所以，才让我终生获益匪浅！

比如：1972 年，我 33 岁时，被选拔出来作为出国师资，要去西安外院学法语，当学生。你刚满 30 岁，在兴平县西吴中学任教，担任语文教师兼语文教研组长，还带着吃奶的杨萌，一周上 12 节课，批改 60 多本作文，参加学校各种会议，组织教研组活动，并经常带学生下农村劳动。在这种工作条件和物质生活极差的境况下，你不怕丈夫远走高飞，不怕承担繁琐家务，没有拖我的后腿，而是坚决支持，积极应对。你坦然地对我说：“去吧，反正学校整天斗批改，啥也干不成，能有机会学门外语，有益无害。”你不仅从精神上鼓励我，还要忍受夫妻长期分离之苦，家务重担一肩挑，内事外事大包揽，为我免除了全部后顾之忧！第二年，教育部又通知我们集中到北京语言学院继续学习。我离开家，出了省，一点忙也帮不上了，我真怕你那柔弱的肩膀会被压垮，但是，你仍然一如既往，独立支撑，毫无怨言。这不正是“小情小爱”服从“大情大爱”的生动见证么？

又比如：1976 年，你 34 岁，我 37 岁，我接受国家派遣，要赴刚果任教，不仅出了省，出了国，还出了洲，飞得更远了，而且一走就是两年！虽然，你调回西大附中，但家务、老人、女儿诸事，我都管不上了；更要命的是，八月初，我刚离家出发，就突发松潘地震，波及西安，一片人心惶惶。我出了北京火车站，只见一街两行，遍地都是防震棚(因唐山大地震刚过不久)。我的心啊，一下子提到了嗓子眼儿上。凤霞呀，你和孩子们怎么度日呢？我怀着忐忑不安的心情飞往刚果。两年任教期间，你写给我的近百封家信都是鼓励，全是温暖，只报喜不报忧。直到 1978 年，我届满回国后才知道：松潘余震是怎样把你摇醒的！你怀抱小杨萌、手拉大杨纯，在漆黑的夜晚，是怎样光着脚板、穿着裤衩、狼狈逃下三层楼的！从炎夏到寒冬的数月时间里，你是怎样住进防震棚，又怎样在惊恐和焦虑中为保护两个孩子，彻夜难眠、熬过那么多的日日夜夜的！这些，不都又是大情大爱的具体表现吗？

再比如：1977 年，高校恢复招收研究生的喜讯，点燃了你心中从未熄灭的理想之火，你捧起书本，挑灯夜战，决心复习考研。但坚持了两个月之后，终因工作繁忙、家务沉重、两个女儿年幼、已经虚弱的身体不堪重负，而不得不含泪放弃。

你为我，为家庭，再一次做出了牺牲！你也悔过，怨过，甚至哭过，但痛过之后，冷静下来，你把已经写成骂我的信，又撕碎了！因为你知道，这种发泄性质的信，对万里之外的丈夫，意味着什么。所以，不能发，不该发，你怕影响我的情绪，小事干扰了大事，你懂得孰轻孰重！试想，没有坚强，未经深思，缺少大情，不懂大爱的人，能做到这些，能承担得起，能支撑下来吗？

我从非洲任教回国，那是 1978 年，我 39 岁你 36 岁，到二赴巴黎任教，那是 1986 年，我 47 岁你 44 岁。这之间的八年，是我一生中条件最艰苦、业务最繁重的时期。凤霞，你叫“八年抗战”，我叫“八年拼搏”！

1978 年，刚刚结束了“文化大革命”。我一回到中文系，就开始钻研新选专业“外国文学”。我早在大学时代就酷爱外国文学，刚果任教期间立志回国改行。现在得到批准，当然要拼搏一番。为了备课讲课，需要精读大量名著，钻研作家传记，古今中外评论，搜集整理资料，还要编写教材教案，组织课堂教学……我必须破釜沉舟，横下一条心：争分夺秒，专心致志，尽快占领这块专业高地！因而在生活中，我宁让业务压缩家务，也不让家务侵占业务！

而你呢？从我回国之日起，就松了一口气。你想，家务负重和孩子的压力有丈夫分担了，加上刚刚粉碎四人帮，全国正在“拨乱反正”，恢复教学秩序，你也想趁机把自己在西大附中的语文教学搞上去。于是，你呕心沥血，全身心投入，超负荷地工作。因此，我们常为分担家务、争抢时间而发生争吵，总在鸡毛蒜皮的小事上爆发冲突。然而，在实际操作上，管家理事你已习惯；孩子学习你有计划；两家老人你也心中有数。在琐细的生活里，仍然是你，肩挑重担，事必躬亲，日夜操劳。在这段“家庭战争”的日子里，你也能理解我的业务重要，不断给我让路，照顾我废寝忘食、夜以继日地艰苦奋斗。大势逼迫的结果，使你在原来精力、体力都几乎消耗殆尽的基础上，健康很快垮了下来，体重从原来的 55 公斤下降到 45 公斤。由于长期担任西大附中语文教研组长、班主任和两班语文课，终因操劳过度、体力不支，于 1981 年冬大病一场。病休几个月后，再去上班，但因身体亏损厉害，元气已经大伤，短期不可能恢复，你实际上还是在带病工作。所以 1982 年春，你又长了声带息肉，只得住院开刀，并且严格噤声！你这才不得不休了一年长假，回家养病。从此，你被迫脱离了中教岗位，于 1984 年春，调到刚成立的西北大学出版社做编辑。

我呢？跨过了教学关，还发表了不少论文，获得了一片赞扬声。我的业务上去了，但是凤霞，你的健康却下来了，几乎跌到了崩溃的边缘，你甚至做好了死的准备！你呀，宁愿牺牲自己，支持我不断上进，又一次为我付出了巨大代价！你这种对丈夫的大情大爱，让我刻骨铭心，我怎么能够忘记呢？

1986—1988 年，在我 47—49 岁，你 44—46 岁的时候，我又一次把家务重担抛给你，服从国家派遣，远赴巴黎任教。这两年中的困难，是你的身体一直不好，两个女儿又面临高考，两家的老人都要照料。困难的内容变了，但肩挑的重量丝毫未减，甚至常因事发急迫、让你更加焦心、更加沉重了。你能有什么法子呢？只得咬牙承受。在这种艰苦条件下，你抓紧大女儿的平时学习和应对高考的准备，终于使杨纯考上了西北大学社科系。

这时，你虽因大病初愈，勉强上班，但几乎是耗尽了心血，体质极差。因此，我坚持让你挤出半年时间，飞赴巴黎探亲，彻底抛开业务和家务，充分旅游休息了七个月，才使你的健康，得到了及时而有效的恢复。然而，1988 年 4 月，一回国到家，你就又投入到紧张帮助二女儿杨萌积极应对 7 月高考的繁忙事务中去了。最后，杨萌终以较好成绩、附中文科状元，被西大经管学院顺利录取！显而易见，取得这一成果，除了杨萌自己的努力之外，更与妈妈的大情大爱、着力指导是分不开的。

所以说，没有你的大情大爱，就不会有杨纯、杨萌的今天，也不会有我在巴黎的安心工作。你默默无闻，埋头奉献，勇于追求，决不放弃，你不正是站在我们父女三人身后的“幕后英雄”吗？

1989—1999 年，从 50—60 岁，是我在科研上勇攀高峰的十年。我五部专著中的前四部和所有重要学术论文，都是在这十年中完成的。这些成果上都印着我的名字，但是我知道，它们都和“井凤霞”三字分不开。你身为编审，兼任社科编辑室主任，在繁忙的工作之余，还关注我的学术研究。我的著作，每一部都是先由你审读、提出意见、经我修改之后，才提交出版社出版的。你是我的第一个读者，也是我的第一稿审阅者。有你把关，我对送出去的书稿就放心多了。

我记得，1990 年末，我已有两部书稿基本成型：《巴尔扎克创作论》和《论文学家萨特》。先出版哪一部呢？我想，前者题材陈旧，后者内容新鲜，还是先出《论文学家萨特》为好。但是你建议先出《巴尔扎克创作论》。理由是：当时全国正在“反对资产阶级自由化”，学界还未大胆开放，学风还在半禁锢之中，极左观念还有市场，萨特又是个国内外大有争议的作家，推出他风险甚大。巴尔扎克呢？是个传统作家，不会惹事，从安全着想，先易后难，比较妥当。我这个人，虽一生心藏大勇，但外表随和，向来行事谨慎，当然觉得你言之有理，便于1991年，先推出《巴尔扎克创作论》，把萨特压后。直到1998年，全国思想更加开放、观念大幅更新、风险系数较小的时候，我才将《论文学家萨特》，经补充完善付梓出版。至今我仍认为，由于你的审时度势，把握时机，才免去了学界对该作的许多责难和非议。难怪柳鸣九先生在写给这部专著的《序言》中说：“在晴和的天气，有西北大学文学院的杨昌龙教授这部《存在主义的艺术人学——论文学家萨特》的专著问世，是很值得高兴的一件事。”其实，他哪里知道，多亏我的夫人，胸怀大爱，冷静思考，幕后指点，才使我等到了“晴和的天气”，避免了八年前的批判锋芒！

1998年你退休了，2000年我也退休了。两个孩子都远在外地，成家立业。我们成了典型的二人世界、空巢家庭。关注健康，就成了我们惟一的人生大事。

谁料，2001年12月24日，我的体检结果：餐后二小时血糖竟高达18点7（正常值：6—9）！从此戴上了“Ⅱ型糖尿病”患者的帽子。遵医嘱，每餐前必须服药三片，一日三餐，一天九片。我懂得糖尿病并发症的可怕，思想压力很大。多亏你有主见，又善于钻研，竟蹲在书店，一口气翻阅了多部有关糖尿病的书籍，并精选了两本买回来研读。从此，你以治疗调理糖尿病为中心，收集资料、学习研究、咨询交流、不断实践，慢慢地，你竟成了半个糖尿病医生！为了控制我的饮食，你不仅每天保证蔬菜水果，还不厌其烦地餐餐称量主食，以至于用坏了一个厨房秤后可以准确地用手抓取2两米或面。我的饮食、服药、检测和适时调整，我的运动、心态、甚至控制情绪的稳定，都按你的计划安排实行。你简直就是治理我身心的私人专职医生！

经过你的10年调理，到2011年，我每天只需一粒“拜糖平”，空腹血糖值就能保持在5—6之间；餐后值总在8—10之间，都达到了国际公认的理想标准，而且未发现并发症的任何迹象！所以至今，关于我的饮食保健、医疗措施，我都听从你的分析，医生意见仅供参考；甚至宁信你，不信医院！凤霞，你关爱老伴，体现的仍然是大情大爱，其细微末节，点点滴滴，都留在我的心头！对此，我怎能不心存感激呢？

凤霞，贯穿你一生的大情大爱，奠定了你为人处世的坚实基础，也树起了你在我心中的亲切形象：你既是一位普通的职业妇女，还是一位受学生爱戴的中学教师，一位称职的专业编审。而对于我来说，你不仅仅是一个妻子，一个“家政总管”，一个“私人医生”；还是我的“学术内助”，我的“智能参谋”！人常说：“家有贤妻，犹国之有良相”。你，就是我的一个不可多得的“家庭良相”啊！

有人叹惋，我在自由、时尚的巴黎独居两年，接触了那么多的东、西方美女，竟然没有拈花惹草，更没有移情别恋，而我毫不遗憾。能找到井凤霞，你，这一人生知己，我杨昌龙，今世愿足矣！

凤霞，我一辈子没给你买过金戒指，也没给你买过金项链，即使在我俩人生只有一次的结婚仪式上，我也没给你馈赠过什么贵重礼品。到了我们白头偕老的今天，在你值此七十大寿之际，我仅用以上从心窝里涌出的话，作为一份礼物，送给你！

诚挚地祝愿你：平安、健康、快乐！诚挚地祝愿我们：共度幸福晚年！

21.《呆子、疯子和瞎子的故事》

（2012.4.28.写于西北大学桃园校区）

一日与朋友闲聊，他给我讲了一个故事。

他说：改革开放初期，重才轻德，以才为先，盛行一时，成为普遍风尚。在知识界，凡过去政治受压、遭过批判，如地、富、反、坏、右分子都摘了帽子，予以平反，凡有一技之长者，摘帽更快，颇得大家赞赏。至于他们之中的少数人，曾发生的男女关系、道德败坏等“个人品质”问题，都算“小节”，小事一桩，一概忽略不计，便都一风吹了。人们顶多一笑置之，睁只眼闭只眼。

就在这种社会氛围中，发生了这个故事。

听完故事后，我怀疑他纯属虚构，而他，却向我拍胸脯保证：情节绝对真实，一字假话都没有。我颇觉有趣，便原原本本记述下来，只把时间、地点、单位、人名，做了虚化处理。

时间：1980 年前后。

地点：外省某高校。

人物：**X** 头，男，52 岁，摘帽平反，教授，系主任。

Y 公，男，55 岁，德高望重，副教授。

Z 女，26 岁，已婚，美丽，郊县疗养院护士。

Z 女，“文革”十年，耽误了上学，求知心切。为了上进，决心考研。于是，经过父亲好友 **Y** 公的引荐，认识了刚升为教授的系主任，前来热心求教。

那时，改革开放初期，刚刚恢复教学秩序，“教授”很少。“物以稀为贵”，一听见“教授”俩字，谁不肃然起敬？像 **Z** 女这种求学若渴的少妇，见了教授，其敬重仰慕之情，可想而知。更何况，面对的这位 **X**，还是个在“教授”名分之上，更有

“系主任”(系头)的耀眼官衔,真是层层光环,危乎高哉!更何况,她恰巧又是个单纯天真、一心求知、满怀热望,想让“系主任”收己为徒的少妇呢!

很快,在应考前,X 头利用为其指导和补课的过程中,半利诱、半强迫地占有了 Z 女肉体,而且为炫耀自己,竟向其口吐“真言”,说同系某女教师追过他被他拒绝;某女士不漂亮白送他也不要;还把系内男女同事的弱点和盘托出,将各人的毛病逐次贬损一番,独显自己的聪明出众。更为出格的是,他多次求欢,不知餍足,花样频出,变化多端。Z 女这才明白:这位“X 教授兼主任”,原来早年因奸淫幼女,被法院判刑并蹲监狱两年,是个刚摘帽的坏分子!改革开放后,在重才轻德的世风中,隐瞒了劣迹,摇身一变,成了正人君子。现在职场得意,恶习难改,旧病复萌,仍然拈花惹草,原来是个老不正经的情场老手!等到 Z 女明白过来时,已经太晚了。她非常厌恶,十分委屈,也很害怕,还不敢对人明言,只能闷在心里很久,不知如何是好。

一天,她终于憋不住,便将此事悄悄告知了 Y 公夫人。

Y 公知晓之后,愤怒难抑。一因 Z 女是好友的女儿,自己又是引荐人,出此丑事,深觉有愧,当然有推卸不掉的连带责任。倘不揭发,不上告党委,实在对不住好友;二是自己一生清白,道德纯洁,倘若藏着掖着,那不正好证明了他俩同流合污,他也难脱暗中交易之嫌,岂不成了一丘之貉?必然玷污了自己的清誉!于是,不顾带病的躯体,挺身而出,实事求是,毅然写成揭发材料,送交校党委书记,恳望领导教育下属,秉公处理。

作为党委书记,面对此事,当然难逃失察干部之责,更对系主任负有管理疏漏之虞,便立即找“X 主任”谈话,直言不讳地提出问题。X 当然矢口否认,但私下里很害怕。他知道:事已败露,非同小可!于是,急忙乘长途公交,偷偷赶往郊县,威胁 Z 女,严加封口。

他对她说:

“绝对不能承认!承认此事,则两败俱伤,咱俩必然同归于尽,毁灭的可是两个家庭啊!”而且,“把我抛在一边,我完全是为你着想。你的一生,路还很长。女人的名声最要紧,不能毁于一旦!”

Z 女当然也知道:这个秘密一旦揭开,后果不堪设想!她害怕了,赶紧乘车,去面见校党委书记,坚决否认:“没有此事!”

书记自然要把Z女否认的态度通知原告Y公"此事纯属子虚乌有",并告诫他,别再闹了,到此为止!

但Y公又坐不住了。他清醒地知道:Z女的反悔太可怕了,因为到此并不会烟消云散!他和X头双方,都不愿、也不可能在此画上一个相安无事的句号。因为如果他现在闭嘴默认,反而证明:正是自己无中生有,惹是生非。这不刚好颠倒了正误、混淆了黑白?过后叫他有口难辩?X头必定要回过头来反咬一口,说他Y公栽赃诬陷,加害于系领导,这不是把一桩正义的揭发,变成了恶意的"诬告"?这个屎盆子扣过来,非同小可!不行,哪怕拼上老命,他也必须澄清事实,还自己一个清白!

于是,他不顾严重的心脏病,又乘长途公交,赶往郊县,向Z女严肃表明:

"你若不实话实说,道明真相,我就变成陷害同事,污蔑领导,必然落个诬告的罪名。我一生的清名,岂不就要全被你毁掉了!我在广大师生面前,从此将何以做人?"

Z女也深觉有理。因为她看到:她给党委书记所做的否认表白,又反过来,严重伤害了好心帮助过她的Y伯伯。所以心生不安,便深怀愧疚,再次去找校党委书记,专为说明:"确有其事!"

X头闻讯,寝食不安,如坐针毡。在这千钧一发的关键时刻,Z女怎能出尔反尔、反复无常、让丑闻秘情暴露在光天化日之下呢?他又慌忙登上长途客车,赶往郊县,继续向Z女施压,再给她晓以利害,让她必须坚决否认,关死嘴巴,坚持到底!

就这样,你一趟长途,我一趟长途;你要守口如瓶,我要实话实说;Z女呢?一会儿承认,一会儿又否认;刚被Y公扳过来,又被X头拉过去,直到把她搞得晕头转向,焦头烂额,寝食难安,坐卧不宁,几乎达到了精神崩溃的边缘!

最后被逼无奈,Z女只好写了一张纸条,一式两份,一份交给校党委书记,另一份送到已经被折磨得躺倒在医院病床上的Y伯伯手中。

纸条上,只有简单的两句话:

"事情绝对真实,但我不能公开承认!"

然而,诚实耿直的Y公仍然想不通。书记为什么不能实事求是,实话实说?为什么不能秉公处理,将真相公之于众?还我一个清白?他的闷气,越积越深,憋在肚子里无法消解。时过不久，这位太清高、太认真、太自尊的 Y 公，竟就为了这件事，突发心肌梗死，活活地给气死在医院了！

出了人命事件，书记脸上无光，只好内劝系头 X，以“主动辞职”下台而了之。在宣布更换系主任的全系教职员工大会上，党委书记还是为了保全 X 头的面子，也为掩饰自己的用人不当，便隐瞒事实真相，冠冕堂皇地解释：只是“为了让 X 主任集中精力，研究学问，同意他自动辞职的申请。”

事件就此打住，终于以不了而了之。

于是，《××大学志》——分明是该校学官们的“正史”，在 1980 年×月×日，庄重地记下了如下文字：

“学校以校发(××××)人字第×××号文通知，经×月×日校长办公会议决定：同意××，为集中精力，专事科研，主动请辞××系系主任职务。由×××继任。”

我想：“正史”极力掩盖，“真史”反被埋没！再过几十年，谎言有“正史”佐证，自然变成“真实”；而真正的真实，则会沦为“野史”和编造，就再也没人相信了！什么是正史？什么是野史？什么是撒谎？什么是真相？谁也搞不清楚了！原来，正史不过是一笔糊涂账！但是，纸包不住火，丑事传千里。据此，便有人骂“教授”为“叫兽”！这大概就是“叫兽”一词的最早出处吧。

Y 公逝世后，他的夫人，为证实自己丈夫没有撒谎，不属诬告，还把 Z 女亲笔写的那张纸条拿出来，多次给亲朋好友们明示过。有老伴这一出于无奈的弥补举动，Y 公可以瞑目九泉了！

Y 夫人对此事的评价很公允，她说：

我老公 Y，是个呆子——狗拿耗子，爱管闲事！

X 主任，是个疯子——忘乎所以，竟敢奸污女学生！

Z 女呢，则是个瞎子——有眼无珠，枉生了一对美丽的大眼睛！

22.《什么叫作“一家亲情”？》

（2012.6.11.写于西北大学桃园校区）

我有位老友，一儿一女，儿女都事业有成，而且有车、有房、有钱花，老两口也和我们一样，早已退休，又都比我们身体健康。俗语说：“儿是根，女是心，儿女双全胜黄金。”我们夫妇每每闲谈起来，常以他为例，赞不绝口。

谁知，一次拉家常，他竟把头摇得像拨浪鼓儿一样，深深皱着眉头说：“我家也有一本难念的经啊！”

“怎么回事？”

“我那女儿，总说我俩重男轻女偏心眼，只爱儿子，不爱女儿，为此常给我们气受！我要是半夜被噩梦惊醒，那肯定是梦见女儿了！其实，从她小时候起，我俩就爱女儿，远远超过爱儿子！”

他说：“一天，我忽然翻出来我当年外出工作时写给我女儿的一封信，发觉我家在过去的历史中，就已经出现过这个苗头。那时，我女儿年仅十五、六岁，正处于逆反时期，很多事都半懂不懂。看来应当经常和孩子沟通交流，应当给他们明白解析：什么叫作‘一家亲情’？你看！”他把一页已经发黄的信纸递给我。

他在信中是这么写的：

“亲爱的孩子，你怎么总说糊涂话、幼稚话？我怎么会‘非常爱弟弟’而对你‘心存不满’呢？

谁能说：他只爱自己的一只眼睛？

谁能说：他只爱自己的一只手？

如果我有一只金苹果，我愿从几何线的中心，一分两半，绝对公平地分给你们俩。

爱,不能用秤称,用斗量,也不能简单用加减乘除法去计算。爱,是一种感情,在社会上只能用‘深、浅’去测量;爱,又是一种距离,在社会上只能用‘远、近’去评说。而在家庭里,你们姐弟俩,和我的感情同等深,和我的距离一样长。

你知道,我最欣赏的数字是多少?‘四’,即我们一家四口,其乐融融!

你知道,我最喜欢的词语是什么?‘姐弟情’,即你们姐弟二人,情深谊长!

你知道,我最想看见的画面是什么?是在我和你妈妈两边,各有一个挽着我们胳膊的乖乖女和孝顺儿!

我给你的是一颗心,给你弟弟的也是这颗心,给你妈妈的,也同样是这颗心!

你会说:‘一颗心,送三人?净说瞎话、编假话!’

没有,孩子,我没有。恕我重复一遍:爱,是不能用数学方法计算的。三心二意不是爱,全心全意才是爱。我相信,天下父母给予儿女的,都是全心和真爱!

现在,让我一生最在乎的、时刻牵挂的,只有你们三个人!”

“啊,你写得真好!你解释清楚了什么叫‘一家亲情’?”我赞赏道,“请借给我,也让我的两个孩子读读吧!”

23.《智斗性骚扰》

（2012.6.12.写于西北大学桃园校区）

好友老王一见我，就趴在我耳边悄悄说：

“今天的社会，性骚扰太多了。这不，我的女儿，一位年轻的女教师，就遇到这样一件烦心事。对方已经年近六十，也是个教育工作者，竟然不断发短信，求约会，甚至送礼品，私下还邀请她唱歌、跳舞、喝咖啡。孩子几次拒绝，他仍纠缠不休。这个人和我女儿是同事，两家又住得很近，抬头不见低头见。女儿十分苦恼，想找个身边好友代她传话，打消他的妄想，但也怕张扬开来，于事无补反而有害，所以心存顾虑，正在犹豫不决。”

老王夫妇作为父母亲，既要制止对方，又不想撕破脸皮。多半个月来苦思冥想，找不到好办法，实实出于无奈，这才来找我，咨询该如何对付。

我说：“王兄啊，你女儿真是小天鹅碰上了癞蛤蟆。此事性质恶劣，但应谨慎处理。这分明是个斗心眼、斗智慧的过程。我不信，你们一家，开动三个聪明脑袋，斗不赢他一个愚蠢行为？”

“老高，我很纠结啊！我既不能报警，又不能默认。你说，我该咋办？”

我低头沉思了一会儿，提出“一个原则，四条办法”。

“什么原则？”

“坚决反击！”他点头表示赞同。

“哪‘四条办法’？”

“第一，不宜扩大，后发制人。”

“怎么讲？”

“这种事，最忌讳求助于外人。弄不好传播出去，反而对孩子不利。”

“对呀！”

“第二，留足证据，形成链条。”

“请解释。”

“注意保存对方不可否认的重点细节，如他发给你女儿的各种暧昧短信、超常赠送来的有关物品等，严防他硬着头皮撒谎，瞪着眼睛否认，反咬一口，说孩子诬陷好人！”

“第三呢？”

“义正词严，短信反击。”

“要撕破脸吗？”他担心地问。

“不是。但要以其人之道还治其人之身。你短信来，我短信回。来而不往非礼也。勇敢摧毁他的邪念！”

“第四？”

“留宽退路，息事宁人。”

“什么？”他似乎不太理解。

“也要给他台阶下呀！尽量不要公开。究竟未成事实，逼他断念即可，千万别做过头！倘若激得他恼羞成怒，狗急跳墙，他会倒过来反咬一口，或者琢磨更恶毒的阴招儿作践孩子！”

他低头想了想，诚恳地说：

“全面！高，高，你不仅姓高，出的招儿也高。就按你的法子办！”

夜里十一点，我躺上床，睡不着，又给老王打了个电话：

“老朋友，我仍想着你的事，替你草拟了一封反击的短信。你可以修改后，选择时机发给他，先打掉他的痴心妄想！”

“好吧。你说我记。”

老×：

你我都是父亲。我们都有一儿一女，女儿也都正当华年，专心致志，工作努力。保护她们，不受侵犯，难道不正是我们做父母的天然责任？

你我都是教师。严守师德，为人师表，给学生、给下一代做出表率，难道不更是我们的神圣职责？”

你我也都是老人。现在的学生，已成了我们的子辈孙辈。我的女儿和你的女儿一样，都是我们悉心呵护和倾心关爱的孩子。如果我也像你一样，给你的女儿频发短信，不断骚扰，为老不尊，想入非非，那么，你作为父亲，会有何种感受？会作出何种反应？

我不想得罪任何人，包括你在内！我强忍愤怒，善言奉劝你：及早收回你的歪想，斩断你的邪念，悉心向善，痛悔前非，悬崖勒马，为时未晚！否则，我找你的老婆，和盘托出！让你在家里、在学校，名誉扫地，尽人唾弃！你信不？

勿谓言之不预也。请你好自为之！

小王的父亲
时间地点

一个礼拜过后，老王晨练时又遇见我，只悄悄说了句："发了短信，果然奏效。谢谢你！"

24.《小竹扇里的大文化》

(2012.7.1.写于西北大学桃园校区)

由于承传了祖上的习惯,我至今对于竹扇情有独钟。

据研究:竹扇源于我国,最早出现在殷代,是皇帝出行的仪仗,最初只是为他遮风挡日,后来,才逐渐演变成今天普通人用来纳凉的扇子。从那时算起,我国的"扇史",距今已足有三千多年了。

扇子的学问可大了,人们常以"扇文化"来概括。

就产地分,有四川自贡的"竹丝龚扇"、中江太和乡的"竹扇"、江苏的"檀香扇"、广东的"火画扇"、浙江的"绫绢扇"等等;就材质分,有竹扇、木扇、纸扇、蒲扇、象牙扇、羽毛扇、丝绸扇等等;就样式分,有折扇、团扇、方扇、菱形扇、微型扇、巨形扇等等;就用途来分,又有日用扇、壁挂扇、把玩扇、礼品扇等等。自从书、画走入扇面,更显精致典雅,让人赏心悦目,开辟了它的欣赏价值,即在实用的同时,还能给人以美感享受,大大增加了含金量,于是,把扇文化大大提高了一个档次。到了明代,中国扇艺传入欧洲,从此为西方扇文化添加了一个华夏元素的亮点。所以英国人说:"小姐们用扇语,犹如水兵们用旗语";法国人说:"手不拿扇的女士,犹如身不佩剑的勇士";我们中国人也说:"姑娘们藏在香扇后面的微笑,最迷人!"足见一把艺术团扇,对于一位香艳优雅的女士来讲,当是何等的重要啊!

每到炎夏,我第一不想开空调,第二也不想用电扇,首先想到的,是我那一把保存了几年、早已经用旧了、发黄了的竹扇子。拿着它,迈开八字步,不紧不慢,走着摇着,随意而又自如。小热时,轻摇慢拂,清风徐徐,悠闲自得;大热时,猛摇快煽,解馋救急,渗人心脾;也可以用它,驱蚊蝇、遮太阳,还能在走累了的时候,垫到屁股底下，坐在石头上面，以免蹭脏了裤子。手握竹扇，在他人看来太俗，而我却自有雅感。想起那一位手不离羽毛扇的诸葛孔明的形象，我总感到：能将大俗和大雅，集于一身者，似乎非人，实乃羽毛扇也！

偶然看到一位叫黄伟仁的作者，写的一篇散文《姐姐的竹扇》，颇受感动。其中一段讲：

“每当春耕完毕，姐姐就和村里的姑娘们，为编织竹扇忙活起来。村头村尾的绿树浓荫下，或农家小院里，总能看到三五成群的少男少女编织竹扇的身影，常能听到阵阵银铃般的欢笑声。朴素无华的衣着，掩藏不住她们灿若桃花的笑脸，掩藏不住她们激情飞扬的青春。她们用如诗般的情怀，编织着对美好生活的向往。一把把小小的竹扇，凝结着她们纯朴的祝福和匠心。”传达出作者对姐姐那般深沉、温馨和美好的感情。

于是，我手摇竹扇，走在路上，也酝酿了一篇《竹扇颂》：

轻摇即生风，
自由掌手中。
便宜又方便，
潇洒亦心轻。

空调难伺候，
电扇引病生。
谁要废传统，
竹扇不答应！

25.《闲话“国家碎片化”》

（2012.7.15.写于西北大学桃园校区）

七月暑热。一天，忽逢雨后凉爽，几个退休老教授，围坐在校园树荫下拉闲话。

一个老教授提问：“利比亚、埃及、也门、叙利亚接连不断发生内乱。有的总统被杀如卡扎菲，有的总统不得不下台如穆巴拉克，还有的总统如叙利亚的巴沙尔正在摇摇欲坠，拼死抗争。世界怎么了？”

“世界被美国搞乱了呗！”一位摇着竹扇的老头说。

“也不全对。”立即有人反对，“外因是条件，内因是根据，外因只能通过内因起作用，这些国家的国内因素是主要的。不是说‘苍蝇不叮无缝的蛋’‘堡垒最容易从内部攻破’吗？”

“这话对。内部四分五裂，国家容易失控，外力便乘虚而入，必然加剧动荡，便会导致国破家碎！”

“我也赞成此说。”一位拄着拐杖，声音沙哑的老教授，针对卡扎菲被打死之后，利比亚走向“碎片化”的趋势，补充说：

“卡扎菲该死！独裁专制，多行不义，人民自会推翻他；但是利比亚反对派，竟把美国人引进来，固然加速了卡扎菲的死亡，却也给自己的国家带来了无穷灾难！还是英国《每日邮报》讲得好：‘可怜的利比亚人，让西方帮他们瓦解了自己的国家，现在自食恶果。该埋怨的，只能是他们自己！’”

“现在，”一个年轻的退休教授插言道，“更可怕的是，‘碎片化’并未结束。利比亚在卡扎菲之后，还在继续闹分裂！”

一位白发苍苍的老教授讥笑道：“我昨天看报，日本电视台评论称：‘照此细胞分裂般地进行下去，利比亚东部，还可能分裂成两个国家。”他调侃式地发问：“难道最后，每个人都要建立一个国家吗？’”

“哈哈哈哈！”逗得大家大笑一场。

坐在轮椅上的老教授，手里抖动着当天的报纸，也大声说：

“伊朗网站，虽是幸灾乐祸，但我认为也讲得在理。它提名叫响地向利比亚人大声喊话：‘嗨，利比亚人，你们还记得卡扎菲曾经说过的话吗？说他倒台之后，利比亚将会破碎！……’这个网站还忧心忡忡地说：‘阿拉伯人并没有从痛苦中得到教训，叙利亚人还正想继续沿着这条老路走下去！’”

一位满脸皱纹的老教授、曾经满腹经纶、一生在三尺讲台上评古论今。这位著名历史学家，满怀忧患意识，用低沉凝重的声调悲叹道：

“动荡，破碎，满眼的腥风血雨，百姓遭殃啊！惨痛的、连环的悲剧，竟然唤不醒一个不乏智者的民族！仍让悲剧继续重演下去！”他忽然提高声音，大声强调道：“但世界人民会从中吸取教训的！”

“说到教训，”一位半天没发言的退休哲学老专家说：

“德国的斯滕贝格讲的不无道理。他认为：‘利比亚革命后，国家出现碎片化，使人再次反思：中央集权和强人政治的问题。有的国家依靠强人政治，加强了中央集权；有的国家则靠宪法和某种精神，提升了国家的凝聚力。不同土壤会生长不同树木。即使移植者出于好心，也应牢记一点：强行移植，不一定会带来好结果！’”

“美国犯的就是这个错误。中国应当加强政治权力，坚持独立自主，决不盲目移植。”

这话似曾相识。啊，想起来了。记得我在巴黎任教时，一位法国同事对我说过：“现在的中国，应当在政治上实行高度集权，而在经济范围内，则要放手搞活。”讲的也是这个意思。是的，中国应该通过民主集中制，在政治上实行中央集权；而在经济上，坚定改革开放，走合作共赢的全球化道路。

外语系一位退休的俄语教授说：

“我曾痛心过前苏联的解体，这一震惊世界的大事件，给俄国的教训极深。我记得，针对国家分裂，一位俄罗斯学者曾经说的话，真是入木三分。他说：‘俄罗斯是一头狮子，但要把这头狮子切成碎块，那就不是狮子，只会成为美国的狗粮!'"

最后,一位刚退休的社会学教授说:

"今天中国强大了,明眼人都看到:世界上却有不少人感到威胁,也殷切盼望把强大了的社会主义中国碎片化。每一个中国人啊,应当明察秋毫,高度警惕,绝不能使他们的阴谋得逞!"

26.《晨练偶闻》

（2012.7.18.写于西北大学桃园校区）

我有个早起的习惯，常到丰庆公园去晨练。

一次晨练完后，闲暇无事，站在几位不相识的老头子后面，听他们闲聊。

一个老头说：他的亲家，在南方某高校工作，已经退休。多年前，亲家给他讲过一个笑话。那是一老一少两个教授的一段对话。

刚升了职称的年轻教授，在校园碰见了已退休多年的老教授，只见他老态龙钟，步履蹒跚，便笑笑，趾高气扬地说：

“老教授，我承认你们过去做的贡献，但是现在，你们都成了不下蛋的鸡了！”

老教授一听，气得微微哆嗦。想了想之后，一字一顿地反击道：

“小子哎，你说错了。我们不是没下蛋，我们下了一些坏蛋！”

小教授吃了亏，满脸通红，便理直气壮地反驳起来：

“不管好蛋、坏蛋，现在扩招了，你们总该承认：我们比你们下的蛋多得多！将来孵出的小鸡，也比你们多得多！”

“是的，你说的这话没错。”颤巍巍的老教授微笑着说。

小教授心想：面对事实，你这个老家伙也不得不承认了吧？他胜利了，显出很高兴的样子。

忽然，看到一大群女学生，说说笑笑地走了过来，他更得意了，觉得自己有了更得力的论据，便灵机一动，一指她们，大声说：

“你看，她们就是我们的成绩！我们的骄傲！”

老教授从口袋里掏出来老花镜，架上鼻梁，伸长脖子，仔细观看，发现其中几个女生，特面熟，经仔细辨认和回忆，不自觉地“哦”了一声。是她们！对，就是她们！我住宅小区的隔壁，有个灯红酒绿的“夜总会”，大款们、高官们经常光顾。我常见这几个女孩儿，打扮得妖里妖气、花枝招展，挽着酒气熏天、东倒西歪的富豪或官员的胳膊，从那个霓虹灯闪烁的大门口走出来，钻进了高档小车。

想到这里，老教授猛然一摘老花镜，气愤地说：

“你说得对，你们养的鸡真多！你们把我们的大学，都快要变成‘养鸡场’了！”

那几位晨练的人们，都哈哈大笑起来。有的仰着头，有的捧着腹，还有的笑得岔了气，不断地连声咳嗽。

听完这个故事，我心里很不是滋味，感情复杂，怎么也笑不出来。由于我也是大学的退休教授，灵魂深处受到伤害，只感到一种难以名状的苦涩和疼痛，真像打翻了酱油醋瓶，在我的五脏六腑里，百味杂陈，酸辣苦甜，什么味儿都有，却说不清到底是什么滋味。

不过，我想了想：也应该能说清楚，那就要把故事里外涉及的人物，一个一个，加以专题评说才成。

小教授值得评说，老教授值得评说，几个女生值得评说，进出夜总会的大款、官员也值得评说。讲故事的老头值得评说，传故事的“亲家”值得评说，那几位听完故事哈哈大笑的人们也值得评说，尤其是那个编故事的人，即原创作者，更值得重点评说！

其实，最最应当专题评说的，恐怕还是我们高等教育的顶层设计和管理！

27.《与劝教者对话》

（2012.12.29.写于西北大学桃园校区）

一次晨练，在唐城墙遗址公园北口，碰到两个年轻女性，她们拦住我，热情送我一册《耶稣爱你》的宣传福音的小本，几个醒目标题是“我们都是罪人”“人无法自救”“必须信靠耶稣基督才能自救”等等，还递上一张印有神父名字和电话号码的名片，邀我信奉基督教，一心想说服我做个基督徒。

我便问她们：“如果我是佛教徒，或伊斯兰教徒，你们给我讲讲，基督教比佛教、比伊斯兰教高明在什么地方？你们能说服我，我就改信你们的基督教！”

于是，她们便自称亲身经历，活灵活现地讲了几个她所谓“灵验”的证明。不过是想现身说法，竭力劝我皈依基督教而已。然后，信誓旦旦地说：

“我深信：基督教最真，是天下宗教的正宗！”说完，她们用期待的眼神望着我，“加入基督教吧！”

我忽然想起曾经读过的《十日谈》，便笑笑说，我也给你们讲个故事。

从前，有个大富翁，家藏珍宝无数，其中有一枚最美丽、极名贵、他最心爱的戒指，被他视为他家子孙万代的传家宝，所以在遗嘱上特意写明：凡得到这枚戒指的人，便是他的继承者，其余子女都要尊他为一家之长。就这样，这枚戒指传了好几代，一直传到了这样一个家长手中。

这个家长有三个儿子，个个德才兼具，孝顺父母，父亲对他们都很疼爱，实难厚此薄彼，临死前，不知究竟应把戒指传给哪个为好。儿子们都曾向他请求过，他也都答应了。他很想让三个儿子都得到满足。于是私下请了一位技艺精湛的匠人师傅来，照样仿造了两枚戒指，果然和原来的那枚一模一样，放在一起，连匠人自己也分辨不出来了。他便暗地里把这三枚戒指分别赠给了三个儿子。

父亲死后，兄弟三人都以戒指为证，互不相让，都要以家长身份继承家业。但是，三枚戒指完全一样，任谁也分不出真假来。因此，究竟谁该当家长，始终未能解决，至今仍然是个悬案。

我明确告诉她们：通过这个故事，我想说明的是：三种民族，三种信仰，跟这个故事一样。你们说说哪个是正宗？大家都认为：只有自己的信仰是正宗，都以为只有自己才是天父的继承人。究竟应当信谁？永远没有结论！正如这三枚戒指，永远无法作出判断一样。所以，我反对一教独大，主张多教并存；反对宗教排斥，主张和睦相处；反对强人改宗，主张自由选择。

我亮出底牌：其实，我不是佛教徒，不是伊斯兰教徒，也不是基督教徒，我不信"宗教救世"说，但也不同意"精神鸦片"说。我是研究西方文化的，对各种宗教做了些探讨之后，我最后的结论是：任何宗教都是一种文化，一种哲学。推崇哪种文化？信仰哪种哲学？是个人自由，不能强迫人，也不能被人强迫。

我又问她们：你们知道，信奉伊斯兰教的巴勒斯坦和信奉犹太教的以色列，打了多少年的中东战争，死伤无数，灾祸遍地，至今仍无法谅解和平息，背后的根子，不就是宗教信仰不同，又都互不宽容造成的吗？同教不同派别之间，也是争吵不休，冲突不断，说到底，都是宗教惹的祸！所以我们国家很高明：执行宽松政策，提倡"信教自由"。不同宗教，互相尊重，彼此宽容，不可捧一方、压一方。凡想唯我独大，自诩"正宗"，斥责他教为"异教"者，都不对，更不该！

"那么，请你专门谈谈你对基督教的看法。"

"各种宗教，包括基督教，都是劝人向善的，仅从这一点看，我对所有宗教，一视同仁，都有好感，只要不走极端。"

她们又追问："人人都有个最终信仰，你到底信仰什么？也就是说，你究竟最爱什么？最恨什么？"

"我信仰真、善、美。我最爱真、善、美，最恨假、恶、丑！"我解释道，"真：指讲真话，做实事；善：指与人为善，平等待人；美，是艺术，即和谐快乐、高境界。"

我强调说：真、善、美三者，互有联系，缺一不可。它是我的最高追求，成为我的终生信仰，这才是我的心中之"神"！

"神？你还是承认有神，你还是信仰宗教的嘛！"

"我是无神论者。"

“不信任何神吗?”

“是的。神在哪里?从古到今,西方人谁见过上帝?中国人谁见过玉皇?俄林波斯圣山上宙斯的金宫银殿在哪里?华夏神州西王母的瑶池庭院又在何处?”

“神在天上!”她们二人立即异口同声,肯定地说。

“神不在天上!”我也斩钉截铁地回答,“我乘飞机,天空是空的,只有蓝天白云;宇宙飞船多次往返地球,还登上了月亮和土星,你们听说谁发现过某个神灵了吗?没有。”

“天空无神,地上一定有神。”一位已经有点底气不足,另一位立刻帮腔补充:“是的,神的眼睛时刻都在看着我们呢!”

“神也不在地上。”我仍坚持道,“我游遍欧洲,走过十六七个国家,四十多个大小城市;我攀登过高山,游历过大海,都从未见过一个神祇;欧洲每个乡村、每个城市、每条街道,都有自己的教堂,我也多次、多地参与过他们的弥撒仪式,从未看见过任何神的影子;在国内,我进出过无数庙宇寺院,参观过无数神龛祭坛,上面供奉的,都是工匠制作的泥塑人形,都是仅供人叩头膜拜的僵死偶像,也从没见过一个真正的神。可见,普天之下,没有神灵,地上存在的,只有人!”

“天空地面都没有神?那么,你认为神在哪里呢?”

“神,不在天上,也不在地上,更不在别人,如你们的嘴巴上。神,只在我心中”!

“对呀,”她们忽然眼睛一亮,表现出惊喜的样子,以为从我最后一句话中,终于找到了共同语言,“最终,你心中还是有个神的呀!”

“不,此神非彼神。我心中之神,仅仅指永恒的道德。它是一种哲理信仰,一种终极理想,人生追求的最高境界。”

“那不是神,还能是什么?”

“就是我上面讲过的那三个字——真、善、美!”

28.《记凤霞——致谢辞》

（2013.1.9.写于西北大学桃园校区）

“谁能与我同醉，相知年年岁岁！”这是我最爱唱的一首歌中的两句歌词。每唱到此，我就想起老伴井凤霞来。她，一个弱女子，跟着我，同度悲欢，共经离合，酸辣苦甜，百味尝遍。回顾我俩一生，来路坎坷，审视凤霞，我深怀谢意。

1961年，19岁的井凤霞，考进西北大学中文系，我们成为同系不同级的同学，也开始了我们的情路历史。

1963年7月，我大学毕业了。

分配工作时，经过对学业、健康的全面审查，尤其是经过政审，我被教育部选作出国汉语师资。据说准备去古巴，后因中古关系破裂，又接教育部通知，我暂由西大中文系代培，以备国家不时之需，于是便留校任教。从此，我成为中文系教师，也在近距离交往中，奠定了我俩的爱情基础。

1967年6月15日，我和凤霞结婚了。

除了几尺布票，我没让父母花一分钱；除了一床被面，也没让岳父母陪嫁一分钱。我没理发，只穿着平日旧衣，凤霞衬衣领上还打有补丁。这大概是最典型、最简陋的“文革婚礼”了！两张单人床并在一起就算婚床。我们都身穿旧衣服，惟有两床被褥是新的。

1967年底，凤霞毕业分配了。

只因混乱的文革，她所在班66级，是西大中文系第一个五年制，也成了最后一届五年制；也因为时势混乱，他们推迟一年毕业。

分配工作时，由于我们已经结婚，按照合理要求，本该照顾夫妻关系，她至少应该落脚西安。但凤霞属于“保皇派”，且是“铁杆保皇”，最后被远远贬到四川省德阳县第二重型机械厂。

1968 年 8 月，凤霞已怀孕 8 个月，按照政府通知，必须在 8 月 31 日前报到上班，否则取消分配资格！当时的中文系革委会主任马××，算是结合进领导班子的革命干部，“左”得出奇，连我要求请假护送怀孕妻子赴蜀报到都不允许。为此，我和他在西大西树林饭厅外大吵一架！我掰着指头，大声斥责他无人性的理由，这种文质彬彬的吵架，后来都成为大家饭后茶余的谈资笑料了。

无奈，凤霞只好挺着大肚子，肩背大捆被褥，手提大袋用品，独自一人出发，没有卧铺，挤座在车厢顶头的厕所里，经受了一天一夜的磨难才到达目的地。她亲身体验了什么叫“蜀道难，难于上青天”！原来它并非只是一首轻松欣赏的著名唐诗！

两年中，她生子、探亲、来回奔波，吃了不少苦头，把少得可怜的一点薪水(42.5 元/月)，全都贡献给了铁道部。我经常听到她于无奈中呐喊：“翻过秦岭就是家！我何时才能回家！”后来我们费尽周折，通过一系列组织程序，到 1970 年 3 月，终于在蒙万夫同学的热心帮助下，让她“翻过了秦岭”，将她调回兴平县西郊中学任教。

1972 年，一件幸运事落到我的头上。

那一年，我 33 岁，国家第二次选拔出国师资。全国定了四个点：北京、上海、南京、西安。每个点设英语、法语各一个班，每班 15 人。为什么要选西安为点呢？这是大家都知道的原因：文革中最突出政治，延安是革命圣地。光荣的政治地位，使陕西西安具有最站得住脚的选点理由。我本就属于第一期的“代培”者，又身披“两千一百万延安儿女”(当时陕西省人口总数)的耀眼光环，所以毫无悬念，成为首选，自是情理中事。而更令我高兴的是，凤霞也有可能选上。因为这次选拔中央有条政策：为便于在国外长期工作，倘夫妻双方都符合条件，应尽量予以满足。因此，她也在考察备选之列。但在政审中，却发现她舅家有地主成分，她舅舅是地主分子，结果很遗憾，最后还是被刷下来了。

然而凤霞深明大义，并未消极。只要我有上进的机遇，她总是怀抱积极支持态度。此后，我学法语，去北京，赴刚果，到巴黎，她都不拉后腿，承担家庭困难，一人支撑到底。我回国后，从为业务拼搏，经退休养老，直到患了Ⅱ型糖尿病，都靠她事无巨细、辛勤操劳、全力以赴地关心照顾，才保证了我平安健康、轻松快乐的晚年生活。

老伴啊，我谢谢你！

29.《才华、年华和健康》

（2013.3.27.写于西北大学桃园校区）

改革开放初期，面对许多高校教师中发生的英年早逝现象，我曾写过一篇《年华和才华》的短文。今天，我觉得才华、年华和健康的关系，仍然值得重视，

记得1984年，刚结束文化大革命不久，高校的青年教师们，急于想把十年“文革”损失掉的宝贵时间夺回来，都挽起袖子，甩开膀子，放开胆子，要在自己的专业上，大干一场。

但是，在我身边，悲剧突然发生了！四月初，郝教授逝世；四月中，王助教猝死。二十天内，我们系里，一老一少，相继归天。整个校园，无人不为之悲叹！

二人虽都因病去世，但郝教授年近八旬，老迈染疾，不治而终，亲朋好友都当作“白色喜事”来办；而王助教，仅三十有五，正当华年，刚在全国电影美学界一鸣惊人，崭露头角，竟然也半道夭折，丢下妻儿老小，令人唏嘘不已，可悲可叹，实实是件惨事！

于是，引起我对年华、才华和健康关系的思考。

我想：才华，像火花，似闪电，又如流星，昙花一现，骤然而逝；而年华，则似轻烟，不紧不慢，冉冉走过，也像溪水，潺潺而流，才构成人生。

王助教的悲剧告诉我们：路，要一步步地走；饭，要一口口地吃。稳扎稳打，不要着急。什么“一万年太久，只争朝夕！”尤其在收入微薄、生活清贫、营养严重不良的状况下，没必要在业务上那样超强要求自己，不顾死活，拼命一搏。这种做法，无异于自戕自残。危及生命，何苦而为？

这种英年早逝现象，在八十年代“拼命争上游”“力争多贡献”的社会风气中，在全国高校、科研单位里，都时有发生。如全国知名数学家张广厚、骊山微电子

科学家罗建夫等等，也属此列。和王助教一样，他们都是为了国家荣誉，为了人民事业，拼命工作，过度劳累，积劳成疾，损害了健康，透支了生命的一批人。造成了许多中青年学者，常在才华已经显露，或未及显露、即将闪光之前，却把那宝贵的生命给拼掉了，非常可惜！

所以，1986年，据传中国人民大学哲学系李杏林先生，59岁升为教授，60岁去世，死前感悟颇深，留下遗言“三要三不要”：“要花钱不要存钱；要活命不要拼命；要长寿不要教授！”北京学人的大声疾呼，震动全国，西安学界无不惊叹。他的顿悟，也广为人知，在大学校园可谓盛传一时！

但是，在一片呼号和呐喊声中，走向极端的另一种声音，也紧随其后，响了起来：

“媳妇自然熬成婆”“无为而治（指治学）是正理”“留得青山在，不怕没柴烧”，大谈养生保命、主张以逸待劳的种种论调，一时也甚嚣尘上。以为当个慢腾腾走路的“小脚女人”、心不在焉的“撞钟和尚”就好。相信只要假以时日，随着大流，就能修行成仙、终结正果。言外之意是：只要保住健康长寿，就能等来教授头衔。

看来，学者之死，给我们提出了一个与生命攸关的严峻问题：似乎所有学人，都要在年华和才华之间，非此即彼，二者选一，必须做出一个明确抉择！

其实也不尽然。我总觉得，这只是个正确理解和妥善处理“年华和才华”的关系问题。

年华和才华，果真如水如火不相容、如日如月不共天吗？在一个人的生命历程中，难道不能做到科学处理、和谐共赢，获得两全其美的好效果吗？

我的回答是：“能做到！”

年华孕育才华滋长，才华寓于年华之中。二者不是对立关系，而应成为互补关系。固然才华销蚀年华，但才华也反过来滋养年华。在才华和年华的矛盾之中，除吸取“力不可猛使”“才不可尽露”“别想一口吃成胖子”的教训之外，绝不能把“苟活看作幸福”，用“懒惰掩盖无能”，以“好死不如赖活着”作为自己的座右铭。过去如此，现在仍是，将来亦然。否则，人活着还有什么意义？和行尸走肉、和寄生虫们，还有什么区别？

上述“拼命”和“保命”的两种思考，都属极端，都是在毁“才华”，误“年华”！

除了极少数天才之外，我们广大芸芸众生，只能走另外一条稳妥路，这就是：在“保年华”中“育才华”，在“露才华”中“养年华”！

现在和当年相比，青年人收入提高了，不再为吃饱饭发愁了，具备了经济条件；他们没有政治压力了，思想自由了，也具备了社会条件。有这两条基本保障，便能做到让“才华”在“年华”之流中，去创造它的辉煌成绩，闪耀它的灿烂之光！

而要做到“才华”和“年华”兼顾，“贡献”和“健康”同在，则必须在工作实践中，时刻把健康置于绝对第一位！只有这时，才需要牢记那句老话：

“留得青山在，不怕没柴烧！”

30.《为高校教学算笔账！》

（2013.5.20.写于西北大学桃园校区）

每逢全社会一年一度针对应届毕业生的招聘热潮，给教学计划造成的巨大冲击，面对这种教育产业化的恶习传播，我的心潮总是无法平静。我曾作为西北大学教学督导组成员，有感于高校教学质量下降，于 2004 年写成该文上交。我心里自然明白，人微言轻，其结果必然是“泥牛入海”，悄无声息。今年又见“潮”来，心潮亦复激愤。虽然我已退休，而且我也知道：照旧会石沉大海，但仍旧心血来潮，仍想再说一遍。

长期以来，我总觉得，为保证教学质量，高校教学时间的账，不仅要算，且要常算细算。什么账呢？这就是学分、学时的账。

因为学分、学时太少，便会削减课程内容，达不到质量要求；而学分、学时太多，又压杀了学生智慧，窒息了学生的思考消化和自觉创造精神，同样也会损害质量目标。所以说，科学准确地算账，才能无过无不及，才能落实教学质量。因此，从实践中总结出来的恰当的学分、学时，应当成为大学教学计划的硬杠子！

以汉语言文学学科为例。1999 年，在教育部中文学科教学指导委员会的年会上，受大会委托，中国人民大学中文系主任章安琪教授，收集了世界和我国主要高校同类学科的学分、学时，其状况是：

学分：美国 120，港台 128，北大 152，复旦 169，华中师大 160。全国大都在 160—180 之间。经大会讨论，最后认为：我国应以 150 学分为基本标准，比较适宜。

学时：国外周学时 15—18，学期学时（按一学期 18 周概算）：18 学时 × 18 周 = 324 学时。4 年本科总学时，以 7 个学期计算，应是 324 学时 × 7 学期 =

2268 学时。

我国现状：4 年本科总学时是 2500—3000 不等，普遍偏高。经大会讨论，最后认为，我国现阶段应以 2700 总学时为基本标准，比较合理。于是，达成共识，形成定论。

那么，4 年本科，按 7 个学期计算，每学期的学时是：2700 学时÷7 学期≈386 学时/学期。周学时是：386 学时÷18 周≈21.4 学时/周。日学时是：21.4 学时÷5 日≈4.3 学时/日，每天不足 5 学时。这样看来，学生的日负担量，轻重比较合适。

从 1998—2000 年，我国高校的中文学科，可以保证课堂教学共 7 个学期，规定的总体教学计划能够完成，因为第八个学期，毕业生要参加人才招聘会，基本不上课了。

但是我想，严格地讲，4 学年，8 学期，才能达到教和学的饱满量。从总计划中削减了一个学期，按高质量要求，已属不该。更为严重的是，从 2000—2002 年，已发展到第 7 学期的课堂教学，也不能保证了。然而，对于毕业生来说，第四学年要比前三学年重要得多！

大家都知道，本科 4 年的一般学习规律是，大一转变角色，从中学生变成大学生；大二进入状态，学生适应了大学的学习规律；大二、大三的课时饱满，设置的课程最多，是大学最重要的学习阶段；到大四，课程设置少而精，虽然也有必修课，但更重视安排选修课和专题课，而且，都是学有专长且有教学经验的教授、副教授执教，教学内容带有研究性质，也为学生考研做好准备，成为本科毕业前的冲刺阶段和总结阶段，是大学生吃饱肚子的"第四个烧饼"。可见，大四的教学计划和课堂教学，在整个 4 年本科培养中，占据着多么重要的地位！

可是，教学第一线的实际状况怎样呢？

我于 2003 年 12 月，作为我校督导组成员，写的一份调查报告中就已讲到，2003 年的毕业班，已经在第七学期开学不久的 10 月份(现在已提前到 8 月份)，因各种招聘活动的开始，课堂教学就因受到强烈冲击而无法保证了。11 月，这类活动在全国铺开，大张旗鼓、堂而皇之地进入校园。加上学生为考研准备，到课人数大减，少数学生也可以有充分理由随意旷课了。教学秩序被打破，教学计划难完成，老师们只能睁只眼闭只眼，很多课目只好草草收场。我当时在我校文学院的毕业班上调研过：全班94名学生，常因找工作而缺课者达30多名，约占三分之一。到课者，面对就业难，也是心慌不安，人在室内，心在室外，很难静心听讲。学生反映，现在还只是开始，第八学期进入招聘高潮，上课的人就更少了。据今年中央电视台报道：招聘活动早从3月份就开始了！可见，第四学年的课目基本是形同虚设。加上平时课堂教学的"短斤少两"，学生的实学时间，充其量只有3年！

中文系如此，我想其他各院系、各学科也大体相同；一个大学如此，我想，全国各省市、各高校虽有差别，但受大环境影响，恐怕也基本一样。

学制4年，学费4年，计划3.5年，实学呢？充其量只有3年！本科招牌，大专实质，名实不符，质量缩水。这就是目前令人忧虑的我国高校本科质量的现状！每个学生少学1年，以全国毕业生总数计，损失必然惊人。况且，长此以往，质量不保，累计损失，更为可怕！这种急功近利、杀鸡取卵的做法，实在应当废止了。

显然，这一弊端，不是一校一省所能扭转得了的。因而我建议，为保证高校本科毕业生质量，给国家输送合格人才，应由国家教育部出面，采取措施，通令全国：所有针对应届高校毕业生的人才招聘活动，一律推迟，压到第八学期即教学计划全面完成之后，也就是最后一学期，最早只许从每年7月份开始！

唉！我知道，说了也白说，但白说胜不说，不说白不说，白说也要说！

31.《怀念我的“先生叔”》

（2013.9.1.写于西北大学桃园校区）

教师节将到，连续接到几个学生从省内省外、国内国外打来的问候电话，我也忽然想起我的老师来。为了向他们祝贺节日，我便拿起电话，但却四顾茫然——他们都早已作古了！啊，那边没有座机，也没有手机，当然没有电话号码，也不能发短信问候。阴阳两隔，音信断绝，我不由得黯然伤神，便隐隐自责起来。他们健在时，我为什么没常去看望他们呢？哪怕打个电话，问候一声也好呀！

于是，我首先想起我的“先生叔”来。

“先生叔”，是我最早的启蒙老师，大名景俊明。全村就数他能断文识字，文化最高。他还会测阴阳、看风水。无论谁家定庄基、找墓穴、过红白喜事、登记礼单、写婚联挽联，或以中人身份，撰写房产地契、买卖合同，以至代写诉状、来往信函，或过年过节过事，写春联、婚联、寿联、挽联，写炕帖（身卧福地）、门帖（抬头见喜）、院帖（满院春色）之类，一切凡与笔墨文字有关的事，都得求他。他也随叫随到，不摆架子，人缘很好。大家都知道，因为他会读书看报，知晓国内外大事，也能看懂县府衙门的安民告示，社会上有什么风吹草动，人们也找他询问求解，不一定事事准确，但总能得到回答。所以，他成了那个年代，我们村儿里著名的文化人，最大的大知识分子，男女老少，没有人不尊重他的。我的父辈祖辈们，都尊称他为“景先生”；我们这些被收为弟子的小字辈，都既尊敬、又亲切地唤他“先生叔”。

他的唯一缺陷，就是说话有点结巴。

据说，他年轻时到邻近村镇教过小学。但他命运不济，中年丧妻，家道中落，一下子陷入困境，为抚养一儿一女只得回家，靠几亩薄田勉强度日，慢慢沦落为

“孔乙己”式的人物，故深得大家同情。

1945年，我6岁时想上学，嫌外村路远，便由父亲出面，联合村民，恳请景先生出山，招收全村与我年龄相仿的孩子，共约八九人，在先生叔家办起了私塾性质的蒙学。我的启蒙教育，就是从这里开始的。

我记得，他那时约四十出头，中等个儿，方脸大嘴，十分谦和，一开口就满脸带笑。在全部学生中，特别对我关爱有加。每每见了我的爷爷奶奶、爸爸妈妈，他总夸我听话好学，是块材料。其实我呢，恐怕并非如此。

就说写字吧。我开始学字，那不叫写字，该叫“画”字。由于不懂笔法，我最初学写“人”字，总是从下往上、由右到左、艰难笨拙地照猫画虎。不知先生叔手把手纠正了多少遍，才慢慢养成了我的规范笔画。一年后，等到我转学，上了临潼县书院门完小，重读一年级时，写起字来，当然比别的学生熟练多了。因此常常得到老师夸奖，我也颇感自豪，故而经常引发我思念我的先生叔。

至今我还记得：先生叔给我们教念《三字经》时的神态：

“人之初，性本善。性相近，习相远……”

他示范时，按照节律，抑扬顿挫，摇头摆尾，颇有点洋洋得意，常半闭着眼睛，似乎在自我欣赏。他总是一口气背一长串，于自得其乐之中，流畅自如，没有结巴，丝毫不打绊子。

但是，当我们跟着他的领读大声复诵时，由于不懂含义，只念“口歌”，像写字照猫画虎一样，有时便闹出笑话来。

例如有一次，他要求我们集体背诵《三字经》。孩子们不认真，打哈哈。当背到“苟不教，性乃迁”时，由于不解“苟不教”是何意？便胡念一气，大声笑道：“狗不叫，猫不来……”

先生叔一听，气得红脖子胀脸，立即大声喝住：

“不、不许胡念！”接着把大家狠批了一通。我们一个个吓得像小老鼠，连大气也不敢出。

他余怒未消地加重语气，郑重其事地重新领读起来。他平时说话，本来就结巴，一着急，一生气，领读便结巴得更厉害了：

“人……人……人之初！”

我们胆怯地赶紧照样学样，一个字也不敢落下：

“人……人……人之初!”

不料,犹如火上浇油,他更愤怒了! 只见他,胡须抖动,满脸通红,不住地眨眼,末了两眼使劲一挤,大声吼道:

“你们……别……别管我……我……我‘人’几下,你们……只能‘人’……嗯、嗯‘人’一下!”

我们想笑又不敢笑,都憋在肚子里,硬忍着。

为什么呢?

因为在我们农村,“人”这个词,有个特殊表意,常指骄傲自大,目中无人。比如,有年轻人从县城上学归来,自恃清高,戴副眼镜,趾高气扬,见了乡党或长者,也不打招呼。人们就会背后骂他:“看把你‘人’的。‘人’啥哩? 看你还能‘人’几天!”

在这里,先生叔的吼叫,自然等于在说:“别管我骄傲几下,只许你们骄傲一下!”这样解释“人之初”,不是真要把先生叔给气疯了?

后来,有人总拿这件事开他的玩笑。

尽管,别人感到他很可笑,而我,却看到了他的可爱,看到了先生叔灵魂深处的忠于职守和淳朴善良!

因此,当我今天走到坟墓门口,回顾一生的时候,我要大声对他说:

“先生叔”,我感激您!

我一生从教为文,走过来的文字生涯,就是从您那里起步的,是从您教我从左到右、由上到下、学会写第一个“人”字的时候开始的。您是我文化启蒙的第一位!

我的人生知识,做人理念,是从您教给我“性本善”的时候开始的。我一生从善向善,与人为善,也是您最早教给我的。您也是我道德启蒙和理性启蒙的第一位!

我一生遇到的好老师、好长辈、好领导,可以排成一长串,对于他们,至今我都心怀敬仰。但您在这个行列里,是教我知书达理、初识人性的第一位!

有您,才有我的“人之初”!

我永远怀念您啊,我可敬可爱的“先生叔”!

32.《闲聊“死后话语权”》

（2013.9.12.写于西北大学桃园校区）

我每日晨练，多以走路一小时为宜。今天，偶遇同行好友，一路走，一路聊。从天文地理，到历史人物，古往今来，无所不谈。但慢慢以“话语权”为中心，开始聊了起来。

话题是从这里引起的。

这位朋友，退休前曾是小有名气的教授，向来恃才傲物，锋芒外露，说话口满，总居高临下，还十分自以为是。在他眼里，似乎任何人都是他教育的对象，也常很少给别人留插话的时间和空间。今天却一反常态，哭丧着脸，气愤地跟我诉苦：

“我有个远房侄子，不知何故，突发横财，忽然成了村儿里的名人，在县城开了个大公司，家资近千万，便趾高气扬，不可一世。是不是人人都如此？财大必然气粗，这是人性的‘软肋’！有了钱就不知自己姓啥为老几了。更可恨的是，说到他的童年和家史，竟然满口谎言，听了叫我恼火！”

我得着机会，也想趁机开导开导他，便说：

“这种人，我见得多了。他愿意咋讲就咋讲，与你何干？”我劝道，“心平气和、淡然处之，对咱们退休老人的养生保健最重要！放眼社会，现在对哪个问题，哪个名人，不是七嘴八舌，各抒己见？个性自由的多元社会，角度、方式、价值观都不同嘛！国家大事尚且如此，何况小小的家族琐事、私人恩怨？我的想法是：昨天的事情不讲，明天的事情不想，今天的事情不问，一心关注健康。你也得向我学呀！我们老了，时日无多。说不定哪天夜里，你眼一闭，我腿一蹬，死了！什么都没了。至于身后事，随他去！”

他瞪了我一眼，颇为不满：

"说得轻巧，因为和你没有利害关系！如果直接伤害了你、你的家庭、你的父母，你能视为小事、淡然处之吗？我这个侄子攻击的矛头，就是直接针对我家的！你听，"他掰着指头，"一，土改前，他爸抽大烟、好赌博，穷得叮当响，把五亩地卖给我家，被他说成是我爸霸占了他家的地产；二，土改时，他家牛无一头，地无一亩，自然成了无可争议的'贫雇农'，反倒给他带来了好运道；而我家被定为'富农'成份，碰到啥运动，要找对立面，都把我家捎带上，他却幸灾乐祸，大骂'活该'；三，他年轻时偷鸡摸狗，打架斗殴，上学不断留级，光小学就念了8年，现在被他说成是，自己从小就反对应试教育制度，因此长大后决心弃学经商，就要和我比个高低，才终于成为今日一只能逮住老鼠的大'黑猫'；四，还说我是死读书、读死书、读书死，他早就看透了我没出息，一辈子仅会哄哄不懂事的大孩子，说'什么教授？现在的大学，混个教授何难！充其量，只是块教书匠的料！'而且，这些话被他传得满村满院都知道！"

"啊！竟敢如此污蔑长辈？他不仅篡改历史，还对你人身攻击，这小子也太狂妄了！找个机会，把他找来，你摆摆事实，讲讲道理，然后狠狠训一顿，不就完了？"

他一笑，指指我："你啊，自以为看破红尘、超脱世事，其实，你既简单，又愚蠢。怎能那样处理呢？"

"哦？我为你打抱不平，你反倒教训起我来啦！"

"别生气，老朋友，"他笑着拍拍我的肩膀，口气和缓了许多，"听我讲，你要首先懂得一件事：争取'死后话语权'很重要！"

"什么叫'死后话语权'？"

"想知道吗？请你耐心点，听我娓娓道来吧。"于是，他开始长篇大论，我又一次只能洗耳恭听了。

他说：死亡，意味着"失语"，即丧失了话语权。千万不可小视这件事！因为，丧失话语权，就是你的功过得失，完全由他人评说；是非曲直，你完全没有了发言权。他人可以无中生有、片面夸大；也可以任意曲解、颠倒黑白；甚至用污蔑不实之词，给你抹黑，将你妖魔化，给你加罪和宣判！而你，因为已死，只能失语，只能沉默。而沉默，就等于默认！你被妖魔化后便盖棺论定了，这是多么可怕又多么无奈的事啊！

“是呀，那该怎么办呢?”我说。

他立即补充道，近日他重读《王国维文集》第三卷的《希腊大哲学家雅里大德勒传》，其中一段写道：

“就雅氏(雅里大德勒即亚里士多德)之容貌风采，有种种之传说：或谓氏目小而股瘠长，大声而嘶，皆无确证；或谓其好美服，嗜美味，又壮年时品行不方正，皆全无根据之传说也。突尔列尔氏就雅氏之性行，断之如左：古来政治上或学术上与雅氏之意见异者，往往非刺其品性。然就其著作考之，则决不然，氏之品性高尚之人物，明白而无可疑也。”

他接着说：“读过之后，我掩卷沉思，深觉此话有理，也对我启发极大，足见其身后之非议，常不足信！为何？这就是个‘死后话语权’的问题。”

我说：“你是说，亚里士多德去世后，丧失了话语权，只好任由他人评说了?”

“对，像他这样的大哲学家，世界级的大名人，自然评论的人很多，有学界的，有政界的，也有门徒弟子和亲戚朋友的。被评者亚里士多德，死后丧失了发言权，别人说什么，他既不能操控，更无法纠偏。或因政治观点，或因学术见解，或因私人恩怨。其中，过分褒奖者有之，恶意攻击者有之；不实赞美者有之，讽刺讥笑者有之；刻意奉承者有之，造谣中伤者亦有之。这种种议论判断，难免不实、不准、不公，谁来为他主持公道?”

“当然没人了!”我说，“这是谁也没办法制止的事!”

“有办法!”他大声说，“唯以读其著作考量，方易获得真貌也！这是王国维的结论，不也提醒我们：这正是重新获得‘死后话语权’的办法吗?”

“哦，人会死，但书不会死，书会站出来作证。即通过文字遗作，捍卫自己的发言权，言之有理!”我不由地赞赏道，“你能说会道，原来出自你会思考!”

他眼一瞪：“什么话！怎能叫‘能说会道’？‘会思考’说得没错，这也是‘以理服人’呀！我由是思而得之，想到咱们身后，应当获得真实公正的评说——我声明：我并不想光听赞歌。我知道，我一生的毛病、漏洞、缺点、错误多得很，但都不是明知故犯，有意为之——倘若那样做，就不道德了！我只要求实事求是、实话实说，不被故意歪曲，不枉遭诽谤就成!”

我想是的。那时候，话语权已归他人，死者无法左右，恐怕难得公正。因此也唯有一途可取：依据此人的遗著，即文字资料，才能作为后人判断其是非真伪、曲直邪正的凭证依据。于是我说：

“你的话，使我想起本·琼生评价莎士比亚时说的话：‘只要你的书还在，只要我们会阅读，就会做出合理的评价，你就还活着，你并没有死！即使你没有陵墓，你仍然是我们心中的纪念碑！’”

说完后，我忽然哈哈大笑起来：

“咱俩太滑稽了！也太狂妄了吧？我觉得，你、我都把自己看得太伟大了！竟想和古希腊著名哲学家亚里士多德、和英国文学史上的戏剧家莎士比亚平起平坐、比肩而论？”

“不，不，不！你错了！”他一脸严肃，急忙反驳道，“在话语权问题上，人，不分中、外、贵、贱；事，不分轻、重、大、小。天下畅行的是同一个道理！大人物如此，小人物亦然；国事如此，家事亦然；公事如此，私事亦然；人评你如此，你评人亦然。人同此心，心同此理嘛！由此看来，针对我侄子散播的谎言，我要写点东西留下来，将客观真实公之于亲朋好友，还是很有必要的！”

“但是，不要指着他鼻子骂，那反而会产生反效果。只要平心静气、客观陈述就行。”

“你放心！这一点，我不是外行，或许比你更聪明些！”

他呀，一生强势，早成习惯，口头从不饶人。晨练分手时，和我临别说的这最后一句话，还要占上风。

不过，回到家，我又摇摇头，笑着心想：

除了他的侄子这类人外，客观点说，我们一般人，对于死者的身后舆论并不重视。只是由于感情的远、近，交往的亲、疏，过节的深、浅等等原因，人们免不了用选择性记忆、倾向性言说，去议长论短，做价值评判，有的必然被美化、被神圣化了；有的呢？必然又被丑化、被妖魔化了，很少去想那条“绝对公正”的几何线，也很难做到“绝对公正”。比如我，生前对于“话语权”，诸如他人对我的毁誉褒贬都置若罔闻，还会那么在乎我死后的名声？作为将死之人，倘对此过分计较，就显得太矫情、太虚荣、太钻牛角尖了，那不成了自讨苦吃！再说了，仅凭作品（遗作）评论人品，也未必就能做到真正的公正全面呀！

啊，今天晨练之外的收获，倒是提醒我：议论评价他人，是一件极严肃的事，千万不可情绪化、简单化、随意为之，尤其是对于已经去世的前辈们。因为我们对他们的了解都不深刻，都不全面。

言语谨慎，永远没错！

33.《话说“人生处境”》

（2013.9.20.写于西北大学桃园校区）

一个年轻人，刚刚大学毕业，踏进社会，面对纷乱世事，难以理清头绪，不知该如何应付。他满脸忧愁加彷徨地对我说：

“我的老家在穷乡僻壤。上学时，父母、兄弟、亲友，都是大家帮我；工作了，我应该反过来帮他们了。那时，我只想着学习，其余都归杂事，一律排斥在脑外。现在不行了，他们都渐渐向我围拢过来，我也觉得，多多少少都应帮他们点；在家时听父母的，上学时听老师的，现在踏进社会，父母、老师的话都听不到了，什么事都要我拿主意、做决定。啊，我就心烦！”

“这就烦了？”

“还有呐！现在不像你们那个时代，我面对的是一个像万花筒般的花花世界，诱惑很多，每天都有大大小小的事情纷至沓来，不说国内外大事，光是个人事、家庭事、同事间和单位的事就够我烦的了，都逼着我思考，等着我决断，必须为自己做个选择。这些事，常常打断、干扰和影响我非常喜欢的手头工作。啊，我真烦死了！”

“家事、国事、天下事，事事关心，这也很正常啊！”

他盯了我一眼，苦笑道：“更烦人的是，本来，我只想通过主观努力，争取美好前景，实现自己的梦想。但目前的多元社会，什么事都会发生，什么人都能碰到。同一行业、同一条路上，有失败的，有成功的，大部分是在自己热爱的工作岗位上正在艰苦奋斗的，我也是这些人里头的一个。而且对于同一件事，社会议论，七嘴八舌，主张众多，五花八门，好像各种判断都对，各种建议都行，但又都不大对、不太行，且都有不同的典型事例为你证明同一条道理。结果，常使我顾此失彼，或者漏洞百出。啊,真真烦死我了!”

我终于不得不点头。面对如今自由而多元的社会,这的确是困扰当前许多青年人的羁绊和烦恼。于是我深表同情:

“是的,我懂你了,这还真是有点烦人!”

“我到底该听谁的?信什么?怎么做才好?想到未来长长的一生,我真的好困惑,好烦乱!你能帮帮我吗?”

“你要我怎么帮你?”

他问我:“你一生是怎么走过来的?你是怎样面对这个纷繁的世界的?”他很需要一个“前车之鉴”做参考。

我想:人人都碰到过这样的“困难处境”。究竟应当怎样面对?这也是个太大的题目!因为这个回答,几乎要求我要包罗万象、包治百病!

我既想真心帮助他,又怕误导他。想了想,便说:

“对此,我认为:首先你得勇敢面对。古人早就说过:‘毋忧拂意,不惮初难!’”

“什么意思?”

“它是说:不要因违反你的意志而烦恼,不必为最初的困难而恐惧。这八个字,都是在鼓励青年人发愤图强、勇敢实践,只要事前有所思考,事后认真总结,胜利一定属于你!”

他惨然一笑:“这种励志性质的话,从小学、经中学、到大学,我听得够多了。我懂!”他强调道,“我目前的困惑在于:人生路上,必须紧紧抓住哪些决定成败的大问题?该怎样处理这些大问题?”

“想听听我的体会?”

“是的。您是过来人嘛!”

“回顾我的一生,我只能宏观地告诉你并帮你分析一下,什么是‘处境’?”

“处境?”

“对,指‘人生处境’。你刚讲过的困难际遇,就是你现在的‘处境’。人的一生,时时、事事、处处,都面对的是自己的‘处境’。”

“什么是‘处境’?”

我告诉他:“处境”是个六维空间。你的命运,就是由你的“处境”和你面对此种“处境”如何做出“自主选择”来决定的。

他瞪大了渴望的眼睛，忙问：

“什么是‘六维空间’？”

“就是以你为中心，所涉及到的人生六个方面的大问题。”

于是，我给他仔细讲了我以“方位”标示出来的、人人都要面对的“六维空间”：

一上：“头顶青天”，指法律。就是无论在任何时候、任何地方，处理任何事情，都要遵纪守法。在法律的屋檐下，谁敢不低头！即使是“发压线球”“打擦边球”，那叫“以身试法”，也使不得！

二下：“脚踏实地”，指职业。既然你选择了喜爱的职业，就要敬业、精技，全身心投入，做好本职，丝毫不可懈怠。因为它是你终生安身立命、赖以生存的坚实基础！

三左：“手牵诤友”。“诤友”，指那种敢于冷言直谏、真诚批评你的同事和朋友，万不可把他们误作“敌人”去对付，即由生厌恶、常敌视、从积仇恨到被抛弃。那样做，事后你会后悔莫及！或有“论敌”（即论点、观念相冲突），但无“私敌”（即怀有私仇私恨、非拼个你死我活、永远势不两立之人）。即使经过长期审视，确有心怀叵测、心术不正者，也应淡而远之，沉默以对。避免树敌，引祸上身。

四右：“手牵挚友”。“挚友”，指最疼爱你、最关切你的人，如妻子（丈夫）、父母、兄弟姐妹或最真诚的朋友。他们能给你温馨的感情和真挚的关怀，但也因过分爱你、常把你的缺点视为优点，为你文过饰非，甚至甘愿代你受过，这样做并不对，然而其终极目的都是为你好。你要清醒地理解他们，永远牢记着这份情和爱！遗忘就是不德和背叛，不能让他们伤心和痛苦！

五前：“怀抱理想”。指朝前看，必须选定志向，坚定不移。对此，只要你真心喜欢，便定了位，铁了心，“梦”它一生，终身为它奋斗不止。像一面领路的旗帜，有它指引，有它鼓舞，你就有充沛的激情和饱满的精神力量，引导你一路走到胜利的彼岸！

六后：“正视传统”。任何人都是“从传统中走来，再奔理想而去”。如果第五属于“瞻前”，那么第六便是“顾后”了。这里的“正视”二字，是指审视传统必须一分为二。就是说，既不能割断传统、完全否定；又不能全听全信、盲目服从，而应该实事求是，分析比较，区分正误，客观对待。即：过时的必须抛弃；适用的坚决继承！这样才能与时俱进。

"'上、下、左、右、前、后'这六个面，是我的概括，也是我的回答。"

最后我说："正确与否，仅供参考。我这一通'别人的话'，也要你像对待'传统'一样，审视它，鉴别它。有用者从之，错误者弃之。"

他都认真用笔一一记下了。然后抬起头来，像太阳从乌云中露出笑脸一般，感激地说：

"谢谢了，老前辈！您讲得很有道理。但是我想：要把您的思考变成我的思想，再把我的思想化为我的自觉行动，恐怕需要实践一辈子，至少要经历一个过程。请让我回家后，经仔细斟酌和认真琢磨，过些年，我再告诉你结果吧！"

我很欣赏他的务实态度，便颇感欣慰地笑着，站起来，拍了拍他的肩膀，算是送别。

34.《祭牙文》

（2013.9.21.写于西北大学桃园校区）

今天是“世界爱牙日”。我的一颗老牙，疼了几个月之后，今天终于带着鲜血，脱了根儿，在它的节日里，彻底“离岗退休”了！

有人说得轻松：“人来到这个世界时没牙，人离开这个世界时也应该无牙，让它随意走好了。”

我不同意。因为他无视牙齿为我们人生做出的伟大贡献。所以，我把这颗老牙，细心地洗净晾干，用纸包好，仔细装进一只小塑料袋里，封存起来，准备将来和我逝世后的躯体，一起火化，我不因它小而小看它。因为，它是我的整体尸骨不可分割的一部分！

看着它，我觉得，它就像我的亲兄弟！我忽然动了感情，便提笔给我这颗作古的牙齿，写了下面这篇“祭文”：

亲爱的朋友：

你比我约晚生一年，但却要比我早死多年。你的生命短于我的生命，因为你一辈子太劳累、太辛苦了！

你曾经洁白、坚固、整齐、美观。你藏在我的口腔里，较少露面，默默无闻，几乎被我遗忘。但你一辈子都勤勤恳恳，孜孜仡仡，忠于职守，无怨无悔！

当我呱呱坠地、只会吸吮妈妈奶水的时候，你正在我娇嫩的牙床里面，孕育萌发，扎下根来。当我开始想吃饭菜的时候，你便崭露头角，应运而生！

你和你的弟兄们，一颗一颗地生根发芽，一天一天地孕育成长，经不断换新优化，直到我十三岁时，才长齐全了，达到满口洁白如玉，恰似天工妙手精心镶嵌而成似的。你既像两排可爱的卫士，又如同两扇漂亮的屏风，为我的青春容颜增添了不少光彩，让我得以笑口常开，人见人爱！

只要我一张口说话，你就闪现出雪白耀眼的光芒。你曾为我的俊美架设起一道亮丽的风景线，和我那浓黑的眉毛、明亮的眼珠和隆起的鼻梁比起来，丝毫也不逊色，甚至于更胜过它们一筹！

虽然，你的责任只是咀嚼，将大块食物磨碎，以便于从喉咙顺利吞咽、让肠胃愉快消化。但是，你的劳动，是食物入口后加工把关、吸收营养的第一道工序；你的辛苦，成为我的整个体魄正常发育、健康成长乃至延年益寿的重要保障！

倘没有你，我的身体恐怕早已枯萎，我的健康恐怕早已损毁，我的生命活力恐怕早已衰竭；倘没有你，我怎么会顺利成长，不断滋生充沛精力，一生做成那么多事情；倘没有你，我哪来的生命能量，源源不断，以至支撑到现在，竟然活到了七十五岁，还有望攀上八十高龄？你的功劳，实实该在我的健康登分簿里，大大地、重重地记上一笔！

可是，面对你的冥位，只因我的少不更事，我不断后悔自责，甚至想捶胸顿足，大骂自己一顿！我必须向你作深刻检讨！

那还是在青少年时代，我总为所欲为，常常为满足口腹之欲，比如爱吃油泼辣子，爱吃香醋拌菜；比如生葱、生蒜、生萝卜，抓着就往嘴里填；尤其爱啃汁儿甜、皮儿硬的新甘蔗杆和鲜苞谷杆；得着核桃懒得砸、见了栗子懒得剥，也总用牙齿咬破了硬壳吃。这些食物，令我馋涎欲滴，却常常叫你受苦受累。它们酸、甜、苦、辣的味道，大多腐蚀性强，而我又不爱刷牙，其残渣存留牙缝，也让你的躯体饱受折磨和摧残。你受够了罪，却不言不语，默默忍受，常因上火，牙龈发炎，牙髓酸麻。但疼过、肿过一阵之后，火消了，烧退了，我呢？又都忘掉了，旧瘾复萌，错误重犯。而你，没有舌头不能骂人，没有拳头不会动粗；如果你有眼睛，只能有泪往肚里流，有痛在心里疼。你无奈地硬挺着，艰难地忍受着，却仍然忠于职守，埋头服役，无怨无悔，从不罢工！

一次我去北京开会，中午的聚餐桌上，一位法语老教授，因饭量小，退席早，未等大家酒足饭饱，他就站起来，双手抱拳，道了声“各位慢用”！便转身离开。

过后我问他：“你为何那么快就离席而去？”

他抱歉地说：“我有个习惯，必须在午饭后、午休前，抓紧时间，做一套‘牙功’”。

我知道有“武功”，有“气功”，还没听说过有“牙功”，觉得奇怪，便又问：

“什么是‘牙功’？”

“我也叫它‘洗牙’。”

“那不就是噙口水，漱漱口吗？”

“不懂了吧？”他笑了笑，解释道：

“我青年时代，不懂得爱护牙齿。十多年前就掉了一颗，直疼得我要死要活。人们不是常说嘛：‘牙疼不是病，疼来要人命。’我的牙狠狠教训了我一回！从此，我学乖了。经我咨询医生，便掌握了这套‘洗牙功’”。

“怎么洗？教教我吧！”

于是他耐心教我：先卸掉假牙放到水杯里，然后用口腔消毒液或淡盐水漱口，再把右手、尤其是右手食指，将指甲剪短洗干净，把它伸进口腔中，顺次将全部牙龈，一段一段，轻轻按摩，先上后下，由里到外。按摩完之后，再用口腔消毒液或淡盐水漱口，然后重新装上假牙即可。

教完之后，我说：“我一定向您学习！”

但他满脸堆笑，摆出一副不信任的样子，强调道：“这个方法简单，但我怀疑你坚持不下去。爱牙护牙，贵在坚持！”

“我会坚持的！”我信誓旦旦地说。

“non，non！”他伸出一个指头，微笑着在我眼前左右摇晃，还摇摇头道，“我不信！古人早就说过：‘靡不有初，鲜克有终。’的确如此。我给很多人都传过这一经，真正坚持下来的人很少，直到遭遇牙疼的报复，这才大唱悔不该！你想坚持？先必须懂得一个小窍门。”

“什么小窍门？”

“附耳过来！”他煞有介事地扒着我的肩膀，悄悄告诉我：

“牙有灵性，每颗牙都是一个小生命，小精灵。它虽不会说话，不会骂娘，但受了委屈，就要找机会报仇！你必须像关爱儿女那样地经常抚摸它，精心地呵护它！”

我抬起头来，大笑道：“这又不是什么机密，还怕别人听见？”

他急忙捂住我的口，更小声地告诫我：“牙齿可离耳朵不远哪！”

我俩直笑得前仰后合！

从此，我才从心底里，从感情上懂得了：爱护你，我的牙齿，就要像爱护我的亲人一样！

现在一日三餐，我都饭后漱口，早晚刷牙，一次不拉；也学老教授，洗净手指，按摩牙床；严格做到，禁食酸辣；生硬冷烫，绝不入口！

但是，我明白得太晚了！你，这颗老牙，还是受损太重，耗时太长，过早离我而去！因此，想起你给我的终生伺候，我心中有愧；我对你一生粗心大意、体恤不周。我深怀歉疚之情，我难以原谅自己！

但是，请你相信：我已接受了教训，我已学会了对你的养生保健。我用我的知识和技能，保证爱护好你其余的兄弟姐妹们，让它们彻底改变待遇，再也不吃你吃过的苦，不受你受过的罪。我一定会和它们同呼吸，共命运。我想：我们会相帮相扶，和谐共生！我要力争实现：一同长命百岁，直到寿终正寝！

安息吧，我的好兄弟！

35.《一群快乐的艺术家》

（2013.10.30.写于西北大学桃园校区）

西安市丰庆公园里，活跃着一群快乐的艺术家！有秦腔小团体，也有豫剧表演队；有新疆维族舞蹈，也有内蒙古草原的歌声；有集体合唱，也有个体的自由组合。我从小爱唱歌，所以晨练结束之后，更喜欢观赏他们的歌舞表演。

无论春夏秋冬，不避暑热严寒，从早到晚，三个时段，只要你走进丰庆公园，总能听到他们欢乐悠扬的歌声，总能看见他们婀娜起舞的身影。尤其是双休日、节假日，整个公园，歌声四起，人头攒动，热闹非凡。这些快乐又可爱的艺术家们，不图名，不求利，更不敛财，能得到观众的一片热烈掌声，他们就心满意足了。

在这群艺术家中，留给我印象最深的有三位。

一位是男歌唱家，姓谢，六十左右年纪，精瘦健美，高挑个子，稀疏披肩的长头发，黝黑瘦削的长脸颊，明亮有神的大眼睛，西装革履，表情严肃，背着一只提琴盒子，迈着悠闲的大步，来到公园长廊，或加入团队，集体合奏；或独个演唱，自娱自乐。我认为，他的长项不是器乐而是声乐。他有西部民歌王王洛宾的神采，也有蒙古族歌唱家腾格尔的风范，唱起歌来，闭起眼睛，半醉半醒，呈现出一种沉醉状态。恰如古人所说："情动于中而形于外"。他的突出特点，正是激情充沛，以情动人。在歌唱中，他能通过把控轻重缓急的气韵和跌宕起伏的节拍，旋律铿锵，错落有致，凸现了极其强烈的感情色彩，从而，以自己独特的艺术个性，给观众留下了鲜明深刻的印象。

另一位是舞蹈家，王姓女子。有人说她已六十出头，有人说她顶多五十开外。我都不信。依我看，充其量仅四十五六岁年纪，乍一瞧，甚至会给人三十出头的年轻印象。因为她身材娇小，玲珑活泼；鼻子精巧，眼睛明亮；红唇白牙，笑矍常在;又打扮入时,穿着合体,虽色彩艳丽,但艳而不俗;总是一副有说有笑,神采飞扬的样子,所以朋友笑赞她"没心没肺",脸上看不到一丝皱纹,绝对和"老太婆"沾不上边儿。她能唱歌,也会跳舞,但以舞蹈见长,也常为别人的歌唱配舞。随着乐曲的节奏,她跳起舞来,动作姿态,十分优美。指型的变化,手腕的柔软,上下翻动,如碧波荡漾的涟漪;身躯的旋转,自如的收放,轻盈柔和,如三月春风中的杨柳;腰肢的扭摆,脚步的轻盈,自然流畅,又如那春燕在凌空翱翔;加上一对弯眉下的美目顾盼,白里透红的脸上笑容可掬,又善于和观众互动,所以每跳完一曲,大家无不热烈鼓掌,疯狂叫好!

我问她:"您是专业演员吗?"

她笑答:"我个儿矮,哪个专业团体会要我?"

我摇头道:"您属于袖珍型,身材虽矮小,但各部分比例协调,又面容俊俏,舞蹈技巧娴熟,怎么会不要?"

她哈哈大笑:"谢谢您的夸奖。我已经老了,下辈子吧!"说罢,像一缕春风,又旋即转身,踏进下一支舞曲中去了。

还有一位是个年迈的音响师。他每次进公园,都手拉一挂双轮小车,车上装置着一套广场音响,外带一盒乐曲碟片。他的寸头上是短短的白发,上身穿着灰色夹克,下身是浅咖啡色长裤,一副不修边幅的样子,更显得随意而洒脱。他迈着不紧不慢的脚步,来到廊亭,打开电源,只要音乐响起,便有熟悉他的歌舞爱好者闻声赶来,云集在他的周围。他的音响在丰庆公园同行圈子里是有名的,音色清纯,器乐明晰,尤其是低音出众。大提琴声一响,沉稳厚重,韵味十足,会震得你的魂儿出窍,让你遁入情景、沉醉其中,立即把你带到那遥远的、浑厚的、美妙无比的艺术境界中去。

这位音响师像一块磁铁,颇富吸引力。以他为中心,已经形成了一个来去自由的歌舞小团队:有号称"中国当代邓丽君"的,有荣获"省声乐比赛男冠军"的,还有传是"总政歌舞团的退休艺术家"的;有善于独唱的,也有长于舞蹈的,更有能歌善舞两种才艺兼而有之的。大家都带着自己的U盘,收藏着各人拿手的歌曲或舞曲,只要插在他的音响上,便能立即打开使用。

他乐于为大家服务。他说:退休了,消闲了,一生就一个业余爱好:音乐。现在和大家一起玩玩,就图个快乐!

有人问:“您老贵姓?”

“免贵姓陈。”他沙哑的嗓音,虽显苍老,却蛮好听。

“请问高寿?”

“七十二!”

“这套音响是您花钱买的？贵吗?”

“是的。就四五百吧!”

我暗自欣赏这位老人家的人生态度。因为他的无私奉献,既愉悦了自己,又快乐了大家！他向我证明了：艺术是一种美,热爱艺术的人,必然具有内在美。陈老先生是如此,跳舞的王女士是如此,那位谢姓男歌唱家也是如此。上述这一群快乐的艺术家们,人人都是如此!

我忽然想起,王国维曾经说过:“美的性质,一言以蔽之曰：可爱好玩而不可利用者是也。虽物之美者,有时亦足供吾人之利用,但人之视为美时,决不计其可利用之点。其性质如是,故其价值亦存于美之自身,而不存乎其外。”(见姚淦铭等编《王国维文集》第三卷,中国文史出版社第 31 页)

这说明：美的性质在于可爱、可玩,但不可利用。即可以爱艺术、玩艺术,但不可以利用艺术去为权、钱、色等私欲服务。就是说,审美可以培养人的美好情操,提高人的道德素养,其最高境界能够达到‘无欲之我’(即无我)的高度。也说明,美的存在具有独立性,其价值只存在于美自身,而绝不存在于美之外。

丰庆公园里的艺术家们！我很想对你们说一句：我赞美你们的歌声嘹亮,我也欣赏你们的舞姿曼妙,但这还不是主要的。我更敬重你们的是,在你们朴素的意识里,你们是真正懂得美的性质和美的价值的人!

36.《一堂生动的美学课》（1）

（2014.3.1.写于西北大学桃园校区）

一大早，碰见乐天派朋友老吴，他热情邀我："走，丰庆公园看跳舞去！"

"勤有功，嬉无益。我没那个闲情逸致。"

"退休了，还埋头美学？忙着著书立说写文章呀？"

"啥学都不搞了，只重'养生学'。民以食为天，我得学勤快点去买菜了！"

"走吧，先听歌观舞，然后我陪你出公园西门去买菜，还不成？"

我知道，老吴是名闻校园的文艺活跃分子，喜爱歌舞是情理中事。但我是外行，并不想凑热闹。可他，兴致勃勃地硬拉着我，进了公园南门，还边走边哼歌曲：

"跟我走吧，天亮就出发，梦已经醒来，心不再害怕……"

刚哼完，他就考问我："这是什么歌？"

没等我开口，他又高声自答：

"《快乐老家》！人活着，就要快乐地过好每一天！不听人说吗？活一天少一天，活一天乐一天，活一天赚一天！听我讲，丰庆公园里，跳舞唱歌的人越来越多。每天上午9到11点、下午3到5点、晚上7点半到9点，总有一大群酷爱新疆舞蹈的人，集中在一块绿荫掩映、长廊拐弯的场地上。专用音响，播放着节奏轻快的舞曲，每个舞者脸上都洋溢着欢乐满足的笑容。大家欢聚在一起，尽情享受着无忧无虑、灵魂舒展的愉快时光。我很喜欢，难道你不想去瞧瞧？"

我被他推着，来到舞场，果然有很多人正在跳舞。

为了逗他，我佯装不懂，故意板起面孔调侃道：

"都是些啥人？吃饱了撑的，没事干，在这儿丢人现眼瞎折腾！"

他眼一瞪，脸一沉："可不许胡说！这个群体，和你我一样，都是些年龄偏大、闲居在家、又热爱文艺活动、各行各业的离退休人员！"

忽然，我发现有几个"滥竽充数"者混杂于其中，尤其是个别老年男士，和我一样的歌舞外行，白发苍苍，满脸皱纹，还衣帽不整，只随着舞曲机械地傻走步，踩着节拍僵硬地耸着肩，实在与木偶相差无几，和大多数着装绚丽、舞姿优美的男女舞友们比起来，他们哪里是在跳舞呀？

我笑着一指，悄悄对老吴说：

"你瞧这一位，就像在做广播操；那一个，又像打太极拳；还有他，则更像个耍猴戏、跳大神儿的！但令人惊异的是，他们却没有自感丑陋和羞涩，丝毫不觉得难堪和自愧，而是旁若无人，乐在其中，甚至激情充沛，故意夸张，跳到忘乎所以时，干脆抡起老胳膊老腿儿乱蹦跶。"

"群众艺术、大众娱乐嘛！"老吴给了我一拳，紧绷着脸，极严肃地讽刺道，"我们都是'下里巴人'，就你'阳春白雪'？"

他的嘴巴像机关枪，成串的"子弹"不住点地向我射来：

"你呀，一辈子只研究空理论，不仅一尘不染、远离生活，还高高在上，有那么重的贵族情结。你的立场感情有问题！但是，我告诉你：不少观众都曾给他们鼓过掌呢！也请你注意：许多人都向他们发出善意的微笑。你看那里，不是有人竖起大拇指，不断笑着点头，正在鼓励并夸奖他们吗！为什么？因为他们具有'不知老之将至'的好精神头儿！请问，你有吗？你能抛弃清高，放下身段，也像他们那样，敢下舞场跳跳吗？"

我赶紧表达歉意："进去跳？我的确不能，不敢，因为不会！"

我怕他真的误解，便立即转变态度，诚恳地解释道："客观地说，他们忘乎所以，能沉醉于其中，正表现了酷爱艺术的追求和热情。比如，你经常处于这种状态，我就没有。我发现，你欣赏舞蹈时，常常半醉半醒、爱得入迷，你就有艺术气质嘛，而我没有！"

他一笑："什么艺术气质？别给我戴高帽子！不过，你说我常沉醉其中，有点像喝醉酒，尝到了微醺的美妙，倒是不假！"

我顺势教导他道："你是'知其然不知其所以然'。这种微醺感受，提高到美学层次上去认识，就叫'酒神精神'！"

“‘酒神精神’?”他稍加思索后,说,“这个词用得好！谁发明的?”

“19世纪德国哲学家尼采发明的,不过他叫‘酒神状态’或‘酒神因素’。到了20世纪,罗素在他的名著《西方哲学史》中使用了‘酒神精神’。他说:‘酒神精神’是一种崇拜神圣的癫狂状态,包括肉体的沉醉和精神的沉醉。从浅层次的肉体沉醉,发展到深层次的精神沉醉,就进入美学研究中颇具浪漫气息的‘酒神精神’之中了。你看,那位‘跳大神儿’的老先生,冲动、癫狂,有点像疯子,就是已陷入沉醉之中。这里的‘沉醉’一词,是指一种激情状态,是与心神合而为一的那种醉态激情。所以罗素说:‘古希腊悲剧,就是从祭祀酒神狄俄尼索斯的激情状态中产生的。’”

“啊,‘酒神精神’!”他兴趣大增,若有所思,“见解精辟,我记下了。没想到,和你逛公园,还提高了美学修养,跨上了一个艺术审美的理论台阶。美学家！你给我上了一堂美学课嘛!”紧接着,他莞尔一笑:“看来,我把你批评错了,你不是立场感情问题,帽子大了点。但是——”

我知道,他又要在“但是”之后大做文章了。没等他说完,我立即截住他,把我的正面见解合盘托出:

“你想骂我什么？我懂！谁不知道：晨练,不就是为了锻炼身体、活络筋骨、乐呵乐呵、只图个快活嘛,谁也不会笑话谁,我更不敢笑话人！而他们呢？也一点不怕人笑话！不听人常说嘛：高职不如高薪,高薪不如高寿,高寿不如高兴！笑一笑,十年少！这几位老先生,为了高兴,愿意逗乐,供大家开心,癫一癫,狂一狂,活得更洒脱、更轻松些,不正是件好事吗?”

老吴一拍我的肩膀:“这才像句人话!”然后会心地笑了,表示说到点子上了。他用“一拍”的动作,似乎向我表白:“原来我们俩心心相通啊!”

37.《一堂生动的美学课》(2)

(2014.3.3.写于西北大学桃园校区)

的确,这种既可活动筋骨,又能挥洒快乐的“朴素美”,实在令人佩服。

我审视了全场,男女舞者大体各占一半,年轻人较少,多数都在五六十岁以上。其中不少人,还头戴精致的彩色小帽,身穿维族舞台服装,长袍上点缀着斑斓的图案,短褂上绣制着美丽的花边,有的女士头顶的圆帽上,还饰有维族少女的鹅翎和花枝,脑后披着众多乌黑而细长的辫子,随着舞姿起起伏伏,煞是好看。在一片花团锦簇、色彩斑斓之中,有的衣着讲究,显得雍容华贵,像一朵耀眼的牡丹;有的腰肢柔软,如沐浴春风,像一条得意摇摆的绵柳;有的旋即一转,如花苞绽放,像一枝雨露中的玫瑰。女士们睫毛一眨,恰似一道耀眼的闪电;抿嘴一笑,又像一束灿烂的阳光……她们的一动一静、一抑一扬、一颦一笑,都传达着愉悦的兴致和快乐的情怀。这种踏着节拍紧凑的舞曲,伴着动人心弦的歌唱,的确让人赏心悦目,还真引起了我观赏的浓厚兴趣。

我注意到:维族舞蹈,虽也是一双男女舞伴自由组合,基本动作默契,形成一对对搭档,但它不像交际舞、拉丁舞那样,两人的手、身基本没有接触,允许自由发挥,这便给每个舞者的动作,留有充裕的施展空间,自由度相对较大,给人一种自如、欢畅、优美、舒适之感。所以引起越来越多观众的羡慕,我自然而然地受到熏陶,也成为热心围观者中的一员。

老吴虽然只站在圈外欣赏,却也颇受歌声和舞曲的感染。于是我看见:他两手插进夹克衣兜,随着节拍,神情荡漾,不由自主地踩着鼓点,伴着歌声,原地踏步,还轻轻扭动身躯、耸着肩膀,也将身不由己的微小动作、附和着愉悦情绪,渐渐融入其中。显然,他激动的心也热了起来。

啊，我这才意识到：在这个场地有限的小环境里，自然形成了一个既吸引人，又感染人，还撩拨人的艺术气场。感情温馨，气氛浓郁，你会强烈感受到，无论是观者还是舞者，大家都在制造着，同时也在享受着美妙愉悦的舞场氛围，人人都忘记了尘世的嘈杂，抛开了琐事的烦恼，个个都想用自己的肢体动作，附随着欢快节奏的旋律，尽情挥洒着生命的热情，也恣意享受着歌舞的魅力。大家共同创造了这个“世外桃源”般的独特世界。整个场地上，洋溢着一片祥和喜悦之情，没有人不沉浸在这个如醉如痴的海洋里！

忽然，老吴用胳膊肘轻轻一碰，小声附耳地对我说：

“你瞧，那位化着淡妆的女子，全神贯注、身心投入，跳得多么得体！”

我顺着他的眼神望去，一下子被这位舞姿美妙的女性吸引住了。

乍一看，她约五十出头，但仔细瞧，眼角皱纹密布，两鬓有褐斑留痕，应该年过六十了吧？但她那高挑匀称的好身材，仍保持着丰盈而苗条的曲线美。她并未浓妆艳抹，也不着华丽服饰，仅是平日随意装束，上衣是件天蓝色紧身毛衣，下穿一条合体的黑色喇叭裤，显然她以典雅朴素为美，只在脖子上挂了一条长及膝下的鲜红耀眼的高档丝质围巾。随着婉转悠扬的节律，围巾绕着她那婀娜多姿的身躯，起伏飘荡，轻柔而又流畅，因而特别引人瞩目。

老吴躲到我身后悄悄说：

“请注意观察她的舞蹈细节！实不亚于一个专业演员！”

啊，我看见了：她那浑身的大小关节，好像都装置着弹簧似的，韵味十足。当她含着微笑、踩着节拍，用脉脉含情的眼神瞄了一眼男舞伴之后，脸稍稍一偏，轻轻避过，又很快伸出手掌，似乎意在遮挡自己的娇羞，紧接着，她双手合十，从左到右，围着脸颊、直到下巴，轻轻划了一个柔美的半圆，用这个动作，似乎在向对方展示自己美丽的容颜。然后迅速低头、怀抱双臂，又一次避开男舞伴的呼应，稍一躲闪便从对方的胳膊底下，如鱼翔浅底般地悠然滑过。这一串轻俏温柔的动作流程，把女性独具的那种妩媚而羞怯的亲情蜜意，半露半藏，似有若无，表达得恰到好处。看着这位沉湎于自醉，也颇醉人的舞娘表演，我也不由得心悦诚服，暗暗赞赏。

老吴说：“听说她姓张，是从新疆过来的舞蹈教练，是这个小群体的头儿，大家都亲切地称她‘张团长’或‘张老师’。通过对她的长期审视，我终于‘读’懂了她的美学追求。”

“是吗？说说看。”一听到“美学”二字，我来了兴趣，期待着他的解释。

“你不信?”

果然，老吴有了伟大发现。他的不俗高见，也着实令我佩服。他说：

“你仔细观察：她嘴角流露的是浅浅的微笑，她手腕转动的是柔和的神韵，她脚下踩响的是轻巧的节律；和其他舞友们的动作夸张、激情过度比起来，她要收敛得多、含蓄得多；她用自己的舞姿，似乎在告诉人们：别走极端；她在热情中蕴藏着抑制，于庄重中又透露出活泼；神态不冰也不火，舞步轻盈又大方；她让激情在把控有度中渐渐释放，她让动作在绵里藏针中层层展现；她的举手投足拿捏得恰如其分，她的艺术处理，既有潇洒欢快的青春活力，又在矜持中显得老练稳重，给人一种恰到好处的分寸感；其优雅的气质、规范的步态、飒爽的英姿，仿佛都在向人们昭示：她心目中的舞蹈规范就是动作适中，因为她知道‘过犹不及’的危害；她用舞蹈语汇在向人们诠释：她追求的艺术原则就是形神兼具，更懂得‘以少胜多’、‘点到为止’。我认为，她深深理解新疆民族的舞魂！”

最后，老吴赞叹道：

“她是个真正的舞蹈家，也是个美学家！她理解艺术！她懂得美！”

我情不自禁地点点头，悄悄竖起大拇指，既赞赏这个舞娘的精妙舞技，也夸奖老吴的过人见识。

说实话，我终生从事美学理论的教学研究，自以为高雅脱俗，对“地摊儿”式的音乐舞蹈，从来不感兴趣。但是今天，目睹了这位舞娘的风韵，欣赏了她不俗的舞姿，的确开了眼界。原来，群众场合里真是藏龙卧虎，大众娱乐中有不少出类拔萃的人才，难怪央视“星光大道”的口碑名扬海内外，不就是因为它深深扎根于普通老百姓的肥沃泥土之中吗?

对我的朋友老吴，我也刮目相看。他虽是现代文学教授，但退休后，整天只会嘻嘻哈哈，对所有的哲学、美学问题，很少深入思考。但他今天一席话，确属真知灼见。原来，他的艺术感悟，比我细腻得多！他的高谈阔论，比我高明得多！他酷爱艺术的情怀，也比我浓烈得多，理解也比我深刻得多！正如庄子在《天道篇》中说的：“无听之以耳，而听之以心。”和我用耳听、用眼看作比较，他真是用心听、用心看的。所以，通过舞娘的动作，他竟然能读懂她的灵魂！实实令我刮目相看。我非常赞赏他这么聪颖的感知能力！但我没有明言，我只说：

“你这一番高论，使我想起《论语》中的一句话：‘中庸之道’。”

“‘中庸之道’？”他瞪起了疑惑的眼睛。

我知道，他肯定懂得儒家哲学里的‘中庸之道’，但他一时没弄明白这和这位舞娘有何联系？然而他很聪明，稍一思索，很快就反应了过来：

“喔，不就是‘过犹不及’、懂得节制、不走极端的意思吗？”

“是的。你刚才品评舞娘的一番宏论，讲的就是美学上的‘中庸之道’！歌唱如此，舞蹈如此，养生保健如此，其他行当也如此。德行呢？亦然！所以我认为，在做人方面的最高境界，就是学会‘节制’，不能为所欲为，被欲望、被激情牵着鼻子走。把控‘节制’，就是‘中庸之道’。难怪孔老夫子，在数千年前就大发感慨：‘中庸之为德也，其至矣乎，民鲜久矣！’”

“别之、乎、也、者了，译成大白话是什么意思？”

我怀疑他佯装不懂，是想用考考我的办法，让我继续表扬他。好吧，我就再满足他一次。于是我说：

“大意是讲：‘中庸’作为德行，已达到了最高水平。长期以来在民众中能懂得这一点的人，已经很少了！”然后，我加重语气，指着他说：

“你能透彻理解‘中庸’，就是这‘少数人’中的一个！”

“别给我戴高帽子！”他口里虽这么讲，但嘴角绽放的却是会心的微笑。

当他陪我离开舞场、走出公园西门去买菜时，老吴得意地说：

“怎么样，没白来吧？你应该感谢我才对！”

“不，该感谢的对象不是你，而且感谢者也不止我一个，而是咱们俩。咱俩都该感谢这位舞娘！不正是她，用全副精神和肢体语汇，给我们上了一堂生动的美学课吗？”

38. 《退休老教授趣对楹联》

（2014.5.28.写于西北大学桃园校区）

校园里一群退休的老干部、老教授，有老先生也有老太太，有的坐轮椅，有的拄拐棍，有的怀抱小孙孙，有的手推婴儿车，还有的手提菜篮子刚刚买菜归来，大家聚在住宅区大门里的小花园中拉闲话。说到退休话题，都深有体会，便嘻嘻哈哈地议论起来。

一位刚退休的后勤处长说："我转述别人创作的一副对联。我觉得挺好，请大家欣赏：

"上联是：昔因转正纠结，今见正处、副处都到一处；

"下联是：曾为评高打拼，未料正教、副教皆成家教。

"横联是：返璞归真。"

"好对联！"一位怀抱小孙孙的老先生夸奖道，"我赞同，在岗的事都已过去，是该放下了！我也附和一副对联：

"上联是：旧账休算；

"下联是：往事不提！

"横联是：轻装养老。"

一位文学系的老太太评论道："内容好，但不像对联，只四个字，太简单。我送大家一副五字联：

"上联是：让过去死亡；

"下联是：促现在新生。

"横联是：凤凰涅槃。"

"哈哈，四字不算对联，五字就能算了？一个字就上了个台阶，那我也口拈一副六字联吧！”那位拄拐棍的老先生笑着说，“退休退休，就是叫你退下来休息的。不在其位，不谋其政嘛。我从退休那天起，就给自己定了新规矩：

“上联是：过去的事勿讲；

“下联是：未来的事不想。

“横联是：专注健康。”

那位老太太笑道：“我承认，是我不对，我有偏见，四字也是对联。只要用字对仗工整就行，不在字数多少。你对得好，内容切合实际。我退休后，也和你一样，只关心一件事，就是养生，我再用七字对联来表示：

“上联是：聚精会神谋养生；

“下联是：专心致志求健康。

“横联是：心不二用。”

后勤处长问老太太：“您老至今身板硬朗，请谈谈经验，您是怎样养生的？”

“很简单，只三条。”她回答：“一是常按摩；二是医小恙；三是治未病。”

那个买菜归来的老头笑道：“务虚重要，但务实更好。我也来个务实的十字联吧：

“上联是：动可健身，保证日行万步，

“下联是：静能养心，必须夜眠七时。

“横联是：动静结合。”

坐在轮椅里的老先生大声发问：“像我，有慢性病怎么办？中医总讲阴、阳、虚、实，有点玄妙，我半信半疑；西医呢？只头疼医头，脚疼医脚，又治标不治本，忽略根治。我们老人大多身患顽疾，沉疴难医，该咋办？应当找中医、还是找西医？”

一位从医学院退休的白发苍苍的老教授说：“让我也用对联告诉你吧：

“上联是：西医是科学，对症下药，重在杀菌，可找西医治病；

“下联是：中医是国粹，辩证施治，重在调理，须靠中医养生。

“横联是：珠联璧合。”

大家竖起大拇指，都说对得好！

站在旁边的一位老头，盯着轮椅里老伙伴说：“我知道你一生坎坷，饱经沧桑，命运之刀给你脸上刻满了皱纹，艰苦的烙印给你留下了繁星似的斑点。但个性倔强的你，只记着海明威说的‘人，尽管可以被消灭，但永远打不败他！’的名言，你总能把磨难变成收获，把忧患化为财富，克服困难，集中精力，钻研业务，终于获得成就，成为国务院认可的‘有突出贡献的专家’。所以你虽半身偏瘫，但脑袋瓜灵光，还反应特快。”于是便扶着轮椅把手，面对他笑道：“老伙计，我送你一副对联吧：

“上联是：善于思考，一溜额头纹，一条智慧；

“下联是：勇于钻研，一块老人斑，一笔功劳。

“横联是：功成名就。”

对方急忙摆手否认，大笑道：“啥功劳？啥智慧？‘功成名就’更不敢当！你们不都一样吗？现在，我把大家的经验用上联表示，请诸位听仔细了再补对下联。”他一字一顿地念道，

“我的上联是：男人体魄健全，源于父母生养；而人生创业成功，须靠自己拼搏。”

未等别人回应，那位机敏的老太太抢过话头：“我来对！我年轻时非常漂亮，自恃清高，目中无人。现在人老珠黄，我终于懂了：仅凭花容月貌傲人，那叫‘浅薄’！所以我依据自己的体会，给你对下联。”她也一字一顿地念道，

“我的下联是：女子资质美丽，来源父母遗传；而事业获得硕果，全凭自力更生。”

拄拐棍的教授说：“对得妙！我向大姐学习，也用对联总结自己的一生，诸位莫见笑：

“上联是：遗传基因、奴化教育、职业积习，令昨我又直又傻；

“下联是：坎坷经历、复杂现实、多舛命运，促今我大彻大悟。

“横联是：天命叹晚”。

“此联好！十九字，已属长联，但什么叫‘天命叹晚’？”手把婴儿车的老先生不懂其意，大声发问。

拐棍老先生便回答道：“孔圣人说：五十而知天命，我六十岁退休后才大彻大悟，总算明白过来，不是该叫‘叹晚’吗？”

那位发问者听了，不住地默默点头。

“不必‘叹晚’了，我来抒发点正能量吧！”一位新闻系退休老教授笑眯眯地

说:“我不会深奥典雅,只希望对联用字,尽量通俗易懂,浅显如同口语。现在我出个上联,诸位请对下联:

“我的上联是:文字生活,包括教学、科研、写作,我追求活得精湛,不浅薄。”

一位生物系女教授边思索边说:

“我对下联:物质生活,包括饮食、穿戴、举止,我追求活得精致,不粗俗。”

一位艺术系教授慢慢地说:

“我也对下联:娱乐生活,包括唱歌、跳舞、绘画,我追求活得精彩,不愚笨。”

一位思想史的退休教授说:

“我再对下联:精神生活,包括素养、情操、思考,我追求活得精深,不轻浮。”

“哈,这叫群联,属于对联创新!太精彩了!”

“越浅显,越难对!你们真不简单,人人都对得好!”

围观者都竖起拇指,对他们表示赞赏。

那位手提菜兜的老先生转过身来,问女教授:“那么请问老大姐,你现在追求什么?退休后还为金钱奋斗吗?”

老大姐盯着小老弟笑了:“你对我有偏见。我在职登上讲台时,也从不把赚钱当目的。现在,我仍以对联形式给你回答吧:

“上联是:我视金钱财富:够吃够用就行,过多反成包袱。”

“说得好!”不等老大姐说完,退休处长插话道:“内蒙铁路系统一个贪官,平均每天受贿20万,不到两年敛财1.3亿。他招供道:‘我最头疼的事,就是藏钱!’金钱不正成了沉重的包袱吗?”

“是啊,即使我们这些平常人,整天为闲钱生息而忙碌,置房产呀,买股票呀,也太辛苦了!不过,别插话了,我还等着听下联呢!”

于是,老大姐继续道:

“我的下联是:你问老年愿望:平安健康足够,此外别无他求!”

“对!”提菜兜的老先生,竖起大拇指:“一切恬淡,非常明智!横联呢?”

老大姐拖长声音,大叫道:“知足常乐!”

“妙!”

“对得好!”

“精彩!精彩!”

大家报以热烈掌声。

停了一会儿,那位思想史的老教授,表情严肃地补充说:

“据传,北大哲学系是‘长寿系’,90 岁以上的教授占 25%;85 岁以上的教授占 50%,80 岁的老教授都成小字辈了。可见哲人长寿。道理何在?就在于他们的养生都重视两条:一是重生理养生,二是更重哲学养生。为此,我试拟一副对联,也请诸位品评。”他节奏缓慢地、字斟句酌地、边思考边说:

“上联是:生理养生贵在节欲,学会节欲,从‘节’免‘纵’,必能安心健体,无疾而终;

“下联是:哲学养生重在明理,懂得明理,投‘明’弃‘暗’,自会避邪祛病,颐养天年。

“横联是:通达长寿。”

“精彩,更精彩了!而且是超长联!单幅 26 个字,从内容到形式都属上乘,难得!难得!”大家又报以热烈掌声。

“你的对联对我很有启发,真长见识!”那位老太太说,“我一时兴起,再拟一寿联,在这里献丑了:

“上联是:做人,仰无愧于天,心无块垒,这叫仁者寿,即以德养寿;

“下联是:行事,俯不怍于人,情不淤结,人称智者乐,即以智增寿。

“横联是:德智双寿。”

“好啊,一联三寿,懂寿者必长寿,真可谓寿联。太棒了!”一阵热烈的掌声之后,大家赞不绝口。

那位后勤处长说:“我也试试,学着用对联,表述我的人生体会吧:

“上联是:把权、钱看淡,没必要为名利绞尽脑汁,所以远离政治争斗,有益养生;

“下联是:把利、害看透。无理由为私欲摧残健康,因而消解人事纠纷,方可延年。

“横联是:身心两轻。”

大家都夸道:“你真不简单,从转述别人到自己创作,只在转眼之间呀!应该掌声鼓励!”于是又响起了一片掌声。

那位艺术系的教授说:“谈起自己,我呢?喜欢歌舞,更爱书画,也作一副对联助助兴吧：

“上联是：歌舞宣泄，乐而不淫，服无方之药，遇得意淡然，争做君子坦荡荡；

“下联是：书画凝神，哀而不伤，听古圣之言，遭失意泰然，力戒小人常戚戚。

“横联是：平和中庸。”

“好！越来越精彩了！”热烈的掌声中，有人大声喝彩。

……

大家正在兴头上，不知谁家的小孙子，站在老远大喊：“爷爷，爷爷，奶奶叫你吃饭哩！”大家这才意识到该回家了。

他们边散去边说：“有意思！这场合，既是养生经验的交流，又是对联创作的集锦，还大大增长了见识，扩大了视野。今天过得既快乐又有意义！”

39.《帮儿子迈过第一道坎儿》(1)

(2014.6.21.写于西北大学桃园校区)

说明:这是一个短篇小说,纯属虚构。我将它置入散文集,只是因它和诗、词、歌、赋等韵文体裁有别而已。宏观而论,小说亦可归于广义的散文创作。

一天晚上,儿子一人来家看望我和老伴。问候了老妈,他立即约我到书房单独谈话。关紧门之后,先给我倒上一杯茶。然后,他一反平时乐呵常态,情绪低落,满脸痛苦,坐下来低声恳求道:

"爸,我最近很纠结,很苦恼,茶不思,饭不想,觉也睡不香,你能不能帮帮我?"

我奇怪。儿子读大学时,因善于理性思维,喜欢逻辑推理,显得能言善辩,尤其是长得帅气,常被一群女孩包围。五年前毕业后,便和一名被誉为"校花"的同班同学金蝉姑娘结了婚。结婚时我给他买了房、搬了家,开始过上自由独立的幸福生活,第二年就给我们生了个大胖孙子。生子不久,他自作主张,从原单位辞职,跳槽应聘到一家大公司上班,不仅月薪大幅提高,去年又升任部门经理。他凭自己的专业素质、干练才能和有条不紊的工作节奏,一路顺风,青云直上,家庭、事业双丰收,自然在亲友中获得满堂彩,连我们老两口,都以他的高智商为骄傲,甚至都有点飘飘然了。

我心想:你小子啊,人生得意,正当红火时段,能有什么不痛快?

"多大个事?说吧。"我笑问。

"我想离婚。"

"啥?"我不相信自己的耳朵。

他又低声重复了一遍。

“放屁!”我大骂了一句,半天没说话。

我知道,发脾气是无能的表现,便很快冷静下来。当我平静而郑重地表示愿闻其详之后,他就毫无顾忌地给我全讲了。

原来大学时期,他青春年少,在爱情观上,认为自己长得帅,有资本,找对象只把漂亮看得高于一切。和校花金蝉结了婚,终于满足了这个欲望。但新婚燕尔过后,他慢慢觉得,所谓“金屋藏娇”也不过如此。三年过去了,逐渐冷却下来,故夫妻关系出现了紧张,和金蝉时而吵架、时而冷战。据他说:妻子认为,她也是大学毕业,不甘心仅做个生儿育女的贤妻良母而终此一生。夫妻关系淡漠之后,他开始把精力转向公司。由于对工作尽心尽力,投入时间较多,自然业绩凸显,赞誉鹊起。一边是职场得意,风生水起;而另一边却是家庭战争频发,对妻子日益疏远,感情的天平便发生了倾斜。恰在此时,身边一位善于独立思考、又具有专业才干、且乖巧美丽的业务女秘书,魅力四射,他被强烈吸引,接触也日渐频繁。从此陷入了情网,不能自拔,甚至两人还利用出差机会,发生了一夜情!他深感:事业型女子更具有浓郁的魅力,而对原来纯漂亮、太柔弱、还常闹别扭的校花妻子金蝉,越来越不感兴趣。于是产生了他所说的“追求新爱”、想和原配离异、与新欢再婚的念头。但是他也知道,这样做是不负责、不道德、不应该、也不敢对外人说。内心矛盾尖锐又找不到出路,一个“情”字折磨得他焦头烂额!无奈之下,只好向我和盘托出,来求助于他的老爸了。

听完陈述,我这才深深感到:事情还真不小。我这个高智商的独生儿子,碰到了难对付的人生第一道坎儿!

怎么办?

我低头想了一会儿,突然感到:儿子擅长的所谓理性辨析,其实只停留在“方法论”上,而他的感情出轨,则明显来源于他的“价值观”糊涂。为了治本,首先我得从宏观上,让他对人生有个透彻理解;继而,他才会给自己的“情变”,做出一个准确定位;然后,他才能水到渠成地找到解决具体问题的恰当方法。

于是,我说了句“你等等”,就站起身来,从书架上找到我读过的《王国维文集》第一卷,坐在书桌前,翻到第 2 页,抄好了一段话。

王国维的原话是这样的:

“生活之本质何？‘欲’而已矣。欲之为性无厌，而其原生于不足。不足之状态，苦痛是也。既偿一欲，则此欲以终。然欲之被偿者一，而不偿者什百。一欲既终，它欲随之。故究竟之慰藉，终不可得也。即使吾人之欲悉偿，而更无所欲之对象，厌倦之情即起而乘之。……故欲与生活、与苦痛，三者一而已矣。”

我怕他不能准确理解，又在下面附上浅显易懂的、我翻译过来的白话文。其大意是：

“什么是生活的本质？欲望而已。欲望表现为性情的种种现象，永远不会结束，它是个无底洞。欲望起源于不足，不足则表现为痛苦。为什么？因为满足了一个欲望，这个欲望便结束了。然而，欲望能被满足者只是一个，不能同时满足几十几百。一个欲望结束之后，其他欲望便追踪而至。而想全面彻底满足欲望，则永远不可能得到，所以要知足。退一步说，即使我们的欲望都能全面满足，再也没有可追求的目标了，那么，厌倦之情便会立即乘虚而入。……所以说，欲望与生活、与痛苦，是三位一体的关系，必然同时存在，永远存在，即人人都得承受。”

我把写好的这一整页稿纸递给他，严肃地说道：

“你的问题，让我想起国学大师王国维的这段话，我抄下来要求你：一，必须把它弄通弄懂，好好读读；二，结合你的‘情事’，好好想想；三，我们找时间再好好聊聊。”

40.《帮儿子迈过第一道坎儿》(2)

(2014.6.22.写于西北大学桃园校区)

第二天晚饭后,儿子的情绪好多了。进了家门,直接来到我的书房,照旧关上门,给我倒了杯茶,还要和我谈谈。

我心想:这小子够聪明,这么快就读懂了,想通了!我暗暗为我生了这么个高智商的儿子而高兴。便对他笑了笑,紧盯着他的眼睛,表示很愿意洗耳恭听。

"读了王国维的话,我得到了很大安慰。"他说:"我的理解是,爸,你是支持我离婚的!"

我愕然:"为什么?"

"王国维老先生不是说了嘛:生活的本质就是满足欲望。旧的欲望实现了,然后追求新的欲望。我的首婚只看重漂亮;现在,我在注重外表美的同时,更看重高素质和内在美,使我产生了新欲望。新欲望引导我离旧婚、结新婚,这不是正当合理的追求吗?"

他果然理解偏了!

不等我插嘴,他又高兴致、快速度地补充道:

"我还要举弗洛伊德的潜意识理论,来为我佐证。"他以自己擅长的理性思考和逻辑联想,滔滔不绝、振振有词地说:

"我认为:弗洛伊德的'潜意识',我们也常称作'无意识'的,就是王国维讲的中国文化中的'欲望',你同意吗?"

我点点头。

他继续道:"潜意识,按我理解,就是指人的本能和原欲,人的自然性和自发性,是人类心灵活动中无法抑制的内在冲动,是身不由己的原始动力。对不对?"

我又深深地点点头。

“而且，潜意识还具有不容忽视的积极意义：它常常是一个人聪明智慧的直接外露，是生命活力的生动展现，也是想象能力和创新能力的鲜活证明。我这样理解，你赞同吗？”

我第三次深深地、深深地点点头，表示完全赞同，而且加重语气说：

“单就这方面看，我还可以给你再补充两个理论根据。”

“真的吗？”他虽有点怀疑，但眼睛放光，欣喜地叫道。

我问：“你知道罗素吗？”

“是不是写过《西方哲学史》的那个英国人罗素？”

“对，就是他。罗素把潜意识，叫作令人陶醉的‘酒神成分’。他说：如果没有这种酒神成分，生活便会没有趣味。他认为：在所有职业里，人类成就中最伟大的成分，都包含有这种沉醉因素，因为它能用充沛激情扫除陈规旧习，事业也才能获得成绩。另一个，是我国古代思想家孔子。他也说过：‘知之者不如好之者，好之者不如乐之者。’什么意思？知者懂也，好者爱也，乐者醉也。所谓‘乐之者’，就是指具有酒神成分的沉醉者。可见，最能启发人智慧的，正是人的欲望本能，即潜意识”。

他十分满意，高兴地说：

“爸，我佩服你，咱俩英雄所见略同！既然如此，中外思想家的见解一致，那就是说，你同意我离婚了？”

“不！”

他大出意料，瞪起眼睛，惊异而严肃地大声问道：

“为什么？”

“你理解片面！”

我喝了一口茶，低声而诚恳地说：“你的确很聪明，你上面讲的观点我都同意，而且很赞赏。你们青年人就是脑瓜灵、心眼活、接受新事物快，但是，你断章取义，选择性地吸收，只取你所需，仅仅讲对了一半！就是说，你们在如今个性自由的时代新风中，认识了人类潜意识，大胆追求个人欲望，并且懂得了它的正面功能和积极意义——这一点要是放在改革开放前，会被极左思潮视为动物意识、低级庸俗、甚至要给你扣上‘离经叛道’的大帽子，是要遭受批判的！这恰好证明了,你们这一代人的理念,比我们进步多了,时尚多了。然而,你忽视了另一半,而且就目前的世风看,还是更重要的一半:即潜意识的负面功能和消极作用!你忘掉了什么叫意识?忘掉了意识对潜意识本应具有的控制、管理功能!"

"你是说,我对潜意识的理解,不精确、不全面?"

"是的。正如韩愈批评杨雄时讲的,你'择焉不精,语焉不详'。"于是,我仔细给他讲了,正确对待和全面理解潜意识,存在着深、浅两个层次。

浅层:指承认它的存在,认识它的特点,且不简单否认它。这只是第一层次。

深层:指在承认其存在的基础上,进一步还必须清醒地看到:它的功能,对人具有两重性:即有利的功能和有害的功能。换句话说,它是一把"双刃剑"。

"你是说,我们刚才谈的,只是潜意识的有利功能?"

"对。"

"那,什么是它的有害功能呢?"

"用罗素的话说:具有了酒神成分(即潜意识),'生活又是很危险的'。简单点说:欲望还是个可怕的'无底洞'!所以,更要警惕!罗素说:'与自己心里的欲望做斗争是艰难的';我们不也常说:'人要干好一件事首先得和自己做斗争';俗语不是也说:'灭山林之贼易,灭心中之贼难'吗?这里的'心中之贼',就是指潜意识中的有害面。从这层意义上讲,人们往往最容易忽视和忘记的一个'顽敌',不是别人,正是自己内心深处的欲望本能,亦即潜意识!"

他不言语了,低着头,皱着眉。我知道:罗素的话打中了他的要害,但他一时还拐不过弯儿来。他在痛苦中挣扎着,思索着。

过了一会儿,他默不作声地走出我的书房,回家去了。

41.《帮儿子迈过第一道坎儿》(3)

(2014.6.23.写于西北大学桃园校区)

第三天是星期五,过周末,他没来找我,我也没去找他。我不愿意打搅他过好双休日。但周日傍晚,他又来找我了。

“爸,我还是怀疑你的观点。”他一进书房,关了门,给我倒了茶就说:

“你们老一代知识分子,喜欢国粹,往往抱残守缺。我更喜欢外国理论,如弗洛伊德、荣格、罗素等人。我总觉得:外国思想家的论述,常比我国先哲更具有系统性,要高一等,胜一筹。所以,你用弗洛伊德和罗素的话来论证,还的确动摇了我再婚的念头。但我还是不甘心!”

我笑了,知道火候到了,应该趁热打铁:

“小子哎,国学、国粹,博大精深,我反对你说我们是抱残守缺。我倒觉得,你们实在应当补补国学课,充充国粹电。抛开你个人的移情别恋不谈,单就‘潜意识’问题,从理论上建立一项专题研究,做一番中外比较和全面深刻的探讨,我认为是件很有意义的事,我还真想就此撰写一篇弘扬中华优秀古典文化的论文呢。老实告诉你,我和你恰恰相反,我认为:我国古圣先贤,对‘潜意识含义’的论述,虽属片段,未成系统,但要比弗洛伊德他们早多了,实在应当认真地发掘、整理和研究!”

“真的吗?”

“你不信?”我从书架上拿出老子的《道德经》,翻到《德经·第四十六章》念道,“老子说:‘罪莫大于可欲(纵欲),祸莫大于不知足,咎(罪过)莫惨于欲得(贪得无厌)。故知足之足,恒足(永远满足)矣!’”他把书拿过去仔细读了一遍。

我继续说:“王国维大师可谓慧眼识珠,他不仅懂得这条道理,且有深入研究。他说：我国最早肯定‘欲’，即潜意识之积极作用者，乃荀子也。与只看到‘欲’之消极作用的孟子相比，‘荀子则不然，以欲为积极的性质。’还说：‘伦理之法则，不过抑制其消极作用耳’。请你参考《王国维文集》第三卷第200页。”

我特别强调性地解释道：

“这里讲的‘伦理之法则’，就指的是‘理性意识’，所谓‘拟制消极作用’，就指的是‘理性意识对非理性潜意识’的监控和制约功能！”

我又拿出昨天已经专为他准备好的第二页稿纸，递给他说：

“弗洛伊德是19世纪才创立的潜意识理论。你再读读我国早在公元前239年前后就编写出来的《吕氏春秋》，看看它是怎么讲的！”

他放下《道德经》，又把稿纸接到手里，瞧了瞧，慢慢读出声来：

“天生人而使有贪有欲。欲有情，情有节。至人修节以止欲，故不过行其情也。耳之欲有五声，目之欲有五色，口之欲有五味，情也。此三者，贵贱、智愚、贤不肖皆欲之，虽神农黄帝，与桀纣同。至人之所以异者，得其情也。由贵生动，则行其情也；不由贵生动，则失其情也矣。此二者，死生存亡之本也。”

“我不大懂。”他歉意地笑笑，把稿纸又递给我说，“你给我讲解一下，行吗？”

“好吧。”我说，“这段文字的大意是讲：人，天生有欲望。欲望产生情感，对于情感必须节制（我特别强调：请你注意，这里使用‘节制’而非‘禁止’一词的重要性）。高人不同于凡人者，仅在于懂得情感、享受情感，但也能修养节制，把控情感。耳朵的欲望有五声（即宫、商、角、徵、羽），眼睛的欲望有五色（即红、黄、蓝、白、黑），口舌的欲望有五味（即酸、甜、苦、辣、咸），都是人之情也。对这三种欲望，无论是高贵者、低贱者、聪明者、愚蠢者、贤良者、不肖者，都想得到它，哪怕是神农黄帝，也与桀纣一样。高贵的人之所以不同于常人的地方，就在于懂得节制情感欲望，故由高贵品德产生的行为，是享受正常情感；相反，则会失掉正常情感。就是说：情者欲也，人们不应当‘放纵欲望’，而应当‘节制欲望’，用修养道德来控制欲望。所以说，对于欲，是‘节’还是‘纵’，是‘控’还是‘放’，一字之差，却是生死存亡的根本所在啊！”

解释完之后，我针对他的“情色之困”，特别强调了“意识和潜意识”之间的关系。我说：

“食、色、名、利，是人类的本能欲望，是自然天生的人性欲求，即潜意识的重要内容。它不该被简单禁止和全面否定，而要看到它的积极功能。然而，只需要‘制止纵欲’即可。也就是说：反对贪欲，倡导节欲。节欲，是意识对潜意识管控的结果，难能可贵，对人对己都大有裨益；而纵欲，则是意识对潜意识失控的结果，却要时刻警惕，悬崖勒马。它可在历史上和现实中，给太多的人造成过‘一失足成千古恨’的可怕后果啊！”

“那么，我想知道：在私生活中，潜意识都有哪些具体表现呢？”儿子问。

“多了！”我说：“概括起来讲，比如，我们灵魂深处常常闪现出来的‘我想要这个，我渴望得到这个，但我不能说出来’；‘我喜欢那样做，我渴望那样做，但我不能那样做’，都可归入此类。扪心自问：‘千钟粟’谁能不求？‘车马多’何人不羡？‘黄金屋’有谁不想？‘颜如玉’哪个不爱？名利地位，金钱美女，是人都会喜欢！诸如吃喝玩乐、不劳而获、心猿意马、想入非非等等，这些都属于潜意识即欲望本能，就是大家常说的‘每个男人心中都有一颗不安分的种子’，极容易诱发潜意识冲动。”

“那么，你再说说，管控潜意识的‘意识范畴’，又都有哪些呢？”

“比如，家规族规、单位纪律、伦理观念、行为规范、政策规定、方针制度、法律法规、舆论监督、个人品德、家庭道德、社会公德、公民义务、自制能力、经济限制、军事戒律、文化监督、政治约束等等都是。”

“你是说，因而对于潜意识，我们要用纪律、操守、道德、法律等等强‘意识’的过滤器，必须予以及时的筛选和疏导，实行自律或外控？”儿子在走向清醒中反问。

“是呀！”我立即加重语气肯定道，“只有这样做，才能规范我们的人际交往，保障我们的正常活动，人类的社交才能合理运行。否则，全被潜意识支配，我们人人都可能变成非理性的动物！人人都会成为神经质的疯子！请想想：人类社会倘变成了动物世界，我们和谐的交际生活不就全乱套了吗？”

“啊，我明白了！”儿子挠挠头，在苦涩中沉默了很长时间，才缓慢地、深沉地道出了自己的心得和体会，他仍以他擅长惯用的逻辑思维，对这几天来的困惑和深思作了概括：

“我懂了。什么叫真理？所谓真理，必然是个整体的存在，要全面地理解。任何局部、片面、极端的判断，即各取所需，都是在扼杀真理的生命，把真理变成谬误！是的，真理的价值和生命，全在于整体性的‘全面理解’四个字上！比如说‘欲望即潜意识’问题，必须看到两个面：一方面，如果只讲‘意识’，只讲‘意识’对‘潜意识’的苛责和禁止，看不见或不会开发潜意识的积极功能，偏于一极，便会成为谨小慎微、胆小猥琐的无能之辈，还何谈改革开放、创新发展？但是相反，另一方面，倘若只讲‘潜意识’，放纵‘潜意识’，不用‘意识’对‘潜意识’实施必要的节制和约束，倒向另一极，完全像动物那样，那将更危险！恰似司机开下坡车子，越滑越快，还不愿踩刹车，只去踩油门，结果可想而知！社会上‘欲豁难填’的血泪教训太多了，电视、报纸上的报道几乎天天都有！眼前被中纪委查办的那么多贪腐官员、老虎苍蝇，哪个不触目惊心?！究其根源，还不都是因情而性、因钱而贪，总被同一块石头——‘放纵潜意识’给绊倒的吗？所以说，面对潜意识的‘刹车失灵’，更是一件很可怕的事！”

我点点头，满意地笑了，什么也没说。我在内心赞美：我儿子还真是个高智商！

他站起来，伸出手，把刚才给我的那页稿纸又要了过去，仔细折起来，一边装进口袋，一边郑重而坚定地自言自语道：

“此语中肯，属金玉良言！我要认真琢磨、深刻体会，还要请书法家写出来，经过精心装裱，制成一幅大镜框，挂在我的办公室，作为我终生不忘的座右铭!”

又过了三天，儿子和儿媳领着孙子，还提来一大篮新鲜蔬菜和时令水果。他满脸的阴云已经散去，自信的笑容挂上了眉梢，又恢复了早先乐呵呵的常态，一进门就向我们大喊：

“爸，妈，和你们商量个事：我们两口子协商好了，金蝉从下周开始，应聘到某公司上班！她在家待腻了，深感干点工作才活得充实。这样，接送孩子上幼儿园的事，就得拜托你们了。您二老同意吗?”

我和老伴对视了一下，都会心地哈哈大笑起来：

“我们正求之不得呢!”

42.《聪明和愚蠢》

（2014.8.21.写于西北大学桃园校区）

我坐在火车卧铺走廊靠窗一边的简椅上，正欣赏窗外飞快流逝的沿途风景，忽见近身一间房门大开的包厢里，几个血气方刚的年轻人，吃着烧鸡，喝着白酒，高声喧闹，海阔天空地大摆龙门阵。

一位小头目式的人物，几杯白酒下肚，脸膛通红，脖子上青筋暴突，醉眼迷离，口齿不清，大声夸口道：

“我呀，很聪、明！你们谁、嗯、谁有我读的书、多？我就读过长、长篇小、小说，世、世界名著，《顿、嗯、顿顿的静河》！”

我猜，他想说的是《静静的顿河》。

“啊！”旁边一位颇感惊诧，摇头道，“没听说过，谁写的？”

“连、咹、连这个都不、不知道？”他大声回答，“谁写、写的？大名鼎鼎的作家，肖、肖霍洛夫呗！”

“是肖洛霍夫吧，你念错了！”朋友纠正他。

“你真聪明，聪明过头了！”也有人讥讽。

“肖、肖洛霍夫，肖、霍洛夫，差不多！”红脸头目一闭眼，一摆手，显然想掩盖自己的无知，“只一、一字之差，可以忽略不、不计！外国人，名、名字、字太多，谁能他妈的，都记、记那么准？我再问问你，你可、哦、知道，他还写过、一、一部有名的作、作品，叫什么？”

“不知道。”

“我告、告诉你，叫《被处、处女、开垦、垦的地》！”

“哈哈哈哈……”大笑的声浪，震动了整个车厢。

另一位头脑清醒的小伙子说："不叫《被处女开垦的地》！叫《被开垦的处女地》，也叫《新垦地》！看来，你真醉了！"他为给小头目打圆场，便赶紧笑笑说：

"要说读书，没错，你比我读得多，我读得最少！"他话题一转："咱不比读书了，比比爬山吧！你们说说，诸位都上过哪些名山？"

坐在身旁的一位较年长的朋友，和蔼地自我介绍道：

"我上大学之前，当过厨师，还做过导游，曾经走南闯北。说到山，我猜呀，大家伙儿里头，可能就数我上过的较多，有江西的庐山、安徽的黄山、新疆的天山，还有西藏的喜马拉雅山。"

"我登过四川的峨眉山、吉林的长白山、山西的五台山。"

"我只到过浙江的普陀山、陕西的华山。"

……

红脸头目抢过话头，手持酒杯，仍然结结巴巴地说：

"我、我的足迹，踏遍全国各、各省，这些天下名、名山，我全都、都上过。我认为，唯独河南、咹、无山！河南只有、呕、一座山，还是个、一个'平顶'山！"

不知道他是真不懂，在不懂装懂？还是故意调侃，逗大家玩？

"哈哈，又说傻话了！"

坐在对面的一个河南口音的朋友急了，一脸鄙夷不屑，大声抢着驳斥：

"咿，尽瞎说哩！俺们河南不仅有山，而且多是大山、高山、名山，像嵩山、伏牛山、太行山不就是？嵩山有少林寺，誉满华夏，名闻全球；伏牛山，是老子归隐处，他曾在那里读书修行，其《道德经》，哲理深奥，名扬海内外！哪个中国人不知道？至于太行山，是河南、河北、山西三省的交界山，属革命老区，名气更大，谁人不知，哪个不晓？多少立下赫赫战功的抗日名将，其惊心动魄的战斗故事，不都发生在那里？"

"哈，一句'河南无山'，又暴露了你的无知！"一位笑道。

"你真是个井底之蛙，只看见巴掌大个天，就敢说'天没我大'！太可笑了。"另一位也讥笑他。

我忽然想起韩愈在《原道》中说的："坐井而观天，曰天小者，非小也，其见者小也。"此话诚然。

"你、你们骄、骄傲什么？竟敢顶我、我的嘴？！"红脸头目脸更红了，声更大了。他恼羞成怒，眼一挤，反击道，“你、你们别把自己、当、当盘菜！”

原来，他真是不懂装懂，并非“逗你玩”。

“正是你自己，太把自己当盘菜了！”他激起了众怒，招来更多人的围攻。

“不、不！”他在迷醉的眼神中，伸出食指，指着大家，转了大半圈，“如果你、你们、一个个、只是一、一盘菜，那我、我就是一大桌、满汉全、全席了！”

年长的厨师站起来，一压他的手指头，不无讽意地笑着对他说：

“不，你要是一盘菜，还真抬举你了。我来改改吧——你别把自己当根‘葱’！自以为了不起！”

“一根葱？”有人问，“怎么讲？”

年长者一指红脸头目，仍然带着和蔼的微笑，鄙夷不屑地对大家说：“他还真以为自己就是一盘菜。其实，他顶多是根葱——只是一种‘佐料’而已！我可知道，佐料很多，常以葱、姜、蒜为主，虽然葱排老大，但即使如此，我们厨师还常将它仨配在一起使用哩。这样一算，葱在一盘菜里，能占多大比例？能起多大效用？能做出多大贡献？实在微乎其微！”

“说得好，比得妙！”大家表示赞同。

对呀！这位年长者的精彩对答，引起了我的思考。我也想：知识似海洋，浩瀚无际，一个人能懂多少？千万别自大。我们身处洋洋万物之中，幽幽宇宙之内。从空间看，大，很大，特大，究竟有多大呢？无边无沿！从时间看，长，很长，特长，究竟有多长呢？无头无尾！倘单说地球，从人数看，多，很多，特多，究竟有多少呢？世界今天共有人口七十多亿！茫茫人海，熙熙攘攘。你，我，他，单独一个人，充其量，学一门专业，干一种工作，活不过百岁，仅占世界总人口的七十亿分之一！你懂得和熟悉的知识，只限于你那个小小的职业小圈子，即使是个专家，充其量不过是知识海洋里的九牛一毛！他讲得有道理。

还是那个年长者的声音：

“巫医说：我能包治百病，我能起死回生！江湖客说：我算命灵验，我万事皆通！邪教教主说：我被神灵附体，我是基督转世，我是佛祖再生……每每看到这类报道，听到这些狂言，我就想笑。常想：这些人若不是疯子，肯定是无知狂徒。他自以为聪明，别人都是傻瓜，其实他不聪明，很愚蠢！”

“那么，什么叫作真聪明呢？”年长者身边一个朋友问。

“知识渊博!”

“不,本分做人!”

“无师自通!”

“不,诚实守信!”

大家争论不休。

我也想:“什么叫真聪明”? 这个问题提得好! 我也这么问自己。

我望着窗外的景物:远处的山川河流在缓慢移动,而眼前的房舍树木,却在飞速流泻、一闪即过,还未来得及定格,就转瞬消失。所以,它们的轮廓,都在快速流动中,几近丧失了原型。而浩如烟海的知识之流,瞬息万变,无时不在迅速发展,不也与此十分相似么? 可见,单看“死知识”,只以知识多少论英雄,不是真聪明。

那么,究竟谁是“真聪明”呢? 我忽然想起了老子。他很聪明。

老子在《道德经》的《德经 · 第七十三章》中讲:“知不知,尚矣。不知知,病矣。是以圣人之不病,以其病病,是以不病。”译作白话是说:知道自己还有不知道的知识,是高尚的品德;不知道却自以为知道其他知识,是有毛病;圣人没有这种毛病,是因为他把这种“不病之病”视为毛病;正因为他把这种毛病看做毛病,所以他才不犯这种毛病。

我暗暗笑了,像绕口令! 但老子把聪明和愚蠢,升华到哲理高度予以解读,却不由地让我肃然起敬!

我又想起苏格拉底。这位希腊先哲算得上聪明人。

他曾说过:有些人在自己的专业范围内,懂得多,很聪明,但他的骄傲自负、目空一切,使他竟敢声称对其他行当也具有完备的理解,这便丧失了“诚实”原则,就不聪明了。试想:没有诚实,何谈“聪明”? 可见,“不知道却自以为知道”,是一种无知;“不聪明而自以为聪明”,更是一种愚蠢;而“敢言普天之下,唯我独大者”,则无疑是一种狂妄! 所以,苏格拉底说:只有“承认他知道某些他不知道的事情”,正如俗语所说:知之为知之,不知为不知,即他对自己的无知相当清醒,这才能叫作“真聪明”。(请参考《柏拉图全集》第一卷的《申辩篇》)

我常感慨:这句话,初看是谦虚,再看是美德,深看则属顿悟:因为它是智慧!

我国孔子也说过："知之为知之，不知为不知，是知也。"什么意思？译成白话是说：知道自己知道(的知识)，也知道自己不知道(的知识)，这才叫真知！

可见，敢于承认自己不懂的知识，不仅是品格问题，而是属于哲思性质的问题。

我还想起了十八世纪德国著名作家歌德。

歌德也说过："我认识一些艺术家，都自夸没有依傍什么名师，一切都要归功于自己的天才。这班人真蠢！"

这是说，把一切功劳都归于自己的人，不是天才，而是蠢材！这当然更不是"真聪明"。

那么，面对个人功劳簿，自己给社会的真实贡献，到底该怎样计算呢？

歌德在全面分析的基础上，是这样给自己定位、定性、定量的：

"一般说来，我们身上有什么真正的好东西呢？无非是一种要把外界资源吸收进来，为自己的高尚目的服务的能力和志愿！"谈到自己时他说："在我漫长的一生中，我确实做了很多工作，获得了我可以自豪的成就。但是说句老实话，我有什么真正要归功于我自己的呢？我只不过有一种能力和志愿，去看去听，去区分和选择，用自己的心智灌注于所见所闻，然后以适当的技巧把它再现出来，如此而已。我不应把我的作品全归功于自己的智慧，还应归功于我以外、向我提供素材的成千成万的事情和人物。我所接触的人之中，有蠢人也有聪明人，有胸怀开朗的人也有心胸狭窄的人，有儿童，有青年，也有成年人，他们都把他们的情感和思想、生活方式和工作方式以及所积累的经验告诉了我。我要做的事，不过是伸手去收割旁人替我播种的庄稼而已。"(请参考《歌德和艾克曼谈话录》)

歌德之所以伟大，正是因为他说了真话！

有人把这段话，解释为名家的谦逊。不对！在这里，歌德不是为获得赞美而故意贬低自己，他没有一点点伪善的假意，廉价的谦虚，有的只是实实在在的真诚，本本分分的自评。

写到这里我想：愚蠢出于无知。而人人都有无知的一面，包括我在内。于是我告诫自己，别一味讥笑那个小头目。我便给自己提出了一个问题：怎样才能减少无知呢？看来，我们还应当解析"无知"一词。

这又让我想起爱尔兰作家林德(1879—1949)写过的一篇散文，叫《无知的快乐》，主要讲无知并不可怕，倒给包括我在内的众多无知者以重要启迪。

他说："正是由于无知，我们才获得了不断发现的快乐！"又举例说明，博物学家的幸福，在某种程度上取决于他的无知，这种无知留给他新的世界去征服。还说，当你看见一个从事科研的人，如果他们看样子无所不知，那只是你我知之甚少而已。他们在每一件事实下面，总会有一笔无知的财富在等待着他们。因为他们的最大乐趣之一，就是在求知过程中会进入无知状态，这正是一种寻根问底的乐趣。谁要失掉这种乐趣，或把它变成教条式的简答，那么他就开始僵化了。

讲得真好！

难道不是吗？如我这种知识退化、器官老化、思想僵化，就等着火化的老年人，错把年龄的自然积累当作知识的必然增长，以为凡事都经过了，所有知识都懂得了，便丧失了求知的乐趣。实际上呢？由于记忆力衰退，常常陷入"遗忘"的无知；又面对科技高速发展，新知识不断增加，与生活背道而行，离现实差距越来越大；更可怕的是，我们对这一切还感觉良好，缺乏自知之明，不就更加重了"无知之症"么？

难怪老子说"知人者智，自知者明"（见《老子》第三十三章）。老子、孔子、苏格拉底、歌德和林德他们，既知人，又自知，这才能叫做"真聪明"！

43.《“精神境界”四档次》

（2014.11.29.写于西北大学桃园校区）

一年一次，医院为专家体检。

上午11点半，全部体检接近尾声，接待室里，只剩下一位颤颤巍巍、拄着拐杖的老专家，等着儿子开车来接。院长、护士长、护士们的精神，也从紧张转为放松状态，大家坐下来，边休息边拉闲话。

一位年轻护士，心怀敬仰地说：

“今天体检的人，都是有突出贡献的专家，一生辛劳，成就卓著，令人羡慕！”

“有什么可羡慕的？”那位颤巍巍的老专家笑笑说，“天下哪个人，不都是干一项工作，挣一份工资，养活一个家庭，忙忙活活过一生？你们不也一样嘛！”

“一样，也不一样。你们有突出贡献，我们就没有！”护士长说。

“到了我这把年纪，你就有了！”大家笑了。

“不，不是年龄的问题！”那位年轻护士反驳，“绝不是年龄问题。都是人，都是赤条条从娘胎里出来。直到走到人生边上一看，才发现结果大不相同！”

“那么，不同究竟在什么地方呢？”护士长追问。

“这个问题提得好！”院长发话了，微笑着用手指小护士们，“你们都来说说，究竟有何不同？”

于是，大家你一言、我一语地争答起来了。

“出身不同！”

“不，经历不同！”

“也不对，专业方向不同！”

“更不对，是钻研程度和人品大不相同！”

……

乱哄哄的争论声中，护士长一摆手，大声说：

“咱们院长，走南闯北，见多识广，听听他的高见，好吗？”

“好！”众护士一呀声地喊起来。

院长接过话茬：“倘要我判断，你们说的，都对也不全对。人生的成功因素太多了，不是一点两点。我比你们接触广泛，各种人都有。要我说啊，其中很重要的一条，还是精神境界不同！”

老专家一听，默默点头。那位年轻护士却满脸疑惑：

“精神境界？它重要吗？”

院长说：“境界不同则追求不同。不论任何职业，凡低境界者只追求眼前利益，缺乏长远思考；只能看见自己鼻尖、脚下，看不见民族、国家和国际关系；只关心小家庭、小圈子的恩怨得失，视野狭窄，胸怀拘谨，故在工作中只为挣钱，不想创新；只能模仿，不会创造；只能低层次重复，打不开局面，干不成大事。而唯有高境界者，目光远大，胸襟宽阔，怀揣万里之志，吃苦耐劳，埋头实干，因此才能做出重大贡献。所以说，低境界者仅仅是个匠人而不是专家；只懂得一个行当却没从中悟出哲理，未能将这个行当升华到哲学高度。这就是画匠和画家的区别，工匠和工程师的区别，教书匠和教育家的区别，也是医生和医学家的区别！”

年轻护士似乎懂了却又似乎没懂，便问：

“您是说，人的精神境界不同，成果便大不一样？”

“是的。”院长为了阐述自己的观点，首先设置了前提，“大家明白，凡一切只为个人私欲的极端自私者，分明是‘坐井观天’的小人。”院长说完，开始解释：“一提‘坐井观天’，大家自然会想到青蛙。说起青蛙，目光短浅，已属不幸，又常居井底，故视野狭窄，实在可悲。只因它见识所限，必然缺乏自知之明，则更会变得愚蠢可笑。”

看着年轻护士不解的神色，院长一笑，又说：“不信？你看，青蛙只能看见巴掌大个天，它自然会断定‘天没我大！’其唯我独尊、夜郎自大之态毕现，难道不可笑吗？还是韩愈说得好‘坐井而观天，曰天小者，非天小也，其见者小也’！”他补充道，“我曾带领医疗队去非洲刚果，记得当地有个故事，讲的是远古一位部落首领，每天早晨太阳一出来，他先吃饱肚子，然后站在自己草屋门口，大声向全世界宣布：‘你们现在可以开始吃早饭了！’”

大家哄然大笑，老专家也笑得连声咳嗽。

院长问：“诸位为什么会讥笑他呢？因为一个贫穷落后的小小部落头目，妄自尊大，自以为是世界之王，认为天下人类，一日三餐，何时开饭，都得听他发号施令。这不正是典型的夜郎自大，十足的井底之蛙吗？”

众人轻轻点头。

院长小结道：“倘做宏观区分，我认为，关于人们的精神境界，可以概括为四大类型，四个档次。”

“第一档次是什么人？”那位年轻护士问。

“就是坐井观天的井底之蛙。这种人绝顶自私，属‘拔一毛而利天下’的不为者。对于这种精神境界，多数人都持否定态度。”

“第二档次是什么人？”年轻护士又问。

“‘立足地面’的人，即我们这些凡人、俗人。这种人，偶尔也犯‘井底之蛙’的错误，也生‘眼界狭小’的过失；但一般状态是，只看重和谋求个人利益和家庭利益，只要可能，在法律和道德范围内，也维护亲朋好友小圈子的利益；虽然也关注大局，懂得一些民族利益和国家利益，也能浅层次思考前两者和后两者密不可分的关系，即意识到大我对小我的重要性，小我对大我的认同感。但要做到在特殊时期，舍小我而成全大我，则纠结甚多，顾虑重重，甚至情绪抵触，退缩不前，眼界不够宽阔和高远。对于这种人我们能够理解，因为我们大多数人都是如此，包括我在内。”

“那么，什么是第三档次呢？”护士长追问。

“‘登上山尖’者”。院长回答之后继续解释，“何谓‘登上山尖’？这是说，不怕眼界小，只要肯登攀。倘若我们从井底、从地面，一旦爬上山峰，登高望远，心胸自会豁然开朗，必然会升华到一个崭新高度，也自然会摆脱井蛙之见了。”

院长的话引起那位年轻护士的兴趣，她立即插话道：“前天，我听一位大学老师的讲座，说孟子说过‘孔子登东山而小鲁，登泰山而小天下’。这是讲孔子登上鲁国的东山，将整个鲁国的山川地貌，尽收眼底；孔子又登上东岳泰山，便将整个天地囊括胸中，一览无余。乍一看，孟子是在泰山和东山的比较中，描述泰山之雄伟高大，其实是借山喻人，在于盛赞人的眼界高远，展现的是孔子的宽阔胸怀、不凡境界。这大概就是您讲的这番道理了!"

院长点过头,护士长也赞道:"说得好。我也补充一条资料:唐代诗人杜甫的《望岳》一诗云:'岱宗夫如何?齐鲁青未了。造化钟神秀,阴阳割昏晓。荡胸生层云,决眦入归鸟。会当凌绝顶,一览众山小。'精湛描绘了泰山的宏伟壮丽,其中的'会当凌绝顶,一览众山小',又一次使用了孔子的登山感悟。于是,'登泰山而小天下'便成为名言,传遍九州,以至今日,妇孺皆知。"

有小护士和护士长的认同,院长很欣慰。他接着说:"孟子的话和杜甫的诗,都富有哲理味道,写出了人类胸襟开阔的重要,视野宽广的伟大。表现了只有站得高,才能看得远,才能想得开;具有远见卓识,才能由愚蠢变聪明,由狭隘变开阔;也充分说明:只有涤荡了井底之蛙的小家子气和凡夫俗子的平庸见识,才能摈弃鼠目寸光、鸡肠小肚等等拘谨猥琐的庸俗心态。这样,人的整个精神境界,便跨上了一个崭新台阶!"

"哪些人属于这种第三境界呢?"年轻护士问。

"高人!"院长说罢概括道,"和我们这些凡人不同,高人不只记着个人和家庭利益,更把民族盛衰、国家大局放在心上,其精神境界就会成为这种登上山尖、胸怀宽阔的'高人'。"

老专家听完,不住地、重重地点着头。

"那么,什么是'最高档次'呢?"护士长再问院长。

"是'云空鸟瞰'者。"院长解释道,"你乘飞机,从舷窗向外看,蓝天白云,连绵不断,浩瀚空际,其大无边。向下俯视,除了湛蓝的大海,坦荡的平原,就是起伏跌宕的群山了。我当年去非洲第一次坐飞机,激动中曾经写过一篇小诗《乘银鹰》,就是表达这种感受的。"

老专家、护士长和小护士们都喊道:"快给我们背背!让我们也开阔开阔眼界!"

院长对老专家歉意地一笑:"那我就献丑了!"于是他朗朗默念道:

打开座机舱盖,把小我的旧包袱,摔进无边云海!
伸头出舱外,用洁净的银河水,冲洗脑中尘埃!
敞开拘谨的胸怀,让云空的疾风,把狭窄的心扉吹开!

再撕一朵洁白的云彩,擦净灵魂的霉斑,片片扔出舱外!

腾飞吧,有什么牢笼冲不破?有什么锁链砸不开?
你乘银鹰九霄外,上望茫茫云天,下看滔滔大海;
身处浩瀚宇宙,眼里有个全球,心中装着世界。
定能够,胸怀开阔创事业,心扉坦荡迎未来!

"好啊!"老专家带头鼓起掌来。在大家的一片掌声过后,老专家谈了他的感想:"我先后鸟瞰过欧洲著名的阿尔卑斯山、欧亚分界的乌拉尔山和我国新疆的天山之后,一天忽然顿悟:觉得所谓'会当凌绝顶,一览众山小',恐怕并非天下绝唱,不该一味盛赞,更不可拔高到至高境界。因为我知道:泰山虽高,其最高峰玉皇顶,海拔也只有 1532 米!可见,仅立足泰山便小天下者,虽比井底之蛙眼界宽阔了很多,但仍旧存有不小局限。因为它还不是我们人类精神境界的最高峰!"

院长竖起了大拇指,护士长瞪大了眼睛,那位年轻护士则疑惑不解,便问:"泰山之尖,还不算高啊?"

院长十分赞同老专家的见解,盯着她说:"你看,天下众山,可谓多矣!姑且不说喜马拉雅山上的世界屋脊珠穆朗玛峰,海拔高达 8844 米;姑且不说喀喇昆仑山的最高峰,海拔高达 8611 米;也不说非洲乞力马扎罗山的优呼鲁峰,海拔高达 5895 米;就说欧亚界山乌拉尔山,虽不算高,其最高的人民峰,海拔 1895 米,也比泰山高出 363 米;吉林长白山的最高峰,海拔 2691 米,还比泰山高出 1159 米;至于欧洲的阿尔卑斯山上最高的勃朗峰,海拔 4807 米,更比泰山远远高出 3275 米!"

老专家因和院长的思考产生了共鸣,兴奋之中,便把拐杖在大理石地面上敲得笃笃直响,颤巍巍地大发议论道:

"我国古圣孔子,仅'凌绝'小小泰山之顶,竟夸海口,小视群山,丝毫不把远比泰山高大的喜马拉雅山、喀喇昆仑山、乞力马扎罗山和阿尔卑斯山等天下众山放在眼里。倘从精神境界的角度审视,不正有盲目乐观、妄自尊大的嫌疑?不正是襟怀局限、表述口满的不当表现吗?如果可以把这一现象视作'误读'的话,更可怕的是：这一误读，还被孟子及其孟子以降的我辈国民，至今赞不绝口，那么今天的我们，不也太缺少了点‘与时俱进，重新解读’的气度和胸怀吗？我们应该记住：山外还有山，天外另有天！当我辈觉悟之后、跳出陈旧视野、重审大千世界的时候，你就会发现：那山更比这山高，胸怀开阔无止境！”

护士长有点不好意思了，笑笑说：“我刚才的认识，就属于误读。”

年轻护士也羞涩地赶紧说：“我也是。”

院长一笑：“我也常误读。自知误读才能长知识嘛！老专家的话，也让我很受启发！”他转过身来说，“您老这几句话，真是点睛之笔！”院长有点激动，两眼放光，虽压低了声音，但仍激情充沛：

“经过深思，我终于懂得了‘高度决定境界’！即首先是高度决定视野，接着是视野决定见识，最终是见识决定境界，故简洁表述，就叫‘高度决定境界’。因此我想：泰山虽高，也不该一旦登临就‘小天下’，更不可唯我独尊而‘笑天下’！因为它还不是最高峰。‘不识庐山真面目，只缘身在此山中。’刚上个台阶，就高唱‘观止’，将浅薄和幼稚暴露无遗，岂不令人耻笑？倘和井底之蛙和凡夫俗子比起来，那不也正是‘以五十步笑百步’吗？”

老专家也激动起来，挪动身子，咳了两声，又抒发感慨道：

“呜呼！世界之广阔，宇宙之无涯，只能用‘其大无外’‘至高无上’和‘浩瀚无际’三个成语来形容！我们的胸怀亦当如此。我奋斗了一辈子，到老才真正理解，人类的进步，只仰赖于一条认知：不断开拓精神境界，至为重要！”

“说得真好！”小护士们都发出赞叹。

护士长沉默了片刻，若有所思，盯着老专家说：

“看来，对于《望岳》一诗，应当有两解两读：一曰常解常读，或叫旧解旧读，二曰境界更新，新解新读。我前边讲的仅仅是旧解旧读，而老专家和院长则是一种新解新读，这一点对我启发很大。原来在读诗之中，也有一个精神境界问题。显然，不同境界就会做出不同的解读。无意之中，也使我看到了我的精神境界的局限！”

“你悟性不低呀。”老专家夸奖道，“认识到局限，就是超越局限，就叫聪明！”

说了声“谢谢”之后，护士长转过脸，看着院长又问：“那么，位于最高档次的，又是哪种人呢？”

“伟人!”

院长斩钉截铁地回答过后说:“我想: 在国际政要、各国首脑中,当顶层设计治国方略的时候,倘能做到云空鸟瞰、高屋建瓴、胸怀世界、放眼全球,并把本国、本民族利益置于世界格局、国际风云、全球发展和人类历史的大势中去审视、去考察、去争取、再去艰苦奋斗的人,方可成为伟人! 举个例子吧? 比如目前我国,在全球秩序大局上,坚决反对‘弱肉强食的丛林法则,你输我赢的零和游戏’,响亮提出‘人类命运共同体、坚持和平发展、合作共赢’等崭新理念,就是目前最典型的一例!”

儿子来了,老专家站起身来,但仍意犹未尽地说:

“院长讲的人生境界四档次,和哲学家冯友兰先生不谋而合。他曾说: 人生境界大体分为四种: 最低等的叫自然境界,即院长说的小人;较高等的叫功利境界,即院长说的凡人;更高等的叫道德境界,即院长说的高人;最高等的叫天地境界,即院长说的伟人!”

当老专家的儿子搀扶着爸爸走出接待室的时候,那位年轻护士还沉浸在激动之中,她思索了片刻说:

“今天深受教育,我终于懂得了: 我们大多数芸芸众生,虽然都是凡人,但也绝不做小人! 而要争做高人! 更应该敬仰伟人!”

众位小护士也不住点头,大家感慨道:

“啊! 今天我们在说说笑笑中,上了一堂‘精神境界’课!”

44.《“阅读”秋叶》

（2014.12.18.写于西北大学桃园校区）

朋友，乍见标题，您必然会问：古人曾云：“秋风不识字，何必乱翻书！”但是今天，你却要“阅读”秋叶。谁不知道，秋叶也不是书呀，怎能去阅读？

所以，我下笔伊始，须先破题：秋叶可读吗？

答曰：完全可以，而且必读。不信？且听我道来。

昨日，秋高气爽，晨练结束，忽见一片大大的梧桐叶子，忽忽悠悠，从树梢飘荡而下，慢慢落在我的脚前。随意捡起一看，我大为惊异：啊！叶脉清晰，网状结构，它多么像我们人体的血液循环系统，活生生就是一张血管的脉络图嘛！

大家知道，梧桐树，身材高大，叶子也大。

我用拇指和食指，捏着长长的叶柄，捻动着，翻转着，端详着它的状貌。这片叶形，呈分裂状，如同人的手掌，五指分开，但五片叶瓣又连结为一体，形成一块完整的叶掌。整体看来，它既像一只大鸭蹼，又像一把小团扇。

经仔细观察，我看到从叶柄前端伸出的五条叶茎，呈紫红色，很像五条血管主脉。每条主脉左右，又生出更细更匀的众多支脉，则呈金黄色，如同毛细血管，紧连着主脉，布满叶面，条条支脉指向叶片的边缘。

再细致审视，我又发现主脉和支脉周围，色彩碧绿，闪耀着光泽，说明营养犹存，叶肉仍在，还保持着盎然生机，但也已经参差不齐，仅限于大小脉管四周，透露出不断退守的生命形态，只剩下一些残余痕迹而已。而绿色外围，逐渐淡化，变得灰黄，恰似病入膏肓者的肌肤那样，毫无血色。这些灰黄区域之外，便是锯齿状的叶子周边，则已经完全枯萎，颇像画家，沿着边际，精心涂抹上去的一圈儿深棕色颜料似的，而且其中有些部分，凹凸不平，生出斑点，开始发霉变黑，简直就像彻底死去并已枯朽很久的僵尸一般。绿、黄、棕三色，活脱脱向我展示了叶子的精、气、神从旺盛到衰败的凋谢过程，也似乎在述说着，它的生命力从青春到死亡的悲哀和无奈！

瞧着瞧着，我忽生出一缕悲壮之情。

我想，这片枯叶在今年阳春三月、春暖花开时节，也曾有过它的春风得意。那时，它开始发芽生长，鹅黄嫩绿，朝气蓬勃，浸润着暖风雨露，沐浴着明媚阳光，和万紫千红一起，向世界展露过它那妩媚靓丽的青春姿容，凸现了它那茁壮饱满、无限美丽的生命力。但是现在，盛夏已过，秋至冬来，这片绿叶，在凄风苦雨侵蚀下，经不住风吹霜打的折磨，受不了严酷寒流的摧残，终于抗争不过凛冽刺骨的气候，加入到秋风落叶的行列，最后枯萎凋零，结束了它的生命。这，难道还不悲壮么？

啊，叶子的生命，正如人的生命！树叶的一年，恰似人的一生！叶面不就是一张人脸、不就是一面镜子吗？看着秋叶，我“读”到了自己。

你瞧：我花白的胡子（如一片白桦林）里，堆积着无数故事；我纵横交错的皱纹（像满山沟壑）里，埋藏着坎坷经历；我遍布脸颊的斑点（似一盘标点符号）中，写满了人生沧桑。我这张衰老的脸庞上，不就记录着我一辈子走过来的那七十六个春、夏、秋、冬么？我的人生，已进入深秋初冬了！我这张老脸，不也正像那片秋叶？那片秋叶，不也正像一面镜子，成为反映我生命现状的一张浓缩图么？

回到家，我把这片秋叶插进镜子旁的一只小花瓶里。从此，我书房的写字台上，等于有了两面镜子。于是，面对叶镜，我在心中提醒自己：知足吧，能保住眼前仅存的健康就是福分！必须顺应自然，安于现状，知命认命！我更应该清醒地意识到：要忍受困难，带病生存，延缓衰老！争取活得淡点，老得慢点，死得快点！因为的的确确，我的人生时日无多了！想着想着，便不知不觉地悲从中来，鼻头一酸，流下了几滴眼泪。

“哈哈！别发那些夕阳黄昏之叹了！”这是我老伴讥笑我的声音。她，一生坦诚直率，豁达开朗，向来乐观。她看见我盯着枯叶落泪，便大声道：“你已经深深陷入误读之中了，你并未读懂那片秋叶！你必须振奋精神，抬头挺胸，重新阅读！”

“怎么重读？”我问。

“你呀，自以为见一叶而知秋，像古往今来那些感情脆弱的文人墨客一样，只读出了忧伤、凄凉、孤独、悲哀。正如欧阳修在《秋声赋》中发出的叹息：‘噫嘻悲哉！此秋声也，胡为而来哉？盖夫秋之为状也：其色惨淡，烟霏云敛；其容清明，天高日晶；其气栗冽，砭人肌骨；其意萧条，山川寂寥。故其为声也，凄凄切切，呼号愤发。（想春日）丰草绿缛而争茂，佳木葱茏而可悦；（看今朝）草拂之而色变，木遭之而叶脱。其所以摧败零落者，乃其一气之余烈。’你因悲秋而伤感，和欧阳修老夫子如出一辙。这种消极悲观情绪，可实实地要不得呀！”

“请夫人指点，老夫愿闻其详。”我谦虚地说。

“要我说，一片秋叶恰似一部字书，它蕴含的内容深刻多了，绝不仅止于一个‘悲’字所能盖全！春种，夏长，秋收，冬藏。你要在四季变化的比较中阅读它，才能读懂一叶之秋中所包含的金贵价值！”

“你试读读，让我听听。”

她从小瓶中拿起那片秋叶，仔细端详了一会儿，然后说：

“这是一片金叶子啊！因为大部分叶面都呈金黄色。我以乐观心态，第一眼就读出了四个字：春华秋实！一提金秋，我就想到‘丰收’和‘殷实’。秋天，这是个多么美好的收获季节呀！我们一日三餐，餐餐大贴秋膘，难道你没有尝到丰收的喜悦？那些时令果蔬，吃得你心满意足，那些鸡肥鸭美，馋得你不亦乐乎，难道你都白吃了？你须秉持健康眼光，通达乐观，看到秋色、秋声、秋景的无限美好；你也更应该以阳光心态，饱满情怀，去感悟秋情、秋意、秋思的博大壮阔才对呀！”

几句话就打开了我的心扉，拨开了我心头的乌云，如一缕灿烂阳光，照亮了昏暗的角落，我的心境豁然开朗！于是，我联想起唐代诗人杜牧的《山行》一诗：

远上寒山石径斜，
白云生处有人家。
停车坐爱枫林晚，
霜叶红于二月花。

这是少有的一首颂扬秋色的赞歌。尤其是最后一句，用深秋霜林的枫叶和阳春三月的红花相比较，说明秋叶更比春花美，一反悲秋情调，在诗坛独树一帜，很富有哲理意趣。人生不也同理吗？固然生理之秋无法抗拒，但心理上的春景春意，则应永远保持和坚守！

忽然，我又想起以积极心态阅秋的名家，其实为数不少，仅为我所知者就有好几位。

林语堂(1895—1976)的散文《秋天的况味》，既点示了秋的纯熟、宏大和壮丽，也强调了秋的格调、风韵和雄浑，在发秋感、抒秋思、解秋意中应属卓见。

郁达夫(1895—1905)的散文《故乡的秋》也有特色。作为一个南方人，他对北方之秋感触细腻，感受颇深。他着重从南北之秋的对比中，抓取五个典型：秋景、秋槐、秋蝉、秋雨、秋果(枣子、柿子、葡萄等)，写出了北国秋韵及其优美。接着，又把中外文人的颂秋诗文作了对比，感慨“秋之于人何尝有国别，更何尝有人种阶级的区别呢?”但又强调中国文人的秋思，别具深味，尤其是北方之秋！最后他说：倘能留住北国之秋，“我愿把寿命的三分之二折去，换得三分之一的零头。”即他愿用大半生命换取对秋的眷恋和获得，足见其爱秋之深！但我觉得不足信。谁愿拿自己宝贵生命换取身外之物呢？文人嘛，往往言过其实。

峻青(1922—)在他的《秋色赋》中写道：“多么可爱的秋色啊！我真不明白，为什么欧阳修作《秋声赋》时，把秋天描写得那么萧瑟凄凉？在我看来，花木灿烂的春光固然可爱，然而，瓜果遍地的秋收，却更加使人欣喜。”所以他认为：“秋天，比春天更富有欣欣向荣的景象；秋天，比春天更富有灿烂绚丽的色彩！”

庐隐(1899—1934)的《我愿秋长驻人间》，则举大量骚人墨客的歌咏为例，都把秋染上了凄迷哀凉的色调，直到结尾，笔锋一转，“其实，秋是有极丰富的色彩、极活泼的精神的。”她说：“至于秋风的犀利，可以吸尽积垢；秋风的明澈，可以烛照幽微。秋风是又犀利、又潇洒、不拘不束的一位艺术家的象征。这种色调，实可以唤醒现代闲闷人群的灵魂。”只在最后一句点明了主题：“因此，我愿秋长驻人间！”也表达了一种对秋的积极思考。

……

是的，只有这样阅读秋叶才对！

夕阳无限好，何惧已黄昏！尽悟晚照美，心头永留春。美哉，人生之秋！

45.《“照镜”有感》

（2015.1.10.写于西北大学桃园校区）

长期以来，我很想看见将自己对象化之后，身处社会中的那个我，是个什么样子？即像照镜子一样，我想知道我在别人眼里，会是怎样一副尊容？就是说，他人心目中的那个我，究竟是个什么形象？

曾记得，一次刚上完课，一个学生告诉我：他在网上看到很多关于我的信息。

我不信。我只是教师队伍芸芸众生中的一个，又不是什么名人，谁会关注我的一言一行？于是受他启示，上网输入词条“杨昌龙”，想查看个究竟。

一点鼠标，哈，那么多的“杨昌龙”！有孩子，有学生，有教师，有干部，还有基层领导，更有小偷和罪犯，就是找不到我。经过咨询才知道：中国人太多了，任何一个同名同姓的人都有一大串，只有“西北大学杨昌龙”，才是唯一的我。于是按照指点，我重新输入，再点鼠标，这次真的找到我了！令我大为惊异的是，关于我的所有信息，悉数展现于眼前，竟有55个页面，共约500余条之多！当然也包含很多重复和少数非我在其中。

我奇怪，谁整天没事干，把我这个名不见经传的小人物的文章、著作、教学活动、学生评论、有趣回忆和我给人留下的瞬间印象等等，都贴到网上去？简直像“人肉搜索”一般！

这里，我仅从中选择对我形象描绘和各种评论的有关部分，原文照搬，如实下载于后，同时也附有我对每一条议论的读后感慨。

一个西北大学77届学生说：“杨昌龙老师，西方文学教授，多年在法国讲学，白皙微胖，浅咖啡色西装，颇具十九世纪法国绅士风范，温文尔雅。他使我们感受到古希腊悲剧的美，引领我们赏析欧洲古典作品。”

啊，我还这么有气质？那件咖啡色西便装，是我在巴黎任教时购买的，属于我最喜欢的颜色和样式，故回国后我仍经常穿它，不料在学生眼里，竟成了我的代表性服饰，而且还给我带来了“绅士风范”和“温文尔雅”的美誉。真没想到！

学生刑若2003年11月6日回忆：“西方文学是重要的课程，我们期待的是像杨昌龙这样有名的学者能够执教于我们，杨教授曾是我们文学院的第一任院长，在西方文学特别是法国文学研究领域还是比较有成就的，但可能杨教授已经退休，没能教上我们，而他的学生姜小卫老师接过他的教鞭执教于我们。”

我，学者？还是个“有名的学者”？没教上的学生竟然觉得遗憾？高评了吧！我感谢他对我的关注和怀念。

2005年6月20日，《南方都市报》刊登记者侯宏斌先生的述评中说：“西北大学的杨昌龙教授是公认的萨特专家。而像何怀宏、罗新璋、郭宏安等知名学者，也无不与萨特研究有千丝万缕的关系。”

是的，我对萨特有研究，出版了两部专著：《论文学家萨特》和《萨特评传》，在众多同行专家学者中占有一席之地。但“公认的萨特专家”，虽只有一句，评价够高了。“萨特专家”，还是“公认的”，帽子似乎大了点，重了点。

一位学生回忆：“杨昌龙，教西方文学的，牛人一个，在法国教过书，上课绘声绘色。”

没错。我制作课件，追求图文并茂；我登台讲课，追求声情并茂。所以给学生留下了“绘声绘色”的印记，应当是符合实际的。但“牛人一个”，固然有本事大，很能干的赞美之意于其中，也似在微言大义里有自负自满、不太合群的非议包含在里面。我想，这个评价应该是二者兼有的吧。

袁秋乡，曾任《陕西日报》副刊编辑室主任，是西大中文系七七届毕业生。她在《我的1977》中说：“杨昌龙老师在讲契诃夫的短篇小说《变色龙》的时候，顺手在黑板上画了一只小小的变色龙，结果，所有同学的课堂笔记上都有了一条变色龙……岁月就是一位万能的画师，似乎不经意、又似乎格外细致入微，将每一位老师的风采雕刻在我们心里，鲜活生动，长青不老。”

是的，我从小就爱画画，高考报志愿时，还想投考西安美术学院呢。所以至今，我对绘画兴趣极浓。关于在课堂上画变色龙的事，我想起来了：那是改革开放初期,我给他们上外国文学史。当讲到契诃夫著名短篇小说《变色龙》时,因北方学生大多没见过这种热带小动物,所以在备课中,我专门找到变色龙的样子,反复学画,以至于闭上眼睛,都能准确画出它的轮廓。课堂上,当介绍了它的皮肤具有变色本能的时候,顺便提到我在刚果(布)任教时,曾养过一条变色龙的故事,便在黑板上随手画出一条变色龙的形象。我还记得,当场引起满教室同学们的惊奇和喜欢,这种反馈留给我的印象很深。因为当年七七届学生求知若渴的景象,常让我联想到欧洲文艺复兴时期那种追求知识的热潮,所以至今历历在目,令我记忆犹新。不过我没想到,时光流转,岁月更替,我这个小小的动作,竟能深深雕刻在莘莘学子们的心里,定格在历史上,成了记忆我的符号,让同学们久久不忘,也让我看到我今生从教的职业意义了!

杨继翰在文章《上大学》中说:他“上过杨昌龙老师的《萨特研究》,不过忘了那是我在本科还是在研究生时的事。当时萨特的存在主义确实风靡一时,他对人世偶然性、荒谬性的论说犹如禅宗的当头棒喝。我们打小接受的是历史决定论,认为一切发展都是有规律的,一个社会发展到另一个社会是必然的。乍听此说,醍醐灌顶。萨特和现代主义思潮后来受到了一些批判,时移境迁,不知现在的学生还对萨特有兴趣吗。杨老师发过一句感慨,他说去法国访学三年,在法国走路时不由得抬头挺胸,觉得自信有力,回到中国不由得塌下脊背,潜意识里还要夹紧尾巴。这话生动有趣,记忆至今。”

萨特研究,是我学术研究的靶心。无论本科生、研究生教学,我都将它渗透在课堂教学中。杨继翰同学至今记忆犹新,且有深入领会,我感到欣慰。

“冰山一角”在《回忆我的大学生活》中说:“教西方文学的杨昌龙老师,谈起法国女郎和巴黎时尚来,唾沫星子乱溅,好像他和法国女郎共过舞似的。”

显然,这是一种善意的调侃。“唾沫星子乱溅”!我看见自己讲课时的丑态了,而我却从来都不自知,今后讲话必须收敛才对。至于最后一句,应该稍加说明:其实,法国学生经常举办聚会,我也常应邀参加,因为这正是沟通师生感情、加强中法友谊的一种方式。在这种场合,与法国女学生共舞是司空见惯、习以为常的事。“与法国女郎共舞”,不是“好像”,而是“经常”。

王虎山的微博,以《回忆我曾有幸受教的西大名师们》为题回忆说:“杨教授是一位德高望重的知名学者,讲课具有极强的亲和力,听他的课,就如同是一种

精神大餐的享用。印象最深的是,听他的一次讲座,是杨教授在身体不适的情况下接受邀请并如约前来给同学们做讲座。那种认真负责的精神,使所有在座的同学都非常感动!"

是的。记得那一次,是同学们请我做个讲座,结束后大家提了许多关于学习、研究和生活等方面的问题,我都做了回答。那天我正患感冒,还有点发烧。虽然生理痛苦,但心里很满足。因为同学们挤满了大厅,认真听我讲述,努力记着笔记。我站在讲台上,只觉得他们一个个瞪着大大的眼睛,半张着合不拢的嘴唇,颇像一只只嗷嗷待哺的小鸟,要将我传达的知识和思考,如饥似渴地狼吞虎咽下去,这令我十分感动!故越讲越有精神。我在心里说:年轻的同学们,感谢你们!你们并不知道,你们热心求知的渴望,给了我多大的鼓舞和鞭策啊!

"布丁卡崩豆"等人在微博上说:**"和蔼可亲、专注敬业的杨老师,他的课件我现在还有保留,有机会还想再听他的课。"**NanNanC 说:**"真想再上一节杨老师的课,我清晰的记得西方文学杨老师给了我 91 分!"**

陕西省图书馆的微博公布了我的萨特讲座之后,有同学上网表示:**"这个讲座一定要去!05 年我们也有幸听过杨昌龙老师的《西方文学》,大家都不睡午觉,就去占座位!"**还有学生说:**"怎么不在西大讲?哪位仁兄去了给录个音啊!"**

我感谢同学们的深情厚谊!谢谢这些求知若渴的可爱的孩子们!想到当年上课的情景,同学们的影像,至今令我记忆犹新,仍然叫我热血沸腾!所以我说过:"同学们,在我闭眼离世的最后一缕情思之中,我还会说:我爱你们!"

西北大学现代学院 04 级同学在微博上说:**"杨昌龙老师在讲《一个人的遭遇》的时候讲得哭了,大家还记得不?他那学期要走,说去德国的时候,汉文 3、4 班,集体在横幅上签名,送给杨老师。还记得不?这些老师的课大家都是抢座位去听的!"**

的确,肖洛霍夫的《一个人的遭遇》,我已讲过很多次,每次讲到孩子凡尼亚弄假成真、流着眼泪、抱着主人公的脖子、用尖利的嗓音、高声哭喊"亲爸爸"时,我都被感动得热泪长流,常常讲不下去。

我也记得,一次,这两个班的同学们上课时,在教室的墙壁上,突然将写着"杨昌龙老师,我爱您!"的巨大红色横幅挂了出来,后面写满了全部学生自签的名字,着实令我大吃一惊!使我十分感动!这种深深的师生情谊,都重重地刻在我的灵魂里！亲爱的同学们，我爱你们！也时刻想念你们。我在此虔诚地祝福你们每一位，身体健康，事业有成，家庭幸福！

……

看完后，我感慨万端。过后却又纳闷：怎么大都是善意赞美和正面评价，连一句批评和不满都没有？不太真实吧。

为什么？对了，学生公开谈论老师，大多以感谢赞美为主，谁会说半个不字呢？同学们只看到我那阳光的一面。他们的真诚着实让我感动，我也在此深表谢意。

另一件事，也和“照镜子”有关联。

上网看凤凰新闻，忽然发现北京的“京东商城”，把我的两本书置于许多被推荐书籍的首位，拍成照片，制作成广告，挂在网上，不断滚动，高价推销，长达几近一年之久，至今(2015 年 10 月)还能看到。《论文学家萨特》售价高达 158 元(原价 19.8 元)，是原价的 8 倍；《艺术的人学》售价高达 208 元(原价 26 元)，也是原价的 8 倍。而且还附有“商品销售价格声明”，原文如下：

“我店里存在很多书籍销售价格远远高于书籍定价或原价(所谓原价即一般在书籍封底上印刷的价格，具体原价请见商品介绍！)，这些书为正版是肯定的，一般为年久个人珍藏品、没再版稀缺图书、绝版珍藏图书、作者签名或名人签名、或有单位推荐或馆藏签章，这些书进价和保存费用都特别高，不能用原书定价来衡量的，因此销售价格远远高于原价，请买家务必注意，同时恳请您多多考虑后综合衡量再进行购买！凡是买家下单付款之后，我们都会与买家电话再次说明和确认，认可后我们才会发货。对于付款后联系不上的买家，我们先进行发货，如对于货物不满意，可进行 7 天无理由退货。因为书籍数量巨大，不能一一对应说明，敬请谅解，下面为商品详情。”接着，将这两本书分“基本信息”“内容提要”“目录”等项一一介绍出来。

我奇怪，在广阔无垠的书海中，是谁，竟然看中了这两本书？我知道，这份广告的出现与我毫无关系，这两本书能否销售出去也与我毫无关系，即这件事和我既无人情求助关系，也无任何经济利益联系。当然，京东商城出于商业经营，如此操作，完全正常，无可厚非。再说，书籍具有潜在价值，阅读效果也常超越作者预测。说句老实话，作为作者，我倒应该感谢它主动无偿代我推销我撰写的书籍呢！

值得一提的是，此事引起了我对另一个问题的遐想：即，一个"人"的价值究竟几何？他的"原价"和他的"售价"是一回事吗？以我为例，就真实价值而言，是我的"原价"高于"售价"，还是我的"售价"高于"原价"呢？也就是说：同一个我，被推上市场，便产生了两个我：一个是货真价实的我，一个是虚高标价的我，两个价值差距如此巨大，对我来说，是好事还是坏事？

分明不是好事。我在受宠之余，稍感不安，为什么？它让我脸红！

这不和照镜子一样吗？原价相当于真实的我，高价相当于美化了的我。把我美化后张扬示人，只能让我感到惭愧。说句实话，我真有"声闻过情，君子耻之"之感！

经冷静思考之后，我扪心自问：那许多用闪耀着光彩、颂扬你的溢美之词、描绘出来的"我"，是真实的你吗？不，绝对不是。我告诫自己：那是美化了的你！是虚幻了的你！是拔高了的你！"他"离真实的我，相去甚远。我这才清醒地意识到：这种镜子照出的自己，千万不可当真！其实，人在动态中，永远照不出一个恒定真实的你来，你可能面对的总是一面哈哈镜。为什么？因为有高评你的、也会有低估你的；有亲近你的、也会有疏远你的；有热爱你的、也会有冷淡你的；有同情你的、也会有敌视你的；有羡慕你的、也会有嫉妒你的；有欣赏你的、也会有反感你的。既然在生活实践中，任何人都不可能四面光鲜、八方玲珑，达到完美无缺、人人满意的效果，那么，客观地讲，爱你、恨你，服你、讽你，疼你、咒你，赞你、骂你的人都会有。你就永远不能知道，别人嘴里的你，会有多少个不同版本！哪个人前无人说？哪个人后不说人？这样一想，才深知下面这三句话十二个字，总结得很有道理：

"处誉不喜！处毁不怒！处变不惊！"

46.《老鼠过年》（童话故事）

（2015.3.1.写于海南省海口市·南国威尼斯城米兰园）

除夕夜，“南国·威尼斯城”(以下简称“南国”)，一所联排豪宅旁的鼠窝里。

母鼠猛推了一把公鼠，没好气地吼道：“要过年了，大儿子饿得吱吱叫，小女儿哭着要饭吃，我也两天没吃东西了，你还有闲心睡大觉？今晚必须找到食儿，否则，咱全家都得饿死在年这边!”

公鼠刚刚睡醒，也饥肠辘辘，揉着眼睛，有气无力地说：“我比你更焦心。我昨晚潜入西单元1号，垃圾袋里什么都没有，别说鸡头、鸡屁股、猪骨头、猪下水，连腐烂的菜叶子、黄瓜把、萝卜头也没有。我把整个厨房翻遍了，仍然空空荡荡。难道他们喝风屙屁，不过年了？我真不知道他们都吃什么！是不是他们太穷了?”

母鼠眼一瞪，嘴一撇：“你懂个啥？穷？穷人能买得起南国别墅？那叫坚壁清野！把所有食物都藏起来，是专为对付和封杀我们的！吃什么？今晚年夜饭，他们肯定会灯红酒绿、大鱼大肉地大吃大喝，却挖空心思、存心要整死我们！人呀，真坏！前天晚上，我也去过西单元1号，垃圾袋里还有肉骨头、鸡爪子、霉馍片、苹果皮，但把袋口扎得死紧。我刨啊，抓啊，就是掏不出来，吃不到。我急了，狠狠咬破塑料袋，把骨头鸡爪大啃一通，把苹果皮吃掉，把霉馍片拖回来喂孩子。躺在家里，我越想越火，为了撒气，便又二进宫，把他家其他垃圾，像空罐头盒呀、破塑料袋呀、我啃过的碎骨头渣呀等等那些破玩意儿，故意撒得到处都是，还咬断了一条正给手机充电的电线，差点没电死我。哼！你们想把我饿死，我也不让你们好活!”

公鼠恍然大悟，吃惊地大叫：“啊！我全明白了，原来是你惹的祸呀！你以为那叫聪明？真蠢！你不想想：第二天早起，主人一见，肯定大为愤怒，不是更恨咱们了吗？难怪他们要坚壁清野，一心要把我们困死饿死！你知道南国业主们，是怎么议论我们的吗？他们说：‘防鼠如防贼’！指咱们偷吃各种食物；‘防鼠如防疫’！指咱们乱爬乱串传播疾病；‘防鼠如防匪’！指咱们常咬破衣物、钞票和证件，也包括你咬断电线、电褥子等。他们早把我们当盗贼、当瘟疫、当匪徒一样地严加防范，而且恨之入骨了！你这种撒野使泼的行为，只能给他们的恨鼠理由增加一个证据！只能给他们的仇鼠情绪火上浇油！只能使他们的灭鼠意志更加坚定！你呀，只图一时解恨，逞一时痛快，却破坏了我们的生存大环境！咱往后的日子会更加难过，我们的处境将更加危险，你知道不！”

母鼠大为生气，瞪大两眼叫道：“你朝我发什么火！我们为了生存，在死亡线上挣扎，倒成了罪过？他们吃饱喝足、却往死里整我们，反倒理直气壮了？什么世道？还‘生存大环境’呢！别提你那些‘南国业主’了！他们绝大部分都是北方人，尤其是东北人，三亚早都变成黑龙江省的三亚市了，海南省也即将变成东北人的海南省了！他们打死、压死、毒死了我们多少兄弟姐妹和亲朋好友啊？你记住，咱们祖籍是海南，你长点咱海南的志气好不好？典型儿的软骨头！我虽属鼠辈，可我是海南鼠，我也爱海南人！为什么？海南人好！对咱网开一面！你不睁眼看看，海南所有的新建楼房，都为咱入家串户、偷吃偷喝、留足了一条宽畅大道？还命名为‘入户花园’。啧！啧！你听听，雅名起得真棒！好一个‘花园’，多美呀！不正暗含着欢迎咱们入户求生的意思吗？南国的物业管理也三令五申，严禁装修时私自改变，一律不许封死，我们这才能够畅行无阻，没被封杀！就只看在为咱留了这条活路的份上，就凭有情有义这一条，咱也要感恩戴德，知恩当报，能不诚恳感谢海南人吗？”

公鼠不屑地一笑，大声道：“说你蠢，你真蠢，还越说越蠢！听我解释吧：海南空气潮湿，衣物容易发霉，你知道不？霉菌是致癌物，是人类最害怕的细菌，防潮成了在此安居的第一要素。入户花园这种独特设计，完全是为了住户渴望通风的需要，哪里是为咱鼠辈留路！建筑商能有那么好的心肠？单替咱鼠类着想？要我说呀，海南人、外地人，都一毬样，一样地恨我们！但是，说句良心话，相比较而言，我倒对外地人更有好感！你比比看：过去，改革开放前，海南人多穷，我们的祖辈，只能吃绿树叶、花骨朵和熟透烂掉的落地水果，谁闻见过肉香？谁尝到过海鲜？再看看现在，北京的官员、江浙的富商，还有山西的煤老板、演艺圈里的大腕儿，个个富得流油，钱包鼓鼓囊囊，都争着把大把大把的钞票撒向海南，躲雾霾，避严寒，住豪宅，享富贵，赏海景，花天酒地，吃香喝辣，所以才有了我们今天的福祉。他们的垃圾袋啊，丰盛无比！鸡鸭鱼肉，蛋奶海鲜，吃剩的很多，样样都有，咱们的日子才能天天像过年一般！我只举一个例子。东单元 1 号，是家温州富商，去年来南国过年，我躲在阳台外侧的角落里偷看：他为宴请一位北京大官儿，除了其他美味之外，特意买了一条著名的苏眉鱼！苏眉鱼，你没听说过吧？更没见过吧？二斤多重，每斤 1980 元！价格吓死你！处理完后，发现没有足够大的蒸锅清蒸它，就开车去海口厨具店专门买回来一口锅。蒸好后，又发现没有足够大的餐盘放置它，便又开车去瓷器店，买了一个景德镇造的专门上鱼的瓷花盘。光为了这条鱼，就花了四千多块，你看他富不富！那个除夕夜啊，我可撞大运了！你还记得不？看着我拖回来的那条苏眉鱼的宽鱼头、长鱼尾和大骨头架子，就馋得你直流口水，满足了咱全家饱餐一顿！因此，去年年三十晚上，咱们一家老小，不也享了少有的一次口福，摆了一桌年年有鱼(余)的豪华宴吗？”

但是母鼠并不服气，偏要显示自己更加见多识广。于是瞪着蔑视的眼神，撇着不满的嘴角，以更大的声音，非要争个你输我赢：

“那算什么！说到去年春节，我经常光顾的东单元 2 号，肯定是个更大的官儿！他家只吃最贵的水果，如释迦，你知道释迦、见过释迦不？反正我从没听说过，据说 60 多元一斤，多吓人！他们连菠萝蜜都不稀罕。谁要送来香蕉、橘子、苹果之类，他家孩子就生气，说那叫骂人，是瞧不起他们！芒果中，他们也只吃澳芒。你只知道文盲、色盲、科盲、医盲，你可知道什么叫澳芒？不懂了吧？澳芒，海南产不了，广州产不了，台湾也产不了，那是专机从澳大利亚进口的特种芒果！每斤 25 元，吓死你！三亚房地产商为了巴结他，特意派专车送来各种精选的肉菜果蔬，其中就有澳芒两大箱，每箱只装六个，每个都很大，足有二斤重！谁料，由于各路富商高官，送来的高级水果太多，吃不及，便将澳芒堆在墙角，竟忘记开箱，加上气候又热又湿，两周过后，等打开一看，全坏了！臭不可闻，连咱家孩子都不愿尝鲜，多可惜啊！可人家呢？一扔了事！无所谓，白来的嘛！”

“可是话说回来,”母鼠显然消了气,降低了声调:“我们虽没吃上澳芒,但他家扔出来的垃圾袋里,光是那些吃不完、长了毛的腊牛肉、炒猪肝、蜜饯甜盘子,不是也让我们过了个丰盛的元宵佳节吗?”

公鼠赞同地点点头。

母鼠的情绪完全平稳了下来,温柔了许多,但口气依然铿锵有力:“仔细想想吧,你也说得对:咱应当感谢谁呢?不要分什么海南人、外地人了,凡是穷人都不值得谢!倒应该感谢土豪、富翁、暴发户,感谢有钱人和有权人,感谢他们的奢侈浪费,称霸一方!感谢他们的灯红酒绿,纸醉金迷!感谢他们的权钱交易,互相勾结!因为有了他们的酒足饭饱,大手大脚,才能扩大我们的生存空间。他们的山吃海喝,酒池肉林,就是我们能存活下去的生命线啊!这才是我们求之不得的、人鼠和谐的大环境呢!你仔细想想,是不是这个理儿?还要感谢的是,在他们带动下,整个社会风气的挥霍攀比、虚荣享乐、醉生梦死和铺张浪费,对吧?”

公鼠把母鼠一抱,狠狠亲了一口,竖起大拇指,激动地夸奖道:“没错!你的觉悟提高得真快,佩服!我得刮目相看,要倒过来好好向你学习了!”

但公鼠一看饿得吱吱叫的孩子们,便脑袋耷拉下来,眼神阴郁,低声悲叹道:

“可是,今年大不相同了!大饭店不断倒闭,豪华宴大量取消,各种高档消费迅速萎缩,普通百姓的餐桌上,也时兴‘光盘行动’,连各级官员家的年夜饭也大大降格、注意节约了。这样下去,叫我们可怎么活呀!奇怪,从去年到今年,变化真大,快得就像闪电!人间究竟发生了什么事?”

“什么事?我听那个高官,悄悄告诉身边知己和亲朋好友,说目前‘反腐’风声正紧。我猜想:‘反腐’?说的是防止食物腐烂?提倡健康食品吧?还说一个名叫‘中纪委’的人,专门利用春节,下来明察暗访,不,是微服私访!他害怕极了,特意压低声音,神秘兮兮地警告哥们弟兄:千万不要张扬显摆!不要请客送礼!更不要明目张胆、举办豪宴!只宜窝在家里避风头,还郑重告诫:小心撞枪!”母鼠一脸严肃地问,“哎,我问你,啥叫‘撞枪’?”

“我也不懂,是枪毙的意思吧?管它呢!人间官场那些风云变幻、是是非非,真像个万花筒,咱们小小鼠族,咋能弄清?不管它!”

“是的。”母鼠表示赞同,并抖擞精神,摩拳擦掌,“闲事少管,民以食为天!今晚是除夕,咱总不能等着饿死,还得过个穷年呀!好了,不穷聊了,肚子已经饿到极限了,赶紧出发！你领着大儿子,再钻进西单元,挨户偷窃;我呢？带着小女儿,再窜到东单元,逐家打劫。”

公鼠一挺腰杆:“走!”

47.《给〈笔墨春秋〉画个句号》

（2015.8.3.写于德国普尔海姆）

2014年春节，当《笔墨春秋——我的文字生涯大盘点》印制成书的时候，我意识到，它为我的职业人生画上了句号，所以我对它很重视。为给家族子侄们做个交代，我专门写了一篇《临潼寿庆纪实》，重点表述了我编辑印制它的动机与思考。

但是关于这本书，亲朋好友读后，大量反馈涌来，反响之热烈，却是我始料未及的。现在潮水渐渐退去，喧哗静寂下来，需要将它们集中归纳如下，也算作给《笔墨春秋》画个句号。

西大教学督导组组长赵弘毅先生，一生求真务实，人格正派，让我心服。他政策水平高，长期从事高教研究，发表了不少学术论文，可谓成绩斐然，也深得大家敬佩。我曾在他的领导下共事督导，深感其认真负责、无限忠于高教事业的精神，更加令我折服。他读过《笔墨春秋》后打电话说：**“你的书共有522个页码，长达53万字，厚度一寸余，净重一公斤，虽未公开出版，但文字精练，深入浅出，内容充实，优质上乘，比许多公开出版书籍还有分量，实属同类著作中的佼佼者，真可谓货真价实的‘厚重之作’。”**有他的肯定，我甚感欣慰。

刘彦田先生是我的亲友，也是我的兄长，曾长期任职于西安市人大，在处长位置上尽职尽责。他政策性强，很有头脑，文字功力老到，是文案工作上的一把好手，也曾热情关心和多次催问过该书的印制时间。读过《笔墨春秋》后，于2013年12月，给我打电话表示祝贺。最后说：**“我对其中的《祝寿辞》一文，感受尤为深刻，我给你八个字的评价‘真情实感，真才实学’。写得的确不错！”**我也感谢他的赏识。

上海大学的董乃斌教授，曾任中国社科院中国文学研究所研究员、副所长，在中国古典文学方面有丰硕的研究成果。夫人程蔷教授在民俗学，尤其在电视剧创作上，成果更为突出，早已声名远播。他们夫妇也曾是我和老伴在西大工作过的同事和好友，特别在做人做事方面深得我们欣赏。他们于 2014 年 4 月 26 日来信说："昌龙的《笔墨春秋》已收到，见书如见人，十分亲切，十分感动，十分佩服。看了一些文章、诗歌，特别是照片，正如凤霞电话中所说，像是看到了你们几十年来的生活，看到了你们的艰辛，也看到了你们的幸福！这真是给我们的最好礼物，也是给家人、给孩子们的最好礼物，将来则是最好的、永远不会忘却的纪念。昌龙的书法很见功力，篆字尤佳！两幅画很有章法，原来昌龙还有这一手，高中毕业还曾想报考美院，至于法国文学、萨特什么的，就更不用说了。"老朋友的感情，既亲切又真挚，也颇令我感动。

朋友杨桂英女士，曾任某中学校长，善良正派，喜欢写作，多次询问该书的出版时间，希望早日一睹为快。她读后，于 2014 年 4 月 19 日，洋洋洒洒，寄来长达五页的信，词恳意切地说："读完杨教授的《笔墨春秋》，我犹如痛饮一杯陈酿甘醇，如醉如痴。第一感觉，这绝不是普通人的一般作品，而是资深教授用'心'用'血'凝成的结晶，是心底蕴蓄已久的炙热情感之爆发，灵性火花之展现，半生文化之积淀，实属偶然之中之必然。充分体现了学养丰沛的文化氛围和文人风采。真是情动于中而形于外，笔触情深，情溢词间。这是一本读书做人的教科书，是动人心弦的言情诗文！"她热情洋溢的超常赞赏，让我惭愧，也使我难忘。

姜小卫曾经是我的硕士研究生，西大毕业后，先在北京师从刘象愚教授读博，后到上海在郑克鲁教授门下做博士后，现在任职于四川外国语大学中文系。他已是高校教授，研究西方文化的学界名士。2014 年 1 月 1—3 日，他用手机多次发来短信，对我寄去的《笔墨春秋》表示感谢。说："杨老师的书，昨天已经先睹为快，拜读过了；回家后又和利娉（他的爱人）翻开照片品味，深感这是最愉悦的甜蜜时光。我看到杨老师非常纯洁可爱的一面：一个治学严谨的学者那宽厚仁慈、可爱纯真的一面。给我最大的启迪是：一个人如何在错综杂乱的社会语境中，秉持自己内心的话语权，坚守自己所追求的人生幸福和学术事业。我最受感动的是：杨老师在外'社教'期间，井老师寄给他的糖果、邮票、信封等物品以及杨老师的感悟，写得情趣盎然，非常感人。此外，讲座资料、访谈内容，对我都非常有用。我觉得，一直持有一颗赤子之心，抱有一种罕见的童真对待生活的人，也一定是幸福的。祝福你们永远快乐健康！”他的热评言辞，自有一层浓浓的情意和厚厚的感恩在其中。作为老师，我知足了！

诸葛教授曾是南方某高校的外国文学同仁，我终生的朋友。他头脑聪明，思维活跃，学术上常有独到见解。他虽只比我大两岁，却比我走上专业道路早得多，也曾对初入道的我帮助很大。为了向他表示敬意和感谢，我在旅游路过时，送他一本《笔墨春秋》请他笑读。但因他出差未见，便交给嫂夫人段女士，请她代为转交和问候。谁知嫂夫人读后竟激动地发短信给我说："你那篇给井凤霞的《祝寿辞》写得真好！我是流着眼泪读完的，而且反反复复读了好几遍！"

井凤霞是我的妻子，《祝寿辞》是我《笔墨春秋》第八编《情路心歌》中的总结篇。我心中明白：诸葛兄和嫂夫人的夫妻关系中，曾有一段时间相处不太融洽，据传到了要分手的地步。但为了孩子和家庭，他们终于度过了艰难时段，直到晚年退休以后，两人才淡化了不快，恢复了平静生活。现在嫂夫人读了我的这篇文字，引发了她的难言之隐和满腔委屈是可以理解的。但我觉得，她并未读懂《祝寿辞》。该文主旨全在于用摆事实说明井凤霞是个好妻子，并非赞美我是个好丈夫。于是我赶紧抱歉地回信说："您误读了！我送书的目的，全是为感谢好友诸葛兄的，不料却勾起了您的心病，撞痛了你已愈合的旧伤疤，真对不起！"。我衷心祝愿诸葛兄夫妇，前嫌尽释，安度晚年！

书赠一批西安的老同学，当然也不可缺少。去年正月，我借春节聚会之机会，送给每位一本《笔墨春秋》，陈兄绪万就在其中。他曾任陕西教育出版社总编，是三秦出版界名人。他读后感慨良多，兴致勃发，便欣然命笔，于 2014 年 4 月，专门著文《从改书名说起——致杨昌龙先生的一封信》，发表于《书海》2014 年第 3 期。发表后他才告知我，并寄给我三本《书海》。同时他又打电话说：他的朋友圈中还有三人，读罢此文，颇感兴趣，向他索求《笔墨春秋》。我老伴接到电话，立即笑答："老杨谢谢您的高评文章。有书最怕没人读！谁想要，我们都高兴赠送。"我也便如数给他三本，请他代为转送那三位我不认识的朋友，并顺表谢意。另有老同学，商洛县的陈步蝉先生，也在读过他的推荐文章之后，向我电话索取拙作《笔墨春秋》，我也及时寄他一本。

绪万兄和我老伴都曾是陕西出版界同行，早已十分熟悉；我和他呢？从大学同窗至今，互知根底，也互为知己，其友谊之深厚，至今长达五十余载。半个世纪以来，在出书方面，他给我帮助不少，正如他的文中所讲，让人永难忘怀。他的文风，朴实自然，妙手天成，信手拈来，趣味横生；对于我和我的《笔墨春秋》，侃侃而谈，透漏出情深意切；又是行家点评，字字珠玑，如行云流水，读来朗然，使我颇有通心之感。因此，在我所选择的文字里，他也是所有朋友反馈中所占篇幅最长的一位。以下摘录部分，都是他的原文：

昌龙大兄：

近来好吧！

当我接到兄的装帧精美、内容厚重的《笔墨春秋》时，有诸多感想。首先想到的是二十世纪90年代的一次接触。那时陕西人民出版社决定出版兄的大著《巴尔扎克创作论》，怕印数上不去，该社让你找我，商量一下选题的名字。

记得是个晚上，兄到家来了。当我知道来意时，惊愕不已，《巴尔扎克创作论》是一部多么厚重的专著啊！书名又是如此的科学、经典、准确、贴切，怎么能随便改动呢！况这部专著来之不易，可以说，是兄用血和汗浇铸成的。不是么，人们一提起巴尔扎克，就会想到他700余万字、史诗般的百科全书《人间喜剧》。那是怎样一座令人望而生畏的大山啊！国内能翻越过的没有几个，而兄则是其中的一位。书名倘若真的要改，只能是化神奇为腐朽、点金成铁了。

这也难怪，当时滚滚商潮席卷全国，出版社自负盈亏，除讲社会效益外，十分注重经济效益，而书的印数决定着经济效益的好坏。印数能否上去？又完全看各地新华书店了，说的再具体点，是看那些扎着小辫儿的营业员了。但人们在那知识匮乏的年代，别说国外的巴尔扎克了，就是国内常见的古典名著作者，见了也是白瞪眼。为此，编辑们大动脑筋。曾记否？好好的《诗经》不叫《诗经》却被改为《先民的歌唱》；《资治通鉴》被改为《皇帝的镜子》；《论语》被改为《中国人的圣书》。……这些算是改得好的，还有许多书名牛头不对马嘴，读者掏钱购书，一册在手，哭笑不得。灾梨祸枣，害人不浅。悲夫！我曾为教育出版社当时改过不少书名，经济效益是上去了，但留下的却是悔恨和自责。惭愧啊！直到今天，还背着个“选题大王”的恶谥呢。

那夜，西窗剪烛，绞尽脑汁，最终还是保留了《巴尔扎克创作论》的书名。为了印数，不得不在原书名的上边，横加了副题，曰‘文坛上的拿破仑’。当时想的是，拿破仑虽一介武夫，但名垂宇宙，用的正是他那吓人的名分。不过同时也想，巴尔扎克对拿破仑是颇为崇拜的，他曾说过：‘拿破仑的剑锋未能完成的功业，我将以笔锋完成。’而拿破仑呢？亦很爱文化人，他在向埃及进军途中发令道：‘让驴子和学者走在中间。’学者当然是文化人了。基于对这些资料的认识，就东拉西扯，不伦不类地把他们拢在一起了。现在看来，真是开了个不大不小的玩笑。因之，当此书再版时，请将副题拉掉吧！

兄的《笔墨春秋》，出得厚实、大气。16开开本，用纸亦甚讲究。打开目录，嗬！分门别类，林林总总地排了下去，足足占了六个码子。什么叫沉甸甸，《笔墨春秋》是也。它虽系选著，在文学领域，却是能多方面地体现兄的学识才力。

这多年来，兄勤奋笔耕，手不停挥，像蚂蚁贪婪地堆着货栈。请看，除《巴尔扎克创作论》外，见到的专著还有《论萨特》、《萨特评传》、《西方文学史纲》、《艺术的人学》等等。而兄的《笔墨春秋》，只是选了其中的一部分。自然，独到而厚重的学术专著，和众多名家的评说，是该著中最有分量、最有价值的部分了。此部分中的学术节选，已有名家评说，恕不蛇足。

巴尔扎克、萨特……诸座大山都一一地越了过去，而后边的其他几个部分，诚如远近横着的山丘，对兄来说，不过是小试健步而已。

首先看到的是‘教研、思考’部分，老实说，这部分我不大喜欢，总以为是总结性文字，正襟危坐，罗汉面孔。然而不然，随便翻翻，却是别有洞天。兄在这部分许多章节里，多以流畅优美的语言，采用说故事的方式，举重若轻地向同学们传授了知识。

譬如，兄讲‘人的本质’，令我感到人仿佛是台机器，构成人本质的劳动、刚毅、思考，又好像是机器的各个部件，兄用名著中很多经典性的故事，让学生透彻地认识了各个部件。既认识了各个部件，而安装和认识整台机器，将不是什么问题了。前者的认识可谓分析，后者的认识可谓综合，从分析到综合的全过程，兄没有一句枯燥的、概念化的东西，更谈不上什么贴标签了。

这是多么高妙的课堂教学啊！难怪兄的课，堂堂座无虚席，吸引不同专业的同学来听，甚至窗口、门口挤满了人头。听兄的课实在是一种享受。

‘随想、杂感’部分，兄信笔挥洒，巧妙勾连，虽嬉笑诙谐，亦不失一贯的缜密严谨风格。篇篇美文，是那么地诱人，重山叠嶂，赏玩不尽。然而，‘窗外一枝斜更好’，我最看重、最感兴趣的是兄大学时期在《西安晚报》上发表的诸篇小文。也许是怀旧吧，我对这些小文特别偏爱。它稚嫩，透着雨后的清新；它单纯，似晨间滚动的荷露；它短小，远胜过花前月下臭而长的无病呻吟。在那‘左’的年代出手的文章，多半散发着‘左’的气息，而兄之文，一点也闻不到。我突发奇想，将那些小文今天拿出来发表，会照样刊用。特别是在这脚步匆忙的年代，由于它的短小，定然会得到读者的首选。

还有些篇什是否漏掉了？记得有篇励志小文，是批驳只有战争年代才能造就英雄的错误观点。兄以雷锋等为例，建立相反论断，说和平年代照样可以出英雄。那是一篇不错的文章，怎么没有见收进来呢？

我对这些小文如此地看重，是它令我捡起回忆的碎片，依稀看到五十年前‘恰同学少年’的个个面孔。就说兄吧，高高个儿，衣着朴素，面见菜色，人很清瘦，虽是党员，用当地话说，一点也不‘涨’（音 zhánɡ）。学术讨论会上，绝不夸夸其谈，锋芒毕露；而是从容自如，娓娓道来，像一条淙淙流淌的小溪，时时闪耀着无法遮掩的聪慧。言为心声，文如其人。当今，兄身居高校，桃李成荫，视为令人尊敬的学者。但兄还是老样，人淡似菊，品格清淳。兄曾讲学国外，欧、非上空飞来飞去，锦簇世界见得多了，却依然固我，平易如初，同学中口碑甚好。

‘小说创作’部分，我选择地看了些，但雪泥鸿爪，可窥全豹。小说文笔朴素而丰赡，人物对话，多有理性，一看即知是学者型小说。《公交车上》写得十分精彩，特别是梅、方之斗，眼熟，典型，春秋笔法，字字皆是。梅美何许人也，不得而知；方杰大概是指马天祥老师吧，他确属“无名有实”型学者，在职称问题上，太冤了。但又有什么办法呢？只好徒唤奈何！小说里的《古汉语词词典》亦是指马著《古汉语通假字字典》吧。我这样对号入座，是否有‘索引派’之嫌？不过好的小说，总是反映现实的，而现实的本来面貌，就是如此呀。

‘有的人活着，他已经死了；有的人死了，他还活着’。整人的人活着有什么意思呢？而被冤死的人，人们却深深地怀念着。方虽魂归道山，但其道德文章还活在人们心里。往事已矣，作为学生，只能为方合十超度了。

从‘情路心歌’部分，可见兄、嫂在这条路上遍尝的酸甜苦辣。道是：有初婚如赵明诚、李清照归堂共读的欢乐；有婚后不久两地分居的无奈叹息；有人到中年难以应对的生活重压；有工作变来易去不好适应的诸多苦衷；有常驻国外的孤独、寂寞和随之而来的乡愁。……对这些欢愉少苦涩多的种种困窘、惆怅，兄行之于笔墨，诉诸诗词，一字一珠，字字珠玑；一句一情，句句情溢，诚如吾辈先师傅庚生先生评词所云：令人微醺了！为了不受平仄韵脚和字数的束缚，兄没有跟着‘词牌’走，篇幅大小不拘，字句长短不限，我行我素，但首首却珠圆玉润，读来朗然，古味十足。

篇末为嫂夫人七十大寿的《祝寿辞》，可谓是‘情路’的生活实录，亦是‘心歌’的注脚。在此坎坎坷坷的人生道上，寒来暑往的时光里，你们爱过、恨过，甜过、苦过，吵过、好过，然而更多的却是嫂夫人对兄的支持、呵护、心疼、体贴、安慰、在乎、责任、担当、欣赏、期盼。兄在祝辞中如泣如诉地回忆着她对兄的好处，她为两个女儿和你，‘衣带渐宽终不悔，为伊消得人憔悴’。其中有些细节颇为感人，令人心酸，催人泪下。亦可看出，兄绝非铁石心肠。祝辞中屡有许愿、诺言，要给她补心，‘共度幸福晚年！’当看到书后帧帧兄嫂游欧照片时，兄‘报之以李’的行动，让人欣慰。

再说《笔墨春秋》上的数十幅照片吧。最能吸引我眼球的却是兄所画的两幅写实图画。一曰《柏林市政厅》，一曰《雾桥》。

《柏林市政厅》，通体铁锈红，故又名《柏林红色市政厅》。其周遭堂庑，参差错落，加上围墙，整个政厅紧凑、集中。庭中拔地而起者，钟楼也。它鹤立鸡群，充分体现着德人强烈的时间观念。除此之外，政厅大门洞开，没有卫士，没有人影，死一般地沉寂。于是乎，森严、肃穆、职守、自律、认真诸感觉，油然而生。这些画外之音，不正是德人一贯追寻的精神么？此画构图简洁，明晰，颇有思想价值。

《雾桥》，是一帧极细致的工笔画。桥头两侧之灯、珠栏，历历在目。向前伸进的桥身和栅栏，与茫茫白雾几为一体。然而中间高耸的桥顶、桥身、栅栏,包括向那端桥头伸延的全部,都是细密的蚊睫蚁足状,或隐或现,毫芒可辨,此真神斧鬼工,不可思议。如果说《柏林市政厅》是首政治诗,那么,《雾桥》则是一首朦胧诗了。它们风格大异,但皆神品也。

兄现居西大桃园新村,那儿内外环境优雅,草木葱茏,奇花异石,蜂嗡鸟鸣,颇似花园。夕照中,晨霭里,兄、嫂无忧无虑,相携相扶,或徜徉景色,或喁喁心声,惬意、幸福,天长地久。”

以上老友的词恳意切,我将永记心中。

2014年6月29日,一位我从未谋面的任文先生,在他的《书事日记(73)》中,以“又是暑夏酷热天,河岸菖蒲俯仰间”为题,记录了他得到《笔墨春秋》的经过。

“早起,在酒店吃过早餐,坐车去长安曲江办事。办事期间,印刷厂王经理知我爱读书,随手将办公桌上的《笔墨春秋》一书送我,杨昌龙著,自费印刷,无书号。这是作者的一部作品选集,分“学术著作”“学界评说”“教研思考”“随想杂感”“涉外诗文”“独立讲座”“小说作品”“情路心歌”等八部分,附录两篇“采访记”和一篇“发表文字总目录”。书前后插页彩照20多页,520多个页码。装帧精美,内容厚重,16开本,用纸亦甚讲究。作者杨昌龙退休前系西北大学教授,曾任西北大学中文系主任、文学艺术传播学院院长等职,出版《西方文学史纲》、《巴尔扎克创作论》、《萨特评传》、《论文学家萨特》、《艺术的人学》等著作五本。有趣的是得到这本书之前,我已在刚收到的《书海》杂志上读到陈绪万的书评文章《从改书名说起——致杨昌龙的一封信》,推介杨昌龙的新著《笔墨春秋》,在长安喜得此书,又是一段该记的书缘。”

我也感谢他的关注。

此外,还有中国社科院外国文学研究所研究员、中国法国文学研究会会长吴岳添教授、东北师范大学刘建军教授、杭州师范学院蒋承勇教授、衡阳师范学院蒋芳教授等,分别打来电话,也对该书表示了肯定和祝贺。

以上文章、书信和电话，都对《笔墨春秋》表达了真心实意的赞许，都对作者我传达了情笃意深的感情，我也在此深表谢意。

但是，经冷静思考之后，我懂得了：上述这些知交好友，都只是饱含美好情意、对我的诚挚鼓励而已！然而，对于其中许许多多溢美过誉之词，我绝不敢欣欣然予以默认，飘飘然予以心领。我清醒地知道，并非我的文字已达到了如此完美的高度，具有了这般值得赞誉的价值。但我在此，仍愿捧出一片虔诚之心，对诸位亲朋好友，再次郑重地深致谢忱！

48.《弱者的一天》

（2015.10.11.写于西北大学桃园校区）

一大早，我和老伴去买菜。西北工业大学东门外的农贸市场上，人头攒动，熙熙攘攘，购销两旺，好不热闹。

忽然碰见一生坎坷、94岁高龄的王老先生。他妻子早在十多年前已经去世，他孤苦伶仃，一个人生活，只有儿子经常回家看看。他虽然满脸瘢痕，步履蹒跚，走道颤颤巍巍，但瘦削的脸颊上眼光明亮，稀疏的白头发仍显风采。我想，一个高寿老人，还能上街给自己买菜，真不简单！我心怀敬仰，握着他的手，敬佩地说："你老还这么硬朗，气色不减当年，太好了！"

不料，他用力一握我的手，却像犯了重大错误在做诚挚检讨一般，摇着头，盯着我和我老伴，悲哀而简短地说：

"我不好，我不好，我早把我老伴弄丢了！"

他怀念贤妻之情，至今时刻不忘，实实令人感动！

刚一转身，又在人群中遇见年近90、曾任校财务处长的王老先生。过去，他身材高大，精神矍铄，嘴角挂着微笑，总是开朗乐观、神采飞扬，认真工作了一辈子。如今也满头白发，身体消瘦，一脸老人斑，早已失去昔日健朗的体态，弯腰曲背，尽显老态龙钟了。我拉拉他的手，问候道：

"不错嘛，您仍腿脚利索，行走正常。也来买菜？"

"是啊，能出来走走路、买买菜，就算好啊。倘走不了路、买不了菜，就是快要熬到头了！"接着惨然一笑，压低声音，俯在我的耳边说，"我也快了，快了！"

我知道：他是说自己也快要离开这个世界了！

我立即安慰并鼓励他："不会，不会！想开点，就没事！"

回到住宅区，已是上午11点了，布告栏前围了一堆人。我挤到里头一看，讣告！原来是西北大学出版社的王祚同志，年仅71岁，比我还小五岁，因患糖尿病并发症去世了！

啊，我惊叹！他是出版社的美术编辑，一生为无数学者设计著作封面，把满意送给作者，把美感献给读者，却把疾病留给了自己！我五本专著中的三本封面，都是他亲手设计、精心绘制的。所以，我在心里默默悼念：

王祚老弟啊，愿您一路走好！

快到楼门口，我忽然看见曾任西北史研究室研究员的刘伯鉴老先生，已经85岁高龄。只因年老体弱，腿脚失灵，行走不便。近几年来，他只能颤颤巍巍，微步快挪，摸索般地向前移动。每次外出，总有老伴搀扶陪同。而今天，我远远望见，却是孤零零一个，无人陪伴。当走到楼门口时，他面对低低的门槛，害怕绊倒，身子摇了几摇，闪了几闪，几经晃动身躯，仍然没敢迈过去。经最后努力，鼓足了勇气，这才猛然抬腿，终于跨了出来。

他慢慢走到我跟前，一看见我，刚刚站稳，眼泪便流了下来，发出弱弱的声音，颤抖地说："我老伴走了，前天刚走了，这次走远了，她再也回不来了！"

他那悲伤又可怜的样子，十分凄惨，使我心酸，也让我吃惊。因为他老伴是医生，比他年轻9岁。我每次见她都很精神，向我们打招呼时，满脸乐呵，状态很正常啊，怎么会不见征兆，一下子就没了呢？

刘老先生说："她得的是癌症，她和孩子们都瞒着我。我只知道她心脏不好，从没往坏处想。可她心里明白，自己得的是不治之症！从半年前就默默做死后的准备了。我这个人啊，从年轻时起，只会整天趴书桌，翻资料，写文章，吃喝穿戴都不懂、油盐酱醋全不管。她知道我料理生活的能力极差，没了她我活不下去。她放心不下我，把我的衣服鞋袜、食品药品、日常用具等等，都早已清点整理好，还做了清单目录，写明什么东西放在什么地方？怎么使用？以便于我日后寻找。她一心想着，在她身后，怎样才能让我不慌不乱，能正常生活，能多活几天……"

他说不下去了，老人眼里饱含泪水。他赶紧掏出手绢擦着眼睛，双手颤抖，似乎站都站不稳当。我要扶他，他坚决拒绝了。嘴唇微微抖动，推开我说：

"今后的路，必须由我自己走啊！"

我望着刘老先生艰难走去的背影，心情沉重而凄凉。啊，面对死亡，人们只有无奈！我便对我老伴讲：

“天底下没有不散的筵席，我们也会有这么一天的！”

“是的。但我们不能悲观。今天我悟出来了，”她把手中的菜兜扬了扬，大声说，“能走路，能买菜，能做饭，能吃饭，这‘四能’不是小事。对老人来说，都是大事！是能耐！是本事！这正是我们的福分！”

我很赞成。她的话给了我鼓舞，给了我力量。我猛地抓起她的手，亲切地叫道：“悟得好！悟得好！”

下午，忽然老伴的手机铃响了，原来是她的表弟，在电话的那头嚎啕大哭：

“姐啊，我爸走了，今天上午刚走的，85岁！是在大街上突然摔倒、心肌猝死，被120送进医院，不治身亡。他这一生，全都为我，操碎了心啊……”

只见我老伴猛一惊，脸一沉，痴痴发呆了半晌，然后慢慢合上手机，流着眼泪说：“我得去看看，最后再见我姨夫一面！”

日落西山，黄昏将到，血红的暮云压在地平线上，就像压在我的心头。

我想：今天是怎么啦？走的人这么多！包括已经走的、正在走的和准备走的！

我仰头望天，太阳虽将坠落，但天还是那么蓝，云还是那么白；低头看花，花儿还是那么艳，叶儿还是那么绿；秋高气爽，晚霞满天，鸟儿归巢，边飞边唱……

我又自答：没怎么呀，这是很正常的一天呀！

是的，我懂了。因为我们这个年龄档次，是当前人群中最弱的“弱者群体”！对于这个群体来说，今天，不就是最不正常又是最正常不过的一天吗？

49.《情绪自控有良方》

（2015.10.30.写于西北大学桃园校区）

退休以来，我一直情绪不佳，无法自控，不时落入恐怖陷阱，夜里也总做噩梦，常令我惊慌不已，纠结日久，似乎患了抑郁症。我以为，淡泊名利，超然物外，并假以时日，就能不治自愈。但多年来，在家闲居静养，把喜欢唱歌的业余爱好都废弃了。时至今日，病情仍然无法改善。为咨询计，便请来了心理学家冯教授，他是我的老友、至交和常客。我对他说，您必须想个法儿，让我一定保持平静，控制住自己的不良情绪。

这时我的侄孙，一个刚就业的大学毕业生，年轻又气盛，话多而直率，忽然闯了进来，大发感慨道：

“人人都有情绪难控之时。爷爷不必大惊小怪，我就管不住自己！”

他嗜酒如命，便举喝酒为例，说明人的情绪不可控：

“我举行完结婚仪式，一帮哥们弟兄提议，咱们是有知识、有教养的人，闹房不能低俗。当晚只在我的新房，摆起一桌酒席，推心置腹，热闹热闹，就算是挚友们最诚意的祝贺了。我很满意，感到欣慰，便答应了。心想：这才叫有素质、有品味的真朋友呢。”

他诚恳详细地讲述过程：

“开始，我平静地端起第一杯酒，代表我们新婚夫妻感谢朋友，也共祝幸福。第二杯是大家祝福我俩天长地久、白头偕老。两杯白酒下肚，我从高兴进入兴奋状态。第三杯是学兄站起身来，说他和我同窗时间最长，情深谊厚，应当单独向我祝贺。我慨然应诺，和他碰过杯后一饮而尽。这时，我感到脸红发烧，心跳加速。学弟很快举起第四杯酒说：感谢我对他的引导和帮助，更要祝福我爱情甜蜜,婚姻美满,邀我和他痛饮一杯。我本想婉言谢绝,但学弟有点不快,说我瞧得起学兄,瞧不起学弟。盛情难却,推辞不过,我又鼓起勇气,一口闷下,头脑便有点昏昏然了。现在的同事忽然喊道:新娘子应当给我们敬酒啊!众人附和,我又和大家一起,喝下第五杯酒。此时的我已思维混乱,口齿不清。学弟却继续提议:该喝交杯酒了!大家似乎惊醒过来,齐声吼道:对,对,这个环节重要,不可缺少!于是在诸位的哈哈大笑声中,我又挎起新娘子的胳膊,喝下了第六杯……此后,我就什么也记不得了。据说,我哧溜到桌子底下,学兄扶起我时,我已意识混乱,骂了他,说他毕业时嫉妒我,向我隐瞒重要资料,怕我论文超过他;学弟用凉毛巾给我擦脸时,我用力推开,并揭他的老底,说他出身寒微、见识短浅、鸡肠小肚,背后总讲我坏话;现在的同事搀我上床时,我也指责他笨手笨脚、愚蠢无能,讥笑他不如我聪明。当时他也喝高了,我们两个醉汉,脸红脖子粗地揭短、互骂,最后竟然动手打了起来!"

讲到这里,他羞愧难当,浓眉紧锁,举起拳头捶打着自己的脑袋:"您二老说说,我这不是丢人丢到家了吗?我后悔死了!你看,我们这些高素质也犯最低俗的错误,真讽刺!我很想请冯爷爷你,为我开副药方,根治情绪失控,彻底治愈我的酒疯病!"

冯老缓缓地一笑说:"不做情绪的奴隶,而要做情绪的主人。你不学会自控,神医也挡不住你发酒疯。咱们还是清醒地分析分析你这次醉酒失态的经过吧。"

老友似已成竹在胸,向前一倾身,盯着侄孙说:

"开始,你的情绪处于平静状态,对吧?这是第一阶段;接着两杯白酒下肚,你从平静进入高兴状态,这是第二阶段;学兄学弟的第三和第四杯,使你脸红发热,心跳加速,说明你的情绪升高到了兴奋阶段;第五杯,你和大家一起喝下老同学让新娘敬的酒,你的思维混乱,口齿不清,是你开始失态,进入激动阶段;直到第六杯交杯酒,才真正把你灌醉了!于是,你陷入情绪失控之中,醉眼迷离,倒在桌下,意识瘫痪,潜意识外溢,开始胡说八道,便产生了骂人打人行为,做出了出格的举动。"

"是的。"侄孙认真点点头。

"你看,"冯老开始分析,"倘把开始时情绪冷静的平静阶段,设为 0 度,高兴阶段设为 20 度,兴奋阶段设为 50 度,激动阶段设为 80 度,那么,最后酒醉的狂躁阶段,就是达到沸点的 100 度了!从平静,经高兴,到兴奋,即从 0→20→50

度，情绪还都处在正常范围。我们常人的情绪变化，总是在这个区间上下波动，是吧？但进入80度，你就要警惕了。因为一旦跨上这个台阶，意识处于危险状态，就离失常不远了！这分明是条警戒线，也叫不可踩踏、不能逾越的“情绪红线”！在这里，你若能停下脚步，立即刹车，悬崖勒马，便能回头是岸，重回风和日丽的正常情境之中。但在一般情况下，常人会失去这种警觉，也缺乏这种强制本领，便因自控能力薄弱，往往很快滑落，甚至在来不及思考的时候，就掉进了下一个陷阱，陷入‘狂躁’之中而不能自拔了！”

“噢！”侄孙瞪大了惊异的眼睛，“经您一分析，还真让我清醒了过来！就是说，应当把自己的情绪，坚决控制在0—50度的范围之内，最高不能超过80度，但最好限制在‘兴奋’线以下，这才是安全区间。因为一当进入‘激动’状态，就像开下坡车子，很容易刹车失灵！”

“对。”

当侄孙正在沉思的时候，根据我的毛病，我想到了相反的另一极。便转过头来笑问：

“冯老兄啊，您讲的只是情绪的正极，是步步高的上升走向。那么，情绪变化有没有负极？即它的另一端、步步陷落的下降趋势呢？”

“当然有。以平静的0度为上线，也可分为五个下降台阶。倘把它排列成一个与上述情绪等级相对应的图表——我还是给你画出来吧！”

说着，他捡起桌面上的一只油笔，我赶忙递给他一页白纸。

他画好后，我一看标题，原来是一张包括两部分的《正负情绪一览表》：

一、正极向（+）↑

情绪等级	平静→	高兴→	兴奋→	激动→	狂躁
情绪程度	0→	20 →	50 →	80 →	100
价值评判	正　常　范　围　→			失常→	异常
表现症状	冷静 →	脸红发热 心跳加速 →		思维混乱 口齿不清 →	言行过激打人骂人甚至做出更出格的事情发生更可怕的行为

二、负极向(－)↓

情绪等级	平静→	悲哀→	愤怒→	抑郁→	绝望
情绪程度	0→	－20→	－50→	－80→	－100
价值评判	正常范围→			失常→	异常
表现症状	冷静→	悲痛忧伤生气不满→		忧愤郁结失眠寡言→	发疯发呆悲观绝望自残自杀等极端行为

啊,我明白了。倘以0度为中心水平线,那么,“负极向”的情绪等级,就是“正极向”的水中倒影,一正一负两个极端,恰好形成了严谨对应。

我侧重读完“负极向”的五档之后,便想:我和侄孙的情绪特征刚好相反。是啊,他年轻气盛,可我已经老了,神经衰弱了,消极封闭,悲观厌世,我叫它“悲剧性思维”。即一事当前,出于防范,总往不利、困难,甚至可能发生的冲突、不幸和灾难的方向去设想,还美其名曰“居安思危”。于是越想越可怕,越想越胆小,陷入惊恐和纠结之中难以自拔。有时在想象中,还和冲突的对方,论理、争执,以至于吵架、骂人,激动之下,便引发气愤和恼怒,因而常常造成心神不宁和夜晚失眠。啊,这也是一种情绪失控!对照上述图表一检查,我吃惊地发现,我已经患上抑郁症了!

我忽然意识到:这一页纸,对我来说,还真是治病良方。当我要折叠起来装进口袋时,我的侄孙一把抢到手里,大叫道:

“这不就是我最需要的那副药方吗?”

我正要伸手讨要,老朋友一拦,笑道:“针对你的症状,我还有一个妙方。”

“什么妙方?”

“欧阳修用过的妙方。你不是喜欢唱歌吗?”

我点点头。他说:“欧阳修写过一篇《送杨寘序》,其中第一段讲:‘予尝有幽忧之疾,退而闲居,不能治也。既而学琴于友人孙道滋,受宫声数引。久而乐之,不知疾之在其身也。’”

“什么意思?”

“‘幽忧之疾’就是心陷忧郁症。倘译作白话，这段话是说：‘我曾经患过忧郁之症，退休后闲居在家静养，没有办法治愈。后来，我向朋友孙道滋学习弹琴，学会了几支乐曲，久而久之，便沉溺在弹琴的快乐之中，也就感觉不到自己是个患病的人了。’”

我受此启发，便重拾歌唱爱好，参加了公园的合唱团，准时准点，天天唱歌，以致爱得入迷。经三个月实践，果然开始奏效。性情得到了陶冶，心灵得到了洗涤，抑郁得到了抚慰，胸怀畅朗了许多，情绪也渐渐乐观饱满起来。现在，我既淡忘了患病之躯，又不知老之将至。这还真是一大妙方啊！

50.《“回老家”》

（2016.6.1.写于西北大学桃园校区）

105岁的杨绛老先生于今年逝世了。我记得五年前她就说过：“我今年一百岁，已经走到了人生边缘，我无法确知自己还能走多远，寿命是不由自主的，但我很清楚我快‘回家’了。我得洗净这一百年沾染的污秽回家。我没有‘登泰山而小天下’之感，只在自己的小天地里过平静的生活。细想至此，我心静如水，我该平和地迎接每一天，准备回家。”这里的“回家”，显然是指告别人生、死亡入土，即“落叶归根——回老家”之意。

我和老伴不敢期望如杨绛老先生能长命百岁。因此对于自己“回老家”，应早作准备。所以近年来，面对身后事宜，我们已经多有讨论。开始，我俩都主张撒掉骨灰。因为放弃墓葬，既少花钱，又节约土地，还能免俗和减负，即不烦劳孩子年年上坟祭扫。一举四得，何乐不为？

但过后又想：亲朋好友、广大群众，都主张入土为安，选址墓园，就成了灵魂的载体和死后的归宿，故给子孙留个祭奠之处，也不失为合情合理之举。况且每逢清明时节，为满足群众的扫墓需求，国家法定放假一天，因为它既是对祖先的缅怀纪念，也培养了儿孙们的孝道意识。倘若我们没有这座坟茔，导致子女很快忘掉父母还在其次，而失掉家族民族的道德传承和淡化人伦关怀意识，则兹事体大，不可轻视。

于是我俩否定了初始想法，产生了第二种方案：将骨灰置放在“西安烈士陵园”。

这个陵园，距离我家较近，我俩又都是正高职称，完全符合入园条件。但据说改革开放以来，为创造经济效益，入园标准早已放宽，只要肯出高价，便可不

"烈"而士，买到资格，挤进烈士行列。我俩也曾去那里参观过，果然看见，置放骨灰的楼层很高，房间很多，密如蜂窝的骨灰神龛，层层叠叠，拥挤在一起，真像鸽子笼一般。我在讥笑烈士太多之余设想，倘我俩也见缝插针地身居此地，精神定会压抑，灵魂也倍感憋屈。所以又经反复思考，觉得落脚此园，纯属虚名而已。难道不是吗？人人都说活得太累，为什么？小半只因谋生，而大半则因虚荣！

我心想，我活着都从不羡慕虚名浮利，死后更应免遭讥笑。如此攀附烈士名头，实在没有必要。固然名誉好听，总不如"回家"自在。

因而，我俩产生了如下第三种思考：希望在身后，请两个女儿杨纯和杨萌，将我俩的八部遗作(《巴尔扎克创作论》《西方文学史纲》《论文学家萨特》《萨特评传》《艺术的人学》《笔墨春秋》《拾零集》《岁月晚唱》)，加上一本《龙凤照选》，与父母的骨灰，一起分别置入同一专用盒中，盒面上镶嵌一帧我俩的遗像，永远保存在她们两家的书架上。这样，每到年节或祭日，当她们思念我俩的时候，既能免去上坟烧纸、墓园祭扫之累，也可以静坐下来，任选其中一本，一边打开阅读，一边追忆往事，必然会使我俩的在天之灵深感慰藉。长此以往，不就是和父母的灵魂交流、也正是对我们的最好纪念吗？

然而，经过几年酝酿，又觉得，人死之后，究竟阴阳两隔，生死有别，倘将骨灰放置家中，必然心存纠结，多有不妥，这才想到了第四种方式——"回老家"。

"埋"回老家，显然是个回归传统的做法，而且是老伴首先提出来的。她说："自结婚始，我在杨家，从儿媳、大嫂、大妈、到大奶的经历中，地位越来越高，感情越来越深，归属感越来越强。直到现在，我不仅和杨氏家族融为一体，也成为最受大家尊重的长者了。临潼有个墓园，背靠骊山，面向渭河，风光秀丽，交通方便。归宿选址，定在这里，是再好不过的了！"她的提议，也引起我的深思。是啊，我呱呱坠地，是在老家(临潼)落地生根；也需魂归故里，仍在老家落叶归根。回到老家，既能与先祖聚会，也可和弟兄们团圆。这种死后愿望，虽属虚幻，且有灵魂不灭的迷信因素在其中，但是，其亲切温馨之情，又拨动了我那根血缘认祖的神经，所以我也欣然点头赞同，这便成为我俩的最终决定。

于是，我们请老家的弟妹们帮忙落实购买墓地事宜。经八弟军龙的辛苦努力，终于在今年6月1日，赴临潼区骊山墓园，选定了墓址，由大女儿杨纯交了墓款，办妥手续，了却了我俩最后的一桩心事。

51.《哭凤霞：告别辞》

（2017.10.18.写于西北大学桃园校区）

首先，我代表家人，两个女儿、孙儿和我，向西大党委、退休办、出版社、文学院领导到家慰问；诸位亲朋好友、同事学生对井凤霞的住院治疗、倾心帮助和真情关切；并拨冗参加今天的告别仪式，深表诚挚的感谢！

下面，是我写给井凤霞的《告别辞》：

凤霞老伴，在惨痛永别的今天，我想最后给你说几句啼泪溅血的话！

前几天，你还在病床前对我说："我这一辈子要感谢你，因为你给了我一个很好的平台，这就是西北大学！"

不！别谢我，你的成绩都是你创造的劳动成果！我深感：倒是你给予我的更多，你给了我幸福人生，给了我美满家庭，让我终生享用不尽！

因为我姓杨，已是夕阳；你名叫霞，自称晚霞。所以退休后有人问我：你为何过得如此滋润，这般潇洒？我得意地回答：

我能"夕阳无限好"，全因"晚霞尚满天"！

但是，2017 年 10 月 15 日，我的好日子戛然而止！你竟突然因病撒手人寰，离我而去！

老伴啊，从你 19 岁开始，我俩相识相爱，五十余年同甘共苦，相濡以沫，你已是长在我心灵深处的参天大树，这种连根带血地拔去，无异于毁掉我的生命啊！我的天塌了！我的地陷了！我一下子坠落到黑暗的深渊！

大家都说，生命的价值，重在质量的高和低，而不在于活得长和短，的确如此。而你，停步于 76 岁，正好走到中国人目前寿命的平均线上。对此你说：你曾经三次大难不死，能欢乐活到今天，已经很知足了。是的，你的生命质量值得称道。你一辈子活得勤劳，活得充实，活得饱满有滋味；更重要的是，你还活得明白，活得清醒，活得率真和坦诚。你为家庭、为社会、为理想，干了一系列富有成效的实事，付出了虔诚的心血，做出了你的全部奉献！凡读过你的人生大盘点《岁月晚唱》的亲朋好友们都说：你没有虚度年华！你对得起殷殷此生！

我也深深懂得你：你五年大学没白上，五年中文没白学。你一生用大仁大义、大情大爱教子，也用大仁大义、大情大爱相夫。你用的是全心，重的是细节，付出的是辛劳。为了支持我出国任教和拼搏业务，在繁重的工作之后，你还要抚养孩子、照顾老人。孤身单肩扛重担，内事外联大包揽，其中的细微末节，点点滴滴，都留在我的心头，刻骨铭心啊！我怎么能够、又怎么敢忘掉呢？

正如我为你七十大寿写的《祝寿辞》中所说的："你虽是一位普通的职业妇女，但你不仅是一位慈爱善良的母亲，也是一位颇受学生爱戴的教师，还是一位尽职尽责的专职编审；而对我来说，你不仅是一位贤妻良伴，一位家政总管，一位私人医生，你还是我的学术内助，我的智能参谋！人常说，家有贤妻犹国之有良相。你，就是我生逢巧遇、不可多得的家庭良相啊！"

如何面对死亡？这是人生最后、也是最大的难题。按说，生死是一种自然现象，冷静客观、科学对待才对，即人类既应安于出生，也要安于死亡。"既来之则安之"讲的就是这个道理。我也常讲：死亡不可怕，可怕的是害怕死亡！

但是，讲给别人听容易，落实到自己头上则难。从牵手到分手，我们一路走来，两颗心从未离开过。可是老伴啊！你突然孤零零地抛下我，令我肝肠寸断，我该怎么办呢？

尽管，生老病死，乃人生铁律，谁也逃不掉，没人能躲开！

尽管，你也说，你不想死，但也不怕死，你会清醒对待！

尽管，"面对灾难，必须坚强"，这类励志话谁都会讲！

然而，只有身陷生离死别的我，才能感知"孤独"一词的重量！

在你身后，我有两个孝顺女儿和两个可爱孙儿的关爱，也有不断提高、不断改善的社会公益的帮助，但遥想此后无限事，尤其对我这个从不染指油盐酱醋、锅碗瓢盆的人来说，必须孤独面对，我这个即将 80 岁的老头子，还得接受繁琐生活的启蒙教育，从零开始，从头学起！

因此，你临走前最不放心的，就是我！今天，在这告别之时，我想大声对你说：请你相信，我一定会牢记你的嘱托：学会生活，管好自己；谨言慎行，乐观保健！我会平安度过生命余年，以求早日和你天国相见！

昨夜一宿未眠，悲痛不已，重读《岁月晚唱》，感慨万千，遂酿成一诗，敬献于你的灵前，专作至诚悼念：

莹莹闪烁，青灯照孤影；
字字见情，黄卷[①]慰残生。
默默回味，苦茶品幽静；
绵绵微醺，薄酒祭爱卿！

注① 指凤霞遗作《岁月晚唱》

安息吧，我的亲人！

2017年10月19日

52.《见缝插针话勤思》

（2018.1.1.写于海南省海口市·南国威尼斯城米兰园）

我有个习惯，乐于随时随地思考，并紧随内心激动和感情投入，趁热打铁，立即加工润色，且及时记录下来以备后用。这些素材，大部分都用于散文创作，我把平日积累的少数对联和诗歌集在一起，写成此篇，敬呈诸君笑读。

1985年，我为集中精力拼搏专业，产生心得，总发感慨："要当一个中文系的好教师，必须具备三大条件：一，掌握准确的言辞即秀口；二，能写生花的文章即妙笔；三，具备美好的思想即锦心。"因多次重复，经常念叨，故一家大小都耳熟能详。

想那时，我因忙于业务而不理家务，常和妻子吵架，且不避孩子地发生"战争"。一次我忍不住，于激动中大放厥词，过头话冲口而出。第二天深觉不妥，十分后悔，便在午餐桌上，把写好的道歉纸条，推到爱人面前，又当着两个女儿的面，主动向她承认错误，请求谅解。谁知我话音未落，便当场领教了一次大批判。

大女儿瞪着眼说我："秀口出狂言！"

二女儿立即补道："妙手写检讨！"

我心一激灵，赶紧打诨："就缺横联了！"

妻子哂笑一声："锦心不锦！"

于是，引起全家哈哈大笑！

1997年春节，我和老伴去海口看望大女儿杨纯。晚上，女儿带我们去了当时海口著名的金顶餐厅吃海鲜。我对海鲜毫无兴趣，而对360度的顶层转楼，倍觉新鲜。于是站在窗口，观赏了一圈之后，我乘着酒兴，当场心拟楹联一副：

上联是：开眼未开之界，金楼慢转，飘然成仙，坐观四面天地灯海；

下联是：享口未享之福，盛宴细品，朦胧欲醉，遍尝八方鱼蟹果蔬。

横联是：天上人间。

女儿赞道：上联写天上，下联写人间。横联是对上下两联的概括，好！

2013年，侄儿魏明邀我们游河南。参观完“小浪底展览馆”，我也心拟一副楹联：

上联是：“小浪底不小，工程大，库容大，妻盛赞：意义更大”；

下联是：“黄河水不黄，库水清，排水清，我遥祝：黄水永清”。

横联是：“根治有望”。

很少夸我的老伴说：上联抓住大小做文章，下联紧扣水色写意境。横联则充满正能量。好！

2015年，谷俊山、徐才厚案曝光，为讽刺官场丑陋现象，我给腐败分子画像：

上联是：凤凰山上凤凰栖，云霓彩虹颂艳丽。一旦落架跌谷底，香消玉殒不如鸡。

下联是：凤凰山上凤凰栖，莺歌燕舞捧神气。忽遭东窗事发日，锒铛入狱比狗低。

小女儿说：“这不是楹联，应归入诗歌一类！”

2016年8月。西安最高气温竟达40度。早晚酷热几无差别。艳阳灼人，热浪滚滚，且连绵不断，似无终结。或称“桑拿天”，或喊“烧烤天”，人们难以忍耐，惊呼之声不绝于耳。但8月24日清晨一睁眼，忽见大雨如注，强风劲吹，温度一下子骤降10度！突然浇灭了三个月来火烧般的难耐暑热，无人不感到爽快淋漓！我在激动中，即兴赋诗一首：

雨润风酥送凉秋，
火退爽来沐神州。
借问恩泽何所赐？
仰望流云荡悠悠。

老伴阅后，颇觉有味，立即转发朋友圈，很快招来亲朋好友的一片点赞。

2018年1月，网传一副照片：一位老太，面颊黑瘦，满脸皱纹，约八旬年纪。

简短说明道：只要注视十秒，就能看见，随着时光倒流，衰容渐减，又使她依次恢复到年轻状态，最后竟变成一位美貌绝伦的漂亮姑娘！这幅动态小照，设计精妙，构思新颖，含义深刻。仅用十秒，便讲透了一个道理：岁月催人老！我于感慨中酿成诗歌四首：

1. 赞作者

视频十秒如准尺，丈量一部人学史。
快读只在转瞬间，构思简洁叹观止！

2. 论人物

豆蔻年份美如花，日损月蚀豆成渣。
脸变借问心变否？一道天题谁解答？

3. 叹岁月

六十年前一支梅，穿越转换似惊雷。
更兼经磨岁月苦，世事沧桑挽不回！

4. 思故人

瞬间突变惊吾心，世纪过半难识君。
西施潘安今犹在？华清池畔梦杨妃！

2018 年 2 月 16 日过春节，为节哀南下海口·南国威尼斯城。想到年迈的我，酿成《八旬老翁手写心》一首：

鸡鸭鱼肉厌厚重，清淡素朴保养生。
书画歌舞兴趣盛，官禄名利比风轻。

多人痴迷吾独醒，社会污浊我自清。
卓尔不群看世界，谦和宽恕满胸中。

身处南国，为躲孤独，每天上午写点散文，下午进图书馆阅读。但因老伴去世不久，夜晚失眠难熬，故于 2018 年 2 月 9 日晚，构思《昼和夜》一首以记之。

昼

古今中外闲浏览，室友伴读静而安。
埋头潜入书境界，唯有此时心底宽。

夜

月暗星繁泪洗天，青灯黄卷哭孤单。
一枕幽梦魂欲断，玉壶冰心自盖棺。

内外游记

(39 篇)

1.《国内游一： 荒唐史迹游记》

（1963.2.1.写于西北大学学生一楼）

正月初一，天气晴朗，华清池畔，游人如云。我跟着三弟杨昌俊，以职工家属身份，参观了几处常人不能常到的地方。回家后，恐事久遗忘，又再无重赏机会，姑且留记一笔在此，以飨来日。

这正是乍暖还寒时候，冰凌未化，残雪犹存，九龙宫里，除常青的松柏之外，那些奇花异草，尚待萌发。人造湖中，扁舟成行，鸭鹅数群。几处亭台楼榭，远远近近，雕梁画栋，在阳光下，倍觉色彩鲜明。我们沿着湖岸，顺着曲折回廊，来到一座采阁门前。三弟告诉我，这是唐明皇和他儿子的浴池。

推门进去，是客厅模样：楠木椅，梨木桌，玉面茶几，顺墙背窗摆开。一色印花桌布，鲜艳夺目，上面摆放着狮兽罗汉之类的古玩，有木雕，有石刻，精致形象，生动有趣。墙壁上是题书几轴，古画数幅，大方又美观。这里的一切，除天花板上一朵大梅花吊灯外，都是古香古色，一派民族风味，给人一股格外亲切的美感。南墙靠里，有个角门，打开来看，是一间小小的更衣室，陈设简单，不过衣架、衣镜、卧榻之类。进门的右方，又开一个小门儿，通向里面，这才是唐明皇父子洗澡的地方：一方水池，隔成两块，全是米黄色的石料砌成。因为这个池子，除省级以上领导和国际友人外，一般不许开放（华清池直属西安人民大厦领导）。所以我们进去看时，仍是空池无水。于是，三弟走过去，打开龙头，湛蓝的天然热水，哗啦啦注入池内，屋子里顿时热气蒸腾，云雾弥漫。我急忙让他关掉，他却打开天窗。天窗洞开，蒸汽飞走，豁然明朗，三弟又按燃池灯，室内立即通明透亮起来。

惊异过后，我问："扬名海内外的贵妃池，也和这里一样吗？"

"有同也有不同。"三弟说,"咱现在就去看看!"

我们出了九龙宫,进入华清池,来到一座带阁楼的浴室门口。抬头一看,是梅兰芳题"杨妃池"三个鲜红色大字,柔绵而有筋骨,秀美中饱含劲气,名题配美景,平添了几分春色。这时,里面正有人洗澡,我们稍等片刻,待客人走后,才掀帘进去。

这里没有过多的摆设,除一副茶几、一套衣架之外,多了一个梳妆台,墙上也无古画名题,只有一张杨妃石像拓影的镶框小照。从右边的小门走进去,就是贵妃浴池了。这个池子不大,却比别处精致。池沿是莲花形状,雪白雪白,水清见底,池底的花纹,鲜艳清晰。据说,当年修的是梅花池形,池心是一朵浮雕的莲花,从水底托出。杨玉环总是坐在莲蕊上洗澡的。看完浴池,我们走进另一个偏门,仰头望去,只见洞小路窄,石级陡峭,仅能容一人上下。要上这段台阶,是颇费力气的。我怀着惊奇的心情,攀援而登,半天,才从一个井口大小的天窗中钻出来。我喘着粗气,展目四望,原来登上了"飞霞阁"。

"飞霞阁"建在"杨妃池"的屋顶上,是一座玲珑精巧、红柱绿瓦、雪灯金顶、约五尺见方的袖珍小阁亭。站在上面,华清胜景,可以一览无余,近在咫尺的"五间厅"那三个金色大字,尤为显眼。那里正有一群人,围在一个窗口上,叽叽喳喳,指手画脚地谈论什么。三弟说:"咱也看看蒋介石住过的房间去吧!"

我们又急急走下"飞霞阁",出了"贵妃池",绕过"翠柏泉",来到"五间厅"前。

那一群人在看窗角上的一个枪眼。我知道,这是1936年12月12日晚上,张(学良)、杨(虎城)二将军,在我党"团结抗日,一致对外"的影响下,发动了名闻中外的"西安事变"。这个枪眼,是拘捕蒋介石那千响万响枪声中的一枪。窗玻璃上,弹丸钻开的这个圆洞,有核桃大小,周围是一圈破碎的裂纹。这分明是历史的印记,应当很好地保存下去。

走进这间屋子,分作前后两块,中间竖起一道毛玻璃带花木框隔墙。前边是客厅,后边是卧室。卧室很小,一套茶桌,一盏台灯,一张钢丝床,一架穿衣镜,都是当年蒋介石用过之物。我特地看了看那扇通向后山的窗户。它又大又宽,但窗台不高,只要推开窗扇,翻身一跃,便可置身屋外。蒋介石正是半夜三更,听见枪响,只穿条裤衩,从这里跳窗而逃,躲进半山腰、俗称"卧鳖石"后面的那个窄缝里去的。

外边的客厅里，顺墙根儿摆放着两行沙发和茶几。粉白色的墙壁上，挂满了六块金边镜框，镶嵌着郭老(郭沫若)、董老(董必武)等人的题辞。三弟硬要我给他讲解董老的七言绝句。我说，这里人多不便，况又不是久留之地，不如先照抄了回去再讲不迟。

于是，他坐下写，我站着念：

骊山依旧兀老苍，自古史迹太荒唐。
始皇大冢埋劳役，天宝清池浣寿王。

幸有张杨双十二，遂无美蒋马牛羊。
郭公雅于留佳句，我辈登临亦乐康。

2.《刚果行一："您好！"》

（1976.11.9.写于布拉柴维尔教师组）

为了庆祝粉碎“四人帮”，歌颂中、刚友谊，我国驻刚果(布)使馆决定，举办一场文艺晚会，使馆各单位和下属各专家组：广东输变电组、福建水电站组、天津医疗队，还有军事组、教师组和招待所，必须各出一个节目，只有一个星期的准备时间。我从使馆领受任务回来，立即召集教师组全体成员共 9 人，开会落实。

首先被点名者是俞老师。大家说：“俞老师说话好听，动作优雅，人很秀气，想必也能歌善舞，来一段江苏民歌吧！”

俞老师是我们的管家(会计)，善于思考，严谨心细，一丝不苟。教师组的经费支出，由他一手操控，是我的主要助手。他来自南京大学，是个化学系讲师，赴刚果给学生教化学课。而生活中的化学现象俯拾皆是，所以他懂得很多，知识丰富，讲课内容又能联系实际，学生反映：实用有趣，效果很好，故我们常叫他“俞博士”。比如，他一落脚教师驻地，就教大家烧开水。他笑眯眯地强调：电水壶烧水，水开之后，应耐心等两分钟，再关电源倒入暖水瓶，谁喝了也不会闹肚子。因为时间过短，水中有害微生物杀不死；时间过长，又会使有益的矿物质受损失。还说 90 度上下的开水冲茶最好，至于喝到嘴的茶水，则以 60 度左右为宜。过烫易伤肠道，太凉则胃感不适，谁不懂得胃喜暖惧寒？大家知道，他常做实验，熟悉化学反应，说的符合科学，便都按他教的办。此外，据说他做家务活也样样精通，连他的爱人都甘拜下风。更重要的原因是，他 35 岁，个头矮小，年轻活泼，面带微笑，说起话来，柔声柔气，颇具阴柔之美，显得十分可爱，见了人总关心问候，和蔼可亲，能和大家打成一片。所以首推他代表教师组出节目，自然是众望所归。

我当然表态赞成。

"不！不!"谁知俞老师的手摇得像拨浪鼓,不急不躁,不温不火,笑眯眯地拒绝道,"我衷心拥护铲除四人帮,但最不擅长的就是演节目。让我烧菜、煮饭、洗衣服,哪怕裁剪、缝纫、带孩子,我都能做好,唯独不会上台演唱!"他从容不迫,满脸堆笑,用一口典型的南京普通话,虽然轻声细语,但仍态度坚决地谢绝了。

另外有人提议:"语言学专家许老师,话虽不多,但只要开口,常鞭辟入里,能振聋发聩,令人称奇。倘出个语言类节目,如相声、小品之类,肯定受欢迎!"

许老师是复旦大学的语言学副教授,对现代汉语、古代汉语都有研究,来刚果任教已近两年,即将期满回国。他四十二岁,是我们这一批教师中最年长的一位。所以众人半开玩笑半认真地说:"您老应当为援刚工作站完末班岗,做最后一次贡献吧!"大家几乎用祈求的语气,齐声呐喊,"我们教师组全体成员,预先感谢您了!"

我知道,老许虽是个老实本分、不苟言笑的人,严肃有余而活泼不足,别说唱歌跳舞,连句多余话儿也没有。但他偶尔讲篇笑话,说个段子,竟能大爆冷门,逗得大家前仰后合,甚至让你流出眼泪,而他呢？却依然冷静,不露声色,显得特别沉稳和有趣,这也正是他长期养成的独特讲课风格,因而虽表情冷峻,却深得学生喜欢。所以大家送他个外号,叫"冷幽默"。我想：物以稀为贵。倘能把他请上舞台,表演一段单口相声之类的节目,说不定还真能出奇制胜,大大出彩呢!

于是我也举双手赞成,并热烈鼓掌拥护!

"别给我戴高帽子!"不料他大喊一声,吊着长脸反对。他面露愠色,冷眼看看大家。喊过之后,大概也自觉过分,半天没说话,然后习惯性地用右手食指,把自己的深度近视眼镜,从鼻梁中间向上一推,嘴角忽然挂上了比哭还难看的微笑,降低了声音,坚决而严肃地解释说:

"你们这是强迫大男人生孩子、命令太阳从西边跳出来！我出节目？笑话！我和舞台,从来无缘,不信你们去复旦查查。如果有,我愿跪地、磕头、当孙子！在刚果的最后几天,我不想自毁名声,还想保持晚节呢！上舞台？我自己出丑还在其次,给教师组丢人事大！如果你们觉得上天摘星星容易,那么,你杨组长有胆量,不怕放空炮,就去使馆报我的名吧!"

话都说到这个份上了,我只得作罢。

于是我提议:"那么,请北京大学的张老师出山,来段京剧清唱,如《红灯记》

之类,好不好?”

“好啊!”大家一呀声地表示赞同,全体注意力又转移到张老师的脸上了。

张老师,是北大物理系讲师,不仅专业课教得好,而且正在申请入党,因此上课之余,组内组外的公益事情,他都手脚勤快,乐意肯干。他又是教师组的兼职司机,我们雇用的专职司机黑人保尔,有病或有事请假,他便立即顶上去,每天接送诸位去各个学校上课,去市场采购或送我去使馆办事,即使忙得团团转,他也毫无怨言;谁有困难,无论大小,他都热心帮忙,尽力而为;人又虔诚随和,讲一口极好听的京腔普通话,且音色优美,笑容可掬,因此大家都喜欢和他交谈。

但一听我的提议,他立即变脸失色,紧张得声音都颤抖起来:

“让我开会读报、记录、买菜、购物和跑使馆联络,都成,唯独两件事,千万别找我,这就是大会发言和演节目!为什么?我的心理素质特差,每当被众人关注,血压会像利箭一样,蹭、蹭、蹭地飞快上升!我的腿肚子,会像筛糠一样,哗、哗、哗地抖个不停!如果硬要我登台,大家伙先得给我备好一副担架,或一辆救护车,随时准备送我进医院,不,就近送进布拉柴天津医疗队吧!”

大家都笑了。我心想:至于吗?言过其实了吧。

……

七个教师,挨个点将,人人皆像精滑的泥鳅,捉拿不住,都能找到合情合理的理由,一个个地推辞掉了。

最后剩下小王。小王是继武汉大学的余师傅之后,教育部从天津外港选派给教师组的一名厨师。他年龄最小,刚30岁,最喜欢开玩笑,打哈哈。他和老成持重的前任反差很大,什么正经事到他嘴里,都会用玩笑化做烟云。我微笑着指指他,大家的眼光又都集中在他身上。

“怎么,要我上?行啊!”没想到他答应得如此痛快。

紧接着,他大声叫道:“杀猪宰羊,煎鱼炒虾,无论菜案、面案,不管清蒸、红烧,还是煎炒、油炸,甚至比赛切菜刀工,丁儿、丝儿、片儿、块儿,我都敢上场!哪怕比赛喝啤酒也行,保证夺冠!为庆贺打倒四人帮,只要能选上这些节目中的任何一个,咱都没二话!”

“来段天津快板,怎样?”

“天津快板?”他装聋作哑,故意瞪起眼睛,摇摇头:“啥菜?没做过!”

又是一阵哄笑。

像过筛子一样，全过了一遍。节目仍然悬空，怎么办？

有人便笑道："有位女教师该多好，唱歌跳舞，肯定没问题！"

"教育部应当派个音乐教师来！"

"最好是个歌舞团的女演员！"

"哈哈哈……"

我的情绪急躁起来。心想：见任务就躲，见困难就推，没人为我担沉分忧！时间紧迫，火烧眉毛，还有心思开玩笑！便不满地叫道："别闹啦，究竟怎么办！"

一阵沉默过后，忽然有人大喊："组长出马，一个顶俩！"于是便把演出任务一股脑儿推给我。然后，在一片大笑声中，竟然自动散会了！

我大瞪两眼，无计可施。别人都能设法躲避，唯有我无路可逃！这不真是打着鸭子上架么？我只好摇摇头，苦笑笑，硬着头皮默认了。

在被逼无奈的境况下，终于经过一夜思考，我选择了把歌颂中、刚友谊作为主题，用五天课余时间，创作了一首诗《走进布拉柴街道，处处喊"您好！"》，准备在晚会那天，登台朗诵，应付了事。

虽然作为具体演出任务，他们都一一推辞掉了，但是这项活动，究竟事关大家，事关教师组的集体荣誉，所以，仍然牵动着每个人的心。

没想到，八位同事还真够朋友！在节目准备过程中，俞老师为了我能集中精力写稿，主动承担全组公干，并不断鼓励我大胆登场；许老师指点我，怎样把握声调起伏，控制韵律强弱，必须使用重音和感情，突出强调每一段中的重点文字；张老师一下课，便和我一起讨论，如何表达主题，研究调整段落，修改润色词句；全体在家同仁，多次暂停备课，主动集中在大厅，听我热身预演，然后热情地提出各种建议，包括朗诵风格要朴实，表演方式要严肃，声调的掌控要有抑扬顿挫，跌宕起伏，以至于气质要不卑不亢，风度要大方自如，甚至连穿什么西装，打什么领带，采取什么站姿，诸如此类的细节都一一关注到了。厨师小王，为鼓励大家齐心协力，还专门加做了几道好菜，也用以表示他的真诚支持。连黑人司机保尔，未必懂得诗歌内容，每次听完我的试朗诵，都伸出大手，用力鼓掌，张着大嘴，用他刚学会的简单中国话，连声叫喊："好！好！好！"

我被大家的热情和诚意所感动。心想：难怪人们都说：出国师资都是精挑细选、宁缺毋滥，不是千里挑一、而是万里挑一，选拔的都是各个高校的优秀人才！他们不仅又红又专，业务拔尖，身体健康，而且德操高尚，胸怀大局，关心集体，此言不虚！

登台之前，为简洁计，我把诗歌题目改为《您好!》，尽量吸纳大家建议，力争现场发挥出最好效果。因为我心里也有压力啊，全组的荣誉重担，压在我一人肩上！我只想着：绝对不能给教师组丢脸！现在把原稿照抄如下。

《您好!》

走进布拉柴街道，处处喊“您好！”
两个简单的中国字啊，深情知多少！
一位黑人老大爷，抓住我两手使劲摇。
紧握这颤抖的一双手啊，我的心头浪滔滔！
隔着语言的墙壁，通着感情的渠道。
您要说：
那捕捉过“黑奴”的绳索！
那禁锢过华人的镣铐！
黑角港①外，那黑沉沉的船舱！
上海滩头，那阴森森的监牢！
您要说，
殖民主义那带血的皮鞭！
帝国主义那罪恶的枪炮！
大西洋东岸②，那出自文明人的野蛮！
太平洋西岸③，那来自先进国的强盗！
您要说：
那些吃人的豺狼，
既在中非横行！
又在东亚霸道！
您要说：

您和我们的父辈,
曾在同一潭苦水里泡!
曾在同一个黑世纪里熬!
尊敬的老人家,虽然您只会两个字啊,
但您想要说什么,我的心里全、知、道!

走进布拉柴街道,处处喊“您好!”
两个简单的中国字啊,深情知多少!
一个中年人,和我紧拥抱。
一双大手多有力啊,语言不通心相照。
我们曾,
同凝心血,把“布昂扎大坝”④铸浇!
我们曾,
共洒汗水,把“勒布里高压线”⑤架上云霄!
您知道,
巍巍大坝,是我们友谊丰碑的象征!
座座铁塔,是我们感情凝结的写照!
您知道,
从椰林深处,那隆隆的战鼓!
到长城垛口,那劲吹的军号!
我们蹲的是同一条战壕!
我们斗的是同一伙魔妖!
知心的好朋友,虽然您只说了两个字,
手握手、心通心啊,
谁想说什么都、知、道!

走进布拉柴街道,处处喊“您好!”
两个简单的中国字啊,深情知多少!
一群小朋友,围着我眯眯笑。

一只只小手伸过来，连声问“您好！”
握着这双双小手，眼里泪花闪啊，
听着这声声问候，心头咚咚跳！
我看到，
那幼小的心灵深处，信任的种子已经发芽！
那稚嫩的小脸蛋上，明天的友谊正绽放花苞！
我看到，
一根藤上的瓜啊，
一块田里的苗！
阳光下，中国红领巾在成长！
风雨中，刚果下一代节节高！
我看到，
扬子江波涛连波涛，愿我们子孙永交好！
刚果河后浪推前浪啊，友谊旗帜万代飘！
亲爱的小朋友，两个字啊，真不少！
表尽了你的心头意啊，
你所希望的，我都、知、道！

注：① 黑角港：刚果第二大城市，著名海港。白人殖民者曾在这里贩运过“黑奴”。
② 刚果(布)位于大西洋东岸。
③ 上海位于太平洋西岸。
④ 布昂扎大坝：中国援建刚果的水电站工程。
⑤ 勒布里高压线：中国援建刚果的输变电站工程。

果然，这次表演获得很大成功，收到了我没料想到的好效果。我从现场气氛、全场关注程度和长时间响亮的掌声中都能感觉得到。此后几天，除了使馆领导的表扬外，招待所所长每次见了我，都竖起大拇指，用他那地道的山东话赞个没完；输变电组组长说：教师是秀才，就是了不起；医疗队的大夫们见了我就夸：你们是大知识分子。诗歌《您好》写得真棒，朗诵也好；一位女医生，还专门跑到教师组住地,找我抄去了这首诗。说她深有同感,也表达了她的心声,产生了强烈共鸣,她一定要带回国内,朗诵给朋友们听。

国庆节过去了,但教师同仁们的殷切关怀和温馨感情永留我心中!回忆起备演这一幕来,常令我心潮澎湃,激动不已。因为它显示了,我们教师组是个优秀的战斗集体。虽然《您好!》是我的创作,组内组外朋友们都在夸我,但我明白,这不是我的个人才能,是大家成就了我!我表现的是全组的智慧,展示的是群体的成果,因为它是集体的心血,表达的是每个教师的深刻感悟,不,不只是教师,它袒露的,也是我们每个援刚中国人的真切感受和博大情怀!

3.《刚果行二："金非洲的觉醒"》

（1977.3.5.写于布拉柴维尔教师组）

为迎接元旦，按照使馆安排的庆祝活动，各专家组都要准备节目。教师组的诗歌朗诵，又被领导提了出来。我从使馆开完会回到组内，刚一传达，大家又是一呀声地喊：

"组长出马，一个顶俩！"

接不接受？敢不敢接受？能不能接受？我正在犹豫，忽然，黑人司机保尔闯进门来，哭着说：他妈妈去世了！根据当地习俗，要请假一周。

大家关注的焦点立即转向保尔，并劝导安慰他要节哀，还送他一些慰问品表示关怀。因为长期相处，保尔已经和我们建立了深厚友谊，他几乎就是我们教师组的成员之一了。他的悲欢仿佛就是大家的悲欢，他的遭遇也形同大家的遭遇了。

我们曾在保尔带领下，去他家看望过他的老妈妈。他家住在布拉柴市郊，小村落，茅草棚，生活近似原始，显然非常穷困。他父亲离世较早，全凭母亲一生操劳，抚养保尔长大成人。这位老母亲，满脸皱纹，嘴角下坠，似乎从来都不会笑、也没笑过，但精瘦干练，勤劳忙碌，两眼放射出坚毅的光芒。近年来，老妈妈年迈体弱，今年患病，卧床不起，昨天忽然撒手归西。保尔满脸悲伤地说："家里的顶梁柱倒了，我心慌意乱。妻子开始接替老母，主持家务，料理全家吃穿。"

我们也见过他的妻子，腼腆羞涩，总想躲避，不敢见人。她虽因年轻，稍显丰满，然而穿着破旧。只因保尔能挣一份养家的工资，日子还算过得去，不像她的邻居们，妇女几乎衣不蔽体，仅用破布勉强遮羞。他有两个孩子，一儿一女，瘦瘦的，弱弱的，更加胆小畏怯，总是躲在妈妈身后，瞪着四只怯生生的大眼睛，惊奇地瞧着我们这些来自遥远中国的外国人。

经请示使馆同意,我批准了他的葬母假期。望着保尔离去的背影,我竟忘掉了节目的事,满脑子的意念,全集中在了他的身上。

保尔是个好同志,按时上下班,从不迟到早退,忠诚老实,尽职尽责,而且热爱中国,到处宣传中国,感激中国使馆给了他这份养家糊口的工作。他给我们介绍过许多当地的风土人情,热带非洲的气候特点和黑人百姓的生活习俗。他教我们切油梨,剥芒果,吃“玛鸟可”(即木薯,是非洲许多国家百姓的主粮),他利用礼拜天,开车拉我们去看大草原、大森林,还给我们送来好玩的热带非洲特产小动物变色龙。

最有趣的是,他教我们玩“蚁狮”。

蚁狮这种小动物,我从没见过。但在刚果河边的棕红色沙土地上,到处都是,正像我的故乡渭河边上的小蚂蚁一样,太多了,谁也不去关注牠。

一天,蹲在院子里的保尔,手捧一只木盘,盘里堆满抚平的沙土。他向我们招招手,大家便围了过来。他随手在身边脚下,捉了一只小爬虫,有豆粒般大小,刚一放进沙盘里,只见它迅速向沙土中钻了进去,很快就不见了。少顷,忽然盘子中间,慢慢拱起一个小包,沙土一粒粒地被弹抛而起,本来平平的沙土面上,逐渐形成一个圆锥体、漏斗形的小陷坑。小爬虫呢?藏在坑底,不见了踪影,只露出两只长长的触须,静静地等待着猎物到来。这时,保尔又在身边找到一只胖乎乎、黑黝黝的大蚂蚁,用他那粗而黑的拇指和食指捏起来,丢进那个陷坑中。蚂蚁惊慌失措,急忙向上攀爬,但漏斗形的沙土,不断被它抓得向下流淌,它和流沙一同滚落,总是刚爬到半坡,又滑落下去,反反复复,都以失败告终。时机到了,那个自埋在锥形坑底的小爬虫,突然伸出它的武器——蚁夹,紧紧钳住挣扎不已的蚂蚁,并迅速拖进沙土之中,然后就毫无声息了。大家以为戏演完了,正要起身散去,保尔急忙伸出两只大手,向下一压,表示别出声,蹲下来,瞧下去!果然,过了一会儿,那个陷坑的圆锥底部有了动静,那只蚁夹又伸了出来,猛然抛出来一只干瘪的、浅白色的蚂蚁尸壳!啊,原来它吸干了蚁汁,美餐了一顿,又像吐出骨头、抛掉皮囊、丢弃残渣一样地扔出了吃剩的废物!

保尔笑着说:“这个小爬虫,就是‘蚁狮’!”

这一幕真精彩!蚁狮的动作,不是那种缓慢的蚕食,而是残酷的鲸吞!迅速敏捷，干脆利落。胜者不动声色，亡者一命呜呼，都只在转瞬之间！不见刀光剑影，没有血肉横飞，但胜似刀光剑影，不亚于血肉横飞。我们瞪着惊奇的眼睛，直看得心惊肉跳！

这场'蚁狮'速决战，逗得大家兴高采烈，意趣盎然。几位老师学着保尔的样儿，继续捉来蚁狮玩。但是，我却无意中注意到了、迥异于中国家乡的、颇有特色的非洲红砂土！

这种土质，在湿润的庄稼地里，红红的，黏黏的，沙沙的，油油的，很肥沃，真可谓肥得流油！非洲这片肥美的土地，恰似善良伟大的母亲，不断分泌着香甜的乳汁，不仅用它滋润着非洲大地，营养着奇花异草，养活了大小动物和广大黑族兄弟，而且，其中还蕴含着各种优质矿藏，所以非洲的战略资源非常丰富！根据最近我涉猎到的、如六十年代末出版的《非洲地理》等有关资料记载：非洲是世界著名的黄金产地；还是世界著名的钻石产地；稀有金属如铀、镭、钴、铬、锂、钛、钍的产量，也都居于世界前列。勤劳勇敢的非洲人民啊，拥有如此丰厚的资源，然而无数个保尔们，却千百年来都过着穷困日子！为什么？当然是帝国主义和殖民主义者如"蚁狮"那样，长期掠夺压榨、巧取豪夺、蚕食鲸吞造成的！

一股正义感在我心中点燃！我忽然觉得，这次庆祝元旦的节目，我应当挺身而出，勇敢接受！因为我看到了保尔，看到了保尔的母亲，她就是整个非洲黑人兄弟的母亲；我看到了保尔的妻子、保尔的孩子和保尔的乡邻；我也想起了保尔的家庭、保尔的村落、保尔的民族和保尔的国家；我又联想到保尔的祖祖辈辈、山山水水的血泪账和千百年来非洲黑人的苦难史！以保尔为中心，他们总在我的眼前浮动，总在我的心头萦绕，重重地触动了我灵魂深处的那根感情神经！

这一切，不就是送到我眼前的好素材吗？于是，我便创作了一首以非洲觉醒为主题的诗歌，准备登台演出。

我也又一次得到全体教师的踊跃帮助和热情支持。

听完试朗诵后，大家都强调说：这次和上次不同。为了听众顺利理解诗歌内容，必须在朗诵前，先做一段必要的说明：1.1967年非洲的黄金产量占世界总产的80%；2.1968年非洲的钻石产量占世界总产的82%；3.铀、镭、钴、铬、锂、钛、钍这些稀有金属，产量也都名列世界前茅；4.大家知道，"玛乌可"是木薯的法语音译，它是非洲许多国家、包括刚果百姓的主粮；5.尼罗河是非洲第一大河，发源于维多利亚湖;刚果河是非洲第二大河,发源于坦葛尼喀湖等,我认为说得很对,都欣然接受了。

演出时,我做了上述有关的简要说明之后,仍然遵照诸位同仁的热心叮嘱,遵循上次朗诵的成功经验,开始了一次新的舞台考验。我朗诵的题目是:

《金非洲的觉醒》

(首先,我用热烈的、深情赞美的语气朗诵道:)
谁说非洲不富有?到处都是宝石头。
随便捡一块打开看啊,粒粒黄金镶里头!
谁说非洲不富有?莹莹彩光满山沟。
刨开浮土尽珠翠啊,成堆的宝石量升斗!
谁说非洲不富有?遍地沙土黑黝黝。
抓起一把手中攥啊,石油顺着指缝流!
谁说非洲不富有?稀有金属不稀有。
我们的脚下全是宝啊,黑非洲啊金非洲!

(接着,我改用强烈的、愤怒控诉的语气朗诵道:)
金非洲啊,宝非洲,但是为什么?
我们只有“玛乌可”,从来吃不上米、蛋、肉!
金非洲啊,宝非洲,但是为什么?
我们的人民住草棚,妇女用破布强遮羞!
金非洲啊,宝非洲,但是为什么?
我们的父辈那样惨,我们的孩子这样瘦!
金非洲啊,宝非洲,但是为什么?
我们的历史血斑斑,今天的奴役还得受!

(到了高潮,我用激越的、深刻揭露的语气朗诵道:)
看啊,是我们的宝石,缀满了富人的项链。

别人珠光宝气,我们却一无所有!
看啊,是我们的黄金,装满了富国的金库。
他人纸醉金迷,倒骂我们贫穷落后!
看啊,是我们的战略金属,尽被强国抢走。
制造了罪恶武器,再来屠杀我们的弟兄战友!

(然后,我用深沉的、启发觉悟的语气朗诵道:)
滔滔尼罗河啊,你流的不是维多利亚湖水。
你流的是非洲的米和钱,
流的是黑人的汗和油!
滚滚刚果河啊,你流的不是坦葛尼喀湖水。
你流的是非洲的血和泪,
流的是黑人的恨和仇!

(最后,我提高声调,以响亮的重音,作为朗诵的结束:)
擦亮眼睛站起来,和中国朋友手挽手!
真心诚意铸友谊啊,顶风冒雨朝、前、走!

不出所料,我又一次获得了热烈掌声和叫好声。

走下台来,我长嘘了一口气。阿弥陀佛!又闯过了一关。我心想:教师同志们,朋友们,我没出丑,也没给咱教师组丢人!

4.《刚果行三：教汉语》

（1977.5.7.写于布拉柴维尔教师组）

“五一”国际劳动节就要到了，庆祝晚会的节目任务又布置了下来。

这一次与其他节日不同。使馆领导说了：劳动节嘛，就要歌颂劳动！所以要求各专家组，应当结合各自职业特点，工作实际，重点表现劳动致富、劳动光荣和对劳动成果的喜悦赞美为内容，而且最好自己创作，像教师组那样，自编自演，不要照搬别人的旧作，不能搪塞应付了事。还特别点名：教师组再创作一首诗歌朗诵。

我想笑：按照目前国内时兴的流行话说，教师组成了诗歌朗诵的“专业户”了！

我在落实节目的会上对大家说：“上两次，我都克服困难，完成了任务。这一次呢？必须轮流坐庄，应该换人上台。”我理直气壮地推辞掉了。

谁能上呢？又一次把难题摆在大家面前。

有人首先点了苏老师的名：

“河北大学的苏老师，出一道‘趣味数学’题，让大家当场解答。表现我们专业教师的职业特点。怎么样？”

“不怎样！”苏老师嘴角一撇，冷笑一声，摆出一副不屑的样子，拒绝道，“数学课，本来就枯燥难教，又碰上我这个老夫子上讲台，没把课教砸就不错了！舞台不比讲台，要我从数学中，像榨油一样地榨出趣味来，还要上舞台表演？纯属异想天开！”。

一提苏老师，我心想，肯定没戏！因为他年龄偏大，像许老师一样，性格内敛，也大概受他数学职业的影响，喜欢冷静，事事求实。他虽然上课认真，语言简洁,含金量高,在我们教师组是出了名的,但他谦虚谨慎,做人低调,从不张扬,所以课外活动很少参与。个性如此,演节目肯定与他无涉。

我就说:“情有可原,就别难为他了。”

“那么,请天津大学的郭老师,来一个!”

对于另一位教数学的郭老师,我倒认为,必须认真鼓励鼓励。为什么?因为他最近心情不舒畅,似有精神压力。事情是这样的:

他是我们教师组的前任组长,不久将期满回国。虽曾与招待所有过摩擦,但他对组内工作,向来认真负责,深得使馆好评。我们这批轮换教师到来后,忽接教育部令,由我接任组长兼支部书记,将他取而代之。他的性格本来就谨小慎微,事事严谨,便把这个正常的职务更替,误视为自己犯了什么错误,失掉领导信任。于是心怀疑忌,上下打听,既得不到证实,也得不到澄清,故心神有些不安。虽已事过数月,顾虑逐渐淡化,但他的心理包袱,仍未完全放下。这个时候,通过演出节目,让他感受一次大家的热情关怀和集体的温暖情意,对于他化解压力,释然于心,不正是个好机会吗?

于是我说:“好啊,郭老师为教师组热心服务,诸位有目共睹,我们永远不会忘记!欢迎他最后代表我们,登台表演!”

掌声过后,只见郭老师双手抱拳,向大家虔敬地一拱,苦笑道:“谢谢各位的好意,但我归心似箭,心已经回到‘天大’(天津大学)去了!现在只想着父母兄弟和老婆孩子。除了上好最后几节课外,我啥都不想干了!”

是的,因为这是所有离家两年的援外人士的共同情感,人人都有体会,个个都能理解的!想想看:谁家没有妻儿老小?谁家没有生老病死?谁不知道家家都有一本难念的经?两年了,哪个海外游子能不思念亲人、不想家?郭老师诚恳坦率,实话实说,毫无虚情假意,反倒显得十分可爱。加上他声音不高,词恳意切,使我们都颇为感动。

于是大家深表同情,都点头说:可以理解,放他一马,还是另外物色人选吧。

“看来,只能求助于董老师了!”有人大声提议。

董老师,来自华东师范大学中文系,和我同行,都是赴刚果教汉语的。复旦的许老师回国后,其汉语课便由他顶了上去。董老师是我最要好的朋友,老家山东,在上海读大学,毕业后留校任教。我们在北京语言学院学法语时是同班同学。那时的他，高个子，显精瘦，反应快，很聪敏，法语学得好，是个笑口常开、爱讲笑话的乐天派。他一口山东味儿的普通话，语速很快，音频也高，无论中文，还是法语，张口就来，而且总是一长串儿，颇像泉水叮咚响，是个人见人爱的机灵鬼。哪里有他，哪里就有欢声笑语。年近四十，还活泼得像个患了多动症的小孩子。所以我们常常亲切地唤他“小董”，而他的太太，却笑眼怒哂，总是怨他“长不大”！

“要我上？但我只会讲一个笑话，请诸位作为选送节目来审查吧。”看来，董老师已早有准备。我想：有门儿！

“什么笑话？”

他站起来指着我道：“这是我和杨组长同去巴黎任教时，发生的一件真事。经过是这样的。”

于是大家洗耳恭听。

他说：“一个礼拜天，我俩西装革履，相约去塞纳河畔散步，走进一个十分雅静、行人稀少、早已废弃的水泥桥涵长洞之中。对面有三个玩耍的法国少年，小学生摸样，跳跳蹦蹦、嘻嘻哈哈地迎面走来。我们刚走到他们面前，忽听‘Bu——’地一声，还带着走高上扬的尾音，那是董先生我、没能控制得住，突然放了一个屁！其响声之大，在涵洞中产生的共鸣，足以令所有的人震惊！我感到整个桥洞都在嗡嗡作响，直惊得那三个法国孩子，齐声惊叫起来！我自觉不雅，十分难为情，为了解嘲，便一边哈哈大笑，一边突然转过身来，狠狠拍了一下老杨的屁股。这个动作等于告诉孩子们，这是老杨所为。老杨立即反应过来，瞪着眼睛，对我大吼：‘你怎么嫁祸于我！’但法国孩子听不懂汉语，无疑他们早已认定：这是老杨的不雅行为，便指着他，一边大喊：‘C’est toi! C’est toi!’（是你！是你！）一边急忙手掩口鼻，狂笑着，从我们身边飞奔而去。我转过头来，边笑边对他说：‘屁大个小事，你都不敢承当！还能出国？算什么男子汉！’我的话直噎得他张口结舌，无言以对。老杨回头望着远去的那三个法国孩子，也笑着称赞我：‘你这一幕，演得精彩！看来反应快，并不单纯是个优点，还能用来嫁祸于人！我不用舍近求远跳黄河了，即使就近跳进塞纳河，恐怕也永远洗不清了！’”

笑话到此结束。

大家在哈哈大笑声中，有的摇头，有的摆手，说：

“不行，不行！太粗鄙，太低俗了！”

“有失师道尊严！”

“不登大雅之堂！”

谁料正中董老师下怀。他立即表示赞同，边笑边说：“正合吾意！谢谢诸位了！我要是拒绝上台，你们会骂我不仁不义，不为全组排忧解难；既然这个节目，经诸位审查不合格，可见不是我不演，而是节目不符合要求，那就请大家弃劣从优、另选高明吧！”

他真是个老机灵鬼，选择了这么个更巧妙的逃避办法，倒显得比任何人都精明！

……

谁知，转了一圈，还是无人承担。最后，这个任务仍然落到了我的头上。

我苦笑了一声，一边摇头一边想：怎样联系我的实际呢？我也只能从我的汉语教学中挖掘素材了。

于是，我第三次硬着头皮，搜索枯肠，重新创作了一首诗歌，取名为：

《教汉语》

挂起标准语音图，
　　教念一个拼音字母，
　　　　领唱一只动人的音符！
掀开汉语教科书，
　　备好一篇对话的课文，
　　　　填出一页连心的曲谱！
教室里，
　　节节课，
　　　　都是友谊的颂歌！
课堂上，
　　句句话，

都是热情的鼓舞！
听口语，
语流如水流，
暖流浇心头！
看作业，
工整又清秀，
心底唱丰收！
今日里，
一把把种子
撒非洲；
望明朝，
一朵朵友谊花开
香全球！
愿将满腔热血化甘露，
为中刚友谊
写春秋！
我站在这个讲台上啊，
越讲
劲儿越足！
一个字啊，
一颗
铆钉；
一句话啊，
一根，
钢柱！
不断翻过的，
一页页的，
书啊；
不断伸展的，

一段段的，
路！
攻克一个语法点啊，
翻过，
一座山梁；
校正一个音调啊，
越过，
一道峡谷！

这不是那经院式的，
我教书，
你背书；
更不是，
老师为挣法郎，
学生为争分数！
不，我们是在架设，
交流思想的，
桥梁；
不，我们是在开辟，
中刚友谊的，
坦途！
要问这友谊有多高啊，
珠穆朗玛，
峰顶瞅；
要问这友谊有多长啊，
刚果河水，
永、奔、流！

毋庸赘言，我第三次出演，也得到了大家的赞赏。

这些演出经历，对我终生有益。它促使我从此敢于大胆登台，迫使我从此学会了诗歌朗诵，也让我从此喜欢上了诗歌写作。这是我赴刚任教中的一项意外收获！

更重要的是，它使我觉悟到：其实，人的很多才艺，都是在压力下、在被迫中锻炼出来的！它也让我懂得了：即使愚笨无才如我，只要敢于面对难题，不向压力屈服，不因困难低头，能在大家帮助下，坚持攻坚克难的勇敢精神，才是走出自己、创造人生的不二选择！

5.《刚果行四:“录音机事件”》

(1977.9.1.写于布拉柴维尔教师组)

(一)

1977 年 3 月的一天,我国驻刚果使馆负责兼管教师组的一秘(一等秘书),把教师组前任组长郭老师和现任组长我,召唤到使馆会议室,严肃地说:

“据经参处来自招待所的意见反映,你们教师组,有人买了 SONY(索尼)录音机却又退掉,惹得日本商行老板很生气,便从此对中国人抬高了售价,甚至不愿接待中国顾客,因而引起大家即各个专家组的普遍不满,造成很不好的影响!到底是怎么回事?”

这就是所谓的“录音机事件”!

我很紧张。为什么?

第一,我国刚刚改革开放,录音机国内少见,是个极新鲜的玩意儿,又是眼前国内孩子们学习外语热潮中的必备用具。这一非常时髦的物件,成了所有出国人员采购货单上的必选和首选,几乎人人都要带回家一台。在购买热门物品上惹出是非,倘引起众怒,将全体教师当作指责对象,陷入舆论漩涡,使教师组成为众矢之的,这个后果,非同小可!

第二,日产家电,世界闻名,录音机又以日本的 SONY 牌子最响亮、最有名。但中日关系,向来是我国外交大局中的敏感领域,小事极易发酵,或酿成更大事端,谁也不知道这家日本商行与其政府暗中有无联系。故而引起使馆的重视是必然的,当然也给我的心头增加了很大压力!

第三,我,正是这次“录音机事件”中先购买、后退货者之一,又是教师组现任组长。显然,我成了这一事件的始作俑者和主要责任人。那么,由此引发的任何问题及其后果，也必须由我承担全部责任！我怎能不紧张呢？

这真叫：身处异国第一线，外事的确无小事啊！

紧张之余，我也很奇怪。因为事实真相，并非如此。我对整个经过，一清二楚。有人却要添油加醋，小题大做，造成事端，这到底是为什么！？

我的前任反应更激烈，怒冲冲地说道："招待所头头，竟然无事生非！肯定是他兴风作浪，为栽赃诬陷教师组，不惜扩大事态，造成轩然大波，以致惊动了领导。太不像话了！"

我作为主要责任人，意识到了复杂性，便提醒自己：绝对不可莽撞！于是冷静下来，当即决定：首先，必须向一秘详细汇报事件真相。

（二）

其实，事情很简单。其具体经过是这样的：

1976年圣诞节前夕，我们四个教师一起，为自用、付私款在布拉柴大街上的一家日本商行，买了四台索尼牌录音机。拿回来一看，发现一台外壳有损伤，另一台喇叭声音不稳定。于是，我们根据说明书上的条款规定，又征得日本老板同意，以质量欠佳的合理缘由，退回了两台。过了圣诞节，布拉柴市面上的电器产品普遍涨价，这个日本商行也随即跟进。当其他专家组同志购买时，价格自然比我们贵了许多，于是便有人把提价原因，转嫁到教师组的头上，产生了一些误解和怨言。其实，物价涨落，是随着国际市场上供求关系的起伏变化而不断涨落的。这本来是资本主义商品市场上的正常现象，完全不值得大惊小怪。

很清楚，我们的退货，有正当理由；我们的做法，也没有出格；市场上的电器涨价，原本与我们毫无关系，并不是因为我们退掉录音机而引起的。

听完汇报，一秘神情和缓下来，说："我相信你没说假话。不过，肯定还有深层原因。不然，为什么大家都把怨言发泄在教师组的身上呢？"他依然严肃认真，板着面孔，命令式地指示我们：

"一定要谦虚谨慎，深刻反省，妥善处理此事。回去后就开会，先党内、后党外，不只说明事实真相，更要开展自我批评！身处国外，处理好人与人、组与组的关系，是搞好一切工作的基础。教育援非，更不例外！"

最后他说："此事虽小，但影响很大。你，"他指着我说："既是事件的当事人，又是教师组的负责人,要带头做自我批评,吸取经验教训,消除不良影响,增强大局观念,切实扭转与招待所的不正常关系。我等待着你们两家,出现新气象和好结果!”

(三)

我知道:虽然说明了真相,但事情远未结束。

“风起于青萍之末”。问题的要害是,招待所为什么要借这件小事,把矛头指向教师组,从而形成一场风波呢?

原来,冰冻三尺,非一日之寒。这里头的确是有深层缘由的。

布拉柴招待所,直接受使馆经参处领导,是我国援刚各专家组人员经常来往的聚散之地。回国的同志,在此集中等待机票;来自国内的援刚人员,飞机落地先在这里食宿休息;下面各个工地的组长来使馆开会、学习、汇报、和刚方商谈工作都暂住这里;工人同志们来首都看病、采购、转运设备也住这里。人员多而广,流动性很强,涉及面又大,一句话,一件事,传到招待所,就等于传到各个专家组,传到所有援刚中国人的耳朵里,也很容易反映到经参处和使馆领导的办公桌上。

我也清楚:长期以来,教师组吃住在这个招待所里,一直和睦相处,关系正常。但一年前,两家之间渐渐出现了裂隙,常在鸡毛蒜皮的小事上生出是非。矛盾纠葛几起几落。尤其是1975—1977这一届教师组组长(我的前任),与招待所所长的关系互相结怨,日趋紧张。

教师组组长认为:“招待所所长,管理松懈,不负责任;其他下属,好吃懒做!”反映了上去,再被领导批评下来,造成招待所管理人员,从上到下,压力很大,包括炊事员在内,都对教师组怨言纷纷。

而招待所所长,脾气粗犷,说话耿直,一提起这个教师组长来,就竖起眉毛,瞪起眼睛,把气愤全写在脸上。他说:“我给他(指教师组组长)是八个字的评价:嘴馋,手懒,话甜,心短!具体说,就是爱吃好的,还不想帮厨;嘴里讲得天花乱坠,而心里总想算计别人!”最后还狠狠加上一字:呸!他认为:就是在他的煽呼下,教师组才不断起哄,想另起炉灶,要独立出来,终于在1976年7月搬出了招待所的。

教师组与招待所,颇像一对吵闹不休的亲兄弟,终于分家另过了。就在分道扬镳一个月之后，又发生了这起"录音机事件"！

而每谈起这一事件来，我的前任就斩钉截铁地肯定："无疑是所长利用职权、打着专家组招牌、别有用心地制造出来的！"；而所长却说："我从没向领导说过教师组一句坏话！用背后汇报害人的事，我很鄙视，更不会干！"还拍着胸脯，赌咒发誓："如果我说假话，愿遭天打五雷轰！"

究竟是谁无中生有，制造了事端？不知道！这真叫：事出有因，查无实据！

就这样，两家的恩怨纠葛，传得满城风雨，闹得驻刚其他专家组，也神经紧张起来，连使馆武官都告诫军事组：不要介入！

（四）

很明显，"录音机事件"是前已有因，反映了我们和招待所，在处理关系上存在问题。

但我想：更重要的是，眼前如何解决问题，又会直接涉及今后双方的关系发展。所以，不仅要看到事前有因，更要看到事后生果。处理好了，可以解疙瘩，化矛盾，双方都能正确总结经验教训，变坏事为好事；反之，感情用事，死算旧账，激化事态，就会在原来潜伏矛盾的基础上，火上浇油，推波助澜，使关系更加恶化下去。

不难看出，录音机事本身不大，但如何处理，的确十分重要！

回组后，经过三位支委研究，作为支部意见，由我先召开党员会议，说明情况。并表示：一定要总结经验教训，认真搞好和招待所的关系。

在会上，绝大部分党员都能识大体、顾大局，认为必须如此；但也有个别人坚持异议，指着我说："你这个当头头的，真是软棉花捏的！咱教师组可不能一包袱都揽起来。必须分清是非，找到那个造谣惑众的害群之马！"更为不妥的是，他还在背后悄悄追查："招待所里究竟是谁，把录音机的事汇报给使馆的？"这一不当动作，等于扩大事态，定会造成更大的误会和紧张。

矛盾尖锐，必须明确表态。我说："这种说法和做法十分不该！"接着，我向全体教师党员，说明了支部的看法，讲清了我的担心，也明确提出了我的衷心希望。我严肃地讲：

"录音机事和我有关，我又是组长兼支书。我的责任是：只能处理好，不能处理坏！我决心把此事作为处理好两家关系的转机，化解心结，握手言和，从此改善双边关系，努力让事态朝团结融洽的方向发展。否则，一味指责对方，使隔阂增大，对立加深，造成恶性循环，影响援外工作，就是因小失大，不明事理，有百害而无一利！”

会后，经党支部讨论决定，报使馆一秘同意，给大家规定了搞好团结的一条纪律。这就是：对于招待所，要“多看长处，多想好处，不讲短处”。这条纪律也适用于对待其他专家组。我们绝不参与、也不随意议论各种有害团结的非原则纠纷。但也说明：上述“两多一不”三句话，并不是对错误行为不开展斗争，如果涉及原则问题，如两性关系、贪污盗窃、叛国投敌之类，绝不能装聋作哑、知情不报。但是，报，也必须保证事实确凿，有真凭实据，千万不可捕风捉影，将假当真。为此，我们身为教师，应该约束自己，不算“三账”：小账、偏账和后账；并做到三点：嘴巴紧点不参与是非；手脚勤点多帮助别人；耳朵灵点多听听意见。

（五）

为什么要这么规定呢？我作为组长，又召开全组大会，陈述了如下三点理由：

第一，从小处看，必须搞好团结。

招待所，服务面广，家大业厚，人家可以少求甚至不求咱们，而我们教师组，却必须求助于人家。况且，我们和招待所仅几步之遥，互为近邻。我们出现具体困难和遭遇紧急情况（如已发生的刚果政变、总统恩古瓦比被杀事件），首先要求助于招待所，而且只能求助招待所。如今大家已有体会，自从我们搬了出来、独立起伙之后，柴米油盐、锅碗瓢盆，一件都不能少；天天买菜购物、值日帮厨，必须样样操心，事事都得亲自动手。当自己担起了繁杂生活担子的时候，这才意识到，过去住在招待所，饭来张口，吃住不愁，反而怀念那种轻松的日子。这就证明了：是人家帮助了我们很多，并非像有人讲的，“是我们太多地帮助了人家。”

第二，从大局看，也要搞好团结。

什么叫“局”？局，就是棋盘。在远离祖国的特殊环境中，在布拉柴这一局外交棋盘上，有将士相，有车马炮，也有小兵卒。教师组和招待所，都是摆在刚果河边的小卒子。我们面对界河，胸怀全局，就应团结一致，互相支持；就要严以律己,宽以待人;就要小事糊涂,大事聪明;而不是颠倒过去,反而小事聪明,大事糊涂。有些小事,看起来我们有理,但从大局一看,我们就没理了。所以毛主席说:事情有大道理,也有小道理,大道理要管小道理,小道理要服从大道理。大局要求我们团结,大局就是大道理。小局小事再有理,违背了大道理,于大局不利,小道理就没有道理了。所以要无条件服从大道理,服从大局。我们常讲的“以大局为重”,就含有“团结一致向前看”的意思在其中。

第三,从大理看,更应搞好团结。

记得毛主席说过:“人们总是根据自己的经验来观察问题,处理问题,发表意见,有时候就难免带上一些片面性……但是,我们要求看问题应当全面一些。”(见《在宣传工作会议上的讲话》)。是的,“全面”地看问题,就是“大理”。我们往往知其一,不知其二;看到皮毛,就下结论;抓住一点,不及其余。加上某些偏见或成见的支使,就可能说出不实事求是的话来。因此,还是谨慎一些为好。

人家的缺点让人家去讲,各自多做自我批评。这是我们处理小矛盾、小是非的正确方法。因为我们议论别人的短处,往往带片面性。这种片面议论,传到外面,汇报上去,便会让领导得出片面结论。领导再依据片面结论去处理问题,去批评同志,既冤枉了人,又破坏了关系。这次发生的“录音机事件”,我们作为受害方,就尝到了这种苦滋味! 己不所欲,勿施于人。还是让我们先从自己做起吧!

最后,我总结道: 回头望,我们认识不足,存在缺陷;但向前看,我们必须搞好团结,改善关系。布拉柴教师组,不能孤立地工作和生活。其他专家组对我们有过许多帮助,但大量的、经常的、尤其在急需情况下,能就近帮助我们的,还是招待所。其他组呢? 或人少力薄,或远水难解近渴。招待所常能给我们“近水解近渴”。

今年部分教师要回国了,我们这一批还有一年。我们回国后,还有新的教师被派过来。教师年年派出,连续不断。我们理应为后来者,创造更好的环境条件,让他们生活无忧,才能教学顺利。谁不懂得: 安居才能乐业嘛!

(六)

两次会议过后,大家的言行谨慎多了,党员的确起了核心作用。招待所那边,有经参处上下沟通,也开会总结教训,开展了自我批评。

总之,经过双方共同努力,从 1977 年 7 月开始,教师组和招待所的关系,前嫌渐释,大为改观。现在,我们两家,互相帮助,互通信息,相处融洽,亲密无间,又恰似亲兄热弟一般,和好如初。

例如:招待所事务繁忙,有时出外采购或办事,急需翻译,我们教师,谁有空闲,立即应招,不说二话;教师住地,水路电路,发生问题,一个电话打过去,所长即刻派人过来,手到"病"除,恢复正常;甚至连我们借汽车、洗被褥、修家电、配零件,他们都有求必应,话到人来,从不误事;每逢周末,去使馆看电影,为方便往返,常常两家配合,共乘一辆大轿车,既节省了人力(司机),又节省了开支(油费);各专家组组长和翻译,来首都布拉柴办事,也常找教师组帮忙,我们都能做到有求必应;有工人们想从国内购物或给家里寄信,也常通过所长,委托我们的换届教师,归国时为之代办;为感谢教师组的经常辛苦和无偿帮助,输变电组组长还特意派专车,往返四百多公里,邀请全体教师,利用假期,远赴林区布昂扎水电站,参观了他们正在施工建设的援刚浩大工程……

现在的教师组,使馆领导满意,人际关系融洽,组际关系和谐,大局意识增强。我衷心祝愿:布拉柴教师组这一叶小舟,从此一路,顺风顺水!

回忆起这段工作,我心里充满温馨。这种温馨的滋味,甚至超过了我对自己两年刚果教学成果的甜蜜感受!

注:1978 年 6 月初,我面临任教期满即将回国,接教育部外事局通知,我的驻刚教师组组长兼党支部书记的任职,到 1978 年 6 月 30 日截止。从同年 7 月 1 日起,由天津大学化工机械系副教授王老师接任。

6.《刚果行五：布昂扎水电站参观札记》

（1977.11.1.写于布拉柴维尔教师组）

1

1950年，刚果要求法国在布昂扎河上修筑一座水电站。法国派人来实地考察，测水流量的小船触礁落水，淹死了两个黑人。刚果政府的愿望，还未形成计划就告吹了。从此，再也没有外国人愿意染指此事。

但中国政府答应帮建，签订了合同。开始动工时，刚果动力部还持怀疑态度说：法国人都不愿答应的事，中国人敢答应？能办成？因此迟迟不拨经费。

电站地址，离首都布拉柴维尔200多公里。公路很差，运输困难，机器设备根本无法运入。按照合同，修路应由刚方负责。但面对刚果经济困难，又对我国援建此项目持怀疑态度，中国专家便自己开道修路，加固了一百多个桥涵，把从中国远道运来的物资，源源不断，运往工地——千百年来人迹罕至的原始森林中。这种行动，使刚方代表，大为惊叹，深受感动。

2

这位刚方代表，曾留学苏联卢蒙巴大学。回国后，到刚果动力部工作。他看到中国政府真心实意的援助，和某国缺乏诚意形成鲜明对照，便给中国专家组讲了两件事：一是某国曾答应援建一个小水电站。开工后，借口刚果未全面支付开支而停建；二是某国又说要援建一个铅锌矿，也以同样理由而停工下马，引起刚果政府的极大不满。

他说：事实证明，中国人民才是我们的真朋友！

3

布昂扎瀑布落差65米，开发这个水力资源十分有利。建设这个电站，总费用约需6500万人民币，仅水管直径就达5.2米，可见工程量之浩大。刚果总统恩古瓦比亲自参加了这项工程的奠基仪式。建筑过程中，中国工人林宝华奉献出自己宝贵的生命，工地上就有他的“烈士之墓”。

因为修建这个水电站，这里出现了一个“刚果工人新村”。公路两旁，男女老少，每见到中国人，都热情招手，问候“您好！”孩子们更是欢呼雀跃，爱戴之情，热烈程度，更胜于他乡。

4

修电站，首先必须修筑水坝。修水坝首先必须断流。把千年布昂扎湍急流水拦腰截断，在当地人的心中，是难以办到、不可思议的事。这是一场惊险的战斗，很容易发生死人、伤人事件。所以刚方代表提前打招呼，他一定要看断流！

那天，看热闹者，人山人海。最困难、最危险的活儿，都是中国人干，刚果工人都被分配到比较安全之处。结果未死一人，也未伤一人，湍急的水流就被截断！当地群众和刚果官员无不称奇，都赞叹道：“中国人是上帝派来的人！”

刚果人是相信鬼神、信奉上帝的。水坝工地，山高林深。千百年来，大家都认为，人只能服从大自然的摆布，从不相信人能改造自然，人敢改造自然。现在，看到东方的中国人，能叫高山低头，令河水让路，法国人、俄国人都不敢碰的地方，如今被中国人改造成一幅美图新景：水电站终于建成了！真是开了眼界，惊奇不已！当地群众告诉我们，过去这里叫“鬼不来”，现在成了“都想来”。黑角港人、布拉柴人、甚至外国人，都想来这里看看。各地游客、使馆官员、法国商人，都乘飞机来这里参观。远远近近的刚果人，步行的、乘车的，也到此观赏，一睹为快，络绎不绝，几乎天天都有。他们看见水电站建成，巍然屹立，都对中国工人竖起大拇指说：

“你们真是上帝派来的人！”

5

在水坝旁边的山沟里，中国专家还修筑了一座双曲拱形桥。两排栏杆，两串路灯，桥面分人行道和车行道。车行道上可并行两辆大卡车。这是目前刚果最大最漂亮的桥。刚果国内河岔纵横，路桥不少，但都是仅容一辆汽车行驶的窄铁桥。车辆通过时，行人不能通行。对面来车，行人只好在桥头等候。想要两辆车在一座桥上并行或对开，都是不行的。而且，许多桥涵，年久失修，钢梁倾斜，路面坍塌，处处都是陷坑，弹跳震幅很大，行车需要十分谨慎小心。我们从布拉柴出发，一路担惊受怕，颠簸摇晃，吃尽苦头。但临近水坝工地，一走上这座国产双曲拱形大桥，平稳舒适，顿觉异样，而且桥的样式、色调，全是中国元素，使人有见桥如到家的亲切感，长途跋涉的疲劳，便在一瞬间烟消云散！

7.《刚果行六：布拉柴之春》

（1978.2.12.写于布拉柴维尔教师组）

布拉柴维尔虽小，却是座非洲名城。它地处赤道，热带气候，不分春夏秋冬，只有雨、旱两季，哪里来的春天？

我说，有的。

十月上旬，正当我国秋高气爽、早霜晚露、豆黄稻香的时候，你听那第一声春雷，响彻刚果河畔，向人们预报，生机勃勃的雨季来到了！于是，虫鱼苏醒，百鸟争喧，一扫旱季的萧瑟之声，这不正是春天之音么？几番雷阵雨过，非洲大地，百草萌发，枝叶暴芽，万木争荣，一片鹅黄嫩绿，这不正是盎然春色么？雨过天晴，阳光灿烂，布拉柴维尔，蓝天白云，绿树红花，风和日丽，不冷不热，这不正是融融春光么？

刚果有一种"凤凰树"，也叫"火红花树"。每到旱季，叶儿落个秃光，只剩下一身干枝，如同瘦骨嶙峋的老人，临风而立，使人望而生怜。但岁逢十月之后，则展枝延条，生出新叶，入雨季一旬有余，即开放花朵，一层翠绿，一层红花，近看似团团绿雾吐红蕊，远眺像朵朵彩云映艳霞。整棵树枯木逢春，返老还童了！这种树，枝干高大，绿荫如盖，活像一把撑开的巨型花伞，每遇轻风吹拂，花瓣儿就像红色的雪片，漫天飘舞，地下落英缤纷，仿佛铺上了一层彩色的地毯。在布拉柴的街道上，这种树很多，真是簇簇绿荫滴翠，团团红云花海，把个不大的非洲名城，打扮得春意盎然，格外妩媚动人。凤凰树，成了布拉柴之春中一道亮丽的风景！

所以，在刚果工作的中国人，无不称赞这里风景秀丽，四季如春。然而，更值得热情赞美的是，刚果人民对中国人民的深情厚谊！我们常说，刚果的天气好，而“人气”更好。刚果人民的心里，也有一片温暖的春天！

且不说那车水马龙的大街上，出租车司机在十字路口主动给中国同志让路；且不说“玛雅”机场的工作人员，对中国客人的优待照顾；也不说那指挥交通的警察，总让中国车辆优先通行；仅就每次外出，时时传来“您好，您好！”那应接不暇的问候声，就足以使初来乍到的中国人，激动不已！

很多刚果人都会说这两个中国字：“您好！”虽然发音并不标准，有时还误喊成“好您！”连这俩字也不会说的人，不管你是否听得懂，就急忙用当地的林加拉语大喊“Moté”，或用官用法语大叫“Bonjour”（都是“您好”的意思）。只要看见中国人的车辆，就老远招手致意，大声呼喊。我们坐在车子里，常常不得不急忙回转身来，隔着车窗，招手回礼。如果你步行在大街上，有人不仅口喊“您好”，还紧紧握住你的双手，热情问候。那大大的眼睛，厚厚的嘴唇，黝黑的面颊，带着微笑，闪烁着光泽，充满了真挚的情谊。顿时，一股暖流，从他手中，传递到我们心里！谁说“身处异国，举目无亲”？我们体会到的则是，身处异国无异感，刚果处处皆亲人！

有一次，我骑摩托去刚果教育部考试委员会公干。办完事后，下楼发动车子，怎么也发动不起来，急得我一身汗。这时，呼啦一下子围上来四、五个人，都来帮我。一个身材魁梧的壮汉，首先抓到车把。我抬头一看，原来是刚送我下楼的考试办主任。他用法语说了声“给我”，就骑上车去，像蹬自行车一样，边前进，边发动。这个办法我也知道，但嫌太费劲。我总是把车子撑起，就地发动。这位热心的领导，在院子里蹬了两圈，还是打不着火，又跳下车来，边推车快跑，边猛开油门。这是更费劲的办法，但常常会很快发动起来。然而，他跑得满头大汗，还是毫无结果。我看着他那黑黝黝的大脸庞上，挂满了豆粒大的汗珠子，花衬衫的肩头和背部，早被汗水浸湿，嘴里呼哧呼哧喘着粗气，心里老大不忍。我就满怀感激之情，打算谢过他之后，推车走回去。

“我看看！”没等我开口，旁边一位来办事的黑人，丢下公文包，接过车把，撑起车身，说着就要打开车座后面的工具箱。我立即用法语说明，工具放在家里，没带在车上。他两手一摊，两肩一耸，无可奈何地说：“Comment faire?”（“这可怎么办？”）

这时门外许多人也围了上来。只因没有工具，大家都束手无策。

“有啦!”一位年轻小伙子,身穿黄色 T 恤,胸前印着恩古瓦比总统画像,脚蹬一双球鞋,瘦高个儿,显得喇叭裤特长。他向远处一指说,“我去借来!”说罢一转身,就跑出了大门。

我顺着他指的方向看去,在离我们百米外的丁字路口,大树底下,有个摆小摊儿的修车处,那里横七竖八地停放着五六辆正在修和等待修的摩托车。两个修车工人,一会儿站起来,一会儿蹲下去,看来十分忙碌。只见那个小伙子,以百米赛跑的速度,跑到那里,向修车工讲了几句话,从对方手中接过工具,又飞跑回来。那个修车工,只好坐在树下休息。

车修好了,我问小伙子:“你借扳手,影响他的生意,他同意吗?”

“怎么不同意?他听说要给中国同志修车,立即把扳手递给我。还说,修不好,叫我一声!”

我紧紧握着他沾满油污的手,连忙说:“谢谢您,也谢谢他!”

在布拉柴,有那么多外国人,为什么唯独对中国人如此热情?是什么力量支持他们这样做?这种热情的源头何在?这个问题经常引起我的深思。直到第二学年开始,我才得到了回答。

那是刚上完课,我走出教室。一个女学生站在门外,拦住我,先礼貌地问了声“您好?”紧接着就说,“老师,我要学中文!”

我作难了。今年要求学中文的学生特别多。去年一年级 30 名,今年增加到 50 名。教导主任告诉我,还有学生不断提要求。但是,作为外语班,五十名已是饱和点了。分班吧,又缺少教室,所以一个也没批准。这个学生准是碰了钉子,又来找我了。

我打量着她。她和大多数黑人女孩一样,有着黑而油光的皮肤,大而明亮的眼睛,宽而扁平的鼻子,两片厚而突出的嘴唇,一头细而蜷曲的头发,大约十六七岁,满脸稚气,眼睛里却放射出坚毅而执拗的光芒。看来,她是决心要学中文了。我就试探地问:

“可供你们选择的,还有英、德、阿、俄四种外语,为什么非要选中文?”

“了解中国、学习中国啊。妈妈说,中国人好。我全家都要我学中文!”

我更感兴趣了。很想了解这一家。我们就坐在一棵大凤凰树下,用法语(刚果官话讲法语)和她攀谈了起来。

原来，她家住在“布昂扎”地区，我国援刚水电站工地就在她的家乡。她爸爸就是和中国专家共洒汗水、修建大坝的刚果工人之一。所以她一家都知道，这个工程项目，远在1950年，法国人考察河水流量时，怎样因小船触礁，翻进河心，淹死了两个黑人。刚果人的愿望，还未形成计划，就成了泡影的；也知道，和我国签订合同后，中国第一支先遣队，开进这人迹罕至的原始森林，是如何支起帐篷，风餐露宿，开辟了立足之地的；也亲眼看到过，中国专家自己动手，加固桥涵，修筑道路，是怎样把从中国远道运来的成批物资、成套设备，源源不断运往布昂扎河畔的；也亲身体会到，和中国专家在一起，斗风雨，抗日晒，并肩协作，克服困难，怎样筑起了那巍巍百米大坝、建起那座震惊世人的水电站的！

“我永远忘不了断流的那一天！”她说，“几天前，我妈妈就在祷告了：祈祷上帝保佑中国好人和我爸爸的安全。要凭人力把波涛滚滚的布昂扎大河，拦腰截断，这在我们家乡的人看来，实在是不可思议的事！”

是啊，千百年来，他们栖居于原始森林的深山野谷，日月星辰，昼夜寒暑，认为是上帝的安排；生死灾病，雷鸣电闪，认为是“垂象示戒”，天意的表现；他们吃的是野果，住的是草棚，信的是鬼神，敬的是上帝。头脑里，只有一个受大自然支配、任其摆布的观念，何曾有过人能胜天的设想？哪里看见过改造大自然的实例？

“中国人真能把这汹涌澎湃的千年激流截断吗？上帝不会惩罚他们吗？少不了死人伤人吧？”人们抱着各种猜想，从四面八方赶到河边。我们一家也来了。人山人海啊，从未见过这么多人！一场惊心动魄的战斗开始了。中国专家都在最前哨，哪里危险、哪里困难，他们就在哪里。安全的位置、保险的二线，都留给了刚果工人。当无死无伤、安全成功地断流之后，河岸两边掌声雷动。我们亲眼看到了，东方的中国人，是怎样叫河水让路、让高山低头，都开了眼界，大为惊奇，没有人不为之赞叹！我妈妈激动地流下了眼泪说：‘中国人是上帝派来的！’”

一阵清风吹来，凤凰树上的红色花瓣纷纷飘落下来，撒得满地都是。有几片落在我们的头上和肩上，散发出幽幽清香。她顺手拣起一片，举在我的眼前，深情地说：

“中国人和春天在一起。哪里有中国人，哪里就有春天！你还是批准我学中文吧！”

为她，我专门找了教导主任，她终于获得了特批。

8.《法国行一：访维纳斯》

（原载《延河》1990年第四期第59—63页）

古今中外，谁不爱美？但美的标准，却五花八门。古希腊画家宙克西斯(Zeuxis)，要画一幅美神像，把希腊各地最美丽的女子，各人身上最美的部位集中在一起，画成了一个美人的整体。他以为，这就是大家心目中的理想美了。然而并非如此。因为有人认为金发美，另一些人却认为黑发美；有人觉得黑亮的眼珠美，另一些人却认为湛蓝的眼珠美；有人认为柔情似水美，另一些人却认为冷若冰霜美……恐怕世界上还没有一个丹青高手，能画出一个头发既黑且黄、眼珠既黑且蓝、神态既温柔又傲慢的女子来。

但是，说也奇怪，从古希腊到现当代，从西欧到东亚，凡见过断臂维纳斯雕像的人，都说她最美。搞艺术的人，通过这尊雕像，都能找到知音和同行。这大概也说明了：美，在人们心目中，还是大体有个共同标准的吧。

维纳斯雕像，现存巴黎卢浮宫博物馆。其实，她的原名叫阿弗洛狄忒，祖籍希腊，是希腊神话中的美神和爱神。现在人们多以罗马名"维纳斯"称呼她了。

巴黎任教期间，我每次去卢浮宫，几乎都必须拜谒她。而每一次，她都被众多的游客所包围。因为大家都想一睹"真品"为快。尽管有管理人员的禁止，醒目的文字提醒"不许闪光拍照"，但仍有不少相机的闪光灯，偷偷闪个不停。

我早在学生时代，就看见过这个维纳斯的画像和照片。"文革"中，左得连"维纳斯"三个字都不能提的时候，石膏只能用来为毛主席老人家铸造塑像。改革开放后，维纳斯仿佛展翅而来，她的石膏像到处涌现，各大城市几乎都掀起了"维纳斯热"。但这些塑像，不少都是形体走样，比例失调，少有几个能令人满意的。

现在，我站在她的“原版”之前，怎能放过这大好的欣赏机会呢？所以，我总喜欢久久站在她面前，从各个侧面，仔细观察，从细部到整体，认真欣赏一番。

这是一座高约两米多的白色大理石的女性塑像。她那波浪形的头发，经过严谨的艺术处理，透露出一种希腊式的古典美，高高隆起的鼻梁和线条明晰的面部，都给人以庄严的美感。尤其是她那嘴角的表情和眼神的光芒，呈现出高度的端庄和安详，具有一种崇高而典雅的高贵气质。略向侧转的腹部和微微前倾的上体，处处展示了女性的自然美。她那富有弹性的肌肤和细腻真切的纹理之中，仿佛有血液在循环，有脉搏在跳动，使人觉得，她分明是个有生命、有灵魂、有体温的肌体，而绝非是一块冰冷的石头。她那落至腹下的裙布，在臀位上方形成一条分界线，把全身分成鲜明对比的两半：上身裸露，下身隐藏。裸露部分，让人赏心悦目，不由人不赞叹作者鬼斧神工之妙；隐藏部分，却透过裙布的皱折和凹凸的艺术处理，清晰地展现出双腿的姿态和肉体的神韵，而那皱起的裙布和厚重的基座，使整个雕像的下半段，显得稳重厚实，带上了“纪念碑”的风格，更衬托出整体形象，亭亭玉立，如“芙蓉出水”一般美丽。这种结构，别具一格，充分体现了雕塑家精于构思的艺术匠心。整个雕像，是内在美和外在美的完美结合，也是一曲理想化的女性美的艺术赞歌！

但是，遗憾得很，这个维纳斯早已失去双臂，被人称作“断臂维纳斯”。站在我旁边的一对白人夫妇议论道：“如果她的双臂健在，让我们像古希腊人那样，能欣赏到她那完好无损的艺术整体，那才真叫饱享眼福呢！”

是的，这也是很多人的遗憾之叹。但是我也想，艺术欣赏这东西，不像吃“满汉全席”，以“全”为美，而有点像“啃排骨”，肉虽不多，但越啃越香。其所以会产生无穷余味，完全是欣赏者参与创造的结果。维纳斯正是在“断臂处”，为欣赏者留下了创作空白，引导每个参观者，进入“加工创造”的境界。我相信，每个游客在观赏她的时候，都在自己的想象中，做着为她“续臂”的工作：设想原型的双臂，可能是何种姿态？何种动作？这种姿态和动作的设计，由于有现存整体美作为基础和根据，也只能沿着美的导向、向着更美、即“理想美”的目标努力。无论是哪种具体方案，也无论是否符合或接近原型，人人作为观赏者、也同时作为“后续创作者”，都满足了填补艺术空白、补充形象之不足的愿望，尝到了参与创造的甘甜和愉快。而正是这一点，在我看来，才算是真正的艺术欣赏，完整的艺术欣赏,或者叫更高层次上的艺术欣赏。离开了“参与创作”的艺术欣赏,仅仅是被动消极的接受者,简单直观的评判者,恐怕充其量,只能是艺术审美中的浅层次、低能儿。

事实上,不少艺术家、评论家、考古学家,都为维纳斯的“断臂再植”,煞费过一番苦心,但至今,仍未能产生出一个令人满意的方案,为大家所接受。最后的结论,反倒是,“无臂比有臂更完美”!

我来到展厅窗口的玻璃柜前,里面摆满了展览资料。通过法文说明,知道了其列举介绍的是,意大利佛罗伦萨艺术馆、那不勒斯博物馆等等各地所藏的美神雕像简图,供游客想象断臂原型的多种参考。这些美神,除了都在臀位以下被裙布遮盖之外,一双手臂,各呈不同姿态:有的左手扶在石柱上,右臂向前下方伸出;有的左手搭在身边男神的左肩上,右手扶在男神的右臂上;有的左臂微曲,向前伸出,食指指向上天,而右臂向前方下垂,食指指向大地……但我经过比较,感到都不如断臂维纳斯那样美。反而觉得:“断臂”更比“完臂”好。因为“断臂”给我们留下了广阔的想象余地,那些残缺之处,被我们自然地看作现有形体美的延长。究竟哪种姿态最美呢?我们在想象中,也有充分地比较和选择的余地。可以是五种美姿、十种美态,也可以是千姿百态的美。如果固定为一种姿态,就只提供了一种可能性,必然会使人感到索然无味。这大概就是艺术欣赏中的“有限”和“无限”的区别吧。看来,“完美无缺”,的确不如“残缺不全”来得诱人。所以我想,即使现在,忽然发现了确凿资料,或在原址找到了那双埋没已久的断臂实体,证实和确定了原型本有的某一种姿态,恐怕也不会令人满意。因为大家早已认定,“只有断臂,才是维纳斯”了。

记得我国影片《人生》中有个镜头:一个农村穷老汉,生气地把维纳斯石膏像,摔碎在地上,骂他儿子花那么多钱,竟然从县城“抱回来一个光屁股女人”!如果单从文化素养角度看,这当然是对艺术的无知。但它也提出了一个严肃问题:如何判断审美标准?艺术和色情的界限究竟在哪里?无疑,维纳斯是艺术,是美。但封建脑袋却视它为“丑不忍睹”。而色情的目光,也要从她身上捕捉一缕淫邪的满足。难怪和我同去参观的妻子,对我开玩笑说:“你们男人,为什么大赞特赞维纳斯?不就是为欣赏那块将落而未落下去的‘遮羞布’?它正好停在女性裸体的那条‘敏感线’上,给你们造成诱惑和挑逗。这种能挑起联想和等待的东西，难道也叫艺术？”

我当然不否认这种现象的存在。她的话引起了我久久的深思。

维纳斯这个美神，在希腊神话故事中，本来就是个轻佻的性格，媚态的形象。欣赏者感受到一种勾魂摄魄的诱惑力量，正是这个原始形象的应有之义。从这层意义上讲，也属于艺术赏析的正常范围。可是，这尊塑像则有所不同。只要仔细观察，就会发现，她的面部表情增加了一层冷静的沉思，热情受到了节制，表现出来的主要是理智和安分的神态，并无丝毫的轻狂和挑逗之意。如果欣赏者，不去琢磨她面部神态的底蕴，只对那危危乎欲坠的裙布发生兴趣，继而再下滑一步，这恐怕就和艺术审美毫无共同之处了。固然，我们无法限制别人思考什么，或怎样思考，正像别人也无法限制我们一样。但是，至少应当明白，艺术和色情，仅是一线之隔，“跨上去”和“滑下来”，都是极容易的。我们面对维纳斯，既不必怀着保守心态，大惊小怪，更不可用淫邪的目光，去玷污那美丽的躯体，用色情的眼神，去亵渎艺术的圣洁。至于怎样才能跨上艺术审美的境界，避免滑入色情联想的泥淖？我想，还是由各人去研究和思考吧。

我被人流推到维纳斯塑像跟前，手把栏杆，细细观赏。这才发现，她的玉体，实际上并不那么洁白光润，而是小小坑洼，点点斑驳，处处露出“伤痕”。是啊，“美人多灾”！维纳斯也经历了不少磨难和坎坷。

远在公元前三世纪到前二世纪之间，某一天，她从古希腊雕塑家亚历山大手中诞生了。不知何时何故，为历史尘埃所掩埋，直到19世纪初，才被米洛斯岛上一位叫波托尼斯的农民，在田间劳动时偶然发现。一艘法国邮船，停靠在该岛上补充蔬菜和淡水时，船长马特雷上尉，一看见维纳斯，便异常惊喜地订购下来，并立即派军用快船，去米洛斯岛搬取这件无价之宝。但一艘土耳其军船闻讯赶来，把她抢到手中。就在海滨，经过一场小小的“土法战争”，兵力强盛的法国人终获胜利，这才把维纳斯雕像，从米洛斯海滩，运回巴黎。

我想着这些曲折经历，她皮肤上的那些斑点坑洼，仿佛变成了蝇头小楷，记录着她那一整部传记资料。从它上面似乎可以读到，她从降生问世、遭沙土掩埋、到重见天日，经两军争夺、长途跋涉、直到最后定居巴黎的整个历史。要是她能开口，一定会向如潮的游客，娓娓动听地讲述她那些非凡的故事系列。但是，她双唇紧闭，仪态万方，既没有离乡背井的愁容，也毫无赤身裸体的羞涩。依然以优美的神态，以无限的魅力，吸引着从地球各个角落慕名而来的崇拜者，泰然地面对着这些人头攒动、目光烁热的世界，仿佛在骄傲地说：

“我永远是卢浮宫的主人！”

9.《法国行二：访罗丹》

（原载《延河》1990年第四期第59—63页）

人们常说，到了巴黎，不进卢浮宫等于没到巴黎；看了卢浮宫，而不去奥尔赛，也会痛悔不已。因为前者，珍藏了从远古到19世纪中期的艺术精品，后者，则集中了从1848—1914年的著名杰作。两大博物馆加起来，组成了一部完整的欧洲艺术史。然而我觉得，只看卢浮宫和奥尔赛，而不去罗丹博物馆，也是终生憾事。在巴黎，我最喜欢参观的地方，除了卢浮宫和奥尔赛之外，就数罗丹博物馆了。

显然，罗丹博物馆要小得多，只能算是个"个人雕塑展"。它没有卢浮宫那宏伟无比、气势磅礴的巨大建筑，也没有奥尔赛那先进的现代科技管理设备，尤其是展厅面积之大，所藏展品之多，及其历史跨度之长，更是罗丹博物馆望尘莫及的。但是，罗丹博物馆，也是巴黎一座著名的艺术圣殿。它小巧玲珑，环境清幽，不像卢浮宫、奥尔赛那般人流如潮，显得拥挤嘈杂。这里有精心设计的花坛，有绿荫如织的草坪，有荷花飘香的水池，有冬青夹道的石径。罗丹的许多作品，除室内展出的部分之外，一些高大的巨制，都着意安置在室外的美景环抱之中。三三两两的参观者，可以一边欣赏这些艺术珍品，一边在这个优雅宁静的深深庭院里，悠闲漫步，不更是一桩美妙的事吗？

当然，吸引我的，并不是这里的自然景色，主要的，还是那些令人心醉神迷的雕塑作品。

你看，《地狱之门》，一墙多高，以门的形式，塑造了一幅可怕的地狱景象：阴风怒号，鬼魂飘荡，神秘莫测。它把但丁《神曲》中的"地狱篇"，活脱脱地展现在观众眼前。有人说："这是一个伟大诗人失败的作品。"我却觉得，这个评价欠当。

因为它只是罗丹的一幅创作蓝图，一个总的草稿和构想，也可以看作他雕塑作品的“序言”。他的许多作品，都从这里脱胎而出。可见制作它，主要不是为了别人欣赏，而是自己创作规划的需要。

你看，那个《行走的人》，没有头颅，没有双臂，只是一尊巨大而坚实的躯干，双腿有力地向前跨去，是一个奋然迈进的豪壮动作。本来头和手臂，是人体不可缺少的重要部件。但是，艺术家为了突出主题，运用大胆的省略手法，毅然删掉了它们。这就把观众的注意力，毫不浪费地集中到跨开的双腿上去。无疑，这是给“走路”下的一个庄严定义。人类不正是这样并应该这样，总是在自己的人生旅途中，大步向前，勇敢奋进？

你看，那组群雕《加莱义民》，塑造了六个义士。作为战败者一方，为避免英国人屠城，代替人民赴死，六人六种不同神情：有的决心从容就义，有的怀着满腔义愤，有的缺乏勇气，有的痛苦不已，有的恐慌万状，有的无可奈何。再现并演出了一幕壮烈而惨痛的历史悲剧。

你看，那个《思想者》，屈膝坐在一个高高的立方体石座上，右手背托着下巴，紧皱双眉，聚精会神，仿佛忘掉了人间的一切，在那里永久地沉思着。究竟有些什么难题，纠缠得他那样苦苦凝思呢？也许是，关于物质与精神问题，有神论和无神论问题，战争与和平问题，也许是灵与肉的问题，生与死的问题，美与丑的问题，还有人生的意义、宗教的神秘、艺术的幻想问题……总之，一切问题。哪个人没有令人苦恼和被迫思考的问题呢？这座塑像像一面镜子，每个观赏者，都能从这个“思想者”的神态中，看见自己。他不就是我们人类的化身？真理世界不正是在我们的沉思中被不断发现？历史的车轮不正是伴随着我们的沉思，向前推进的么？

……

一条狭窄的草径，把我引向围墙下的一个角落。一片方形草坪的中央，巍然屹立着一尊塑像。啊，这不就是那个有名的《巴尔扎克立像》吗？多少年来，我都梦想着，能站在他面前，一睹为快。由于从事外国文学的教学工作，还出版过一部专著《巴尔扎克创作论》，所以，我对这位文学大师，十分熟悉，他的面孔、身材，他的气质、性格，他的作品、人物，以及他的创作经历、艺术造诣，都通过文字材料的阅读，给我留下了难以磨灭的印记。现在，他骤然出现在眼前，我感到是那样的亲切和惊喜！

这座巴尔扎克塑像，个头不高，但体格健壮，两肩宽阔，头发厚密，神色严肃，眼睛放射出坚毅的光芒。他的头，向右肩转去，半仰着脸，傲然而立，仿佛无论别人如何赞美或嘲弄他，他总是昂着头，挺着胸，坦坦荡荡，勇敢坚定，充分表现出他那坚强的意志、旺盛的精力和顽强的性格。

啊，像极了！我不觉惊叫起来。这正是我心目中的那个巴尔扎克，那个举着粗大的手杖，喊着"我是粉碎障碍的专家"的巴尔扎克；那个遭债主追捕、"像兔子一般"到处躲藏、"差点失去面包、蜡烛和纸张"的巴尔扎克；那个总是喝着浓咖啡、穿着圣多明会白袍、紧关门窗、在六支蜡烛下，忘我写作的巴尔扎克；那个一生"短促而饱满、作品比岁月还多"，身后为我们留下了"一部卓越的现实主义历史"的巴尔扎克！他那个圆形大脑袋里，满装着多少还未写出来的法国社会的悲喜剧啊！就是他，用终生的顽强奋斗和辉煌业绩，在全世界世世代代人民心中，给自己塑造了一尊光辉形象！

对于自己的肖像，巴尔扎克曾做过一番自我描绘。他写道："其发如鬣，鼻短而扁，尖端皱着，鼻孔大如狮子，而且被一道大裂缝，分成两块有力的隆起部分。"这些特征，都被罗丹惟妙惟肖地表现出来了。所不同的只是，罗丹为了突出他的天才气质，增加了一些超凡脱俗的英雄成分，特别是他那双浓眉之下的两只眼睛，从人欲横流的丑恶现实中抬了起来，进入了幽深的精神世界之中，似乎他那全神贯注的哲学思考，把他的注意力，引向现实之外很远很远的地方去，展示出作家运用"第二视觉"，达到了忘我境界的特殊神态。难怪人们都说，眼睛是心灵的窗户，面部是灵魂的镜子。塑造形象，总离不开对眼睛和面部的刻画。文学家是如此，雕塑家也不例外。

罗丹从不轻视"形似"，但更重视"神似"。他曾说过："只满足于形似到乱真程度，拘泥于无足道的细节表现的画家，将永远不能成为大师。"因而他认为："应当获得的是灵魂的肖似。只有这种肖似才是重要的。"所以，这尊巴尔扎克塑像，全身只披一件宽大长袍，线条粗犷豪放，没有精雕细刻，只注意了整体的真实，给人以简洁明快之感。乍一见，倒像一幅大笔挥洒的写意画，而处处透露的，却是巴尔扎克特有的性格和气质，展现了这位作家的特殊风采。

虽然，雕塑家表现的，只是人物表情的一瞬间，但他必须懂得，这个人物的一生经历和主要性格特征。罗丹自从 1891 年,接受了为巴尔扎克塑像的任务后,便阅读了大量有关资料,亲自到作家家乡去访问调查,制作了无数草稿模型,用了整整七年时间,终于掌握了巴尔扎克的灵魂,这才创造出这件不朽的杰作。

写到这里,我记起了关于这件作品的一段佳话。

据说,就在刚刚完成这一塑像的当天深夜,罗丹十分满意。凌晨四点多钟,他怀着激动心情,唤醒了正在熟睡的几个学生,来欣赏他的佳作。他们首先看见的是,精心塑造的巴尔扎克的双手,露在长袍外面,很自然地叠压在腹部,显得十分突出,格外引人瞩目。第一个学生赞道:"好极了,我从未见过这样奇妙的手!"罗丹听了,有点不快。第二个学生,也被那双手吸引住了,说:"只有上帝,才能创造出这双手,简直跟真的一样!"罗丹更加不安了。第三个学生也叫道:"老师,单凭这双手,足以使您永垂不朽!"罗丹心慌意乱,快步走动了几步,然后操起一把斧子。学生们吓慌了,赶忙阻拦,他用力地推开他们,奔到塑像旁边,很快砍掉了那双"完美的手"。然后,才转过身来说:

"傻子们,这双手太突出了,已经有了它自己的生命,已不属于这个塑像的整体了,所以我不得不把它砍掉。你们一定要记住:一件真正完美的艺术品,没有任何一部分,是比整体更重要的!"

这段话,虽然精确表述了艺术创作中的"部分和整体"的关系,即局部要服从整体的合理主张,也说明了,艺术家要善于听取意见、勇于割爱的普遍道理。

但是我也想,艺术审美这东西,不可定于一尊。仅凭几个学生的直觉,几句简单的赞美,便得出截然相反的结论,难免不犯以偏概全的错误。更何况,学生们的判断,未必就不是真理。一个成熟的大师,竟也缺乏必要的自信。如果留下那双"有争议"的手,让世人和后人去评判,不是更好些吗?细部,固然不可独立于整体,但整体,向来是由细部组成的。各个细部的刻画成功,才能唤醒艺术整体的生命呀。这样一想,我又觉得,罗丹的"砍手"之举,未尝不是失之于草率的鲁莽行为。我久久凝视着巴尔扎克那被宽大袍袖掩盖着的双手部位,徒然地寻找着和想象着那双"完美的手",不能不感到深深的遗憾。一个世纪以来,大家都津津乐道,罗丹在这里表现的艺术智慧,我却觉得,它很可能是名家的一桩不小的过失!

几只鸽子,从头顶飞过,把我的视线,引向围墙之外。我在树荫掩映之中,看见一座宏伟建筑的金黄色圆顶和碧绿色的塔尖。湛蓝湛蓝的天际，那高高的塔尖，在几片飘动着的白云衬托下，恰像一艘巨轮的桅杆，缓缓向前移动。

我知道，那是和罗丹博物馆仅一街之隔的拿破仑墓，也是拿破仑一生文治武功的展览馆。我前不久刚刚参观过。拿破仑用他缴获的那么多武器和战旗，装饰着自己的荣耀，为自己竖起了一座丰碑。而巴尔扎克，则把他的九十多部作品组成的《人间喜剧》，堆积在自己的脚下，使他获得了无限光彩。正像雨果所讲的：巴尔扎克的作品，“高大而坚固，就像用花岗岩层、雄伟堆积起来的纪念碑。他的名声，在他作品的顶点，熠熠发光”。巴尔扎克在成名前，曾在拿破仑的小塑像上刻下誓言：“彼以剑锋未竟之业，吾将以笔锋竟其业！”最后，他终于以非凡的毅力，用笔完成了拿破仑用长剑没有完成的历史，实现了自己的宏愿。

从这一点看，巴尔扎克并不比拿破仑逊色，他就是文坛上的拿破仑！然而，罗丹对拿破仑并不感兴趣，却满怀热诚地为巴尔扎克塑造了这座立像，不由地令人对这位雕塑艺术家平添了几分敬意。

10.《法国行三：名字的敏感》

（原载《西安晚报》1997 年 7 月 24 日第七版“海外风情”栏目）

我在巴黎任教时，法国同事拉普鲁斯先生问我：“有几个字，对每个人都是最敏感的，你猜猜，是什么字？”

“妻子？”“不对！”“孩子？”“也不对！”“金钱？”“更不对——是自己的名字！”

新鲜！我回忆了自己前半生的经历和感受，还真是那么回事。你看，在家里，我们兄弟姐妹众多，父母呼唤他们，我可以置若罔闻，但每每听到我的名字，就会立即竖起耳朵；上大学时，我们班 72 人，听到他人谈论同学，我常漠然置之，一旦听到我的名字，便即刻被吸引过去；留校任教之后，全系教工五十多人，各级学生三百多名，在每天传进耳膜的无数名字中，唯独对自己的三字姓名，反应特快，敏感度极高。

拉普鲁斯先生为了证实自己的伟大发现，还给我讲了一个令人毛骨悚然的故事：

在法国大革命的“红色恐怖”中，毙命于“断头台”的各级贵族，数以千计。一次，一个幽默放荡的流浪汉，对着一颗刚被砍掉、带血滚落的头颅，大声呼喊死者的名字，居然发现，这颗头颅还能迅速睁开眼睛，骨碌碌转着眼珠，寻找呼唤他姓名的人！听来虽然有点残忍恐怖，但我觉得真实可信。因为，在那身首异处的一刹那间，他的神经依然活着，意识还没完全死去，听觉并未失灵，那种活人正常的生理惯性，会使他做出这样骇人的反应。

但是，在巴黎生活了两年之后，我对此论，有了新的体验：这个判断，固然不错，可是也应看到，人的姓名，乃代号、标签而已。随着境遇的变化，名字也会发生变化，那么，敏感的名字，也要随之变化。

举例说吧：巴黎十三区号称唐人街，是华人聚居地；道菲纳大学的东方语言文化学院，有世界上最大的中文系，旅法华侨和台湾留学生常能碰到，但从整体看，华人在巴黎社会中仍占少数。认识我的人更少，知我姓名者少之又少。我姓名的呼唤率自然比在国内大大降低，一星期也难得听到一两次，以至于连我也对它漠然了。相反，我对"Chinois"(法语："中国人")一词，却与日俱增地变得敏感起来。无论在校园内、博物馆、大街上或地铁站，只要听见这个词，哪怕声音很低，语速匆匆，混陈于成串法语词汇组成的语流里，我都能在一片喧闹声中惊醒般地分辨出来，常常不自觉地猛然回头，去寻找声源，总以为那是在议论我或者呼唤我。

久而久之，我便发现，随着境遇的转换，我的名字似乎也在不断变化。出国前，在同事中我最敏感的，自然是自己的姓名；而在校内，我最敏感的名字是"中文系"；出了学校，我最敏感的名字是"西大"；出了省，我最敏感的名字是"陕西"；而走出国门，我最敏感的名字，又变成"中国"了。

一位华侨学生对我说：她有个六岁的小弟弟，常和法国孩子一起玩耍。倘发生冲突时，法国孩子便大喊："Chinois！ Chinois！"即"支那人！ 支那人！"以此侮辱他！ 他便瞪大眼睛，挽起袖口，学国产功夫片中的英雄，握拳振臂，猛地一跳，扎起角斗的架势，然后大吼一声，向着对方冲去，吓得那些法国孩子，落荒而逃，如鸟兽散。

一个华侨后代，生在国外，从未踏进过老祖先的土地，却在潜意识里，仍敏感于自己是"Chinois"，不容他人轻侮，且以"Chinois"的传统方式，捍卫"Chinois"的民族尊严。这种从名字的敏感中衍生出来的、连他也未必能解释清楚的"护根"之情，不是很可爱、亦很可贵么？

一位香港《明报》女记者，曾是我的学生。她在交给我的文章中写道："我是生长在香港的中国人，自少接受中国及英国文化教育。但我的老根在中国，受到中国古代文化熏陶，有很重的民族感情，可是历史与政治，始终将香港与大陆分开。我活在现代中国的外围，而血缘却要我不断地跳进去，找得认同。"

因为这段话，深深打动了我的中国心，很有一种亲切感，所以，我当天就记在我的日记本上。现在，香港已经回归祖国，每当想起这件往事，心中就涌上一股激情，耳边也便响起了那一曲昂扬且熟悉的歌声：

"我们都有一个家，

名字叫中国……"

11.《法国行四：香水城的有趣启示》

（2009.4.27.写于法国巴黎居所）

参观了法国的格拉斯城，引起我两个有趣的思考。

第一，“香”和“臭”原来是密切联系在一起的。你看：发明香水的动机，很有意思。最初的目的，全在于“除臭”！

据格拉斯香水研究中心的人员介绍，在格拉斯，制造香水的第一代即创始人，是个皮革制造商。长久以来，皮革厂里，臭气熏天，厂内厂外，怨声载道。只是为了消除难闻的臭味，老板这才想到了，利用当地生长的香草，制造香水，以便除臭。实施之后，果然效果奇佳。从此，他找到了制造香水的原始方法，开始了制造和销售香水的历史，以至于发展到今天，大名扬遍全世界！

这个资料很有趣。说明任何有发展前途的发明创造，都来源于实用。非实用的创意，没有生命力，前途不妙，不会长久畅行于世界。这使我想起，弗洛伊德发现潜意识，起源于给疯子治病；爱迪生发明电灯，是为在黑暗中寻找光明；麦当劳的成功，也是为解决人们吃饭的快当便捷才应运而生……今天，大家都谈“创新”。这个生产香水的原始创意，只是为了实用，对于今天的我们，不是很有启发么？

第二，“鼻子”专家，也很有趣。

据介绍，目前全世界，共有五十位“鼻子”！

什么是“鼻子”？因为制造香水，需要辨别各种香型。于是，在理论和实践的结合中，便培养和造就了大家公认的香水专家。这些专家，仅靠鼻子，就能鉴别出上千种香型，所以人们就叫他们“鼻子”。显然，这是戏称，也是尊称。

据格拉斯香水研究中心的人员介绍：培养一个“鼻子”，打基础，需要十年。

三年学理论,七年搞实践。十年后,这个“初级鼻子”,可以辨别出三百多种香型。再经过时间长短不等的反复实践、学习、钻研,最终可以达到辨别三千五百多种香型,就成为全球公认的“鼻子”了!

现在,在全世界共有五十位“鼻子”。在这五十位“鼻子”中,格拉斯的“鼻子”就占三十位,达到全球的五分之三!可见,格拉斯在目前世界香水行业中,居于首位,独占鳌头,真是名不虚传!

于是,我想:品酒靠舌头,调琴靠耳朵。既然可以把香水专家叫“鼻子”,那么,也可以把品酒师叫“舌头”,把调琴师叫“耳朵”了。他们的嗅觉、味觉、听觉器官,经过艰苦训练,长期实践,其敏感度,都达到了人类的极限!

我们常说:“不经一番冰霜苦,哪来梅花放清香?”“世上无难事,只怕有心人!”“只要功夫深,铁杵磨成针!”所以我坚信,行行都能出状元!这种“鼻子”精神,不是值得大加赞佩!很值得人人学习么?

我在心中默想:我们的国家,今后也肯定会涌现出更多的类似“鼻子”“舌头”和“耳朵”那样的专门人才,即一定会诞生出各种各样的、各行各业的敢于挑战世界极限的专家来!

12.《德国游一：大地之母》

（2009.5.20.写于德国普尔海姆）

2009年5月，我乘飞机，从北京到法兰克福，大约8000公里，不落地直达，共需近10个小时。二百多人挤坐在一起，虽然按时用餐，供应各种饮料，还有报纸刊物，放映电影以及航空小姐的周到服务，但静坐3个小时以后，我便开始头昏脑涨，腿脚麻木，耳鸣心悸，很不舒服，只盼望赶快到站落地，双脚站到地面上，才会觉得神清气爽、身心轻快。

“大地啊，我的母亲！”我一边在心里呼唤，一边想起了希腊神话中的“大地之母”的故事。

大地之母盖亚，是大地的化身，万物的根基，人类的始祖，死人的归宿。她宽阔的胸脯，就像母亲的怀抱；她坚实的身体，即承载万物的土地，是人类物质力量和精神力量的源泉。

据希腊神话讲：安泰俄斯，是盖亚的一个儿子。他力大无穷，战无不胜，成为著名的英雄。原因何在？就是因为他的两只脚，只要不离开地面，便能从大地母亲身上汲取无穷无尽的力量，因而无论和谁搏斗，他都能战胜敌人，而不会被对方杀死。但是，聪明的英雄赫拉克勒斯，深知这一秘密，便设法把他举过头顶，使他双脚脱离地面，断绝了母亲的能源供应，终于在空中把他掐死了！

这说明：大地母亲是何等的重要。英雄如此，况凡人乎！

我们人类，每天双脚不离开地面，都觉得那是自然而然的事。脚下土地，何足挂齿？我们无论是健步如飞，或是散步消闲，都觉得习以为常，本来如此，没必要珍视脚下的黄土。可是，当你两脚脱离地面的时候，你才能体会到，大地的确可贵！可爱！

1978年，我结束刚果任教，经莫斯科回北京，乘坐过七天六夜的国际列车(1960年开通，路程7000公里)；1988年，我从巴黎回北京，曾乘过16个小时的飞机。这两次，我都体验过双脚长时间离开地面的痛苦和到站后脚踏实地的轻松。尤其是第三次，那是1984年，我从西安出发，经上海去厦门大学参加学术会议，为赶时间不得不乘坐轮船的体会，更使我对大地母亲，终生难忘。

我先乘火车到上海，想再转车去厦门。但上海至厦门的火车票已经售完，倘后延便要迟到，错过开幕式。我一打听，可以改乘轮船，便立即跑到码头。只见卖船票的窗口，竟无一人排队。我心凉了，以为船票也卖完了，便带着失望的心情去打听：下一班船的时间。谁料，女售票员竟然回答："还有票，今天下午就能走！"我十分惊喜，赶紧掏钱。拿到票，刚要走，她又递出来一张表，要我填写：姓名、年龄、职业、详细家庭住址、联系人姓名、电话号码等等。我奇怪，就问道："为什么填这个？"

"台湾海峡不安全，虽然现在基本停止打炮，但万一让你碰上，遭遇不测，我们需要找你的家人联系啊！"

啊，我这才想到：目前海峡两岸处于敌对状态，都以不时发射炮弹的方式警告对方。但何时发射，属于军事行动，互相并不通知，谁也难以预料，所以这条航线上的安危谁也无法保证。为防万一，码头采取这种看似多余、又实为万全的准备措施，是完全可以理解的。

我吓出了一身冷汗！再看票面，还注明"不许退票"。看来，这个险是非冒不可了。我一硬头皮，豁出去了！这表，我填！

这一程啊，尽管有幸没挨上炮弹，却饱尝了晕船滋味的痛苦！

半夜里，船到中途，海上起了风浪。浪大足有四五米，或者更高！轮船起起伏伏，很厉害地颠簸起来。我望着窗外，除了如山的黑浪，还是黑浪如山，排山倒海，不断袭来，着实恐怖！船内的客人，有的抓着栏杆，有的扶着座椅，根本无法安睡。也有几个人，脸色蜡黄，开始呕吐。我只感到手足无措，无可奈何，头昏眼花，满脸冒汗。想安静，但坐不住；站起来，又站不稳；走进过道，仍然东倒西歪，哪里能找到平稳安静的地方？胃里翻腾得厉害，不断干呕，却吐不出来。啊，那真叫欲活不得、欲死不能！一直折腾了我三四个小时，直到天大亮时，进港靠岸。下了轮船，双脚落地，我头晕目眩的感觉才渐渐消失，恢复了常态。

我真不知道，这是海洋之神波赛冬在捉弄我们，还是大地之母盖亚在教训我们。作为人类母亲，她似乎早已不满子民对她的淡忘和冷漠，因而总用晕船的痛苦，向我们这些不肖子孙，耳提面命，大声怒吼：

“永远记住我，我是你们的大地之母！”

人啊人，轻易到手的东西，我们都不珍惜；只有失掉的时候，才懂得了它的价值！

13.《德国游二：什么是“孤独”？》

（2009.5.21.写于德国普尔海姆）

一到德国，沃尔夫冈先生首先为我们接风洗尘，宴请了我和老伴儿。

沃尔夫冈先生，是我的德国朋友，和我同龄，整七十岁。

去年八月，惊闻先生丧偶，十分揪心！据我所知，他们夫妇，相濡以沫，40多年。自退休以来，更是同出同入，形影不离。无论是平日居家，走亲会友，还是出国度假，都从不分开。自从夫人重病，他或在医院照顾，或接回家护理，都尽心尽力、细致入微。宁愿忍受更多的疲累煎熬，只盼尽力多挽留她些时日，总怕她匆匆离去。

但天意难违，夫人终于撒手人寰，把他一个人，抛弃在这个世界上！

我猜想他，虽有儿子，也很孝敬，但总代替不了终生相伴的老伴儿。他现在的感情生活，肯定非常孤独。

果然，此后不久，我得知他，每天都要去墓地看望老伴！一连十几天，天天如此。

看来，人同此心，心同此理。情之所至，中西一也。

我很感动，深深理解他的这种行为。

想想看，二人世界，突然沦为孤身一人，形只影单，情何以堪？想过去，日有爱妻共进三餐，夜有老伴同床共枕；看如今，三餐食之无味，夜夜辗转难眠，连一个知心对话的人都没有；望今后，还有那些日复一日、年复一年的剩余时日，只能无奈地煎熬了。此情此境之中，一个孤零零的老头子，落入人生的谷底，怎能不饱尝寂寞之苦？

所以我想，过去，他肯定听人说过“孤独”二字，也给别人谈到过“孤独”一词，但可以肯定，其感受并不深解。到底什么才是“孤独”？如今的沃尔夫冈先生，亲自尝到了“孤独”的味道，才能真正领悟到、也才能深深地懂得了，究竟什么叫作“孤独”？

我还记得，我大学的班主任老师，身患绝症，长期卧床，由老伴儿精心照料。但百药难救，拖了不少时日，最终驾鹤西去。事后，近邻好友，出于好心，频频安慰师母说：

“你要节哀！他早走总比晚走好。他少受罪，你也早解脱！”

可是，师母却说：

“不！我宁愿他还躺在床上，哪怕仍旧生活不能自理，由我天天伺候他，我也不愿人去屋空，家不成个家呀！过去，我的欢喜快乐，有他分享，快乐倍增；我的生气悲伤，有他分担，使悲伤大减。现在，我连个说话儿的人都没了，空荡荡的家里，只留下了寂寞和孤独，我活着，还有什么意思？”

果然，没出一年，师母也与世长辞，追随老师而去了！

人啊，人，不亲口尝尝，不知道啥叫酸辣苦甜。你从生到死，只有亲身经历过，才有切肤之痛、彻骨的体验，才有自己真实的感受，此时才能叫作“真懂”！

我设身处地，替沃尔夫冈先生着想，真是感同身受，彻夜难眠。经辗转反侧，思而得之，忽然有所悟，便用笔记下了下面四句话，诚愿与大家共勉：

没谈过恋爱的青年，不懂得什么叫“爱情”！

没结过婚的男女，不懂得什么叫“夫妻”！

没生养过孩子的女性，不懂得什么叫“母亲”！

只有丧偶的鳏寡老人，才懂得什么是“孤独”！

接风宴后的第二天，我们就去拜谒了他老伴儿的墓地，献花致礼，告慰了亡灵。

14.《意大利游一：肥男胖女满罗马》

（2009.5.23.写于罗马）

《延河》第五期刚发表了我的短篇小说《海伦》，五月下旬，我便满脑子带着海伦的美丽形象，登上飞机，开始了赴欧旅游。

在希腊游览的行程中，老伴和女儿跟我开玩笑说："你到希腊，是专程为寻找海伦来的吧？"

是啊，西方美女数海伦，我来希腊觅芳踪！但我承认，无论在雅典的大街上，还是前往德尔菲的旅途中，我都十分关注希腊女性，尤其是年轻的希腊女性。我怀抱殷切希望，想找到和一睹今人海伦的美貌。

可惜啊，令我大失所望！希腊的美女，竟像希腊的地貌一样，满山遍野，砂石裸露，土壤贫瘠，没有多少养眼的绿色；也像希腊的气候一样，终年雨露稀少，干旱缺水严重，艳丽的花儿也不多。这个在"荷马史诗"时代，全世界有名的"出产美女的地方"，今天，反而找不到几个吸引眼球的女子；能令人惊艳、称得上美女的更少；姿色面容如海论的绝色女性，几乎没有！于是老伴和女儿讥笑我说：

"满大街上，你没找到海伦，只找到变形了的海伦大妈、老态龙钟的海伦奶奶了！"

的确如此。

紧接着来到罗马。我想，美神的化身、维纳斯的后裔即意大利的海伦，总不至于绝迹失传吧？在此，倘能找到和目睹罗马的海伦，我也满足了。谁料，我的愿望又落空了！

条条罗马大街上，靓丽、匀称的女子太少，倒是有另一道风景：肥男胖女很多！

二十多年前，我曾到过西欧。那时，我觉得欧洲人，无论男女，都普遍英俊，且高大健壮，除个别人之外，并没有几个过于肥胖者。但二十多年后，旧地重游，首先映入眼帘的，是超肥超胖者竟然那么多，而且以罗马人为最，实在令人吃惊！

罗马男性，多大肚子，我们俗称"啤酒肚"；罗马女性，多肥臀者，我们粗话叫"大屁股"。

男性的大肚子，有些大得可怕。其胸部以下，像个膨胀的大气球，似乎时刻都会爆炸。倘若不是皮带从下面托起，你会担心它掉下来。我真害怕他的大肚皮，会砸到他的脚指头！你看他们，挺胸叠肚，大腹便便，走起路来，腹部赘肉，不住抖动，浑身上下，那么富有弹性。这种景象，总是让我惊奇，吸引我的关注。

女性的肥胖，更加突出。丰乳肥臀者，在罗马大街上，到处可见。她们的赘肉，和男人不同，大都堆积在屁股和大腿上。我暗中猜想，她每前进一步，须带动超重的躯体，要比常人多花多少力气啊！但是，她们中间的大多数人，似乎早已习惯，仍然步履稳健，自在自得。而且让我更加惊奇的是，她们和朋友们走在一起，谈笑风生，随意自如，一点都不觉得惭愧和不好意思。少数年龄偏大的肥胖者，显然不胜负重，只能挪动碎步，左摇右摆地艰难行走。极个别的，对自己超胖超重的躯体，似乎无法驾驭，只能把自己的整个身躯塞进一个特大型号的机动轮椅里，以电瓶为动力，上街散心或者购物。

对于这种胖女人，倘要估算人数比例，三分之一也许有点夸张；但是，四分之一，我想绝不过分。当然，这其中也包括四十岁左右、有显著迹象、正快速向肥胖型方向迈进的中年女性。

今天，大家都以苗条傲人，以瘦身为美，十分讲究三围比例，疯比三围尺寸。因为胸围、腰围、臀围，是体态妖娆、线条匀称的人体审美标准。而这些肥胖症患者，和亭亭玉立的"魔鬼身材"截然相反，个个都像"枣核儿"一般，中间胖大，两头尖小，三围比例、严重失调，属于变形、畸形、失形之人！我想，这种体型的变异，不仅对健康是个莫大威胁，而且对女性的爱美心理，恐怕也是个不小的打击吧！

难怪，在罗马景点"斗兽场"外，有一圈现代雕塑，都是一双双大屁股的胖女人。可见，连罗马人自己也意识到了，肥胖现象已相当普遍，应当引起人们的关注了！可见，艺术源于生活，此言不虚！

反观国人体型，肥男胖女现象也日见增长。在贫穷饥饿的年代，我们常以赞赏的语气，把肥胖称作“丰满”、称作“富态”；但是到了由穷变富的今天，人人都懂得：肥胖已不是“福相”，反而成为一种“病态”了，它常常是产生“三高”（高血压、高血脂、高血糖）的危险群体，甚至有人说：肥胖本身就是“病”！无论以审美论，还是为健康计，无论从个人幸福看，还是为国民体质想，也都应引起同胞们的严重警惕了！

15.《法国行五： 游趣常在过程中》

（2009.6.27.写于法国普罗旺斯）

6月26日，从上午9点出发，至下午6点半到达度假驻地，共历时八个半钟头，我们的小车一路奔驰在法国普罗旺斯省的林荫道上。左右两边，忽而是薰衣草的紫色花田，忽而是蔚蓝色的大片湖泊，忽而是惊险绝壁的欧洲第二大峡谷，忽而又是一排排整齐的葡萄园林。真是一路风光，新鲜刺激，奇异景色不断，让人目不暇接。

普罗旺斯的林荫车道，本身就是一景。两排树木，高大参天，浓荫密布，花花点点，在炎热的暑天，驱车缓行，徜徉其中，既感觉凉爽舒适，又是一种难得的美感享受。我忽然想起，我年轻时学过的法语读本中，有篇课文，就是描写这种 à l'ombre 的景色的，原文已经背不下来了，但那种温馨迷人的美丽，依然留在我的心底。我强烈地感觉到一种需要，决心回家后，一定要找出来重新温习一遍。

现在正是六月下旬，普罗旺斯也和火炉西安一样，骄阳似火，热浪难挡。但是在这里，只要走到树荫下，便立即凉快起来。我们的小车，飞驰在村镇相连的公路上，浓荫几乎把车道完全覆盖住了，远远望去，颇像一条弯弯曲曲、无限深远的拱形穹顶，形成了一个绿油油的自然隧洞，把酷暑热浪阻挡在洞外，团团浓荫，铺满车道，洒遍车身。伴随着穿越，阳光明灭，闪闪烁烁，引逗得人心情十分愉快。而人呢？身在车内，也似有丝丝幽风，扑面而来，且清、凉、柔、滑，轻轻拂过心头。这种感觉，真有点像投身游泳池中，被那柔和细腻如丝绸般的温水，包容和浸润着全身，按摩着肌肤，一种轻快和甜蜜、愉悦和舒适之感，立即溢满身心。那个美啊，实难用恰当的词汇形容！

在这种愉快中，我忽然意识到，人在旅途最容易忽略的一个盲点，就是它的

“过程”。

前些年就有人戏称：长途旅游是“上车睡觉，下车撒尿，见景点就拍照，回来一问，啥都不知道！”毫无疑问，这是在讥笑那些不会旅游的人，常把整个注意力都集中在了匆匆掠过的“景点”上。景点当然重要，它们常常是游人刻意选择的目标所在。久而久之，习以为常，人们只关注了“目标”，却淡忘了“过程”。似乎出行的目的，仅在于孤零零的几个景点，只要能证明我也曾“到此一游”而已。

但是我想：景点再美，也绝不是旅游乐趣的全部内容。倘若只赶景点，忽略了“景点之间”，无视过程中的感受，其价值则会大减，必然造成遗憾。其实，旅游的更多意义，还是蕴含在其经历的过程之中的。

你看：有些地方，上个台儿一个景，下个坡儿一个景，拐个弯儿又一景；坐在车中，一转身一个景，一扭头一个景，甚至一眨眼儿又来一景；登上山尖一个景，走进谷底一个景，来到水边另是一景；阳光普照是一景，电闪雷鸣是一景，细雨蒙蒙还是一景；晨光灿烂是一景，晚霞满天是一景，月光如水仍是一景……

总之，排除一切干扰，从车开动的那一刻起，你亲历的分分秒秒，你看到的星星点点，感受到的丝丝缕缕，加上你行云流水般的直觉感受，继之以天马行空似的自由思考，必然会妙趣横生，其乐无穷！

不信吗？你试试看。

16.《法国行六：物、人畅流的尼斯港》

（2009.7.8.写于法国尼斯）

7月6日，我们到达尼斯海港。

我们住的度假公寓在尼斯港口边的四层楼上。打开窗户，就能看见各种游船、小艇，把宽广的尼斯海港填塞得满满当当。在我们的窗下，就有几艘货轮、客轮出出进进，十分繁忙。

我们正吃晚饭，一艘巨大的轮船徐徐进港，几乎就是在我们的眼前抛锚靠岸。

这是一艘来往于尼斯和科西嘉岛（拿破仑的家乡）的大客轮。码头上的工作人员立即忙碌起来。当船尾的巨大舱门打开之后，成串的小汽车一辆紧接一辆，快速下船，鱼贯而出。

我立即来了兴趣，放下饭碗，站在窗前，数了起来。我从第一辆数到最后一辆，共242辆车，约半个小时走空。紧接着，码头的两个停车场上，各排成八路纵队、早已等候多时的大批上船车辆，也立即按照先后顺序，从船尾缓缓开进船舱。我仍旧一辆接一辆地数到最后，大小客车共有276辆。其中，绝大部分是小车，有的小车后边还拖着游艇、房车、自行车等。此外，另有9辆摩托夹杂在内。这样算下来，每船共可装进大小车辆，当不少于300辆！每一辆车，按平均2人计算，还有不少于六百之数的游客，加上散客，共应有千人以上，同乘此船！

啊！我们全家人都惊讶了。大家都以为，这么大的轮船，每船顶多装车百辆足矣，连我在德国工作多年的女儿也颇感惊奇，她也从来不知道一只游轮竟能装载这么多！

记得1987年，我第一次参团游尼斯，乘旅游大巴，也在这里上下船。那是连车带人开进船舱，然后旅客下车，出车库，登上客轮的第一、二、三层，观船行大海，尽游览之兴。当时我只觉得惊奇，车那么多，人那么多！但究竟车、人的总数是多少，不得而知。今天，终于弄清楚了。

从轮船靠岸，到出车完毕，大约30分钟；从车辆上船，到入舱结束，也是半个小时，倘从轮船靠岸算起，到最后关闭舱门，重新起锚，前后刚刚一个小时，毫无紊乱之感。足见组织严密，管理到位，环环相扣，紧凑有序。

真是货畅其流，人畅其行啊！

17.《法国行七：文化传承的力量无穷》

（2009.7.24.写于法国奥郎日）

7月22日，我们来到法国南方的名城奥郎日(Orange)。

这里曾是罗马帝国的一个重要城市。诸如宗教遗迹、教宗居室、教皇活动之类，我都不感兴趣。唯有一个古罗马时代的剧场遗址，从公元一世纪保留至今，引起我的极大关注。花了7个欧元，女儿为我买门票参观了一圈，满足了我的愿望，使我得到了一个"佐证"。

什么"佐证"呢？

这个古剧场遗址，无论是半露天舞台，还是扇形看台，都是大块大块的长方形石头堆砌而成，所以坚固得很。虽然，已经经历了两千余年的风吹、日晒、雨淋，但蚀损破坏并不严重，古风古貌一分不减，风格气势依稀仍似当年。

大家知道，西方戏剧，从产生到成熟，都是以古希腊戏剧为标志的。古希腊戏剧在萌芽时期，都和对神祇的祭礼仪式相联系。它的观众，就是从信徒发展而来；它的演员，就是从祭司演变而来；它的舞台，就是从祭坛继承而来。因此，那时剧场就是祭祀场所，舞台就是祭坛，都建在山坡底下；观众看台都是依山傍坡而筑。观众居高临下观看戏剧表演，和今天的舞台位高、观众席低，正好相反。

奥郎日的古罗马剧场，其建筑样式，完全与古希腊的一模一样：层层扇形看台，依山傍坡砌成；舞台在下，看台在上；露天演出，半裸在外。这个剧场，仅仅因为建在市内，面积有限，使看台坡度更陡，气势高耸，更显得雄伟壮观。但它显然不像希腊雅典的狄俄尼索斯剧场那样，扇面开阔广大，容纳观众的数量自然也减少了许多。

古希腊戏剧，成熟并繁荣于公元前5世纪到公元前4世纪；古罗马戏剧，大约盛行于公元前1世纪到公元后1世纪。倘从剧场建筑这一个侧面看，说“古罗马剧场是继承古希腊剧场而来”，或者说是一脉相承，出自一辙，这无疑是很有道理的。

所以人们常说：古罗马在军事上、政治上征服了古希腊；但是反过来，古希腊又在文化上、艺术上征服了古罗马。此话诚然！

你看，不仅古罗马神话，是继承古希腊神话而来，神名、故事，大体相同，只是把希腊人名更换成罗马人名而已。而且，罗马代表诗人维吉尔，显然受希腊诗人荷马影响很深。其代表作长篇史诗《伊尼德》，以神话故事叙述古罗马的建国史，在情节框架上，就和《荷马史诗》差别不大；另一著名诗人奥维德，其代表作品《变形记》，更被看作是希腊、罗马神话之集大成。固然，我们不能把古罗马的民族文学，草率看作古希腊文学的简单翻版。但是，人们也不难发现，古罗马文学，广泛模仿和普遍吸取古希腊文学的创作成就，则是客观存在的不争事实。据此做出上述“互为征服”的判断，应当是实事求是的结论。

而且文化征服，远比政治征服、军事征服要深刻得多，影响要久远得多！细雨润物，落地无声，点滴渗透，不知不觉。所以说，今天看来，古罗马的文明史之中，到处都潜藏着古希腊的原始基因，到处都透露着古希腊的文化信息！可见，一个民族文化传承的力量，能够穿越历史，抵御征服(包括反征服)，顽强存在，其能量远远超过军事能量和政治统治，千万不可低估啊！

在这种文化背景下，审视奥朗日剧场遗址，不正是又为“两个征服”这段精辟的断言，增添了一例有力的“佐证”么？

我忽然想到：在我国历史上，蒙古人建立的元朝政权，倘从1279年算起到1368年截至，共八十九年，几近一个世纪，而最终失败，其原因显然与千年中华文化关系密切；满清统治，从1644年开始，到1800年结束，整整一个半世纪，汉人没有被满化，而是作为统治力量的满人却被汉化了。主因何在？也是大中华的文化传统使然；抗日战争历时八年，是经济和军事实力的生死拼搏，实际上也是大中华文化和大和文化的顽强抗争。在中国“民族精神”中，文化力量则是砥柱。日本妄想吞并中国，费尽九牛二虎之力，最后还以失败结局，深究根源，仍脱离不开博大精深、根深蒂固的大中华文化之根本原因。

“文化传承的力量无穷！”中国历史的发展演变，不也证明了这条真理的名副其实？

18.《德国游三： 歌德属于全世界》

（2009.8.9.写于德国普尔海姆）

我经过法兰克福市，先后不下六次，都是上下飞机，匆匆忙忙，没有时间逗留。其实在我心里，一直想得到一次机会，看看歌德纪念馆。因为歌德的老家，就在法兰克福。

2009年8月8日，女儿专门抽出一天时间，驾车两个小时，陪同我和老伴，来到法兰克福，就只为我参观歌德故居，终于满足了我长达半生的一个殷切愿望！

歌德出生时，外祖父是法兰克福市的市长，父亲曾是政府参事，母亲是市长宠爱的千金。自然应当属于高等贵族家庭。

他的故居并不大，是一座四层楼房。8欧元一张门票，我们共花了24欧，参观了歌德的出生房间、他爱玩的小木偶剧箱、他家的厨房、会客室、画廊、图书馆和歌德的工作室等等。我们租了一个中文解说机，通过对逐层、逐间屋子、各种展品的详细讲解，使我对歌德当年的家庭、娱乐、生活、工作和他的时代气息，都有了更具体的了解和感受。

这个展馆的小卖部，有关歌德的各种资料很多，但没有中文书籍。国内歌德的各种主要著作，都早已介绍过来，如自传《诗与真》、名作《少年维特之烦恼》、代表作诗剧《浮士德》等，我都已有家藏，也没必要再买。所以除了没有买书之外，我拍了许多照片，买了一些图片，可以说尽兴而归。

说句实话，这次参观活动，比请我吃一席美餐，还要令我满足！

歌德生活在18世纪，那是欧洲的启蒙运动时代。当时的德国，四分五裂，共有约300多个小朝廷。青年歌德和席勒，两个激进的知识分子，办刊物、写作品、创作戏剧、排练演出、做学术报告……号召自由独立,向往科学民主,强烈主张国家统一,反对分裂,带有极强的新兴资产阶级民主主义思想。在当时封建制度和理念的包围中,闪耀着未来新时代的夺目光彩!所以,他们二人成了德国启蒙运动即“狂飙突进运动”的代表人物。

尽管,恩格斯评价歌德,说他具有两重性:既伟大,又渺小。但无疑,他是那个时代的伟大思想家、艺术家。即使在今天看来,歌德思想中伟大的一面,如向往国家统一、希望经济发展、强调民族团结、追求自由平等,就很值得纪念。虽然,后来德国的统一,是通过王朝战争的曲折道路,于1871年终于完成;二战后,东、西德的分裂局面,又一次被历史否定,出现了一个当代统一的德国。所以我想,对于今天自己的国家,随着时代发展、不断统一进步的历史演变,倘若歌德在天有灵,也会感到无限欣慰的。

我相信,今天的德国人民,不仅为自己的国家统一兴盛而自豪,也会为其他国家的统一繁荣而高兴。一个真诚纪念歌德的德国公民,绝不会支持、窝藏、怂恿他国任何破坏国家统一、专搞分裂阴谋的人!

看来,歌德的精神,不只属于德国,已经超出国境。他也属于全世界!

注:我旅游德国时,正是疆独势力“世维会”以德国慕尼黑为据点,猖狂闹腾之时。

19.《国内游二： 人生四阶段》

（2009.12.1.写于西北大学桃园校区）

长江后浪推前浪，前浪死在沙滩上。
明知前浪沙滩死，后浪仍要推前浪。

——摘自我的日记

参加"夕阳红"旅游团，大家来自四面八方，聚集在火车上，议论起养老事理来，你一言我一语，叽叽喳喳，热闹非凡。

一个老头说：

"人的一生，颇像一年四季的春夏秋冬：儿子、女儿阶段，是春；丈夫、妻子阶段，是夏；爸爸、妈妈阶段，是秋；爷爷、奶奶阶段，是冬。"

另一个老头很快接上去说：

"所以，与之相适应，人人都要扮演四种角色，男性要扮演儿子、丈夫、爸爸、爷爷四个角色；女性要扮演女儿、妻子、妈妈、奶奶四个角色。而各个阶段有各个阶段的任务；各个角色也有各个角色的责任！"

"说得好！"一个老太太深有感触地说，"我搞了一辈子的幼儿教育，了解很多家庭故事。我深感其中最重要的，是必须处理好父母和子女的关系，也就是上、下两代人之间的关系。"

"我也赞同。"第一个挑起话题的老头大声说，"我是中学教师。我的体会是：作为父母，必须尽到对子女的责任。这种责任概括起来是三个字：生、养、教，即生育、养育、教育。这'三育'，是子女的天然权利，也是父母的必尽义务。所谓父母对子女的爱，始于这'三育'，也止于这'三育'。父母做不到这三育，或超出这三育，如打骂孩子、强制子女婚恋、代替子女找工作等，过犹不及，都属于父母的责任过失。在三育中，'教'字问题最多，过宽、过严是两种极端。只有因材施教，宽严适中，启发其兴趣和自觉，才是正道。"

一位显得年轻点的大妈参加进来说：

"我是社区干部，刚刚退休，上有老下有小，对于两代人之间的关系，也深有体验。我受这位老先生的启发，接着他的话茬，也谈点感想。"她说，"作为子女，也必须尽到对父母的责任。这种责任，也可以概括为三个字：养、敬、葬，即养老、敬老、葬老。这'三老'，是父母的权利，也是子女必尽的义务。所谓子女对父母的爱，始于这'三老'，也止于这'三老'。子女做不到这'三老'，或超出这'三老'，如役使父母、啃食父母、侵夺父母遗产等，也属于子女的责任过失。在这'三老'中，普遍存在的问题是，只讲养老、送终，'敬'字常被忽视。何为'敬'？敬爱者，贴心也，即重在精神关怀！"

"说得太好了！"大家都有同感，不约而同地鼓起掌来。

"我补充！"第三个老头一边举手，一边站起来说，"人常说：'没有养爷的孙子。'什么意思？这是说：在正常情况下，孙子没有赡养爷爷和奶奶的责任。对爷爷奶奶的养、敬、葬，主要是当父母的第二代人的责任，不是第三代人孙子辈的责任。所以反过来说，也'没有养孙子的爷'。就是说，在正常情况下，爷爷也没有抚养孙辈的责任。养(包括教)孙辈，也是当父母的第二代人的责任，不是第一代人爷爷奶奶的责任。爷爷奶奶只能起'帮扶'的作用，而不能越俎代庖。"

"对！"有人大喊，"把孙子当儿子养，是不守本分！"

但是，立即有人提出异议："也不能一刀切。"他解释道，"以上意见都对，然而虽是规律，却都是些冷冰冰、硬邦邦的大道理，但在实际生活中，却因各家的客观条件不一，亲情观念的浓淡不同，从而表现出千差万别来。所以，上、下两代之间的相处模式，在我们身边的具体表现，多种多样，可谓五花八门，也不可拘泥于一格。"

……

这种讨论方式很有意思。我从大家的议论纷纷中，启发很大，收获良多，真是不虚此行。我暗想：但愿普天下当爷爷奶奶的人，都能这样思考、这样理解。每个老人倘若有了这些基本观念垫底，才能真正做到明明白白地活着，踏踏实实地活着，健健康康地活着，快快乐乐地活着！

20.《意大利游二：应验的“许愿池”》

（原载《延河》2010年第三期）

1987年，我在巴黎三大任教时，曾利用假期，参团赴罗马旅游。作为景点之一，我们来到著名的特莱威喷泉。

导游介绍说，如果你背转身去，手握一枚硬币，越过头顶，投进池中，你就有了二返罗马的幸运！所以，此地又称“许愿池”。果然，透过清亮碧绿的池水，我就看见一厚层银白色的硬币，撒满池底。身边还不断有人，像导游讲的那样，正在背对着池水，投掷硬币。我笑了笑，说试试吧，也照办了。

当时，我心里暗想，这不过是个有趣的玩笑，起到旅游广告的诱惑作用罢了。我终生能有这一次机运，踏进罗马，已知足了，并不奢望能侥幸再到罗马来。

谁知道，二十二年后，2009年6月11日，我果然得到了这个机会。在老伴和女儿全家的陪同下，我果真第二次来到了罗马！上午参观了斗兽场，下午就旧地重游，又来到了特莱威喷泉。

这个“许愿池”，还真是名副其实。我二十二年前，只付出一枚硬币的“许愿”行为，竟然真的应验了！

“许愿池”，是罗马最大、最有名的喷泉。背景是海神宫殿。喷泉的主体由三组巨大的雕塑组成，分为左、中、右，排列在宫殿门前。

中间是海洋之神尼普顿（“尼普顿”是罗马海神名，即希腊神话中的海洋之神“波赛冬”）。他驾驭着战车，雄壮威猛，使人想起他的许多故事；两边是两尊水神。据说，雕塑家的艺术构思中，包涵有如下寓意：一边的水神，手中牵着一匹马，此马扬起前蹄，高昂头颅，使人联想到，海浪滔天、汹涌澎湃的景象，是海水的一种性格的象征；另一边的水神，手中也牵着一匹马，却形成鲜明对比。这匹马，没有昂首挺胸,脾气驯顺温和,显得安安静静,那是风平浪静、波澜不惊的另一种海水的性格状态。

海神为什么和马有联系呢?这源自一个古老的希腊神话故事。

海洋之神波赛冬和智慧才艺女神雅典娜,曾经争当雅典城的保护神。主神宙斯,命他们拿出自己最好的东西,由雅典市民来选择决定。波赛冬贡献出来的,是一汪清澈的泉水和一匹神骏的战马;雅典娜贡献出来的,是一棵枝繁叶茂的橄榄树。由于雅典市民早对战争十分反感,认为橄榄枝象征和平,橄榄果还能食用。于是选择了雅典娜,抛弃了波赛冬。海神虽然遭到失败,但从此,他便成了养马、赛马的保护神。到了中世纪,他又成为骑士们的保护神。所以,海神波赛冬不仅和海水密切相关,而且,还总是和战马联系在一起。

特莱威喷泉的背景墙上,还有一个浮雕,是一位少女手指地面的美丽形象。它的素材,来自一个关于这个喷水池的原始传说——“少女指示水源”的故事。

据说,当年罗马帝国的骑兵部队,走到此处,没有水喝,干渴难忍,便四处寻找,但毫无结果。正在危急时刻,一个少女,指着脚下的地面说,由此挖掘下去,便可找到水源!罗马骑兵便奋力发掘,果然挖出了一个茂盛的喷水泉,解决了大队兵马的饮水难题,从而获得了军事胜利。

所以,这个喷泉,还有一个可爱的俗名,叫“少女喷泉”!

21.《意大利游三：鬼斧神工的贝尔尼尼》

（原载《延河》2010 年第三期）

游览了斗兽场、圣彼得广场、梵蒂冈博物馆和特莱威喷泉等著名景点，我忽然想起，第一次游罗马时，就没有见到贝尔尼尼的几件名作，至今常叹遗憾。这一次，可不能再错过了！

我以为，在梵蒂冈博物馆一定能满足这个心愿。但是，从梵蒂冈博物馆出来，仍然大失所望。一打听才明白，这几件艺术瑰宝，珍藏在一个叫"博尔盖塞博物馆"中。于是，在完成了整个游览计划之后，在离开罗马的前一天下午，我硬是挤出时间，颇费了一番周折，终于找到了这个馆址。

这个博物馆坐落在一大片森林里，草木葱茏，环境清幽，道路宽阔，游客络绎不绝，也是当地居民休闲散步、晨练运动的好去处。据说这是 17 世纪时，罗马的机要大臣博尔盖塞，为自己修建的私人庭院，所以该馆以他的名字命名。馆藏也都是他收集的珍品。如拉斐尔的《基督的葬礼》、提香的《神圣和世俗之爱》、卡诺瓦的《宝丽娜·波拿巴特》等等，尤为著名的是，贝尔尼尼的名雕：《阿波罗和达弗涅》《冥神和珀尔赛福涅》。

我花了 14 欧元，真是饱享了眼福。虽然不许拍照，连照相机也不许带进去，但满足了我的一个终生心愿，我亲眼观赏了它！可以说：我的二返罗马，填补了我长期愿望中的一项空白，我怎能不高兴呢？

要把件件珍品一一详尽品评，当然是不可能的。现仅以《冥神和珀尔赛福涅》为例，谈谈我的观感。

司春女神珀尔赛福涅，是宙斯和农业女神得墨特尔的女儿，被地狱之神哈得斯抢进冥府，做了他的冥后。这是一个长长的、很有名的希腊神话中的经典故事。贝尔尼尼以它为素材，创作了这件世界著名的雕塑作品。

在这件名雕中，冥神哈得斯，是个雄壮威猛的男子，怀抱刚刚强抢到手的司春女神珀尔赛福涅。哈得斯的脸上，是一种抢到美女的满足神态，嘴角似乎还带着一丝得意的微笑；裸体少女珀尔赛福涅，则是满脸惊恐的表情，她左手用力推开冥神的脸，右手惊慌地伸向空中，其半扭转的动态身躯和二人角力的相反方向，充分表现了追求和反抗、捕获和逃避、征服和拒绝之间的矛盾冲突。

更妙的是两个细节：一个是少女的一双脚趾，在无限惊恐中的特殊情态：左脚大拇指向上翘起，二拇指向下蜷曲；而右脚脚趾则相反，大拇指蜷曲下去，二拇指则向上猛翘起来。雕塑家把人物争斗的动态瞬间，戛然定格，把少女突然被抢、惊慌不已、坚决抗拒的心理和神态，表现得淋漓尽致，真令人叫绝！

另一个细节，是冥神抱起少女身躯的右手手指，把少女近臀部的大腿部位，深深压陷了下去，其凹陷之处显得十分真切，既表现了冥神施暴抢劫时，情急势迫，用力之大，又表现了少女肌肤的美丽丰腴、富有弹性，不仅真实生动，也增加了无限美感。

这两个人物在心理和行为的冲突中，被塑造得纤毫毕现，生动传神，栩栩如生。

雕塑家贝尔尼尼，把这个古老的希腊神话故事，用一块坚硬的、冰冷的雪白色大理石，演绎得如此真切感人，实实叫人叹为观止！你不能不惊异于他那鬼斧神工之绝妙才华！

22.《法国行八：巍巍乎高哉的马赛圣母院》

（原载《延河》2010 年第三期）

在欧洲，其实并非只有一个“巴黎圣母院”，到处都有自己的圣母院。如罗马圣母院，阿维尼翁圣母院，第戎圣母院，马赛圣母院等等。

马赛圣母院，坐落在马赛城的最高处，是全城最宏伟、最豪华、最著名的宗教胜地。一座高大的圣母金身塑像，在阳光下，金光四射，高耸入云，在马赛全城的任何角落，都能看见她！这座著名的塑像，就被安置于马赛圣母院中心建筑的制高点上，海拔 800 米！

这么说吧：旅游者站在建于山顶的、该教堂的圆形走廊外，绕行一圈，就可以俯瞰马赛海港和马赛全城，其自然地形和全部建筑状貌尽收眼底，包括近海著名的“伊夫岛”（L'ift 即大仲马名著《基督山伯爵》中主人公的冤狱所在地）也历历在目。但是，要想瞻仰圣母金身塑像，还需要眯起双眼、仰头直望蓝天才成。

其实，教堂在欧洲很普遍。几乎每一个村庄一个教堂，每一条街道一个教堂。大城市里，大小教堂到处都是。任何宗教都有自己崇拜的对象。天主教，主要崇拜耶稣基督和他的母亲圣母玛利亚。因此我想，圣母院应当是各个城市的主要教堂，无论规模、装饰和名气，都是首屈一指，居于领导地位的吧。

西欧主要信奉天主教。每个星期天，信徒们都要做“弥撒”。为了了解和体验宗教意识，在西方平民的心目中，究竟能起到什么作用，我在巴黎大学任教期间，曾经参加过“巴黎圣母院”的弥撒仪式。

我看到，进了教堂，无论男女老少，立即寂然无声，无人高声说话。就连刚在大门外还在追打嬉戏、吵闹不休的孩子们，一踏进教堂大门，也会很快安静下来。人人脸上都是肃然起敬的神色。有些男女，走进圣水潭，手沾圣水，划着十字，谦恭地低头，单腿跪下，虔诚祈祷，然后坐进听讲的席位，等待神甫的布道。

弥撒开始，红衣主教身穿长袍，在众位主教大人的陪同下，站在麦克风前，手执《圣经》，开始讲道。他以感人的声调，平和的心态，解说着我们都是上帝的儿子，人和人都是兄弟姐妹，应当互相关爱和帮助。长篇演说之后，又接着大声提议：让大家向身边的人表达人类之爱。于是，听讲者都转过身来，和自己左右的人，不分男女，不管老少，也无论陌生和熟悉，或握手，或拥抱，互表人间友爱之情。

我感到，这是一次人类普世之爱的教育！教堂，很像我们上道德课的课堂。想想看，进门时，大家都带着诚和爱的愿望；布道中，都默默检讨了自己的言和行；出门时，经过忏悔和洗涤，带走的当然是一颗纯洁的灵魂。我相信，布道结束，大家都经过了一场精神洗礼。当重新走到阳光下，人人必定会有一种轻松愉悦之感吧！

其实，进教堂的人，未必都是耶稣的忠实信徒。我就见过一些高级知识分子，无神论者，也和普通民众一起，参加弥撒仪式。我问过他们，为什么也来参加？他们回答说，不为神，只为人！

我默默点头，说得好！因为这是人类普遍的精神需要。哪个人没有道德追求？谁不向往高尚纯洁？

于是我想，其实宗教并不全是迷信，更非“精神鸦片”。它不是“灵魂的腐蚀剂”，而是“道德的清醒剂”。

说到底，任何宗教，都是一种信仰，一种哲学。只要不走极端！

23.《法国行九："狗看星星"》

（2011.4.16.写于西北大学桃园校区）

在赴欧旅游时，面对许多残垣断壁、古建筑遗迹，老伴问我不少问题，有些，我答不上来。她就笑着挖苦道：

"你是狗看星星！"

我不否认。

我分析说，说到"看星星"，可以分为三种类型：一是"狗看"；二是"人看"；三是"天文学家"看。

天文学家，是"内行看""专家看"；有兴趣、又有点滴知识者，是"人看"；一点知识没有又无丝毫兴趣的看不懂者，就类似于"狗看"了。我旅游观光，有些属于"人看"，另一些，的确属于"狗看"。

比如，我虽然了解外国文学，凡与西方文学艺术有关的，如历史事件、古代遗迹、人物古物、艺术作品等等，我都兴趣极浓。买资料，拍照片，流连忘返，不亦乐乎，我不敢自诩属于"专家看"，但也具有专家眼光，至少属于"人看"。超出这些范围，我就不愿关注，完全走马观花，因为似懂非懂，或者完全外行，一点也看不懂，那不正是"狗看星星"么！

说看不懂的人，都是"看星星的狗"，包括我在内，似乎是在骂人？

不，我从不骂人，我只是在说一句大实话。

例如，看教堂，高大宏伟，建筑称绝，装饰豪华，精美艳丽，但里面供奉着它的历代主教大人，功绩卓著，被称颂不已，我就不大懂；到戛纳，电影大厅外，印满各国明星们的手掌印痕，还有本人签名，我一个都不认识，我也不懂；我女儿和我老伴，参观香水城，从原料来源、提炼过程、制作工艺、香型品种，到挑选购买，她们都兴趣极浓，如获至宝，女儿当翻译，也津津有味，不厌其烦，而我却感到不胜其烦、索然无味，还是源于不懂。

参观这些内容，对我来说，就是个“狗看星星”的过程。

我相信，在那些热情介绍香水的导购和女售货员们的眼里，我不正像一只痴呆呆加傻乎乎的“看星星的狗”吗？

24.《法国行十： 小孙孙》

（2011.4.20.写于西北大学桃园校区）

法国普罗旺斯省，阿普特镇大巴斯蒂德度假宾馆。

我们三代五人，应该是度假式家庭旅游的最佳组合了吧？

女儿全面领导：负责财政、制定计划和指挥实施；女婿算二把手，主要负责开车、拍照购物和安全保卫；我和老伴，除帮忙做饭、照管小孙孙外，主要享受旅游度假，不操衣食住行和花销核算之心。

小孙孙呢？两岁半，稚气未脱，充满童趣，而且，主讲德语，间杂汉语，我们正在努力教他的中文口语。因为他的智力，正处在懂事与不懂事的懵懂之间，所以，他的任何话语，尤其是半通不通的中国话，都常引人发笑，甚至令人捧腹！成了大家的开心果。

虽然，他偶有哭闹，还蛮不讲理，你越想强行制服，越是适得其反。但一经转移话题，引到视线之外，便立即雨过天晴，烟消云散，也就全忘掉了。

面对他的撒野，我常忍不住地大声管教："你怎么这么不讲理！"他竟然一仰头，一瞪眼，用汉语大喊："爷爷懂个辣子把把！"把大家逗得前仰后合！他也得意地哈哈大笑。

这句话是我教给他的，我尝到了"搬起石头砸自己脚"的味道。

老伴儿笑着说我："这叫自食其果，活该！"

小孙孙立即鹦鹉学舌，嫩声嫩气地喊："活该，爷爷活该！"又逗得大家大笑一场。其实，他并不懂得"活该"是啥意思。

但他绝大部分时间，可爱、好玩。他稚嫩有趣的语言动作，为这次旅游度假增添了无穷乐趣！从五人组合的效果上讲，小孙孙也是万万不可缺少的一员，甚至是更重要的一员！

对我来说，真是含饴弄孙，其乐无穷！

在度假宾馆的露天游泳池，和小孙孙玩过水之后，我静静地躺在睡椅上，望着蓝天白云，听着鸟儿的歌唱，晒着暖暖的太阳，感受着轻柔和煦的清风。我想，这种享受，对于七十岁的我来说，还是终生第一次！

忽然，我看见小孙孙，头戴小泳帽，身穿小泳衣，也和我一样，舒适地躺在他爸爸、妈妈旁边的一张睡椅上，也微微笑着，不言不语，闭起眼睛，享受阳光。我想，对于他来说，这也是第一次啊。

我忽然意识到，爷爷、孙孙的区别和连接，都处在这一个点上：

爷爷的终点，就是孙孙的起点！

其实，不只是我们。天下哪个爷爷奶奶和孙儿的关系，又不是如此呢？

25.《法国行十一："舟""水"之喻》

（2011.4.23.写于西北大学桃园校区）

从年轻时起，我就对拿"舟"和"水"做比喻、用以昭示道理的词汇，一直很感兴趣。凡是与之有关的成语，都能引我深思，发我深省，令我难忘。如"逆水行舟""顺水推舟""借水行舟""风雨同舟""同舟共济""覆舟之戒""独桨孤舟"等等。

到现在，还有三条最难忘，它们常在我的脑海中萦绕。

第一条，是人们常说的一句话："人生如水中行舟。"

是的，从摇篮到坟墓，每个人的命运，恰如一叶孤舟，漂流在境遇的汪洋大海之中，时而风平浪静，时而惊涛骇浪；时而顺流而下，时而逆流而上；时而躲避险滩，时而搏击漩涡。虽有父母、夫妻、兄弟、姐妹的至亲帮扶，也无法左右境遇，改变境遇。

作为自主的个人，处在荒诞自在的大环境之中，你尽管满怀激情，想艰苦奋斗，期望到达幸福的"彼岸"，但是，时代的风浪，社会的颠簸，家境的兴衰，观念的更替，恰如大海的潮水，变幻莫测，甚至天灾人祸，不期而至。正所谓"天有不测风云，人有旦夕祸福。"谁能主宰？谁能躲过？

人生真是一场博弈，此言不虚！一生的成败、顺逆、苦乐、福罪，似乎近在咫尺，掌握在你自主的手中；又好像远隔天涯，不可捉摸，瞬间即逝，似乎常决定于"大海"（客观大环境）的脾气。

然而，不管遇到什么样的艰难险阻、灾难祸患，个人的首选仍然应当是"坚强"。因为只有如此，才有胜利的希望；否则，百分之百，必败无疑。人，还是要相信：我的命运仍然掌控在自己手中！美国硬汉子作家海明威，在《老人与海》中不就说过吗？"人，尽管可以被消灭，可就是打不败他！"

显然,这一条“舟水之喻”,用“舟”比喻个人,用“水”比喻社会,讲的是个人(主体)和社会(客体)之间的关系,实际上是一个“个人如何处世”的问题。过来人都有感悟,它不是给人很有启发么?

第二条,是我国古圣先贤荀子的名言:“君者舟也,庶人者水也。水则载舟,水则覆舟。”(见《荀子・王制》)

这是说:国君是舟,民众是水,水能负载船只,也能颠覆船只。比喻平民百姓,既能拥护君王,也能推翻君王。整篇的目的全在于:告诫为人君者,欲固其位,想长治久安,必须实行仁政惠民之策。否则,“覆舟之水”,会使统治者陷于灭顶之灾的!

今天,领袖和群众的关系(也包括广义上的中下层的干群关系),当然不同于古代的君民关系,二者的性质有根本区别,但在“覆舟之戒”这一点上,则是完全同理。

所谓“官员的清正廉洁与否,是关系到国家政权生死存亡的大事”,讲的就是这个道理。

你看,有些干部初履官职,恪尽职守,为民谋利,受到群众拥护,就是喜获“水则载舟”之誉;但时间一长,放松警惕,私欲膨胀,陷入腐败,把“以人为本”忘得干干净净,不仅不能为官一任、造福一方,反而为了私利祸国殃民,为了私欲为害一方,造成民不聊生、怨声载道,加之告状检举失灵,上访也屡遭报复,直到官逼民反、爆发群体事件、经高层严令彻查之后,才暴露于光天化日之下。这种人,不是被罢官双开、身陷囹圄,就是被判无期,或掉了脑袋,最后落了个身败名裂的可耻下场。这不又正应验了“水则覆舟”之理吗?

显然,这一条“舟水之喻”,强调的是以民为本,民本君次,讲的是君和民的关系,实际上是个“怎样巩固政权”的问题。联系今天现实,能不发人深省么?

第三条,是世界名城巴黎市徽上的格言,也以“舟”和“水”做比喻。但与前两条不同,却讲的是一个国家民族和世界大局的关系。这一特殊的“舟水之喻”,说来话长,则必须从巴黎市的诞生历史讲起。

巴黎市中心有个西岱岛(Lie de la Cité),面积不过两公顷,是巴黎城市、法兰西民族和法国文化的发祥地。早在公元前3世纪,法国先民就开发了西岱岛。后来,以它为中心,逐渐发展成为城市。罗马帝国征服了高卢人之后,皇帝凯撒为这个城市起名叫"巴黎"。到公元五世纪，法兰克人便在此定都。倘从开发之日算起，西岱岛至今，已有两千四百年的历史了。著名的巴黎圣母院(Notre Dame de Paris)就坐落在这个岛上。

西岱岛是巴黎的心脏，位于塞纳河(Seine rivier)的河心，它四周被水流包围，恰似一艘永不沉没的船。隔河相望，就是巴黎市政府(Hotel de Ville)的所在地。

这是一座古典城堡式建筑，在它宏伟壮丽的门楣上，镶嵌着一枚巴黎的盾形市徽：一只帆船航行于大海，在乘风破浪中徐徐前进。到十六世纪时，法国人又给市徽上添加了一条拉丁文格言："颠簸，但不沉没。"完整翻译出来，就是"可以让它颠簸，但不能使它沉没！"

这句话，真是点睛之笔，一下子使这幅简单的图案，显得光辉耀眼，亮色大增！为什么呢？这一叶小舟，代表着法兰西民族，象征着法兰西国家，它尽管会有坎坷，会经历风浪，但永远不会毁灭，不会消亡！

这枚市徽，图形简单，文字精粹，含义深刻，耐人寻味，能给人以鼓舞力量。它昭示了这个民族的爱国情怀和必胜信念。所以他们能从历史的深处，一直走到今天。

这一条"舟水之喻"，总让我联想到我们的华夏民族。

中华民族，地广物博，人口众多，历史悠久，经斗转星移，已经走过了五千余年的风雨春秋。事实证明，中国这艘大船，经历了无数大风大浪、惊涛骇浪、甚至是狂风恶浪。尽管，有时它颠簸得可怕、摇晃得厉害、大有翻船之势，但最终都渡过险关，始终没有船毁人亡，仍然顽强地屹立于世界民族之林，所以才有了我们今日的辉煌！

伟大的祖国啊，你是一艘超级航母，海浪可以让你颠簸，但它永远不会使你沉没！

26.《俄国游一：喜游圣彼得堡》

（2011.6.28.写于西大桃园校区）

长期以来，我心底深处，总保留着一个美好愿望：倘有朝一日，能亲眼目睹伟大、光辉的世界名城圣彼得堡，则终生愿足矣！

2011年6月22日至6月28日，由两个女儿出资（算是送给我俩的一份礼物），由大女儿杨纯具体安排，凤霞联络表姐魏霞珍、表姐夫刘延乾、同学许艳屏和好友张淑英母女共7人参团，实现了俄罗斯之旅，终于满足了这一心愿。在走马观花般走完莫斯科之后，即乘火车前往圣彼得堡。

我知道，“圣彼得堡”，是俄罗斯的彼得大帝始建于1703年，为纪念耶稣圣徒彼得而得名。又因与彼得大帝重名，故在俄国声名显赫。1712年，该城成为俄国首都，至今已有200余年的历史了。1914年第一次世界大战爆发，俄国因和德国为敌，遂用自已斯拉夫语的“城市”即“格勒”，取代了德语的“城堡”（亦即“城市”），改名“彼得格勒”。1924年1月列宁逝世后，为纪念他发动十月革命的创始地，苏联政府又将“彼得格勒”，更名为“列宁格勒”。直到1991年9月6日，在苏联解体（1991年12月）过程中，才又恢复了原名“圣彼得堡”。

圣彼得堡的城市特点，多而突出，所以它又有许多光彩照人、魅力四射的别称，人们又叫它“不夜城”“英雄城”“艺术城”“水城”。

为什么叫“不夜城”呢？

因为圣彼得堡，地处北纬60度，在北极圈内，故有其特殊的自然景观：每年冬至前后，这里几乎每天都有二十几个小时是黑夜；而到夏至（6月21日）以后，每天又有二十至二十三个小时是白昼，即使在那一个小时左右的黑夜里，天边的夕阳，还留有余晖，彼得堡的街头，仍有光亮，你分不清这种景象，是黄昏已至，还是朝霞满天？是夕阳西下，还是旭日东升？两天交叉之间，有时真正的黑夜，仅有短暂的三十几分钟。一天二十四个小时，几乎不见星月。因此，人称“不夜城”，真是名不虚传！

我们是在5月25—28日造访的彼得堡，所以，没有赶上欣赏最短的白夜奇景，但我也惊奇地看到：在5月26、27日，两个晚上的11点，天才真正黑了下来，而在27、28日的凌晨4点，天就已经大亮了！

为什么叫“水城”呢？

彼得堡在波罗的海之滨，芬兰湾将它水陆相连。大涅瓦河和小涅瓦河流经城区。可以说，它是由河流、岛屿和桥组成的城市。它共有40多座岛屿，70多条大小河流和300多座桥，所以，它又因被称作“北方威尼斯”，从而闻名世界！所以，把它视作“水城第二”，实不为过。

它又冠名“英雄城”，那也真叫名实相符。

1917年，列宁领导十月革命，就是从这里开始，经过艰苦卓绝的斗争，最终取得胜利。所以像中国的延安一样，圣彼得堡成了俄罗斯无产阶级的革命圣地；二战期间，从1941年7月10日—1944年8月9日，列宁格勒被德军围困900天，市民死于冻饿者达64万多人，死于德军炮火和空袭者达2万多人。该城军民在斯大林领导下，英勇奋战，流血牺牲，终于夺得了最后胜利，从此留名世界史册。它被誉为世界级的“英雄城”，当然名副其实！

为什么又叫“艺术城”呢？

由于整座城市建筑，很多都是18、19世纪楼房的古典样式，座座大楼，并不高耸，一般都是3—6层的高度，但都显出大气恢弘，绚丽多姿，都是精雕细刻，壮丽美观；到处都是花团锦簇，有名人塑像，令人赏心悦目，故成为欧洲建筑的一大经典，所以又被称为“欧洲建筑的博物馆”。此外，普希金、果戈理、列·托尔斯泰、高尔基、列宾等文学家、艺术家都在这里生活过。著名的皇宫如冬宫、夏宫、斯莫尔尼宫、叶卡捷琳娜宫和许多花园，或者保存完好，或者于战后重建，它们与大大小小的东正教堂融合在一起，金碧辉煌，灿烂夺目，真是美轮美奂，无论形象之生动、色彩之纷呈、造型之精美、巴洛克风格之迷人，都达到了美学的顶级高度，真叫人叹为观止！正因为如此，它早已成为世界游客兴趣极浓、无限向往的参观景点。尤其是女皇叶卡捷琳娜二世博物馆，它和美国纽约的大都会博物馆、英国伦敦的大英博物馆、法国巴黎的卢浮宫博物馆齐名,被称为世界最著名的四大博物馆之一。

所以,给圣彼得堡冠以"艺术之城"的称谓,也真真是名至实归!

27.《国内游三： 三游凤州》

（2012.6.16.写于西北大学桃园校区）

学校退休办组织我们游凤县。

凤县，位于崇山峻岭、绿荫掩映之中，紧邻公路制高点“秦岭”，嘉陵江由此发源，流经凤县，将凤县一分为二。

斗转星移，历史变迁，凤县的巨大变化，令我感慨良多。

你看：夹江两岸，高楼林立，凤县旧貌，痕迹全无；尤其是夜晚，遍山人造星斗，簇拥着一弯人造明月，天星山星，连成一片，让人分不清“我在尘世，还是置身天宫”？楼群外围有高山环绕，绿山绿水，绿林绿地，满眼皆绿，似与外界各种污染完全隔绝；空气凉爽，清新宜人，花香草香，渗人心脾，真是一个天然的“大氧吧”！

此时正值六月中旬，我们突离西安那37度的高温，来到此处，小住两日，一下子驱除了外界的蒸烤灼热、喧嚣嘈杂和内心的慌乱烦躁，我这才深深感知到：凤县真是个避暑休假的绝好去处！

对于我来说，这已经是第三次涉足凤县了。

第一次，是四十多年前，我与同事赴凤县外调。因为那时的中国，贫穷闭塞，交通落后，凤县地处秦岭腹地，更属于穷乡僻壤。我们只能搭乘载运牲口的大卡车，被蒙在严严实实的帆布棚内，加上土石铺路，坑坑洼洼，蜿蜒上山，摇晃颠簸，直震得我头昏脑涨，不断呕吐，从此患上了晕车的毛病。虽经多年调理，已经有所改善，但至今仍未根绝。回想起那一幕，今天仍觉后怕。当时便写下几句难忘的感受，取名《咒凤州》：

车颠山路陡，
人在车中吐。
谁说外调是享受[①]？
乘客如猪狗！

弯多尘土飞，
呛得人作呕。
谁再邀我赴凤州？
请君免开口！

第二次，是十多年前，我应宝鸡剧协邀请[②]，乘小车奔赴凤县讲课。途中正遇上细雨迷蒙，云雾缭绕。小车在弯弯曲曲的山道上，打着旋儿地翻越秦岭。这时的公路已经重新修过，柏油路面，平坦通畅，弯道迂回，盘旋上下，虽历崇山峻岭，但是有惊无险，那个过程，真叫"山重水复疑无路，柳暗花明又一村。"那些不断变换的美景，颇能引人入胜：只见云起云落，山隐山现，忽雨忽晴，彩虹横空，饱赏了一路终生少见的奇异美景，直令我唏嘘感叹不止。

与上次相比，只因感受迥异，天悬地殊，又一次激发了我的诗兴，便将新感受酝酿出一段文字，取名《赞凤州》：

车在云中游，
山在天里头。
谁说没有通天路？
请君过凤州[③]。

显然，我于无意之中，只写成了上半阕。

十多年后的今天，已是改革开放三十多年，我第三次游凤州，又是一番崭新气象。我不由地拿起笔来，补足了下半阙：

心追彩云[④]走，

情共嘉陵流。

凤眼今日看世界⑤，

昂首傲神州。

注：① 那时在文革中，的确有人借外调游山玩水，故曰“享受”。

② 指宝鸡剧协在凤县举办“戏剧创作研讨会”，邀我讲法国剧作家萨特。

③ 凤县古称“凤州”，被嘉陵江一分为二，处于秦岭怀抱之中，地势险峻，玲珑秀美，几无城市可比。

④ 凤县又称“七彩凤县”。

⑤ 凤县的旅游标志，是眼睛中站立着一只美丽的凤凰。取“凤眼看世界”之意。

28.《德国游四：德国“农村”什么样儿？》

（2012.8.17.写于德国普尔海姆）

我有个亲属，农村人。农校毕业，在农技站工作了一辈子。如今退休仍住在农村。得知我来德国后，打电话除问候我和老伴之外，主要想问一件事：

“你看到的德国农村是什么样儿？”

怎么回答更准确呢？我想了想，便说：

“我国是个传统农业国，最基层的是村庄，由一家家的农户组成，所以叫农村，大部分农民较贫穷，能住在城市的人，相对比较富裕。但是，德国是个发达的工业国，最基层的，不是村庄和农户，则是由一个个‘居民点’组成——我称之为‘居民点’。住在这里的，有富人，有中产，也有租房住的低收入者。不过，能在这里建房、买房的人，都属于中上收入家庭，生活比较优裕。”

“‘居民点’？农村里的居民点，居住的难道不是农民吗？”

“不是。”

“那都是些什么人？”

“比如，我现在探亲暂住的德国小城，是距离大城市科隆行车只需20分钟路程的一个小市镇。它的郊外，就分布着多个‘居民点’。每个点大约有几十、上百或更多户人家不等。倘与我国横向比较，在相对应的意义上，就是中国的最基层，也可以看作欧洲的乡村吧。”

“那不就是我国的农村吗？”

“很像。它的周围，不是森林，就是农田，一年四季，也种植的有麦子、苞谷、油菜、芥疙瘩等，和咱们关中平原差不多，还有栽培各种树木的苗圃、生产牛奶的奶牛场。那些纵横交错、密如蛛网的高速公路和大片森林，将农田分割成各式各样的条条块块。在广阔的田野里，散布着的，都是这样一个个的居民点。表面看去，和我们中国的农村似乎一模一样，但是，实际上根本不同。”

“不同在哪里?”

“主要是没有我们所说的‘农民’。德国由于土地私有，只有为数不多的农场主。据统计，战后，以 1950 年为准，德国从事农业劳动的人口共有 390 万人，到 1992 年即 20 世纪末，减少到 54 万人。尤其在西部，农业在工业化的影响下，变成了农民经营的家庭企业。而且这些农民家庭的主要经济收入，还不是来自农业收获本身，而是来源于他们的农业之外的其他经营所得。每个农场主，似乎家大业大，各种农业机械齐全，还备有专门配件、维修农用机具的车间。农忙时也雇用农工。倘忙不过来，或想轻松几年，也可将部分土地出租给别人。他们经营的土地面积很大，全凭操作大型农业机械，从事播种、除草和收获等田间管理的工作。我们刚落脚，就看到这里正在收割麦子，一个农工开着联合收割机，一夜之间，一大片麦田就被收割完毕，根本没有我国的全民忙夏收。所以，我们见不到如我国专门从事小农经济活动的个体农民。因此‘居民点’里的绝大部分住户，和农业、农村、农活、农具以及生产、制作各种农副产品的活动，没有任何联系，仅为居家过日子而已。”

“对于大部分人来说，住在农村，却不种地，不干农活，那么，他们靠什么维持生计呢?”

“这些住户，都是在附近城市的各个企业、机关、学校、工厂、商店里工作的人们和各种手工业者。他们几乎家家有汽车，人人有汽车，或赶着火车时间表出行也很准点方便。公路上根本看不见步行的人，全是快速飞驰的大小车辆。上班进城工作，下班回家休闲，便是他们生活的常规。”

“但是，乡村的物质文化生活，可能总要比大城市差多了吧?”

“当然，大城市里人多，大型活动多，建筑宏伟，街道繁华，商品琳琅满目，显得十分热闹。可是，住在乡村，享受到的优越性更多：家家都是二至四层小楼，户户都有个精心护理的院落，大小不等，花丛美丽，草坪整洁，十分养眼，非常温馨舒适。居民点里都有供儿童玩耍的小小游戏场，如沙坑、爬梯、溜溜板等。居民点附近的市镇，建有各种超市，如新鲜的蔬菜、水果、面包、奶酪、米面、肉蛋，各种酒类饮料和数不清品种的糕点小食品，一应俱全，邮局、银行、饭店、医院、药店、理发铺、咖啡馆、小学校、幼儿园、运动场、图书馆和政府的办事机构等等，样样不缺，就满足居民的基本生活需要而言，应有尽有，和大城市差别不大，却避免了大城市的喧嚣吵闹，环境污染，获得了田野的广阔宁静，空气新鲜，视野开阔，自然美景怡人。双休日和节假日，还方便开车，带上家人，去森林、河滨休闲度假。不缺大城市的服务和供应，又避免了大城市的缺陷和不足。住宅选点在此，利大于弊，人们何乐而不为?”

“那不就等于住乡村别墅?”

“有那么点意思。”

“这大概就叫作‘消灭了城乡差别’吧?”

“我认为是的。”

29.《德国游五：参观“帕加蒙”博物馆》

（2012.8.26.写于德国普尔海姆）

大孙子从国内用手机问候了爷爷奶奶之后，便开始提出他最感兴趣的问题：

“你们都去哪里玩了？”

“柏林。”

“乘飞机吗？”

“你小姨夫妇开车，兼做导游。”

“德国高速公路好吗？”

“德国的高速公路，密度是世界第一，总长度世界第二（过去是美国第一，现在是中国第一）。每天从早到晚，不论春夏秋冬，总是车水马龙，你追我赶，大小车辆，各行其道，大家都遵照规则，行车守德，十分流畅有序。”

“那一定开得很快！”

“是的。只要大家都严守交规，就会道路通畅，也很少出交通事故。8 月 17 日，我们从你小姨家去柏林，单程 600 公里，共需约 6 个小时。所以，除到服务站用餐和休息的耗时之外，只要正常行驶，车速常在 120—150 公里/小时之间。我们看不见一个步行人，也听不到一声喇叭响。坐在车上，只能看见公路两边的绿化带向后流淌，只能听见‘乌隆隆’的马达轰鸣声响。”

“你们都看了些什么？”

“我们第一站去参观柏林博物馆，在‘西亚展厅’里，我们看到了公元 129 年阿卡罗斯国王时代，土耳其‘帕加蒙城’（PREGAMUM）的复制品，除了一些著名雕塑之外，还有一个令人震惊的巨型画展。”

“画展？太棒了！快说给我听听！”

“最给我们视觉以冲击力和震撼力的，是那一副巨型立体式的‘圆景画’——不知道别人怎么叫，我称它为‘圆景画’”。

“什么叫‘圆景画’？”

“首尾衔接，天衣无缝，形成一个圆形整体，就叫‘圆景画’。这幅画，足有四五层楼那么高，在极富立体感的画面上，以山恋起伏、广阔无垠的大地为背景，展现出一幅古代建筑群：有高大的王宫，有庄严的神庙，有宏伟的宫殿，还有斗兽场、竞技场、跑马场、大祭坛等，庄严肃穆，雄伟宏大，远近高低，错落有致。你可以看到宫廷贵族、王孙公子、文人武士、市井百姓，无数人物，各现独特姿态，其形象之逼真，风格之典雅，各具神态之意趣，令人惊异和倾倒。画面上，人物的衣着装扮、建筑的风格气派，几乎全是古希腊、古罗马时代的风貌特色。男女老少，或游乐，或劳作，或表演，或嬉闹，都各显神态，实实叫人赞叹。作者几乎把雅典卫城、罗马斗兽场、罗马市场、雅典娜神庙、宙斯神庙以及当时人们的重要活动，经复制之后，活灵活现地从古希腊、古罗马搬到了古代土耳其，现在又被德国艺术家，从古代的土耳其活生生地搬到了今天的柏林来。”

“怎么？古代土耳其还和古希腊关系那么密切？”

“是的，非常密切。土耳其位于西亚，是欧、亚两大洲，东、西方两大文明的交界处。看到这幅图画，使我再次坚定了一个观点：世界上各种文化都是相通的。任何国家、民族的文化，都离不开对外来文明的交流和吸收，我们也要毫无顾虑地吸收外国优秀文化，才能发展我们的民族文化。你说对不对？土耳其，应当属于拜占庭文化系统。但是，公元 395 年，罗马帝国分裂为东、西两个罗马帝国。西罗马帝国以罗马城为首都，东罗马帝国也称拜占庭帝国，则以土耳其的名城君士坦丁堡(1453 年改名伊斯坦布尔)为中心。基督教也因此分裂，这就产生了东正教教派。这幅圆景画，就是当地盛行的伊斯兰教(今天的土耳其人，99%以上信奉伊斯兰教)文明和基督教的分支东正教文明，互相融合的有力见证，也是两种文化交流融汇的形象表现。所以，也有人把它称作‘帕加蒙风格’。”

“啥？‘帕加蒙风格’？是个什么样子？”

“按我的理解，就是两种文化融为一体的典型展示。这么给你说吧。随着古罗马帝国扩展到西亚的足迹，许多希腊人也迁居到此，后又形成一个‘希腊化运动’，便融合了当地的文化特点，于是，就形成了那个时代的、最具代表性的‘帕加蒙风格’。据说，这种风格主要指各种年龄、各个阶层、各类职业的人，即不分男女老少，不分身份贵贱，均可成为艺术雕塑的主人公，可见民主自由的气氛很浓。因此，今天的‘帕加蒙城’，已成为土耳其的古文明圣地和旅游热点了。”

“你讲得太深了，我不大懂。我还是对圆景画感兴趣。我还想问：圆景画是土耳其人发明的，还是德国人发明的？”

“都不是，应当是俄国人发明的。看着这幅图景，使我想起二十世纪七十年代，我赴非洲任教回国途中，经莫斯科等待班机时、到库图佐夫大街上、参观前苏联‘第一次卫国战争展览馆’时所看到的圆景画画面。‘圆景画’是产自俄罗斯19世纪的一个特殊画种。主要特征是首尾相连，也叫无头无尾，适宜展示重大事件的宏伟场景。这幅画卷，淋漓尽致地展现了1812年，俄罗斯军队在总司令库图佐夫率领下，集结在莫斯科城西的波罗迪诺村，以考罗查河为界，俄、法双方部署军队，俄军和侵略者拿破仑军队的决战场面。现在我看到的柏林‘帕加蒙’博物馆，也基本采用‘圆景画’的艺术形式，但展现的内容，已从腥风血雨的战争场景变为豪华繁荣的和平生活，表现手法也做了大幅度的扩展和创新。俄国圆景画，其上下高度，大约有一、二层楼那么高，而柏林的这幅圆景画，竟有四五层楼高；至于长度，都是首尾相连、无缝衔接，全部画面形成了一个统一整体。但柏林圆景画展现的地貌，更加广阔博大，气派更为宏伟，视觉效果更加令人震撼，再配以声、光、电的立体运用，效果惊人，给观众以极其罕见的庄严精妙的美感享受，真令爷爷奶奶叹为观止！”

“太吸引人了。等我长大后，我也一定要去柏林参观！”

30.《德国游六：民生细节决定生活质量》

（2012.8.27.写于德国普尔海姆）

暂住德国期间，常与老伴闲聊，总是不约而同地扯到一个话题：德国的生活细节，决定了民生质量，也奠定了民众的素质基础。

老伴说：

“我们来到德国探亲，过着普通德国人的生活。通过衣食住行、耳闻目睹和购物体验等等这些琐碎平凡的日常生活细节，我才懂得了，欧洲民众为何生活质量那么高？平民的素养为什么那样好？普通百姓为什么能够安其居、乐其业？除了历史原因和各种各样的大道理之外，我只深深体会到一点：德国政府把最优质的材料、最优质的设计、最优质的施工和最优质的监督管理，使用在和民众生活密切相关的全部细节建设中！”

我很赞同，因为我也深有同感。于是我说：

“天天早上开窗户，我就体会到这种细节上的简单与方便。德国的窗户，设计成既可以从上面打开，方便通风，风也不直接吹人；又可以左右打开。这就方便了居民，不管住多高的楼层，都可以站在室内擦玻璃。”

老伴又一口气举了三个例子：

一是咱们去柏林旅游，我忽然发现一个细节特有意思。每一辆公交车到站，从停车到车门打开的同时，车门口的踏板立即降落到与站台同样低的高度，乘客上下，虽只一步，但没有台阶，如履平地，极为方便舒适，这样乘客便不至于被登车第一步的台阶绊倒，尤其对于老、幼、病、残、孕、弱者，上下轻松自如，大有好处。而当公交车重新起步前，在前后门关闭的同时，车门下的踏板也相应提升了起来，恢复到正常行车的高度。

二是柏林的酒店，旅客房间的衣柜里，都配有一个小小的保险柜，与大衣柜连结为一体，谁也别想搬动。保险柜上配有特制的密码锁，旅客可以自由设置密码，连服务员也无法开启。这就满足了客人保存贵重资料、大量现金和各种珍贵物品的保密需要，大大方便了客人。

三是她发现小孙孙的卧室里，堆满了玩具汽车。为了配合孩子玩开汽车的游戏，女儿还买了一方很大的玩具交通地毯，铺在孩子床下的地板上。地毯上面绘制有大大小小的街区，有四通八达的道路，还有树林、山水和河流等。并附带有许多小配件，如几个管制交通的小警察，几根装有红绿灯的小标杆，几排阻止通行的小栅栏，还有绿化街道的小树苗等等，都可供孩子随意移动，竖立在急需要的某个交通要道上或某个交叉路口上。这些细节设计得很好，不仅有趣，也很有意义，使孩子从玩小小的玩具汽车开始，从小就懂得遵照红绿灯行止的重要，并养成良好习惯；既能引起他们玩开车的兴趣，又能模仿大人穿越大街小巷，普及了交通规则知识；也从小养成一生实用的恪守规章制度的规矩，同时也大大有利于使他建立起严格遵从社会公德的基本观念。

“细节决定质量。”她用这句话为以上举例作了总结。

“我也举个例子吧。”我补充说，“比如道路建设。德国的高速公路，世界闻名，这是人皆尽知的事。无论是郊外公路还是城市道路，有个细节，特别引起了我的注意，这就是路面铺设，从设计到施工，都必须确保一定的拱形弧度，中间稍高，两侧偏低，以便于雨水及时流走，不会形成积水，或在倾盆大雨时，因排水不及，形成堰塞湖泊和街道河流。我觉得，我国各地的道路建设，似乎都没有重视这一点。如今年夏季，北京暴雨成灾，竟然发生了在通衢大道上的桥洞之中，小车熄火、司机困于车内终被淹死的悲剧。每年雨季，南方不少城市，街道变成了河道，小船划上了大街，代替了公交车辆，橡皮艇把日用品送到各家的二层楼上……”

老伴立即补充道：“我也想起咱西安，每到大雨如注时，家家户户门前，都成了平淌的水流，人行道上，行人无法下足，大街小巷，也都很快成为河流。立交桥下，涵洞之中，更是积水成湖，车辆无法通行。为什么呢？路面从中心线到两侧边，不是拱形弧度太小，就是全呈水平状态，甚至由于铺路操作粗糙，中间时有低洼。每遇下雨，排水不畅，自然积水成灾。”

她忽然想起读过的报道，说："有人写过文章，介绍法国巴黎的地下排水系统，宽大通畅，世界有名，所以从不发生水患。我觉得很有道理。"

"你说得对。咱们都看过电影《悲惨世界》，人道主义者冉阿让，逃跑时钻进巴黎的地下水道。那个地下水道啊，既高大，又通畅，简直就和城门洞子一样！"

"相比之下，我国这些古老城市，整体排水设计缺少长远规划，设施陈旧，一时无法适应今天的需要，可能也是主要原因。"

我产生了不同看法，便说："是的，我也读过类似文章，当然很有道理。但是我想，比如北京、西安这类大城市，即使经过重修，地下水道畅通，而路面铺设工程，工艺仍不改进，施工一仍旧章，忽略细节的彻底改造，路面排水仍然会堵塞，照旧会小雨小患，大雨大患，路人步行或车辆通行，还是要遭受水害之苦的！"

"在治理城市水患的问题上，地上、地下都重要。你不要只偏执于一极嘛！"

"不是偏执。你知道，我每天坚持走路，风雨无阻，所以每遇下雨，不论大小，苦于行路困难，我都常在心中呼吁，我们路面工程的设计、施工，从现在开始，就应把拱形路面、两侧排水、门前铺设、人行道的改造以及广场地平面的设计等等，都按照排水需要，预留走水细节，统一科学规划，严格施工要求，从这些细节入手，予以认真纠正。这不正是在道路建设上，贯彻以人为本、服务民生、抓到了点子上的正确理念吗？

老伴笑道："你去当交通部的部长吧！"

我也笑了："别讽刺人嘛，提个建议，总可以吧！"

31.《德国游七：一款可爱的“老爷车”》

（2012.8.31.写于德国普尔海姆）

我从小喜欢画画儿。高考那年，我报考的志愿里，还有西安美术学院。不料命运的安排，最终却让我走上了一条文学教育的道儿，便一生和美术挥手拜拜了。

但是，我在教学职业之余，仍然喜欢观赏美术作品。

来到德国，忽然在《柏林日报》上，看到一款人称“老爷车”的照片：奇长的底盘，漆黑的颜色，流线型的车体，美妙无比的造型，晶光闪亮，十分特殊，加上形象典雅可爱，一派贵族气质，一下子吸住了我的眼球，我便坐下来，用铅笔临摹了一幅图画，取名为“可爱的老爷车”。

很少夸奖我的老伴儿，看见后笑着说：“画得好！”

女儿拿在手里，惊异地瞪大眼睛道：“真好，给我也画一幅大点儿的！让我镶在镜框里，永远保存！”

酷爱各种汽车的小孙孙见了，更加惊奇，大声叫嚷起来：“爷爷画得好！爷爷是个艺术家！爷爷艺术家！”而且，一下子抱住我的脖子，不嫌我的老脸丑陋，狠狠亲了几口。

他们赞美性质的鼓励，着实让我高兴了好几天。

这辆老爷车，也像人一样，自有它传奇一般的“生平”经历。通过女儿的翻译，我知道了。报纸上是这样介绍的：

这款奔驰 504K，180 匹马力，1936 年的产品，是奔驰公司特制的一批车辆之一。这一型号存留至今的，据说，全世界不超过 12 辆。这一辆，是专门为一个德国贵族家庭定做的，所以车门上面，还有用珠宝镶制而成的这家贵族的家徽。

1936年，一个名叫格茨·冯·克里格尔的贵族女子，长得十分美丽。她的兄弟以7000美元定购该车到手，然后转送给她。1939年二战爆发，因她和一犹太富商有恋情，害怕遭到纳粹迫害，她便带着这辆车去了法国。后在逃离法国时，她利用夜晚，通过火车，又把该车转运到瑞士。直到战争结束，才将它运回德国。战后，即二十世纪五十年代末期，出于保护的目的，她将该车封存了起来不再使用。她去世后，该车被一个富翁买到手，一直保存到今天。倘若现在拍卖，据业内人士估计，其价值将近1700万美元，必然会打破德国拍卖行1640万美元的至今保持的拍卖纪录。

足见其身份之高贵！

画完这幅老爷车后，适逢小孙孙生日将到。我们知道，在德国，老年人是邀请亲朋好友给自己过生日，成年人是自己给自己过生日，小孩子呢，则是父母给他们过生日。按照德国民俗，为满足孩子的心愿，邀请他(她)选择的多位小朋友来家聚会。事先必须发出邀请函，请柬由主办家庭的爸爸妈妈设计题词。于是，女儿要我给每封请柬上画一幅图画——各式各样的汽车。

因为小孙孙爱汽车爱得入迷。每进商店必买玩具汽车；逢年过节亲朋好友赠送玩具汽车；在高速公路上他能指认种种汽车；他坐在车速140公里/小时的车里，竟能分辨出前方百米之外的车名，准确率达百分之百；他的起居室里，全是大大小小、各种型号、各种用途的汽车，什么卧车、警车、卡车、大客车、救护车、掘土车、灭火车，什么奥迪、奔驰、宝马、大众、福特、法拉利、兰博蒂尼等等；连最爱看的电影，也是将各种汽车拟人化的故事《汽车总动员》；我们来德国启程前，从国内打电话，问他要什么礼物？他毫不犹豫地回答，仍然是“要汽车！”

因此，我只得搜集各种汽车图形，照猫画虎，终于完成了8幅汽车画片，及时发送给他指定的8位小朋友。其中一辆，当然少不了他最喜爱的这款“老爷车”。

谁知，他仍不满足。一放学回家，就拥抱着我，第一句话仍旧大喊：

“爷爷艺术家，给我画老爷车！”

老伴笑着说：

“在孙子的心里，你就是一辆‘可爱的老爷车’！不过，除了身份不高贵之外，你也和那辆老爷车一样，快要走进你的历史博物馆了！”

我也笑了，说：“能作为古物，选进博物馆展览，也是一种荣幸。可惜我连这个资格也没有，只求能让孙子记住就行了。我也只记着我奶奶为我炒过鸡蛋，我爷爷嘴里总离不开那根长长的水烟袋。咱们的孙子，只要能记住你给他做的饺子、油条、羊肉泡，能记住我给他画的这款‘老爷车’，我们也就心满意足了！”

我忽然心想：不过倒有可能，从此勾起我画画儿的兴趣，开始我一段养老的新历史，也说不定！

32.《德国游八：德国总理默克尔的亲民细节》

（2012.9.13.写于德国普尔海姆）

我国民众都知道，德国总理默克尔是个廉洁的官员。访华期间，她被安排入住中国高档饭店，因费用超出报销规定而改住次等房间的故事。这次柏林行，我又看到了她亲民的一些细节。

2012年8月19日是个星期天，我们参观完德国议会大厦，看到近在咫尺的德国总理府，便只想过去瞧瞧。不料走到门口，才知道今天是德国一年一度的“总理府开放日”，可以入内参观！我们喜出望外，立即排队待安检后进入。

所谓安检，就像乘飞机那样，人从安检门通过，提包从传送带通过。这里不同的是，既不验护照、身份证，也不问你是谁？从哪里来？世界各国人，不论种族、肤色，不论贫富贵贱，都作为游客，受到一视同仁的接待。

我们给小孙儿带了一瓶水，本想安检时可能不许带入，便掏出来准备倒掉。安检工作人员看见后，立即和蔼地说：“别倒！孩子要喝的，水可以带进去！”女儿翻译完这句话后，我在心里感慨道：这才叫人性化管理。

经安检，我们进入总理府前院。

院落的中心地区，铺设着总理接待外国政要的红地毯、红站台。今天进来的人，谁都可以如外宾一样随意在上面走动，也可以站在讲演台上拍照留念，以体验国家仪式的庄严感受。

总理的私人专用小轿车，挂着“02号”牌子（我猜想：01号，应是德国总统的车号），就停放在总理府大楼门外，除了车门不许打开之外，任何人都能近距离观看和抚摸。隔着车窗，我看到车内装饰，与一般小车无异，只在后排两副座位中间，有个黑色箱型的特殊装置：表面看去，上面有几个按钮，不知是何用途。很多人都站在旁边，与这辆总理坐骑合影留念。

专车的前面，是三辆警卫专用的开路摩托，显得十分威风。我惊奇地看到，不断有人跨坐在上面照相留念，有的观众还把孩子抱上去拍照。于是我也坐到上面拍了一张。

接着，我们去总理府后花园游览。在后花园的草坪上，停留着一架总理的专用直升机，那里很多人排着长队，轮流登上机舱参观，驾驶舱门大开，群众也可以在舱门口摄影。

今天的后花园，完全变成了民众的游乐场。人很多，大多都是带着孩子的爸爸妈妈。这里有许多专供孩子们游戏玩乐的节目，如讲演、飞镖、顶盘子等，还有许多饮食、饮料摊点。花园里摆满了数不清的桌椅，供游人休息用餐。后花园的中心地带，有几顶帐篷，是政府工作人员专为游人免费发放纪念品的地方，有遮阳帽，有挂胸牌的带子，有默克尔的签名照片，印着德国国徽和政府网站站名的购物袋，还有专门散发给孩子的小包糖果等，都表现了总理对普通民众家庭的关怀，对下一代的热爱之情，使人充满温馨感。

下午两点我们回到前院，正准备离开时，忽然得知：下午 3 时默克尔出来接见游客。机会难得，我们便决定留下来，等待一睹德国总理的芳容。

这一天，柏林奇热，气温高达德国多年来少有的 37C°。在这个宽敞的院落里，等待总理接见的普通民众很多。在人群里能时时看到，有手牵孙孙的爷爷奶奶，有推着婴儿车的父亲母亲，还有怀抱婴儿的年轻妈妈，有弱智残疾者，有坐轮椅的老人，还有如我们这种手持护照的外国人。

大家不顾烈日炎炎、汗流浃背，有的人索性躺坐在高楼阴影下那块修剪整齐、绿草如茵的草坪上。这片草坪绿油油一片，十分可爱，显然是经过长期的精心修整、细心护理的结果。小草长得非常茂密，可以看出，平日里是不许践踏的。草高二寸有余，蓬蓬勃勃，但今日为普通民众开放日，被解禁的草坪也对群众开放。很多人因奇热难耐，都踏进草坪，自由行走，或坐或躺，嬉笑玩乐，毫不介怀，似与自家院落无异。还有个推着婴儿车的年轻妇女，索性拿出一大块塑料布，铺展在草坪上，让孩子坐在上面玩耍，她则躺在孩子身边，等待一睹这位名声远扬的女总理的风采。而周围的警卫们，身穿警服，身佩手枪，手拿报话器，对这一切，也只看在眼里，并不干涉，反而表现得若无其事，只在那里笑答群众的咨询，客气地指引大家通行的方向。

在等待默克尔现身的一个小时里，军乐队一遍又一遍地为群众演奏着轻松欢快的迎宾曲。下午3时整，当摄影记者们挤向大门口时，人群也朝门口和默克尔要走的路线两边跑去，紧接着，响起了一片热烈的掌声。默克尔出现了！她在几个警卫的护送下，在陪同官员的簇拥下，走出大门，接见民众。在夹道欢迎的过程中，只见她左右倾身，微笑招呼，不断握手，外围的观众，距离较远，只好把自己的相机，举过众人头顶，镜头对准总理方向，闪光灯频频闪烁，都希望捕捉到总理的身影。我的女儿挤到了默克尔的身边，但却无法拍照。巧的是，女婿正站在他们的对面，仗着他身高两米的优势，竟然拍下了女儿和默克尔的近距离照片，弥补了无法接近默克尔的遗憾。

接见完游客，默克尔走上讲台对大家讲话。从女儿的翻译中我们晓得了，她讲的主要内容，是称赞她的同事们工作如何辛苦、如何帮助自己，并表示他们会继续共同努力，克服眼前困难，促进德国经济发展，让民众生活更加幸福等等。

讲完话，默克尔又在众人的簇拥下，向后花园走去。因为那里还有很多群众在等着见她呢。

她就是这样度过属于自己的一个休息日的！

我心想：这位德国女总理，值得敬重。

33.《德国游九：被锁心，乃是一种幸福！》

（2012.10.16.写于德国普尔海姆）

科隆，是德国第四大城市，位于柏林、汉堡、慕尼黑之后。美丽的莱茵河穿城而过，给这个古老城市增加了鲜活明丽的色彩和旖旎妖娆的风韵。因为女儿家距它只有20分钟的车程，所以我们经常去科隆游玩。

科隆吸引我的，除了波澜不惊、温柔舒缓的莱茵河和绿树掩映、绿草如茵的河滨公园之外，当数巍峨壮丽、高耸入云的哥特式建筑科隆大教堂了。但是，还有一处景观更令我震撼，那便是位于科隆大教堂旁边、横跨莱茵河的科隆大铁桥。它使我震撼的不只是历史悠久（1911年建），也不只是它的饱经沧桑（因战争几毁几修），更不只是它的壮美外观（长409米）与超强的通行能力（一边接连不断地通行火车，一边是川流不息的过往行人），而是桥面上那一条长廊似的、世界著名的“锁心墙”！

锁心墙，是科隆桥上人行道与火车道之间的隔离墙，它由1.6米高的铁网栏杆组成，只因上面挂满了密密麻麻、大大小小、形态各异、五颜六色的“同心锁”而得名。

锁墙上的同心锁，就形状看，有方形锁、圆形锁、心形锁、条形锁、花形锁、环形锁等；就质地看，有铁锁、铜锁、不锈钢锁、合金锁等；就用途看，有门锁、柜锁、箱包锁、自行车锁等；就颜色看，红、黄、兰、白、黑、紫、灰、橙、绿、咖啡等。每把锁上都刻着锁主的姓名、日期。附言上，有的写着祝词，有的画着心形。我们粗略估算，整个锁墙上挂锁的总数，当在十万把以上！太阳光下，五颜六色，熠熠生辉！放眼望去，其壮观景象，着实令人震撼！

女儿告诉我，从锁上的文字看，有些是一家人的，有些是亲朋好友的，但绝大部分是恋人和夫妻的。我说，倘做分类，是否可分为“亲情锁”“友情锁”和“爱情锁”三大类，而以“爱情锁”为主？女儿和老伴都说：归纳得好！

我每次走上桥头，既会惊叹这排锁墙的美丽壮观，也会讥笑年轻人的单纯幼稚。不是吗？人心，岂是一把锁能够锁得住的？一颗忠贞的心，又何须用锁来锁？要我说呀，结婚证书，是一把“法律之锁”，婚礼仪式，是一把“世俗之锁”，但它们能锁住那两颗心吗？如今的离婚率不断攀升，证明这两把最厉害的大锁，也没能把爱情锁住，何况那一把小小的金属锁！

女儿不同意我的看法。她认为，这起码表达了年轻人相伴一世、厮守终生的美好愿望。有这个愿望总比没有好。当感情出现危机时，他们来到这排锁墙前，摩挲着自己的同心锁，重温当年同锁爱情的温馨和浪漫，或许就能化解危机、消除隔阂、转危为安了。我和老伴也觉得讲得有理。

一天，女儿也带回来两把锁，一把上刻了他们一家三口的名字，一把上刻着我和老伴的名字，并说：“咱们也选个日子，把这两把锁锁到科隆大桥上那排同心锁墙上去。”

老伴一听就急了，先问买锁刻字花了多少钱？“36 欧元。”啊！折合人民币 288 元！她抱怨女儿不会过日子，不该花这个冤枉钱，并说：“我和你爸都 70 多岁了，必然会走到人生尽头，锁与不锁毫无意义。既然锁已经买了，字也刻了，那就把刻我俩名字的锁送我们，让我们带回去留个纪念，或者干脆，还能当作实用锁去使用呢。”可是，女儿仍坚持己见，说什么也不答应。

于是，选择了一个风和日丽的晴好日子——10 月 11 日，我、老伴、女儿、女婿和孙子五个人，来到科隆大桥，在锁墙上找到一个小小空隙，把这两把锁套在一起锁了上去。我们都记住了位置，然后拍照留念，由小孙子把两把钥匙扔进了脚下那波涛滚滚的莱茵河！

后来经过琢磨，我们才真正懂得了女儿的心意：她并不怀疑爸爸妈妈的感情生变。即使不锁，她也知道，我们定会和谐放心地走完今生。她只是要把父母的亲情，永远和他们一家“锁”在一起。是希望在我们百年之后，当她、她的丈夫或她的儿子走过科隆桥时，心头仍感踏实和温馨。因为他们相信，天堂里的我们，仍然在默默地祝福她们一家三口，保佑他们一家终生平安、健康、快乐；更相信，我们俩在彼岸的那个世界，仍然会牢牢地手牵手，肩靠肩，相帮相扶，继续欣慰幸福地走在一起！

所以，我们很感动！

我们终于改变了看法：过去，我总是看着“锁墙”笑笑，觉得那不过是年轻人的游戏而已，没有任何实际意义。

不，现在我不这么看了。那一把把铁将军，把守的都是人间最美好的真感情！那一个个铁疙瘩，其实都是一颗颗跳动着的活心脏！那些摸起来都是硬邦邦、冷冰冰的金属块，其实都饱含着甜蜜蜜的柔情蜜意和热乎乎的超常温度！它们似乎都在向人们呐喊：人间自有真情在！爱情、亲情、友情，并不虚无缥缈，绝非空洞无物，它们都是实实在在，真真切切，就存活在你、我、他之间，而且时时刻刻，世世代代，天长地久，超越时空！读着锁上的祝词，我觉得那就是一首首的情诗，字字情真意切！看着锁头，我觉得那就是一声声的誓言，句句铿锵作响！它们似乎都在不约而同地高喊着同一句话：“我爱你！”其声音，响彻寰宇，惊天动地！其深意，洞穿了时间隧道，直达未来世界！

您不信吗？请去看看那一面长长的锁墙吧，那气势恢宏、金光灿烂、激动人心的十万把情意绵绵的锁，不就是人间真情的活见证么？

是的，我愿意虔诚地相信：锁，能锁住爱情，也能锁住友情，更能锁住亲情！这把锁，不仅能锁住眼前，能锁住今生，还能锁住下辈子！

我们终于明白了：被锁心，乃是一种幸福！

34.《德国游十："外事无小事"语源考》

（2012.10.22.写于西北大学桃园校区）

不知是积习所致，还是潜意识使然，只要出国，我脑中就绷紧了一根弦："外事无小事！"

这次赴德探亲，仍然是如此。

于是我奇怪，我不是外交官，没有外事活动，在国内也从不与外国人交往，心中怎么总记着这句话？我便追根溯源：我灵魂上的这根弦是从哪一天绷起来的？我这种精神上的紧张感是从哪里开始的？

啊，我想起来了，原来是这么回事：

那还是1972年吧。我作为出国师资，在北京语言学院(即现在的北京语言文化大学)培训法语时，听院领导传达过一件事。

当年的北京语言学院，学员主要有两种人。一种是从外国来中国学习的留学生，集中在此培训汉语；一种是来自全国各地的、即将出国工作的中国人，集中在此培训外语。它很像外交部和教育部联合管辖之下的直属机构，当然归外交部和教育部双重领导。

那时，援助亚、非、拉，支持第三世界，是我国的外交重点。所以，来中国深造的欧美白人青年很少，非洲黑人留学生自然较多，北京街头到处都能看到他们的身影。于是，发生了这么一件趣事。

一位黑人留学生，上街乘公交车，因为人多拥挤，只能手抓着头顶的横向把杆站着。挤在身边的一位外地游客，看着他那黑黝黝的胳膊和手背，便引起了思考：他的皮肤怎么这么黑？还油光闪亮，是不是专门涂上去的油彩？为了证实自己的怀疑，想着想着，便不由自主地伸出食指，轻轻在黑人手背上摸了摸，然后拿回眼前，用自己的大拇指和食指捻了捻，看看到底是不是黑油彩，结果当然令他失望。

一个中国人不经意的小动作，却大大刺伤了非洲黑人的自尊心，惹恼了这位留学生，激起了他内心的极大不满。一回到语言学院，立即写信给外交部，举他乘公交的遭遇为例，由此得出结论说：中国也有种族歧视！表示了气愤和抗议。

于是，在一次学院领导讲话中，将这件事公布出来，其目的是，提醒中国学生和广大群众，与外国人交往，应当注意必要的礼仪。为戒来日，要重视细节，须谨言慎行。

我似乎记得：就在传达这件事的文件上，我第一次听到了这个新鲜说法：

"外事无小事。"

据传，这句话的缘起，是出自周恩来总理之口。

35.《国内游四：笑议“无限”和“有度”》

（2013.10.13.写于西北大学桃园校区）

“各位旅客，节假日好！欢迎乘坐西安至宝鸡的高铁列车……”

发车之后，广播员向大家热情问候。

国庆长假，萍水相逢。车厢里座位相邻的五六个人，经过一阵忙乱，大家安放好行李之后，显然都有些疲惫，便坐下来，开始闲聊起来。

“我最怕长途旅行，买票排队，进站排队，候车排队，上车更要排队。什么时候才能根本改变这种状况？叫人活得自由点、舒适点、快乐点，真正过个轻松愉快的节假日！”一位年轻的旅游者发牢骚。

身边一位满头白发的老人紧接话茬道：“中国十三亿人，到处人满为患。想轻松，求自由，难呀！”

“是啊，需求无限，但满足有度！”一位中年人说，“我是交通局的职员。据我所知，不仅铁路如此，每到节假日，全国海陆空，路路都紧张！”

旁边几位旅客也加入进来：

“你说得对。‘需求无限，满足有度’。这似乎是一个普遍通用的公式。现在，无论你在哪里，不管你干什么事情，人人都要在‘无限’中做出‘有度’的选择和安排。”

“那么，我们生活中都有哪些‘无限’和‘有度’呢？”一个妇女，可能是一位教师，她问大家。

那个年轻旅游者说：“多啦。比如，景色无限，选点有度！”他补充说，“我想游的地方太多了，但时间不允许，节假日有限，只能选一、两个景点玩玩。”

“您怎么看？”女教师问身边一位年轻人。

这个约20岁左右的小伙子说：“我是歌舞团的演员，我们应邀前去宝鸡演出。”他亮明身份后说，“我认为：艺术无限，追求有度！”他解释道：“我体会，艺术是个无底洞，只能通过实践提高，逐步深入，谁也别想一步登天！”

“说得好！”

一个年纪大点的知识分子模样的人说：“我是个退休的历史教师，我常思考的一个问题是‘历史无限，人生有度！’”

“我赞赏这句话！”

一个企业家说：“我是做生意的。这些年来，几起几落，赚了赔，赔了赚。所以，我经常提醒自己：‘财富无限，摄取有度！’”

“儒商，见识高！”

一个心理学家说：“我研究过弗洛伊德，他给我的启发是‘潜意识无限，意识有度！’”

企业家摇摇头：“弗洛伊德？旅游点吗？没去过。潜意识？我不懂。”

心理学家解释道：“弗洛伊德不是地名，是人名。他是德国的著名心理学家、精神分析学家。他的潜意识理论曾经风靡全球。举例说吧，比如你想赚大钱，就是潜意识；但你也懂得勤劳致富要逐步来，一点点挣，这就是‘意识’。‘理性意识’控制‘非理性的潜意识’，就叫‘摄取有度’。”

企业家歉意地笑了：“啊，我懂了。真长知识，谢谢了！”

一个青年工人模样的人说：“我是工厂的车工，师傅总夸我‘潜能无限’，但我知道：我的‘技能有度！’”

心理学家夸道：“谦虚是优秀品质，师傅会更爱你的。有前途！”

一个中学生抢着说：“我受老师启发，前几天才刚刚懂得了‘自由无限，行为有度！’”

一个出来写生的美院学生，挤进来说：“我很爱画画，我总记着‘视野无限，描绘有度！’”

一个报社记者，也插言道：“我要报道新闻，反映现实，就必须懂得‘生活无限，笔下有度！’”

一个刚毕业的大学生，“唉”地叹息了一声，把大家的目光吸引了过去：“我呀，是为求职，才要去宝鸡的。我现在深深感觉到：‘职业无限，选择有度！’”

一个汽车司机说:“我天天跑长途,时刻都记着:‘路途无限,脚下有度!’”

一对年轻恋人,并肩坐在一起,小伙子深情看了一眼女朋友说:“通过恋爱,我的体会是:浪漫无限,现实有度!”

姑娘一挎小伙子的胳膊,娇羞地歪头一笑说:“我补充:爱情无限,择偶有度!”

大家赞美地鼓起掌来。

……

忽然广播响了:

“各位旅客,各位朋友!本次列车的终点站宝鸡,就要到了,请大家带好自己的行李,按照顺序,准备下车。”

“啊!时间过得真快,谈话正热闹、正在兴头上,怎么就到站了?”

那个开头发牢骚的年轻旅游者笑了。他一边挎起双肩背,一边说:“看来,我的‘牢骚无限’,还得照章行事,按顺序下车。这也叫‘行动有度’吧?”

大家听了,都哈哈大笑。

36.《国内游五：洋县行》

（2013.10.28.写于西北大学桃园校区）

我和老伴，从西安到洋县，坐了三个半小时的长途客车，到妻妹家是早上9点半。我虽有点累，但兴致很高。妹夫说："热水烫脚，才能解乏，我给你烧水去！"

我急忙阻拦："别，别，我到洋县不为洗脚，而是专为'洗肺'来了！吃点东西休息一下，咱们赶快去你们的梨园景区看看吧！"

洋县地处汉中地区，俗称陕南，和关中的渭河平原仅一山之隔。但这座山的地理位置非常重要，名叫秦岭，是把中国划分为南北两大部分的分界线，所以很有名。我们常说的"中国南方"就是指秦岭以南，"中国北方"就是指秦岭以北。

南方气温稍高，水资源丰富，山清水秀，气候湿润，空气清新，较少污染；而北方正好相反，冬天偏冷，气候干燥，水资源贫瘠，空气污染严重。只要登高远望，你就会看到，黄土高原上的西安城区，总被一团污浊空气包裹笼罩，植被薄弱，尘土飞扬，车流不息，尾气熏天，人们常在雾霾污染中生活。

我俩接受妻妹夫妇的邀请，选择了秋高气爽的季节，来到陕南洋县，除了探访亲人，就是为透一口新鲜空气来的。

正巧今日天公作美，艳阳高照。仰头望去，只见湛蓝的天，雪白的云，天空是那般的明澈剔透，好像刚刚经过清洗似的，太阳也显得格外灿烂。我们沿着新修的通衢大道，很快步入了景区。

洋县北山，系秦岭余脉，并不陡峭，起起伏伏，近似丘陵，漫山遍野，梨树连片。妇孺皆知的唐诗形容冬雪之白，早就留下了"忽如一夜春风来，千树万树梨花开"的赞美佳句。我们不难想象，每到春季，洋县遍地金黄色的油菜花和银白色的梨花，一眼望不到头。这两种高贵而质朴的色彩，不仅铺金盖银，交相辉映，而且金银两色，还象征着寸土寸金，印证了洋县真是一块聚财宝地。可以设想：在一片翠绿色的包裹中，油菜花和梨花之间，再夹杂些许粉红色的桃花，淡蓝色的野菊和浅紫色的牵牛花，真可谓"遍地铺锦绣，无处不艳丽"！所以，阳春三月游洋县，那一定是"花团锦簇满目春"了！

景区之内，有四座不大的水库，从高到低，连成一串，镶嵌在不高不陡的山旁坡底，恰似四颗晶莹剔透的蓝色宝石。山道弯弯，层层叠叠，全是水泥铺就的路面。由于这个游览之地是初步开发，路灯、石凳刚刚设置，约两米宽的新修步道，清洁平缓，车辆绝迹，游客极少，基本是原生态，还没有人为污染，鸟鸣如唱歌，流水似弹琴，更显得环境清幽，安静舒适。满山被树林草地覆盖，泥土的清香、花草的芬芳，迎面扑鼻而来，更觉得这里的空气无比清新，实在令人陶醉！

我大口大口地呼吸，只想极力吐尽肺里从西安带来的污浊气体，饱吸林间清新的营养成分，我的鼻孔和肺泡尽情享受着纯净的负氧离子！这种感觉，实实不亚于一餐美味佳肴，真真胜过一席奇异珍贵的盛宴，简直叫人心醉神迷得不亦乐乎！我，一个被大城市无数水泥建筑压抑得喘不过气来的我，一个被满街人车的喧闹声吵得昏头胀脑的我，一个长期被迫蜗居在小小书斋里的我，忽然激动了，感情沸腾了，我的心几乎发狂了！我想唱，我想舞，我想跳，我想喊：

"久违了的大自然啊，你如此纯洁，你这般美丽，你是何等的伟大！亲爱的山川草木，难得一见的秋风秋景，我打灵魂深处热爱你！"

回到妹妹家，该吃午饭了。妹夫知道我身患糖尿病，对饮食要求严格，便问："你想吃什么？能吃什么？"

我早有拟定的顺口溜四句，便脱口而出："多吃杂粮果蔬；少食糖盐油肉；永远戒烟戒酒；坚持饭后走路！"

"哦，我知道了：不吃鸡鸭鱼肉，保持低油、低盐、低糖，米面也要餐餐限量。"于是，他在米饭之外，做成了四菜一汤：炒地瓜、炒青菜、炒豆腐、炒西兰花，一个青菜豆腐鸡蛋汤。他解释说：

"地瓜四毛一斤(西安3.5元一斤)；青菜是自己种的(不掏钱)；鸡蛋也是洋县农场自产的土鸡蛋。只有豆腐、鸡蛋、西兰花是买来的，都不贵。明天再请你们吃洋县名吃、我亲手做的'菜豆腐'，外带自己蒸的紫薯。紫薯，这可是洋县的好东西，绝对的绿色食品，是抗氧化、防癌症的上等佳品！”

“太好了！”我赞赏道，“你们洋县啊，西安市场上供应的你们都有，西安缺少的你们洋县也一样不缺，尤其是新鲜空气！”大家笑了。

妹妹夫妇斟满洋县特产的米酒说：“欢迎姐姐、姐夫的光临！”

酒足饭饱之后，我赶紧把这次游兴记下来，取名《洋县行》：

既能洗鼻洗肺，又可洗肠洗胃；
新鲜酒菜果蔬，通畅从外到内；
乐享养生保健，更兼花费不贵；
恰逢重阳赏秋，喜获身心陶醉！

37.《国内游六：海口购房对话》

（2014.4.20.写于海口“南国·威尼斯城”）

朋友问我：“你在海口买房了？”

我答：“是的，海口市的‘南国·威尼斯城’（以下简称‘南国’）”。

“多大？”

“六十平米。”

“多少钱？”

“40万。”

“是为了增值而投资吗？”

“当然不是。”

“那你何必！人常说‘有钱不置半年闲’哩，你冬季南下，夏天北归，不正好要闲置半年吗？”

“我的目的不为买房，而是面对西安雾霾，想找个宜居的好环境！你看，在这里，可以呼吸一口新鲜空气，可以饮用一杯纯净饮水，可以享受一缕灿烂阳光，可以欣赏红花绿叶，也可以仰望蓝天白云。总之，是为了享用温暖湿润的海洋气候，以便逃离西安的寒冷和雾霾！”。

“这么说，你是醉翁之意不在酒，在乎山水之间也。你在海口买房，实为投资健康？有点道理。但海南遍地都是楼市，你为何单选南国？”

我说：海南省的各市、县、乡、镇，楼盘很多，但多有交通不便；三亚、博鳌的确不错，却房价太高，买不起；我们在海口近郊也考查了多个楼盘，都各有长短。正在犹豫不决，久居海口的一位热心朋友许计划，力主我们去“南国”看看，因为这里号称“外江内湖，水岸休闲，园艺千亩，是海口养生第一城”，他便委托同事开车陪我们上了云定路。

那时，云定路是一条乡镇土路，颠簸摇晃，尘土飞扬，堵车非常严重。虽然正在重筑，现实路况却十分糟糕，令人大失所望。我心中暗想：单凭这等恶劣交通，这个楼盘也不值得选购。但为了不拨朋友面子，就勉强走一趟吧。

谁知一到南国，哇！我吃惊了！在一片绿荫掩映之中，忽然出现一座高大美观的拱型大门，罗马柱，雕塑群，金黄色的圆顶，成排的西式灯柱，高大宏伟，庄严肃穆，尽显欧式气派！大门外，在一块写着“打造无尘园区”的牌子下，一名专职女工手持喷水龙头，正为客人洗车，几辆小车等在一旁，我们也跟着排队。洗完车后，鱼贯而入，绕过一个喷水池，来到售楼处。

售楼处是一座金碧辉煌的大厅，虽无哥特式特点，却是一派巴洛克风格，精雕细刻，华丽雅致，典型的欧洲古典宫廷气势。售楼员赵妍小姐全面介绍了园区概况，并强调说明，海口市政府已将南国所在地云龙镇，设定为“计划单列镇”。按计划，半年后云定公路一定会修好，这便打消了我来途的顾虑。

然后，她邀我们乘坐专用电瓶车，在园区内沿滨江大道观赏游览一圈。我这才发现，这个楼盘建筑，凸显的是欧式风格：广场装饰是欧式风格，艺术雕塑是欧式风格，灯柱、花坛、各园区的铁艺大门都是欧式风格，连钟楼上传出的报时钟声，洪亮悠远，也具有欧洲教堂的文化韵味。欧式风格成了“南国”的突出亮点，加上周到、贴心、严谨、负责的物业服务，正是该楼盘享誉海南、招人喜爱、吸引全国客户的最赢人之处。

你知道，我这辈子从事西方文学的教学和研究，饱受欧洲文化艺术熏陶，早已与之结缘深厚。这种欧式风情和艺术氛围，说实话，虽离我的理想之境还有距离，但在我所有考察过的楼盘当中，实属绝无仅有，令我感到亲切温馨，深深打动了我的心！我的每个细胞、每根神经都被感染，很受鼓舞，为之震动。我在兴奋惊叹之余，着实感到意外之喜！我的心灵告诉我：我终于找到我的文化之“家”了！

于是，我和老伴立即决定：就选它！这就是我为什么单选“南国”的一条最重要的原因！

“啊，我理解了。”朋友说，“你为自己的浪漫情怀，终于找到了一个精神家园！不过，我更想知道：它的自然环境如何？”

“南国的总体格局近似正方形。西靠公路——云定路(云龙镇到定安县的省级公路),南边临水——南渡江(36曲溪),另两边即东面和北面——皆为生态保护林。整体地貌北高南低,落差27米,坡度平缓,直达江边。北面的高处全系高层建筑。从中心区域到滨江大道,都是高档别墅,分为联排、独栋两种。全部住宅区域划分为八大园区:雅典园、罗马园、柏林园、巴黎园都已建成,伦敦园、纽约园、悉尼园尚未开工,米兰园大半已经建成出售,另约小半正在施工之中。园域之内,网状环形大道四通八达,既将各园区分割开来,也将它们连成一体。沿江是一条滨江大道,已初具规模,基本建好。它绿树成荫,花草整齐,著名雕塑排列成行,是业主们晨练、散步和垂钓的好去处。”

“开句玩笑,整个园区就是你家的院落了?”

“没错。”

“院落有多大?”

“东西长1200米,南北宽990米,面积共计1348亩。”

“啊,那么大!”

“这么说吧:我虽只买了60平米的房子,但人家送给我一个近1350亩地的大花园!园林优美,空气清新,草坪整洁,道路宽敞,绿树红花,湖光水色,真像个世外桃源!任你走,任你坐,任你观,任你赏,养眼、养身、又养心,不是很合算吗?”

“是很合算。看来,‘南国’真是一块风水宝地!”

“说到土地,还真值得赞赏!这里的泥土,呈深红色(铁锈红),红得可爱,黏黏的,油油的,很肥沃,加上气候湿润,阳光充足,雨量丰沛,最适宜各种植物生长。所以我常说:‘海南这块土地啊,掉根牙签,就能长出一根草;掉下一包牙签,便能长出一片草坪;插根筷子,就能长出一棵树;插一把筷子呢?便能长出一座森林!’此言虽属夸张,但一年四季到处都是绿色汪洋,却是不争的事实。因此园区内,奇花异树,培植有序,绿草如茵,修剪整齐,经精心培育,因地制宜,剪裁适当,线条美观,景色十分宜人。每天按时上下班的一大批园林女工,骑着摩托,形成车队,成了南国一道亮丽的风景。她们或扫路浇水,或除草剪枝,恰如一群苏州绣女。正是由于她们用勤劳的双手和辛苦的汗水,经精巧绣制和悉心护理,整个园区才变得整洁美丽、赏心悦目,所有的边角空间,都成了一块块不规则的艺术地毯，真是堪称巧夺天工！”

“不错呀！这等于说：你买了房，也买了一个既广阔又美丽的大院落！但是，南国前不着村后不着店，不是有点寂寞吗？再说，你家院子里，外人也太多了点吧！”

“前后不着村店，说明是个世外桃源，恰好是个优点。人多怕啥？大家不分身份贵贱，不分老少贫富，都和睦相处，不仅不感到空旷孤独，更显得和谐温馨人气旺啊！”

“业主中富人更多吧？我是担心你们穷，和高官、大款们挤住在一起，倘遇到喜欢摆阔夸富的人，心里会滋生不自在！”

“是的。整个园区的中心地带，差不多都是高档别墅，有标价三百万的，也有两百多万、一百多万的。地下有车库，上面有阳台，一座座三四层的小洋楼，豪华别致，整洁美观，但入住的房主较少，大部分还都空置在那里。当你坐上考察楼盘的观光车游览一遍，自然会得出结论：这是富人的宜居地！然而据我观察，这里也是个小社会，各种人都有，已经入住的业主，经济条件也参差不齐，我就不富嘛。你说的那种目中无人的土豪和喜欢摆阔夸富者，我还真没遇到过。我晨练散步，进入各个别墅区，可以围着转，走着看，游游逛逛，赏心悦目，也是一景呀！”

“对，富人花钱买，你不花钱看，值！但是我也提醒你：别太浪漫了！具体生活是琐碎的，庸俗的，还是眼睛朝下，贴近实际，现实点为好。因此我更关心的是，你居住在这里的日常生活，如购买柴、米、油、盐、酱、醋、茶之类，还方便吗？”

“谢谢你的提醒。我倾向于浪漫，而我老伴却注重现实。我们是浪漫与现实相结合。南国这个大园区，从目前看，虽有一些不尽如人意之处，如物价偏贵，管理还需提高，交通有待改善，医院、银行、邮政还需加强等等；但各种设施，大致具备：有超市、诊所、餐厅，鱼、肉、菜、蛋，各种水果，样样不缺；游泳池、阅览室、健身房、网球场，一应俱全；老年大学的各种讲座经常举办，衣食住行，各类基础服务，不出园区，基本都能满足。”

“交通方便吗？”

“很方便。南国大门外就是省级公路。乘公交，距美兰机场 20 分钟车程，距海口 50 分钟车程，倘有私家车，半个钟头足矣。要去最近的云龙镇买菜购物，仅三公里距离，开车五分钟就到。从南国发车，去云龙镇、经美兰机场到海口市区，每天都有 10 趟左右往返中巴班车,只要是南国业主,都能享受免费接送。”

“太好了,我没问题了。祝贺你,你们应该终生愿足矣!”

“是的。我老伴说:上中学时她去西安住院看病,心想在省城有张床该多好!上大学后有了一张床,又希望在校内有间房该多好!结了婚有了一间房,又期盼能得到有厨有卫的一套房该多好!退休后,我们有了西安桃园校园 130 平米三室一厅二卫的一套房,现在,还新购置了海南省海口市南国威尼斯城的冬季度假别墅一小套!真是过去做梦也不敢想的事,还有啥不满足呢!”

“难道你再无追求了?”

“没了。就物质层面看,这辈子的获得,已经远远超出了我们的幻想。孔子曰:‘少年戒色,中年戒斗,老年戒得。’得者贪也!人要知足,知足者常乐嘛,再也不敢奢求了!”

38.《国内游七：海口购房纪实》

（2014.6.12.写于西大桃园校区）

2014年3月12—27日，我们旅游广西巴马，本为了解长寿之因，以作养生参考。住在巴马百魔屯，偶遇沈阳退休的卢先生夫妇，刚从海南购房归来，谈及养老的宏观思考，深有同感，产生强烈共鸣。又听他们购房经过，这才知道，海南并非都是天价房，除赵本山之类大款购买海景别墅外，还有更多可供平民百姓选择的平价房，我们也承受得起，于是想：国家最新医疗保险政策已经实施，临终花费无需担心，不必再为大病住院的天价费用发愁。现存的那点养老钱，还是生前享用了为好。尤其是刚刚遭受去年西安可怕的雾霾侵袭，老人的健康面临严重威胁。这些综合因素，启发了我们海南购房的念头。经与老伴深思熟虑和充分酝酿，达成如下共识：

一，为了一口新鲜空气；二，为了一缕灿烂阳光；三，为了一杯纯净饮水；四，为了逃离西安雾霾；五，为了欣赏绿树红花和蓝天白云，便选择了清静闲适的一方净土，甘愿掏出口袋里仅有的几张闲钱，购买了一小套南国住房，为多活几年作健康投资，值！而且，在我们身后作为遗产，还可留给两个女儿继承。再说，眼前所付房款总比存银行不断贬值强。

为此，我采用“马伊琍变体”，写了如下几句话：

起念容易，论证不易，聪明预见应珍惜；
论证容易，想通不易，把握充足理由律；
想通容易，决断不易，晚年不可失天机；
决断容易，万全不易，咨询女儿通讯息。

3月29日，经与西安大女儿、德国小女儿手机交流，获得她俩一致支持：大女儿愿出十万人民币，小女儿欲助八千欧元。但我俩立即表示：两孙儿上学，你们花费正多，房款不必多虑，概由父母承担。于是，我们便和海口“南国·威尼斯城”(楼盘)签订了《购房意向书》。第二天，即3月30日4点50分，老伴给两女儿发短信，通报了我们的心情：

“这十多天，真是在兴奋与焦虑中度过的。自从产生买房念头，经飞海口看房，到下决心定盘，真是思虑重重。一辈子没办过这么大的事，几乎要花掉全部积蓄，心中无谱，真有担当不起之感。最后想到：鉴于我们在有限岁月里，能享受清新空气、蓝天白云、灿烂阳光、花草树木，一句话：为健康计，豁出去了！又得到你俩的赞同，何惧之有?！这才略感释然。你许叔回了陕西老家，不在海口，但他委托的同事们尽心尽力，为我们提供了各种方便，在感谢之余，让我们觉得：人‘顺天心’，天‘佑吉人’。可见，购房的主、客观条件均已成熟，必将水到渠成，应该是件好事。倘再空手而归，将来肯定后悔。于是，我们说服自己，下了最后决心，买!”

回到西安，不期与侄儿魏明夫妇相会于长安魏寨。谈到海南购房意向，他立即表态赞同，并热情表示：愿资助一趟赴海南机票费用以示支持。还说：倘房款一时难筹，也愿暂借一笔，以解眼前燃眉之急。我们听了，感到一份亲情的温暖，内心甚为感动，也更坚定了购房信心。但我们也当即向魏明夫妇表示：钱已筹齐，按时付款没问题。十分感谢他们援手相助的真心诚意。

对于侄儿的支持，在感动之余也心怀感慨，我又仿“马伊琍诗体”，记下了如下文字：

女儿解囊容易，贤侄愿帮不易，温暖亲情且珍惜。
虚意客套容易，肺腑之言不易，诚恳待人且珍惜。
语言表态容易，勇掏腰包不易，真心实意且珍惜。
拒绝帮助容易，全额筹款不易，独立支撑且珍惜。

谁料，这次购房经历，还真和“马伊琍诗体”结下了不解之缘。隔日，忽接海口售楼员赵女士，以“飞柳遮阳”网名发来的短信，又是规范的“马伊琍诗体”。她写道：

来电虽易，拜访不易，且约且珍惜。
拜访虽易，复访不易，且邀且珍惜。
复访虽易，认筹不易，且谈且珍惜。
认筹虽易，订购不易，且卖且珍惜。
订购虽易，签约不易，且逼且珍惜。
签约虽易，回款不易，且追且珍惜。

我们理解：作为售楼员，她面对已签订意向书的雇主，既想催款，尽快促成交易，又不能态度生硬；既盼回款从速，又要联络感情，避免客户流失。从而采用这种“马伊琍诗体”的对话方式，委婉温柔，点到为止，其用心良苦，恰到好处，也让我们体会到她工作的辛劳和释放的善意，实实可谓思维缜密，不失为聪明之举。于是，我同样以“马伊琍诗体”和答的方式，回复一篇短信：

考察容易，定盘不易，且看且思虑。
定盘容易，筹款不易，且筹且犹疑。
筹款容易，签约不易，且签且摸底。
签约容易，交房不易，且等且盼期。
交房容易，装修不易，且装且欣喜。
好事天成，售购两利，友情永珍惜。

2014年5月28日，赵女士用快件寄来《合同书》五份。我们经仔细审核，正式签字，按了手印，回寄给她，等到由售楼公司法人签字再寄回我们一份之后，这一海南购楼过程才算终于完成。最后，我也以“马伊琍体”为此事画上一个圆圆的句号：

购楼计划容易，签订合同不易，且签且珍惜。
签订合同容易，装修配置不易，且装且珍惜。
装修配置容易，入乡随俗不易，且住且珍惜。
落地生活容易，健康收效不易，且享且珍惜。

39.《国内游八：邂逅词友》

（2015.3.6.写于海口市“南国·威尼斯城”柏林园）

1

初次见王帆，还是2015年2月18日，我在海口市的“南国·威尼斯城”过春节的时候。

那是正月初一晚上，该园区的“罗马广场”上，春节联欢晚会正在进行，一系列小品和舞蹈表演过后，最后一个压轴节目，经报幕员的介绍有请，一位年轻美丽的女歌手，头上包着紫色纱巾，额头露出整齐的刘海，上身是橘红色夹袄，下穿淡绿色裤子，溜肩细腰，皓齿红唇，胸脯凸起，亭亭玉立，可爱的脸蛋上堆满了迷人的微笑，仪态优雅地走上舞台。

她轻声柔气地说：“我唱一首旧歌新编，希望大家喜欢！”接着音乐响起，原来是邓丽君的《送你送到大门外》！

她模仿邓丽君，音色甜美，音质清纯，加上气声的运用、感情的投入，一下子把观众吸引住了，简直就是当代邓丽君！甚至比邓丽君更委婉、更温柔、更感人！夜幕下，舞台上，她那悠扬的歌声，从扩音器里传播开来，轻盈而清爽，恰似如水的月光，荡漾在疏星点缀的南国夜空：

送你送到大门外，有句话儿我要交代。
虽然已经是百花儿开，路边的野花你不要采。
记着我的情，记着我的爱，记着有我天天在等待。

紧接着她娇羞而低声地唱道：“**我在等着你回来，**”然后又以多情的语气似在祈求：**“千万不要把我来忘怀。”**

她的优美歌声，活脱脱表现了一位农村少妇的柔弱形象，善良、谦和、诚挚、忠贞，充满柔情蜜意，既动人心弦，又渗人心脾，把大家听得心醉神迷！

唱完第一段，在低回的音乐过门中，她轻柔而从容地解释道：“下面是我新加的一段歌词，诚请大家品评。”然后开始唱第二段。

她虽继续遵循原创曲谱，音色依旧甜美、仪态仍然悦人，但一开腔，就情调大变，与第一段完全不同，呈现给观众的，却是一个表情阴郁、柳眉紧蹙的女子，且满腹忧虑、言辞冷峻。因为这段新加歌词描绘的音乐形象，完全改换了一个人，即演唱者扮演的歌曲角色，从第一段那个情恳意切、温柔善良的小媳妇，一下子变成了一个心怀疑忌、声色俱厉的辣妹子！她摆出居高临下的姿态，以不容辩驳的口气，带着严词威吓的味道，告诫她的丈夫：

送你送到小村儿外，丑话要给你讲明白！
尽管闲花嫩草欲迷人，路边的野花你不许采！
记着你老爸爸、老妈妈还在，一双小儿女心底把你爱！”

紧接着她低声命令道：**“挣了大钱你就赶快回来！”**最后则是恶狠狠地大声威吓：**“你胆敢采野花，小心脑袋把花开！”**

这段新词，别开生面，观众听了，十分开心，不由地发出赞美的哄笑声。当她放慢速度、加重语气、准备用重复末尾两句作结时，大家已经伸出巴掌，迫不及待地开始鼓掌了。

前后两段，对比鲜明，反差很大。因为她能大胆创新，在同一首歌曲中，用两段歌词，分别塑造了个性截然不同、又相得益彰的两个人物，所以收到了很好的艺术效果。第一段几乎句句有“我”，强调“我”对“你”的依恋和牵挂。第二段几乎句句有“你”，突出“我”对“你”的命令和告诫。两个形象，一柔一刚，判若两人，在对照之中，愈发显得柔者更柔，刚者更刚；在演唱技巧上，她对旋律的把控、音调的处理，都不落窠臼；尤其是第二段，演唱姿态、动作设计，都与人物个性配合默契，音乐幽默，节奏调皮，散发出一种艺术调侃的浓郁味道。所以大家笑声不断，听得如醉如痴，观众完全被她征服了。

“啊，酸、甜之中，还带点辣味，太美妙了！”

“她既是邓丽君，又胜似邓丽君！”

“虽是群众歌手，却更像个专业演唱家！”

……

谢幕时，她忽然解掉包在头上的紫纱巾，露出满头短发的圆脑袋，亮出大男人的粗嗓门，雄吼了一声：

“诸位晚上好！我叫王帆，恭祝大家新年快乐！”

观众大吃一惊。啊，原来他男扮女装！是个大小伙子！竟然达到了以假乱真、真假难辨的程度！于是，如潮的掌声又起，一片惊奇、赞叹之中，还响起了几声尖利的唿哨声。

晚会在全场的激情热议和不断的嬉笑声中结束了。我想：大家不会忘记他！

2

第二天晨练，我刚小跑到巴黎园南口就遇见王帆。近距离看得真切，他顶多有二十四五岁年纪，我们边走边谈。

我说：“昨晚的歌，你唱得真棒，扮相也好！”接着问道：“第二段歌词，是你创作的吗？”

他不好意思，倒真像个大姑娘，点点头，羞涩地承认：“我改着玩儿的，让您见笑了！”

“一点儿也不。大家都赞美你唱歌的才能，而我，更欣赏你的文字功底！”

“怎么，您也喜欢歌词？”

“是的。诗言志，歌抒情，诗歌合流在音乐史上是件大事。我认为：一首好歌，首先是一首好诗。诗是歌之魂嘛！”

“那您是说：歌词就是歌魂了？”

“没错！”

“哈哈哈哈……”他突然爆发出一串大笑，一扫羞涩、腼腆之色。我想：这才是小伙子开朗、豪爽的真面孔！

“今天我可碰到知音了！”他高兴地说，“‘歌词就是歌魂’这句话，我也说过。”接着他自我介绍：“我是中文系毕业，所以我爱文字胜于爱音符，爱写作胜于爱唱歌，我是因为爱上歌词之后，才爱上了唱歌的。因此，我不想人们叫我歌手，更喜欢大家叫我‘歌词作者’！”

我惊喜地瞪大了眼睛：原来我们是文字写作上的同行啊！于是，我告诉他，我也是个歌词爱好者，并对他谈了我对歌词的看法：

“我认为：歌词是音乐文学，正如剧本是戏剧文学一样。剧本、剧本，一剧之本！歌词、歌词，一歌价值！可见，歌词在歌曲中占据的重要地位。它可不是小儿科！”

王帆感动地说：“人海茫茫，但知音寥寥。如您这样的词友同道，能遇上，真是凤毛麟角！看年龄，您已是我爷爷辈的人了，却精神矍铄如青年。倘若能以词交友，彼此通心，对我来说，太珍贵了！如不嫌弃，我们建个忘年交，可以吗？”

我笑笑：“成啊！”

他一激动，便拉我在滨江大道拐弯儿处一条长椅上坐下，对我说：

“我想向您请教！”

“既然是朋友，就别客气，什么事？”

“我是东北长春人。我和女朋友小妹是同乡，也都在业余爱写诗作词。她去年医学院毕业后，参军当了卫生兵，因为喜欢文艺，成了他们卫生连的宣传员。她多次发手机短信，要我给她写几首军旅歌词。我想震她一下，创作了两首，您能否帮我改改？”

“修改不敢，但乐意拜读。”

他从口袋里掏出一页纸，递给我，我便读了起来：

《我要当好一个兵》

为什么你激动得脸发红？为什么你梦里也笑出声？

什么事儿乐得你，话多得嘴都合不拢？

这件事呀你不懂，多年来我总想当个兵。
一二三四齐步走，队列威武战旗红！

这队列从南昌起义揭杆起，一路凯歌战长征。
跨黄河斗倒小日寇，越长江横扫蒋家兵。

这队列有上甘岭的老功臣，有抗洪救灾的新英雄。
电子战场显神威，全能实战建奇功！

读完第一首，我问：“好像只是勾勒军史，似乎还没写完？”

“是的，我没词了。您帮帮忙吧。”

他很诚恳，我也没必要推辞，就仰头望天，酝酿了一会儿，说：“我觉得，应当补充。”然后掏出随身带的油笔，快速添加了下面两段：

这队列人民情感丝丝连，党的号令声声听。
能文能武一支无敌劲旅，千锤百炼一座钢铁长城！

我站在这样的队列中，心里咋能不激动？
身心投入认真炼啊，发誓要当好一个兵！

改完后，我解释说：“我加的前段，是想为军史做个小结；后段，则是为回应你的开头，有问必有答嘛。首尾照应，给整首歌词画个句号。”我歉意地一笑说：

“我献丑了！请你斟酌，再改改吧。”我接着读第二首。

《我是南海兵》

为什么你愤怒得眼直瞪？为什么你恨得牙根疼？
什么事儿气得你，铁拳攥出嘎巴声？

这件事啊你该懂，南海诸岛被并吞！
诸岛是我的心头肉啊，哪容外旗飘上空？

守国土，是我们的钢铁意志；
保海疆，是我们的神圣使命；

雪山顶，有峭立的国界哨位；
海域线，是我们的水上长城！

昨天守土有责，我们没丢一寸土地；
今天守水有责，也要寸水必争！

外交，是意志和意志的对话；
战场，是枪炮和枪炮的争鸣！

一粒出膛的子弹，就是一声满腔愤怒的发言；
一列喷火的排炮，就是一段措辞强烈的声明！

观海涛，心潮逐浪涌；
握紧枪，时刻瞄准靶星。

扣扳机，该选哪一秒钟？
单等祖国下令！

读罢第二首，我更欣赏他的才华了，便赞美道："你这两首是姊妹篇啊！这一首更完整，也更精彩。加一字嫌多，减一字嫌少。不动了吧！"

3

第三次，王帆来到米兰园 16 号楼专门找我，却愁眉不展，心事重重地说："给小妹发了那两首歌词后，我很得意。为了震倒她，我忽然心血来潮，一激动，便王婆卖瓜，狂夸了自己几句，也跟着发过去。不料小妹生气了，她发短信恶狠狠地教训我：

“别在我面前臭美！自以为家有钱、你有才，就不知天高地厚、有恃无恐了！我警告你，”她写道：

有诗最怕没人读！有才最怕没人留！
有钱最怕没人花！有爱最怕没人求！

我心头一惊：才女呀！她也是个小诗人！他俩真是天设地造的一对！但一看王帆，他却眼里噙着泪花，忧心忡忡道：“从这四句看，我俩怕是要吹了。”

我一笑：“怎么，这就泄气了？多愁善感没出息，真像个大姑娘！如今当兵的女娃子，个性刚着呢！你以刚对刚，才能撞出爱情火花。我给你出个主意：激她一下！”

“怎么激？”

“礼尚往来，来而不往非礼也！”

他迟疑了一下之后，挂着泪花的眼睛一亮，嘴角露出了诡秘的微笑：“对，针尖对麦芒，我懂了！”

就在我给他去沏茶的当儿，他拿出手机，经低头构思，很快便拟就了四句诗，立即发给他的小妹：

花儿最怕没人戴！菩萨最怕没人拜！
鱼儿最怕没水养！女儿最怕没人爱！

没过两天，王帆又来找我。一进门，未及寒暄，就急忙拿出一页纸：“您给我看看，能不能发？”

我以为他要投稿，想发表，就说：“这个权力在编辑，寄出去让他们审阅吧。”

“我不想让任何人看见。”

“我不就是个‘任何人’吗？”

“您可以除外。”

“究竟是什么呀，这么神秘？”

“我的情书！”

“啊，情书？”我笑了，“那可是绝密，属于隐私，怎么能随便给我看呢？”

“信任嘛！没寄给小妹之前，先想听听您的意见。”

我接过来一看，原来是一首情歌歌词：

《致小妹》

月牙儿挂在蓝天儿上，果实挂在枝条儿上，我心爱的小妹儿啊，你的冷暖苦乐，总挂在我的心坎儿上！

音符儿挂在琴弦儿上，热词挂在情歌儿上，我心爱的小妹儿啊，我对你的情意，总挂在我赞颂你的舌尖儿上！

露水儿挂在绿叶儿上，瀑布挂在山崖儿上，我心爱的小妹儿啊，我思念你的泪珠儿，总挂在我的睫毛梢儿上！

我问他：“你还想让我修改吗？”

“不，”他扭捏了一下，又像个羞涩的大姑娘，颇不好意思地说，“我上次发了那四句刺她的话，于心不安，怕她彻底翻脸。今天又专门写了这首歌词，是想抚慰抚慰她。我只想问问您：我该不该发给她？”

“真情流露，怎么不该？不过，”我迟疑了一下道，“这么精彩的一首情诗，倘若先发表出来，再给她说明：你是专为她而写的，效果不是更好吗？”

忽然，王帆的手机铃声响了。他打开一看，面容立即庄重起来。原来是小妹发给他的短信。他给我念道：

“……你那“花儿”四句，虽然针锋相对，是为了反击我，还写得真不赖，我喜欢！但是，从上次军旅歌词的附言来看，你呀，没一点城府，像个永远长不大的孩子，轻飘飘的，做成一件小事就觉得了不得，尾巴翘到天上去了！我在乎你，才给你说这些真心话，否则，我才懒得理你呢！下面，送你一首《赞无花果》，目的就是想启发你，多思考一个问题：今后应当怎样做人！”

《赞无花果》

羞煞，华而不实；堪夸，实而无花。我最爱，无花果美誉满天涯！
笑百花，借春雨妖冶，凭东风袅娜。只在百花园，轻佻逗人耍！
摆什么千种娇态？夸什么百倍身价？今日争丽斗艳，怎禁一夜风雨打！
看明朝，落红无数，零落路畔任践踏。叹身后，空虚凄凉，秋风哭萧飒！
唯有无花果，淡泊名利，依然故我，只以果献，不羡荣华！

啊，我不仅惊叹这个小姑娘的诗风诗才，更敬佩她的人格人品。真是后生可畏呀！

一个月后，王帆那首情诗《致小妹》，果然刊登在《诗刊》上。他也特意送我一本。我翻到登载他情诗的那一页，夹着他的一张纸条，上面写着：

“小妹看到了这首诗，也读了我发给她的说明短信，感动得哭了！有门儿！”我能想象得到，王帆那副过分激动的样子。

我默默地把手放在胸口上，闭起眼睛，虔诚地祝福这一对幸福的恋人！

文学随笔
（57篇）

1.《精心构思——谈〈外套〉的素材处理》

（原载 1983.4.9.《开拓者》创刊号第三版）

一件平平常常的外套，到了果戈理手里，经过艺术加工，就变成了一件光彩夺目的艺术珍品。为什么？这种点石成金的功夫，很值得我们探讨和研究。我觉得，《外套》在艺术上主要贡献给我们的创作经验，就是一个“题材问题”，即如何选择题材，如何处理题材，如何充实丰富题材。

首先，他能够以典型性为标准选择题材。题材是作家从素材中提炼出来、构思故事的依据。能否选择富有典型性、代表性的事物表达主题，往往是作品成败的先决条件。

《外套》的素材，来源于果戈理在彼得堡听到的一件真实故事。一个喜欢打猎的小公务员，经过长期奋斗，积钱买了一支心爱的猎枪，便高高兴兴地划着小船去打猎。不幸，猎枪被一丛芦苇挂住，掉进河水中，再也找不到了。他又心疼又生气，回家就病倒了，越想越亏，越亏越悔，病悔交加，几乎要死去。大家为了救他，凑钱给他买了一支新猎枪，他才转危为安，活了过来。听完这个故事，别人都嘲笑这个小公务员，只有果戈理没笑。他以这个故事骨架为基础，经过重新构思，把猎枪改作外套，定为情节框架，然后利用这个题材，终于创作出这一名篇来。

如何提炼题材是艺术创作的重要环节。从猎枪到外套，这是从生活素材到创作题材的一个完整的提炼过程。看起来，仅仅是一个小小道具的置换，但这一换，换得好！为什么呢？对小人物来说，猎枪显然是一件奢侈品，没有它，照样可以生活下去；而外套，则是一件生活必需品，缺少它，就无法度过彼得堡的寒冬。用一件奢侈品表现小人物阿卡基的悲剧命运，既缺乏艺术真实，也无典型意义，感染力太小,说服力不强,会大大丧失社会批判力量。换用一件生活必需品,因为有了典型性,大大增强了感染力,自然会产生巨大的悲剧效果,也突出了悲剧主题。大家知道:生活素材是形象的、丰富的、活生生的,但也是原始的、浅层的、粗糙的。我们在创作的时候,必须根据主题的需要,去粗取精,去伪存真,做一番由表及里、由浅入深的思考,然后从中选择最典型的事物,作为题材使用。在这里,果戈理把猎枪变成外套,是把素材做了质的改造,便为创作成功打下了物质基础。

但是,提炼题材,只是创作的第一步,还必须在此基础上,对题材作进一步的艺术加工和具体优化,即恰当地处理题材。

我们看到,果戈理在构思过程中,紧紧抓住外套不放,对之作了高度集中和典型化处理,才使这个平凡的题材,产生出非凡的艺术效果。从情节结构上看,故事的核心情节是由补旧外套、做新外套、丢失外套、寻找外套和鬼魂剥夺大人物外套这五个环节组成。故事从发生、发展、高潮、转折到结局,步步离不开外套,外套不只是个道具,而是成了联系各个层次段落的基本纽带。从刻画人物性格看,从阿卡基因破外套而遭受嘲弄,为补外套而费尽心机,穿上新外套的由衷喜悦,新外套被抢的内心焦虑,受大人物斥责的致命惊吓,直到在念念不忘外套中含恨死去。人物的喜怒哀乐都因外套而发生,表现个性处处都和外套相联系。作家通过一件外套,概括了阿卡基的一生。从暴露黑暗社会看,也是紧紧围绕外套,写到了同事、裁缝、强盗、警察、巡长、分局长和将军等,这一系列人物组成了整个旧社会。以“大人物”将军为代表的黑暗势力对下层人民任意欺压凌辱,是造成小人物悲惨遭遇的根本原因,应对阿卡基的悲剧命运负主要责任。果戈理正是通过这件外套,提出并回答了这个非常重要的社会问题。

第三,他用典型细节充实完善题材。如果说,主题是作品的灵魂,结构是作品的骨架,题材是作品的血肉,那么,细节就是作品的细胞了。典型细节可以使作品的血肉丰满,光彩鲜润,使艺术生命生机勃勃,产生强大的活力。果戈理用一系列典型细节,把外套这个平淡的题材,大大充实完善并使之生动鲜活起来。

阿卡基是个小人物。他的“小”,主要表现在三点上:经济上的“穷”,地位上的“微”和心理上的“卑”。“穷”是阿卡基的主要特点。要写出小人物的“小”,就必须写透一个“穷”字。果戈理围绕着外套,利用许多典型细节,把阿卡基的穷貌、穷态、穷心，写得十分精彩。如他的破外套，同僚们都嘲笑地叫作“罩衫”，背部和肩部“薄如纱布”，呢料已经“磨得透亮”，里子“开了花”，连领子也“补了别的地方”，所以“一年比一年小”。就是这样一件破而又破、无法再补的旧外套，阿卡基还要找他熟识的裁缝去修补，想对付着再穿一冬。更生动的是，为了少花工钱，阿卡基窥测时机，要选裁缝喝得醉醺醺的、如他老婆说的“又灌了黄猫尿了”的时候去找他，因为这时谈起生意来，“通常乐意让价”。但是不巧得很，正碰上他生气。阿卡基只好用谦卑的声调，尽量把外套的破绽说得小一点，费工说得少一点，无非是想把价格压得低一点。当不耐烦的裁缝摇头说：“不能修补了，已经成破烂了！”要他做一件新外套时，阿卡基“两眼直发黑”，仿佛“屋里的一切东西在他眼前都混乱了”。他像在梦中似地小声嘟哝道：“我哪儿有这笔钱呢?”然而，当他听到新外套价钱时，又突然大叫起来：“一百五十卢布啊！”作者说：“这也许是他有生以来第一次大声叫喊。”请注意：一句低声嘟哝，一声大声惊叫，活画出了他受到金钱的惊吓和穷极的窘态，真是精彩之笔！还有一类细节作者特别重视，即社会批判性质的细节，也很重要。描写它们，正是为了把人物的遭遇和社会问题挂上钩，不至于使作品变成毫无意义的、纯粹个人的小小悲剧。

小说结尾，写到阿卡基死后，鬼魂重现，每天夜里，在彼得堡大街上，专门剥走各种外套。有棉外套、皮外套、呢外套、毛外套等等。一个风雪之夜，那个大人物乘车回家，忽觉身后有人，回头一看，大吃一惊，原来是死去的阿卡基！他有惨白的脸、扭歪的嘴，“嘘出可怕的坟墓的气息”，并叫道：“哈，原来是你呀，我到底把你抓住了，我正需要你的外套呢！你不关心我的外套，并且还骂我，现在把你的外套给我吧！”大人物不仅丢了外套，还给吓个半死。

作者以感情的必然发展和合乎逻辑的艺术幻想，用浪漫主义手法，对反动势力做了大快人心的报复。

2.《激荡灵魂的感情之流——谈〈一个人的遭遇〉的感情描写》

（原载《陕西青年》杂志 1983 年 11 月号第 28—29 页）

文学作品，离不开人物描写，也就离不开感情描写。虽然，很多作品都是用以情动人和以理服人结合起来的双重力量吸引读者的，但其中还是以感情描写为主要手段。因此，如何表现人物感情，就大有研究的必要了。

人的感情，不是僵硬的“固体”，也不像无形的“气体”，更像一种“液体”，它会流动，是一种连续不断的“流”。喜怒哀乐，七情六欲，都是在流动过程中表现出来的。在作品中，故事的发生，不就是作者给主人公和读者心头那一泓清水中，投进石块，打破了平静，荡起感情的涟漪？情节的发展，不就是引导感情之流，顺着弯弯曲曲、坎坷不平的性格渠道流淌，继续掀起情感的波澜？情节达到高潮，则感情也达到高潮，人物心潮澎湃，感情形成激流，强烈冲击和震撼着人物和读者的灵魂，这就是艺术的感染力量！作品的艺术效果，往往是通过引发和激化读者感情而产生的。苏联作家肖洛霍夫的短篇小说《一个人的遭遇》，从艺术构思角度看，就属于这种以发掘感情激流、涤荡读者灵魂、从而展示巨大艺术魅力的好作品。

《一个人的遭遇》的素材，来自于肖洛霍夫在二战结束后的第一个春天，在路上遇到一个汽车司机给他讲的个人经历。这个故事中蕴藏的感情潜流，深深打动了他。所以，一回到约维申斯克镇，他就发誓般地对大家说：“我要就此写一个短篇小说，一定要写！”经过 10 年酝酿之后，他仅用 7 天时间，就一气呵成，于 1956 年底发表出来，取得了巨大成功。1960 年被搬上苏联银幕，并获得该年度列宁文学艺术奖。

这篇作品严正地描绘了生活真实，表现了希特勒发动战争给苏联人民带来的肉体摧残，尤其是精神打击和灵魂创伤。通过索科洛夫一个人，概括了一代人；通过一个人的命运，反映了一代人的遭遇；强烈控诉了法西斯侵略战争的罪行，歌颂了苏联人民朴素的爱国主义精神和坚韧不拔的顽强性格力量。这一切，都是在对人物感情的出色描写中体现出来的，充分表现了作家肖洛霍夫深刻理解、纯熟驾驭感情规律的过人本领。

作者首先描写人物的感情从低到高、量的积累的发展过程，为高潮情节的到来做好了感情上的充分准备。索科洛夫的家庭，在德国侵略战争中，接连遭到了三次祸患，一次比一次更悲惨，他心灵遭受的打击，也一次比一次更沉重。

第一次是生离死别。司机索科洛夫本来有个小康之家，妻子温柔贤惠，一儿两女，品学兼优。新盖了一所房子，养着两只山羊，融融乐乐，吃穿不愁。突然，希特勒侵苏战争爆发，他以司机身份应召参战。作者通过车站送别的动人描写，表现了他和平幸福的家庭生活遭到破坏的悲痛感情。

第二次是家破人亡。在前线，他运送炮弹，受伤被俘，经过一段非人折磨的俘虏营生活之后，他利用机会，打昏一名德军少校，开着小车，逃回苏军阵地，并缴获重要文件，受到上级表扬。他怀着激动心情，立即给妻子写信，报告了安全逃回、荣立战功的喜讯。可是，两星期过去了，仍无回音。第三星期才收到邻居来信，说早在1942年6月，德国飞机轰炸时，一颗重磅炸弹正好落在他家的房顶上，妻子和两个女儿在家，事后连影子都找不到了。看到这里，他眼前一片漆黑，倒在床上，心缩成一团，怎么也松不开来。

第三次，是过了三个月，索科洛夫又像太阳从乌云里钻出来那样，喜气洋洋了。因为他唯一的亲人，儿子阿拿多里找到了！孩子从前线写来一封信，讲他在母亲被炸死后，立誓报仇，从炮校毕业，上了前线，当上炮兵连长，得了许多勋章和奖章。老头子十分高兴，经常梦想着，只等战争结束，给儿子娶个媳妇，自己住在小夫妻那儿，干干木匠活，抱抱小孙孙，度过幸福晚年。但是，灾难又落到他的头上：就在攻克柏林的那一天，儿子却被德国狙击兵打死在炮位上。索科洛夫遭到第三次沉重打击！但他没有哭，他的眼泪已经在心里干枯了！他惨痛地说："我在远离故乡的德国土地上，埋葬了自己最后的希望和欢乐！"

索科洛夫每次希望之后，总跟着一次更悲惨的失望；每次恢复喜悦之后，又跟着一次巨大的痛苦。法西斯的战争灾难，总在他未愈的伤口上，接二连三制造新创伤。沉痛而压抑的感情，一步紧逼一步。随着人物的不断遭遇，读者的感情也逐步升级。量的积累达到饱和程度，必然会发生裂变。这篇作品艺术上最精彩、最成功的地方，还是在情节的高潮部分。如果说，此前属于感情准备的话，那么，"认领孤儿"一段，就是感情的总爆发。虽然它只占总篇幅的七分之一，却是感情的激化阶段，是全篇的重心所在。

战后复原，他到外地当司机。每当他在饭馆吃东西时，常碰到一个四五岁的小男孩，满脸灰土，头发蓬乱，脏得要命，靠讨饭度日。可是那双眼睛，就像黑夜里的星星，逗人喜爱。所以每次出车归来，他总想看见这个孩子。大凡自己有过痛苦遭遇的人，对于不幸者的命运，总是十分敏感，很容易产生怜悯之情，对于孩子忍饥挨饿，他很不忍心，只是出于同情心肠，便想带他吃顿饱饭。但是，在驾驶舱里，孩子的沉默打量和一声叹息，引起了索科洛夫的注意：这个活泼的小家伙为什么要叹息呢？他这个小雏儿难道也有伤心事？索科洛夫就问道：

"你爸爸在哪儿?"

"在前线牺牲了。"

"你妈妈呢?"

"妈妈当我们来的时候，被炸死在火车里了。"

简单的问答，把孩子和索科洛夫的遭遇，一下子联系在一起。两个被战争毁灭的家庭，多么相似的灾难啊！一种同病相怜的感情，油然而生：

"你们从哪儿来的呀?"

"我不知道，我也不记得。"

"在这儿你没一个亲人吗?"

"没有一个。"

"那你夜里睡在哪儿?"

"走到哪儿，睡到哪儿。"

原来，这个孩子和他，不仅过去的遭遇相似，现在的处境也一样。凡尼亚是个小流浪者，他不也是个老流浪者吗？两人都家破人亡，无家可归。侵略战争给老少两代人都造成了相同的灾难！凡尼亚的命运，是一面小小的镜子，索科洛夫从中照出了自己的影子。孩子句句回答，都触及他的疼处，所以他的热泪再也忍不住了，感情发生了突变：

“我一下子打定了主意：我们再也不分开了，我要领他当儿子！”

这一老一少的经历，互相启发，彼此呼应，极自然、极真实地推动感情逐步升级，向高峰发展。当索科洛夫心里做出这个决定之后，就俯下身子，悄悄说道：

“凡尼亚，你知道我是谁吗？我是你爸爸！”

这句回答，非同小可。凡尼亚等了多少天，盼了多少夜，受过多少罪，吃过多少苦，他的唯一希望，就是爸爸不死，能见到爸爸。他甚至相信：爸爸也一定在焦急地找他。有爸爸存在，才能摆脱孤儿的苦难。突然之间，他得到了！梦中的愿望，突然变为现实。这个叔叔对他这样好，原来就是爸爸！幸福是那样的巨大，到来又是那般急促，几乎没有任何思想准备，于是，一股强烈的感情，像火山一样地从他那幼小的心灵深处，猛然爆发开来！孩子深信不疑，将假当真，一下子扑到索科洛夫的脖子上，发狂地吻着他的脸颊和嘴唇，泪如泉涌，带着哭声，“响亮而尖利”地叫喊道：

“爸爸，我的亲爸爸！我等了那么久，等你来找我！”

孩子紧紧贴在他的身上，浑身哆嗦，像风里的一根小草。索科洛夫眼里也蒙上了一层雾，全身打战，两手发抖。读到这里，谁能不为这弄假成真的一幕所感动？

这里的每个字，都是一颗击中感情的子弹，每句话，都是震撼心灵的排炮。这一组镜头，就像一颗感情的重磅炸弹，在读者心灵深处爆炸开来！前边用七分之六的篇幅，所做的感情准备和铺垫，在这里充分发挥了作用。准备部分和高潮部分密切配合，产生了涤荡灵魂的感情激流，因而收到了动人魂魄的艺术效果。

3.《车辙不是道路——重读〈克伦威尔·序言〉》

（原载《陕西日报》1985 年 5 月 21 日　第三版“秦岭”栏目）

艺术之路，贵在开拓，贵在创新。尽管开拓和创新绝非易事，但它是艺术的生命，绝不可图轻松、怕艰苦，把前人的车辙当道路。在这方面，雨果堪称楷模，是一面光辉的旗帜。他的创作之所以取得辉煌成就，就在于他能不断总结经验、弃旧图新、与时俱进，从最初的保守派，经过调和派，很快转变为革新派。他于 1827 年 10 月写成的《〈克伦威尔〉序言》（以下简称“序言”），既是法国浪漫主义的宣言，也是一篇文学革新的纲领。

这篇文章主要讲了三个问题。

首先，文章论述了戏剧的起源。雨果认为，文学的发展可分为三个时代。第一是原始时代。人类刚刚觉醒，诗（文学艺术）也同人类一起觉醒。那时的诗就是《创世纪》。第二是古代，发生了民族迁徙和战争，于是产生了《荷马史诗》。第三是近代，包括雨果的时代，世界和诗都开辟了一个新纪元，这就是浪漫主义的戏剧时代。这个时代的艺术巨匠首推莎士比亚。这种分法是否科学可另当别论，但他要表达的基本思想是：文学不能永远照搬和模仿，作家必须独辟新径则无疑是正确的。不是吗？史诗是荷马在原始神话基础上的创新，戏剧是莎士比亚对古代戏剧艺术的发展，他们都没有重蹈前人的覆辙：正因为维吉尔创造性地继承了荷马，才有罗马文学的兴盛，相反，约翰·韦伯斯特只汲取莎士比亚的消极成分，才使英国戏剧陷入穷途。这都表明：旧辙把文学引向衰亡，独创才能使之新生。

在雨果面前也有一个如何对待伪古典主义的问题。古典主义戏剧是法国封建中央集权制度的产物，它在政治上拥护封建极权，在哲学上奉行“理性”第一，在艺术上崇拜古代文学，在十七世纪法国文坛上占据主导地位，发挥过积极作用。到了十八世纪初期，随着王权的反动而逐渐堕落为封建宫廷的御用工具。十八世纪末期的资产阶级革命，推翻了封建专制政体，传统精神崩溃，古典主义文学更加没落，出现了许多简单模仿古典主义的低劣作品，故人们称之为“伪古典主义”。十九世纪二十年代，尽管浪漫主义文学在法国诗歌、小说界已成为主流，但在戏剧领域，古典主义仍占统治地位，如顽固坚持反映宫廷生活，表达贵族思想感情，继续把王公贵族作为主人公，仍严格遵守“三一律”，以贵族沙龙语言为戏剧语言等等。雨果面对这个陈旧而顽固的戏剧堡垒，既不能熟视无睹，更不愿亦步亦趋，而是像荷马、莎士比亚一样，独辟新径，大胆创新，在一批新人支持下，为自己的时代，开辟了一个浪漫主义文学的新天地。

其次，重新评价“三一律”。“三一律”是古典主义的创作原则，是指剧作在情节、时间和地点上的三个一致性。雨果认为：除了“情节一致”继续适用应予保留外，时间和地点两个一致，已成为束缚艺术发展、限制创作自由的清规戒律，应当坚决废除。这种判断是完全正确的。因为要求全剧在一个场景中演出，必然给剧情展现造成障碍，只好把一些过场戏搬上前台，而重场戏往往放到了幕后，必然大大削弱了戏剧效果。同样，要求所有的情节发展不得超过一天一夜，也是荒谬的规定。因为不同的事件有不同的容量和过程，因而具有不同的时间跨度。对于一切事件，使用同一尺码，不正像一个鞋匠要把所有的脚都塞进同样大小的鞋子里去一样的可笑吗？所以雨果批评伪古典主义者：把时间和地点“两一律”交错起来，造成鸟笼的方格子，然后，把一切故事和形象都塞进去，结果，活生生地悲剧，一被搬上舞台就都死亡了。可见，一致律的笼中关着的，只是一具具的枯骨。因此雨果大声疾呼：“在这个时代，自由好像光明一样到处风行，唯独没有进入思想界(指戏剧领域——引者注)，而思想界本来是世界上最自由的，这种现象真是太离奇了。”

雨果破除了古典主义的旧规则，创立了浪漫主义的新理论，并在新理论指导下，写出了著名浪漫主义悲剧《欧那尼》。这部剧作具有反封建的思想内容，在艺术规则上也一反古典主义的旧传统，打破了“三一律”的“紧箍咒”，把悲剧和喜剧、美和丑融为一炉，相互对照，产生了强烈的艺术效果，因而获得了轰动文坛的伟大胜利。

最后,《序言》也论述了戏剧语言。

时代在发展,社会在进步,语言也在变化。雨果说:“每个时代有相应的思想,同样也应该有与这些思想相应的词汇。”随着思想观念的除旧布新,语言也要新陈代谢。比如,旧词汇消失了,新词汇增加了,一批词义改变了,语法结构改进了等等。语言不会固定不变,否则它就要死亡。雨果在戏剧理论方面的创新,必然带动对戏剧语言的改革。伪古典主义的戏剧语言完全是贵族沙龙语言。沙龙语言反映贵族生活气息,有很重的贵族味道,只能表达上层贵族的思想感情,所以只为少数上层贵族服务和使用,与下层群众格格不入。它不仅圈子狭小,而且矫揉造作,远离现实。反过来,他们认为普通群众的语言粗俗下贱,不登大雅之堂,因而也不能入诗。例如“狮子”,不能写进剧词,要改成“豪放而伟大的君侯”;“狗”不能写进剧词,要改成“人类最忠实的仆人”;“半夜”也不是贵族语言,写进剧词就要改成“时钟正打第十二个时辰”;遇“水”要改成“涟漪”,遇“马”要改成“骅骝”,遇“马车”要改成“华驾”;要称“屠刀”为“利刃”,称“风儿”为“气流”,称“诗人”为“缪斯九姐妹最温柔的情人”;父亲呼唤“儿子”要用“先生”,挚友之间要互称“大人”。至于“懦夫”“昏君”“手帕”之类,更是严禁使用。此外,因古典主义者使用“亚历山大诗体”写戏,一味追求剧词风雅,词藻雕琢,造成叠床架屋、华而不实的弊病,严重影响了戏剧效果。如伪古典主义剧作家勒古维写作了剧本《亨利第四之死》。亨利第四,确有其人,是法国历史上一个国王。他曾说过:“我希望我的王国里最穷苦的农民至少在礼拜日能吃上炖鸡。”这句简单明了的话,搬上舞台,则变成了文绉绉的四句诗:

> 总之我希望,在标志着休息的日子里,
> 住在穷苦村庄里一位勤劳的主人,
> 多亏我的善举,在那不太寒酸的餐桌上,
> 能陈列几盘专为享乐而设的佳肴。

这句话,从原来的25个字扩展为59个字,还不如原话明白晓畅,足以表现伪古典主义戏剧语言的枯朽没落。

我们知道,语言是交际的工具,戏剧语言则是编导与观众交流思想的手段。

它的形式一旦变得陈旧,起不到沟通的作用而成为互动的障碍时,为什么非要死抱住不放而不予以革新改造呢?勒古维们把旧辙当作道路,抱残守缺,旧习不改,而雨果则要从前人没走过的地方开辟新路。他坚决抛弃陈词滥调,大胆吸收下层语言的营养,大量使用现实生活中的鲜活词汇。所以他的浪漫主义剧作,真实生动,新鲜活泼,为旧戏开了新生面,故在艺术革命中作出了伟大贡献。

4.《点石成金——谈〈红与黑〉的素材处理》

（原载《陕西日报》1985 年 5 月 28 日第三版“秦岭”栏目）

朋友，你读过世界名著《红与黑》，可曾知道它的素材来源？你对于连了如指掌，可曾了解他的生活原型？艺术作品并非凭空捏造，生活素材向来是创作的物质基础，所以作家都称得上是“点石成金”的能手。屠格涅夫曾经说过：“在着手组织情节之前，我总是需要知道一些生活中的事实。”司汤达也不例外。他的《红与黑》，就是来自一桩真实发生的、轰动一时的爱情悲剧。

1827 年，在法国布兰格镇上，有个铁匠的儿子贝尔特。他面色苍白，体质瘦弱，不适宜参加体力劳动，但智力相当发达，从小就喜欢读书。一位赏识他的牧师，为把他培养成神职人员，送他到神学院去学习。果然，他求知欲强，成绩优异。于是又经这位牧师推荐，他被有钱的米苏太太聘为家庭教师。米苏太太对他十分喜欢，体贴入微，像慈母关心爱护儿子一般。久而久之，18 岁的贝尔特，就和这位 36 岁的女主人发生了暧昧关系，不料被女仆撞破，向男主人告了密，贝尔特很快就被辞退了。一年后，又经那位牧师介绍，他来到贵族德·考尔登家做家庭教师。这时的贝尔特，到了更加热烈追求爱情的年龄。他表情严肃，富于幻想，尤其是一双大眼，明亮动人。考尔登小姐对他一见钟情，主动向他求爱。正当征得德·考尔登同意，两人准备结婚的时候，米苏太太出于嫉妒，写来一封信，揭发贝尔特在她家的所作所为。德·考尔登先生大为生气，便把这个家庭教师解雇了。贝尔特回到农村，感到自卑，又看到米苏太太请了新的家庭教师，不由地妒火中烧，想向情敌挑战，但又怕死，不敢到决斗场去；后又写信，责备米苏太太，同时却转而向她求爱。当这一切失败之后，他便恼羞成怒，铤而走险，利用米苏太太在教堂低头祷告时，向她连开两枪，然后开枪自杀，他只因子弹卡进腭骨而没有致命。米苏太太受了轻伤,贝尔特被捕入狱。审判中,他公开了他们的不正当关系,并把全部责任推到米苏太太身上,骂她是玷污了他青春的烂污女人;说她用温柔手段,断送了他的童贞;标榜自己天真无邪,之所以犯罪,完全是她诱惑的结果。但最后,法庭仍判他"预谋杀人罪"。他诉求国王赦免,未获批准,终于被处死刑。可以明显地看出,从贝尔特到于连,从刑事案件到《红与黑》,都保留着原始材料的基本轮廓,

但是二者之间,显然存在着根本区别。这完全是经过作家的精心构思、对素材做了艺术加工和典型化处理的结果。司汤达"点石成金"的功夫,主要表现在以下两点:

一是中心人物的典型化。生活中的贝尔特,相貌俊美,聪明过人,也有一定抱负,但他鼠目寸光,生性怯懦,缺少更大志向和毅力,个性中具有浅薄虚荣、懦弱猥琐的致命弱点。司汤达抛弃了他的弱点,保留和加强了他的长处,以强烈的自尊和惊人的勇敢为核心,把于连塑造成一个拿破仑式的、雄心勃勃的平民青年,一个王政复辟时期小资产阶级知识分子走个人奋斗道路的典型形象。反映了 19 世纪初期,法国一代青年幻想破灭的时代悲剧。在艺术手法上,作家主要不是通过外部特征,而是紧紧抓住人物心理活动,作深入细微的描写。使于连不仅比素材中的贝尔特,更加生动感人,而且大大深化了一步。

二是社会环境的典型化。在生活素材中,米苏太太和考尔登侯爵两家只是普通的富裕家庭,但在作品中,司汤达把德·瑞那先生的府邸,处理成资产阶级家庭的代表,把德·拉木尔侯爵的客厅,处理成巴黎高等贵族的中心、上层复辟派活动的巢穴。他们代表着复辟时期的两种政治力量,两个典型的上流世界,也是于连蓄意反抗、志在征服的主要对象。作家通过这两个家庭的典型化,实现了社会环境的典型化,这样不仅大大丰富了作品的社会内容,展示了鲜明的时代特征,也为主人公提供了用武之地,为冲突双方的角逐,安置了壮阔的社会舞台。从而用环境的典型化,促进了人物的典型化。

所以,从这个角度去审视,《红与黑》也是一部成功地表现了"典型环境中的典型人物"的杰出作品。

5.《重心转移——谈〈威尼斯商人〉的素材处理》

（原载《陕西日报》1985 年 6 月 13 日第三版“秦岭”栏目）

素材，是作家从事创作的原始材料。虽然，原始材料都是来自生活，但有直接、间接之分。有些作品并不像《红与黑》那样，直接从生活中取材，而是把别人作品中讲过的故事拿来，经过脱胎换骨的改造，重新创作出来的。从这个意义上讲，前人作品中的故事，虽是间接的生活，也当属于素材之列。莎士比亚的《威尼斯商人》，就是如此。

《威尼斯商人》的素材来源，是意大利作家乔万尼在《蠢货》中讲的故事，说的是威尼斯巨商安萨尔多的养子贾奈脱，听说贝尔蒙特海港的主人，是一位漂亮而富有的寡妇。她寻求配偶的条件是：如果求婚者使她夜不成欢，就必须交出他的全部财产。贾奈脱为野心和好奇心所驱使，两次前去求婚，都因受骗，饮了药酒，整夜昏睡不醒。结果，把养父给他的钱财丢了个精光。但他不甘心失败，决心最后孤注一掷，把前边的损失赢回来，又一次央求他养父，为他置办行装。安萨尔多变卖了家产之后，仍凑不够所需钱数，便向犹太商人借款一万金币。契约上写明，若到期不还，愿让对方从自己身上割取一磅肉。贾奈脱果然第三次求婚成功，而安萨尔多却逾期无力还债。犹太商人宁愿拒收十倍的赔款，也要执意按借据办事。正在危急关头，贾奈脱的新婚妻子，扮作律师出庭，以“只准割肉，不许流血”为理由获得胜诉，终于救出了安萨尔多的性命。

这个情节，和《威尼斯商人》基本相同。但是读过之后，两相比较，前者使人感到，虽也热闹，但终觉肤浅，笑过就忘，也不想重读；而后者，不仅引人入胜，且有深度和广度，让人百读不厌，永难忘怀。艺术效果如此悬殊，原因何在？这是因作家见识有别，功底各异，在对素材的开掘和处理上大不相同所致。

从《蠢货》到《威尼斯商人》，可以明显地看出一点：重心转移，即主要冲突发生了变化。

乔万尼只着眼于情节曲折，传奇趣味，通过爱情加冒险，把犹太人和基督徒对立起来，写成“邪教徒作恶遭失败，基督徒遇难终获救”的矛盾冲突，宣扬了中世纪以来，唱烂了的老调，即狭隘的宗教观念，所以，缺乏深刻的社会内容和积极意义。而莎士比亚在《威尼斯商人》中，尽管也写到了动人的爱情、纯真的友谊和宗教之间的对立，但中心情节是“人性”与“金钱”之间的矛盾，或者说，是超乎种族和宗教之上的经济利害的冲突。安东尼奥的致富良方，是投资、贸易、获取利润。莎翁认为，这是光明正大、合理而高尚的事。而夏洛克，则走的是以本生息、高利盘剥的生财之道，是作品集中力量予以谴责和否定的对象。贪婪金钱，唯利是图，为了私利，坑害别人，这是资本原始积累时期，暴发户们的典型特征。很明显，作家赋予了人物以鲜明的时代色彩和深刻的社会内容。这种构思，显然比乔万尼要大大高出一筹。

主要冲突的重心转移，必然牵涉到人物主次和性格特点的变化。《蠢货》中的安萨尔多，和贾奈脱是义父子关系，只是一个次要角色，露面不多，而《威尼斯商人》中的安东尼奥，和巴珊尼则是亲密的挚友关系，成为一个主要人物，作为夏洛克的对立面，他的戏贯穿始终；《蠢货》中的贾奈脱，是富裕子弟，为求婚两次受骗折财，被女方耍弄，而最后终于获胜。他的故事，虽然和一磅肉的故事有一定联系，但仍具有某种独立性，与核心情节有所脱节。而《威尼斯商人》中的巴珊尼，则是在安东尼奥的热情帮助下求婚成功的。夫妻情深和知恩当报的责任感，使新娘波希霞尽忠竭智去解救为帮助丈夫锒铛入狱的好朋友，这就为主要冲突的解决，埋下了重要伏笔。《蠢货》中有钱的寡妇，是个嗜利成性的女骗子。到了《威尼斯商人》中，莎翁把她改为一个富有的小姐波希霞。她不仅家产丰厚，美丽温柔，而且高尚纯洁、知书达理，更能急中生智，绝顶聪明。后半部戏中的遣夫救友、法庭辩论、戒指误会等等妙趣横生又环环相扣的动人情节，都是由她一手导演出来的。

显然，人物的变更，服从于重心的转移，也落实了重心的转移。这就是为什么《威尼斯商人》能流传久远，而《蠢货》早已被人们忘却的奥秘所在。

6.《画龙点睛——谈〈包法利夫人〉的素材处理》

（原载《陕西日报》1985年8月6日第三版“秦岭”栏目）

作家处理素材，贵在抓准要害。如同画龙，一经“点睛”，就大大增强了艺术生命力。福楼拜对《包法利夫人》的素材处理，就是一个名例。

这个生活素材，来自一名少妇的自杀事件。她的丈夫是德·拉马尔医生。这个医生当学生的时候，曾在福楼拜的父亲指导下实习过。毕业后在卢昂附近的利镇当医生，两家常有来往。

事情的经过是这样的：德·拉马尔丧偶之后，续娶阿德尔芬娜为妻。阿德尔芬娜出身于富裕家庭，从小爱读小说，生性聪敏，喜欢打扮。她为什么要嫁给这个忠厚得有点愚蠢的鳏夫呢？在那种只盯着财产谈婚论嫁的社会风气中，因为她的父亲非常富有，但不愿露底，每逢有人向他女儿求婚，他对家产都守口如瓶，常使求婚者大失所望。因此，女儿长到二十三岁还嫁不出去。这时，医生德·拉马尔前来求婚。急不可耐的阿德尔芬娜便用衣物将肚子鼓起来，引起家人的焦虑不安，她父亲便很快同意了这件婚事。婚后她闲得无聊，又对丈夫不满，先后和两人发生关系，而且因为追求享受，负债很多，终于在1848年3月6日服毒自杀。德·拉马尔对妻子的所作所为一无所知，在她死后，还为她立了一块“贤妻良母”的墓碑。由于丧妻，过度伤心，不久之后他也死去了。

福楼拜根据这件真人真事，写成了名著《包法利夫人》。小说出版后，利镇的群众，都怀着极大兴趣，争相购买和阅读。他们在书边上写批语，作注释，在书中人物名下，注明人物原型的真姓名。1907年，《晨报》记者报道：“如果你到利镇去，不论碰到谁，问他：包法利夫人的家在哪里？他们都会立即回答，就在街的尽头。利镇人都把爱玛、郝麦、包法利，当作确实存在的有名同乡而引以为荣。”

当利镇拆除旧坟墓时，居民们都争先恐后地抢夺阿德尔芬娜墓碑的碎片，拿回家中，作为纪念。一个手扶拐杖的老头，埋葬阿德尔芬娜的时候还是个孩子，她生前送过他一条围巾。他甚为遗憾地说："糟糕得很，我早已把它用坏了。要是我早知道这情形，保存到现在，它该多么宝贵啊！"还有一个医学博士，卢昂医学院的院长，他母亲和阿德尔芬娜是中学同学。他把收集包法利夫人的原始材料，看作是他一生神圣的责任，共写成了十部书。这些事实都证明：作品情节和生活素材，是何等的相似！故事的骨架和人物形象，几乎等于原版复制！

那么，能否说明，这部作品只是生活的照搬？当然不能。一切素材，都是粗糙的毛坯，充其量，不过是略具雏形的半成品而已，必须经过作家的精心构思和典型化处理，才能变成一件艺术品。《包法利夫人》的成功也不例外。只要把素材和作品，做一番深入的对照比较，不难发现，福楼拜在处理素材上，做了一件最重要的工作，就是挖掘出悲剧的社会原因。

阿德尔芬娜，出身富家，娇生惯养，婚后贪图享乐，追求婚外"幸福"，以致步步陷入泥坑而无力自拔。她的自杀身亡，完全是咎由自取。就是说，她的悲剧，是个人原因造成的，而作品中的爱玛则不同。她出身农家，从小丧母，十三岁时被父亲送进修道院，过着与外界隔绝、毫无自由的幽禁生活，只能靠偷看浪漫主义的爱情小说消遣，因而养成她耽于幻想、追求爱情刺激的心理特征。结婚之后，踏入社会，被单调沉闷的生活和虚伪无耻的人物所包围。参加舞会之后，又为豪华的上流社会、贵族享乐生活所陶醉，对"巴黎式的爱情"发生兴趣。于是，在狡猾的罗道夫和赖翁的诱骗下，开始背叛丈夫，走上放荡的道路。最后，她不仅被两个无赖抛弃，"爱情"遭到破灭，精神受到侮辱，又为重债所压，只得服毒自尽。

爱玛完全是在环境的逼迫和诱惑下，走上悲剧道路的。作家以重点笔墨，揭示了造成这一类悲剧的社会原因，把她写成了社会的牺牲品。所以，她的死，就成为对罪恶的社会制度的强烈控诉和否定。这也正是作家在对爱玛做了一定程度的批判中，更多一些同情态度的道理所在。

7.《巴尔扎克和咖啡》

（1989.6.写于西北大学新村）

人们各有嗜好，作家也不例外。许多文学作品的创造，竟然往往与作家的某种生活嗜好相联系。

不是吗？有些作家喜欢抽烟，左手拿烟，右手提笔，在吞云吐雾中进入意境，才能构思作品；有些作家喜欢喝茶，茶不离口，笔不离手，茶香引来灵感，才有佳作问世；还有许多作家喜欢饮酒，酒到兴至，诗情大发，在醉意朦胧之中，才援笔疾书，思如泉涌，创造出旷古绝今的盖世之作。

我国唐代诗人李白就爱喝酒，早有“李白斗酒诗百篇”之誉；散文作家欧阳修，少饮辄醉，自号“醉翁”，他也说过，他的文思是“得之心而寓之酒也”；更奇的是自号“八大山人”的朱耷，精通书画，闻名遐迩，嗜酒成癖。人们为了得到他的笔迹，须预先暗备墨汁数升，纸若干幅，然后置美酒款待，醉后只见他攘臂搦管，狂呼大叫，洋洋洒洒，数十幅立就。等到酒醒之后，即使把金山搬到他面前，欲求其片纸，也休想得到。

外国作家也是如此。据说，苏格拉底就专爱和人比酒量，酒兴大发则才华横溢，这时你就会看到，他装满肚子的才学神思，嘴里有道不完的妙言隽语；席勒本来不大喝酒，但在身体虚弱的时候，也常常借助酒的力量从事写作；而浪漫主义作家霍夫曼，却是酒馆里的常客。他把酒当作兴奋剂，以便在醉意微醺之中观察自我心境。人们都说，他的诗作大多得之于酒。

这样看来，烟、茶、酒倒是创作力量的源泉了？当然不是，充其量它们不过是作家的一种深沉的嗜好和外部的刺激。这种嗜好和刺激，伴随着创作的磨炼和艺术的攀登，逐步根深蒂固而养成终生习惯。因此当作品成功之日，也成了作家嗜好的出名之时。于是就产生了作家的成就是出自某一生活嗜好的错觉，从而产生了无数趣谈。然而，这些趣谈也并非毫无意义，透过它，我们无疑可以看到作家们艰苦奋斗、辛勤耕耘的可贵精神。巴尔扎克和咖啡，就是其中最著名的一例。

巴尔扎克对抽烟是深恶痛绝的。虽然他在作品中把抽烟描写得津津有味，比如那个夏贝尔上校，“嘴里叼着一根熏烘得很够味儿的烟袋”，但在生活中，他是从不抽烟的，更不把抽烟作为创作疲劳时刺激神经的工具。他认为：“纸烟对于身体是有损害的，打击了脑子，并且会使整个种族低能。”对于酒呢，在餐桌上他从不拒绝，一见美酒就眼睛放光，会抓住机会尽情享用。但在创作过程中，他从不靠酒来唤醒灵感，唯一信赖和须臾不可离开的饮品，则是咖啡！

巴尔扎克对咖啡予以高度评价，总为咖啡大唱赞歌。他说：“咖啡滑到胃里，它搅动了一切。一个人的观念，就像大军的行阵一样，排成了队伍前进；回忆，带着那领导军队、参加战争的旗帜，加倍地涌来；轻骑兵队伍呢，排开了，在疾驰；逻辑，像炮队带着它的辎重和炮弹，滚滚震地，殷殷前来；而清晰的观念，则像射手一样，加入决斗。各种角色都著了它们的服装，稿纸上的文字，像泼洒的墨水，不停地流淌。这场战争已经开始，最后在流满黑色液体之下结束，颇像一个真实的战场，一切都被包围在一片火药放出的黑烟的缠结里面。”（见茨威格著，吴小如、高名凯译《巴尔扎克传》，第 183 页）他以真实的战场作比喻，生动表现了咖啡喝下去之后，对他的创作灵感所产生的全面动员作用和巨大的推动力量。

巴尔扎克喝咖啡的历史，是从他创作开始时开始，到创作结束之日结束的，伴随在整个写作生涯之中。早在他立志创作初期，即 21 岁，当他在巴黎顶楼上习作诗体悲剧《克伦贝尔》时，就用少得可怜的生活费购买必不可少的面包和咖啡，那时他就开始用咖啡启发他的灵感了，从此和咖啡结下了不解之缘。每当创作疲劳时，总喜欢用咖啡提神。为此，他把咖啡调制得浓黑有力，而且为保持和提高效力，还要不断设法加浓，因而总是亲自操作，不许别人代劳。为了增强咖啡的刺激性，他还不断掺和其他药物。为此他不惜穿过巴黎几个街区，跑到很远的药店去采购。如同他的笔和纸一样不可缺少，他总把煮制咖啡的用具带在身边，成为须臾不可离开的宝贝。即使在他狼狈躲债、反复搬家的时候，他也从未丢弃过烹制咖啡的咖啡壶。可见，对于巴尔扎克来说，炮制咖啡是比吃饭、睡觉还要重要的事。

在文学创作上，巴尔扎克把自己当作一座时钟，它必须分秒不停地前进。为了不停摆，必须上发条。上发条的“钥匙”就是咖啡，他总把自己的脑子当作一架机器，要求它加紧生产优质产品，如果稍显迟钝，感觉减速，他就立即给它加油，这“油”就是咖啡。巴尔扎克常把自己比作一匹马，宏伟的创作规划，恰似规定好的里程，它必须快马加鞭、争分夺秒，力争早日跑完全程。如果发现稍有懈怠，他就要借助鞭子自抽，这条“鞭子”就是咖啡。从这个意义上说，他的每一部作品，都是他用奔流成河的咖啡辛勤浇灌出来的美丽花朵！

巴尔扎克的一生，尝尽了咖啡的甜头，也嚼透了咖啡的苦头。他曾说过：他的艰苦创作是“吞没一切、耗尽全部精力的工作，这种残酷的斗争，只有在战场上才会发生”！对他来说，这绝不是夸大之词。咖啡成就了他的辛勤劳动，使他获得了惊人成就，但长期饮用浓咖啡，从兴奋剂变成了麻醉剂，也严重损害了他的健康。最终因为咖啡中毒，积劳成疾，患上了严重的心脏病。1844 年 4 月，当他正在写作长篇小说《农民》的时候，就感到精力不济，无法支持。他在一封信中写道：“我陷进了不可抵抗的昏睡境地里，我的精力拒绝听从我的意志。它要求休息，它已经不再对咖啡有所反应了。我喝了许许多多的咖啡，希望完成我的《谦虚的朱昂》，但是它却一点儿效果也没有，就跟喝水似的。我三点钟醒来，又昏昏沉沉地睡下。我八点钟吃完早饭，然而却又想睡，也终于睡着了。”（出处同上，第 420 页）从此，他的健康每况愈下，一直到 1850 年 5 月一病不起，最后于 8 月 18 日晚不幸病逝。

生前，巴尔扎克曾说，他将死于三万杯浓咖啡。他死后，有个统计学家经专门计算，实际上他一生共饮用过五万杯浓咖啡！“五万杯”断送了一个伟大作家的生命（只活到五十一岁），固然是个悲剧，但也正是这“五万杯”，换来了“比他的岁月还多”的作品（雨果赞语）。由此看来，这“五万杯”浓咖啡也有他的功绩。今天，每当我们阅读巴尔扎克小说的时候，怎能忘记这个令人惊叹的、用咖啡堆积起来的数字呢？

8.《愿世界名著走进千家万户》

（原载《陕西广播电视报》1995年3月29日第四版）

说明：1995年3—4月，陕西科技教育广播电台邀我在“世界名著半小时”栏目，讲授世界名著，并当场回答听众提问。我讲了巴尔扎克、雨果、司汤达等作家及其代表作。同时，栏目组组长要求我写了这篇文章。

编者按：“世界名著半小时”，是陕西科技教育广播电台新闻部创办的一个新栏目，是奉献给听众的一份高品位的文化礼物。它以高度浓缩的方式，为世界文学珍品走进千家万户办了一件好事。这期客座，我们请西北大学文学艺术传播学院院长杨昌龙教授，谈一谈世界名著在今天的现实意义。

世界名著，虽属“洋货”，但一经问世，就成为人类共有的精神财富，成为世界文学宝库中的重要组成部分。能写进文学史的，更是古今中外、千百年来、经过筛选的精品，代表着各个时代、各个民族的世界级标准，属于高雅艺术范围。它涉及文学理论、文学流派、创作方法、美学价值、艺术技巧等许多重要问题，对于增长我们的文学知识，提高我们的文学素养，开拓我们的文学视野，无疑大有助益；它也关系到个人素质、如何做人、道德情操、待人处世、净化灵魂等重要方面。它通过许多家庭悲剧、喜剧、个人命运和奇特遭遇，会给我们以深刻启迪。人们将在审美愉悦之中，得到丰富多彩的严肃教益。

你想了解西方文学的起源？你想了解西方英雄主义的根基？你想了解西方人最早的命运观、报应观？那么请读读《希腊神话和传说》，读读《荷马史诗》，读读埃斯库罗斯、索福克勒斯、欧里庇得斯的悲剧作品吧；你想了解中世纪神学统治下的欧洲社会，看历史何以停滞不前，看人怎样变成神学的奴隶，西方人又怎样在精神压抑中，企图呼吸一口新鲜空气，拨亮几盏明灯，呼唤那渴望中的曙光？那么请你读读《罗兰之歌》，读读《列那狐传奇》，读读但丁的《神曲》吧；你想了解宗教神学统治下的西方人，怎样冲破旧观念的束缚，发出思想解放的呐喊，竖起文艺复兴的旗帜，步入文学发展的新天地？那么请你读读薄伽丘的《十日谈》、拉伯雷的《巨人传》、塞万提斯的《堂吉诃德》、莎士比亚的《哈姆雷特》吧；你想了解商品经济条件下的西方人，用他们昨天的镜子，照照我们今天的自己，你想知道今日西方经济的发达，怎样从昨日的坎坷中走来，西方昨天的拜金主义、享乐主义和极端个人主义，给今日中国人提供了哪些史鉴和教训？那么，请你读读《高老头》《红与黑》《悲惨世界》，请你读读《羊脂球》《萌芽》《艰难时世》，更请你读读《死魂灵》《安娜·卡列尼娜》《复活》吧。

德国人绍伊尔在他的《文学史的写作问题》中写道："过去的文学成果，不是陈列在博物馆里的死的对象，或仅供人崇拜的神圣遗物，而是在每一个个别读者的阅读活动中起作用的、活生生的影响者。"所以，今天我们提出，要重新解读伟大传统！其最实在的社会效益，正在于此。

目前，我们中国人都在为经济建设这个中心任务奋力拼搏。发展经济、创造财富、提高人民生活水平，成为主要任务。人人忙于发展物质生产，创造经济效益，这是对的。但在百忙中，看看西方昨天金钱世界的悲喜剧，看看金钱与人性的错位从而导致个人血泪和社会灾难，看看他们怎样思考个人、家庭、社会、自由、人生和战争等，对于我们来说，不也正是雪中送炭的迫切需要吗？

警惕西方作品中的毒素，当然重要；对之作批判的继承，也不可忘记；区别中西方的时代条件和民族特点，更不可缺少，但绝不可因噎废食，拒之门外。我相信，多读世界名著，利大于弊，也是建设我们的精神文明、开发我们的聪明智慧中不可缺少的一环。

早在一百多年前，马克思、恩格斯在《共产党宣言》中就说过："过去那种地方的和民族的、自给自足和闭关自守状态，被各民族的各方面的互相往来和各方面的互相依赖所代替了。物质生产是如此，精神生产也是如此。各民族的精神产品成了公共的财产，各民族的片面性和局限性日益成为不可能。于是许多种民族的和地方的文学，形成了一种世界的文学。"

今天，中国正在走向世界，世界也在走进中国。在“世界文学”时代已经到来的时候，举办“世界名著半小时”栏目，就不只是应运而生、具有现实需要，而是利在当代，功存千秋，意义更深远了。

9.《声音艺术的文字创造》

（原载《教师报》1997 年 4 月 20 日第 639 期第四版）

音乐是声音的艺术。作曲家通过音符的组合、节奏的强弱和旋律的变化等音乐语言，来创造艺术意境，刻画艺术形象，表达思想感情。音乐又属于表演艺术，只有通过演奏，才能展示其艺术魅力。所以萨特说："音乐是一个眼睛饱含意思的动人的哑巴。"

然而，有些文学功力过人、文字技巧精湛的作家，却用娴熟的描写，同样传达出音乐的审美效果，甚至有过之而无不及。

不信？请看：

在《奥德修纪》中，诗人荷马描写奥德修斯一行驾船经过一个海岛，岛上有两个吃人的女妖"塞伦鸟"，能用动人的歌声诱惑过路的船家，一旦被骗上岛去，便会送掉性命。所以她们所在的草地上，留下了一片白骨。奥德修斯事先已从女神那里知道，"塞伦鸟"以歌杀人的厉害，很难抵御其诱惑。为了逃避这一灾难，他便事先用蜡，堵塞了同伴们的耳朵，再让大家把他紧紧绑在桅杆上，并向大家宣布："只须努力摇桨，不许听从我停船靠岸的命令。倘我坚决要求听令，你们便用绳索把我捆得更紧。"果然，"塞伦鸟"远远看见他们，便放开动听的歌喉，呼唤着奥德修斯的名字，唱起美妙的歌曲。伙伴们被蜡堵住耳朵，听不见歌声，没有受到诱惑；奥德修斯能听见歌声，却无行动自由。果然，他受到强烈诱惑，下令给他松绑，但按照事前约定，大家反而把他绑得更牢，终于躲过了这场大祸。

在这里，诗人荷马，并未把主要笔墨花费在动人歌声本身的直接描绘上，而是主要通过听歌者的客观反映，通过歌唱产生的惊人效果，来渲染音乐之美，巧妙采用了启发读者想象的方式，从侧面烘托歌声之迷人。"塞伦鸟"究竟唱得多么好呢？读者尽可以舒展自己想象的翅膀，能想象它有多美就有多美！你看，这部主要倾向于现实主义的史诗，却在这段有关音乐的故事描写中，放射出耀眼的浪漫主义的奇光异彩。

雪莱的名作《云雀》，旨在描写声音，歌颂欢乐，也是一首用文字描写音乐的好诗。它通过形象的比喻，把鸟儿的叫声，写得极美。以云雀美妙的歌声，表达了歌颂欢乐的主题。

诗人写一只云雀，在淡紫色的黄昏中，边唱边飞，越飞越远，影子逐渐隐没，而欢乐的歌声却抑扬婉转，仍然依稀可辨。雪莱写道：它的声音，“清晰锐利，有如那星辰，射出银辉千条”。又像那“皎洁的夜晚，月亮流出光华，光华溢满天空”。像“诗人在思想的明光中，发出感人的吟唱”，又像“名门少女，独坐高楼，抒发甜蜜心情的歌声”。写这种声音，是“金色萤火虫那轻盈的流光”，是“使人沉醉的玫瑰的幽香”，其欢快晶莹，胜过“凯旋的歌声”“诗人的歌艺”“婚礼的合唱”，即使是“彩虹之下，敲得花儿苏醒的雨滴，也不及云雀遗下的一片音响……”

云雀的叫声，看不见，摸不着，嗅不到，这种只能诉诸听觉的事物，雪莱用视觉如月光，用嗅觉如花香传达出来，化为看得见、摸得着、嗅得出的东西，充分使用“知觉移借”手段，将人类共有的“通感”效应，发挥到淋漓尽致，把声音之美，写得生趣盎然，富有质感。同是听觉，又把云雀的叫声，比作诗人的吟唱、少女的歌声、敲得花儿苏醒的雨滴等等，比喻既妙且美，感染力强。它拨动了我们的心弦，在我们的耳边回荡，使人久久沉醉于欢乐之中。雪莱作为一个著名浪漫主义诗人，却集中采用细腻感人的生动比喻，并不排斥直接抒写和从正面突破的现实主义手法，亦产生了无穷魅力，效果极佳。与上述荷马的描写比较起来，可谓异曲同工！

而在后现代主义作家萨特笔下，描写音乐之美，则别有一番风味。萨特很喜欢音乐，尤其是爵士乐。他在著名小说《厌恶》中，描写自由主义者主人公洛根丁，听了爵士乐唱片时的感受，说这种音乐，没有旋律，只有音符。萨特写道：那些音符，“是无数个短小的跳动”，它们仿佛“受一道命令的驱使而产生出来，不知疲倦，不断奔跑。它们互相拥挤，在经过的时候，给我一下短促的打击，然后消失。我很想把它们留下来，可是我知道，如果我真的留下来一个，那么在我的手指中间，只会留下一个衰弱的声音，我接受的必然是它们的死亡”。萨特用拟人化的手法，描写那些音符，像一群有生命的小精灵，它们会跳动、相拥挤、能奔跑。从产生到消失，时间短促，一闪即逝。经过时，会给听者心灵一下小小撞击。在乐流中，它们排列成行，通过个体跃动，产生群体魅力，制造出奇妙的意境，从而显得十分可爱。然而，每一个音符个体，又是那么单薄、渺小、衰弱，几无价值，仅是一个微弱的颤抖而已，一旦扣留下来，则必然会很快死去。

萨特既不像现实主义作家那样，重视真实，从正面描写音乐本身；也不像浪漫主义作家那样，重视想象，由侧面烘托，产生美的效果；而是饱含着谛听者心灵的参与意识，其主旨，全在于表达音乐欣赏者的自我感受，突出揭示了主人公彷徨、苦闷和孤独的情绪，又透露出一种冷峻、凄清、内在的真实之美，从而受到今天读者的热情赞赏。

10.《姑妄言之议〈风墙〉》

（1997.11.20.写于西北大学新村）

说明：作家延艺云继《半边楼》之后，新创作电视剧《风墙》，刚刚完成初片。在后期制作之前，组织省内专家学者，审视毛片，听取意见。我也在被邀之列，故写此文，谈了我的观感和建议，已送交编导参考。

我看完毛片《风墙》，因属高校题材，所以很感兴趣。讨论之后，还想唠叨几句。我这里姑妄言之，请编导姑妄听之。

（一）“风”解和“墙”解

我们的现行教育体制，太需要讨论了；教育和时代的关系，太需要研究了；真正认识人文学科的教育改革之价值，太需要从上到下引起全社会的关注了！

此片取名《风墙》，颇有寓意，引人遐想。作者不必解释，它应该是讲不完的；也不要改“墙”为“樯”，虽取扬帆远航之意，但显得浅薄了许多。不如让观众七嘴八舌去猜测，各抒己见去讨论，倘能引起争论则更好。因为讨论本身，就是对该片的解读，争论的过程，正是编导要达到的目的。

以我之愚见，风和墙，正如水和堤的关系。“风墙”者，乃风与墙之冲突也。我认为，至少含有四义：

经济大潮之风和校园围墙的冲突（应视为拒绝入侵的“挡风墙”），此其一。

社会改革之风和校园围墙的冲突（应视为冲破禁锢的“透风墙”），此其二。

青春活力之风和校方负面管理之墙的冲突（应视为陈旧衰败的“风化墙”），

此其三。

青春冲动的越轨之风和校方正面管理之墙的冲突(应视为合理引导的“栅栏墙”),此其四。

就风而言,有正面、负面之分;就墙而论,有该设、该拆之别。不能简单判断,亦不可孤立审视;不能单向、单线思维,只可取双向、多义思考。如此丰富的内涵,怎能三言五语道尽？不经一番讨论,岂不枉费了编导的一番辛苦？

我这一辈子,没离开过高校,没离开过学生。虽曾远涉重洋,足及非洲,到过巴黎,仍只在校园四堵墙内转圈圈,也可以说,一生都在风与墙的冲突中周旋和拼搏,酸辣苦甜,百味难忘,点点滴滴,尽在心头。所以,看过《风墙》,倍觉亲切,对我触动很深。我想：要想理解教师和学生,任何官话和鉴定都显得苍白,令人厌烦,唯有广泛讨论一途可取。因此,我不愿看到单一阐释,哪怕是着意褒扬的文字！

(二)片头和片尾

《风墙》将“拆校墙”事件置诸片之头,是很有意义的。开宗明义第一集,就点出了主题：风与墙的冲突。

该不该拆？长期以来,是大学校园一直争论不休的问题。编导能以小见大,见微知著,抓住了生活真实,创造了艺术真实。但我认为,在这里,只需要通过形象提出问题即可。至于围墙,最后到底拆掉没有？校方和学生,究竟谁胜谁负？便不必计较了。关键在于,编导在此应当借题发挥,利用校园小事件,巧做艺术大文章：让校长和老师、老师和老师、老师和学生、学生和学生,积极展开争论,在争论中,将风和墙的多维矛盾和象征意义展示出来即可。

将师生看日出置诸片之尾,也是很精彩的。它既是对学生辉煌明天的预告,又是对杨老师崇高理想的升华,在艺术上,也是首尾呼应、浑然一体。这就将学生们经历了一段在校老师的培养、校园生活的磨炼、走出校门也走向成熟之意蕴含其中。虽校内校外,仅一墙之隔,却是今夕有别,两重天地,应让观众从片尾中领会到校园里的诸风之果。这一果中,有喜剧因素也有悲剧因素,有成功的甜蜜也有失败的苦涩。无论是喜剧还是悲剧,甜蜜还是苦涩,最终都化为教育改革的精神财富——让人们从喜悦和甜蜜中去总结成功的经验，从悲剧和苦涩中去思考失败的教训吧！

（三）浅层和深层

《风墙》的精神内涵，我认为有两个层次。

第一层，呼唤教育改革：结束苏式教育旧模式，探讨中国特色的新制度。

第二层，展示校园中两种人学观的冲突：昭示哲理的韵味，启迪人们的思考。

第一层内涵，容量虽丰，但稍加分析，便能识透；而第二层要义，在毛片中，说它已露出端倪还觉不够，应当说，毛片中关于人学的哲理内涵，已有相当容量，至少能看出，在编导的潜意识里，已经积蓄着浓烈愿望。我想，在此将它明白揭示出来，倘若正如编导所想，或对其原意有所补充，为后期制作有所助益，我的愿望就达到了。

我觉得，风和墙的多层冲突，实质上都是两种人学思想的冲突。

人学，是个哲理概念，包含着人的特征和怎样做人的学问。《风墙》中，无论是干部、教师、学生，都有自己的人学观念。旧的管理体制，以班主任楚老师为代表，把学生中的问题，简单视为恋爱问题、道德问题、品质问题。所以，她采取的方法，不是引导而是堵截，不是沟通而是诱供，不是平等相待而是居高临下，甚至采取先下结论、后找凭证、暗中录音、单纯惩罚等等错误手段，这都属于陈旧过时的人学观念，应当抛弃。总用此法去管制学生，它就成了出现在学生面前的一堵该推倒的“墙”。

新的人学意识，是必须把学生看作一个完整的人，他是与校长、干部、教师一样平等的人。要看到，在他们身上，当然存在着人所共有的特征，即既有人的自然属性，也有人的社会属性；既有人的个体属性，也有人的群体属性；既有人的理性属性，也有人的非理性属性。大学生正是在这些关系中，摸索做人，体验做人，学习做人。我们应当承认人的社会性、群体性和理性，也要承认人的自然性、个体性和非理性。只有在此基础上，才能引导学生，启发学生，自己学会以前者制约后者，如大学生中的恋爱现象，就应当正视而不应当斜视。钱天玄、上官、卢梦和宋西安等同学，之所以刻画得那么真实、鲜活，在各有所短的表现中，又显出青春活力，在幼稚和挫折中，仍勇于执着追求，就是源于编导心底蕴藏着这种新人学的现代意识。我认为,这才是这部作品的灵魂所在。

在后期制作中,编导倘能强化这一哲理底蕴,在争论和思考中,让观众深解做人的正道,《风墙》定能成为高品位的影视佳作。

11.《回忆林秀清教授》

（1998.5.1.写于西北大学新村）

1984 年，在厦门大学召开的中国法国文学研究会第二届年会，是我一生参加的众多学术讨论会中，留给我印象最深、收获最大且深感平等温馨、至今令人难忘的会议之一。

这一届年会的与会者，都是来自全国各个高校、各大科研院所、著名的法国文学研究专家、翻译家们。复旦大学外语系的林秀青教授，也与会在座，很受大家重视。因为我们知道：林教授是我国最早赴法国研究比较文学的老前辈，法语很棒，中外文学造诣很深，对法国文学的翻译和研究很有见地，许多人都想听她发言，聆听教诲，一睹其风采。

当时，我人到中年，平生第一次参加全国学术规格最高的讨论会。所以，我抱着虔诚的学习态度，带着认真撰写的一篇论文：《神权专制哲学的破产——评萨特剧作〈苍蝇〉》，克服旅途困难，前来赴会，主要目的只在于多听听长辈们的治学内容、治学态度和治学方法，作为我的参考和借鉴。

但是，柳鸣九会长看了我的文章，却要我上大会发言。我以才疏学浅、资格不够为理由，推辞不果，只好服从。

11 月 29 日上午，我以我的论文要领为纲，做了大会发言，并明确提出与刘放桐同志商榷（刘放桐同志的论点摘要，见《我与萨特之三：究竟应当如何评价萨特？兼与刘放桐同志商榷》一文）。受到与会专家们的热烈关注和讨论。

此前，我并不认识林教授。在大会发言结束之后、分小组讨论时，她、人民大学的黄晋凯教授、北二外的沈志明教授等，恰巧和我分在同一小组。在小组讨论会上，我才第一次，也是终生唯一一次，近距离地接触了她。

她大概对我的大会发言很感兴趣,也因为萨特是当时全国学界争论激烈、探讨正浓的热点之一,还因为她也和萨特问题关系密切吧,所以可能想说的话很多,她显得非常活跃。大家讨论起来,也议题突出,十分热闹。这种探讨,既无严肃空洞的长篇大论,也无僵硬冰冷的批判说教,而是有问有答,生动活泼,更没有我想象中的那种正襟危坐、板着面孔的场面,倒更像是老中青朋友,以林教授为中心,围坐在一起,融洽地聊天,真使我获教良多。这样的学术讨论,还是我在改革开放后经历的第一次。

这位林秀清老太太,精神矍铄,开朗乐观,有问必答,平易随和,毫无威严矜持、傲气逼人之感,也不摆出使人敬而远之的大教授派头。说起话来,质朴实在,总面带微笑,有时还发出爽朗的笑声。我不仅觉得她态度和蔼可亲,而且谈话内容,更让我受益匪浅。

翻开当年现场记的笔记,加上我的回忆,概括起来,林教授的发言集中在两点上:

1.《肮脏的手》(以下简称《脏手》)的翻译经过。

她说:1978年7月,上海译文出版社,"文革"后出版了外国文学刊物《外国文艺》,主编是她的老同学、老朋友。他拿来第一期目录,征求她的意见。她看过之后,笑了,遗憾地问:"怎么没有一篇法国作品?"主编说:"没稿子啊!如果你能译出来,我们第一期就刊登!哪怕抽掉别的稿子都成!"他半玩笑半认真地说。

她便随口答应:"好,我一定翻译一篇!"于是,她选择了萨特的剧作《脏手》。因为她过去在法国看过这部戏的演出。她用了两个星期的时间,翻译定稿之后,便交了出去。果然,就在《外国文艺》的创刊号上,发表出来了。

所以,我在我的专著《存在主义的艺术人学——论文学家萨特》第18页的注释中,特别做了说明:"1978年7月,上海译文出版社,应当时形势之需,筹备并组译出版了《外国文艺》创刊号,林秀清教授应约译出萨特剧作《脏手》,是对译介和研究萨特的一份贡献,后收入人民文学出版社出版的《萨特戏剧集》中。"

2.《脏手》在上海演出的反响强烈。

1981年,上海首演《脏手》,场场爆满,引起强烈反响,尤其在上海各个高校的青年学生中，产生了巨大轰动，以至于 20 元一张的平价票，黑市上卖到 200 元一张，还抢不到手。据说，针对这种现象，某机构向上级打报告，惊呼：改革开放后，如果说，第一次冲击波是长头发、蛤蟆镜、喇叭裤，那么，第二次冲击波，就是追捧萨特形成一股旋风，这是“哲学冲击波”，对青年学生来讲，比第一次更可怕！一时间，在中国大地上，在中国文艺界，闹得沸沸扬扬。有人瞪着惊异的眼睛大呼小叫，有人心慌意乱、忐忑不安，也有人觉得新鲜，持观望态度。此后几年，“现代派”、“非理性”、“存在主义”等，成为大家颇感好奇和热衷谈论的新鲜词汇；萨特、加缪、波伏瓦等作家及其作品，无论在学界、在民间，都正议论纷纷，产生了一波不小的“萨特热”。

在这种背景下，三年前发生在上海的《脏手》首演事件，不仅余音犹存，也自然成为我们小组会上谈论的中心话题了，更何况，在座的林教授，就是《脏手》在中国的“破冰手”，第一个翻译者。有了她的中译剧本，才能引起这场风波。说句玩笑话：她似乎就是这场事件的“始作俑者”！所以，一提起这件事与她有关的细节来，她就打开了关不住的话匣子。

她说她记得，那是 1981 年，她要去法国参加学术交流活动，行李都准备好了，好几只大箱子，就堆在客厅里。正要出发去机场的时候，上海“人艺”导演来找她，说他们剧院要上演她翻译的萨特名剧《脏手》了，请她去帮助他们分析一下情节和人物，以便更深入地理解此剧的内涵。她说：“不行啊，我要走了。你看，行李都打包好了。”为了赶飞机，她拒绝了导演的要求。送走了来客，就立刻奔赴机场。

几个月过去了，一位法国朋友从上海回到巴黎，一见面就问她：“上海演出《脏手》，您是‘艺术指导’？”她回答：“不是。”但法国朋友说：“我看见的！上海的《脏手》演出海报上，明明写着‘艺术指导：林秀清’嘛！”

她笑着说，她这才知道，原来她与这个事件，还有如此密切的关系呢！

关于这件事，我总觉得：看似不大，但很有意义。我也在我的专著《存在主义的艺术人学——论文学家萨特》（见第 13 页）中，把它写进了“萨特在中国”一节里，让它定格在历史上：

“1981 年，上海戏剧界根据林青（即林秀清教授）的译本，将《脏手》搬上舞台，引起一时轰动，黑市票价骤涨，以至有人惊呼为'第二次冲击波'(说第一次冲击波是喇叭裤、长头发、蛤蟆镜)，闹得沸沸扬扬，颇令全国瞩目。这当然是与该剧本身存在的问题直接相关(它早就在国际上引起过激烈争论)，但是，恐怕也和中西制度的不同、历史境遇的差别、意识形态的分歧以及我国因长期封闭和突然开放之间产生的巨大反差，不无联系。萨特的思想，一旦涉足中国，必然发生碰撞。这种'初来乍到'，引起人们惊讶，造成一阵风波，应该说是难免的。今天看来，它不过是萨特走进中国文坛的一段插曲而已。”

至今我仍认为，这是很恰当的判断和结论。

12.《人论三题——壹，潜意识》

（2006.10.1.写于西北大学桃园校区）

一位正读硕、备考博的文艺学研究生,对"潜意识""非理性"和"异化观"很感兴趣。他说:"这三题,作为理论虽不新鲜,并非刚刚出炉,但无疑属于现代人论,也是文论的三大显题,我常碰到,其理论性和实用性都很强。您能否给我做个准确梳理和科学诠释?"我想:他真会提问题,出口就是三个重磅。对此我还真得下点功夫。于是,经整理,我分三次,给他做了如下回答,并申明仅供参考。

关于潜意识,我想应当求解两大问题:1. 什么是意识、前意识、潜意识?三者是何关系?2. 什么是个体无意识,什么是集体无意识?二者是何关系?

谁都知道,只要涉及这两大问题,必须从弗洛伊德和荣格说起。

一、弗洛伊德(1856—1939)创立了潜意识理论。其理论可分两部分:潜意识和心理结构。

第一部分,潜意识理论。

他认为,人的精神世界存在三个层次:意识、前意识和潜意识。

意识:指自觉的心理活动,是人类心理状态的最高形式。由于它的管理和统辖,社会生活、群体活动、人与人关系,才能正常维系和运行。

前意识:是在意识之下和近旁的心理活动区域。它的特征是,以人的忘记行为从意识区域降落下来,又以人的记忆行为常被召唤出来。因而也极易闯入意识层次。

潜意识:则是人类精神领域的最底层、最深处,是人们心理活动之源。弗洛伊德精神分析学的主要贡献,就是发现和研究了这一被人们忘却的汪洋大海,即潜意识领域。它容纳着最活跃、最不安定的分子,总想冲破前意识和意识层面,直接而赤裸裸地表现出来,但意识为保证人们精神和行为的正常活动,总要控制潜意识的冲动,想把它压制在最底层。潜意识的活动特点是自由联想。意识总要控制潜意识,但它又不能绝对严格地控制潜意识,即不能管死。聪明的人总力求做到管而不死,活而不滥,死和滥是两个极端,都应否定。这是因为潜意识有它不容忽视的积极意义,即它常常是一个人的聪明智慧和生命活力的生动表现,也是想象能力和创造能力的生动表现。从这个意义上说,人生过程就是理智和欲望的矛盾冲突,是意识和潜意识的辩证统一,二者都不能简单肯定或否定,绝对单项地推崇或废弃。

弗洛伊德对文学艺术的解释是,文艺创作正是放松意识,即意识对潜意识的控制能力,使潜意识获得自由联想和任意驰骋的大好机会。因此他认为:美和艺术均源于潜意识,艺术作品呢?就是作者精神世界中潜意识活跃的外化亦即形象化。

但我认为,文艺创作既是潜意识挥洒奔放的表现,同时也内含意识对潜意识的约束功能,所谓情节,不就是二者冲突的历史吗?可见,弗洛伊德对文学艺术的解释,只专注于潜意识功能,完全忽视其中存在的意识活动,具有一定的片面性。

第二部分:心理结构理论(也叫人格结构理论)。实际上这是弗洛伊德的潜意识理论的具体化,他则称作“心理人格的内部结构”。它共包含三个层次:本我(id)即潜意识;自我(ego)即意识;超我(superego)即理想。下面逐层做一分析。

(1) 本我(id)即潜意识的我。这种被称作“伊德”的东西,是一种“本能的冲动”,“沸腾的激情”,它处于“混沌状态”。

本我和时间的关系:它是“长存不灭的”,“不承认时间的流逝”,即不因时间的流逝而改变。

本我的主要特征:它是人的本能,总在寻找发泄的出口,具有相当大的能量,很富有流动性。它只能被转移、被压抑,不能被清除、被消灭。本我遵守的唯一原则:快乐原则。它完全不懂什么是价值,什么是善恶,什么是道德。它不服从逻辑,不遵守规律,这二者对它都不起作用。它只受快乐原则支配。

(2) 自我(ego)即意识的我。我们知道,感觉器官,弗洛伊德叫做“直觉-意识系统”,是针对外部世界的,它在外在世界和人的知觉之间起中介作用。当它发挥作用时,便会发生意识现象,这便产生了意识,即自我。

自我的功能:主要指自我和本我二者之间的关系,即意识和潜意识、ego和id之间的关系。

一方面自我体现本我,代表本我,也保护本我,即意识体现、代表和保护潜意识。因为倘若盲目满足本能,不顾外力的强大,再无自我(意识)的保护,本我(潜意识)就难免被完全毁灭。

另一方面自我要控制本我,调节本我,亦即意识控制和调节潜意识。因为自我“在欲望和行动之间,安排了思考这一拖延因素”,那么,“自我利用记忆储存的经验,便排斥了本我的快乐原则,代之以现实原则以便得到更大的安全和成功”。可见,“自我代表理智和审慎,而本我则代表了尚未驯服的激情”。

(3) 超我(superego)即理想的我。什么是超我?弗洛伊德在《精神分析论的新导言》中并未直接解释,而是在三个概念的关系中作了回答。

他说:“俗语说一仆不侍二主。可怜的自我,日子并不好过,它要服侍三个严厉的主人,还要尽力调和三个主人的要求。”这些要求总是“背道而驰”“水火不容”,所以自我常因“任务太重而给压垮”。这三个暴虐主人,就是外在世界、超我(理想之我)和本我(潜意识的我)。

超我在其中发挥什么作用呢?我们通过解析自我和超我之间的内在关系,便能得到解答。

一方面,自我要“再现外在世界的要求”,又“希望成为id(潜意识)的忠仆”,而“id总是顽固坚持,不肯调和”。自我总是为调节二者矛盾而努力。

另一方面,自我又受到“严厉的超我的监视”。“超我坚持行为的一定准则,不顾来自外在世界和id的任何困难。如果这些准则没有得到遵守,超我就采用自卑感、犯罪感和紧张感来惩罚自我”。所以,自我受到三面包围,内外相逼,不断协调,总难如愿,从而常处于焦虑之中。什么焦虑呢?

面对外在世界,产生“现实焦虑”,即不能解决问题;

面对超我监视,产生“常态焦虑”,即没有达到理想;

面对id压力,产生“神经病态焦虑”,即缺乏快乐之感。

这就是超我！

弗洛伊德还认为：本我，自我，超我，三者占据空间比例是大不相同的。本我(id，即潜意识)远大于自我和超我。可见，“本我”并非被人们遗忘的小小角落，而是人类心理结构中的一个汪洋大海！

了解了“潜意识”，尤其是了解了“潜意识”在“意识”和“潜意识”中的位置和作用之后，我们就能正确对待“潜意识”了。对于它，我们从事学术研究的态度是，承认它，研究它，不能否认和无视它；重视它，利用它，不能回避它；当然也不能放纵它。

至于生活中的“潜意识”，表现就更多了。比如，千钟粟、颜如玉、锦衣玉食、香车宝马等等。概括起来，就是“我想占有这个，我渴望得到那个，但我不能说出来”；“我急切那样做，我渴求那样做，但我不能那样做”之类，都属于人性本能，都在冲动之列。它们都被我们用“意识”的过滤器，予以及时地筛选和疏导，给予分门别类，区别处理。

可见，在日常生活中，如果我们只讲“意识”，只讲“意识”对“潜意识”的严控和防止，便会成为一个谨小慎微、胆小猥琐的无能之辈；相反，倘若我们只讲“潜意识”，放纵“潜意识”，不讲“意识”对“潜意识”的节制和约束，那也很危险，恰如司机开下坡车子，越滑越快，还不许踩刹车，只能踩油门——前途可想而知。所以说，面对“潜意识”的刹车失灵，更是一件可怕的事！

二、荣格(1875—1961)，是集体无意识的创始人和倡导者。

荣格是弗洛伊德的学生，师承弗洛伊德，又有创新，提出了自己的心理学概念——集体无意识。他认为：弗洛伊德提出的是“个体无意识”，还应看到，存在着一个“集体无意识”。

什么是“集体无意识”？归纳起来有三大要点：

(1) 它是先天存在的心理基础，主要由历代遗传方式得来。而“个体无意识”的形成，主要来源于后天。

(2) 它是超个性的共同心理基础，是人人都有的大体相同的内容和行为方式，每个民族、每个群体、每个个体，都有集体无意识。个体无意识是浅层无意识,而集体无意识则是深层无意识。

(3) 集体无意识的内涵,是由许多“心理原型”构成,属于无意识的深层结构。

这些人类活动的基本模式,来源于原始社会的生活遗迹,是重复了亿万次的典型经验的沉淀和浓缩。

荣格的“集体无意识”理论,导引出了一个现代批评方法,叫“原型批评”。

什么叫“原型批评”呢? 西方学界为医治西方现当代社会弊病,从事文学研究的人,便热衷于在非理性的根基即神话传说之中,寻找哲理良方,在无意识的本源之中,探求清醒“意识”的解答,“原型批评”就是其中的一种方法。

这种批评理论认为: 各个时代的文学艺术作品中,都会反复出现一种“原始意象”,这些“原始意象”产自神话传说。它们就是“集体无意识”中的“原型自画像”。这些自画像具有象征和模本的性质。模本有变化,但模写的原型即母题是不会变的。这就是“原型批评”论的精要。这一理论概念,对于文学创作和理论研究影响极大,被认为是开辟了一个崭新天地。

显然,“原型批评”的理论来源之一,就是荣格的分析心理学中的“集体无意识”。而集体无意识研究的核心内容就是“原型”,就是“原始意象”。用荣格的话说,原始意象的存在和流传,为文学和艺术提供了基本要素和内涵。艺术家的创作,就是不断回溯集体无意识的原始意象,把它们从无意识的深渊中发掘出来,赋予意识以价值,以便为同代人所接受。

荣格还认为: 神话产生于无意识的心理活动,主要使用比拟和类推的方法解释自然。为什么不同地区、不同民族会产生许多类似的神话形象、神话主题和神话故事呢? 他说: 因为它是人类集体无意识的结晶,是源头。

所以有人说: 原型是一种单一要素,用作扩展故事的基础,主要存在于神话之中,神话成了人们领悟最深层真理的戏剧化和叙述化的东西,神话也成了贮藏种族记忆的符号宝库,成了种族潜意识和种族集体无意识的整体构造,体现了该种族的价值体系。后世作家艺术家,虽早已破除了神话信仰,但神话作为文学和艺术被保存下来。他们利用神话故事的原始意象,构思情节,设置人物。另一些作家,则受原始意象的启发,编写超自然故事,成为新神话和神话变种。为达到隐喻和象征的目的,通过“类神话”和“亚神话”的手段,挖掘人物深层心理的潜意识和集体无意识。可见,这种批评理论,有助于研究文学艺术的深层结构。

总之,原型批评是宏观的、远视的系统,不可近视,更不能微视。神话中蕴藏着现代文学中的密码,我们应通过原型批评去解码。

三、理解了“集体无意识”及其在文学研究中的意义之后,让我们再回到弗洛伊德的“潜意识”理论上来。

“潜意识”在文学上的应用,则表现为“意识流”。“意识流”作为小说流派,产生于上世纪二十年代,人称“意识流小说”。

关于“意识流”一词,大家认为,首创于美国心理学家威廉·詹姆斯。他在1884年发表的论文《论内省心理学所忽略的几个问题》中提出:人类的思维活动是一种斩不断的流,而不是片段的衔接,因而可称之为“思想流、意识流或主观生活之流”。

他认为:文学描写应当让人物直接表白自己的思想意识,不要作家从旁叙述,因而提出“作家退出小说”的口号。“意识流小说”常采用自由联想、内心独白或旁白的技巧,所以文字表达的随意性和跳跃性很强,叙述方式突兀多变,加之经常打破“物理时间”,即各个时刻依次延长的数量时间之概念,而采用“心理时间”,即重在表达强度和鲜活特点的质量时间,在过去、现在、未来的关系中,彼此颠倒,互相渗透,为展现人物在生命中、其潜意识的流动过程,开创了一种完全新型的阅读模式。

这里,我们以创作实践为例证,阐明“意识流手法”在文学创作中的具体运用。

普鲁斯特的长篇小说《追忆似水年华》,长达七部,200余万字,没有情节,主要内容生动展现主人公“我”对于生命存在的深刻感受。如“我”第一次吃妈妈的玛德莱娜小点心,产生快感,留在心头,被忘记埋藏下来,变成潜意识。很多年后,第二次吃妈妈的玛德莱娜小点心,产生同样快感。这种快感,似曾相识,引发思考,唤醒了对第一次快感的回忆,而且这回忆,从一点到一片,再到一个立体的时代和社会,使快感完全上升到和返回到意识层面——这就是一段完整的从潜意识-前意识-意识的心理活动过程。

13.《人论三题——贰，非理性》

（2006.10.15.写于西北大学桃园校区）

关于非理性，有两大问题必须梳理清楚。

1. 什么叫理性，什么叫非理性？二者是何关系？2. 什么叫唯理性(论)？它和理性、非理性是何关系？

为此，首先应理清四大非理性哲学家在非理性问题上的主要论点。

一、叔本华(1788—1860)，是19世纪上半叶的非理性哲学的开创者。

他认为：世界的本质是“自由的生存意志”，而不是理性认识。他说：“意志是主人，理性是奴仆”。即理性是意志的工具，理性为意志服务。他比喻说，运用理性思维的人，就像一个关在堡垒外面、转来转去找不到入口的人一样，徒然努力仍不能知晓堡垒内部的真理(即自由的生存意志)。

如何把握它呢？叔本华强调：对“自由的生存意志”的把握和认识，主要应靠自我体验、自我反省和自我思考，他叫做“内省”，即靠直觉——直接领悟的方法，绝不能以理性认识作桥梁，也不能以理性认识为目的。他认为，我们常按理性思维方式去认识事物，就是按“充足理由律”去探讨事物的相互关系，如“何处”“何地”“何时”“何以”“何为”“何用”“何果”，这是理性思维的基本概念，它要表述的总是客观事物与自我意识之间的因果关系。而“直觉”呢，则是对象与自我的合而为一，是一种纯粹的、无意识的、无时间的认识主体的直感而已。

基于此，他对文学艺术的解释，总以“自由的生存意志”为根据。

他把人分为三个等级：凡人，人才，天才。凡人愚昧；人才富有理性智慧，但缺少非理性的知觉意识;只有稀少天才,敏于直觉思维,才能领悟到和把握住生存意志的真谛!文学艺术创作,正是“自由的生存意志”的表现,而作家,就是天才!

二、尼采(1844—1900),十九世纪下半叶非理性哲学的继承者。他师承叔本华,又有新发展。

他的主要论点是:“世界的本质是强力意志。”这也是一种非理性的认识论。他认为,理性,不是认识世界的武器,而是“强力意志”为达到一定目的必须使用的一种工具。“真理”是什么?传统理性的解释是“本来如此这般”,实际上只表明了“应当如此这般”。可见,“真理”就是对生存有利。为此,“真理的标准就是提高强力感”。后来被希特勒引申为“权力感”,即有用就有理,有权就有理,强权就是真理,权越大真理越多,走向一个极端。这个极端应由希特勒负责,而不该归罪于哲学家尼采。

他还有一个重要论点:“上帝死了!”该论点的浅层意义是否定了有神论,否定基督教信仰。而深层意义则在于否定传统观念、传统理性,自然引申出一个崭新思考:从“寻找上帝”到“寻找自我”。在这里,旧理性、旧道德被摧毁了。人,作为世界主体,被抛入了“存在”的深渊!这就是现代人的处境。所以也可以说,从此开始,便在哲学史上划开了一条“传统”与“现代”之间的基本界限。

因此,他对文学艺术有自己的解释,认为日神精神和酒神精神,是人类两种艺术本能,悲剧就是这两种精神的统一。但两相比较,酒神因素是永恒的、根本的艺术力量。按我理解,酒神因素更是一种醉人的本能,他和理性思维相对立,典型地体现了非理性的深刻内涵(请参阅尼采著,周国平译《悲剧的诞生》)。

三、柏格森(1859—1941),两个世纪之交的、非理性论的哲学家。

他的主要论点是:“生命冲动”是世界的本源,故亦被人称为“生命哲学”。他说,“世界的本质是生命之流”,既不是物质的,也不是理性的,什么是生命之流呢?他认为,这是一种盲目的、非理性的、永远处于动态中的、不知疲倦的生命冲动。“这是一条无底无岸的河流”，它既无一定力量，也无确定的方向。

怎样把握这条生命之流呢？他说“直觉高于理性”。这是说：既然生命冲动是真理，是本源，那么人们认识的对象就应是生命之流。这是属于精神和意识领域的东西，而不是物质表象的世界。而且，这种精神和意识里的生命之流，只处于时间中而不处于空间中；是内在而不是外在；从而它不能靠“观察”“推理”，只能靠“内省”“直觉”的方式来把握它。这显然是非理性的直觉活动，所以人们把他的认识论又叫做“直觉主义的认识论”。

他对文学艺术的解释是：艺术的任务不是反映现实的真相，而是揭示生命冲动的秘密。这是一种超乎理智之外的生命冲动的秘密。他还把时间分为“空间时间”和“心理时间”。这种时间观对于“意识流手法”影响很大，也是非理性人学在小说创作中的一个具体运用。

四、萨特(1905—1980)，几乎走过整个二十世纪，是四大非理性哲学家中最新鲜的一位，也是终生从事非理性人学探讨的哲理文学家，他关注的重点是，反对“唯理论”。

对于萨特的非理性论，我在专著《论文学家萨特》的第五节“萨特人学的非理性”中，已有较全面的论述。这里只强调指出几个要点。

萨特的非理性，概括起来有三大要点：a.承认理性的有效性，即他并不绝对地反理性；b.强调理性的有限性，即揭示理性的主要弊病；c.面对非理性现象，必须采取抗争性态度。总之，萨特的非理性不等同于反理性。在萨特的词典里，“非”和“反”是虽有联系但更有区别的两个概念。如果说二者具有相通之处，从而要将“非”理解为“反”的话，那么其中“反”的内容，也仅指走向极端的唯理论，是物极必反的“反”，比如，我们常说的“惯性思维”就属于唯理论。倘若我们今天还分不清贴合实际的理性和脱离实际的理性，我们便成了盲目的理性崇拜者。因此对于合理的(非极端的)、科学的(非病态的)、贴合实际的(非脱离实际的)传统理性，萨特的非理性论不仅不反对，而是予以肯定和继承。正如加缪讲的，这是“有效又有限的理性”。超出“有效和有限”范围之外的理性，就变成“死理”，讲死理就陷入唯理性了！

可见,萨特眼里的非理性和传统理性的关系,既是一种否定又是一种超越,既是一种革新又是一种完善,它们是既矛盾又统一的辩证关系,而不是孤立、僵化、水火不容的敌对关系。这一对哲理范畴过去已经被歪曲被忽视,现在则应通过文学辨析,纳入我们的视野之中去重视、去研究,我认为,这才是科学的理论思维!

对于非理性,经理论辨析之后,还应从创作实践上加以解读。加缪是一位最善于通过揭示"荒诞感"以展示"非理性"的著名作家。这里仅举他的长篇小说《局外人》为例。

主人公默尔索是个缄默孤僻的人。他不信上帝,但本质不坏,甚至比较随和善良。他心地诚实,不说假话废话;工作勤恳,很得老板赏识;他爱妈妈,待人友善;喜欢女友,也给她充分自由;同情老邻居,为他失去爱犬而难过。作为职员,他不倦怠,忠于上司;作为儿子,他虽非至孝,但在力所能及范围内关怀母亲。尽管他达不到正常道德的较高标准,但绝不是坏人。从人学层次上去考察,他是个更真实、更深刻的普通人。

默尔索的杀人事件,带有极大的偶然因素。当在沙滩上帮莱蒙打架时,默尔索并不赞成开枪杀人。当莱蒙问他干不干掉对方时,他想"我如果说不,他一定会火冒三丈,非开枪不可!"所以默尔索回答:"他还没说话呢,这样开枪不好。"并补充道:"如果他不掏出刀子,你不能开枪!"后来默尔索要过手枪,装进自己兜里。在可开枪也可不开枪的节骨眼上,莱蒙终于没开枪,对于剑拔弩张、一触即发的局面起到缓冲作用,避免了流血事件。第二次默尔索单独散步时,只是为逃避太阳的灼热,想到清凉的泉水,才走近岩石的。对默尔索来说,"刚才打架的事件已经过去了",然而竟又碰见了那个对头。对方把他走向泉水的几步,视为威胁自己安全的挑衅,因而突然跳起,拔刀相向,再加上那"燃烧的阳光,铙钹似地扣在头上,汗水和着盐水,把眼睛蒙在水雾之中,对方的刀锋仿佛已刺进他的眼睛",只是在这种情境下,默尔索才扣动扳机,造成了一桩杀人命案!

对于这个偶然性很强的案件,在整个审判过程中,唯有证人塞莱斯特的发言最符合实际。他认为,这一杀人事件谁也无法抗拒,应属偶杀而非谋杀,只能说是一桩不幸的事。默尔索感到,在所有人中,唯独他"是我有生以来第一次想拥抱的一个男人",默尔索对他产生这种感情,绝非他是自己请来的辩护人,在充满敌意的法庭上替自己讲了好话而已。主要是因为他没有夸大和缩小，没有先入为主的妄断，不随僵化的唯理论模式，是唯一客观准确的评判者！

而其他人则完全相反。法官们用先入为主的唯理性判断和简单化的逻辑推理，把被告默尔索做了可怕的歪曲和妖魔化的想象，使审判过程和结果充满了荒诞特征，从而对貌似公正的法庭、法律、法官，做了深层次的揭露和抨击。

作者把读者置于一台高倍社会显微镜后，让我们惊异地观察到：在司空见惯的所谓“公正合理”的审判中，隐藏着多少邪恶和谬误！在操生杀予夺大权的“正人君子”头脑中，充塞着多少荒诞逻辑！在他们“唯理论”的屠刀下，制造了多少冤案、冤魂！在法庭上做出那冠冕堂皇的庄严结论背后，原来是一出令人哭笑不得、充满荒诞色彩的悲喜剧！

默尔索的作案细节和法庭对他的审判过程，是这部作品的核心情节，也是加缪对荒诞现象作形而上学研究的重点事件。他通过作案细节的偶然性，揭示了事物内部的非理性；又通过审判过程的荒诞性，抨击了人学思辨中的唯理性！

14.《人论三题——叁，异化观》

（2006.10.25.写于西北大学桃园校区）

关于异化观，应当求解两个问题：1.什么叫"异化"？包含哪些基本概念？2.什么叫"人性异化"？人性本质、人性异化、人性复归三者之间是何关系？

"异化"概念，是现代主义和后现代主义文学艺术的理论基础之一，是从事文化批判的基本武器。它扎根于西方哲学史的演变之中，故各种论述很多，我们通过探讨，去伪存真，由浅入深，以便把一些基本概念梳理清楚。

一、什么叫"异化"？

我把它简要概括为"对立性质的对象化"。即主体(人)的发展，产生了与自己对立的客体：如人类通过劳动创造的产物，变成了奴役人的力量，反过来压迫人、奴役人，使人物化，变成非人。这就叫"异化"。

黑格尔的《精神现象学》最早使用了"异化"一词，也是使用该词最多的一本书。其基本思路是，从"自身异化"(针对绝对精神而言)、经"扬弃异化"，到"回归自身"。就是说，人，作为有生命的自我意识，是个有欲望的存在。欲望→劳动→产品，就是人被异化的过程。因为产品满足了欲望的同时也扑灭了欲望。成果成为对象化了的东西之后，也变成了劳动者主体"人"的一个异己的存在。

马克思的《1844年经济学-哲学手稿》和《资本论》，关于人的论述，是一脉相承、不可分割的。《资本论》主要讲"剩余价值"的产生和作用。"剩余价值"是工人生产的产物，但又成为与工人对立的异化力量，资本家利用它扩大再生产，它就愈加成为奴化工人的工具，愈加使工人变成更廉价、更贬值的商品。

二、人性异化包含哪些内容？

① 劳动者创造的生产力与劳动者（人性本质）相异化，如产品、商品、货币等；

② 生产活动中形成的社会关系与劳动者（人性本质）相异化。如人际之间的种种矛盾冲突。

③ 生产活动中形成的利益集团与劳动者（人性本质）相异化。如个体与群体（集团、阶层、民族、国家）之间的种种矛盾冲突。

④ 生产活动中形成的社会意识与劳动者（人性本质）相异化。如传统的理性意识、传统的道德意识等。

归结起来是两条：

第一，物对人的异化：产品、商品、物质、财富等对人性本质的异化；

第二，人对人的异化：如富人对穷人、有权人对无权人、强者对弱者、男性对女性的异化等。

如何对待异化问题，必须提醒一点：对于人性复归应持乐观自信态度。在认识和克服异化、向人性本质恢复和归位的过程中，绝不可悲观绝望。从发现、克服、经转化到复归，把坏事变成好事，说明异化在人类历史发展中，起着积极而不是消极作用。每经一次异化和被克服，人类历史便向前迈进一大步。

关于人性异化，很多文学名著都有反映。这里仅举卡夫卡的《变形记》为例。主人公格里高尔，就是生动表现人性被异化的典型。分析他，我认为，应着眼以下四点：

第一，劳动产品对劳动者的异化。

一切物质产品都是劳动者的劳动成果。按理讲，都应直接或间接为劳动者所享用。但在生产资料私有制条件下，格里高尔辛苦劳动却生活贫困，他只能被迫把自己（作为劳动力）变成廉价商品，仅为谋生而疲于奔命，拼命挣钱只为养家糊口和还债，毫无劳动兴趣和人生快乐可言。从这里，我们看到了劳动者创造的产品，实际上变成了压迫和奴役劳动者的异化力量！

第二，劳动过程对劳动者的异化。

异化劳动，不仅体现在劳动成果上，也体现在劳动过程中。在私有制条件下，格里高尔的劳动过程，完全被资本家（老板）所操纵。为了追求利润的最大化，老板不仅增加劳动者格里高尔的劳动强度，而且延长劳动者的劳动时间，使繁重劳动变成摧残劳动者格里高尔肉体和精神的苦役，把劳动者变成了物品和工具。这分明是与人类本性相对立的劳动。哲学上称之为“物化劳动”，即不是“人化劳动”。

第三，人对人的异化。这一点最重要。

因为上述两种异化，其最终结果都集中表现为人际关系的异化，也就是表现在两大群体，即剥削阶级与广大劳动群众的对立和斗争上。马克思主义的阶级分析和阶级斗争理论，就是由此产生的。

今天，我们从人学角度切入研究，则会发现，人，在异化劳动中被分为两种类存在，体现出两种类本质，每一种类存在决定了相应的类本质：一种是劳动者的类本质，另一种是非劳动者的类本质。前者如格里高尔，后者如老板、秘书主任等人。

在作品中，这两种类本质和类存在，具体生动地化为类冲突，即一个作为主体的自我如格里高尔，与另一个作为客体的他人如老板（虽未出场但处处存在）之间的冲突，从而反映了异化的主题。字里行间鲜明地透露出：老板心目中的格里高尔，只是一架为他创造剩余价值的机器而已！

更令人震惊的是，在人际关系的家庭成员之间，也失掉了应有的亲情，也被异化为异类，如在父母心中，儿子格里高尔只是一个为家挣钱的劳动力；变成甲虫后他失去劳动力，他们便视他为负担和累赘；他死后，全家人不但没有失亲之痛，反而感到轻松和解脱。这一切，又从家庭成员的角度，表现了人与人关系的冷酷和隔膜，也从更深层面，拓展了“人性被异化”的主题。

所有上述异化，在格里高尔心灵深处产生的综合后果，就是主人公的“自我异化”，在作品描写中，则表现为他的“内心体验”，如他的懊恼忧伤、自惭形秽、孤独恐惧、渴望理解、焦虑痛苦、悲观绝望等等。

最后应当提示一点：消极悲观的确是这部作品的局限性。为什么？因为作家没有从宏观、从理论上意识到，我们上文已经提到的：异化并非绝对的坏事！正因为不断异化，不断克服，所以社会历史才能不断前进。异化是对立统一中的一个环节,是发展链条上的否定性质的段落。从异化(对立性的对象化),经扬弃(认识、抗争和克服),到发展(人性本质的回归),就是一部从过去、经现在、到未来的人类历史长河的发展史!(请参阅北京大学哲学系编著《马克思主义与人》第160页)

所以我们说:《变形记》只是提出了人的异化问题而并未解决这个问题。当然,能真实生动地提出问题,已经很了不起了!可我也想:如果卡夫卡能全面理解人学发展史,能全面把握异化在其中所处的恰当位置,那自然再好不过。但,那肯定就不是卡夫卡了。

15.《“沉默”是一种智慧》(上)

(2009.10.10.写于西北大学桃园校区)

刚给大四上完课,一个求知欲很强的女生跑过来问我:

“老师,您讲过:‘人刚出生,要花三年左右时间学会说话;成年后,却要花几十年时间学着闭嘴。’还说:‘说话,是一种能力;而不说,则是一种智慧。太精辟了!’您能否给我举个例子,说明‘沉默也是说话’吗?”

我想了想便说:“达芬奇讲:描绘人是容易的,而描绘人的心灵则是艰难的。而在这方面需要向哑巴学习。所以,哑巴的故事就是对‘沉默’一词的生动注释。而短篇小说《木木》,就是其中最经典的一例。”

“《木木》? 我还没读过。我只知道,它可能是19世纪俄罗斯作家屠格涅夫的作品吧?”

“对。这是作家蹲监狱时写成的。就是说,它是作家在没有行动自由也没有说话自由、必须保持沉默的境况中的产物。”

“怎么回事?”

“1852年2月21日,果戈理逝世,尼古拉一世的沙皇政府,限制人民的哀悼活动。屠格涅夫竟然违反禁令,和其他人在《莫斯科时报》上刊登了讣告,便遭到逮捕,坐牢一个月。这一个月中,文学界、社交界的朋友们经常来探望他,争先恐后,纷至沓来,人数之多,竟至具有示威性质,使当局大为不安,探望便被禁止。‘不许作家说话!’这是很痛苦的事。于是,他在被拘禁期间,写成短篇小说《木木》,用一个哑巴的故事,强烈抗议非正义压力下的被迫沉默。”

“故事很感人吧?”

“是的。因为《木木》的故事来自作家的家庭小事,所以他感情真挚,感受颇深。"于是,我先给他讲了这篇作品的素材来源。

作家母亲的专横怪癖,给屠格涅夫的童年生活留下了深刻的阴暗印记。这个女地主,不仅有成群的奴仆,而且养着许多陪伴她的幕僚和食客,组成一个固定圈子,环绕在她的周围,大家都得服从她。她不能容忍别人独立自主,连自己的亲人们也不例外。逼得她丈夫离家远去,儿子们也纷纷和她决裂。她主持家务,管理农奴,严厉而任性,专横而固执,经常体罚和有意虐待仆人,还常常因小小过失,把农奴流放到西伯利亚去。《木木》中的女主人形象,就是取自他妈妈的原型。

"能给我简要讲讲《木木》的基本情节吗?"

我告诉她:小说描写奴仆加拉辛,又聋又哑,但强壮有力,勤劳能干,诚实可靠,心地善良,被女主人带到莫斯科来扫院子,做看门人。久而久之,他渐渐爱上了一个洗衣女仆达吉亚娜。他以哑巴的特殊方式向她表达爱情,并成了她的保护人。正当他要向女主人请求与达吉亚娜结婚的时候,喜怒无常的女主人,却把达吉亚娜嫁给另一个仆人酒鬼鞋匠卡必东了。卡必东害怕哑巴打死他,总管也害怕哑巴惹是非,便商量了一个办法:因为哑巴很讨厌喝醉酒的人,就叫达吉亚娜假装醉醺醺地从哑巴面前走过,激起他的反感,终于达到了目的。

达吉亚娜结婚一年后,酒鬼丈夫卡必东,堕落到不可救药,什么事都干不了,就带着妻子,坐上货车,给遣送到遥远的乡村去了。哑巴带着痛苦心情,送走了达吉亚娜。回来的路上,他在河边救活了一只快要淹死的小狗。从此,哑巴把全部的爱,都寄托在这只小狗身上。白天喂它吃东西,晚上跟它一块睡觉,他走到哪儿,小狗跟到哪儿。两个哑巴,形影不离,相依为命。

女主人知道后,想看看小狗,就让人把小狗带进家来。小狗怕生,当女主人的手接近它时,它突然调转头来,露出牙齿,发出叫声,吓得女主人急忙缩回手来。于是,她生气地下令:把它赶出庄园,小狗被偷偷卖掉了。但不几天,小狗又跑了回来,在女主人歇斯底里发作之下,总管又逼令哑巴把小狗处理掉。哑巴就把狗领到饮食店,买了一碗带肉的白菜汤,等狗吃完后,来到河边,乘上小船,在它脖子上拴了两块砖,把小狗扔进河里淹死了。

事后,他回到主人家里,满怀愤怒之情,带了简单的行李,回到乡下的家里去了。

“啊，太感人了！”听完故事，她大声赞叹道，“《木木》真是一幕动人的哑剧。哑巴主人公加拉辛那种强烈细腻的、内心深处的动人爱情，他的喜怒哀乐、愿望要求、以及痛苦不满等等，没有声音，没有话语，全部都是通过他的动作表现出来的。这些动作中隐藏着他心灵深处极丰富的潜台词，倘若挖掘出来，我想，足够写一幕感天动地的爱情悲剧了！这篇作品我非读不可。我现在就去图书馆借这本书！”

说罢，她立即转身向图书馆跑去。刚跑出几步，她忽然转过头来，大声喊：“谢谢您，杨老师！”

16.《“沉默”是一种智慧》(下)

(2009.10.11.写于西北大学桃园校区)

一周过后,那个女生找我说:

“杨老师,读过《木木》之后,掩卷沉思,给我很多有趣的启发。”

“说说看。”

“平常,人们只知道,有声语言是说话,却忽视了:无声语言也是说话!可见,说话的方式很多,除借发音以出声语言表抒胸臆之外,还应该懂得和学会使用各种各样的无声语言。比如,微笑是语言,眼泪也是语言;眼神是语言,表情也是语言;动作是语言,沉默无语更是一种语言。”

我很欣赏。因为她读完作品,能抽绎出主题,还引发联想,会举一反三。所以我赞赏道:

“说得好。在特殊情境中,闭口不语往往比多嘴多舌更珍贵!因为有声语言并不是万能的,人类很多很多情愫、感悟、心愿、意念,细腻微妙,只可意会,不可言传,其中的纤毫之别,是无法用语言来表述的。硬要表达,必然失真,便远离了恰当、分寸和准确。我国老子早就说过:‘可以言论者,物之粗也;可以致意者,物之精也;言之所不能论,意之所不能察致者,不期精粗焉。’”

“能给我翻译成白话吗?”

“翻译过来,大意就是‘可以用语言来表达的,是事物粗浅的一面;可以用心意去领会的,是事物精细的一面;既不可用语言来表达又不能用心意去领会的,是不需要用粗和精去衡量的。’言下之意,是更不能用语言去表达了,这就是‘沉默’。”

我又补充道:“不可用语言表达却非要用语言表达的语言,古往今来,给人际间、给世界上，造成过多少误解、差错和冲突啊！”

她惊叹道：“这说明：准确使用语言太重要了。语言功能之伟大，连上帝都觉得害怕。你看，上帝第一次惩罚人类，使用的有力手段，就是阻止人间的语言交流。自从西方初民为找登天路修筑‘巴别塔’、遭受上帝惩罚以来，古今中外的历史上，因言招祸、因言获罪者太多了！这就足以证明：语言从负面给我们带来的危害作用之大。我这样理解对吗？”

“没错。”我继续道，“于是，有人总结出一条教训：言多必失，沉默是金！其实，这何尝不正是一些作家，为刻画人物殚精竭虑，期望进入最高艺术境界，获得最高艺术效果的痴心追求呢？萨特就认为：阅读的至高境界，就是要达到那种‘沉默的高度’。所以，哑剧、无字碑、潜台词等等，都成了对‘沉默’一词的最好注释。”

“啊，您给我打开了一扇天窗！‘沉默’二字中，还包含着这么多的内容！”

“你想想，沉默何以金贵？那是指不说话的效用而言。在日常生活中，不言，常能引导对方深思；不言，才能让对方恰当理解；不言，才能促使对方在推测中寻找准确的判断。这种无声胜有声、无言胜千言的默语方式，其中的丰富内涵、绝妙效果，实在是难以用语言尽述的。”

“老师，现在我明白了：既然‘沉默’也是一种说话，艺术又讲究简洁，所以作品中的‘沉默’，就是简洁在最高层次上的运用。即，使用最经济的手段，表现最丰富的内容。这与中国绘画美学上的‘留白’，好像是同一个道理，是这样吗？”

“完全正确。你能触类旁通，见微知著，从外国文学联想到中国艺术，从文学联想到绘画，这种思维方式很可贵。”

“谢谢老师的肯定。另外，我还想知道，关于‘沉默’，还有那些名家论述过？”

“法国作家加缪就说过：‘一个人之所以能超越他人，乃是由于他所说的，而不是由于他所不说的。’反过来，我们也可以这样讲：一个人之所以能超越他人，乃是由于他所不说的，而不是由于他所说的。这里强调的是：用行动和成果说话，用想象和思维说话，不必太看重表面的语言。所以，德国哲学家海德格尔也说：‘沉默才是语言的真正模式。只有知道如何谈话的人，才能真正懂得沉默。’比较起来，就此意讲得最透彻的，还要算萨特了。他说：‘缄默(即沉默)也有自己的意义，正像音乐中的休止符一样，从休止符周围的音符中，就能获得休止符的意义。这种缄默,也是语言中的一部分。缄默不是聋哑,缄默是拒绝说话。因此,它就等于继续说话。'我常感慨:此话诚然!英国人罗素也从'太一(神)无言'中悟出来一个道理。他说:'太一是不可定义的,就这一点看,则沉默无言要比无论什么词句都有着更多的真理'。单就语言而论,我也觉得,此言不谬。"

"啊,我懂了。老师,您看我想得对不对?大山不言,但它雄伟静穆,只给我们展现它的庄严伟大;流水无语,但它川流不息,只给我们揭示它的运动无限;花草沉默,但它不怨不烦,只给我们贡献它的芬芳美丽。大山是父亲,流水是母亲,山水结合,孕育了遍地葱绿,于是诞生了无数树木花草子女。这些大自然的儿孙们,只是垂象示意,不言不语,紧闭嘴巴,永不出声,所以得到人类世世代代的永恒挚爱和深情的歌颂!"

"想得好,你的思维已经进入美学境界了!讲究沉默,就属于语言表述的艺术。因为沉默,是一种艺术语言,特殊语言,非语言的语言,是一种以无胜有的语言。所以丹麦的克尔凯郭尔才说:'最确实的沉默,并不是闭口不言,而是在高谈阔论。'如果我们能从这种沉默中,解读出高谈阔论的千言万语来,显然是一种聪明!"

"那么,我们究竟怎样做,才能借助喋喋不休来保持沉默?又怎样借助沉默以表达千言万语呢?"

"这就要求我们在社交场合中,除了正常规范之外,还要学会在特殊场合,用不说话表达说话的内容,或用多说话起到不说话(不表态)的作用。因为沉默也是一种表态,不表白的表态有时比表白的表态更有价值。所以说:谈笑风生,说些毫无内容的空话,却常常是某种特殊场合的迫切需要。而这时的沉默无语,反而是无知加愚钝了。"

"可见,人们只用话多话少,去判断一个人的智愚高下,不视其能否审时度势、敏锐定夺、聪明地使用语言,适时地选择沉默,显然是一种肤浅。"

"对!"

"老师,我想就'论沉默'写一篇学术论文,行吗?"

"好啊,我支持你!"

17.《全面满足愿望等于绝望》

（2010.2.2.写于西北大学桃园校区）

王国维说："生活之本质何？'欲'而已矣。(欲，即欲望，趋利避害是也——我注。下同)欲之为性无厌(欲望表现为性情的现象，永远不会结束，它是个无底洞)，而其原生(起源)于不足。不足之状态(表现)，苦痛是也。既偿(满足)一欲，则此欲以终。然欲之被偿者一，而不偿者什百。一欲既终，它欲随之。故究竟之慰藉(全面彻底的满足)，终不可得也(永远不能实现)。即使吾人之欲悉偿(全面满足)，而更无所欲之对象(再也没有追求的目标)，厌倦之情即起而乘之。……故欲与生活、与苦痛，三者一而已矣。"(见《王国维文集》第一卷第2页)

这段话言简意赅，内容丰富。倘解析开来，可分为以下几层来表述：

1. 人的生活，实际由四个因素组成：欲望→奋斗→满足→厌倦。如挣钱、买车、购房、爱情等等，都是如此。首先产生欲望，接着去努力争取，这就是奋斗，然后才能达到目的，将欲求的对象追逐到手，这就是满足。当这个欲望得到满足之后，也就扑灭了这个欲望，就会逐渐产生厌倦情绪。

2. 对旧的欲望厌倦之后，必然产生新的欲望，接着又是奋斗、满足、厌倦，周而复始，以至无穷。

3. 在具体生活中，常常是两个甚至三个欲望先后或同时出现，人们就要分出个先后主次、轻重缓急，便出现调整、变化和超出常规，表现出某种复杂性来。比如，是先立业后成家，还是先成家后立业？又比如，是先买房后结婚，还是先结婚后买房？但无论怎样变化，上述四个因素和周而复始的流转，则是王国维总结出来的基本生活法则，永远不会倒错或消失。所以说，欲望、生活和痛苦，三者常常搅合在一起。

古希腊哲学家赫拉克利特也说过:"如果一个人的愿望都得到了满足,这并不是好事。"(见罗素《西方哲学史》第70页)可见,满足了一个愿望,也就扑灭了这个愿望。满足了所有愿望,也就扑灭了所有愿望。试想,变成了一个毫无愿望的人而活着,就离死亡不远了。

这就叫"绝望源于满足",这是多么可悲的事啊!所以我国古人讲,人要懂得三忌:"物忌全盛!事忌全美!人忌全名!"这句谆谆告诫,实在是语重心长,简洁深刻!讲的也是"事事满足,等于绝望"的意思。

我再举一个名例,足可证明此话有理。

1961年7月21日,海明威死于以猎枪自杀!62岁的海明威,为什么要自杀呢?

他死后,《老人与海》的主人公、桑地亚哥的生活原型雷恩斯特的儿子,发表了一封海明威写给他父亲的信。这封信,是海明威在自杀的前一天写给雷恩斯特的,吐露了他自杀的全部原因。他说:

"人生的最大满足,不是对自己的地位、收入、爱情、婚姻、家庭的满足,而是对自己的满足。现在,我所有的愿望已经破灭了,我那意味着一切的天赋,如今已经抛弃了我,我辉煌的历程已经殆尽。为维护完美的自我,我必须毫不犹豫地消灭自己!"

《老人与海》是海明威的代表作,是他作为作家全部创作中的最大满足。他觉得,自己今后即使写出再多的作品,也不可能超越这座高峰了。

创作高峰的愿望满足了,同时这个愿望也就被扑灭了!这不正是"绝望源于满足"的一个活生生的证明?

辉煌历程殆尽,全部愿望破灭,必然走向绝望。他不愿苟活!硬汉子海明威,为给人类留下一个"完美的自我",所以,毅然扣动枪机!消灭了自己!

看来,我们应当懂得这个真理:千万不要贪婪追求事事满足。人们经常祝福"万事如意",正说明"不可能万事如意"。"不如意事常八九",这是人生常态。努力变"不如意"为"如意",也正是求生乐趣之所在。因为一切满足之日,便失去了生存动机。而失掉生存动机之日,必然是悲剧到来之时!

于是我懂得了:追求事事满意并不是好事!时刻提醒自己:要知足!

18.《金钱，是一把双刃剑！》

（2010.2.10.写于西北大学桃园校区）

面对今天的分配不公、贫富悬殊且还在扩大，我感触颇深，总觉得“怎样看待金钱?”的问题，是个人人都无法回避的事情，所以提出来和大家交流。

对此，我觉得有三点，作为普通老百姓，我们都应当懂得：

一、金钱的产生

金钱的产生，是紧跟着商品生产的出现而产生的。它的产生，是“以物易物”手段的终结，标志着封建性质的交换模式的结束和资本主义新经济方式的萌芽。为什么这么讲呢？因为生产商品，是为了交换。在商品交换过程中，便产生了货币(金钱)。金钱同任何品种、质量、数量的商品，都可以交换，所以，它成了“一般等价物”，成了“商品中的商品”，或叫“特殊商品”。这种“特殊商品”的主要职能，就是用来衡量和计算商品的价值量，即具有“价值尺度”的职能。所以，金钱就成了财富的代表。占有金钱，就等于占有了社会财富。

二、金钱的正面功能

金钱从产生的那一刻起，就是一把双刃剑！我们必须看透它的正、反两面功能。

从正面讲：金钱是判断社会生产力的标志，是衡量国家经济效益的尺度，是企业发展的根据和凭证。对个人来说，金钱，就是你的劳动报酬，工资，就是计算你为社会付出劳动量的多少。你付出的劳动量越大，劳动效果越好，你获得的金钱就应该越多。付出度和获得量，应成正比。

马克思的比喻非常恰当。他说：工资，就是“从社会方面领得的一张收据，证明他供给了多少劳动(扣除他为社会基金而进行的劳动)。他凭这张收据，又从社会储备中，领得与其劳动量相等的那么多的消费品。”(《哥达纲领批判》)可见，工资，实质上是你的必要劳动的“等价交换证券”。凭这张证券，你才能去消费，如买米面、买衣物、买住房、买车子、买影戏票、去旅游等等等等。

你的所得，超出了你的劳动量，就是侵占了他人的劳动成果；你的所得，小于你的劳动量，就是被人剥削了、侵夺了你的劳动成果。

三、金钱的负面作用

对金钱的负面功能，在我国今天的现实中，需有更清醒的认识。

有个故事讲：古希腊人米达斯，是个传说中的大富翁。他祈求神仙，得到了点金术。什么东西到他手中，只要一点，就变成了黄金，连食物也被他点成了金子，因而终被饿死(见《变形记》第145页；《柏拉图文艺对话录》139页，注①)。这是一出讽刺拜金狂的悲剧。

如果说，这是一个纯粹虚构的故事，那么，下面这篇论文，则讲的是结结实实的大实话！这就是鲁褒写的《钱神论》。

鲁褒，我国西晋南阳人，生卒不详。其赋《钱神论》(见《晋书》)非常有名，“孔方兄”一词，就出自这里。他写道：

> “(金钱)难朽像寿，不匮像道，故能长久为世神宝，亲爱如兄，字曰孔方(指内方像地，外圆像天)。失之则贫弱，得之则富强。(它)无翼而飞，无足而走，解严毅之颜，开难发之口。钱多者处前，钱少者居后，处前者为君长，处后者为臣仆……(金钱)可谓神物，无位而尊，无势而热，排朱门，入紫闼。钱之所在，危可使安，死可使活；钱之所去，贵可使贱，生可使杀。是故纷争辩讼，非钱不胜，孤弱幽滞，非钱不拔，冤仇嫌恨，非钱不解，令闻笑谈，非钱不发……子夏云：死生有命，富贵在天，吾以为：死生有命，富贵在钱。何以

明之？钱能转祸为福，因败为成，危者得安，死者得生，性命长短，相禄贵贱，皆在乎钱。……夫钱，穷者能使通达，寒者能使温暖，贫者能使勇悍。故曰：君无财，士不来，君无赏，士不往。”

因此，在拜金主义社会中，你不是主人，就当奴隶；你不会骗人，就要被骗；你做不了吃人者，就要成为给人吃掉的牺牲品！

所以，小仲马在《茶花女》中说：“金钱，是好仆人、坏主人。”他提醒我们：千万不要做金钱的奴仆，列·托尔斯泰也说：“没钱很悲哀，但金钱过剩更悲哀。”他也告诫我们：钱太多并非好事！这些金玉良言，很值得我们深长思之。

最精彩的是，马克思以货币持有者的口气，指出货币的丑恶作用：

“货币的力量有多大，我的力量就有多大，货币的特性就是我——货币持有者的特性和本质力量。因此，我是什么和我能够做什么，绝不是由我的个性决定的。我很丑陋，但我能够给自己买到最美丽的女人，这就是说：我并不丑陋，因为我丑陋的作用，它把人吓跑的力量被货币化为乌有了。纵然我是跛子，可是货币给我弄到了 24 条腿，这就是说：我并不是跛子。我是一个恶劣的、不诚实的、没良心的、没头脑的人，可是货币是受尊敬的，这就是说：它的持有者也是受尊敬的……我凭借货币能够买到人的心灵所渴求的一切东西，难道我不具有一切人的能力吗？由此可见，我的货币难道没有把我的一切无能变成它们的反面吗？如果货币是把我同人的生活、社会、自然和人们联系起来的纽带，那么货币难道不是一切纽带的纽带吗？”（《1844 年的经济学——哲学手稿》）

显然，怎样避免金钱的负面作用？充分发挥其正面功能？是摆在今天世界第二大经济体的中国决策者面前的一道大难题，也是摆在每一个富裕起来的中国人面前的一道大难题，如何看待金钱，更是考验我们每一个人的素质和智慧的试金石！

19.《看破红尘　参透人生》

（2010.2.26.写于西北大学桃园校区）

最近，我常觉得电视剧《天下第一楼》，值得玩味。

卢梦实诚信创业，从盛极到被赶走，灰溜溜回了老家；瑞英爷嫉妒加暗斗，从败到败，精神痛苦，最终出国逃避；修二爷乃前朝遗脉，一个落魄的知识分子，在饱览世态炎凉之后，参透人生，悟出哲理，携知音美人儿玉雏，落脚南国水乡，过上了渔船小民自得其乐的自由生活。作品否定了梦实和瑞英的商场争斗，赞赏的是修二爷与世无争的人生哲学。这个修二爷形象，使我想起老庄思想——把个出世意识宣扬得如此明朗，以我看来，在中国当代影视剧中还是第一次。

这个故事，讲的是一例商家，在商场搏斗中的大彻大悟！

其实，一部《三国演义》的底蕴，也何尝不是出于同一思想。它的开篇名词，就透露出作者的真意："滚滚长江东逝水，浪花淘尽英雄。是非成败转头空，青山依旧在，几度夕阳红；白发渔樵江渚上，惯看秋月春风。一壶浊酒喜相逢，古今多少事，都付笑谈中。"充分表现了作者胸怀宽阔，大气浩荡的风格和见识。多少部指点江山、谱写春秋的历史，被他三言两语点拨得如此通亮剔透。说句大话，就简洁透彻而论，遍数古今中外的哲学家，有几个能与其比肩而立？

这部作品，讲的是一例兵家，在战场拼杀中的大彻大悟！

我有个朋友，二十世纪九十年代，当过高校领导，虽是学官，也算趟过官场浑水。他总结说："今天的世道，太廉洁的人当不了官，太认真的人当不了官，太自尊的人当不了官。我就属于这种'三太'蠢人。所以，坚决辞职当老百姓了！"卸掉担子的第一天，他就写了四句顺口溜："美哉老百姓，无官一身轻。酒菜尽醉饱，梦甜听鼾声！"

这段经历，讲的虽是一例学官，也表现了在官场钩心斗角中的大彻大悟！

商家、兵家、官家，家家同理；商场、战场、官场，场场如是！看透世事，悟透人生，也许有点消极，但能给国人目前名利场上浮浅、浮夸、浮躁的三浮之风，浇点冷却水，注点清醒剂，应该不无好处！对为追求权力、金钱、美女而发生的血泪悲剧、讽刺喜剧，败败火、降降温，也总比东窗事发、身败名裂、被判坐牢，甚至杀头，总要强过百倍吧！

20.《诺奖之我见》

（2010.3.12.写于西北大学桃园校区）

2009年诺奖出笼，世界一片哗然，和平奖给了刚上台数月的美国总统奥巴马；文学奖给了自己都感到奇怪的德国女作家、女诗人赫塔·米勒。

我向来认为，诺贝尔文学奖，只是一种游戏！

尽管它是世界公认的权威奖项，像奥运金牌一样，获奖者石破天惊，一举扬名，成为民族的骄傲、个人的光荣。

尽管，它自1901年第一次颁发以来，至今已有108年的历史，得奖者已达90多人，其中绝大部分，都是出类拔萃、名至实归。

尽管，欧洲文学19世纪登上世界高峰，优秀作家辈出，杰作层出不穷；20世纪的现代主义和后现代主义，流派众多，成就斐然，所以获奖者众多，我们也可以理解。

但是，整个亚洲，百余年中，只有二人：1913年颁给印度的泰戈尔，1968年颁给日本的川端康成。此乃实在不过是"点缀"而已。大家有目共睹，谁不心知肚明？

诺奖的历史上，绝大部分获此殊荣者，都是欧洲人！

我泱泱中华，文化背景源远流长，优秀作家、诗人，何止成百上千？仅现当代作家群中，出世界之类、拔全球之萃者，也大有人在。然而，却无一人榜上有名。是中国作家平庸无能、没资格享受？还是诺奖评委们有眼无珠、闭目塞听？拟或故意回避、别有隐情？不是一目了然了吗？

究其原因，众说纷纭。但我认为，根源只有一个：这是游戏规则中的政治偏见造成的！这种偏见，已深入诺奖骨髓，延续至今，难以更改，评委们都睁只眼闭只眼，只不愿明言而已。

这使我想起，1964 年，萨特为拒绝领取诺贝尔文学奖奖金而发表的声明。他拒绝该奖的理由有二：“个人的理由和客观的理由。”他说：

> 个人方面的理由如下：我的拒绝并非是一个仓促的行动。我一向拒绝来自官方的荣誉。如在 1945 年战争结束后，有人提议给我颁发荣誉勋位勋章，我拒绝了。尽管我有一些朋友在政府部门任职。同样我也从未想进法兰西学院，虽然我的一些朋友这样向我建议。
>
> 这种态度来自我对作家工作所抱的看法。一个对政治、社会、文学表明其态度的作家，他只有运用他的手段，即写下来的文字来行动。他所能够获得的一切荣誉都会使读者产生一种压力，我认为这种压力是不可取的。我是署名让-保罗·萨特，还是让-保罗·萨特——诺贝尔奖获得者，这绝不是一回事。
>
> 接受这类荣誉的作家，他会把授予他荣誉称号的团体或机构也牵涉进去；我对委内瑞拉游击队抱同情态度，这件事只关系到我，而如果诺贝尔奖得主让-保罗·萨特支持委内瑞拉的抵抗运动，那么他就会把作为机构的所有诺贝尔奖得主牵连进去。
>
> 所以作家应该拒绝被转变成机构，哪怕是以接受诺贝尔奖这样令人尊敬的荣誉为其形式。
>
> 这种态度完全是我个人的，丝毫没有指责以前的诺贝尔奖获得者的意思。我对其中一些获得者非常尊敬和赞赏，我以认识他们而感到荣幸。
>
> 我的客观理由是这样的：
>
> 当前文化战线上唯一可能的斗争是为东西方两种文化的共存而进行的斗争。我并不是说，双方应该相互拥抱。我清楚地知道，两种文化之间的对抗必然以冲突的形式出现，但这种冲突应该在人与人、文化与文化之间进行，而无需机构参与。
>
> 我个人深切地感受到两种文化的矛盾，我本人身上就存在着这些矛盾。我的同情无疑趋向于社会主义，也就是趋向于所谓的东方集团，但我却出生于一个资产阶级家庭，在资产阶级文化中长大。这使我能够与一切愿意使

这两种文化相互靠拢的人士合作共事。不过,我当然希望“优者胜”,也就是社会主义能取胜。

所以我不能接受无论是东方还是西方的高级文化机构授予的任何荣誉,哪怕是我完全理解这些机构的存在。尽管我的所有同情都倾向于社会主义这方面,不过我仍然无法接受譬如说列宁奖,如果有人想授予我该奖的话,现在当然不是这种情况。

我很清楚,诺贝尔奖并不是西方集团的一项文学奖,但它事实上却成了这样的文学奖,有些事情恐怕并不是瑞典科学院的成员所能决定的。

所以就现在的情况而言,诺贝尔奖在客观上表现为给予西方作家和东方叛逆者的一种荣誉。譬如,南美一位伟大的诗人聂鲁达(Neruda)就没有获得这项荣誉,此外人们也从来没有严肃地对待路易·阿拉贡,而他却是应该获得这一荣誉的。很遗憾,帕斯捷尔纳克(Pasternak)先于肖洛霍夫获得了这一文学奖,而唯一一部苏联获奖的作品只是在国外才得以发行,而在他本国却是一本禁书。人们也可以在另一种意义上通过相似的举动来获得平衡。倘若在阿尔及利亚战争期间,当我签署《121人宣言》的时候,那我将十分感激地接受该奖,因为它不仅给我个人,而且还给我们为之而奋斗的自由带来荣誉。可惜这并没有发生,人们只是在战争结束之后才把该奖授予我。

瑞典科学院在给我授奖的理由中提到了自由,这是一个能引起众多解释的词语。在西方,人们理解的仅仅是一般的自由。而我所理解的却是一种更为具体的自由,它在于有权力拥有不止一双鞋,有权力吃饱饭。在我看来,接受该奖,这比谢绝它更危险。如果我接受了,那我就顺从了我所谓“客观上的回收”。我在《费加罗文学报》上看到一篇文章,说人们“并不计较我那政治上有争议的过去”。我知道这篇文章并不代表科学院的意见,但它却清楚地表明,一旦我接受该奖,右派方面会做出何种解释。我一直认为这一“政治上有争议的过去”是有充分理由的,尽管我时刻准备在我的同伴中间承认我以前的某些错误。

我的意思并不是说,诺贝尔奖是一项“资产阶级的”奖金,但这正是我所熟悉的那些阶层必然会做出的资产阶级的解释。

最后我再谈一下钱的问题。科学院在馈赠获奖者一笔巨款的时候,它也同时把某种非常沉重的东西放到了获奖者的肩上,这个问题使我很为难。或者接受这笔奖金,用这笔钱去支持我所认为的重要组织或运动,就我来说,我想到了伦敦的南非种族隔离委员会。

或者因为一般的原则而谢绝这笔奖金,这样我就剥夺了该运动所需要的资助。但我认为这并不是一个真正的问题。显然我拒绝这笔二十五万克朗的奖金是因为我不愿被机构化,无论在东方还是在西方。然而你们也不能为了二十五万克朗的奖金而要求我放弃原则,须知这些原则并不仅仅是你们的,而且是你们所有的同伴所赞同的。

最后,我谨向瑞典公众表示我的谢意。

这份声明,道理清晰,态度认真。他没有简单化地表态,因为涉及四面八方的许多问题。虽然文字较长,但原则鲜明,立场坚定,坦率坚贞,毫不暧昧。这就是萨特!

只有敢说真话的萨特,才把这个奥秘戳破了!

所以我说,诺奖只是一场游戏,而且是带政治色彩的游戏!

21. 《体育中有哲学》

（2010.10.31.写于西北大学桃园校区）

我爱看体育比赛，其中有个原因：它蕴含着深刻的哲理！

在世界文学家中，我最初喜欢上阿尔贝·加缪，有个重大诱因，就是他从中学开始，便非常热爱体育，尤其长于足球：班级比赛时踢，课间休息时踢，放学之后也踢；有时当守门员，有时踢中锋，还经常当队长；无论是布控防卫，还是组织进攻，都非他莫属。他不仅技巧娴熟，而且十分勇猛。正因为他总在对手脚下铲球，因此常常负伤。更加可贵的是，他在足球对抗赛中，总是有自己深刻的哲理体会，所以同学们都说，他是"足球场上的哲学家"。

加缪就说过："我很快就知道了，球，从来就不会从你料想得到的地方传来。这对我的生活是很有帮助的，尤其在法国，不是人人都是正直的。"（见《加缪传》第38页，埃尔贝·洛特曼著、肖云上等译，漓江出版社1999年版）

是啊，这是一句颇富哲理的至理名言！因为比赛中的球行路线实难预料，它瞬息万变，神速莫测，任何逻辑推理都对之无能为力，所以我把它称作"绿茵场上的非理性"，故加缪这句话，对我一生也有启迪意义，使我从此爱上了各种体育比赛。

你看：

马拉松长跑，不就是一场人生竞赛的绝妙缩影？固然起跑很重要，但赢在起跑线上的，往往并不是冲刺线上的最终冠军。

百米跨栏，不就是一场面对重重困难的顽强考验？它在有力地鼓励人们，也在形象地告诉人们：面对人生一路的各种障碍，必须以最快速度，最强毅力，踩在脚下，跨越过去，才能成为最后赢家！

篮球、排球和足球比赛,不就是告诉人们,胜利成果来之不易!任何球赛,与其说是在打(踢)球,不如说是在打(踢)“人”。表面看,打的是球,其实骨子里,打的是人。这里的“打”,当然不是打架的打,这个“打”,是指人与人的周旋和抗争。因为球场上的胜负,是勇敢和智慧的结合,是偶然和必然的交融,也是个体技巧和团队协作配合默契的结果。这不正和职场、官场、商场,甚至战场上的俯仰浮沉、跌宕起伏、成败得失,完全是同一个道理吗?

无论什么比赛,都有个裁判。裁判是竞技场上的执法者,规则就是法律,裁判就是法官,既定规则,人人必须遵守。任谁违规、犯规,都要接受处罚。这不正和我们在社会生活中任何人都要遵纪守法是同理吗?人生不也是一场按照既定的游戏规则才能进行正常的竞争和博弈吗?

人生有尽头,挑战无极限。观看体育比赛,无论是奥运、亚运、冬运、残运等综合运动会,还是世足、世篮、世排、世乒等单项运动会,各国各族、各行各业、男女老少,都兴致极浓,一票难求,除了落实胜负,难道不正是因为能从中得到顿悟和启迪、获得了人生的哲思和道理吗?

因此我常想:运动场上的解说员,体育比赛的主持人,倘能在电视节目的现场直播中,将内涵和引申的人生哲理意义,言简意赅地点到为止,其画龙点睛的绝妙效果,一定会给他的报道话语增辉添彩!

22.《什么是“自由”？》

（2010.11.6.写于西北大学桃园校区）

奇怪，顾城之死，总让我联想到高尔基的处女作。

高尔基的处女作，是1892年发表的短篇小说《马卡尔·楚德拉》，情节优美动人，蕴涵意义深刻，我很喜欢。现简述出来，与诸位同飨。或许，它有助于我们对顾城死因的深层理解。

开头，写一个吉卜赛老头，58岁的马卡尔，躺在草原上，给“我”讲故事。

他认为：到处流浪，是一条挺好的路。人的一生，就应当这样，到处走走，见见世面，看够了，就躺下来死掉。不要在一个地方常住，那有什么意思呢？你瞧，白天同黑夜，绕着地球，互相追逐，跑个不停。你也得像那样，躲开生活的忧虑，一直跑下去，省得让自己厌倦生活。

这时，帐篷里传来柔婉而多情的抒情歌声，那是马卡尔的女儿、有名的美人儿侬加在唱歌。马卡尔问道：“妞儿唱得好吧？是不是？你想有这样的妞儿爱你吗？你不想？好极了！应该这样。不要相信妞儿，跟她们离远点儿。固然，跟妞儿亲嘴，比抽我的烟斗更好、更快活。可是，跟她亲过嘴之后，你心里的‘自由’就死掉了。她用一种看不见的东西，把你绑在她身上，你挣不脱，你就把你的整个灵魂交给了她。真是这样的！要当心妞儿！她们永远在撒谎！她会说：‘我爱你胜过爱世界上的一切’！可是，只要你拿别针刺她一下，她就要撕碎你的心！”

于是，紧接着，他讲了一个“自由”高于一切的故事。

他说：我们（吉卜赛）浪游队里，有个邓尼罗老头，他有个女儿叫拉达。你认得我的女儿侬加，她不是女中王后吗？然而，拿她和拉达相比，那未免太抬高她的身价了。拉达之美,你简直找不到话来形容。“她的美是一首歌,也许可以用提琴拉出来,可是,也只有那个懂得提琴像懂得自己灵魂那样的人,才拉得出来。她烧干了多少年轻人的心啊!”

他继续讲道:有一天夜里,我们都围坐在草原上。忽然,听见一阵绝妙的音乐从远方飘来。一匹马从黑暗中浮现出来,马上坐了一个人在拉提琴。啊,原来是左巴尔!左巴尔是个年轻的茨冈人(吉卜赛人),是个以勇敢出了名的小伙子,在匈牙利、捷克和沿海各国一带,都知道他。他要是看上一匹马,你就是派一团兵去看住它,左巴尔还是要骑着马跑掉的。就是魔王带了他所有的部下来抓他,也无济于事。但他心肠很好,他的钱,谁要就让谁拿去。你要他的心,他也会亲手把它从胸膛里挖出来给你,只要对你有好处。这个人,眼睛明亮得像星星,笑容可爱得像太阳。只要朝你的眼睛看一下,他就捉住了你的灵魂,你反而觉得很骄傲。他拉提琴,拉得再好也没有了。只要他拿弓在弦上一拉,你的心就会颤抖起来,再拉一下,心儿就会停止跳动了!听他拉的时候,你好像听见什么人在痛苦地呻吟,仿佛拿刀子在割你的心似的;有时,又像个年轻人在节日里狂欢,音调自由活泼,好像太阳也跟着他的曲子,在天上跳舞了!左巴尔见过很多很多姑娘,大家都想亲近他,可是他只爱一个人,只追逐一个姑娘,这就是拉达。

左巴尔来到我们面前,拉达问他:“谁给你做的这只提琴,能拉出这么响亮、这么好听的调子来?”左巴尔笑答:“我自个儿做的,它不是用木头做的,它是用我热爱的一个姑娘的胸脯做成的,我拉的琴弦,是用她的心弦做成的。”拉达听完,立即调转身子,打了个呵欠,表现出厌烦的样子,说:“大家都说左巴尔聪明、灵活,原来他们是在撒谎!”说罢就走开了。

左巴尔没有走,住下了。一天,大家邀请左巴尔拉支曲子,他的提琴就像会说话似的歌唱了。这是一支歌颂勇敢的歌,大家都很满意,不住称赞,而拉达却说:“从前,一只蚊子想学鹰叫的时候,也是这么嗡嗡嗡地吵个不休。”拉达的爸爸邓尼罗一听,十分气愤,跳到女儿面前吼道:“你想尝尝鞭子的味道吗?”左巴尔气得把帽子摔在地上说:“等一下,烈性的马需要钢马衔,把你的女儿嫁给我作妻子吧!”邓尼罗回过头来,笑着说:“好,只要你能够,你就娶她吧!”

左巴尔转身对拉达说:“拉达,你把我的灵魂捉住了,……我凭着上帝,凭着我的名誉起誓,在你父亲、在所有这些人面前,我要娶你作我的妻子!可是,你当心,不要妨害我的自由。我是一个自由的人,我高兴怎样生活就怎样生活!”他伸开双手,向她跟前走去。突然,人们看见左巴尔两手向上一扬,后脑袋着地,倒了下去!怎么回事?原来躺在地上的拉达,把她的皮鞭飞快地一挥,绕在左巴尔的脚上,然后往自己跟前一拉,左巴尔就摔倒在地上了。拉达呢,仍然躺在地上,一动不动,默默地、得意地微笑着。

左巴尔抱着脑袋,走进草原去了,痛苦地坐在小溪边的石头上。拉达悄悄地走到他的身后,一只手放在他的肩上。左巴尔一惊,跳起来,立即抓住腰刀,拉达则举起手枪对准他的脑袋,命令他:“扔掉它,不然我打碎你的脑袋!”接着,她慢慢收起手枪说:“我不是要杀你,是和你来讲和的。……我见过不少的年轻人,倘使我要他们跪在我的脚下,他们都会这样做。可是这有什么意思呢?他们本来就不够勇敢,我会把他们全弄得像女人一样。……而你,比谁都更勇敢、更漂亮,我从来都没有爱过任何人,可是我爱你,然而我仍爱我的自由。尽管我爱自由胜过爱你,可是我没有你,我也活不下去,犹如你没有我也活不下去一样。我要征服你,让你变做我的人,你明天就要服从我,像年轻人服从长辈一样:你要当着全帐篷人的面,跪在我的脚跟前,并且亲吻我的右手(我想:左手为上,右手为下,强迫对方亲右手,表示屈从于她的控制之下)。那时候,我就做你的妻子!”左巴尔痛苦地答应了。

第二天傍晚,众乡亲围坐在营火旁,左巴尔对众人说:“我的心里已没有地方容纳我从前的自由了,只有拉达一个人,像女王似的微笑着住在那儿。她爱我,但更爱她的自由。可是我爱她,却远远超过我爱我的自由。我被她征服了。”他准备跪下去,大家都为他感到害臊,他不是过去那个左巴尔了。乡亲们不忍看,想走开。左巴尔说:“但是我要试试她的心,看是不是那样硬?”说着很快一刀戳进拉达的胸口。大家一下子惊呆了!拉达却把刀子拔出来,扔在一边,拿她的一缕黑发堵住伤口,微笑着说了句:“我知道你要这样做的!”然后,就死掉了。拉达的父亲邓尼罗老头,拾起那把尖刀,看了一会,浑身颤抖,走到左巴尔跟前,猛地把刀子插进他的背部。左巴尔回过头来,称赞了一声:“做得好!”之后,也死去了。

这篇小说,与其说写了一对吉卜赛恋人的爱情故事,不如说写了一对青年男女,为“个人自由”进行的一场你死我活的悲剧斗争。他们相互倾心相爱,但他们都更爱自己的自由,这正是吉卜赛民族性格中的突出特点。最后,二人在爱情、生命和自由三者之中,都选择了自由,抛弃了爱情,牺牲了生命,说明“绝对的个人自由”是找不到的。

关于“自由”,我总感到不可做孤立的思考,只能在“关系”中去认识和理解它。比如,这篇故事,就是把自由置于它和爱情、生命三者关系中去表现的。其实,在任何情境中,每个人,作为个体,都生活在群体,即人和人的交往中。“个人的绝对自由”,就意味着别人的屈服、顺从和不自由。不可能有一个人人绝对自由的现实社会和人类世界。任何人的个人自由,都是相对的,受其相互关系制约的。

如果非要追求什么个人的“绝对自由”,一条道走到黑,正像拉达和左巴尔那样,必然产生悲剧结局!

顾城,不就像那个左巴尔?拉达,不正如他的妻子么?

23.《和年轻人讨论“爱情”》

（2010.11.8.写于西北大学桃园校区）

一位刚上大学中文系的大一学生，周日来我家做客。他说，他有三个问题，想向我请教。

第一，什么是“结婚”？

我奇怪：“你不懂‘结婚’？”

“不。一般人讲的结婚，我当然懂，不就是男女两人，情投意合，愿意厮守终生吗？我想，爱情是婚姻的先导，婚姻是爱情的归宿。既然讨论爱情，就不能不把‘结婚’诠释清楚。我想知道的是：你认为准备结婚的人，必须事先弄懂的最重要的问题是什么？或者说，你觉得给一个准新郎，最应当提醒的是什么？”

我暗想：他莫非想结婚？现在的年轻人啊，刚上大学，就谈情说爱，他倒更积极，刚入学半年，就进展到谈婚论嫁了！于是，我在心里摇摇头，笑答：

“结婚？谈何容易！首先要两情相悦，即在主观精神上达到相互归属，就是大家常说的：感情是婚姻的灵魂，位处第一。这是需要彼此深入了解、经历一个较长时间和过程的！”

他似乎看透了我的心思，微微一笑道：“这一点，人人都懂，我也知道。”

“除此之外，”我还想提醒他，“你还得重视一点。”

“哪一点？”

“准备做对方的另一半。我向来认为，婚姻，不是 1+1=2，而是 0.5+0.5=1。只有两个一半相加，才能构成一个整数一。作为佐证，我强调道，你看：

“法国人称配偶，叫 moitié，就是一半的意思。

“恩格斯说过：如果由两个人组成的社会，谁都不愿放弃自己某些自主权，这个社会便很难维持下去。也说的是这个意思。

"古希腊哲学家苏格拉底说,婚姻是什么?它是两个人的'相互归属'。归属,是主观感情上的归属,是全身心的归属,是整个灵魂上的归属。更重要的是,这种归属还是相互的、彼此的,不是单方单向的,而是双方双向的。即你是我的唯一,同时我也是你的唯一。所以新郎新娘,在婚后必须重视磨合,不断沟通,互相交流,彼此包容,在婚后人生道路上,手牵手,肩并肩,相濡以沫,才能一起创造美好的未来,直到白头偕老的那一天!"

"你说得很对。"他也引经据典,对"0.5说"加以阐释和补充,"马克思也说过:人,不是单个人所固有的抽象物,而是社会关系的总和。倘以这条真理为基点诠释'结婚','结婚'就不是个简单的事,更不单纯是两个人的事了。尤其在中国的国情和传统中,无论男女,凡谈婚论嫁者,都必须看到,除'爱情'之外,婚姻背后还潜伏着一个大问题,这就涉及对方父系和母系两大系统的社会关系!所以说:单就爱情论,只是俩人的事;而结婚,就不光只是两个人私情结合,还得考虑,至少要意识到,和双方两大系统之中主要社会关系的融洽相处!也就是说:嫁人,不是嫁给一个孤零零的男人,而是嫁给了这个男人的社会关系的总和。同样,娶媳妇,也不是孤零零只娶一个女人,实际上,也是娶了这个女人的社会关系的总和!比如,和对方爷爷奶奶、姥姥姥爷的关系,和对方父亲母亲、舅舅舅妈的关系以及兄弟姐妹的关系,等等。"

"没看出来,你还挺机灵,挺会思考的!"

他脸上现出轻微一笑:"我们赋予结婚的内涵,是不是太沉重了?"

我说:"事实如此,现实更甚,没办法呀!它是客观存在,我们不过实话实说而已!"

他话锋一转:"再请教您一个与结婚有关的问题。"

"说吧。"

"最好的婚配,当然是您刚说的:两情相悦,互相归属。倘找不到互相爱慕的人,退而求其次,那么,聪明的人应当怎么办?"

"你的问题是:找一个爱你的人来结婚,还是找一个你爱的人来结婚?我认为:聪明的女人,应当嫁给爱她的男人;不明智的女人,往往嫁给她爱的男人。而聪明的男人,则恰好相反。"

“为什么?”

“因为你爱的人不一定爱你,而只有爱你的人,才能和你厮守永久!”为了避免片面,我立即解释,“这完全是我的个人想法,仅供你参考。”

他抿嘴一笑,说了句“我知道了”之后,又问:

“第二,为什么说,爱情是一种人性本能”?

我觉得,这个问题的内涵显然有了深度,我的回答,也认真起来。

“爱情属于人性本能,来自一条经典解释。古希腊喜剧作家阿里斯托芬,富于奇异幻想。他曾说:最初的人,是一种“圆形阴阳人”。

“什么是‘圆形阴阳人’”?

“据希腊神话讲,最古老的人,其整个形体是个圆团。每人都有四手四脚,左边两手两脚,右边两手两脚;圆形脑袋上长有两幅面孔,一幅朝前,一幅朝后,能看到两个相反的方向;有四只耳朵,左右各二;有一对生殖器官,阴阳各一;其他器官也都比现在的人多一倍。走路可以随意向前向后。所以这种人,体力强壮,自高自大,图谋向天神造反。”

“难道天神不惩罚他们吗?”

“当然要惩罚!宙斯和众神会商对付办法。众神既想毁灭人类,但又离不开人类,由于众神要靠人类供奉。故神界处于两难之中,一时茫然不知所措。因为他们不能灭绝人种,灭绝了人种,也就灭绝了人类对神祇的崇拜和祭祀。既要惩罚人类,又不能毁灭人类,怎么办?于是,宙斯想出了一个办法——削弱:即把每个圆形人,从头到脚,截成两半,既衰减了人的一半力量,使其无力反抗;又加倍了人的数目,也便加倍了祭献神界的礼物。倘若人类再要捣乱,怎么办呢?他就打算把每个人再截成两半,就是说,每个人只有圆形人的四分之一,即我们现在人的二分之一,让人类只能用半个脑袋思维,一个耳朵听音,一只眼睛看景,一条腿、一只脚跳来蹦去!”

“啊,有意思!”

“于是,宙斯便把圆形阴阳人从中间截开,并吩咐太阳神阿波罗,把人的面孔向中间扭转,使其常看截开的那一面,目的是让他们时时目睹截痕,永远记住教训!宙斯还把截开的皮肤,撮到肚皮中央,像用绳子系口袋一样系成一个结,这就形成了后世人类的肚脐眼儿。又在肚脐眼儿以下,留一条明显的中线,使人类永远不要忘记神祇对他们的惩罚。今天,细心的儿童都会发现：自己肚脐眼向下,有一条浅淡的褐色腹线,据说,女性在妊娠期间也会出现这条腹线,就是那条伤口留下的痕迹。这就是我们今天的人!”

“这种惩罚,和爱情有什么关联呢?”

“这里正是要害所在。你想,圆形人被截成两半之后,便产生了一阴(女)、一阳(男)两个人。于是,这一半经常想念另一半,总想合拢在一起。一旦找到了对方,便互相紧紧拥抱,不肯撒手,饭也不想吃,事也不想做,哪怕懒死、饿死都成。这样,从远古时代开始,便把人与人相爱的情思基因,深深种植在了人类的心里。所以男女两人,总想合成一个完整的人,以便愈合被截开的伤痛。大多数由阴阳人截开的男人,都追求自己的另一半,一个属于自己的女人;反之,女人也寻求自己的另一半,那个属于自己的男人。这不就是今天我们人人都体验过的‘爱情’纠结吗？不正说明,爱情是人类的原始本能吗?”

“太有趣了!”他思索了一会儿,又问,“那同性恋现象又怎么解释呢?”

“同性恋者只是极少数。就是说,极少数由原始的圆形阴性人截开的两个女人,就是女子同性恋者;极少数由原始圆形阳性人截开的两个男人,就是男子同性恋者。请你参阅柏拉图《文艺对话录》第221—225页。”

他感慨道:“啊！这个故事,是对爱情属于“人性本能”的最古老的神话解释。虽然听来极其荒诞可笑,但它合情合理,合乎逻辑,趣味横生,早已传遍全世界。只是我觉得我的知识太少了,我要抓紧时间猛补。难怪法语称‘配偶’叫‘moitié’,即‘一半’的意思。从词源看,它也是来自这个经典故事吧?”

“不错。”

“第三,为什么说,爱情是个永恒主题”?

显然,这个问题也含有庄重味道。我觉得,他思维活跃,喜欢钻研,便先做名词解释：

“所谓‘永恒主题’,顾名思义,是指既是最古老的也是最现实的主题。因为它从古至今,以至未来,绵延不断,会永恒存在。”

他显然不满足,继续追问:“作为一条真理,怎么证明它的正确性呢?”

“爱情是永恒主题的古证,我仅提供一条资料,供你参考。据柏拉图讲,爱神是一位最伟大的神,最神奇的神,最光荣的神。从出身看,她还是一位最古老的神。‘最古老’，说明这不仅是一份光荣，还是一个凭证，就是她没有父母！按照希腊神话解释，她和地狱神、大地神，都是从混沌一片中产生的。赫西俄德也在他的《神谱》中说，洪荒时代，‘首先存在的是混沌神，然后是胸脯宽广的大地神，这是一切事物的永恒的安稳基础。随后，就是爱神。’他们都是最古老的神。请你参阅柏拉图《文艺对话录》第 206 页。”

“那么，所谓‘最古老’和‘没父母’，又是什么意思呢?”

“按我的理解，这是说：爱情的欲求，属于人类本能，无需传授，是自然萌发，不教自会，无师自通。只要人的生理成熟，自然就有求偶需要。”

“我这样理解，你看对不对？这条资料充分证明：自开天辟地以来，从产生人类之日起，有了劳动，有了生活，也就产生了爱情！所以说：爱情至今不仅是文学艺术上的永恒主题，也是民族繁衍、文化传承和人类历史上的永恒主题。”

噢！我忽然意识到，这小子今天找我，并非为了个人婚姻，而是要把“爱情婚姻”作为一个研究题目，专门为了从事理论探讨而来的。

我便问道:“你今天来咨询，并不是为了你个人的婚姻问题?”

“当然！爱情、婚姻，几乎是古今中外文学名著共同描绘的题材，精彩纷呈，层出不穷。而且引申一步讲，它在哲学上、在美学上给人的启迪很多，我当然要深入研究。至于我嘛，我并不想结婚，至少四年大学期间，我绝不结婚!”

我眼睛一亮，惊喜道:“有出息!”

24.《不和的金苹果》

（2011.1.18.写于西北大学桃园）

希腊神话中，有个"帕里斯评美"的故事。

帕里斯是特洛伊的小王子，正在伊得山上为养父放羊。

神使赫尔墨斯，头戴飞帽，脚蹬飞鞋，身披斗篷，一手执魔杖，一手捧着一只金苹果，腾云驾雾，飘然而至，来到帕里斯面前，他把金苹果递给帕里斯之后，说道：

"这是不和女神厄里斯扔在众神宴席上的一只金苹果，上面刻着一句话：'送给最美丽的女子。'于是，当场引起三位女神即天后赫拉、智慧才艺女神雅典娜和美神爱神阿弗洛狄忒的争夺。宙斯无法决断，便命我带她们来找你，由你做出评判。你认为谁最美，就把金苹果送给谁！"

说罢，他向身后一指，只见三位女神，从空中飘然而下，她们轻盈的双脚，悄无声息地落在一片葱绿的草地上，先后走到帕里斯的面前。

帕里斯手拿金苹果，十分惊异，呆呆望着这三位女神，只觉得，个个都神圣庄严、高大美丽、难分伯仲，怎么评判？

正在犹豫不决，只见第一个女神，容貌端庄，目光威严，走上前来，骄傲地说：

"帕里斯，我是天后赫拉，是主神宙斯的姐姐和妻子，如果你把这只金苹果送给我，我就让你成为大地上最富有的国王！"

第二个女神，一股英气，眼珠蔚蓝，显得年轻，走上前来，和蔼地说：

"帕里斯，我是智慧才艺女神雅典娜，是父神宙斯的女儿。如果你让我夺得胜利，我会使你成为人类中最刚毅、最有智慧的人！"

已经等得不耐烦的最后一位女神，不等雅典娜说完，就走上前来，用动人心弦的金嗓音谄媚地说：

“帕里斯，我也是父神宙斯的女儿，是美神爱神阿弗洛狄忒。如果你能让我满意，我就将世界上最美丽的女子，送给你做妻子！”

帕里斯一阵惊喜，激动得心头嘣嘣直跳。

而且，阿弗洛狄忒一边允诺，一边束着金色腰带，情意绵绵，目光迷人，呈现出无限的媚态，周身闪耀出灿烂的光辉，更显现出她无比的美丽。相形之下，另外两个女神黯然失色。

这个时候的帕里斯，尽管已有结发妻子，然而，仍然经不起考验，受到强烈诱惑，春心荡漾，浑身发热，已经管束不住自己了。于是，冲动之下，不假思索，就情不自禁地把金苹果递给了阿弗洛狄忒！

正是由于这一选择，帕里斯得罪了天后赫拉和智慧才艺女神雅典娜，她们决心要报复帕里斯、帕里斯的民族和他的国家，于是，引起了世界著名的特洛伊战争！

这个故事中，有三点值得思考。

首先，帕里斯的形象值得思考。

你看：帕里斯是在评美，也是在选美；表面看他是在选美，实际上是在选择自己的人生道路。赫拉给他的是“财富”，雅典娜给他的是“智慧”，阿弗洛狄忒给他的是“女色”。他在“财”“智”“色”三者之间，情不自禁地选择了“色”，足以证明他是个花花公子。后来，帕里斯走向悲剧的连续故事不断证明，的确如此。

其次，美神的形象值得思考。

阿弗洛狄忒绝顶美丽，是女性美的理想化身，但她却从不安分守己，总是惹是生非，虽然她给人间带来幸福和欢乐，但也常制造灾难和死亡。爱情的悲喜剧，从古演到今，还要从今演到后，以至无穷期。

第三，“不和的金苹果”，更值得思考。

在我们的历史和现实中，哪些对象可能成为一只“不和的金苹果”呢？古今统治者的宝座、各级官职、家产、金钱、职称、工资，以及各种权力、地位、名誉、奖励、美女、财富，尤其是各种五花八门的评奖选优活动，在人心不古、世风日下、争名夺利的今天，倘处理不好，都可能成为一只“不和的金苹果”！

25.《话说“断头台”》

（2011.1.27.写于西北大学桃园校区）

已上初中的小孙子，看报读到我国执行“注射”死刑法时，忽然灵机一动，问我：

“爷爷，关于执行死刑，我只知道我国古代有‘刀砍’法，民国以来有‘枪毙’法，现在又有了‘注射’法。全世界还有哪些执行死刑的方法？”

我说：“各国传统不同，观念不同，制度不同，刑法不同，所以执行死刑的方式方法也多种多样，概括起来，可分为两大类：古老的传统方法和新式的现代方法。”

“哪些是古老传统法？”

“比如刀砍、石击、绳吊、活埋、火烧、分尸等等。”

“新式的现代法呢？”

“比如，从枪毙开始，还有电椅、煤气、注射等等。”

“我听说，许多国家都废除了死刑？”

“对。据1992年国际特赦组织统计，全世界共有106个国家实行各种死刑，共有44个国家已经废除了死刑。”

“我看小说，说外国还有一种方法叫‘断头台’，你知道吗？”

“知道啊！”

他来了兴趣：“那就给我仔细讲讲断头台吧！”

“好。”我喝了一大口浓茶，提了提神，接着上面的话茬道，“断头台属于古老的‘刀砍法’一类。我年轻时，就像你这么大，经历过‘文化大革命’。那时，一听到‘把谁谁推上历史的断头台’，只理解为‘被打倒’的意思，并不知道还确有其实物在。长大以后，才逐渐知道了关于它的许多知识。”

“我只听老师讲过，断头台也叫‘斩首机’，是吗？”

“是的，它的确就是一架斩首的机器，原产地是法国。它的首倡者是一位法国医生，名叫‘吉约旦’(Guillotine 1738－1814)。此人在1789年法国大革命中当上议员后，出于善良动机，向立法院提出议案：应当制造一种机器，作为执行死刑的工具，以便很快切掉罪犯头颅，尽量缩短受刑者的痛苦。1791年，经立法院通过后，便委托另一个医生路易，将它制造成功。1792年3月第一次使用，处死了一名江洋大盗；1793年1月21日上午10时，在革命广场(即巴黎协和广场)，法国国王路易十六被推上这架断头台；同年9月，雅各宾党的革命政府，组织了七千士兵的专职部队，带着它全国巡视，惩罚敌人，数以千计的保王党、投机商被它处死；同年10月，路易十六的王后玛丽·安东妮，也给推上了这架断头台；雅各宾派内部分裂后，首领丹东、阿贝尔及其支持者们，也先后被送上这架断头台；1794年7月27日，罗伯斯庇尔、鞠斯特等22人，也被逮捕，处死于革命广场的断头台上。这一次行刑，标志着法国大革命的结束。直到1981年，法国总统密特朗废除了死刑法律，断头台从此便进入了博物馆，仅供展览用。有人统计过，这种断头台共使用过4600余次。”

“它具体是个什么样子？”

“它的实体，是一个木制框架结构，高4米，刀厚半英寸，长达2英尺，刀锋呈45度斜角，刀重20公斤。落刀口的下方，常放置一个竹框，竹框内装着吸血用的麦糠。这架断头台在狄更斯的《双城记》、雨果的《死囚末日记》和《九三年》等长篇小说中，都有过描写。”

“对，我读的就是《九三年》。啊，多可怕呀！”小孙子在惊恐之余，又歪着脑袋，眨了眨眼，继续道，“但仔细想来，这个故事也挺有意思。据你说，制造的初衷和产生的后果，竟然完全相反！两个医生胸怀善良愿望，却办了一件太残忍的傻事！”

“对呀，当初，这也是令我没想到的。这个残酷的刑具，竟然和善良的初衷密切联系在一起。提议者和制造者都是好心的医生！他们完全是出于人道主义的思考，才首倡并被制作出来的。但是，事与愿违，实施的结果，死者的痛苦虽然缩短了，而留给活人的，却是那种更可怕的砍头记忆和更残忍的精神折磨！从这一点看,它又违反了人道主义,变成最不人道、最反人道的坏事!”

“爷爷说得对,我也有同感。通过断头台这件‘作品’,把‘作者’的用心从善良变成了残暴,从好人变成了坏人!”

“因此,首倡者吉约旦,生前曾多次提出过强烈抗议:坚决反对用他的名字命名这个残酷的刑具,因为很不光彩。结果,又是事与愿违,杀戮的鲜血,永远凝固在他的名字上,以致流传至今。所以今天的法语中,以‘guillotin’(吉约旦)为词根的词,已经发展成了一个系列:

名词:la guillotine 断头台、断头刑;

名词:le guillotinement(在断头台上)处决;

名词:le guillotineur(操作断头台的)刽子手、行刑者;

动词:guillotiner(用断头台)处决;

动词:est guillotiné 被送上断头台处决的……

“唯有它的戏称,阴性名词‘小路易’(la louisette,意为‘去和那个小姑娘接吻’,即被断头台处死)是个例外。但也有以断头台的制造者路易命名的嫌疑。”

“我觉得,应当挨骂的,是那个实施操作的刀斧手!”

“刀斧手也无罪呀,他只是执行而已。当年,操作断头台的刽子手,不但没人谴责,还被定为一项专门的、特殊的职业,而且终身任职。根据当时的法国法律规定,这个职位可以世袭,月薪 3 千法郎,与其他行业比较起来,待遇不菲。由于行刑的机会很少,所以这个刀斧手终年悠闲,还被大家看作一桩美差呢!”

“啊,这个历史故事,内容太丰富了,太有意思了!”

26.《坦塔罗斯的故事》

（2011.2.4.写于西北大学桃园校区）

在希腊神话中，有个坦塔罗斯的故事，很有意思。

坦塔罗斯是宙斯的儿子，是人间的一个国王，极为富有。只因其父是宙斯，所以，俄林波斯圣山上的众神对他很客气，把他当作好友接待，允许他坐在宙斯的餐桌上饮宴，听众神的谈话。

但是，坦塔罗斯具有人类灵魂的虚荣心，对众神犯下了一系列罪恶，诸如泄露天机和神灵的秘密，偷窃天庭的美酒分给他的人间朋友，有人从宙斯神庙偷来金狗，他也替偷者藏起。当宙斯要他归还时他还撒谎，发誓说他没看见；最后，他为了试探诸神是否真正明察秋毫，竟邀众神到他的宫中赴宴，他杀了自己的儿子为诸神置办酒席。只有农业女神得墨忒耳吃了一块人肉，那是这个孩子的肩胛骨。但其他天神们都洞悉内情，故未动刀叉。他们便把孩子已分解了的肢体装进一只盆里，让命运女神使他复原。重新活过来的这个孩子，只有肩胛骨是用象牙代做的，因为它已经被农业女神吃掉了。

由于坦塔罗斯恶贯满盈，众神无不愤怒，就将他打入地狱，让他永远遭受三种酷刑：

一、焦渴之刑。在地狱中，他焦渴难耐，站在大湖中央，湖水很深，与他下巴一般平。他低头去喝水，水即刻退去。他弯下腰去，水位继续低落，脚下只剩下一片焦土，使他永远喝不上一滴水。他抬起头来，水又上涨。他站直了身子，水又恢复原位，一直到达他的下巴底下。

二、饥饿之刑。他站在湖中，饥饿难忍，看见湖边生长着各种果树，挂果的枝条伸到他眼前，有金黄的甜梨，翠绿的苹果，火红的石榴等等。但是，每当他伸手摘取时，一阵大风便把果枝吹到空中去，使他永远吃不上。而当他的手缩回来时，果枝又伸到眼前来。

三、更可怕的是死神的威胁。在地狱中，有一块巨石，悬挂在他的头顶，忽忽悠悠，好像就要掉下来，将会砸得他粉身碎骨的，但是它又落不下来，使他永远处于惩罚的威胁和恐惧之中。

我觉得，在上述三种刑罚中，包含着一条如下的深刻哲理：

什么叫幸福？有渴望，经努力能达到目的者叫幸福；

什么叫痛苦？有渴望，但无条件也无可能达到目的者是痛苦，然而，这也仅仅是一种痛苦；

最大的痛苦则莫过于：有渴望也有可能，却虽经努力永远达不到目的的处境。因为在这种情境中，一面是愿望和可能性在强烈地吸引你、诱惑你，一面又是失望和绝无可能在不断地鞭笞你、折磨你，让你永远处在心灵备受摧残、精神备受惩罚的无限痛苦之中！坠落在这样的陷阱之中，其味道、其感受难道还不是人间最大的痛苦吗？

大家知道，精神惩罚远比处以死刑更可怕。所以萨特说“他人就是地狱”，这显然是指的精神惩罚；高尔基的《伊则吉尔老婆子》中的“腊拉”形象，就是个惩罚孤独者的故事，也属于精神惩罚；我记得文革十年浩劫中，有个“发明创造”：叫“帽子拿在群众手中”。“帽子”者，地、富、反、坏、右等，即政治罪名；“群众”者实乃“当权者”也。这句简单的话，足以使被迫害者长期处于精神威胁和灵魂折磨的恐惧之中！这大概是将“精神惩罚”花样翻新的又一典型例证。

虚荣心啊，几乎人人都有，但它危害至深，却很少有人深懂。

27.《解读“人一思索上帝就会发笑”》

（2011.3.10.写于西北大学桃园校区）

我和一位业余作者聊小说。

他说，1958年春，米兰·昆德拉获耶路撒冷国际文学奖。在耶城授奖仪式上的致谢辞中，米兰·昆德拉说过这么一段话：

“小说是什么？犹太人有一个精彩的谚语：人一思索，上帝就会发笑。在这个格言的启发下，我喜欢想象：弗朗索瓦·拉伯雷有一天听到了上帝的笑声，欧洲第一部伟大的小说因此而诞生。我很喜欢把小说艺术来到世界当作上帝发笑的回声。”（见昆德拉《小说的艺术》第七章：《耶路撒冷讲话·小说与欧洲》，第153页，三联书店，1995年版）

他不太懂：“人一思索，就会产生智慧，为什么上帝却要发笑呢？”便问道：“小说究竟是什么？”

我说：“据我的理解，昆德拉引用的这句谚语，其本意，就是对‘小说本质’的解读：小说究竟是什么？小说不是思索，而是想象。”

“你先给我讲讲，那句谚语是什么意思？”

“意思是说，人一旦进入理性思考，极易滑入唯理论的思维模式。于是穷通一切的万能上帝，就会对这个人发出讽刺的笑声。”

他还是似懂非懂，又要求我：“请你结合小说创作，给我解释昆德拉的这一看法。”

于是，我给他谈了我对小说的理解和对昆德拉这段话的思考：

“其实，用我们的话解释很简单，即小说创作是形象思维而不是逻辑思维。形象思维要求想象，而逻辑思维则是推理。作为作家，昆德拉喜欢想象，讨厌陷入唯理论的纯理性思考。或者说,在小说创作中,他倡导的是‘生动想象’,反对的是‘理性思索’。我想,这是一条艺术真理,大凡小说家、艺术家皆如此。所以他以拉伯雷为典范,说后者是个伟大的小说家,因为后者‘听到了’,即懂得了和理解了‘上帝的笑声’。”

“什么是‘上帝的笑声’?”

“为什么上帝看到人思索就会笑呢?昆德拉的意思是说:因为人从纯理性出发,一经思索,真理就容易躲开他,‘人越思索,这个人与那个人的思想就相距越远,因为人从来就不是他想是的那样。’他以文艺复兴时代的典型人物为例道:‘堂吉诃德在思考,桑丘在思考,而逃离他们的不仅是世界的真理,还有他们的自我的真理。早期欧洲小说家们看到并抓住了人的这一新的境况,并在它之上建立了新的艺术,即小说的艺术。’(同上 154 页)”

“这是说,上帝发笑的原因是,思索的人极易陷入唯理论?那么,什么是唯理论呢?”

“比如,僵化的理性思维,直线的逻辑推理,都属于唯理论。为什么应当否定它?因为它常常脱离生活实际,不能与时俱进,远离鲜活的真理,所以应当抛弃。你想想,人的实际是什么?是个动态的、变化的存在,不可用僵化、固定的理念把人看死。正如昆德拉说的,‘人从来就不是他想是的那样。’这是因为人总是处在不断变化中,不断发展中,总处于新的境况中,所以他总‘是其所不是,不是其所是’,这和古希腊哲学家说的‘人不能两次跳入同一条河流中’,具有相似的意思。”

“啊,我明白了。小说是什么?昆德拉作了总结性的回答:它是‘上帝发笑的回声’,即理解了上帝发笑之后,抛弃了唯理论思考,然后从事生动想象,才能创作出优秀的小说。所以他又说:‘小说不是从理论精神中产生的,而是从幽默精神中产生的。’(出处同上)我这样理解,对吗?”

“对。”

28.《赞美，不能使我闭起眼睛！》

（2011.6.4.写于西北大学桃园校区）

法国中世纪名作《列那狐传奇》，依托动物王国的故事，搬演了人类社会的活剧。读来既生动有趣，又有深刻启迪。其中，有一个名叫“公鸡商特克莱的故事”，对于人们戒惕骄傲、保持清醒，就很有警示作用。

说的是，一只狐狸，名叫“列那”。它，尖尖的嘴巴，机灵的眼睛，弹性的钢爪，漂亮的皮毛和长长的尾巴，它有爱人，一个懒惰的母狐狸；两个孩子，一对漂亮的小狐狸。它们一直谨慎小心地生活在地洞里。但列那狐奸诈狡猾，诡计多端，无论对敌人，还是对朋友，都经常搞恶作剧。这在方圆几十里内都是出了名的。

一年冬天，列那狐一家人，忧愁地瞧着橱柜，那里一点储藏的食物也没有了。再看看天花板，挂在那里的火腿也吃光了。面对着山穷水尽，大家都灰心丧气地悲叹着。经过长时间的沉默，列那狐说：“今天，我无论如何要偷几只鸡回来！”

它跑了出去，远远看见一个农家院子里，公鸡商特克莱，骄傲地站在一只大大的木酒桶上，牠便偷偷爬了过去，对着公鸡说道：“商特克莱大哥，您还认识我吗？”公鸡低头一看，“咯，咯，”地叫了两声说：“噢，狐狸邻居，有事吗？”列那狐满脸堆笑地套近乎：“您的父亲和我的父亲是亲兄弟！我还记得：我亲爱的伯父——您的父亲逝世的时候，我们全家都流了泪，很悲痛，因为它是个著名的老歌唱家，我们至今还在怀念它老人家呢！”

“是吗？”公鸡听了很高兴。因为颂扬它的父亲，就等于颂扬它。“但是，”列那狐转而采用激将法，继续说道，“您的歌唱，是不能和它老人家相比的。老歌唱家唱歌的时候，声音铿锵优美，洪亮无比，至少能传两公里远。只要它一出声，其他的公鸡便都停止了歌唱，都带着羡慕的神情，专注地欣赏它的歌声。”

公鸡商特克莱，很想成为它父亲那样的歌唱家，便问道：“狐狸老弟，你说说，我父亲是怎样歌唱的？我继承了它的嗓音，一定能唱得和它一样好！”列那狐说：“是的，你的天然条件更好，学起来一定很容易。我记得它是这样唱的：首先，要闭起眼睛，接着，伸长脖子，然后，张大嘴巴，引吭高歌！”

公鸡商特克莱，已经被列那狐的赞扬话冲昏了头脑，情不自禁地感到洋洋得意，它丧失了警惕，完全被骄傲战胜了，激动得连头上的鸡冠子也红了起来：“那么，我来试试看，你就当我的裁判吧！”说罢，它便闭起了眼睛，伸长了脖子，刚要张开嘴巴，高声歌唱的时候，一直尽量忍耐、等得心急如焚的列那狐，立即扑了上去，咬住它的翅膀，飞快地将它叼走了。

听到公鸡商特克莱悲惨的呼救声，农家的大人小孩，都操起家什，在一片愤怒的呼喊声中追赶列那狐。公鸡遍体鳞伤，已悔之晚矣，它大骂道：“你这个阴险的家伙，竟然用甜言蜜语，骗取了我的信任，你不得好死，我家的人一定会抓住你的！”

追赶的人们越来越近，喊打的声音也越来越大，列那狐非常害怕。公鸡急中生智：我何不也骗骗牠呢？于是说道：“你只有一个办法才能逃脱，那就是，你赶快对追来的人们大喊：‘别傻追我了，现在，我的好朋友，狼，正在你家，偷吃你们的食物呢！’”列那狐一听，觉得有理，在情急加恐惧之中，顾不得多想，便回过头来，刚一张口、松开鸡翅、想要对人说话的时候，公鸡趁机挣脱被叼，“噗啦”一声，飞上树梢上去了，终于逃过了这一劫。

骗人者反被骗。沮丧、饥饿又狡猾的列那狐，只好空着手也空着肚子，无奈地回到老婆和孩子的身边去了。

正是这个传遍世界的狐狸列那的故事，警示人们：再动人的赞美，也不能使我闭起眼睛！同时，也表现了下层小人物，在被赞美迷惑之后，在受骗上当的教训之中，急中生智，实施巧计，即以其人之道还治其人之身，这才终于才转危为安，夺得了斗争的最后胜利。

29.《死亡，是一场无梦的长眠！》

（2011.6.18.写于西北大学桃园校区）

一次，关于“文学和人学”的讨论会后，一位老兄问我：

“我们每个人，出生之前，身在哪里？死掉之后，又魂归何处？”

我说：“我们开会讨论的，都属于人生之内的人学问题。你提的是，属于人生之外的人学问题，即关于人的‘来源’和‘去向’问题。这是古今中外、先圣今贤，都回答不了、解决不了的老大难问题。或者说，各种哲学、神学、宗教都有自己的解读，但都难于证明，难做定论。”

“我想听听，都有哪些说法？”

我举了三个例子：

第一，孔子就不懂得什么是死亡。据《论语》记载：子路曰：敢问死。子曰：未知生，焉知死。生，就是指我们的生前；死，就是指我们的死后。可以说：孔圣人什么都懂，就是不懂得人类生前和死后这两大难题。

第二，《红楼梦》中，贾宝玉看到一个神秘宫门上，写着一副对联：“过去未来，莫谓智贤能打破；前因后果，须知亲近不相逢。”可见，对于这一人学中的根本问题“人生因果之谜”，作者曹雪芹也难以破解，他只能通过主人公之口，提了出来，表达出来而已。

第三，中古波斯文学家海亚姆，在《鲁拜集》中写道：“我们来去匆匆的宇宙，上不见渊源，下不见尽头，没有人能解释清楚：我们从何而来，向何处去？”这也是困惑于人的来源和去向问题。我认为：孔子、曹雪芹和海亚姆，他们的不可知论，倒是比宗教神学的可知论，显得更有意义。

他又问：“‘灵魂不灭说’，就属于宗教神学的可知论吧？”

“是的。你也知道：古希腊人就信奉‘灵魂不灭说’。他们对死亡的理解，是‘乐园’。据说，希腊语‘乐园’的发音是“香榭丽舍”，在法语中，“香榭丽舍”，就是由 champs（田园）和 elysees（乐土）两词组成的。今天的克里特人，就把“墓地”叫“香榭丽舍”，即“乐园”的意思，认为人可以死后超生，进入这个乐园。‘灵魂不灭说’，在古埃及人那里也很盛行。所以罗素说：‘古埃及人主要关怀的是死亡。他们相信死者的灵魂要进入阴间。在那里，奥西里斯（OSIRIS 埃及神话中的生命及人死后的主宰神）要根据人们生前的生活方式，来审判他们。他们认为灵魂会回到身体里面来的，这就产生了木乃伊以及豪华的陵墓建筑。”（见《西方哲学史》第 25 页）

这位老兄继续问道：“灵魂不灭，生死轮回，许多宗教都含此说。佛教产生于印度，远播于世界，流传于我国，其中灵魂永在的观念十分鲜明，连我也有点相信了。西方人也信吗？”

我说是的，不少西方人都相信灵魂不灭说。基督教，还有天主教、公教、东正教，信奉上帝，认为人是上帝创造的，人有生前，也有死后，灵魂是不灭的。我认为：在西方，最早坚信“灵魂不灭说”的代表人物，是苏格拉底。

“苏格拉底是著名哲学家，也信灵魂不灭？”

“是的。他从任何事物都是从对立面中产生的哲理，推导出生是从死、死是从生中产生的结论。他说：‘我们的灵魂在获得人形之前，就有一个先在的存在，它们独立于我们的身体，也拥有理智。’‘如果灵魂肯定会再生，那么，它死后肯定会存在。’（见《柏拉图全集》第一卷第 78—80 页）他还认为：‘死亡，只不过是灵魂从身体中解脱出来，死亡，无非就是肉体本身与灵魂脱离之后所处的分离状态，也是灵魂所处的分离状态。’（出处同上，第 61 页）因此，王国维说：‘苏格拉底相信灵魂不死之说，又以为世界上有一种灵体，不可见，不可闻，不可思议，名之曰“太蒙”。“太蒙”者，所以呵止不善之言行之声也。’”（见《王国维文集》第三卷 280—281 页）

“正因为苏格拉底信神，又信灵魂不灭，所以，他不怕死。”

“他不怕死？”

“对。苏格拉底说：‘我不拥有关于死亡之后的真正知识。’因此他说：怕死，是一种‘不知道而自以为知道’的无知，是一种‘不懂而装懂’的昏话，也就是一种

‘不聪明而自以为聪明’的愚蠢。”

“我听说：他认为，死亡也可能是一种‘无梦的长眠’，正如我国古人说的‘视死如甘寝’，是吗？”

“是的。他猜想：‘如果人死时毫无知觉，而只是进入无梦的睡眠，那么，死亡真是一种奇妙的收获。我想，如果要某人把他一生中夜间睡得十分香甜、连梦都不做的一个夜晚挑出来，然后拿来与死亡相比，那么，让他们经过考虑后说说看，死亡是否比他今生已经度过的日日夜夜更加美好，更加幸福。”（请参阅《柏拉图全集》第一卷第30页）

“看来，苏格拉底真把死亡看作一种幸福！”

“对。在判他死刑的法庭上，他向法官们说：‘我们之中认为死是一件坏事的人乃是错误的。’他解释道：因为死，要么就是一场没有梦的睡眠，那显然很好；要么就是灵魂移居到另一个世界里去。而且，‘如果一个人能和（早已死亡的）奥尔弗斯、缪索斯、赫西俄德、荷马谈话，那他还有什么东西不愿意放弃的呢？如果真是这样的话，那就让我一死再死吧！’他认为：在另一个世界里，他可以和其他遭受不正义而死去的人们交流，而尤其是他可以继续他对于知识的追求。对他来说，这是求之不得的好事。因而他补充道：‘在另一个世界里，人们不会因为一个人提出了问题就把他处死的，绝对不会的。而且除了比我们更加幸福而外，他们还是永远不死的。’”

苏格拉底被判喝毒药而死，但他不怕死亡，更不怕痛苦。因此，他最后说：

“死别的时辰已经到了，我们各走各的路吧。我去死，而你们去活。哪一个更好？唯有神才知道。”

“啊！”这位老兄不断赞叹且啧啧称奇，“他坚信灵魂不灭，他也是为自己的真理而死的！他的死，仅次于基督之死！真可谓：‘死的伟大’！”

“所以，”我继续道，“对于死，我很欣赏《西方哲学史》的作者罗素的判断。他说：‘怕死，并不就是智慧，因为没有一个人知道，死，会不会是更好的事。’”

“有人说，死后只有两个归宿，天堂和地狱。”

我摇摇头：“这是幻想的两个极端，实际上并没有回答问题。它最易使人陷入‘不可知论’，陷入迷信。”

“那必然要皈依宗教了？”

我摇头:“我不信仰有神论。我向来视宗教为一种哲学,无论哪种宗教。”

我问他:“对于死亡,你怎么看?”

“我? 我不想死,但是,”他想了一下说,“我也不怕死。”

“对。不想死是一种留恋,而不怕死呢,则不仅是一种勇敢,还是一种智慧。”

“那么,”他最后问我,“你,说说你自己,你怎么看待死亡?”

“心脏不是永动机,总有一天会因衰竭而停跳,所以,死亡是每个人必经的人生终点。面对死亡,我只相信两句话。第一句是俗语讲的‘人死如灯灭’,第二句,就是苏格拉底猜的: 死,是‘一场无梦的睡眠’!”

“你真的不怕死?”

“面对死亡,我只告诉你两句话。”

“请讲。”

“第一句: 死亡不可怕,可怕的是如死一般地活着!”

“第二句呢?”

“死亡不可怕,可怕的是害怕死亡!”

30.《照镜中有学问》

（2011.11.16.写于西北大学桃园校区）

我每天早晨，起床、洗脸、刷牙之后，照例要照照镜子。

看着镜中的那个我，我觉得：他是我，又不是我；他很熟悉，又很陌生；有时觉得他很丑，有时觉得他很美；有时又觉得，他和大街上的众多行人，没有两样，普普通通，芸芸众生一个。

长此以往，便自觉奇怪：为什么自我审视，对象只有一个，其感受的差别，竟有如此悬殊呢？我想：可能与自己起床后的心情有关吧。后来发现，也不尽然。

于是，我想到了萨特在小说《厌恶》中，对于主人公洛根丁自照镜子的描写：

> "镜子里照出来的是我的面孔。我凝视着这张面孔。我对这个面孔一点也不了解。别人的面孔都有一定的意义，我的却没有。我甚至都不能决定到底是美还是丑。我想它是丑的，因为人们对我这样说。"

是啊，我年轻时，人们也这么说我。说我脸上有"四不该"："该大的不大，是眼睛，不该小；该高的不高，是鼻子，不该低；该光的不光，是胡须，不该密；该少的不少，是雀斑，不该多！"我调侃性地为自己辩解说："眼睛细，只一缝光芒，但聚光锐利；鼻梁低，属华人特征，会减少碰壁；胡须浓，像一片森林，显阳刚壮美；雀斑满脸，更是一盘标点，写文章使用方便。都是优点啊！"

到了老年，面容更丑陋了，我才不得不承认：我的确不俊美，便自嘲式地给自己描绘了一幅自画像："眼睛小，鼻梁低，头上没毛禾苗稀。脸上的斑点赛标点，愧教爱人捡垃圾。"所以现在，我心中的我，就是这样一幅丑陋的肖像画。

别人模样好,照镜子是为自恋,为自慰,为自赏;我一照,就自卑。所以,我较少照镜子。读了萨特那段描写,我才知道:原来人人都有丑陋的一面。我得到了一个印证,也得到了一丝安慰,从此,再也不自卑了。

萨特接着写道:(对于人们说我丑陋)“我并不感觉惊奇。我惊奇的是,人们怎么能够把这一类的品质赋予给它(指镜中自己的映像),就像人们怎么能够把一块泥土或一块岩石称为美和丑一样。……很可能是我过分看惯了自己的容貌,所以看不出来。”洛根丁想起小时候,伯母对他说过:“如果你朝镜子里看得时间过久,你就会看见一只猴子。”他想:“我大概看得更久了些,所以,我看见的已经远远在猴子之下,到达动物界的边缘,和腔肠动物在一个水平上了。……那双眼睛,在这么近的距离看来,尤其令人感觉可怕。那是玻璃似的、柔软的、盲的、有红边的眼睛,简直像鱼鳞一样。”

研究了萨特之后,我理解了:我照镜子,是我把自己对象化,是我用意识的眼睛在自我审视。镜中的我,也是一个“他”,“他”对于我来说,是个“自在的存在”,是“不是我的那个自我”,我照镜子,就是我和另一个自我的对话!当我在孤独中把自己对象化之后,我当然就不认识另一个我了。从此,我把这个“他”,称作“他-我”。

那么,这个“他-我”,即“另一个自我”,究竟是“哪一种自我”呢?我又想起了杨绛先生。

杨绛先生很会照镜子。她在写到镜中人——“他-我”时说:

“一个人对镜自照时看到的自己,不必犯‘自恋癖’。情人的眼睛是瞎的,本人的眼睛更瞎。我们照镜子,能看到自己的真相吗?”

她用自己照镜子时的心理活动,做了回答:

“我屋里有三面镜子,方向不同,光照不同,照出的容貌也不同。一面镜子最奉承我,一面镜子最刻毒,一面最老实。我对奉承的镜子说:‘别哄我,也许在特殊情况下,例如灯下看美人,一霎时,我会给人一个很好的印象,却不是我的真相。’我对刻毒的镜子说:‘我也未必那么丑,这是光线对我不利,显得那么难看,不信我就是这副模样。'(对于)老实的镜子,我最相信,觉得自己就是镜子里的人。其实,我哪就是呢!假如我的脸是歪的,天天照,看惯了,就不觉得歪。假如我一眼大,一眼小,看惯了,也不觉得了,好比老伴儿或老朋友,对我的缺点习惯了,视而不见了。我有时也照照那面奉承我的镜子,聊以自慰;也照照那面最刻毒的镜子,注意自我修饰。我自以为颇有自知之明了,其实远没有。”

最后,她得出结论说:“**大抵自负是怎样的人,就自信为这样的人,就表现为这样的人。他在自欺欺人的同时,也在充分表现自己。……在别人眼里,他照见的不就是他表现的自己吗?**”(见《走到人生边上》,商务印书馆 2008 年第 140—145 页)

杨绛从自照的“他-我”中,发现了三个自我:“最奉承的镜子”是美化了的自我,“最刻毒的镜子”是丑化了的自我,“最老实的镜子”是真实的自我。然而那个最真实的“我”也不真实,那只是一种没被人发现的“自欺欺人”!把一个一时自负、自信的人,误认为就是“真实的自我”,不正是“自欺欺人”吗?其实,那仅仅是一个被“充分表现”蒙蔽着的“自我”!

但是我想:所谓“充分表现”,也只是“现在的”表现,明天、后天,以至更远,我还会有变化中的新表现,直到我死亡,我才“表现”结束。那时,也只有在那时,我才能被盖棺论定,才可能给我做出最后的结论:我是怎样一种“真实的人”。这才是我最终用镜子照出来的本来面目!这一点,杨绛先生没有说,但我觉得,她的“表现”一词中,已经包含此意了。最后,杨绛得出结论说:“**别人怎么看你,不干你的事,如果别人对你的看法是一面镜子,每个人都会被镜子里的形象吓坏。**”即不要管别人怎么议论你,只顾走你的路,让别人随意去说吧!

所以我认为:仅说“照镜子”,杨绛比萨特更深刻!她看到了“本我”(即潜意识的我),看到了“美我”(即理想的我),也看到了“真我”(即表现中的我),其实也不真。这面镜子没白照!

那么,究竟应当怎样审视自己呢?镜中的学问告诉我,也让我深信:

自我,是个“内宇宙”,是个“小宇宙”,是一本书。恰如人人都在照镜子,人人都在读这本书,但真正读懂自己的人,恐怕不多!

31.《赫拉克勒斯选择人生道路的故事》

（2011.11.18.写于西北大学桃园校区）

“爷爷，我就爱你一个人。”八岁的孙儿小刚，趴在我的耳边悄悄说，“爸爸总瞪着眼睛检查我的作业，比老师还凶；妈妈不是喊我扫地，就是吼我擦桌子；只有你，常给我买冰激凌，爱领我去公园玩，还偷偷给我零钱花，催他们给我买衣服，我更爱听你常讲的、我最爱听的希腊神话故事。我觉得，爸爸妈妈他俩就像后爸后妈，而你，才是我的亲爷爷！”

我有点吃惊，忽然意识到：打小我就溺爱他，但最近发现，他越来越爱吃、爱玩、更爱钱，而对于学习，却越来越产生了厌烦情绪，是不是我太娇惯他了？

于是引起我的警觉，小刚到了该正确引导的年龄了。

一天，想到他未来的人生路，我便问他：

“赫拉克勒斯，你知道吗？”

“知道，你已经给我讲过，他创造十二大英雄业绩的故事了。”

“但你可曾知道，他是怎样成长为一个英雄的吗？”

“不知道。那你快讲，我还想听！”

“好吧。”于是，我就给他讲了下面这个故事。

赫拉克勒斯长大成人后，一天，他坐在一个寂静的地方沉思，想他将来要走过怎样一条人生路。这时，他看见两个高大而美丽的女子向他走来。前者穿着雪白的长袍，高贵、朴素、端庄而有礼貌；后者穿着艳丽，妖冶无比，香气袭人，并且不断自我欣赏，顾盼自己的影子。

走近他时，后边那位妖冶女子抢上前来，卖弄风情地说：“赫拉克勒斯，如果你选择我做你的朋友，我将引导你走向最平坦、最安适的路。那里没有你尝不到的快乐，也没有你躲避不开的不幸，你将不参加任何战争，不经历任何艰难，不花费任何心思，就可以享受到丰盛的佳肴、醇香的美酒、动听的音乐和肉体的满足。万一你缺少这些享受时，我也决不强迫你去从事体力和脑力劳动，恰恰相反，我将让你去收获别人的劳动果实，让你得到一切对你有利的东西。因为我给朋友的是这样一种权利：利用任何人和物来满足自己的享受。”

赫拉克勒斯听到她那诱惑性的诺言，很诧异，就问她叫什么名字？她说：“我的朋友称我‘幸福’，而我的敌人骂我叫‘堕落’”。

这时，另一位穿着白袍的朴素女子来到他面前说道：“赫拉克勒斯，如果你选择我指给你的路，你将成为善良勇敢和成就伟大事业的卓越人物，但我没有怠惰的快乐贿赂你。你要明白，人类不经过努力和辛苦，神祇是不会让他们有收获的；假使你愿意朋友们爱你，你必须去帮助他们；假使你愿意全城的人尊敬你，你必须为他们服务做好事；假使你愿意全希腊的人称赞你，你必须成为全希腊的恩人；假使你愿意收获，你就必须播种；假使你想支配你的身体，你就必须工作、流汗，使它坚强。”赫拉克勒斯问这个女子：“你是谁？”她回答说：“我叫‘美德’。”

那个主张“享受”的妖冶女子，立即打断“美德”的话，抢白道：“啊，亲爱的赫拉克勒斯，要达到她所讲的目的，你要走多么遥远、多么漫长和多么艰险的路啊，我却可以让你通过最近便、最轻易的路，引导你得到幸福！”

“美德”立即反驳道：“你是可怜的生物，你没有一点真正美好的东西，你并不懂得真正的快乐。因为你让你的朋友们，在夜里饮宴，在白天睡觉。这就是为什么他们在青年时享乐、在老年时苦恼，羞愧于他们的过去，而背负着现在重担的原因。至于你自己，虽然是不朽的神，却为众神所放逐，为善良的人们所唾弃。而我，却为善良的人们所欢迎。艺术家称赞我是他们的安慰者，父亲们称我是忠实的守护人，仆役们称我是真诚的帮助者；我是和平的正直支持者，是战时讲信义的盟友，是友情的忠贞伙伴。所以饮食睡眠，对于我的朋友们比对于懒惰者更有意义。由于我，他们回忆过去的行为感到甜美，对现在的作为感到快乐；由于我，神祇保佑他们，朋友爱护他们，国家尊重他们。当末日来到，他们也不会死得默默无闻，他们的光荣仍然留在人间，供后世纪念。啊，赫拉克勒斯，选择这种生命吧，幸福的命运将属于你！”

于是，赫拉克勒斯选择了“美德”的路。

我想：这段故事，颇有哲理意义。每个女子，都是一种人生哲理的人格化，也可以说，这两个女子是人类内心两种人生哲理的争论，是选择两条人生道路的反映。一条是通过辛勤劳动和艰苦奋斗获得幸福的人生道路；另一条是想不劳而获和贪图享受的人生道路。前者是美德，后者是堕落。赫拉克勒斯选择了前者，抛弃了后者，其本身就反映了：古希腊先民热爱劳动、厌恶懒惰的主张。从艺术上看，这个故事，是欧洲文学形式中最早的心理描写，也是人物内心活动的外化。

"想不想当个赫拉克勒斯那样的大英雄？"我问。

"当然想！"他不假思索地说。

"那怎样才能把愿望变成真实呢？"

小刚半天没言语，眨了眨他那对大眼睛，说：

"首先要像赫拉克勒斯那样，选择'美德'的路，然后，从现在就开始学习和锻炼呗！"

32.《回忆傅庚生教授》

（2011.11.29.写于西北大学桃园校区）

从1959年9月，我考入西北大学中文系，到1963年7月毕业。四年中，先后给我们上过课的著名教授、副教授，有傅庚生先生、刘持生先生、宋汉濯先生、郝御风先生、单演义先生、张志明先生、杨春霖先生、石昭贤先生、岐国英先生，此外，还有赵俊杰先生、王启兴先生和武复兴先生等。

刘持生先生给我们上先秦两汉文学（包括文学史和作品选，下同），歧国英先生上魏晋南北朝文学，傅庚生先生上古代文论选、隋唐文学，重点是唐诗，宋汉濯先生上宋词和元曲，赵俊杰先生上明清文学，单演义先生上现代文学，石昭贤先生上外国文学，张志明先生上古汉语、文字学，杨春霖先生上现代汉语、音韵学。

今天回忆起来，他们的待人接物、气质风格甚至说话走路，尤其是讲课时的音容笑貌，都各有特点，令人难忘。他们的形象，活生生留在我的脑海，常常忽然来到我的眼前。

尤其是傅庚生先生，留给我的印象最深。

傅先生有句名言："我要把一腔子热血，倒（卖）给识货的！"在那个左的年代，理解、爱护知识分子的"识货者"不多。那么，傅先生认为，他自己是个什么样儿的"货"呢？我的理解，就是指"研究型学者"。那时，能正确认识和恰当使用"研究型学者"的人，的确很少。

傅先生，东北人，个儿不高，大背头，稀疏的头发总是梳理得很整齐，戴一副金丝眼镜，风度翩翩，文质彬彬，走路较慢，一派教授气质。一看，就叫人肃然起敬，分明是个高级知识分子。他操一口近似北京语音的东北腔，男中音声调，苍劲浑厚，吐字清晰，韵味十足。他语速较慢，讲起话来，眼神灼人，表情丰富，生动幽默，具有一种磁吸力，也具有一种穿透力。他很会使用语音语调强调重点，所以，抑扬顿挫，掷地有声，不仅音色悦耳，且神态亲切，听他讲话，让人十分受用。

记得1964年，我刚留校不久，作为工作人员（秘书），参加"陕西省理论工作会议"，地点在西安人民大厦。吃午饭时，一位西安美院教授与我同席，坐在我身旁，我已忘记了姓名，只记得他花白头发，十分健谈。他随意问我：

"你是哪个学校的？"

"西北大学中文系。"

他瞪大眼睛，兴致勃勃，低声发问："傅庚生教授，你认识吧？"

"当然了，我的老师。"

他立即大声说："他可是个大'话'家呀！"

"啊？"我心想，"我从未见过、也从没听说过傅先生会画画呀！何谈大画家？"

他大概见我发愣，半天没说话，便哈哈大笑道：

"你误解了。我说的'话'家，不是绘画的'画'，是说话的'话'。傅教授，说起话来，表情达意，生动深刻，最吸引人。我们都说：他真会讲话！"

然后，他竖起大拇指，加重语气重复说：

"他可真是个名副其实的大'话'家呀！"

于是，引起我们席间同桌的八个人，齐声哈哈大笑起来。

虽是一句幽默的玩笑，但我认为，此言不虚！

的确如此。傅先生讲唐诗，从不四平八稳，照本宣科，而是声情并茂，神采飞扬，最善于引导和启发学生。只要他有体会，有心得，便抓住重点，挥发开去，既会引申思维，又能扩展容量，而且古往今来，旁征博引，真可谓思接千载，视通万里。学生的思路，总是跟着他的引导，海阔天空，巡游一番，以致沉迷于其中，忘记了一切，听来特有味道。等到下课铃声响了，我们全班七十二人，这才如梦初醒，赶紧翻阅教材，其实，他只讲了一首唐诗，有时，只是一首诗中的两句！所以，他往往完不成教学计划。虽然做法有点过头，但大家还是爱听。每遇到他上课，谁都不愿缺席。

令我至今难忘的，是他在上《中国古代文论选》时，详解《庖丁解牛》的那堂课。

他认为：《庖丁解牛》（庄子·养生主），完全可以看作一篇《学术研究方法论》。

翻开我当年的课堂笔记，当傅先生讲到梁惠王赞扬庖丁解牛之技艺精湛时，庖丁释刀对曰：

“臣之所好者道也，进乎技矣。”傅先生说：“这是在讲‘道’和‘技’的关系”。

我在课堂笔记上，也记录了我听课时的注释(下同)：“‘道’，可做内容、规律、敬业解。首先爱道，进而钻研技艺。说明道比技更重要。开口就讲道和技的关系，虽只两句，可抵一篇治学概论。”

“始臣解牛之时，所见无非全牛者；三年之后，未尝见全牛也。”傅先生说：“这是在讲‘整体’和‘局部’的关系”。

我注释道：“从外行到内行，不过是熟悉了行当的内部结构、洞悉了方法论而已。研究生也是三年时间，其基本点，也像庖丁一样，主要收获在于懂得了研究方法，掌握了论文内在的有机联系。此处亦虽只有两句话，却首尾对比，点透了三年的学习实践和前后的巨大变化。”

“方今之时，臣以神遇而不以目视，官知止而神欲行。依乎天理，批大郤(què 筋骨之间)，导大窾(kuǎn 骨节之间)，因其固然。”傅先生说：“这是在讲‘神遇’和‘目视’的关系。”

我注释道：“这是说，精于此道之后，就会驾轻就熟，顺应规律，合乎逻辑，从‘目视’达到‘神会’的高度。我们解析范文或构思佳作，也当属于同理。”

“良庖岁更刀，割也；族庖月更刀，折也。今臣之刀十九年，所解数千牛矣，而刀刃若新发于硎(xíng 磨刀石)。彼节者有间，而刀刃者无厚，以无厚入有间，恢恢乎其于游刃，必有余地矣。是以十九年而刀刃若新发于硎。”这段文字，至今我都能背下来。这是傅先生最有体会、重点讲解的一段。他说：“这段话主要是讲‘无厚’和‘有间’的关系，会给我们做课题研究以极大启迪。”

我注释道：“庖丁手中之刀，犹如我们手中之笔。庖丁的刀法，就是我们的笔法。我们的笔法应和他的刀法同样犀利。课题再难，也会‘有间’。只要我们把刀刃打磨锋利，到了‘无厚’的程度，以‘无厚’深入‘有间’，仔细剖析，深钻精研，什么难题不能迎刃而解呢？所以说，我们学习的过程，就是“磨刀”的过程！”

无独有偶。后来我在外国文学教学中，接触到法国启蒙思想家、文学家孟德斯鸠，他在他的名作《波斯人信札》中，说过这样一段话：“我愿做磨刀石，虽然不能切削，却能使刀刃锋利！”庖丁讲的“硎”，不就是“磨刀石”吗？一经联系起来，深觉二者有异曲同工之妙。我赞叹：庖丁、庄子、傅先生、孟德斯鸠，他们都是学识深厚、有独到见地的学者、专家，是聪明之辈！他们都是在启发读者（也教给学生）学会思考，必然会大大提高他们分析问题和解决问题的智慧和能力！

“虽然，每至于族（骨骼聚集之处），吾见其难为，怵（chù 谨慎的样子）然为戒，视为止，行为迟，动刀甚微，謋（huò 骨与肉分离之声）然已解，如土委地。”傅先生说：“这是在讲‘战略’和‘战术’的关系，即重在表述‘在战术上重视敌人’之意，也是在讲认真对待‘细节’和‘难点’之意义所在。”

我注释道：“尽管如此，遇到难点细节，仍要小心谨慎，聚精会神，才能攻克。绝不可以高手内行自诩，大而化之，掉以轻心。”

结尾处，庖丁“提刀而立，为之四顾，为之踌躇满志，善刀而藏之”。“善刀而藏”，就是我们的“收笔封卷”之意。傅先生说：“‘收笔封卷’之后的‘踌躇满志’，不正是我们完成一个课题或写成一篇论文之后的苦后之乐吗？”

最后，梁惠王说：“善哉！吾闻庖丁之言，得养生焉。”傅先生总结道：“梁惠王说：‘好啊，我听了庖丁的话，得到了养生的道理。’同学们，我们则应当说：‘好啊，我听了庖丁的话，悟到了治学的道理，也获得了治学的方法！’”

33.《“忍”，是一门学问！》

（2011.12.23.写于西北大学桃园校区）

一时冲动，殃及终生，这类事件几乎天天都有。见诸报端，已经习以为常了。许多好人犯罪，都是以愤怒始，以后悔终。一句话：不会忍！

今天常见的现象，是很多年轻人不懂得、也没学会这个“忍”字。“小不忍则乱大谋”谁都会说，但面对不平事，便“火从心头起，怒向胆边生”！正如苏轼所言：“匹夫见辱，拔剑而起，挺身而斗，此不足为勇也。”为什么呢？就因为不会忍。许多人都为一点芝麻小事就拼起命来，一当陷入冲动，便把这个要紧的“忍”字，忘得一干二净。

然而，悲剧还在重演，覆辙不断重蹈，究竟根源何在呢？苏轼早在《贾谊论》中就给我们做了回答：“夫君子之所取者远，则必有所待；所就者大，则必有所忍。”说明一个“忍”字，来自“远”和“大”。可见，远大志向是会忍、能忍、善忍之根。为大而忍，因大而忍，才算懂得“忍”字的真谛。

有人说：“我忍了。但一忍再忍，忍无可忍，只是最终没能忍住。”要我说呀，还是你的忍功不到位！这就提醒我们：要做到“忍”，真能“忍”，很难。也说明，除了胸怀远大志向外，还必须在日常生活中，培养“忍”的习惯，增强“忍”的耐性，努力练成“忍功”。

写到这里，我想起了老子的话“见小（即意识到自己卑微）曰明（即明智），守柔（即保持低姿态）曰强（即坚强）”和“知其雄，守其雌，为天下溪”。

究竟是“逞雄刚”，还是“怀雌柔”？是“重雄争”，还是“贵雌守”？这是因人因地而别、因时因事而异的事，不可一概而论。而老子却强调的是“知”和“行”的不同，即在认知上，要懂得“争雄”之理；但在行动上，则要坚持“守雌”之道。他认为：只有这样，才能像河流(溪)一样，畅行天下。可叹啊，今人多行“雄争”之道，而知其“雌守”之理者，鲜矣！

列子在《黄帝》篇中说：“天下有常胜之道，有常不胜之道。常胜之道曰柔，常不胜之道曰强。”这里的“柔”，就是“守雌”“忍让”之意。列子把“柔”“强”之道，置于关系“胜”“败”的高度相比较，更显示出“柔道”，即“忍经”的重要性。别人争雄，我守雌；别人外露，我内敛；别人盛气凌人，我则心平气和；别人暴怒、发疯、狂跳，我仍坚持温、良、恭、俭、让，不急不躁，和颜悦色讲道理。

可是，不少人把这种表现，视之为软弱无能的“中庸之道”。

那么，究竟什么是“中庸之道”呢？

孔子说：“中庸之为德也，其至矣乎，民鲜久矣。”(见杨伯峻《论语译注》第69页)我想，这应该是“中庸之道”的最早出处吧？

按我理解，译成今文，就是：“‘中庸’作为品德，达到了最高境界，可是，在民众中，长期以来懂得它的人已经很少了。”

可见，孔子对“中庸之道”的评价极高。

但是直到今天，孔子的“中庸之道”仍然常被人们误读。很多人还以为，这是在说：对任何事情都不要鲜明表态，在矛盾中不置可否，总站在中间位置，不反对甲方也不伤及乙方，谁都不得罪，做个老好人。其实不对。“中庸之道”的本义，只有四个字：“过犹不及”，即反对走极端的意思！

要不走极端，就必须学会“忍”字，做到“猝然临之而不惊，无故加之而不怒”。

道理总嫌空泛。要懂得忍字的学问，还需举实例解释为好。

苏格拉底有一件逸闻趣事，很值得一提。《王国维文集》第三卷第247页写道：“苏娶克商琪培为妻。克商琪培性悍，而苏善忍受之。一日，其妻盛怒，倾水泼苏自顶至踵俱湿。苏坦然语曰：‘迅雷之后，必有急雨！’其天性之温和盖如此。或问苏：‘何故娶悍妇？’曰：‘御马者先御悍马，然后善其术。吾欲御人，是以娶之也。能忍而御其妻，则亦处世而无怨尤矣。’”

为了好懂，我译成今文：

苏格拉底娶克商琪培为妻。克商琪培性情强悍，而苏格拉底却能忍受她。一天，其妻盛怒，大发雷霆，端起一盆水，劈头盖脸浇过来，他从头到脚，湿了个精透。而苏格拉底呢？却平静如常，坦然对妻子风趣地说道：“迅雷之后，必有急雨呀!”其天性之温和竟达到如此程度。有人问他:“你为什么要娶一个悍妇呢?”他回答:“驯马的人先要训育悍马，然后才能御术高超。我想教育人，所以娶她为妻。倘能容忍而会驾驭妻子，那么，我也便能得到处世之法而毫无困难和忧虑了。”

苏氏为教化开导人类而“娶悍妻”，并对其采用幽默调侃、化怒为笑的“忍法”，不是很值得我们学习吗?

我这一辈子，没离开过学校，书生气十足，一当踏进社会，大多数行为表现都是“蠢”和“笨”。那种“一时冲动，祸及终生”的事，在我身上大概不会轻易发生。但是，我的骨子里，是个追求自由的知识分子。我灵魂中的“忍”经，唯有杨绛先生讲得透彻。她把“忍”，叫作“含忍”“隐忍”。更准确点说，唯有她把我处世经历中，关于“忍”字的体会，全讲出来了。

当记者向杨绛先生提问:“既然追求自由，你为什么一生中一忍再忍?”

她回答:“我这也忍，那也忍，无非为了保持内心的自由，内心的平静。你骂我，我一笑置之。你打我，我绝不还手。若你拿了刀子要杀我，我会说:你我有什么深仇大恨，要为我当杀人犯呢?我哪里碍了你的道儿呢?所以含忍，是保护自己的盔甲，抵御侵犯的盾牌。我穿了‘隐身衣’，别人看不见我，我却看得见别人，我甘心当‘零’，人家不把我当个东西，我正好可以把看不起我的人看个透。这样，我就可以追求自由，张扬个性。所以我说，含忍和自由是辩证的统一。含忍是为了自由，要求自由，得要学会含忍。”(见《文汇报》总第 23266 号)

因此我想:含忍，隐忍，不是软弱，不是无能，其实是一种顽强，一种坚韧。

古人云:“人之七情，唯怒难制。”

而制怒之道，只有一字:“忍”!

34.《流变是真理——怎样看人》

（2012.1.3.写于西北大学桃园校区）

一次乘公交，旁边一位学生模样的青年朋友，在用手机打电话。我不知道对方说了什么，也不清楚他们三者之间发生过什么，只听见他，忽然怒吼道：

“什么道歉？什么变化？他就是变成神仙，我也一辈子不理他！”

这一句大吼，引起周围乘客的惊异，也引起了我对“如何看人”的思考。

古希腊哲学家赫拉克利特，有个最著名的见解：万物都处在流变状态。他说：“没有什么东西可以固定地存在。”“太阳每天都是新的。”“你不能两次踏进同一条河流，因为新的水不断流过你的身旁。”（见罗素著《西方哲学史》商务印书馆1963年版第74页）

万物如此，审视万物的“人”亦如此。任何人的一生，都不是固定的存在；人生的每个阶段，也都不是固定的存在。人人、时时、事事、处处都处在流变状态中。这是真理。

任何人的人生观、价值观，包括心理特征、行为准则和处事方式，都在不断发展，不断变化，是个循序渐进、应时而动、由量到质的流变过程。宏观而论，每个人的一生，主要有三大关键转变时期：一、离校工作时期；二、恋爱结婚时期；三、退休养老时期。所以，对人的看法，也要随着时光流转而变化，动态地看人，这才符合实际。

萨特在《存在与虚无》中，论述过“人的实在的二元性”。即一个活人的实在，总处在二元变化中。每个人既“是其所是”，又都“是其所不是”，讲的就是这个道理。

萨特举例道：一个人，犯过前科而非现科。他仇恨别人只以前科犯看待他，将他盖棺论定，但他又不得不承认自己犯过前科，因为这是事实。他很希望逃避那个不光彩的过去，给今天的自己一个更准确的判断和定位。因为这样，既可以平息他人对自己的仇视，他也会感到心安理得。那么，确切地说，他究竟是一个什么样的实在呢？

按我的理解：就前科犯来说，他"是其所曾是"，但现在，他已不是罪犯，成为"不是其所曾是"，即我们常说的"今是昨非"。宽容人犯错误，更要允许人改正错误。现在的他是什么？应当由他现在"自由选择"的行为，即这种行为的性质来判断。然而，"一个"行为的性质，也不能给他"定终身"，必须依赖一连串、直到死亡的所有行为选择，才可以"盖棺论定"。

显然，这是在告诉我们：千万不要只根据一时一事，就把人看死。看死就是"僵化"，"僵化"也叫"物化"。把活人"物化"，那可是对人的误判和侮辱！这里的"事"，既包括好事，也包括坏事。不因做了一件好事，就把他看成英雄；也不因做了一件坏事，就把他视为仇敌。人一生，从摇篮到坟墓，都在实施行为选择。就是说，只要是个大活人，他的每一时段，都处在动态变化中。今天是英雄，明天可能变成罪犯；今天是罪犯，明天也可能变成英雄。正因为人人都处于正在变化的过程中，因而便产生了一个适用于任何人的宏观而恰切的概括公式：

"你""我""他"(人人)="不是其所是"或"是其所不是"=一种可能性的动态走向。

只有这样判断人，才符合实际，才不至于陷入误区，也才不会委屈对方和怒伤自己。

道理显得空洞，举个实例吧。

我有个儿时的农村玩伴，年幼时正值建国初期，家境较好，娇生惯养，经常逃学，后来身体患病，便辍学回家。长大成人后，健康虽有好转，但仍游手好闲，讨不到老婆，所以情绪消沉，更显得蠢笨无能没本事，成了村儿里有名的"二流子"。所以在他身上，发生过许多笑话。比如，他用老鼠药没能杀死为害的老鼠，却毒死了下蛋的老母鸡；在自留地里种的萝卜，却长出了一片菜子来；结婚生子后，才开始被迫学干农活。但他干活顶半个，吃饭顶个半；锄地不会倒手，挑担不会换肩；拉架子车，上坡拉不动，下坡刹不住；他种的庄稼，大家编了段顺口溜："高的高，低的低，秃子缺毛禾苗稀，骑的骆驼幺的鸡，哥哥领着小弟弟！"对待任何事，他从不鼓干劲,吹冲锋号,只会说泄气话,打退堂鼓。有人讥笑说:“这个人啊,不仅懒,属驴的,不打不走,还是个核桃变的,壳儿硬得很,你得砸着吃!”

可是,谁都没料到,到了50岁的壮年期,适逢改革开放,已厌倦了平庸生活,大概也琢磨了多半生的懒散教训,他一发狠,把婆娘娃丢在家里,出门打工四五年,大大开了眼界,也大大开了心窍,忽然明白了事理,靠着吃苦硬撑、拼命劳动,挣了一笔钱,然后回家务农,完全变了一个人似的,真是令人刮目相看!在我们家乡那十村八院里,他不仅变得勤快了,还竟然成了技术农活的一把好手:摇耧撒种递麦秸,扬场能使左右锨,幺车会打回头鞭。经推选当上村主任后,更让人惊奇,干得有模有样,村民们都说:“他真像个好演员,演啥像啥,既能提袍甩袖,也会吹胡子瞪眼。开会嗷嗷叫,张口就放炮,性情火样爆。批评起人来,还会捎叶叶,带把把,挖苦得你呀,无地自容!”靠着那股凶劲,竟然把一盘散沙般的众人心给拢了起来,生产上去了,大家的生活也改善了。他开会学文件,从来不为武装头脑,只为武装嘴巴。所以有人批评他,常向上面说大话、假话、好听话。他却自恃聪明,扒到对方耳边,悄声笑道:“上头千条线,下面一苗针。哪能事事都出彩?你想累死我呀!汇报汇报,七分捏造——你不懂!”

但是,谁又能料到,好景不长。58岁那年,他竟患了胃癌,把命丢了,令人悲叹!

为什么呢?他富裕了,吃穿不愁了,心宽体胖了,也染上烟酒了,开始大吃大喝了。自从恢复健康以来,他似乎从小把各种病都害完了,胃口大开,食量大增。他吃起饭来,从不细嚼慢咽。一个刚出锅的热腾腾的大白蒸馍,他一掰四块,一口一块,刚塞进他那张大嘴里,一仰脖子,只听得喉咙眼里“咕噜”一声,就整个咽了下去。因此吃得特别快,别人吃一个,他能吃掉仨。乡邻们都说:他能吃能干,能说能谝,是个吃不饱、干不乏、跌倒就打呼噜的人。不料,去年八月十五,刚过完节,他突然得了胃癌,一查出来,就到了晚期,便俩腿儿一蹬,死了!

我想:他的人生,仅用他做过的哪一件事、或走过的哪一段路作结论,都是片面的。只有死后,他入土了,物化了,才能给他一个定论。

什么定论呢?倘要我说啊,只需一句话:他是一个典型的、变化大的、粗犷朴实的普通劳动者。所有被他得罪过的人,谁还会去计较那些鸡毛蒜皮的小事呢?

35.《“真正的脑力劳动者要求孤独”》

（2012.3.1.写于西北大学桃园校区）

小时候，我最爱吃奶奶用小铁勺，在大锅底下的灶火上给我单独煎的鸡蛋了。这是唯有我这个大孙子，才能独自享受的一份特殊待遇。

那时，我家养着一只老母鸡，就是专门下蛋为我享用的。所以，一听见母鸡叫声，我就高兴起来，不等奶奶催促，便赶紧来到鸡窝，收了热乎乎的鸡蛋，两手捧着，再跑回锅台旁，交给奶奶，不断嚷嚷着给我煎。所以，我从小，就爱听母鸡下完蛋后那“咯，咯咯，一个蛋，一个蛋！”的叫声。我也非常爱那只专为我下蛋的老母鸡。

但是，长大成人后，我变了，逐渐讨厌起老母鸡来了。为什么？

你看，每逢下了蛋，刚一离窝，它就骄傲地“咯，咯，咯”地叫个不停声，紧接着，又“一个蛋！一个蛋！”地大声吵嚷，仿佛向世界表功似的，总害怕别人看不见。

我在一篇文章中回首往事的时候，曾经责骂过自己年轻时代的骄傲自负：

“过去，你看见母鸡下了蛋，就‘一个蛋，一个蛋’地高声叫喊不停，传得满村满院都知道。你讥笑它：那么幼稚，那么无知！把一个小蛋，看得地球般大，太阳般亮！自以为功勋卓著，很了不起！可是，你知道吗？老鹰抓小鸡时，老鹰是不叫的；花猫扑老鼠时，猫儿是不喊的。现在，你既不像老鹰，也不像花猫，你不正是那只可笑的、浅薄的、藐小的老母鸡吗？”

现在想来，实该为老母鸡抱屈：它不会思维，“下蛋后吵嚷”，只是一种本能。人，则会思考。我之所以讨厌老母鸡，那仅仅是为训诫自己，要谦虚谨慎，不过借题发挥，拿老母鸡说事儿罢了。

其实，我到底想拿老母鸡说什么事儿呢？只是想说：人在诚实劳动的过程中，只需默默无语，踏实耕耘，没有任何张扬的必要！专心致志从事劳作的人，往往追求的是环境清静。所以，萨特说："真正的脑力劳动者要求孤独。"

"要求孤独"，是作家、艺术家和一切文字工作者的共同特征。

比如作家，写作前清空脑袋中的繁杂事务，精神进入空灵状态；写作中他就是人物，灵魂进入故事状态；写作后重读作品，感受着尝试进入读者状态，以便修正和校改不合逻辑的句、段、章、节。这一切，都需要清净和孤独。

我国古人，为什么在读书或写作前，要沐浴更衣，或洗手静默，然后掀书展纸，进入境界？不就是为了避免外来的一切干扰，全身心地投入思维之中，这才能够提笔为文。

这使我想起巴尔扎克写作时的做法：他关起门窗，拉上窗帘，不会见任何朋友，不阅读一封书信。排除一切干扰之后，这才半夜十二点起床，点起四只蜡烛，趁着夜深人静，埋头创作，直到第二天早上五点。吃完早点，继续写作到十二点。午饭后，思路不断，又接着干。直到下午六点，搁笔收工。吃过晚饭，便上床睡觉。半夜十二点，再起床洗漱，重新开始新的一天的工作。这在别人看来，苦不堪言，而他，却觉得习以为常、自然而然。

还有，电脑工作者，都知道把作废的资料全部转入回收站，等彻底清空之后，电脑和人脑都一身轻松时，然后投入新操作，才能取得良好效果。"清空"，就是进入清净空灵的精神状态，为最大程度地激发灵感、独立思考而扫开一条宽阔道路，清理出一块绝对空间。

以上内容，我想：大概就是萨特说的"要求孤独"的内涵吧。

36.《“如果语言有固定的那一天，它就死了！”》

（2012.6.9.写于西北大学桃园校区）

2011年7月19日，据报载：《新华字典》第11版，将“房奴”“秀场”“晒工资”“学历门”等新词汇收入其中，增加了近三分之一的容量。针对这种现象，出现了两种观点：一种认为，这是与时俱进，勇于承当，值得赞许；另一种说，这是追求时髦，失之严谨，破坏了《新华字典》向来所具有的在广大读者心目中的权威性。

我认为：词为世生，世因词明。编委会这种做法应当肯定，值得大加赞赏。因为站在历史高度审视，从生活中吸收新词，不断新版，词与时共，是文化建设中的一个可喜现象。但同时，我也建议：为长远计，应当成立国家级的专业班子，以“纯洁和发展汉语言文字”为宗旨，订立制度，规范程序，研究制定标准，在发扬民主、集思广益的基础上，持之以恒地坚持下去，必然会对中华民族的文化建设，做出重要贡献。

王国维在《论新学语之输入》一文中说：“夫言语者，代表国民之思想者也，思想之粗精广狭，视言语之粗精广狭以为准，观其言语，而其国民之思想可知矣。”一部《新华字典》，就是当代中国人民思想粗精广狭的“显示屏”。不顺应时代发展及时予以吐故纳新，倘四平八稳、一仍旧章，若从历史动态审视，那叫抱残守缺、不进则退，行吗？

据我所知，法国的《小罗贝尔词典》(PETIT ROBERT)，每年修订一次，为的就是让知识不断更新，及时满足读者需要，早已成为惯例。

我赴巴黎任教期间，曾买过这部词典。记得那是1987年版的“旧书”，从1988年1月1日起，店家就将原价312法郎，折旧降价至98法郎出售。因为1988年的更新版已经面世了。就是说，我少出了214法郎，就买到了刚过期一年的词典。可见,法国人对待文化上的及时跟进、除旧布新,是多么重视!

写到这里,我忽然想起,关于语言文字的新陈代谢,我还经历过一件趣事。

那是1999年4月,我参加中国人民大学“与巨人对话”的学术讨论会。期间,大会组织者安排与会代表去参观圆明园遗址。刚走到入口,大家就看见,遗址的工作人员给这些前来参观的与会专家们出了一道难题,在道旁竖起的一块黑板上面,用彩色粉笔写了一段话:

“各位教授专家,您懂得这两个词汇的意思吗?什么叫‘酷毙’?什么叫‘帅呆’?”。

当然现在,它们的含义已经妇孺皆知,不仅人人耳熟能详,也能运用自如了。但在当时,这两个词在社会上刚刚出现,十分新奇,我们很多大学的文学、语言学教授,对它们也感到既新鲜、又陌生。我记得,当场一位老教授幽默地开了一个玩笑,大声说道:

“这个问题太简单了,我来回答:‘酷毙’,就是士兵被残酷地枪毙了!‘帅呆’,就是元帅被枪毙士兵的事吓呆了!”引得大家一阵哈哈大笑。

玩笑过后,我也寻思:这不也是社会对语言文字工作提出了一个崭新的问题吗?随着时代的更新、生活的发展,新词汇层出不穷,而我们却熟视无睹。难道我们从事文学、文化、文字的工作者,不应当直面现实、予以深思、严肃对待?

于是,我想起了雨果说的话:“每个时代都有它相应的思想,同样,也应该产生与这些思想相应的词汇。”是的,随着思想观念的除旧布新,语言也必然要新陈代谢,紧跟其后,吐故纳新。

还是雨果说得好:“如果语言也有固定的那一天,那么,它就死了。”(见雨果的《〈克伦威尔〉序》)

37.《浅说“押韵”》

（2012.7.22.写于西北大学桃园校区）

一位忘年交、擅长写诗作词的年轻人，与我闲聊起来，说写作的学问很深，我很赞同。但一谈到押韵，他却微笑着，话锋一转：

“押韵，乃雕虫小技，不足挂齿，有点韵感就行，内容和意境才最重要。对吗?”

我奇怪：写诗作词、天天沉溺于音韵中的人，怎么会有这种看法？心甚纠结，于是当即大声表示：“内容意境固然重要，但押韵入辙，合乎韵律，便能铿锵感人，朗朗上口。切合韵律形式的作品，极易普及见效，深得人心，老百姓喜闻乐见。所以说，具有了‘韵’味美感，才能出彩呀!”

他天真诡秘地一笑：“真的？我倒很想听听您对‘押韵’的看法。”

我有点不好意思，恢复了平和状态：“其实，我是创作的外行。关于‘押韵’，我只懂得一点点皮毛。”

他说：“我就想听听您的那一点点‘皮毛’。”于是他问：“押韵，算不上是一门专门的学问吧?”

我答：“算。它属于‘音韵学’的研究范畴。”

“那么，究竟什么才是‘押韵’呢?”

“你是内行，还明知故问？我的理解很简单：一个字可分为声母和韵母两部分。只要韵母相同，就叫押韵。”

“请您举个例子吧。”

“比如《诗经》中的‘关关雎鸠，在河之洲。窈窕淑女，君子好逑’。鸠、洲、逑，都是韵母相同，就押上了韵。”

他便说："可见押韵，从我国最早的诗歌总集《诗经》就开始了，显然是古已有之。我只听说：明清时期对押韵还分过类呢。你能给我详细讲讲吗？"

"没错。那时叫'十三辙'。'辙'是戏曲唱词的韵脚，十三辙就是十三种韵。明清以来，北方说唱文学，都按十三辙押韵。现代北方话的歌谣、戏曲、诗词等也用的是十三辙。所以，他们把押韵叫作'合辙'。为了好记，每一韵都选择一个字作代表，把十三辙连贯起来，形成三套，似乎还有形象在其中。这就是：

月、落、花、浮、水、面、楼、台、倒、影、弄、池、塘——第一套。

月、下、一、哨、兵、镇、守、在、山、岗、多、威、武——第二套。

东、西、南、北、座、巧、佳、人、扭、捏、出、房、来——第三套。

"噢！第一套，有月、有花、有楼、有水，是写景色；第二套，有夜、有山、有哨位、有士兵，有姿态，是写战士；第三套，有房舍、有佳人、有动作，是写美人。都生动形象，还挺有意思呢！"

"是啊，这样处理，是为了便于大家记忆。"

他又问："这'十三辙'，总该各有自己的名字吧？"

"对。它们各用同合一辙的两个字来起辙名，分别取名为：1. 发花辙(a)；2. 梭波辙(e、o)；3. 乜斜辙(ê)；4. 姑苏辙(u)；5. 一七辙(i、ü)；6. 怀来辙(ai)；7. 灰堆辙(ei)；8. 遥条辙(ao)；9. 油求辙(ou)；10. 言前辙(an)；11. 人辰辙(en)；12. 江阳辙(ang)；13. 中东辙(eng)。"

"哦？"他沉吟了一会儿，似不解，又接着问，"既然古人已经有了这些研究和总结，为什么我读古人诗词，总觉得有些并不合辙合韵呢？"

"它合的是古辙古韵，不合我们的今辙今韵！是的，我年轻时也有同感。这主要是因为：古今文字的读音变化很大所致。所以，我们今天的押韵，和古人比较，有同也有异。"

"既然古今有别，那么你认为，我们今天的押韵，还应当重视什么讲究？"

"这一点，你最有发言权，怎么来问我？至于我自己，倘要用韵，除了大体符合平仄规律之外，我特重视一点，或者说，我更喜欢的一点是：不仅要求'韵脚'相同，还应当按照普通话发音标准，做到'四声'即阴平、阳平、上声、去声，也合辙合韵，完全相同。这也是大家都懂得的。我把它叫作‘押双韵’。”

“我在平常创作中，只要基本押上韵就行，就是您认为的‘押单韵’吧，此外再没多想过。对于押双韵，我愿闻其详。”

“以上述十三辙为例，我认为花、下、佳，都算押韵。但花、下二字，今天读音的四声不同：花，属一声；下，属四声。二者虽是‘同韵’，但不‘同声’。倘暂时撇开词义，单看押韵，似乎仍未达到最高要求。”

“也请您举例说明。”

“好吧。就以人人耳熟能详的李白七绝《望庐山瀑布》为例吧：‘日照香楼生紫烟，遥看瀑布挂前川。飞流直下三千尺，疑是银河落九天’。根据“一、三、五句不论，二、四、六句必押”的规律，这四句中的烟、川、天，三字，都是阴平，第一声。就不仅押了‘字韵’，还押了‘声韵’。读起来不仅流畅上口，还节律铿锵，能给人增强美感。”

“但是，”他似乎故意挑刺般地说，“我读过您最近在博客上写的《三游凤州》中的诗句：‘车在云中游，山在天里头。谁说没有通天路？请君过凤州。心追彩云走，情共嘉陵流。凤眼今日看世界，昂首惊神州’。其中的游、头、州、流、州，为什么就只押字韵，没押声韵呢？”

“没错。我把它叫作‘押单韵’（只押字韵，没押声韵），未‘押双韵’（指字韵、声韵二者兼具）。但是，你显然没重视我这篇小文的前半部分，写我四十年前经历的那首《咒凤州》，却是完全按照‘押双韵’的规律创作的。你听：‘车颠山路陡，人在车中吐。谁说外调是享受？乘客如猪狗！道曲尘土飞，呛得人作呕。谁再邀我赴凤州，请君免开口！’我用的陡、吐、狗、呕、口，都押的是‘双韵’呀！”

面对他的挑刺儿，我不觉来了精神，继续道：“我再举个例子吧。我曾送过我的小孙子四句顺口溜：‘烟酒黄毒赌，永远不粘手。谁要不听话，吃不了兜着走！’这里的赌、手、走三字，也是押的双韵，即既押韵又押声。这样，不就读起来合辙，听起来合韵，忒入耳了吗？”

“啊啊，”我忽然意识到，“我这不正是‘敝帚自珍’？”便赶紧自讽道：“我怎么自夸起来了？我变成街头卖瓜的王婆了！”

“哈哈哈哈！”他突然大笑起来，“从谈话一开始，我就对您采用的是‘提问式’和‘激将法’。您果然中计了！我不问您、不激您，您能给我讲这么多‘皮毛’吗？”

38.《纪念三八节——你听见“娜拉的摔门声”了吗？》

（2013.3.4.写于西北大学桃园校区）

我们都摔过门，也听见过别人的摔门声，但那只有一人或一家能听见。而有个人的摔门声，全世界都听见了！谁呀？娜拉！这就是《玩偶之家》中的娜拉最后离家出走的摔门声！

到底是怎样的一声摔门声呢？还是让我们从《玩偶之家》的剧情讲起吧。

挪威剧作家易卜生的社会问题剧《玩偶之家》，描写了圣诞夜的舞会之后，海尔茂看着自己美丽的妻子十分高兴，不断叫着她“迷人的小东西”“我亲爱的好宝贝”“我的小鸟儿”等等。

但是，娜拉心中有个秘密，那就是当年丈夫海尔茂得了重病，为救他一命，她暗中模仿自己父亲签字（这种造假是犯法行为），向柯洛克斯泰写了借据，借了一笔钱。治好了丈夫的病之后，她节俭度日，还抄抄写写地赚钱还债。出于真爱丈夫，作为秘密，她还打算永远向丈夫保密下去。现在，海尔茂刚刚升任银行的经理，对于不认真工作的职员柯洛克斯泰十分反感，便要辞退他，准备让林丹太太补缺。柯洛克斯泰向娜拉求情，让她给丈夫说情别辞退他，海尔茂没答应。于是作为债主的他，给新经理写来揭露娜拉违法借钱的事，想威胁他们夫妻，以达到自己的目的。

当海尔茂看了信箱中柯洛克斯泰几天前写来的那封威胁信之后，他愤怒了！猛然推开门，对着娜拉大骂道：“你这个坏东西，干的好事情！我要你老老实实把事情招出来，我好像做了一场噩梦醒过来。八年功夫，我最得意最喜欢的女人，没想到是个伪君子，是个撒谎的人，甚至比这还坏，是个犯罪的人，真是可恶极了！你父亲的坏德行你全都沾上了。你把我一生的幸福全葬送了。我现在被柯洛克斯泰抓在手心里。我这场大祸都是一个下贱女人惹出来的!”

不一会儿,佣人又送来柯洛克斯泰写给娜拉的第二封信,正在气急败坏的海尔茂,一把抢过来。但看完后,他瞬间破怒为喜,马上快活得叫起来:“娜拉,我没事啦,你也没事啦!你看,他把借据也还你啦!”

怎么回事呢?原来,柯洛克斯泰曾经爱过林丹太太。林丹太太是娜拉的同学和好友,只有她一人知道娜拉借钱救丈夫的事。为帮助娜拉,她找到柯洛克斯泰,表示愿意和他结婚。柯洛克斯泰喜出望外,既得到了盼望已久的爱情,又看到自己未来的妻子能代他赴任,激动之中,便决定从此改邪归正,重新做人。于是,又给娜拉写来这第二封信,而且连那张致命的借据也一起寄来,并对前事表示道歉,请她原谅。

当海尔茂高兴地将两封信和借据一起投进火炉之后,便转过身来,十分虔诚地对娜拉说:

“啊,我可怜的娜拉,你以为我还没有饶恕你,我赌咒,我已经饶恕你了。我知道,你干那件事都是因为爱我”。娜拉说:“这倒是实话。”海尔茂接着说:“只要你一心一意依赖我,我会指点你,教导你。正因为你自己没办法,所以我格外爱你,要不然我还算什么男子汉大丈夫?刚才我觉得好像天要塌下来,心里一害怕就说了几句不好听的话,你千万别放在心上。娜拉,我已经饶恕你了,我赌咒不再埋怨你。”娜拉平静地说:“谢谢你饶恕我。”

海尔茂又摆出一副好丈夫的姿态说:“好啦,去吧,受惊的小鸟儿,别害怕,定定神,把心静下来。你放心,一切事情都有我。我的翅膀宽,可以保护你,像保护一只从鹰爪子底下救出来的小鸽子一样。娜拉,你不懂得男子汉的好心肠。要是他饶恕了他老婆,他老婆越发是他的私有财产了,做老婆的就像重新投了胎!”

这件事的过程,在娜拉心里引起极大震动。她平静地表示,要和丈夫谈谈这件正经事。海尔茂说:“好娜拉,正经事和你有什么相干?”

娜拉抓住了把柄,于是开始讲自己的感受:

“问题就在这儿。我受尽了委屈,先在我父亲的手里,后来又在你的手里。你们何尝真爱过我,你们爱我只是拿我消遣。我跟父亲过日子的时候,他叫我泥娃娃孩子,把我当作一件玩意儿,就像我小时候玩的泥娃娃一样。我从父亲手里转到你的手里,事情都归你安排,你爱什么我也爱什么,或者假装爱什么,我也不知道是真是假,也许有时真有时假。现在我回头想一想,这些年我在这儿,简直像个讨饭的叫花子,要一口吃一口。我靠着给你耍把戏过日子,你和我父亲把我害苦了!”

当她说要离开这个家的时候,海尔茂愤怒地说:“你把你神圣的责任丢下不管了?把你对丈夫、对儿女的责任丢下不管了?”她回答:“我还有对我的责任,现在我相信:首先我是一个人,跟你一样的一个人,至少我要学做一个人!”

然后走了出去,突然摔门,毅然离家而去。

男主人公海尔茂在社会职业中,成绩优秀,且廉洁无私,是个工作和德操的模范;但在家庭关系、在妇女观上,却把妻子当玩偶,是个虚伪自私的男性形象。他竭力维护男权法规、男权秩序和男权道德,表现了根深蒂固的男权中心思想。

女主人公娜拉呢,为丈夫治病,暗中借钱,不怕威胁,甚至准备自杀,表现她心地善良,真爱丈夫。她从小满足个人小天地的幸福生活,但并不愿庸庸碌碌过一生。认识丈夫的虚伪后,觉悟到自己在小家庭地位的不平等和妇女在大社会地位的不合理,发出了“我也是一个人”“我要学做一个人”的呐喊,最后终于离家出走。表现了女性意识的新觉醒。

这部剧作,蜚声剧坛,传遍世界,所以人们评价说:“全世界都听见了娜拉的摔门声!”

然而,这一惊动世界的声音,一个女大学生却没听见!

怎么回事呢?我的一个女学生课后写文章,却得出完全相反的结论,她说:

“我读完剧本,非常纠结。私下想:倘若《玩偶之家》描写的是我国当代现实,倘若我是主人公娜拉,海尔茂是我老公,我肯定会觉得非常幸福。为什么?

1. 他是银行高级职员,工资可观。现在找一份好工作多难啊!

2. 他刚被提拔为银行新经理,说明工作努力,成绩突出。可见他的前途光明!

3. 他拒绝妻子为他人说情,厌恶一切腐败行为。证明他廉洁奉公,品德高尚。

4. 他也很爱娜拉。当个‘玩偶’怕什么?这正是他爱妻子而妻子也爱他的表现啊!

德、才、爱三美兼具。倘能找到这样的好老公,真是三生有幸!还不满足?

这样的‘玩偶’我愿当,我乐意当。我离家出走?神经病!”

你看,娜拉出走的摔门声全世界都听见了!唯有这个女生没听见!

我想:这不只是一个女生的真实感慨,也是我国很多女性的现实困惑!

至于每个男性,自己内心深处,究竟是怎样看待女性?很值得每个人做一番诚实拷问。我们人人都有自己的奶奶、妈妈、姐姐、妹妹、妻子、女儿。那么请问,哪位男性敢说:“我不关心女性问题,我和任何女性都没有关系”呢?

我只想大声问一句:所有的男女朋友们,你听见娜拉的那声“摔门声”了吗?

39.《女性的特征——解读世界名著〈第二性〉》(1)

(2013.3.6.写于西北大学桃园校区)

易卜生的《玩偶之家》是女性文学的杰作,而西蒙娜·德·波伏瓦的《第二性》,则是女性问题的理论名著。后者被称作"女性宣言""女权圣经",是因为它把女性置于历史长河中去探讨,放在社会大背景下去审视,对女性特征、女性价值、女性处境和女性前途四大问题,都做了真实深入的分析,回答了"什么是女人"的问题,其中蕴含着不少睿智思考和有益启示,有助于丰富我们的女性知识和开拓我们的女性视野。我相信,在感受了娜拉的顿悟之后,领会《第二性》的理论阐释,互为印证,彼此启发,必然会更有助于我们对于"人"的特殊群体——"女性"话题的深层理解!因此我想分为若干篇,逐条做个全面解读。

《第二性》共25章,长达60—70万字。大家都很忙,有闲时间认真读完的人可能不多。所以我把它的人学精华,概括为四个要点:一、女性特征;二、女性价值;三、女性处境;四、女性前途。我只想以最简洁的文字,讲给大家。

什么是"女性的特征"?主要有两条。

1. 自然性征:女性的生理性特征(即先天自生的特征)。

驳斥错误观点:男性向来宣布,因他提供了精子,人类的种子,所以他是生命的本源,是他创造了后代;而女性只提供子宫,仅是接受生命的土壤,是纯粹被动物质。但1897年经海星实验,证明生命的产生,来源于精子和卵子的平等结合(大家知道:人类繁衍后代,是由父亲精子和母亲卵子相结合发育而成的。受精卵中共有46条染色体,23条来自父亲,另一半来自母亲。46条中只有两条"性染色体"。男性是XY,女性是XX。两条染色体的强弱决定孩子的性别特征)。原来物种生殖,需要雌雄两性个体的合作。雄性和雌性两方具有同等重要作用,精子卵子各携带着相等的遗传基因,两种配子均不能看作优于对方。所以在胚胎中,既携带着父本、也携带着母本的原生质,并把它们一起传递给下一代,才能形成一个新个体。

可见,任何人的后代不过是男女平等结合后、又以男性或女性个体延续生命的化身而已,绝无主次、强弱之分,或一方吃掉另一方的事。两种配子从根本上起着相同作用,是它们共同创造了一个新生命的肌体,同时二者也立即消失,从而超越了自身。

所以,“女性是什么”?有人说:是一个子宫,一个卵巢,一个雌性等等。这种貌似真实的回答,即使从纯生物学角度去看,也带有歧视性质,表现了对女性的偏见和蔑视,其语含贬损之意,倒并非它只强调了女性的动物本能,而在于它首先就不符合生物科学的实际。

2. 社会性征:女性在历史中形成的特征(即后天形成的特征)。

波伏瓦还从精神分析和生产力发展的历史中,考查了女性的社会性特征。

她说:“历史唯物主义理论阐明了一些最重要的真理。人类不是动物,而是历史现实。”还说:“妇女史从根本上说,取决于科技史。”科技史,即生产力的发展史。

她分析了原始时代、私有制出现、直到今天,人类的劳动分工、两性关系、女性在家庭和社会中的被奴役、受压迫的地位演变,最后得出结论:妇女的解放,有待于她们大量参与社会化大生产时,才有可能办到。

从上述内容可以看出:

波伏瓦不是单一的自然性征论者,也不是纯粹的社会性征论者,而是两者的结合。

她给女性的定位是:女性既是一份经济力量,因此应当承认她们的社会地位;但也不能只把女性看作一支劳动大军,因为对于社会来说,她还是一个繁殖者,是男性的性伴侣,是一个丈夫在其身上找到了自我的她!

因此“铁姑娘”“女强人”“不爱红装爱武装”等等称谓,我认为:作为性格特点,应尊重女性的个人选择;但作为舆论导向,作为宣传号召,则不宜大力提倡。

40.《女性的价值——解读世界名著〈第二性〉》（2）

（2013.3.7.写于西北大学桃园校区）

有人说:“生为女人,实在可悲! 何以见得? 你看: 20年的公主(做女儿),一天的皇后(扮新娘),10个月的贵妃(怀孕期),然后,就是当一辈子的保姆(伺候男人)!”

在这里,他提出了一个“女性价值”的问题。

女性价值,指对女性的评价和判断。有人认为: 女人是夏娃、圣母玛利亚,又有人认为是潘多拉、阿弗洛狄忒。即她既是女神、偶像,又是罪恶、不幸;既是男性崇拜的对象,又是毁灭男性的祸水;说男人诞生在女人腹中,又死在她的怀抱;说男人的本性是创造,女人的本性是繁殖;说她是男性的朋友,又是他的敌人……女人究竟是什么? 波伏瓦说: 同时存在着“圣化”和“奴化”的两个极端,而以“奴化”的偏见为主。

1. “圣化”女性的现象,即赞美女性的伟大。

她孕育儿女,生养后代,贡献乳汁,保护亲人,甚至付出生命去拯救他们;她是人类的典范,大地的象征。天主教出现后,更把女性神圣化,圣母玛利亚就是代表。女性的精神地位,从性层次升华到纯洁、美丽以至伟大的高度,且具有广泛而神秘的象征意义,如家乡、祖国、自由、和平、革命、胜利等等,达到理想化而普遍受人尊敬。这就叫“女性神话”。如作家布勒东(法国超现实主义诗人)说: 女性是“自然的化身”,女性“富有诗意”,“女性是诗”。还说: 女性很迷人,女性就是个“谜”,“她的化身是斯芬克斯”,所以她是一种“天启”,一种“圣启”,属于“诗的世界”。

2. “奴化”女性的现象,即歧视女性的渺小。

波伏瓦认为:“奴化”,是对女性的主流评价。到处可见的是“男性主体论”,

"男性优越论""男性中心论"。《圣经》说夏娃是亚当的一根肋骨制造出来的,就从根本上否定了女性的独立自主性,即上帝早已注定,她的人生目的就是为男性而生,上帝把她赐给亚当就是为了让亚当免于孤独。按宗教解释:女性的本质是顺从,她们是附属的人类,男性正是通过对她的占有,才能实现自我。如作家蒙泰朗(法国小说作家)说:女性是黑暗,是混乱,呆头呆脑,爱主观臆断。说她们既不是观察家也不是心理学家,既不明事理也不理解生命,她们使人感到神秘的只是陷阱和欺骗,她们的深奥之处恰恰是一无所有,她们对男性无以奉献,能给予的只有伤害。说女人是个沉重负担,足以压倒和拖垮一个男人。所以男人害怕女人,正像"狮子总有一定原因害怕蚊子"一样,只有通过否定女人才能认识人类本身。还说女人是英雄的消遣物,在男女之间,顶多是使用者和被使用者的关系,"就像划火柴一样,点燃之后马上把它扔掉"。又说:一个男人在女人面前,就像站在一匹马或一头牛的面前一样,只要准备搏斗就行。说:女人就是女人,这是命运,每个女人必须承认,无权更改。任何女人企图逃避这一命运,进行抗争,都是徒劳。如果她要放弃做女人,又不会变成男人,那只能变成一幅非男非女、荒谬可笑的讽刺漫画。

总之,蒙泰朗和亚里士多德、圣托玛斯·阿奎那(包括我国孔子的三纲五常:君为臣纲,父为子纲,夫为妻纲。五常:仁义礼智信。三从四德:未嫁从父,既嫁从夫,夫死从子。四德:妇德、妇言、妇容、妇功;唯女子与小人难养也等等——笔者注)他们都要给女人下一个消极否定的定义。在他们眼里,完美的女人总是纯粹的傻瓜和绝对的顺从,他应随时准备接受男人而不该对男人有任何要求。

但是,波伏瓦说蒙泰朗毁掉了"女性神话",却"不能打碎这个女性偶像",说他是"作家群中典型的男性优越论者,也是个狂妄的男性主宰论者。他选择的仅仅是自我崇拜!"

写到此处,我想起女作家席慕蓉说过的一段话:"有两种男人最爱谈论女人,女性蔑视者和女性崇拜者,两者的共同点是欲望强烈。历来关于女人的最精彩的话,都是从他们口中说出来的。那种对女性持公允折中的人说不出什么精彩的话,女人也不爱听,她们很容易听出公允折中背后的欲望贫乏。"这一概括用在这里,正好可将上述两种对立观点做个总结。

那么,女人到底是什么呢?

波伏瓦作了存在主义的解答：一个人的存在，就是他所做的事情。可能性的估价不能高于实际，本质性的界定也不能先于实际。这就是存在主义的基本主张："存在先于本质"，也是解读和回答女性价值的基本依据。因此，女性价值应是每一个女性个体的价值：她只能由她所做过的事情，即由她一系列自主选择的具体行为来衡量。

41.《女性的处境——解读世界名著〈第二性〉》(3)

（2013.3.8.写于西北大学桃园校区）

关于“女性处境”的论述，是全书的最精彩之处。

波伏瓦说：“一个人之为女人，与其说是天生的，不如说是形成的。”“天生的”，指先天的自然性、动物性原因；“形成的”，指后天的人文性、社会历史性原因。女性特征主要源于自然生成还是社会历史形成？她在不否定前者的基础上，突出强调了后者的结论。这一判断，简洁准确，显系全书之魂。

她分为四个阶段做了具体探讨。现在分述如下：

1. 童年女性处境，是这一“形成”过程之始。波伏瓦说：人人都有个自我。在母女关系中，互把对方视为另一自我。女孩喜欢洋娃娃，选择女性玩伴，接近女教师以及闺房生活、阅读书籍、游戏方式等，都引导她进入女性生涯。她吸收女性智慧，被迫服从妇德，母亲教她烹饪、缝补、持家、谦虚待人、保养容貌、梳妆打扮等等，都是在培养她的女性意识，规范她的女性行为，教导她成为一个女人。她的女性天职从小就烙印在她的心灵上。

父亲在家里有至高权威。母亲虽是一家之主，却总留意成全父亲的愿望；处理家庭要事，母亲总借父亲之名，通过他的权威，实施他的赏罚；父亲在外工作，包揽对外联系。他的时间、物品、追求、嗜好等，都涂上一层神圣光彩。在小女孩眼中，样样事都在帮助肯定这个男性的权威，通过这些种种感受，她发现了这个男性主宰的世界，并从中读到了自己的命运。

在宗教尊严中，小女孩感受到的是同一导向：天神之父是男人，教皇主教是男人，神甫传教士也是男人。对于虔诚的女童来说，她与天父的关系和她与生父的关系相类似。处女要下跪，要做主的婢女，少女在男性天神注视下，必然放弃自我。她们常在忏悔师面前，在圣坛下的情愫之中，把一个有意识的自我，扭曲和改造成“奴”：低眉顺眼、垂首谦卑，跪在地上，脸埋进双手里，心向往上天，这便是一幅活生生的“弃绝自我”的绝妙画像。当她领略人生时，便得知身为女性之意义。不论她把自己抬得多高，不论她的勇敢能走出多远，她的头上永远有天花板压着她，四周永远有墙壁挡着她。宗教之神缥缈遥远，但现实中的人化男性群神就在她的身边。

2. 月经光临，是女孩生理成熟的标志。她从此变为女人，但却引起她的厌恶和害怕。“原来从外界压向她的注定之命，就蹲伏在她的肚子里，她无处可逃，有被捕之感。”她的性别等于疾病和痛苦，她的精神为不幸命运所烦扰，以至形成根深蒂固的观念而困惑终生。她看到：男孩变成男人的努力到处受到尊重，而且享有很多自由；而女孩想争取独立则到处受到指责，毫无自由可言。男孩在“做人”和“做男人”之间完全统一，而女孩在“做人”和“做女人”之间，却矛盾重重。青春期的男子，在“过去”和“将来”之间，一以贯之，没有阻挡；而青春期的女子，在“过去”和“将来”之间，则要被撕裂割断，发生沧桑巨变。过去，她的自然倾向视自己有自主之权，而将来，她必须屈居于另一男性之下，放弃自我，这便引起她的彷徨和恐惧。她必须在煎熬中，度过这段从生理到心理变化时期的难堪岁月(即女子人生中的断裂带!)。

3. 结婚，对于女性比对于男性更重要，它是一个女性人生的重大转折。按说，婚姻是两个异性个人同意后的自由结合，其义务和权利都由当事人互为对方负责。既然是建立在彼此需要的基础上，就应当平等互惠：这个男人是她的另一个自我，正如她是这个男人的另一个自我一样。但婚姻对男女却有不同意义，即意味着男子娶妻而女子出嫁，从此她被局限于生殖和理家的角色中。社会并未给她与男子同等的尊严，她找丈夫意味着找“保护人”，丈夫对她来说是靠山，是主要的，她成了附属的、次要的。她从父母的掌握中解放出来，又将自己被动地、温顺地献给新主人(请想想《玩偶之家》的女主人公娜拉)。在社会上丈夫代表家庭，在经济上他是一家之主，在家里她从属于丈夫，改用他的姓(中国比欧洲进步)，成为他的另一半(moitié)。

在性关系上，本来应是双方都深切感受到“我”和“他”的共在，是一种“自我”与“他我”的相互体认。在性魔力之下，感到自己既是肉体又是心灵，既是对方又是自我,没有隔阂没有斗争,没有胜利也没有失败,双方既是人又是物,既是主又是仆,两个个体关系变成双重的相互关系。但是,在她具体的性感觉和性经验中,男子传宗接代的任务,与他的个人享受合而为一;而女子的性快感总与怀孕生子的痛苦相关联,总处于恐惧感的威胁之中。所以,她发现男子是个侵略者的角色,女性成了他的牺牲品,变为"物"。她将自己对象化后,惊奇地发现:她自己也视自己为"物",原来她还存在于"自我"之外,从而认识了自己具有双重性质,面对镜子,她看到一个陌生的"物我"——她处于一种永恒的否定状态中!

女性为什么多对理家颇感兴趣?像西绪福斯那样永无止境地反复劳作?波伏瓦也从人人都追求"自主权力"层面上做了分析。指出男性价值并不体现在家里,他在工作中表现自我。家,便与男性的"外宇宙"相对立,成为一种"内宇宙""反宇宙"。女性被囚禁在婚姻中,她的"主权意识",便不得不把"监狱改造成天堂"(我的老伴开玩笑说:"我把监狱改造成天堂,才能把牢底坐穿!"),因为对她来说,家,成为她的世界中心和惟一现实,只有在这里她才像个女皇,能发号施令,主宰一切,她要体现她作为一个人的独立性。家,这个展现她的世俗命运的处所,也体现了她的社会价值,她借家庭所能拥有的东西来表达自我——一个真正的自己。但是,这是她失去社会自由之后的迫不得已而为之,所以实质上,她是以放弃自由来求取自由,以退出世界来征服世界。

4. 怀孕时期的女性,要做母亲了。这时的她之所以伟大,因为她不再是个顺从于主体的受体,不再是附属物了。为了传宗接代,为了社会存在,她放弃了自我也超越了自我。她怀着一个生命、一个价值,像制造一个小星球、塑造一个小天使,她成了种族的化身,代表未来的命运,因象征着一个永恒而受到人们的尊敬。这便是怀孕女子、一个准母亲的一份幸福。她虽是被动受难的工具,但她有一种创造感。孩子出生,母爱也产生。她视他(她)为"新客人""小化身""小陌生人""一个未来的太阳""一个捧在手心里的美丽的梦"。这个用她的血肉塑造出来的小雕像是另一个存在,另一个自我。然而,波伏瓦认为:母爱不是天生的,而是取决于母亲的处境和她对处境的反应。当女儿(另一女性)长大后,母女之间便发生冲突:女儿希望脱离母亲而独立,母亲则视之为忘恩负义的信号。她阻止女儿离异,不容忍自己的化身成为另一个人。男性在女性身上享受的优越感,女性只能在女儿身上才能得到,让她放弃这一特权,就是让她的追求落空。

女儿宣告独立,她的希望便遭破碎。她既恼恨外界夺走她的女儿,又嫉妒女儿夺走了她的世界。她臣属于丈夫之下,却要君临于女儿之上。这是两个独立的自主存在的冲突,两个自我的冲突,也是超越和反超越的冲突。当女儿长大成人、离开父母、结婚自主的时候,一个行将就木的老迈女性,在含苞欲放的女儿身上,看到自己的复活和再生的同时,也看到了自己的毁灭!原来,“女儿的诞生是自己的死亡!”这是个荒谬的悖论,也是个残酷的真理。母亲给了女儿生命,女儿则最终离她而去,自求生存。伟大的母亲,其实只是生命锁链中的一环。回头看,她这才发现:当她结婚之际,自以为获得自由的时刻,其实正是又一次失去自由的时候。不幸得很,每个妇女都重演了同一部女性生活史。这种不断重复的悲哀,还要代代相传,以至无穷!

这就是女性的处境!

42.《女性的前途——解读世界名著〈第二性〉》（4）

（2013.3.9.写于西北大学桃园校区）

"女性前途"，与"女性处境"密切关联。

波伏瓦认为：宏观地看，女性是人类中的一部分，也是被男性统治的一部分，处于从属地位的一部分。她们被男性社会禁闭，也被自己禁闭在一个小天地里，这个小天地又被男人的大世界所包围。连她们自己也承认：铸造、统治和支配这个大世界的权力属于男性。她的个体自由完全迷失在这个历史和现实的大处境中！

可见，妇女的所有悲哀，都是"处境"使然！

人们常常指责：女性委曲求全，妥协保守，缺乏开拓精神，其实那是处境造成的；人们说：男人造神女人拜神，责备女人心中，强权就是真理，那也是处境造成的；人们看到：改朝换代时，社会一旦解体，最先跪倒在征服者脚下的便是妇女，那还是处境造成的；人们斥责女人：琐碎懒惰、奴性十足，其实正好表现了妇女一向被囚禁的事实；男性觉得，女人只长头发不长脑袋，那也是处境迫使她把动物本能视为极端重要；人们谴责女人：是卑琐的物质主义，那还是来源于她的处境。她之所以重视小事，是由于不能接触大事，处境条件迫使她把日常琐事视作重要的现实；如果说女人是世俗、平庸、功利的，那也是被迫献身在烧饭和洗尿布上，没办法追求崇高和伟大，"处境"从来没有，也不可能给奴隶以人性尊严；实际的处境统辖着妇女的天地，这就是女性常采取柔顺不争的中庸立场的原因。既然如此，我们怎能要求她达到勇敢和崇高的高度呢？

波伏瓦甚至带着愤激之情写道：人们把女性囚禁在厨房和卧室中，然后惊异她的视野狭小，目光如豆；人们把她局限在家务琐事之中，却指责她自卑自醉，自暴自弃;人们把她的翅膀剪短,然后叹息她不能振翅高飞。一个封闭在自我的圈子内、被处境剥夺了自由的人怎能指望她去超越自己呢?

总之,女性的缺点、弱点源于她的处境,女性的性格、行为源于她的处境,女性的信仰、道德以至智慧、观念、格调等等,都源于她的处境。不给女性创造超越自我的任何条件,而要求她达到崇高境界,那是南辕北辙,根本不可能的事!

至于女性的前途,波伏瓦认为:今日女性,是历史女性的结果,也是明日女性的起点。实现男女的真正平等,是波伏瓦追求的最高理想。她说:今天,男性在理论上、宏观上已经接受了男女平等观念,但在实践中、生活中仍要求她们从属于男性。歧视女性现象到处存在。真正实现男女平等,还有一段很长的路要走!我国妇女今天的处境,和《第二性》产生的时代相比,已经发生了很大变化,在历史上前进了一大步,但离真正的男女平等还有很大距离。什么叫平等?我认为:不仰视、不蔑视,应平视,才叫平等。

《第二性》这部世界名著,值得所有女性阅读和思考,同时也值得所有的男性阅读和思考。因为只有全人类男女二性共同努力,才能把人类的整体素质提升一个档次,才能向男女平等的崇高目标迈进一大步。

43.《解读“好雨知时节”》

（2013.3.21.写于西北大学桃园校区）

“春雨贵如油！”可是，从去冬到今春，西安常被雾霾笼罩，几次受沙尘侵袭，雨水偏少，至今干旱，不仅威胁农作物生长，也直接危及健康，人们盼望春雨真是如饥似渴啊！

在这种气候里，我自然联想到杜甫的诗歌《春夜喜雨》：

“好雨知时节，当春乃发生。
随风潜入夜，润物细无声。
野径云俱黑，江船火独明。
晓看红湿处，花重锦官城。”

不过，今年重温这首诗，它不仅慰藉了我对春雨的渴望，润泽了我久旱的心灵，更对它蕴含的另一种精神启示，多了一层认识。

这就是：做人，应当崇尚一种风格，必须审时度势，低调重效。

为什么这么讲呢？

这首诗，我最喜欢前四句，它全在赞美春雨之“好”。好在哪里呢？概括起来有二。

一，“知时节”。就是知时机。我们干任何事，都需要知时机，明察秋毫，把握机会。我们常说“机不可失，时不再来”，就是此意。这个“时机”，指大形势，也包括小气候，还有微环境。我们必须审时度势，分析鉴别，把握大局，应时而动。那种不顾时节，死守旧规，习以为常的轻率决定，甚至逆势操作，必然事倍功半，或者更糟，直至失败。

二，“细无声”。就是要从细节入手，从小处做起，专注入微，悄无声息。事物的发展，总是由低到高，由小到大，由少到多，只能一步一个脚印地扎实前进，警惕浮夸，埋头实干，必能成就大事。最忌讳的是，大喊大叫，吹牛撒谎，满世界张扬。在目前的世风中，我觉得最可怕的是狂妄加浮躁，倘一味发展下去，必败无疑！

也可以说：前两句是写“知时”，后两句是写“润物”。“知时”，贵在“当春”；“润物”，贵在“无声”。这两点，对于我们做人、行事，都有重要启迪。它不正是教会我们变得更智慧、更聪明些么？

如果我们把这种“好雨”理解为赞美一种风格，那么，这是一种什么风格呢？就是那八个字：审时度势，低调重效。

44.《我对“思考”的思考》

（2013.3.23.写于西北大学桃园校区）

1

热心网友们读了我几篇思考性散文随笔，多次回帖关注，表达感想，互动交流。如“会飞的鱼吼”“紫荆棘鸟”“狐雕之舞”“skidoo”“小桨荡轻舟”“西贝贾”等几位就是。无论是赞同欣赏、联想发挥，还是补缺堵漏、纠偏扶正，即无论是鞭策还是鼓励，我都心存感激，也深感他们都意识到了对“思考”的感悟。这说明，他们也喜欢思考，热衷于思考，和我有相通之处。为此我在感谢的同时，也不觉得孤独，颇感欣慰。

倘放大一步说：人们都在思考。古人说：“心之官则思。”人人都有心有脑，倘不思考，要心要脑何用？心脑对于人生，恰像一台“永动式计算机”，只要活着，总在不停运转。请想想，每日、每时、每事、每地，哪个人不进行思考呢？即使进入梦境，不还是白天思考的折射和余韵吗？

既然大家对“思考”产生了共鸣，也证明诸位都尝到过“思考”的味道，有过“思考”的经验，产生了对“思考”的兴趣，且燃烧起追求“思考”的热情。那么，我们是否应当讨论：人，为什么要思考？常思考有什么好处？以及应当怎样正确思考？

正因为如此，才引发了我写这篇小小随笔《我对“思考”的思考》的念头。

2

按我的理解：思考，也叫“实事求是”。即从实践中提出问题，常问常思，常思常解。只有这样，才能不迷惘，不糊涂，少纠结，少烦恼；排除盲目之后，才能活得清醒，活得明白，活得充实，活得自信，越活越能活出味道来。

我在年轻时代，专备过一个笔记本，取名《思而得》，见缝插针式地记录一些片段思考。从那时起，我就日益认识到“思考”一词的含金量了，直到今天，养成了什么事都要问个“为什么”的习惯。我曾为我的书写过一个自序，就取名为《我愿做一个撒播“思考”种子的人》。

严肃地讲：思考，是人和动物的根本区别之一，这是人之所以为人的基本特征。许多哲学家，都对此做过论述。

笛卡儿的名言是：“我疑，故我思；我思，故我在。”这是他的认识论，也可看作他对“思考”的重视。他的意思是说：我怀疑是我思考的原因，我思考是我存在的证明。我注意到：他讲清楚了人类的“疑”“思”“在”这三者之间的逻辑关系。这是在说：怀疑本身就是思考的开始，是思考的发端；思考，正是人类存在的证据，更强调了思考的重要性，只要人活着就要思考。其实这三字，都讲的是思考。

王国维对此语理解得好。他说：“疑也者，不外思考之一形式。故可曰‘我以思考故而存在也。’是吾人以单简之直觉，于疑问自身所得之真理也。我虽疑一切，然其思考之不止，明甚；思考若止，则纵令其他一切存在，而我之存在与否，未可信矣。故当知吾人之本体，在思考之上。自我确实，则为一切认识之根源。”（见《王国维文集》第三卷第6页《论哲学家与美学家之天职》，中国文史出版社）

对此语，罗素也做过简洁解释。他说：“已被证明是存在的那个我，是由我思维这件事推知的。所以，当我思维的时候我存在，而且，只有当我思维的时候我才存在。假若我停止思维，我的存在便没有证据了。我是一个思维的实体，其全部本性或本质，就在于思维的作用。”（见罗素著《西方哲学史》下87—88页）

罗素还说过：“知觉有两种，一种是感性的，一种是悟性的。”我想：感性知觉，人人都有，而悟性的快慢、高低、深浅，则要视其思维能力的大小、强弱而各有不同的表现。人们向来把佛教中的参禅，就理解为一种彻悟。可见，思而有所得，就叫悟，而所谓悟性，就是思考。

我很喜欢数学，数学使人聪明，就因为数学里蕴含着严密的逻辑思维。它不告诉我们“实际有什么”，只告诉我们“如果有什么，则会有什么”。比如，如果1+2，则会等于3。这也是一种“悟”，我叫它“数学之悟”。

所以，我给自己终生规定了一件永不放弃的任务，并把它固定为我的座右

铭,这就是:

“思想不要像漏斗一样,留不住东西,把什么都漏掉了。但是,思想却要像筛子一样,把该漏掉的漏掉,把不该漏掉的都筛选出来!”

“筛选”的始末,就是思考的过程;“筛选”的获得,就是思考的成果。

3

说起“思考”,我经常想起《思想者》。这是罗丹的雕塑名作,收藏于巴黎的罗丹博物馆。它被安置在该馆前院右侧一个小小的花坛中心。

“思想者”的形象,赤身裸体,弯腰屈膝,打坐在一个高高的石座之上,右手背支撑着下巴,紧锁双眉,全神贯注,用他那像赤裸躯体一样的赤诚之心,聚精会神,静思默想,仿佛忘掉了身边的一切,静坐在那里,永久地沉思着、沉思着。

究竟有哪些难题,纠缠得他、逼迫着他那样苦苦地思考呢?也许是关于物质和精神的问题,战争和和平的问题,有神论和无神论的问题;也许是关于灵与肉的问题,生与死的问题,美与丑的问题;也许是关于人生的意义、宗教的神秘、艺术幻想的问题等等。请问:在生活中,时时刻刻、事事处处,哪个人不在思索?哪个人没有贴心关注、没有令人苦恼的重要难题呢?

所以说,这座塑像就像一面镜子,每个欣赏者都能从它身上照见自己的影子!

什么叫“思考”?我建议:请您去欣赏名雕《思想者》吧!我常想,它不正是对“思考”一词的最生动、最形象,亦最准确、最深刻的注释吗?

4

一位朋友曾经反问我:你常用外国名流的语言或作品佐证你的观点,难道我国的古圣先贤,就没有论述过关于“思考”的问题吗?

当然有,而且更多,更丰富。我国古典文献中,凡写到“辨”“谋”“知”“思”“虑”等等,都是讲的“思考”。我随手举几个例子吧。

如《荀子·非相篇》中讲:“人之所以为人者,何已(最终证据)也?曰:以其有辨也。饥而欲食,寒而欲暖,劳而欲息,好利而恶害,是人之所生而有也,是无待而然者也,是禹、桀之所同也。然而人之为人者,非特以二足而无毛也,以其有辨也。”这里的“辨”，即辨析，就是思考的意思。

《论语》中讲：“子路曰：子行三军，则谁与？子曰：暴虎冯河，死而无悔者，吾不与也。必也临事而惧（谨慎），好谋而成者也。”这里的“谋”，即谋划、谋略之意，也是思考的意思。

《论语》又讲：“子曰：知（智）者不惑，仁者不忧，勇者不惧。”这里的“知”，即智慧，还是思考的意思。

《论语》还讲：“人无远虑，必有近忧。”这里的“虑”，即思虑，还是思考的意思。

还有：“子曰：君子有九思，视思明，听思聪，色思温，貌思恭，言思忠，事思敬，疑思问，忿思难，见得思义。”把各种思考的内容、如何正确思考，都言简意赅地表述得明明白白。这里的九个“思”，显然还是思考的意思。

请问：古今中外，名篇巨著，哪一部、哪一句不是殚精竭虑、耗费心血、经思考之后产生的结晶呢？

5

我国近代思想家王国维，对“思考”的解读，更加明白晓畅。

他翻译了英人 JEVONS. W. S 的原著《辨学》。所谓“辨学”，就是关于思维的理论，即研究人的思辨智慧、思维逻辑的理论著作。在这里，如果把译者选择的文本，看作译者赞同原作者的理解的话，那么，下列引文也可看作是王国维本人的见解。

“辨学不徒说明推理确实时之原理，并视其虚妄时之危险，由是吾人得趋真而避妄，故谓吾人无辨学之助而能推理，无异于人无医药之助而能康健也。人苟无病，固无籍乎医药。人之推理苟无不正，则亦无籍乎辨学，然能如此者果有几人乎？人之自要求其精神之无误者，与自要求其身体之不死无异也。”（见《王国维文集》第二卷第 235 页，中国文史出版社）

为便于理解，我将它译成今文：

“辨学不只说明正确推理的原理，也能认识到错误推理的可怕，由此我们就能得到真理而避免了虚妄。所以说，我们不靠辨学的帮助而能正确推理，无异于人不靠医药的帮助而能得到健康是一个道理。人如果无病，那么不必借助医药。人的推理如果没有错误，则也不必借助于辨学。但是，能做到推理无误者能有几人呢？要求自己思想无误的人，与要求自己身体永生没有区别。"它集中说明了推理——正确思考的重要。

王国维还认为：智力思维，是人和动物的根本区别。

"人于身体之方面，实无异于动物。又就此方面言之，彼不过物质而已。惟以其有知力故，且能以概念推论故，遂卓然出于万物之上。而此知力之性质及动作，岂非最高及最有兴味之研究物乎。辨学之研究，正在乎是。赫米尔敦曰：世界中无大于人，而人中无大于知力者，此真理殆（永远）无人能反对之者也。"（出处同上）

为便于理解，我也将它译成今文：

"单看人的身体，实在与动物无异。又仅就这方面而言，身体不过物质而已。只是因为人有智力的缘故，而且能用概念推论，这才脱颖而出、傲然立于万物之上。而这种智力的性质以及由智力产生的动作，难道不是最高层次、最有兴味的研究对象吗？辨学研究的核心，正在这里。赫米尔敦说：世界上唯有人最大，而在人中唯智力最高。这一真理乃是永远无人能反对得了的。"

6

叔本华（德）写过一篇短文，很有意思。他把读书的特征，即读书和思考的关系，揭示得既清晰又深刻。他说，读书不思考，实际是件坏事！就是说，它不只是无收获，无价值，等于零，而是有负价值，起反作用，会产生不良的效果！为什么？

因为我们读书时，是作者代替我们思考，我们不过是在重复作者的思考过程而已。为了说明此理，他列举了一串比喻：如儿童。孩子启蒙学字，只愿照猫画虎，可以不去思考，觉得很轻松，我们的头脑就变成别人的运动场了；又如常骑马者，步行能力必定较差，故今天以车代步的人，腿脚肌肉逐渐退化，就走不了长路；又如弹簧，倘受外界压力太久，慢慢失去弹性，最后就会变成废物；又如人的大脑，很像一块黑板，读而无思，总被涂抹得密密麻麻、层层叠叠，故能保留下来的东西，便越来越少。

可见，只读不思之人，思维能力渐次弱化，变成思想懒汉，这就是很多饱读诗书的人，为何越来越蠢的原因。读得多，不思考，没心得，虽有印象但不生根，很快就会忘记！想想看，这种不思考的阅读，长此以往，习惯成自然，容易养成懒于思考的坏毛病，从而贻害无穷，这不是负值是什么？所以，叔本华针对此种现象，号召大家“绝不滥读！”我也想，“读书使人聪明”这句话，也含有绝不滥读、只读好书的意思。

何为聪明？它不正是既读且思的结果吗？

7

但是，也不能把“思考”推到极端，唯“思”是瞻，孤立而论，还必须关注与之相联系的“行”。所以，认真关注和恰当处理“思”和“行”的关系，把二者合理地统一起来，也是理解“思考”的重要一翼。

“季文子三思而后行。子闻之曰：再，斯可矣。”（同上《论语》第 53 页）这里强调的是，倘思考过多，一味钻牛角尖，错失了行动，必坏大事，也不可取。更有甚者，如果只要思，不要行，光思考，无行动，把思和行割裂开来，那就成了像冈察洛夫笔下的典型人物奥勃洛摩夫那样的“多余人”——聪明的废物了！

总之我深感：古今中外的思想家们，都那么重视思考，我们应向他们学习，努力做个“会思考”的人。只要不走极端就成。

45.《萨特和波伏瓦的爱情实验》

（2013.3.28.写于西北大学桃园校区）

1

一位青年朋友，听过我的萨特讲座之后，热情洋溢，怀着极大兴趣，专程来家问我："听说萨特和波伏瓦的爱情故事，很离奇，很有趣。您能给我讲讲吗？"

我答道："按我的理解，他俩的爱情经历，是他们在二战前后对爱情内涵的新探讨，是对爱情传统模式的新挑战，是20世纪中期，西方厌倦婚姻形式的爱情，被人们称为'终生伴侣'的爱情。"

"开始，他们怎么谈恋爱的？"

"这要从他们'两次立情约'说起"。

我告诉他：年轻时，他俩是大学同学。当两人坠入情网之后，萨特向波伏瓦提出并征得对方同意，双方订立了一个标新立异的情约，互相声明，他们之间的爱情是很重要的，但各方经历一些偶然艳遇也是应于认可的。彼此保证无话不谈，一方绝不对另一方撒谎，不许隐藏任何事实。

"啊！这个情约有意思。"这个朋友一听，更感兴趣了。他说："针对陈规旧习的约束，他俩既规定了双方绝对诚实的相爱关系，又不失掉各自独立的原则，爱情把两人密切联系在一起，但也不损害任何一方的个人自由。"

"对！"我说，"从中有趣地透漏出：他俩的爱情从一开始，就表现为对于'我和他人'广义关系的一种人性关怀。"

我接着讲：此后，萨特服兵役15个月。由于他是气象兵，工作宽松，比较自由，得以和波伏瓦经常幽会。两年后，根据实践和体会，他们又修改了这份爱情协议，于是产生了第二份情约。主要内容有二：第一，两人可以将就短暂的分离,但不能忍受长期的单枪匹马;第二,虽不发誓永远绝对忠诚于对方,但要把可能的性自由,推迟到遥远的 30 岁之后。

“我看出来了,”他立即笑道,“显然,二人感情又大大加深了一步。虽然不能保证终生厮守,但却再也无法分开了。要求把允许外遇推后十年,也表现了他们都在约束自己,以确保眼前的彼此忠诚!”

我说:“是的。如果说第一个情约,有对‘个人绝对自由’的默契,那么第二个情约,则大大提高了互相忠贞的承诺,压缩了‘个人绝对自由’的空间。这种此消彼长,其实也证明了,爱情领域里的忠诚和自由,在骨子里是相对立的关系。显然,这是二人爱情加深之后的必然结果,也为两人虽未结婚却相伴始终,奠定了牢固基础。”

他点点头,表示赞同。

2

“紧接着,是‘共演三重奏’。”我说。

“什么叫‘三重奏’?”

“1934 年,萨特、波伏瓦和他们的一个女学生,人称‘小白俄’的奥尔加生活在一起。奥尔加来自十月革命后的俄罗斯,任性随意,喜怒无常。她追求绝对,嘲弄理性,崇拜青春,热爱自由,带着反叛旧习的骚动,与两位老师结识。最初,萨特和波伏瓦想培养她攻读学位,但奥尔加早已厌倦学习,久而久之,三人便形成了一个共同生活的小集体,发生了爱情上的三角关系,产生了许多摩擦和冲突,给萨特和波伏瓦,尤其是给波伏瓦造成了许多痛苦。最后他俩不得不和奥尔加分手。这段关系,被人们称作‘爱情三重奏’”。

“您在讲座中说:萨特和波伏瓦两人,都和其他异性发生过亲密关系,而且都能互相默许,是真的吗?”

“是真的。他们的爱情史上,曾经对等地发生过艳遇绯闻。1945 年,当萨特访美时,喜欢上了美国少妇陶乐勒斯;1948 年,波伏瓦访美时,也与美国作家阿尔格雷坠入情网。”

当我讲完具体过程之后,他问:

“那么,您对这件事怎么看?”

“对于两人的艳遇绯闻,从过去到现在,从法国到中国,毁者有之,誉者亦有之,多属于道德层面的见仁见智之谈。我认为,很有必要指出来,其中还蕴涵着一个严肃话题,即关于‘我和他人’关系的人性思考问题。”

我给他分析说:萨特和波伏瓦早年的情约,实际上从一开始,就是作为一项独辟蹊径的婚恋试验而产生的。他们都是存在主义作家,不是都醉心于对人、对人的自由、对人和人关系的探讨吗?一男一女的年轻情侣,就是一对最好的实验对象。他们把自己作为背叛传统的先行者和实验品,其目的是要研究:在“自由”和“忠诚”之间,能否并行不悖?作为男性的萨特,为了叛逆传统,实现个人自由,要在“偶然的爱情”中,去体验与他人的关系;作为女性的波伏瓦也在思考,传统婚姻往往只允许男子寻花问柳,而不许女子违约出轨,即传统婚姻制度常给男子以性自由,却限制女子的性自由。二战后,随着女性意识的觉醒,妇女解放运动的发展,似乎女子也应享有自己的性自由,以此补偿男子朝三暮四给她们造成的伤害,否则,她们便会陷入妒忌和痛苦之中。萨特和波伏瓦的这种心理和思考,在战后法国和西欧的青年知识分子中,具有相当的普遍性和代表性。于是,双方都产生了一种需求,想共同探讨一种“我和他人”(爱情双方)都满意的理想关系:互相允许在随心所欲地偏离正道的同时,还能保持彼此忠诚。这真是异想天开。

“怎么是异想天开呢?”他反问。

我解释道:“你看,他们在天真中,都忽略了,或者说回避了重要的一维:第三者。无论哪一方经历了风流韵事,尝试了露水情缘,必然有个第三者加入进来,那么,双边关系就变成了三角关系,问题就复杂得多,绝不是任何两方,更不是任何一方就能控制全局的。一般说来,第三者始终甘愿彻底屈从、奴性十足地充当工具,毫无主见地为另两方所利用的事是很少有的。最常见的,倒是谁都不愿充当第三者的角色,从始而默认开始,也必然继之以妒忌和不平。因为他(或她)虽位屈第三,但生为人者,‘自由’之魂,‘自主’之心,决不会因此而泯灭。于是,得寸进尺便不可避免,摩擦冲突自会跟踪而至,三方最终都要陷入难以自拔的泥淖之中。正如波伏瓦回忆时讲的‘其中一方喜新厌旧,另一方会认为他或她被不公正地欺骗了。于是两个自由的人,变成了针锋相对的虐待者和被虐待者’(见《时世的力量》上153页)。30年代他们和奥尔加的‘三重奏’是如此,40年代他俩分别在美国的艳遇，也是如此。”

“您是说，他们的实验是失败的？”

“是的，萨特和波伏瓦两人在主观上，的确贯彻了尊重对方自由、坚持互相平等的精神追求，两人的确像婚内情一样忠诚守约，又各生婚外恋享受绝对自由。每人都将自己的外遇实情，讲给对方，毫不虚伪，这或许也叫忠诚；对方也都不加干涉，像好友一样认同，并不约束对方，这或许也是一种自由。但即使如此，也仍然无法获取这场实验的最终成功。因为四个当事者，谁也无法从根本上改变已经定型的自己。对于萨特和波伏瓦来说，巴黎是他们的生活之根，他们的生活和创作都离不开巴黎。即使波伏瓦不存在，萨特也不会仅为陶乐勒斯而久居纽约；同样，即使萨特不存在，波伏瓦也不会仅为阿尔格雷而老死芝加哥。对于阿尔格雷和陶乐勒斯来说，也存在着同样的原因。可以看出：人人都有极强的自主性，都想把对方同化过来，而不愿自己被对方异化过去。于是断绝关系、分道扬镳和伤害感情，便成了唯一归宿。”

“我还是不太赞同您的看法。”

我笑笑，说：“没关系，我们讨论嘛。不过你看，”我还想说服他，“他们的实验证明：所谓爱情，活像一场‘二人转’，只能是一对男女的双边关系。只要有一个外来者加入，便会形成三边关系，即发生全局性的、谁也无法控制、无法预料的变化。于是，人人都是自主的一方，人人又都是毫无自主可言、为另两方所左右的第三者，便会造成水火难共、无法理清且越理越乱的矛盾纠葛。这就是他们常以喜剧开始，又以悲剧告终的根本原因。”

他仍然在思考中摇着头，还是不同意我的结论。

我仍坚持我的意见：“这一切都证明了：情爱、性爱如火，不可随意戏耍，否则引火烧身，便不是好玩的了！我们称它为‘人性试验’也好，称作‘爱情游戏’也罢，其终局必然是不欢而散，结出的只能是一只苦果。他们的这种苦恼，在波伏瓦的长篇小说《女宾》和《一代风流》中都有过生动具体的描绘。”

3

“照您这么说，萨特和波伏瓦的爱情必然失败，最终要以分手为结局了？”

“没有！在感情问题上，向来不能简单地逻辑推理。虽然，萨特和波伏瓦的

‘爱情实验’遭到失败,但这只是他们人生中的一段弯路、一段插曲。综观一生,他们从青年时代携手走来,共同应考,共同任教,共同走上文学之路;他们共历战争,共度艰险,共享战后喜悦;他们共同旅游,共同访问,共同创作,共同切磋,面对共同的问题,采取共同的态度;他们积累了共同的经验,铸造了共同的灵魂,创立了共同的自由观念,也培植了共同的价值体系。走到天涯海角,萨特心里总装着波伏瓦;女萨特波伏瓦,也总是心系男萨特。他们互为表里,互为因果,互为化身,也已互相对象化了。在精神上,他们面对面站立,就像一个人看见镜子中的另一个自我一样。一生的同甘共苦,磨合交流,相扶相助,已经把他们化为一个人!在感情和意识的世界里,当走到坟墓门口时,谁也离不开谁了!虽然他们不像大多数男女那样履行过法律手续,举行过结婚仪式,也没有申请过那一纸结婚证书,取得终生同居的合法地位;但共同的生活使他们在情感、思考、主张、爱好,甚至在秉性、缺陷方面,都是那般相似,那般志同道合,又是那般情投意合。所以,当萨特去世前,躺在医院病床上,总结了他们的终生感情,拉着波伏瓦的手,深情地说:“你是我的好妻子!”这是萨特临终前对他们二人爱情的最终赞美!也是他一生唯一的一次!从老年心灵默契合拍的程度看,他们不是夫妻,又似夫妻,甚至胜似夫妻。所以,他们死后合葬于同一墓穴之中,那实在是必然的归宿!”

我的那位青年朋友最后说:“您言之有理,但应当还有另一种道理在,让我再想想。”

他带着他的问题,他的思考,默默地走了。

46.《“偷吃禁果”二人谈》

（2013.5.1.写于西北大学桃园校区）

上午课间休息时，我坐在西北大学校园的咖啡屋里喝咖啡。背后的小隔间里，面对面坐着两个学生，一大一小，从年龄看，应该是学长和学弟吧，也品着咖啡拉闲话。

学弟说：“我班一个女生又做人流了，大家在背后说啥的都有。现在舆论的主流，常把婚前性行为称作‘偷吃禁果’，予以指责；把偷偷堕胎、非婚生子现象视为不德，因而落在偷吃禁果者头上的可怕后果，如遭受身体的摧残、精神的折磨和众人戳脊梁骨等等身心伤害，也都被看作是违反神规的必然报应，是蔑视道德的正当惩罚。当事人更是自觉羞愧，在大家面前抬不起头来。我认为，这种行为，从道德规范的层次上给予否定是正确的。当然我也知道，从社会舆论看，宽容者说是‘爱情冲动’，斥责者则骂作‘丑行败德’。人们褒贬不一，见多不怪，已经属于新常态了。”

学长笑着说：“个性自由时代嘛，发生偷吃禁果的现象越来越多，自然各种评论都有，我也很赞同你的观点，生活态度应当严肃，千万不可儿戏，一失足往往造成终生遗恨！但对此事仅做道德评判，可以另当别论，暂且置之于一旁。”

他停顿了一下继续说：“除此之外，我更想说的是：倘若拓展思路去认识，上升到哲理高度去审视，‘亚当夏娃偷吃禁果’的故事，实在应该作另外一番分析和解读。”

学弟诧异：“啊？另一种解读？怎么讲？我倒想听听。”但未等对方回答，学弟又赶紧补充说：“不过，解读的依据应当是原作，对吧？在经典文本中，‘偷吃禁果’究竟讲的是一个什么样的故事？我还不甚了了。”

学长说:"你去查查《圣经》吧。《圣经》中讲,上帝的伊甸园中,生长着生命树和智慧树。智慧树,也叫善恶树。上帝对亚当说:'园中所有树上的果子,你都可以随便吃,唯独智慧树上的果子,你不能吃,吃了必死!'过后,蛇对夏娃说:'你们不会死的。上帝知道,你们一旦吃了那棵树上的果实,就能立刻知善恶,辨真伪,聪明得跟上帝一样。'于是,夏娃就摘下智慧树上的果子吃了,也给她的丈夫亚当吃了。果然,他们两个人顿时心明眼亮起来,这才发现,原来自己一丝不挂,觉得羞耻。又听见上帝走来的脚步声,他们急忙藏进树丛中。上帝呼唤道:'你在哪里?'亚当说:'我听见你来了,心里很害怕。因为我赤身裸体,不敢见你,所以就藏起来了!'上帝说:'谁告诉你是赤身裸体的?'于是,上帝立即知道了:他们偷吃过禁果了。"

"噢,这就是'偷吃禁果'的原始故事?"

"对。这段经典说明:偷吃了智慧果,人就会耳聪目明,懂得羞耻,也能知善恶、辨真伪、懂是非。也就是说:人吃了智慧果,便会思考!就会产生聪明智慧!"

学弟边思考边问:"喔?那我是不是可以这样理解:上帝不许人偷吃智慧果,就是希望人类永远闭目塞听?俯首帖耳?对他盲目服从?永远懵懵懂懂地度日月?否则,他就要置人于死地!?"

"对呀,我也这么想。正因为我们人类始祖,违反了上帝禁令,偷吃了禁果,人类才获得了心明眼亮,懂得了思考,有了智慧,才自觉地艰苦劳动,日积月累地创造出今天的文明世界!"

"按照你这么解释,蛇的告密,不是犯罪,而是立功?蛇的行为,不是狡猾,而是聪明?蛇仅次于上帝,远比人祖高明?蛇是擦亮人祖眼睛、开启人祖智慧的先知先觉了?"

"难道不是吗?你试想想:如果没有蛇的开导,我们人类的眼前,可能至今仍然是漆黑一团;我们人类的大脑,恐怕现在还是混沌一片,仍旧在遵从着上帝,痴愚地躺在伊甸园中,永远走不出那个偏狭黑暗的小世界。"

"如此说来,伊甸园,并不是什么世外桃源,不是什么天国福地,它只是禁闭人祖的神造牢狱?"学弟忽然瞪起疑惑的眼睛问,"咱们这么理解,不对吧?这不就是亵渎神灵、丑化上帝、对他老人家的大不敬吗?这不正是赤裸裸地违反宗教神学吗？古代先民，敢于这般解读神圣经典《圣经》，不就成了大逆不道、成了典型的离经叛道了吗？这不是宗教经典的原始本义吧？”

“你的问题提得好！那么，我来换一个角度回答你。”学长抿了一口咖啡，身子向后一仰，更认真地慢慢说道，“如果说，上帝是真善美的化身、高大全的代表、不可随意误读的话，那么我想：上帝把人祖赶出伊甸园，其真实的终极目的，未必不是企图利用惩罚之苦，逼迫人类走上勤劳谋生、先苦后甜的人间正道；未必不是以死相逼、激励人类，让他们学会思考、经常思考、走上光明的未来。因为只有这样，才能使人类从此变成真正的‘人’！再说，上帝面对违反他的禁令，自食其言，而最终并未将人祖处死，不正是他的这一至善追求和良苦用心的又一个反证吗？”

“哈哈，大哥哥，我真佩服你的思维能力！如此看来，上帝这种惩罚，对于人类来说，不是苦，而是甜；不是罪，而是福；不是人类之祸，而是人类之幸！吞食的‘禁果’，实际上是开启天眼的‘智慧果’！那么，《走出伊甸园》那幅世界名画中的亚当和夏娃，就完全没有必要低着头、捂着脸、痛苦万状地泪流满面了！”

但学长并不赞同。他摇摇头反驳道：“这种悲痛表现，我倒认为是真实的。为什么？因为当走出伊甸园时，那一瞬间的亚当和夏娃，还未彻底开窍，他们并不理解、也根本不可能理解上帝这一终极性的深谋远虑和良苦用心呀！”

忽然，他掏出手机道：“我收藏了一段微信，很有道理，你听听。”他找到之后，便大声读起来：

《上帝爱你的方式，其实你不懂》

我们向上帝祈求力量，他却给我们懦弱。当我们克服了懦弱，便拥有了力量！

我们向上帝祈求智慧，他却给我们愚昧。当我们抛弃了愚昧，便拥有了智慧！

我们向上帝祈求希望，他却给我们失望。当我们走出了失望，便拥有了希望！

我们向上帝祈求成功，他却给我们失败。我们越过了失败，便拥有了成功！

我们向上帝祈求幸福，他却给我们痛苦。当我们咀嚼过痛苦，便拥有了幸福！

我们向上帝祈求财富，他却给我们贫困。当我们改变了贫困，便拥有了财富！

我们向上帝祈求平安，他却给我们灾难。我们战胜了灾难，便拥有了平安！

我们祈求，他就给我们，但不一定是按照我们希望的方式，直接给予我们，而是完全相反。上帝常用我们没有想到的对立方式，爱着我们！感恩上帝！

"你看，偷吃禁果的经典，就是上帝酷爱人类的第一个故事！"学长刚说完，上课铃响了。他俩便很快离开了咖啡屋。

啊，我在心底里赞叹：这个大哥哥真会思考，他比小弟弟没有白长几岁！他不愧为学长。他不是"被动应试型"的大学生，而是一个善于动脑、思维敏锐、思路开阔、适应当代社会需要的"自觉研究型"的大学生！

47.《研究生家访纪实》

（2015.10.9.写于西北大学桃园校区）

两个在读研究生，一男一女，经电话预约，于昨天上午9点准时来到我家。

女生谈不上美丽，个儿不高，细细的眉眼，白皙的面容，背着旧旧的书包，提着小小的水瓶。上身是洁白的T恤，下穿蓝色牛仔裙，打扮简洁朴素，毫不时尚。她既无倨傲矜持姿态，也没谨小慎微模样，更不像大街上描眉眼、涂口红、拎小包的娇小姐，而是透露出一股朴实自然的乡土气息，倒更像个农村来的穷姑娘。但她毫无羞怯之色，性格爽朗大方，言语朴实无华，总是面带微笑。那位男生呢？中等身材，浓眉大眼，显得更英俊些。他上穿灰夹克，下着牛仔裤，但蓝色已经退去，屁股上还有两块现已很少见到的大补丁，洗得发白，且隐隐发光，说明他常坐书桌，久经摩擦，又较少换衣。所以我猜，他的家境也并不富裕，或者并不讲究吃穿。和那位女生不同，男生面容严肃，显得沉稳冷静，总是寡言少语，莫非口齿笨拙？个性拘谨内敛？故欠缺谦和之色，连一句虚情假意的客套话也没有，似乎专注和认真已成为习惯。他和街头那些大而化之、眼珠子乱转、浮躁不安分的年轻人毫无共同之处。坐下后，他只打量我的书房设置，瞄着我挂在墙上的字画看。

我一见就知道，这是出身下层、颇有学养的两个诚实书生，我应当以诚相待。

女生落座后，从书包里拿出两本书，请我题字留念。我一看，原来是我的专著：《存在主义的艺术人学——论文学家萨特》(以下简称《论萨特》)。我有点奇怪，便问：

“这是1998年出版的书，十七年过去了，现在还能买到？”

“是的，去年我们就到处找这本书，找不到。电话询问出版社，也库存无货。

前不久上网，忽然在‘京东商城’广告栏看到了。便立即网购，前天才拿到手。”

我遵循以往做法，在两本书的扉页上，作为题辞，低头写下了萨特的那句话：“开卷有益，但卷不自开”。破折号之后，又加上五个字，“愿我们共勉。”

我签过名，他俩一边把书接过去一边感谢，却没有离座要走的意思。

女生说：“杨老师，我们正为毕业论文的选题和构思而纠结。因为涉及萨特，我们想请教您几个问题，可以吗？”

男生立即掏出笔记本，准备记录。

“当然可以。”我想，既然想交谈，就要花时间。我便冲了两杯速溶咖啡，放进两块方塘，送到他俩面前，然后也给我冲上一杯，笑道，“别人喜欢抽烟喝茶，而我则习惯于喝咖啡，咖啡也能提神醒脑啊！”

他们谢过并尝了一小口咖啡后，女生便直奔主题：

“我们无缘听您的系列讲座，但读过您的著作《艺术的人学》，竟有 30 讲之多，每一讲都能写一本书。那么多的名家名著，你都做过认真探讨，却为什么单选萨特，作为您撰写专著、深入研究的课题呢？”

我一听很欣慰，第一个问题，就让我有一种偶遇知音之感。

“说来话长啊。还是长话短说吧！”我抿了一口咖啡说，“我研究萨特的成果是 1998 年出版的，而这一研究的起步，却是 20 年前文化大革命刚刚结束、改革开放刚刚起步的时候。1981 年元月，我决定开始研究萨特。当时我想：存在主义文学以法国为策源地，法国存在主义文学又以萨特为标志。我挑出萨特作为专著选题，就是想从中心点突破，聚焦于他一人，作全面深入地剖析。因为只有如此，才能避免跟风追潮、人云亦云，最准确地把握存在主义文学的本质和精髓。”

男生抬起头，停止了记录。他俩不约而同地对视了一下，心照不宣，微微一笑，我不懂何意。女生急忙嘬了一口咖啡后，立即解释道：

“是的，我们知道该怎样把握时代脉搏，怎样在学术发展的潮流中，定向选点了。”

我面对这两个对治学有积极追求的青年，心中又不免萌生了几缕欣慰和欣赏之情。

“我还想提个问题，”女生说道，“对于萨特专论，在开题前，您的整体构思是怎样的?”那个男生大口喝过咖啡后,重重点了点头,表示也对此问有兴趣。

从提问的内涵看,我意识到,他们都是善于思考、喜欢学问的主儿,便回忆了一会儿,向他们解释道:

“现在回想起来,从1978—1988的十年时间,算是我研究萨特的准备阶段。当1988年作为专著做整体构思的时候,我已经对萨特其人、其作,包括他的哲学、文学,都有个系统把握了。所以我最初的内容设计,包含三大部分。”

我分三个层次告诉他们:

第一,解读作家萨特。即把我国学界对萨特的译介和研究历史,力求作系统回顾和全面总结;对他的人学哲理和与文学的关系,力争从纵横双向作立体交叉的探讨;对其文论主张和艺术风格,也努力作系统梳理和科学评价。后来,我将这一部分概括为“作家论”,设为“上篇”。

第二,解读萨特作品。即全面论述萨特的创作实践:选择代表性的长、短篇小说各一和六部重点剧作,逐一进行深层剖析;结合他的人学观点,分析其长短得失之所在,有鉴别地吸取精华,剔除糟粕;对每一部创作的艺术手段,也做了认真探讨。后来,我将这一部分概括为“作品论”,设为“下篇”。

第三部分,是解读加缪和波伏瓦的重点名作。因为这两位也是法国著名存在主义大家,都曾与萨特关系极其密切。后者是萨特的终身伴侣,被称为“女萨特”;前者虽最后与萨特决裂,但曾是萨特的挚友。通过解读他们及其作品,对于理解萨特其人、感悟他的作品和把握存在主义文学流派的特点以及比较他们的同异,都有直接帮助。后来,我将这一部分取名“附篇”,置诸最后。

我刚讲完,女生立即概括道:“这三个层次,内容既各自独立,又有内在逻辑联系,以萨特为核心,形成一个统一体。那么我想,研究生论文的构思和结构,原则上也应该如此吧?”

她的头脑机灵,思维敏锐,令我微微吃惊。我说:“对,从宏观的方法论上讲,都是一个理儿。我的《论萨特》,仅供你们参考。”

她又一皱眉,我就知道,一个新问题又窜上她的心头。她说:“我也读过几部萨特剧作,隐隐感到,其情节结构有个基本模式。但我说不清楚。您能给我提示一下吗?”

“对,大体有个基本模式。萨特剧作总是写,‘自在存在’造成了一种特殊境遇，而‘自为存在’的主人公身处其中，形成主、客观的尖锐对撞。但是，主人公意识到自己的‘自由权力’，自主选择了一种对抗性的勇敢行为，引发出戏剧情节的跌宕起伏。结尾处，常常忽然被一个‘偶然性行为’插入，旋即走到结局。《脏手》中女主人公的忽然一吻、《墙》的主人公最后发出的哈哈大笑、《恭顺的妓女》中搭救黑人的丽瑟，最终却倒进白人花花公子的怀抱等等，都属此例。”

“啊，我明白了。”

她又抿了口咖啡接着问：“听我的导师讲，您是萨特专家，撰写了好几部关于萨特的书，是吗？”男生也微微点头附和。

我一笑：“什么专家？喜欢而已。我只写了两本：《论萨特》和《萨特评传》。前者，是在存在主义热潮中出版的我国第一部研究萨特的专著，我只想努力做到冷静客观、全面系统且从理论高度予以探讨；后者呢？是把萨特生平传记和他的创作历史结合起来加以审视，它也是第一本中国人对作家萨特的系统评述。”

“这两本书，都是西大出版社出版的吗？”

我猜，她也不愿贬低母校出版社，所以怕我误解，立即解释：“当然，西大出版社也不错。但我想：对萨特这种世界级作家的研究成果，倘能由全国更著名的出版社出版，不是更好吗？”

“是的。上海师范大学的郑克鲁教授，曾在他主编、我作为编委参编的《外国文学史》通稿会上，也向我表达过此意。但是想当初，我只想躲进斗室，闭门写作，懒得跑北京、去上海。”

于是，我首先给他们讲了《论萨特》一书的出版经过：

“记得那是1997年西大校庆时，特邀了许多嘉宾，中国社科院中国文学研究所副所长董乃斌先生就是其中之一。由于我和董先生是老朋友，西大出版社宴请他的时候，电话邀我和我老伴作陪。就在那次宴席上，社长刘文瑞、总编杨德生先生，得知我手头存有这部书稿，便说服我，别舍近求远，就在本校出版社出版。我也为了省时省事，就点头敲定，由杨德生先生做主任编辑，交给西大出版社了。”

“那么，《萨特评传》是哪家出版社出版的呢？”女生问。

“浙江文艺。”

她又问：“地址在杭州吧？那不是和跑北京、去上海一样耗时费力吗？”

我笑道："一两力没出，一分钟没费，是他们找上门来的。我记得，那是 1997 年 6 月，浙江文艺出版社面对新的千年即将到来，便以广阔的文学视野、高瞻远瞩的胸怀，从概括和总结的角度，想在世纪性的回顾中，出版一套《20 世纪外国经典作家评传丛书》，包括美国的海明威、福克纳、尤金·奥尼尔，英国的乔伊斯、劳伦斯、艾略特，奥地利的卡夫卡，捷克的米兰·昆德拉，法国的萨特、加缪等等，共 20 位，组织邀请国内专家学者，以长篇文学评传形式，分头撰写出版。我也深深理解他们要求的学术性、当代性、文学性和系统性，也明白他们对这套丛书的希望：既是提高的，又是普及的。该社编辑舒建华先生，在电话中约稿时对我说，他跑到北京，专门拜访了这套丛书主编、中国社科院外国文学研究所所长吴元迈先生。吴先生向他推荐了我，并把我的电话号码给了他。所以他们决定邀请我撰写其中之一《萨特评传》。就这样，人未谋面，一步路没跑，便寄来了《约稿说明》和《图书出版合同》。"

"真是机遇！"女生脱口而出。

"是的。我因为刚刚完成了《论萨特》的书稿，正好有一段空档时间，加上资料熟悉，思路顺畅，于是便接受下来，签订了合同，于 1998 年底撰写完成。于是，《萨特评传》即按预计时间问世。"

她更来了兴趣，思维处于兴奋状态，身子向前一倾，急促地问："我还想知道，《评传》的章节结构，其具体内容都有哪些？"

我说："因为要将萨特的生平历史和创作成果揉在一起，进行同步研究和述评，因此按照时间顺序，我将萨特的人生经历，分为意识早熟、前期创作、思想转变、名声鼎沸、政治活动五个阶段。每个阶段的生活历程、思想特征、创作成果都相互影响，彼此促进。我想展示的是，作家从摇篮到坟墓那生动真实的精彩过程。"

"但我有点担心，"她半解释、半疑虑地问道，"因为这样写是有难度的，我理解得对吧？"

"说得对。为文学家萨特写评传，既不同于为哲学家萨特写评传，也区别于为其他作家写评传。因为它既要遵循文学家评传的规范章法，更要写出萨特的特殊性来。你懂得的，特点正是难点呀。"

她又追问："那么您认为，萨特的难点何在呢？"

“我认为有二。一是哲学性。这是他不同于其他作家的主要标志。萨特是著名的存在主义文学家,也是著名的存在主义哲学家。他要把自己对于人的哲学理解,用文学形式传达出来,所以他成为世界存在主义文学流派的旗帜和代表。他的文学作品中无不渗透着他的无神论存在主义的人学主张。人学,便成为他的文学哲理性的集中体现。要探讨文学家萨特,就必须对萨特人学有深刻准确的把握。既不能绕开它走,也不能浅尝辄止,研究者必须首先全面探讨其存在主义的哲学内涵。这是难点之一。”

“第二呢?”

“是整体性。熟悉萨特的人都知道,不从整体上把握这个作家,想对他的个体作品准确评价是不可能的。如果说,对于现实主义作家的某一作品,或许可以孤立地进行评论,而对萨特则完全不能。不理解萨特的人学哲理,不懂得萨特的文论主张,不掌握萨特的全部创作历史,只想抓住一部,习以为常地、想当然式地从事评论,必然出错,说外行话,顶多也不过是瞎子摸象,隔靴搔痒,评不到点子上。正如萨特自己讲的:‘小说、剧本、论文,我的每一作品,都是一个整体的一个方面,只有当我结束这个整体工作时,人们才能真正评价出某一作品的含义’(见《词语》)。我们要研究一个作家,总是从局部,即一部作品开始,对于萨特当然也不例外。但是,要想真正领略萨特某一作品的深意,非得读过他的全部、至少是大部的重要作品才成。等你回过头来,怀着极大兴趣,再重读某一作品时,你才会有豁然开朗的喜悦之感。这就是难点之二。”

“您能不能用最简洁的语言,概括一下您在这部著作中要表述的基本观点?”

“用一句话说,我想要表述的是,萨特的人学思想是怎样贯彻在他的人生和创作历程中的。就是说:他的哲学,是其‘人的自由’的逻辑辨析;他的创作,是其‘自由选择’的形象描绘;他的情爱,是其‘个体自由’的特殊实验。我解读和评价的中心,是萨特存在主义的人学观念。”

“杨老师,通过您的表述,我看出了您在该书中的追求是:实事求是的科学性和全面完整的系统性。但是我还有最后一个疑问:两部专著,论述的对象都是萨特,内容会不会出现重复?”

这时,我看出,手捧咖啡杯的男生眼神里,也有这个怀疑。

“这是我五本专著中,殚精竭虑、精心撰写的两本书。它们的论述对象,虽同为一个萨特,但角度不同,资料自然有取有舍,即使是同一资料,也有详略各异和叙述取向的区别。我是在追求原始资料准确和系统全面翔实的共同基础上,前者重在深入的理论探讨;后者则重在真实确凿的传记述评。我觉得,倘能将这两本书结合起来或参照起来阅读,定能使读者对文学家萨特,获得一个深刻而全貌的理解。”

忽然,她叹息了一声:

“可惜,《萨特评传》我们至今买不到,网上的推销也没有。”

看着他们甚为遗憾的表情,我想:难得遇见这样虔诚而懂行的知音。书,能送给喜欢读、读得懂的热心读者,才是最好的归宿。于是便说:

“浙江文艺出版社只送了我20本样书,大部分都被朋友们拿走了。现在仅剩两本,我得留一本作纪念。很遗憾,只能送给你们两位这最后的一本了。”

我打开书柜,拿出那本书,写上一句:“以书觅友,友情常存。”签上名后,送给他们。

女生因这个意外收获而惊喜。她站起来,连声说:“太好了,我们谢谢您!”男生也收起油笔,合上笔记本,站起身来。

我忽然发现:上述这一连串的紧密对话,都是在我和女生之间进行的。尽管男生的思维也在紧张地运转,然而他从头到尾,紧闭嘴巴,仅竖起两只耳朵,闪动着一对机灵的大眼睛,一边全力关注着我们,一边飞快地做着记录。他俩是否事先已商量好了,所以分工明确?

只是在退到门口时,男生这才带着羞怯,憋红了脸说:

“您这两部专著,都在当时带有开创性质,是适应时代需要的新成果,我们一定认真拜读。今天让您耗时太多,非常感谢杨老师!”

我握着他的手,开了句玩笑:“呵,你个性内敛,金口难开,也开始学会说客气话了!”

女生哈哈大笑:“这正是您那杯咖啡,发挥了醒脑提神的作用啊!”

他也笑着补上一句:“好咖啡,不只提神醒脑,还有通灵开窍的功能呢!”

啊,他的口齿并不笨拙嘛!

48.《话读书——与一位出国任教的国学老师对话》

（2016.1.20.写于海南省海口市·南国威尼斯城）

1

一位在国外孔子学院任教的青年女教师，利用假期来家拜访。寒暄之后她说：

“杨老师，我读罢韩愈《杂说四·马说》，联想到徐、谷的故事。何谓‘徐、谷故事’？你知道，据媒体披露：谷俊山无才无德，只因会来事，善拍马，行巨贿，深得中共中央军委副主席徐才厚赏识，被提拔为总后勤部副部长。徐、谷原形暴露后，大家才发现，他们沆瀣一气，狼狈为奸，原是一对败军害国的蛀虫！于是，我反其道而用之，以《马说·斥假伯乐》为题，将韩文做了改写，请您指点。”

说罢，她递给我一页纸，是一篇仿古散文。我便读了起来：

> 世有假伯乐，然后有假千里马。倘假伯乐常有，真千里马便不常有。故虽有驽马，却捧于假伯乐之手，骈死于实践之间，终不以名马称也。
>
> 马中之驽者，求一食或尽粟一石，假伯乐则貌视其千里而食也。是马也，既无千里之能，又食过饱，力必不足，才美难外现，其功欲与常马等不可得，安求其能千里也？
>
> 策之不以其道，食之远超其才，鸣之仅通其升官之意。执策而临之曰：“天下有马。”呜呼！其真有马邪？其真不识马邪？

我刚读完，她就解释道：“我的改写全在于说明：徐才厚不是伯乐，谷俊山更不是千里马。一旦现出原形，谷不仅不是千里名马，也不是常马，甚至连驽马都不如,简直属于非马、非人之流,其德操仅类犬耳!倒推回来看识马者,那个顶头上司徐才厚,也并非伯乐。他只是假伯乐之名,以笼络知己、结党营私行贪腐之实。他不识马,仅会识狗而已!识狗者流,何谈伯乐?也是冒牌的假货一个!”

听完,我会心地笑了。我本就熟悉韩愈的原文,觉得她改写得不错。既有仿古,又有创新。我想:倘撇开内容不谈,仅就行文看读书,我认为,她会读,不仅融会贯通,也会活学活用。从用看读,她读得很活。

谁知,她竟又向我提出了新问题:

“杨老师,我觉得韩愈此文,固然写得不错,但也暴露了他观点的片面性。”

我一愣:“什么片面性?”

“我认为,凡是马,先天生为马者皆马也。所不同的,是经后天不同的食之、教之、练之,然后才能鉴别出来,谁是千里马?谁是常马?谁是驽马?引申到人间官场,在提拔干部中,过去常见的现象倒是:常马常不自以为常,常以‘千里马’自诩,要求高报酬,甚至伸手要官,欲火难填,永无餍足。面对这种现象,伯乐的真伪,全在于能否慧眼识名马,而不是指鹿为马,指犬为马。故我认为:韩愈的片面性在于,仅仅看见物质待遇‘一食或尽粟一石’,只看重喂养是否充足,只字不提考查中的教和练,也不全面比较品质上的优和劣,更不关注其各项素养里的高和低,显然不是真识马者。因为这样做,既鼓励了自我吹嘘之歪风,也助长了待价而沽之陋习。倘按韩愈之见,尽粟等于千里,才美必然外现。但我们看到的却是,吃饱了肚子、养尊处优、反而不想干活的干部多的是。物质满足惯坏了脾气,升官涨薪滋长了慵懒,名高权重宠养了享乐。拿着高薪,身居高位,占着茅坑不拉屎。面对这种不作为或胡作为的庸官和贪官,请问韩愈:你(或伯乐)将如之奈何?还能视之为良马乎?”

我张口结舌,无言以对。因为我从未这样逆向思维过。我的阅读习惯从来都是,一捧起古书,便对作者无限信赖和敬仰,崇拜唯恐不及,何谈反思诘问?面对这种挑战性思维,我不得不惊叹:后生可畏啊!年轻一代比我们头脑灵活多了,也求实多了。我在惭愧中,忽然想到一句话,耳边仿佛有人大吼:

“尽信书,不如无书!”

2

第二天，她又拿着《唐宋八大家》(散文集)，对我说：

“杨老师，我读了柳宗元的《黔之驴》，深觉写得真好，简洁精粹，令我叹服！我还想和您讨论。”

对她的赞美，我深有同感，就说：“在读书上，我们算是知音了。你想讨论什么?”

“您先听我朗诵一遍，好吗?”

我点过头后，她便以常姿常态、不起波澜的声调，盯着书本，开始平稳地念起来：

“黔无驴，有好事者船载以入。至则无可用，放之山下。”

忽然，她以惊疑、畏惧之感情，抑扬顿挫之气韵，大声读道：

“虎见之，尨然大物也，以为神！蔽林间窥之，稍出近之，慭慭然莫相知。他日，驴一鸣，虎大骇！远遁，以为且噬己也，甚恐。然往来视之，觉无异能者。益习其声，又近出前后，终不敢搏。”

我仿佛看到，她站在讲台上，面对外国学生那种魅力四射、声情并茂的风采了。接着，她又改换腔调，充满嘲笑和讽刺意味地念道：

“稍近益狎，荡倚冲冒。驴不胜怒，蹄之。虎因喜，计之曰：‘技止此耳’！因跳踉大㘎，断其喉，尽其肉，乃去。”

最后，她以讥讽的口气，发出感叹：

“噫！形之尨也类有德，声之宏也类有能，向不出其技。虎虽猛，疑畏，卒不敢取；今若是焉，悲夫！”

因为这是大学时代我上“古典文学作品选”时就学过的名篇，所以至今仍能背诵，记忆犹新，便顺口评论道：

“这篇寓言，以小喻大，讽刺性强，富于哲理味道。叙事部分把老虎心态、行为层次描绘得十分精彩，把驴子的外强中干、无自知之明刻画得非常生动。议论部分则揭示了一个道理：绝不要做那个‘技止此耳’的蠢驴！在官场更不能做那种身居高位却无真才实学的庞然大物。加上艺术形式短小精悍、言简意赅，实乃文中精华。你呢？也朗诵得很好，感情的投入、声调的把控都很到位；轻重缓急、跌宕起伏，也恰如其分；加上你的表情配合、音色优美，很是感人。”

但她却微笑着摇摇头：“我可不是让您欣赏我的表演才能的。”她收起笑容，严肃地说，“您刚才讲的全面评价，人人都懂，我也认同。但即使如此，我仍然为该文有小小瑕疵而遗憾——这才是我今天专门找您讨论，并为您朗诵此文的目的所在。”

“瑕疵？”我心怀惊疑，不解地问。

“你瞧。”她把书伸到我的眼前，指着最后一段说，“我认为：从‘向不出其技’以下至‘卒不敢取’14 字，都是上文的重复，可删。‘今若是焉’4 字感叹，又画蛇添足，更属多余，亦应删去。只需要留下‘噫！形之尨也类有德，声之宏也类有能。悲夫！’作为结尾，才恰到好处。我想：倘把这些多余的繁言赘语删除后，再重读一遍，您细细品评，不是显得更干净、更精粹了吗？”

她讲得似乎有几分道理，但我的感情并不接受，甚至引起我的微微不满。心想：你个小小女子，黄毛丫头，太狂妄了吧！从昨天到今天，你对待经典，吹毛求疵，连一点敬畏感都没有。如此精彩的古文，加一字嫌多，去一字嫌少，从古到今，谁敢随意增减？谁敢说个“不”字？你乳臭未干，竟敢口出狂言，乱改传世精品！

但我脑中另一个声音，也紧随其后叫了起来：

“也是呀，不可认为古书言辞，字字珠玑，句句金贵！”

我在心中笑了，这是我在和我打架呀。

于是我忽然想到，韩愈自己在《答李翊书》中也曾说过，他读书的体会是“识古书之正伪，与虽正而不至焉者，昭昭然白黑分矣。而务去之，乃徐有得也”。译作今文，其大意是说，“辨别古书中的真假和不够完美的正理，将它们辨析清楚，就会黑白分明。必须抛弃错误的道理，才能逐渐产生心得。”更何况，这位女教师谈及的，还只是关于文字繁简的小问题。

其实，我用这段话，首先说服了我自己。当我思想转过弯之后，便给她提供了这个材料，说明我也赞同她的删减。所以我对她说：

“是的，你讲得有理。倘用韩愈‘识正伪’的主张去考量他自己的文辞，我想，他应该赞同，也能理解，至少会允许后人对他的词句提出不同见解吧。”

她高兴地拿起她的书，满意地走了。

3

她走了，但我对她的两次辨误，仍在继续思考。

是啊，无论古今中外，任何文字言辞，都可能有正有误，有深有浅，有全有偏或繁缛与不足。王国维在《古雅之在美学上之位置》一文中就讲过：“虽真正之天才，其制作非必皆神来兴到之作也。以文学论，则虽最优美、最宏壮之文学中，往往书有陪衬之篇，篇有陪衬之章，章有陪衬之句，句有陪衬之字。一切艺术，莫不如是。”(见《王国维文集》第三卷第 34 页，中国文史出版社)这里的“陪衬”二字，不只是“次要”之意，广义讲，也应包括误、浅、偏、繁、残、缺等等不足在其中。因此读者阅读时，必须清晰地加以分辨，通解之后，才能在自己心中决定取舍。我们读书人，之所以产生“名作崇拜”“囫囵吞枣”，常常是从“盲从”“盲信”开始的。认为凡是名作，尤其古著，都是铮铮真理，金玉良言，一句不可缺少，只字不能删减。故一见铅字，便有堂而正之、真而善之、威而严之之感，继而赋予以金而贵之、尊而敬之、信而爱之之情，丝毫不敢怀疑。这种阅读中十足的奴性心态、盲目的崇拜之意，至少都是思维懒惰、缺乏独判和主见的表现。可见，阅读古籍，即使是流传千古的名著，也应以正确态度待之；更何况，对待我国古籍中如三纲五常、三从四德之类思想糟粕，对虔诚为封建专制倾心捍卫和为之招旗呐喊的文化垃圾，我们更应站在今天的历史高度，予以细致入微又讲究方式的合理剔除。

那么，究竟什么才是对待“阅读”的正确态度呢？我认为：既要信古，又要疑古；既要入乎其内，又要出乎其外；既要深入体味其彼情彼境，又要立足现实，心系此情此境。只有这样，才能高屋建瓴，今昔比照，明辨活用。正如食用美餐一样，必经自己咀嚼消化，吸纳精华，排弃糟粕，然后才会营养自身。可见在阅读中，也要拒绝“盲目崇拜”四字。

难怪郭沫若先生早就说过：“书是死的，人是活的。死书读活人，能把人读死；活人读死书，能把书读活！”（《三谈蔡文姬的〈胡笳十八拍〉》，见郭沫若《文史论集》第213页）

这样一想，我便回忆起过去在阅读中，其实，我对古籍也曾偶然有过怀疑。

比如，欧阳修在《〈五代史·宦官转〉论》中，通过唐末以来的史实，提出宦官乱政的可怕，表述了对宦官专权的厌恶和对其险恶用心的鞭笞。虽然，他用摆事实讲道理的方式，以史为鉴，令人信服；但是，作者为了强调“宦祸深于女祸”，竟说“女，色而已”，只要君王“一悟”，便“捽而去之可也”。把害国殃民的“女祸”轻描淡写，一笔带过，看得如此简单，又走向了另一极端。其实，宦祸、女祸，同为灾祸，其危害之大是相同的，有时女祸比宦祸更大。难道不是么？夏桀宠妹喜，结果亡夏；殷纣宠妲己，结果亡商；周幽王宠褒姒，结果亡周，不都是“女祸”亡国掉脑袋的实例吗？今日我国官场爆料中十贪九色的大量事实，不又是铁证吗？倘以同样偏颇的方式，写一篇《女祸大于宦祸》的文章，不是也能站住脚、说得通吗？在这里，作者以习惯性思维，将色、宦置于对立地位，为重宦祸，反轻色祸，不正是一种片面性吗？

啊，直到今天，我才彻底明白了一条道理：从阅读到解读，原来是个有思有考、有读有解的过程，也是个有分有辨、有取有舍的质变。什么叫“阅读”？正如萨特的解释：它属于创造性思维，应使自己“有所改变”，即增长了智慧或纠正了偏狭，才配称“阅读”二字。没有改变，不叫阅读。那是徒劳，应叫妄读！

想到这里，我才深感这个女教师会思考，懂阅读，有出息，着实令我刮目相看。我感谢她给我的启发。同时我也意识到：从今天起，就方法而论，我要翻开我阅读史上的崭新一页了！

49.《哲学、美学和文学之关系》

（2016.2.26.写于海南省海口市·南国威尼斯城）

我在海口市“南国·威尼斯城”买了一小套住宅。装修完成后，为鼓励装修公司，我题写了一幅字“天道酬勤，人道酬善，商道酬信”，经装裱之后赠送他们。所以精明能干、四十出头的公司老总，与我的感情日益加深。又因他早对我大学从教的职业生涯有所了解，一日来家闲聊，忽然问我：

“怎样才能学好文学？”

我愣了，一笑便问：“学文学干吗？您想退出商场？您想贫困潦倒？这可是个最没用、最不值钱的职业！三十年前的口头禅说：‘十亿人民九亿商，还有一亿待开张。’现在中国十三亿人，没有行当不经商！今天的海南，房地产市场兴旺，装修行业发达，贵公司业务正红，您又身为老总，年富力强，钱途、前途都很光明，为何还要另起炉灶，难道您想重选职业？”

他也笑了，解释道：“我是工科大学毕业的，从事装修是我不变的本行，但我从小喜爱文学。令我遗憾的是，再也没机会与文学结缘了。所幸我女儿今年考上海南大学中文系，让我如愿以偿。她身处大一，对学好文学颇感茫然。因胸无良策，常向我发问，我不知该怎样回答，故而前来请教。”

啊，原来他不是调侃，并非闲聊，更不想改行，只是为了女儿，一脸的虔诚和纯真。我受到感动，也不敢再开玩笑了，便决定以诚对诚，推心置腹，转而以严肃的态度对待，把我心底的话，毫无保留，全倒给他。

我说：这是个太大的题目，从不同角度、不同层面、不同的人都有不同的解答。倘要我说呀——仅供您女儿参考。想要学好文学，除了学习各种必修和选修课目之外，我特别强调：“其中两门课程必须认真学好！”

“哪两门?”

“哲学和美学。”

“为什么?”

“您想,什么是文学? 它是以哲理为骨骼、以美学为血肉的学问,是哲学和美学的结合。少了哲理的文学,骨软缺钙,成了纯粹的游戏,甚至导致低级庸俗,太肤浅,不堪大用;而缺了美学的文学,又像骨瘦如柴的僵尸,不鲜美,太干瘪,没趣味。所以,追求深刻的人学哲理和探讨艺术上的浓郁魅力,是文学理想的最终目标。具备了这两者的扎实根底,就像人类行走要有两条强壮的腿、车辆飞奔必备两个结实的轮子、鸟儿腾飞需要两只健美的翅膀一样,今后在发展的道路上,无论从事文学创作,还是文学批评,甚至包括各种文化、文字工作,才有可能左右逢源,畅行无阻!”

“您是说: 哲学和美学的融汇贯通,是学好文学的理论基础?”

“您理解得对!”

“那么,文学概论课,就不必学了吧?”

“这可错了! 文学概论正是哲学和美学原理的具体化,还要学。作为课目,不能互相代替。我认为,学好哲学和美学,不仅能更顺畅领会文学概论,还能在更广阔、更深刻的意义上夯实理论基础,为未来从事各种文字、文化、文学和艺术工作,做好更宽广、更厚实的智慧准备。所以王国维说:‘天下有最神圣、最尊贵而无与于当世之用者,哲学与美学是已。’又说:‘夫哲学与美学之所志者,真理也。真理者,天下万世之真理,而非一时之真理也。’”

“译作白话,是什么意思?”

“大意是说,哲学和美学是真理,是天下最神圣、最尊贵的学问。它能通行于天下和万世,而绝不只为眼前实用于一时。”

“可是有人说,哲学和美学太玄虚,太空泛,耗时费神,没有用?”

“目光短浅! 这正是只看重眼下一时之用的实用主义者。莘莘学子应当胸怀远大志向,不可急功近利。哲学、美学的趣味很深,价值也很高。王国维也说过,倘经‘集年月之研究,而一旦豁然悟宇宙人生之真理,或以胸中惝恍不可捉摸之意境,一旦表之文字、绘画、雕刻之上,此固彼天赋能力之发展,而此时之快乐,决非南面王之所能易者也’。”

他又歉意地说:“再请翻译一下好吗?”

“这是说:如果你能坚持研究,一旦彻悟了宇宙人生真理,或者捕捉体味到幽深微妙的意境,再用文字、绘画、雕刻等艺术形式表现出来,固然它是一个人天赋才能的必然发展,但此时获得的精神快乐,即使有人拿国王宝座做交易,你也不愿去与之交换的!”

他惊奇地瞪大了眼睛,微笑着叫道:“啊,有那么重要?”

“不是一般重要,而是非常重要,必须学好!就说哲学吧,也叫形而上学。人类一日存在,此学便一日不能废也!”

“那么,怎样才能学好哲学呢?”

“第一,从价值观意义上说,要学中国哲学,也要学西方哲学。”

他满脸疑惑地问:“四年学制,时间紧张,学好中国哲学已属不易,作为中国人,为何还非要学习西方哲学?”

此言一出,我便知晓他的视野狭窄,思维局限。于是我微笑着解释:

“您懂得‘他山之石,可以攻玉’这句话吧。倘把中国哲学视作‘此土’,把西方哲学视作‘彼土’,王国维的话就很值得参考。他说:‘今即不论西洋哲学自己的价值,而欲完全知此土之哲学,势不可不研究彼土之哲学。异日发明光大我国之学术者,必在兼通世界学术之人,而不在一孔陋儒固可决也。’”

为了他理解方便,不等他要求,我就翻译道:“这里是说,姑且不论西方哲学本身价值,倘若想全面懂得中国哲学,绝不可不研究西方哲学。今后凡能发扬光大我国学术的人,必然是视野广阔、胸怀远大、兼通世界学术之人,绝非只学中国哲学的仅有一孔之见的浅陋儒者,则是完全可以肯定的。”

“看来,您很喜欢王国维?”

“是的。我最近正在重读《王国维文集》。他是我心中的国学大师!”

“照王国维的说法,文学和哲学的关系,密不可分?”

“正是。比如,我国传统文学中最宝贵、最优秀的部分,莫过于周、秦、汉、唐等古典作品,倘若从思想含义的角度审视,其大部分则可视为纯粹的哲学。如果不理解它的思想内涵,只限于把玩文辞游戏,则其文学价值就会丢失大半。诸子百家的所有著作,哪一部、哪一篇不是如此呢?可以说,全部周秦诸子之书,既是文学,又是哲学。倘若舍其哲学,仅仅玩玩文字,还期望全面领会内容,怎能有收获呢?”

我又补充道:“闻一多在论《庄子》一文中说:‘文学和哲学不分彼此,才庄严,才伟大。哲学的起点便是文学的核心。只有浅薄的、庸琐的、渺小的文学,才专门注意花叶的美貌,而忘掉了那最原始、最宝贵的类似哲学的仁子。《庄子》的花叶已经够美貌的了,即令它没有发展到花叶,只它那简单的几颗仁子,给投在文学的园地上,便是莫大的贡献,无量的功德。’说明庄子的哲思和文辞、道理和诗意,很像一枚硬币的两面,完美地统一于一身!”

“您讲得有道理,我会告诉女儿的。”他严肃地认可后,又问,“但我女儿说,从本科教学计划看,大四时还要学外国文学。中国文学已经够繁重了,光古典文学史就分为先秦、两汉、魏晋南北朝,唐诗、宋词、元曲和明清小说等等,更不用说近代文学史、现代文学史和当代文学史了。除了文学史,还有各阶段的作品选。太多了吧?眼下不是流行‘减负说’吗?小学生减负是要少留家庭作业,少妇减负是为苗条而瘦身,高等教育是不是也应该减负呢?作为中国人,还要学什么外国文学?”

这句话刺到了我的疼处!因为我一生从事的职业,就是西方文学的教和研,我就是个外国文学史教师,便摇摇头,笑了笑说:

“我不这么看,道理同上。不只中国文学和中国哲学关系密切,难分难解,西方文学和西方哲学亦然。柏拉图的《对话录》,亚里士多德的《诗学》,但丁的《神曲》,歌德的《浮士德》,直到萨特的《禁闭》和《脏手》,哪一部名作不包含深刻哲理?不兼具文学和哲学二者之资质?今日各个大学的文学院或中文系,都设置了外国文学或西方文学课,而且是全国高校公认的、不可缺少的主干课之一。不理解中外哲学却想解读其文学,恰如却步而要前行、伐根以求木茂一样,那是南辕北辙、舍本求末,永远不可能办到的事!”

经过静思之后,他默默点了点头,继续发问:“对哲学,我还懂一点。但对美学,我感到太高雅、太玄奥,就更茫然了。为什么必须学习美学呢?”

我说:“王国维在《论教育之宗旨》(见《王国维文集》第三卷第57页)中,谈及智育和德育之后,专门论述了美学教育。他说:‘独美之为物,使人忘记一己之利害而入高尚纯洁之域,此最纯粹之快乐也。’”

“我承认美学高尚纯洁。”他立即接过话头,“但我只知道,审美是一种境界、一种修养。难道还需要钻研更高深的美学理论?”

“当然要,文学离不开美学。中文系学生要懂得最基本的美学理论,即美的性质和美的价值等等。”

“什么是美的性质?”

“按我理解,最简单地讲,它可爱,好玩,是独立存在。”

“什么叫独立存在?”

“美,就是它的存在形式。对人来说,是纯粹的外物。美就存在于它自身。”

他似懂非懂,犹犹豫豫:“那么,美的价值何在呢?”

“美无价。即它不因审美者的态度好恶而变化,它不关人的利害,不可被人利用,或者更准确地说,它的价值只存在于每个人的意念和感受之中,即有大用而无小用,有远用而无近用,也可称之为‘无用之用’。”

“太深奥了! 能举例说明一下吗?”

想了想之后,我说:“比如,唐代诗人张九龄的《感遇》一诗中有两句‘草木有本心,何求美人折’。我把它借用过来做个比喻吧。‘草木’,便是美的一种‘存在形式’;‘有本心’,说明美的性质本身自有,是一种‘独立存在’。它不因人的厌弃而遭致衰败,如罂粟花,尽管可用它制毒害人,但它依然艳丽,照开不误;也不因人的喜爱而更显光彩,如牡丹花,虽然无人不爱,但它仍然固我,姿色依旧,不增不减。‘何求美人折’一句,则表现了审美者与美的关系。‘美人’,就是审美者;草木之美,就存在于自身,它对欣赏者毫无所求;反过来,只是人赋予了花草树木以美的感受,这才使草木产生了美的价值,所以便引来美人前去攀折,而不是花草天生存在媚人之心,有意识地呈现美丽,存心引诱人去爱它、折它。这里的‘何求’一词,用得极妙,表现了人、花之间,是一种纯粹的非理性存在。您看,诗人在此并不想探讨美学理论,可是,他在这两句十字之中,通过形象描绘,精辟地讲透了美的形式、美的性质、美的价值及美与审美者之间的关系。把三个玄虚、抽象、深刻的美学概念,既形象生动又深入浅出地和盘托出,讲得明明白白。”

“我懂了! 啊,太美妙了,不过,也太玄虚了!”

“是的。‘原理’这东西,是专供深层研究使用的。您能懂得审美是一种修养、一种境界,已经难能可贵了!”

“那么,我们言归正传吧。为学好哲学和美学,至此您只讲了第一。还有呢?”

“除认识它的价值之外,第二,从钻研的方法上讲,要精读原著,更要独立思考;第三,从具体的操作层面讲,既要勤于动脑,予以精准理解,更要勤于动手,重视积累心得笔记。”

我觉得,讲的够多了,便闭起嘴巴。

“完了?”

“完了。”

“好。今天早点回家,我要热蒸现卖,把这三点讲给我女儿听!”

50.《知识来源讨论会》

（2016.4.1.写于西北大学桃园校区）

正在读博的侄儿30岁得子，算是大喜。婴儿满月时，他利用周日摆了家宴。来宾中有学院书记和指导老师，也有他的学兄学弟和学姐学妹，全是一群高级知识分子，唯有我这个混迹于商海的人除外。但我作为亲友中的长辈代表，也在受邀之列。

如今，大家的经济条件宽裕了，物质生活改善了，客人们带来的高档礼物一大堆。我呢？近年做生意赚了钱，也算得上本地有名的大款，丢份儿的事咱不干，礼品不能比人差，为培养孩子的高智商，便买了进口的罐装奶粉、高档的玩具汽车，还有物美价不菲的名牌尿不湿。

饭前，当侄媳妇抱着婴儿出来和客人见面时，大家便围了上来。只见孩子被包裹在一条小小的花绒毯中，头戴粉色碎花小帽，露出的头发黑而发亮，小帅哥式的圆型脸庞上，睁着一对滴溜溜转的大眼睛。在长睫毛、双眼皮之下，那双动人的眼球乌黑明亮，眼仁洁净得泛着蓝光，一对瞳孔清澈又深邃。我从这两只可爱的眼睛里，惊奇地感受到了生命的无限奥妙和诱人的神秘味道。不是吗？他来到这个奇妙的世界上，第一次看到了这么多大人。他轮流打量着一个个陌生面孔，嗡动着稚嫩的小嘴唇，舞动着胖乎乎的小拳头，仿佛想要说什么。然而，他神色惊疑，又一脸茫然，只顾痴痴地审视，似乎还想发问："你们都是谁呀？你们在这儿干什么？"哈，忒有趣！孩子的妈妈呢，满脸绽放着粉红色的微笑，爱抚地看着怀抱里的宝宝，温柔的眼光里充满温馨，心底洋溢着甜蜜和幸福，很有一种满足的创造感和骄傲的成就感。她的眼神仿佛在说：都来看啊，这个似曾相识的小陌生人！我十月怀胎，吃苦受罪，就是为了创造这个价值！我放弃了自我，也超越了自我,都是为了这个小小的生命!他就是另一个我,是我的小化身,也是上帝送给我的一位新客人!我塑造的这个小天使,也是我的未来,是我永远捧在手心里的一个美丽的梦!

是的,一个新生命的身上,寄托着妈妈的全部梦想。但要美梦成真,我可知道,那是需要孩子付出一生的艰苦努力啊!

羡慕的目光、赞美的话语和由衷祝贺的情谊,荡漾在主人客厅的宴席上。经主宾双方互相热情地祝酒之后,开始了边吃边聊。

“伟大的母爱,为我们造就了一代新人!”

“时代发展很快,急需各种人才。这个孩子啊,前途无量!”

“中华民族需要传宗接代,科学文化也要后人传承。仅看面相,这个小家伙将来定会有大出息!”

……

有学问的人就是不一样,谈吐不俗,语言大气,用词也讲究。我自觉惭愧,一言未发,只能洗耳恭听。

在大家的赞叹声中,那位学弟边沉思边说:

“我想,婴儿诞生,光会吃喝拉撒睡,只有先天本能,他的所有知识等于零,对吧?他的脑网膜,纯洁得像一页白纸,可以写最新、最美的文字,也可以画最艳丽、最神圣的图画。”于是他问:“那么,人类在后天,是怎样获取各种知识的呢?”

这真叫三句话不离本行。有知识的人,在奇思妙想中,也句句讲知识。

学院书记笑答:“一是学习,二是实践呗。”

“没错。但有点笼统。”学弟不满足,又问,“具体渠道,都有哪些呢?”

学兄便说:“不外三条:生而知之、学而知之和困而知之。”

关于人生知识,我由于年长,经验丰富,在生意场上摸爬滚打了多半辈子,我自认为懂得不少。他们的话题和学兄的三条概括,也引起了我的兴趣。

“对,”学姐插话,“孔子就说过:‘生而知之者,上也;学而知之者,次也;困而学之,又其次也。’”

学妹问:“什么叫‘困而学之’?”

学姐答:“‘困而学之’,指困而后学,学而后知。讲的是在‘困难’的驱使和反逼之下产生的学习动力。”

“我懂了。”学妹又问,“所谓‘生而知之者’,有这种人吗?”

学兄答:“孔子承认,‘世有生而知之者’。他还举例说,舜,就是极少数‘生而知之’的天生圣人,但孔子不认为自己属于这种人。难道真有不学就会的人?我也存疑。”他抬起头来,问坐在对面的老教授:“请问老师,我说得对吗?西方哲学家对这个问题,也有过论述吗?”

这个老教授是侄儿的博士导师。他花白头发,庄重和蔼,据说出版过好几本专著,是个比较文学的著名学者。他还未开口,大家都盯着他看,准备聆听他的高见,于是便一下子寂静下来。

“你说得对。”他神色谦和,语调平稳,但吐字铿锵有力,音色也美,“王国维说:‘古今之崇拜天才者,殆未有如叔本华之甚者也。’德国哲学家叔本华的看法和中国的孔子相似。他也把人分为三等:笨拙者、优秀者和天才者。认为天才有大智,是优中之优,天之骄子,仅是极少数。如果说,万民中只有一个诸侯,亿兆中诞生一名君王,而在千百个亿兆中,才可能出现一个天才!”

他那文绉绉的之乎者也,令人肃然起敬。对于古人言辞,我虽不大懂,但他讲的大概意思,我能猜出来。

学妹接着问:“那就是说,在叔氏眼里,这种天才,当然是‘生而知之者’了?”

“想当然?不妥。”教授微笑着看了一眼学生,摇摇头说,“天才称谓和生而知之是两回事,二者之间不可以画等号。”

“为什么?请解释一下好吗?”

“季羡林说,天才即偏才,一语中的。‘天才’一词,指在某一点上天分甚高,反应敏锐,其聪明智慧超过常人,它重在强调思维能力;而‘生而知之’,则有两说:一是唯心的,指智慧来自先天神授,即不学皆会,无师自通;二是唯物的,指聪明来自遗传因素,所以才能过人,学起知识来,一点就通。”

“那么请问,老师对‘生而知之’持何看法?”

“倘指前者,我认为‘生而知之’之说虚妄,不可信;倘指后者,‘生而知之’则不可否定,它和‘学而知之’同样正确。”

陷在概念里的学弟,仍然心存疑惑,又问:“老师,您刚说‘生而知之’和‘天才’二者不能混为一谈,能举个例子吗?”

“比如,叔本华虽也承认和推崇天才,却不认为天才就是‘生而知之’,仍然需要接受教育,可见他也是赞成'学而知之'的。"

真是教授,有学问!他懂得真多!

"啊,我想起来了!"学兄又举例说明,"宋代杰出政治家王安石,在《伤仲永》一文中,举五岁神童方仲永为例,'指物作诗立就',令'邑人奇之',似乎是个'生而知之'者,但因其父目光短浅,'不使学',致小方未满二十岁时,便'泯然众人矣',光泽尽失,沦为常态。原因何在?作者用这一'小天才'名声涨落的巨大反差,从反面说明了不学则无知,无知则名废的道理!也说明,人生旅途,颇像一场马拉松长跑竞赛,有起跑,有奋斗,有冲刺,有终点。有的人,虽然输在起跑线上,却赢在求学段上,苦在奋斗路上,最后胜在终点站上;而另有些所谓聪明人,正像方仲永那样,固然赢在了起跑线上,却落在了求学段上,输在了拼搏点上,末了必然要败在终点站上!"学兄最后强调道:

"尽管眼前社会中,肯定'生而知之'者大有人在,甚至言之凿凿,但终不可信。相较而言,'学而知之',才是一条颠扑不破的普遍真理。"

学弟也补充说:"我想起改革开放初期,一度掀起的'天才','神童'热。今天看来,大多也都'泯然众人矣',你们知道宁铂的故事吗?他完全是我国新时代方仲永的再版。所以我也赞同'学而知之'!"

啊!我听懂了。所谓"生而知之者",即被誉为天才、神童之类。只因其年幼时显露出某种一得之见、一技之长,不过是一时的聪明、智慧的萌芽而已,便被人们盲目高捧、惊为神童,身边亲友也信以为真,以致令其忘乎所以。但随着时间的推移,难免在揠苗助长中,终归泯灭。其实,世界上并不存在这种神化了的"生而知之"者;"学而知之"呢,则是普遍共识。绝大部分平常人的知识来源,都走求学从师之道。如今天的孩子,从幼儿园,经小、中、大学,直至硕、博、博士后的学习台阶,终于获得了各种知识;至于"困而知之"?乃是指遭遇各种挫折、难题和困惑,甚至经历了灾难和痛苦,从教训中回过头来,方才懂得知识之重要。于是,跌倒了爬起,失败了再干,心怀激愤,刻苦学习,勇敢实践,积累了经验,从而成为知识来源之一。但"学而知之"和"困而知之",谁先谁后,并无定式,常常是交叉进行,互相促进。这不正是所有人、不论文化高低、不管贤愚智不肖、普遍走过来的道路吗?

联想到我,惭愧!我当然不是"生而知之",仅中学毕业,也够不上"学而知之”,在生意场上,我尽管栽过跟头、摔过跤,即赚了赔、赔了赚,反复多次被“困”过,但每次困过之后,仍然急功近利,还是只想赚钱,钻进钱眼里出不来,故常被同一块石头多次绊倒,却未深悟、未认真总结教训,从没在“困而后学”上狠下功夫。所以在求知路上,我连个“困而知之”也沾不上,充其量只能算个“等而下之”吧!

算我有幸!今天能参加这样的聚会,真启发人,长见识,有收获。

学妹忽然插言道:

“我认为,唐代著名思想家韩愈撰写的《师说》,可以说是一篇大赞‘学而知之’的专论。他讲得好:‘人非生而知之者,熟能无惑?惑而不从师,其为惑也,终不解矣。’不仅态度鲜明地否定了‘生而知之’,而且从‘投师’‘拜师’‘尊师’之重要性上,突出强调了‘学而知之’的主张。今天看,仍然具有现实意义。所以我也认为:‘学而知之’是唯一一条知识来源的阳光大道。”

“言过其实了吧?”老师却持异议,“应是之一,而不是唯一。清末文坛大师王国维,在论及知识来源时,高屋建瓴,从哲理的深度上,也概括为上述三条途径。他说:‘知有种种之阶级:其上者生而知之,其次学而知之,其下困而知之。’(请参考中国文史出版社《王国维文集》第三卷第 195 页)在这里,王国维对这三种获知渠道,并未阐释主观褒贬,表明自己的取舍。但以我对他的了解,其思维倾向,必定是否上、认中、赞下的。为何肯定后两条?因为他既是‘学而知之’,又经历了不少磨难挫折,以致最后投昆明湖而死。还是书记说得对‘除了学习,还有实践’。在实践经历中,王国维对‘学而知之’和‘困而知之’的过程都深有体验,故他既肯定‘学而知之’,更肯定‘困而知之’。所以我认为,‘学而知之’不是唯一,而是之一!”

学姐说:“是之一不是唯一,老师说得对。然而,我还有一解,那就是这三句话,实际讲的是一条道理。”

“怎么讲?”几个同窗几乎同时发问。

“倘如老师刚才讲的,把‘生而知之’理解为唯物说,即后天的天资聪颖、感知敏锐和思维灵活的话——我认为那主要是与基因遗传,还有营养良好、成长环境优越等等因素有关,是诸多原因造成的,因而其记忆、联想能力过人,且辩证思维强健,故能正反比较、见微知著,在个别领域表现尤为突出,从而被世人誉为‘天才’。我们必须承认人和人之间的这种天分差别。因为它是客观存在的,不可简单否定。倘这么去看,那么‘生而知之’讲的,就是‘学而知之’的先天条件;而‘困而知之’呢?讲的则是被‘困’驱使和反逼,从而产生了‘学而知之’的内在动力。如此想来,三条路便互不矛盾,而是殊途同归,最终化作一条路:所有知识都是从‘学’中得来。这么理解之后,再讲知识来源,只有唯一一条光明大道,即‘学而知之’,就应该是准确无误的了。”

“片面了吧!”学长说,“你这不等于说,‘万般皆下品,惟有读书高’了?”

老教授面露满意之情,但他不语,只以含笑点头作答。

我心想:真是知识分子!高文化出自高智商,讲起话来,观点明确,论据充足,自由讨论,取长补短,都能自圆其说,因而发人深思,于是我想:

我中学毕业,没考上大学,更与硕士、博士无缘,所以从没聆听过导师上课,更没参与过学术讨论。这不正是一场有博导指导的学术讨论吗?不仅让我目睹了教授风采,感受到了浓郁的知识氛围,也窥视到了从未涉足的崇高而神秘的研究境界。今天的家宴没白来!说实话,远比我观赏一场精彩的文艺晚会,还要令我满足!

最后,老教授站起来,仍然笑眯眯地说道:“知识贫乏,显系缺陷;但知识丰富,就是求学的目的吗?”他自问之后又自答:“丰富的知识,还不是求学的主要目标。”

“那,什么才是最主要的目标呢?”学妹边用餐巾纸擦嘴,边起身问教授。

“王国维说:‘脑之善锻炼者优于脑之充满者远矣。’即我宁愿锻炼成一个思想开阔的头脑,而不愿只有一个塞满知识的头脑。王国维又说:‘博学与智能,不但相异,且不相容。富于智者无学,长于学者无智。人之价值,不在于记忆丰富、知识赅博也。’学指知识,智指智慧。按我的理解,翻译成今文这是说:求学的主要目标应该是‘学会思考,诚信做人’,然后追求知识丰富!”

“这段活太好了!请问出自何处?”学长问。

“见《王国维文集》第三卷《述近世教育思想与哲学之关系》。”

宴席已散,但意犹未尽。教授的最后一段话,还荡漾在诸位耳边。大家沿着这个话题,继续议论不休。

侄儿很激动。他一边送客,一边搓着两手说:“真没想到,我把儿子的满月宴,办成了一场兴味盎然的讨论会,也给我上了一堂课,真是收获良多。感谢老师和各位学友!”

送走客人,侄媳妇回到卧室,盯着躺在被窝里的孩子说:

“我的宝宝呀,你脚下之路已经展开,我们对你的期望值也不敢太高,只能在你的求学路上不断引导。将来究竟怎么走法,就看你的啦!”

51.《我和萨特——答朋友问》

(2016.4.20.写于西北大学桃园校区　发表于《西北大学学报》哲学社会科学版2016年第六期)

一、在学海预测中定向选点

朋友问:"据我所知,你一生独立出版了五部著作:《西方文学史纲》、《巴尔扎克创作论》、《存在主义的艺术人学——论文学家萨特》、《萨特评传》和《艺术的人学》,其中两部都是研究萨特的成果。请问,关于萨特,你最初是怎样定向选点的?"

我答:"说来话长。这两部书是1998—1999年连续出版的,而这一研究的起步,却是在20年前文化大革命结束的时候。那时刚刚改革开放,人们对知识如饥似渴。我国学界大潮涌动,一派勃勃生机,外国文学领域更为活跃。过去被视为禁区的作家、作品、思潮、流派开始解禁,研究界推出了卡夫卡、乔伊斯、加缪、贝克特、萨特等等世界级的著名作家。对我这个外国文学教师来说,感觉非常新鲜。我强烈感受到,时代的急剧变化,向我们提出了迫切要求:知识必须拓展,观念必须更新,视野必须扩大!为此,在我的外国文学专业领域中,我选择了现代文学;在现代文学范围里,我选择了后现代主义文学;在后现代主义文学中,我对法国作家最感兴趣;而在法国的后现代作家中,我又对萨特情有独钟。于是,我把萨特和存在主义文学流派,固定在我学术研究的靶子上。所以,改革开放,引起我国社会大变化,也成为我科研历史的新起点。

"这就叫,从学海预测中定向选点?"

“是的。你也知道,我国十年文革结束和改革开放的起点,其标志是 1978 年 12 月 18 日召开的中共中央十一届三中全会;第二年,即 1979 年,萨特和存在主义文学就被学界推了出来,也立即进入我的视界;第三年,1980 年 4 月 15 日,萨特逝世,震动世界,我就意识到,对他可以‘盖棺论定’了;于是第四年,1981 年元月我便决定并开始研究萨特。回顾来路,这一选点历程是从哪一天开始的呢? 1981 年 1 月 26 日! 因为有我的日记作证,这一天就是我从心底深处萌生研究萨特的起始日期。

当时,现代主义和后现代主义文学,作为世界文学史上的最新一页,展现在我们面前。国外已有大量研究,而我国由于长期闭关锁国,学界对此却比较陌生,尤其对其中的存在主义文学流派,更如瞎子摸象,众说纷纭,歌颂派和批判派严重对立,创新者和守旧者争论激烈。但相同的一点是,无论拥护方还是攻击方,无论学术界还是民众层,无论老学者还是小青年,都对萨特兴趣特浓,关注度极高,以至在全国掀起了一阵不小的‘萨特热’。这期间,我作为外国文学教师,也探险般地、摸索式地发表了一些研究萨特的学术论文。

“你曾赴法任教,是专为研究萨特而去的吗?”

“不是。那是 1986 年 9 月,国家教委按照中法文化教育交流合同,派我赴法国巴黎东方语言文化学院(L’institut National des langues et civilisations orientales à Paris),教授中国文学和汉语。但对我来说,真是了解萨特的天赐良机。在巴黎,教学当然是主要任务,不敢丝毫懈怠,而课余我则心系萨特。我购买有关萨特的书籍,收集有关萨特的资料,采集有关存在主义的信息,我坐在萨特经常眷顾的“弗洛尔”咖啡馆喝过咖啡,到他常走的蒙巴尔纳斯大街上去蹓跶,也到他和波伏瓦的合葬墓前去凭吊,我回忆着他从事文学创作的历史处境,探寻着和他息息相通的时代脉搏,感受着当年孕育他的巴黎文化氛围,也思考着他存在主义的哲学根蒂和他那感人至深的艺术构思。我知道,我是在体验、在化解、在吸纳,也是在考察、在整理、在解读。虽然我教的是中国文学,但我关注的靶心,仍然是法国文学,是存在主义,是萨特。

“看来，巴黎任教，对你萨特研究的定向选点，起到了重要的鼓励和推动作用？”

“是的。那时的国内学界，关于萨特，虽有许多论文发表，也有简介萨特的小册子出版，在报章杂志上见到的，常是某些想当然的、简单化的批判或赞美萨特存在主义的文章和报道。面对国人过去和现在对此流派的陌生和误读，也看到至今我国仍无一部全面准确论述萨特和科学评价存在主义文学的学术专著，于是，1988 年末，我带着对萨特的酝酿和积累，带着对法国文化艺术的熏陶和感受，从巴黎归来。凭着我对萨特的心中之数，又参考国内已出版的有关译介书籍，在我过去研究的基础上，经调整和充实内容之后，设计了一本专著的整体规划。当时我想：存在主义文学以法国为策源地，法国存在主义文学又以萨特为标志。我之所以将萨特定为专著选题，就是想从中心点突破，聚焦于他一人，作全面深入的剖析。因为只有如此，才能避免跟风追潮、人云亦云，才能独立思考，科学判断，也才能最准确地把握存在主义文学的本质和精髓。

你看，巴黎任教，对我来说，除精神鼓励的因素之外，还为我撰写关于萨特的两部专著，积累了丰富的资料，酝酿了成熟的思考，也可以说，它为我在科研上攀登高峰，积蓄了势能，运足了心气，即从物质到精神，都为我做好了准备，恰如箭已上弦，不得不发，弹已上膛，单等扣动扳机。我怀抱迫不及待的热情，一回到西安，便利用繁忙的教学之余，立即投入到撰写之中。1991 年，《论文学家萨特》的书稿已初具雏形。1995 年 5 月我经申请，该课题又获得全国哲学社会科学规划领导小组批准，下拨两万元科研资金。据北京学人讲，这区区两万元，在当时仅够修筑一公里高速公路。当然，单看经费数额，显然微不足道，但作为政府支持，却给了我莫大的精神鼓舞。该书最后由西北大学出版社于 1998 年 10 月出版。倘从 1988 年我离法回国算起，历时 10 年，我终于完成了这部著作。

“真叫‘十年磨一剑’啊！你的第二部著作《萨特评传》，是怎样出版的？”

“第二本书的出版就简单多了。1997 年 6 月，浙江文艺出版社计划出版一套‘20 世纪外国经典作家评传丛书’。他们以广阔的文学视野，高瞻远瞩的胸怀,从概括和总结的角度,想在世纪性回顾中,向中国读者展示整个世纪外国文学的概貌和精要。为此,他们选择了20位20世纪外国文学经典作家,组织国内专家学者,以长篇文学评传的形式,逐一作深入研究和介绍,萨特就是其中之一。这套丛书的主编、中国社科院外国文学研究所所长吴元迈教授,向该丛书编辑舒建华先生(后改为陈征一先生为责任编辑),推荐我撰写《萨特评传》。我因为刚刚完成了《论文学家萨特》的书稿,资料熟悉,思路顺畅,又刚好有一段空档时间,于是便接受下来,签订了出版合同,于1998年撰写完成,第二年年底《萨特评传》便如期付梓。"

二、在埋头苦耕中　自我激励

朋友问:"谁都知道,萨特是一根难啃的硬骨头。我想问你,你是怎样张嘴啃第一口的?"

我答:"做任何学问,都是件苦差事,不光萨特如此。我这个人很笨。所以开啃之前,先得励志。那时的全国学界,颇像欧洲文艺复兴时代,普遍渴求创新,强烈追求变化,遍地兴起了激情充沛的奋斗热潮。精神解放之后,人人都想放开胆子,撸起袖子,在自己的专业上大干一场,我也一样。于是我如立军令状般地,于1983年3月5日,写了一篇日记《抓牢把手》,表白我破釜沉舟的决心:

> 时代的列车,风驰电掣!改革开放显然是一场革命,革"吃大锅饭"的命,革"计划经济"的命!它没有刀光剑影,没有腥风血雨。但它,又和所有的革命无异,同样冷酷,同样无情!在这场革命中,肯定会有不少人,要被时代的列车甩掉!
>
> 今天的高校,颇像一列飞奔的列车。车厢中挤满了人。资深年长、有专业造诣、又要决心一搏者,都拥挤在车厢中。人人都想对号入座,但仍然要抢座位,争座号,千方百计,渴望得到认为自己应得的首席之地!车厢外,也有许多人拥堵成团。这是一些年轻有为、具有专业基础却造诣不深也想急起直追但一时难以补救的人。过道上和车门口也站满了人,甚至连车门外

的把手，也成了大家争夺的目标。

列车在飞速前进，连把手都抓不到的人，当然最危险，很容易被挤下车去，不是头破血流，就是粉身碎骨！想要抓到把手，必须经过一番拼搏！对于这些争抢把手的人来说，谁胜谁负，则是一场生死斗争！

我，就是已被挤到车厢之外，成为这批人中间的一个！我不仅具有危机感，毫不夸张地说：真是生死存亡，在此一搏！

耳边风声呼啸，浑身冷得发抖。别管它，紧紧抓住救命的把手！帽子被疾风吹落，雨点像子弹般打来。别管它，紧紧抓住救命的把手！雨过天晴，骄阳似火，大汗淋漓，也别管它，紧紧抓住救命的把手！青山绿水，美景如画，从眼前滑过，更不是你消闲观赏的时候，只紧紧抓住那只救命的把手！

听，你身边有人惊叫一声，脱开了手把，掉下车去！你可以为他洒一滴同情之泪，但要当心，千万别忘记你手里的那只把手！

看，一个人被挤落车下，脑袋开了花，还未听见惨叫，就被呼啸的列车远远抛到看不见的后方！你可以默默地为他祷告，但要当心，千万别为了画十字，松开你那只最后的把手！

杨昌龙啊，你的存在，在这只把手上；你的意志，在这只把手上；你的生命价值，也在这只把手上！松手，意味着粉身碎骨！抓牢，则意味着重获新生！

“把手”是什么？就是科研！就是萨特！

“好可怕呀！”朋友笑过之后，又问，“那么在实践中，你是怎样抓牢这只把手的？”

“决心固然重要，但代替不了实干。所谓实干，就是要抓牢把手。你知道，好逸恶劳是人类欲望，本性使然，即被弗洛伊德称之为‘潜意识’的，人人如此，谁也别说大话，我就是这种人。罗素说‘与自己心里的欲望做斗争是艰难的’，我们也常说‘人要干好一件事，首先得和自己作斗争’，俗语不是也说‘灭山林之贼易，灭心中之贼难’吗？这种享乐欲望，就是‘心中之贼’。从这层意义上讲，人们在实干中往往最容易忽视、最容易忘记的一个‘顽敌’，不是别人，正是自己内心深处追求轻松的欲望本能！学人也不例外。所以在刻苦钻研中，必须自我激励！可以说,我的萨特研究之路,就是用'不断激励'的铺路石铺就的。比如,1981 年 1 月 26 日我写的一篇日记,题目是《我想"吃"萨特——啃苦果》,就是我的第一块铺路石:

我饿,我渴,我如饥似渴,我想吃知识,我想吃哲学,我想吃萨特!现在,我面前摆着一桌丰盛的美餐:萨特和他的存在主义。我要吃掉他!吃掉他的哲学,他的文学,即他的小说和戏剧。这是一桌西餐——其实,外国文学史本身,不就是一桌桌丰盛奇异的西餐么?我们中餐吃惯了,了解它的佐料,熟悉它的烹调,合乎我们的胃口,也培养了我们的味蕾。然而西餐,固然新鲜,但口感异样,不一定觉得味美,真有点像啃苦果。

记得我第一次吃西餐,那是 1976 年 8 月的一天,因赴刚果任教,匆忙未吃晚饭,登上法航飞机很久,才等到开饭时间。我着实有点饥饿,在黄油面包面前,狼吞虎咽起来。结果晕了飞机,头昏眼花,浑身冒汗,难受得要死,开洋荤变成了受洋罪!我想,吃洋知识,也有同样道理,绝对不能着急,必然有一个尝试、品味和接受的过程。吃洋知识,又有点像我在布拉柴维尔吃油梨。我们教师组住地的院子里,生长着一棵油梨树,枝繁叶茂,果实累累。开始,我们采摘下来尝鲜,觉得有股子怪味,但时间长了,却越吃越香,越香越想吃,竟至大家争而食之。每到油梨成熟季节,它必是我们餐桌上最受欢迎的、餐餐不可缺少的一道名菜。现在,我吃萨特,"他"能否也像油梨一样?只能等待以后的事实回答了。

我想:研究域外文化,不能习以为常想当然,仅凭兴趣为之。其基本方法有三:简单的照搬,思考的引申和科学的推论。我应该抛弃简单的照搬,从思考的引申开始,向科学的论断前进!

"万事开头难,坚持更不易。'吃萨特',你是怎么'坚持'下来的呢?"

"尽管我有'吃掉'萨特的激情,有'征服'萨特的决心。但是,对于萨特还很不熟悉。我虽懂法语,但刚开始,有关萨特的资料却掌握很少。只知道他既是哲学家又是文学家,无疑是一眼"富油的矿井"。正是把这一预感化为动力,才不断鼓励我勇往直前的。但是,稍经了解之后我发现,他竟是那样的复杂!对我来说，真像一桌丰盛的西餐，感到虽新鲜却陌生，甚至咀嚼了第一口，就觉得难以下咽，实在是自讨苦果吃！我意识到，我必须有足够的思想准备，勇敢面对，克服困难，以百折不挠的精神刻苦钻研，才有可能攻克这一学术堡垒。

你问得好，我是怎样坚持下来的？不怕你见笑，我对付自己的有效办法，就是针对我随时产生的活思想，常把自我作为批判对象，有时则像对待愚蠢的孩子一样，耳提面命，不断进行教诲和引导。比如1982年1月28日晚，我写的日记《清心寡欲》，就是其中之一：

解读萨特，必须做到"清心寡欲"。钻研业务、探讨学术、有志于学问的人，都必须做到"清心"和"寡欲"四字。

"清心"者，快刀斩乱麻，闲事少管也；"寡欲"者，饿体肤，劳筋骨，乐在钻研之中也。前者，为排除干扰；后者，为艰苦奋斗。前、后二者，都为集中精力，握紧拳头，身体力行，投入到"科研"中去。

凡在事业上失败的人，恐怕都是没能做到这四个字！"清心"固难，"寡欲"更不易！但欲宜寡而不宜无，寡其欲而不能绝其欲。古人教导我们：滥于欲者，沉迷其中，定遭物极必反之罪；然绝于欲者，否定正当之乐，自讨禁欲之苦，亦非为人之道。唯以"寡"字调教于人，用得恰到好处。

人间之欲，可谓多矣！举其要者则有六：贪吃者，食欲也；好色者，情欲也；爱官者，权欲也；好出风头者，名欲也；喜占便宜者，利欲也；拜金者，金钱欲也。贪食者，懒；贪色者，淫；贪权者，霸；贪名者，浮；贪利者，贱；贪金钱者，吝啬。唯有贪光阴、贪钻研者，贵！

俗话说，人有七情六欲。我总觉得，人的情和欲太多了。难怪孟子说"养心莫善于寡欲"。其实，只要寡其三欲，即情欲、食欲和权欲，然后必成大器。杨昌龙，把"清心寡欲"节省下来的时间、精力和健康，都集中用在"萨特研究"这个刀刃上来吧！

三、在写作过程中集中精力

朋友说："对。攻关必须专心致志，不断集中精力。但怎样集中精力？你能

举个实例说明吗?"

我答:"所谓集中精力,就是时刻与分散精力作斗争。我在 1983 年 1 月 21 日忽然发现,我眼前的最大问题,是精力过于分散!便写了篇日记,命令自己《赶快收缩》:

> 最近几个月来,精力分散了!出外讲课,翻译资料,写小文章,而且和《陕西日报》订了两个 12 篇的专栏合同。任务多了,忙于应付,而中心任务"萨特研究",则不得不一推再推,放到次要位置上去了!
>
> 这是个战略部署问题,也是个思维方法问题。拳头松开了,必须赶快,不,立即,马上,握紧拳头,集中精力,朝着中心目标"萨特"出击!外边的课,要讲,但必须在完成中心任务之余去讲;小文章,可写,但必须把主要精力放到中心任务上来,插空子去写;而且,这些都应列入"杂项"。没有时间,则可割爱,坚决舍弃,不能被诱惑力迷住,以致挤掉了中心,造成日后"悔不该"的悲叹。
>
> 人不能放纵自己。不能总是放、放、放,而要不断地收、收、收。收缩阵地,减少任务,浓缩精力,集中到"靶心"上来。对年轻人来说,来日方长,但对你这个年近半百的人来说,倘若放纵下去,将来必然一事无成!
>
> 社会活动不能多搞,过去有求必应,搞得够多了;教学任务要讲质量,力争少而精,不要浪费时间;而科研计划,则要紧紧盯住主要目标,把准星瞄准靶心,其他杂事必须大胆放弃。不要有"拾到篮篮都是菜"的糊涂想法。有所失才能有所得,向前看而不要向钱看。
>
> 赶快收缩,立即收缩,调整计划,拨正航向。盯紧彼岸的既定目标,为了"萨特",开足马力,破浪前进!

"我想,集中精力还得保持沉默。言多不仅必失,更会消耗精力和浪费时间。凡学人都懂得珍惜时光、潜心于撰著的重要性。你说对吧?"

"很对,我们的想法不谋而合。萨特就说过'真正的脑力劳动者要求孤独',保持孤独以便独立思考。王国维也说过'唯有天下之静者,才能见微知著',学会冷静才能深入钻研。我曾在 1983 年 2 月 15 日,写了一篇日记《"沉默篇"续》,将我狠狠地骂了一通，为的就是针对我内心浮躁的现实毛病，以磨砺我沉静孤独的治学心态：

研究萨特的事实告诉我，我的“沉默篇”，还要续写。

人们拉车上坡时，总是哼哧哼哧，汗流浃背，躬身低头，集中力量。难道你见过说说笑笑，蹦蹦跳跳，轻松愉快的重车夫吗？真有的话，恐怕会连车子一起，倒滑下来，滚进深沟，摔个粉身碎骨的！

现在，我正是在拉重车、爬陡坡、攻难题。开始时，心无旁骛，低头用力，沉默不语，竭力攀登。但前进了一段之后，回头瞧，发现凭自己的力量，也竟然前进了不少。于是，沾沾自喜起来，轻松愉快起来，微笑着唱起歌来。心想，已经拿到了这么多成绩，轻松轻松吧，休息休息吧。可是，危险！杨昌龙啊，你没看到，你正停在“半坡村”，稍一松劲，就有倒退、滑落的可能！盲目乐观的人，常常半途而废，正是在这个节骨眼上跌倒送命的！不能骄傲，不能满足，不能翘尾巴！

你被《文艺报》“搁浅”，答应的发表落空，不觉得羞辱，难道是光荣？你有何值得骄傲？

你已四十有五，凭在省级《陕报》，发了几篇千字小文，受人虚捧，便欣欣然、晕晕乎地忘了方向，你为何这般浅薄！

至于几篇大文章，虽属“学术研究”范围，但也仅仅是个开始。你总在有意无意之间，沾沾自喜，挂上心头，你的眼界何等狭窄，你的人格何等藐小！

过去，你看见老母鸡下了蛋，就“一个蛋，一个蛋”地高声唱个不停，传得满村满院都知道。你讥笑它：那么小气！那么无知！把一个小蛋，看得地球般大！太阳般亮！自以为功勋卓著，很了不起！可是，你知道吗？老鹰抓小鸡时，老鹰是不叫的；花猫扑鼠时，猫儿是不喊的。现在，你既不像老鹰，也不像花猫，你不就正是那只可笑的、狭隘的、藐小而愚蠢的老母鸡吗？

永远记住：卧薪尝胆，无声无息地努力，沉默不语地奋斗！

沉默，继续沉默吧！在沉默中埋头拉车，在沉默中负重前进！

“是啊，攻关过程中，必须时刻和自我作斗争！矛头所指，就是自己的思想弱点。但弱点的表现却是多方面的。我问你,你对'走神'有过体验吗?"

"当然有。除上述各种毛病之外,我也在精神松懈时经常走神,这曾经令我极为烦恼。它颇像战争中的叛徒内奸,破坏性极大,又隐身暗藏,叫人防不胜防。我意识到:必须时时刻刻,防微杜渐,对自己的思维严加管束。为此,我在 1983 年 3 月 5 日专门写了篇日记《斥"走神"!》:

正在阅读,意念抛锚,想到书外的芝麻小事……

正在思考,窗外有声,心又飞到了九霄云外……

正在写文章,忧心的烦恼,忽然闯入心头……

这就是"走神"!

久而久之,"走神"像一只飞蚊,像一只苍蝇,扰乱思绪,打破境界,让人恼怒,但它却藏在思维深处,又没有办法驱赶它。

我想,要干成一件事,必须和这些讨厌的苍蝇、蚊子——"走神"作斗争!这就要对它做一番认真剖析和认识。

首先,走神是神经衰弱的表现。"神思"坚守不住阵地,"敌人"便偷偷摸摸潜入进来。从一丝一毫开始,逐步漫延,经蚕食到鲸吞,以致使整个思维的链条,发生"短路"和"瘫痪"!

其次,走神是缺乏使命感的表现。读书、思考、写文章,都是惜时如金,要沉下心来,作分分秒秒的努力。请想想,驰骋蓝天的飞行员,绿茵场上的运动员,公路上飞跑的驾驶员,时刻肩负着安全的使命,担当着胜负的责任,稍有不慎,就会丢掉性命,或者满盘皆输,他们敢有一丝一毫、一分一秒的松懈和消沉吗?

"神",不能走,更不可常走。神志要坚定,精神要集中。杨昌龙啊,你必须和神不守舍作斗争,专心致志,聚精会神,克服走神!在教学和科研上,我绝不做蜻蜓点水的人、浅尝辄止的人、半途而废的人!

"但是,你经常盯着自己的毛病,难道不觉得太压抑、太辛苦吗?你怎样看待治学中的苦和乐呢?"

"三句话:科研收获是最大的快乐,而攻关的过程则要经历痛苦,但咀嚼痛

苦却是一种享受。我在1983年3月7日的日记中,谈到过我的苦乐观:

> 我曾经有过杂志退稿,曾经遭遇过他人歧视,也曾耳闻过蜚语流言;我不仅积习养成不少弱点,犯过种种无意过错,更饱尝过无数艰苦困难,这都是我经历过的治学之苦。但我懂得忍辱负重和卧薪尝胆,先苦才能后甜!这种种磨难,激励了我的斗志,催我发愤图强;这种种烦恼,促我正确面对,使我逐步走上不惑!所以我在心底呐喊:辱、难、苦、烦,我爱你!我要鼓励自己:
>
> 一滴汗珠,落到地上,摔成八瓣,变作八颗稻粮;
>
> 一滴泪水,落到地上,摔成八瓣,化作八粒珍珠;
>
> 一滴鲜血,落到地上,摔成八瓣,开出八朵艳丽的花!
>
> 哪里播种,哪里就有收获;哪里辛苦,哪里就有快乐。播种的辛苦有多少,收获的快乐就有多少!
>
> 古人说:"毋忧拂意,不惮初难。"(不要因违反你的意志而烦恼,不必为最初的困难而恐惧)今人也说:"不经一番冰霜苦,哪得梅花放清香?"
>
> 空有愿望,想不劳而获,世界上没有这等便宜事。肥皂泡,五光十色,煞是好看,但外美中空,落地、爆破,等于零!

"你讲得有道理。课题完成,成果诞生,才能尝到苦后之乐。"

"然而什么叫完成?1991年初,我终于完成了《论文学家萨特》一书的初稿,自有一种轻松感。但是,没有交稿付印,心头仍有压力。即使出版,也难免留有遗憾。我不敢掉以轻心。为了下阶段的修改润色,同年4月15日晨8点,当我重读萨特的哲学论著《存在与虚无》时,即兴记了一篇日记《"菜青虫"和"花蝴蝶"》,再次表述了我处在这种苦乐交界线上的忐忑不安:

> 我把自己关进书斋,准备全身心投入《存在与虚无》的重读之中。我多么希望如"凤凰涅槃"那样,经历一次脱胎换骨式的精神洗礼,从一条学界的"菜青虫",变成一只科研上的"花蝴蝶"。"花蝴蝶"是从"虫茧"中蜕变出来的。"书斋",不就是我的"虫茧"吗?可是我想:

有的“虫茧”，能孵化出“花蝴蝶”；

有的“虫茧”，孵化的结果，依然固我，仍是一只“菜青虫”；

而有的“虫茧”，不仅孵化不出“花蝴蝶”，也重生不出一只“菜青虫”，却如桑蚕一般，作茧自缚，封闭生命，最后只能制造出一具“僵尸”！

我会变成花蝴蝶？抑或仍是菜青虫？或者更可怕，反而丧失生命，会变成一具僵尸？！

尽管，我还在如牛负重，埋头苦耕；尽管，我常说“但求苦耕耘，不去问收获”。但，总得以结出成果作为苦耕的证明呀。所以，当我的书稿《巴尔扎克创作论》交由陕西人民出版社的编辑审阅，也经总编终审签发，现已送交美术编辑设计封面了。且据责编讲，此书是人民社今年的重点书之一，我心头便萌生一种幸福感。但愿它的问世不留遗憾，能使我满意。我多么希望，它既是我辛勤耕耘的一份收获，也是我变身“花蝴蝶”的一个开端！

然而，我心中的“萨特”啊，你何时才能像“巴尔扎克”那样，昂首挺胸地走进我的书列，并排站在我的书架上呢？我下决心要把你从我的心中，搬上我的书架。因为“你是我的”，你“属于我”。我要把你“吃”下去，消化掉，通过我的评和论，然后生出一个“我心中真实的萨特”来！

春华秋实，斗转星移，光阴如梭，转瞬即逝。杨昌龙啊，你还没来得及变成“花蝴蝶”，却已步入满山红叶的人生之秋了！写书，显然是一件耗费心血的工作。作者的心血，铸就了书的灵魂。我死了，但我写的书还活着，也就等于我还活着。亲人朋友想见我，想和我说话，就去读我的书。我的音容笑貌，我的殚精竭虑，我的人生苦乐，都活在书中。书啊，你既是我的洞房，我的婚床，我心爱的情人；可你也是我的棺椁，我的坟墓，我最终的归宿！毫无疑问，我这条“菜青虫”，最后无疑会成为一具化入泥土的“僵尸”。但在人间、在学界，我也希望，我能成为一只长期活着的、翩翩起舞的“花蝴蝶”！

52.《“外面的世界很精彩”》

（2016.5.1.写于西北大学桃园校区）

记得退休前，一次参加“中国法国文学研究会”年会时，郑克鲁教授和我闲聊。

他说：“‘外面的世界很精彩。’我认为，这句讲给孩子的话，也适用于学者。你同意吗？”

我答：“完全赞同。因为个人的学术见识是有限的，即我称之为“三闭”者就是：闭目塞听，闭关自守，必然闭门造车。一个足不出户的人，不能取长补短，集思广益，对自己的课题研究绝对有害无益。聪明的学者，总是力争与同行交流，与朋友沟通，为博采众长，争取参加外界各种有关学术讨论会，尤其是全国乃至国际的讨论，它必然对拓展思路、开阔视野、启迪灵感大有裨益。我在研究萨特的过程中，最难忘的有三件事：1、与哲学家刘 xx 先生商榷；2、与文学家林秀清教授会面；3、赴长沙铁道学院参加全国学术讨论会的启发。”

“刘××先生，是当年全国知名的哲学家。你向他请教过吗？”

“是的。”我说：那是 1982 年 9 月，我读完当时全国权威刊物《文艺报》第 8 期，刊登的以哲学家刘××先生署名的《存在主义与文学》一文，内心无法平静。文中虽有些装饰词语，但显然是一篇大批判文字，骂萨特是“主观唯心主义，反理性主义的”，是“资产阶级个人主义的世界观”；说他“标榜”人道主义，“歪曲”人的存在，“敌视”客观世界；说他的自由选择论，“是一种排斥他人、集体和社会利益的极端个人主义理论”；尤其是说“他文学中的人往往是与他人、社会处于分离甚至敌对关系中的孤立的个人，是从恐惧焦虑、烦恼等变态的精神状态中领悟自己的存在”的人。该文从僵化的概念出发，以偏概全，大张挞伐，貌似有理，实属曲解。它以传统僵化的哲学观点,歪批萨特的文学创作,令我深感"跨元批评"的荒谬!倍觉误读名著的可怕!更深解"隔行如隔山"这句话的分量!于是将它复印下来,再读一遍,即兴式地眉批了几个字:"假肯定,大批判!""观点陈腐,以偏概全,貌似有理,左得出格!""作者不懂什么是'非理性',什么是'唯理论',甚至不懂得什么叫'悲剧'!"我又将该文的突出论点,做了摘要和批注,想写一篇客观说理的文章,提出与他商榷。但我又犹疑不决。

写不写?写了发不发?发后会不会被批判?经过一番思想斗争,我想:做学问就应当实话实说,坚持真理就要无所畏惧。于是,我以《究竟应当如何评价萨特?》为题,写出了商榷性质的第一稿,共 8000 余字。经删改后形成第二稿,寄给《文艺报》。过后数天(10 月 29 日),《文艺报》编辑李维永女士回信说:准备刊用,但须磨去锋芒,要求语气委婉,修改稿要压缩到 5000 字左右,并须将题目改为《对萨特人道主义的一点看法》。

读信后,心里不是滋味。我想,仅仅是"一点"不同看法?显然有护刘之意!经过一番思考,我决定改就改吧,在眼下的外国文学园地里,有点声音总比一片沉默要好。我又按照要求,将编辑的改稿——应看作第三稿,再改过一遍,已是第四稿,共 5400 字,寄给《文艺报》。

这期间,《文艺报》的态度引发我的思考。因为当时"文革"刚刚结束,"以言定罪"还有市场。刊登的目的仅为后来批判的事情还时有发生。我不能不产生后顾之忧。于是,我在日记里,记下了如下几句话:

> 今日接《文艺报》复信,言摘取部分观点发表,用意何在?颇费猜测。
>
> 如果是作为反面教材供批判用?那么我的态度是:请全文发表,我还有坚持真理的魄力!
>
> 如果是作为一种学术观点供讨论用?那么我的态度是:请一视同仁,平等对待。别人全发我全发,别人摘要我摘要!
>
> 如果是作为情况反映,供报道用?那么我的态度则是:摘要刊登,有何不可?我欣然接受!
>
> 在学术讨论中,我时刻准备坚持真理,也随时准备修正错误。可能因坚持真理而表现出某种固执,也可能因修正错误而被人讥为圆滑。但是,我绝

不会犯明知故犯的错误，更耻于做一个看风使舵的丑类！

最后，据说某大人物发话了：不能发“批刘”的文章！这个监控《文艺报》的大人物是谁？我能猜到但至今不能确定。《文艺报》编辑部似乎也有难言之隐，只安慰性地发给我 20 元“资料费”，此事就算了结。

这件窝囊事，对我刺激极深，但也大有好处。它给我已开始的萨特研究增加了一份极大的激励力量。我发誓，一定要写出正确评论文学家萨特的专著！一定要认真深入研究，对“文学家萨特”（不是哲学家萨特）做出一个实事求是、客观准确的科学评价！为此，我专门撰写了《神权专制哲学的破产——评萨特剧作〈苍蝇〉》一文，并在一次全国学术会议上，被挑选出来做了发言。我明确提出与刘××先生的不同看法，得到来自全国与会专家们的热情关注、热烈讨论和普遍好评。该文也作为整体需要的有机组成部分，后来收进我的专著《论文学家萨特——存在主义的艺术人学》一书之中。

回头看，我倒应当感谢刘××先生，感谢那位幕后大人物。更重要的是，这件事也告诉我：勇敢迈开大步，坚决走出自己，是学人必备的襟怀和胆识。我坚信：凡是学界同仁，只有论敌，没有私敌；只为真理，不存私心；光明磊落，坦荡待人；既要勇于批评，也准备诚恳接受批评。

“第二件事是什么？”

“会见林秀清教授。如果说第一件事是敢于批评，那么第二件事，就是虚心学习了。”我说：记得那是 1984 年 11 月在厦门大学召开的中国法国文学研究会第二届年会。这是改革开放后我第一次远赴外地参加学术讨论会，也是我平生第一次参加全国学术规格最高的讨论会，更是我一生参加的众多学术讨论中，令我感受最深、收获最大且颇感平等温馨、至今难忘的会议之一。这一届年会的与会者，都是来自北京、上海乃至全国各个高校、各大科研院所、最著名的法国文学研究家、翻译家。复旦大学外语系的林秀清教授也与会在座，很受大家重视。因为我们知道，林教授是我国最早赴法国研究比较文学的老前辈，精熟法语，勤勉厚道，中外文学造诣也很深，对法国文学的译介和研究很有见地，许多人都想听她发言，聆听教诲，一睹其风采。

当时的我，人到中年，抱着虔诚的学习态度，带着认真撰写的学术论文，克服旅途困难,兴致勃勃,前来赴会。主要目的只在于,多听长辈们的治学内容、治学态度和治学方法,作为我的参考和借鉴。但是,柳鸣九会长看了我的文章,却要我上大会做重点表述。我以才疏学浅、资格不够为由,推辞无果,只好服从。11月29日上午,我便以我的论文要点为纲,做了大会发言。

此前我并不认识林教授。当大会发言结束后,分小组讨论时,她、中国人民大学的黄晋凯教授、北京第二外国语学院的沈志明教授等,恰巧和我分在同一小组。在小组讨论会上,我才第一次也是终生唯一一次近距离地接触了她。她大概对我的大会发言很感兴趣,也因为萨特是当时全国学界争论激烈、探讨正浓的一大热点,更因为她翻译过《脏手》,也和萨特问题关系密切吧,可能想说的话很多,显得非常活跃。大家讨论起来,议题集中,十分热闹。这种探讨,见解各异,有问有答,生动活泼,轻松自然,既无严肃空洞的长篇大论,也无僵硬冰冷的批判说教,更没有我想象中的那种正襟危坐、板着面孔的场面,倒更像是老中青朋友们,以林教授为中心,围坐在一起,融洽地聊天,真使我获教良多。这位林秀清老太太,精神矍铄,开朗乐观,有问必答,平易随和,毫无威严矜持、傲气逼人之感,也不摆出使人敬而远之的大教授派头。她说起话来,质朴实在,总面带微笑,有时还发出爽朗的笑声。我不仅觉得她态度和蔼可亲,而且谈话内容更让我受益匪浅。翻开我当年的现场笔记,加上回忆,除学术见解之外,她的发言主要有两点:

1.《脏手》的翻译,纯属偶然。

她说:1978年7月,上海译文出版社,"文革"后出版了外国文学刊物《外国文艺》,主编是她的老同学、老朋友。他拿来第一期目录,征求她的意见。看过之后她笑了,遗憾地问:"怎么没有一篇法国作品?"主编半玩笑半认真地说:"没稿子啊!如果你能译出来,我们第一期就刊登!哪怕抽掉别的稿子都成!"她便随口答应:"好,我一定翻译一篇!"于是,她选择了萨特的剧作《脏手》,因为她过去在法国看过这部戏的演出。她用了两个星期的时间,翻译定稿之后,便交了出去。果然,《脏手》就在《外国文艺》的创刊号上,发表出来了。

所以后来,我在我的专著《论文学家萨特》第18页的注释中,特别作了说明:"1978年7月,上海译文出版社应当时形势之需,筹备并组译出版了《外国文艺》创刊号,林秀清教授应约译出萨特剧作《脏手》,是对译介和研究萨特的一份贡献，后收入人民文学出版社出版的《萨特戏剧集》中。”

2.《脏手》的演出，反响强烈。

1981 年，上海首演《脏手》，场场爆满，在全国引起强烈反响，尤其在上海各高校的青年学生中，产生了巨大轰动，以至于 20 元一张的平价票，黑市卖到 200 元一张，还抢不到手。针对这种现象，上海某机构向上级打报告惊呼：如果说，改革开放后第一次冲击波是长头发、蛤蟆镜、喇叭裤，那么，第二次冲击波就是追捧萨特，形成一股旋风，这是“哲学冲击波”，对青年学生来讲，比第一次更可怕！于是一时间，在中国大地上，在中国学界和文艺界，闹得沸沸扬扬。有人瞪着惊异的眼睛，大呼小叫；有人心慌意乱，忐忑不安；有人觉得新鲜，持观望态度；也有人表示喜欢，拍手叫好。从此开始，“现代派”“非理性”“存在主义”等等，成为大家颇感好奇和热衷谈论的新鲜词汇；萨特、加缪、波伏瓦等作家及其作品，无论在学术界、在民间都议论纷纷，广为流传，产生了一波历史上少有的“萨特热”。

在这种背景下，三年前发生在上海的《脏手》首演事件，因热议未减，余音犹存，也自然成为我们小组会上谈论的中心话题了，更何况，在座的林教授就是《脏手》在中国的“破冰手”，第一个翻译者。有了她的中译剧本，才有了舞台演出，才能引起这场风波。说句玩笑话：她成了这场事件的“始作俑者”！所以，一提起与她有关的细节来，她就打开了关不住的话匣子。

她说：那是 1981 年，她正要去法国参加学术交流活动，行李都准备好了，好几只大箱子就堆在客厅里。正要出发去机场的时候，上海“人艺”导演来找她，说他们剧院要上演她翻译的萨特名剧《脏手》了，请她去帮助分析一下情节和人物，以便更深入地理解此剧的内涵。她说：“不行啊，我要走了。你看，行李都打好了！”为了赶飞机，她拒绝了导演的要求。送走客人之后，她就立刻奔赴机场。几个月过去了，一位法国朋友从上海回到巴黎，一见面就问她：“上海演出《脏手》，您是‘艺术指导’？”她回答：“不是。”但法国朋友说：“我看见的！上海的《脏手》演出海报上，明明写着‘艺术指导：林秀清’嘛！”

她笑着说：“我这才知道，原来我与这个事件，还有如此密切的关系呢！”

关于此事，我总觉得：看似不大，但很有意义。我也在我的专著《论文学家萨特》中，把它写进了“萨特在中国”一节里，让它定格在历史上，并做出了至今我认为恰当的判断和结论：“1981 年，上海戏剧界根据林青（即林秀清教授）的译本,将《脏手》搬上舞台,引起一时轰动,黑市票价骤涨,以至有人惊呼为'第二次冲击波',闹得沸沸扬扬,颇令全国瞩目。这当然是与该剧本身存在的问题直接相关(它早就在国际上引起过激烈争论),但是,恐怕也和中西制度的不同、历史境遇的差别、意识形态的分歧以及我国因长期封闭和突然开放之间产生的巨大反差不无联系。萨特的思想一旦涉足中国,必然发生碰撞。这种'初来乍到',引起普遍惊讶,造成一阵风波,应该说是难免的。今天看来,它不过是萨特走进中国文坛的一段插曲而已。"

"第三件事呢?"

"是长沙会议上的重要启发。"我说,1993 年,在长沙铁道学院举办的全国外国文学学术会议上,某教授就"荒诞意识"做了演讲,之后他要求现场讨论。在聆听的过程中,我产生了一个疑问。出于虚心求教和诚恳探讨的目的,我便想当场提出来。但我自幼性格内向,拘谨胆怯,面对来自全国的名家云集,专家学者济济一堂,我几经鼓起勇气,仍然精神紧张,不敢举手发言,以至于我都能听见自己咚咚咚的心跳声。但一想到机不可失,时不再来,为锻炼胆气,走出自己,我最终还是大胆站了出来,拿起话筒说:"您的演讲对我很有启迪,我很感谢。但有一个问题,想向您请教。"我发问道:"西方后现代主义作家的'非理性',和我们讲的'理性'有何联系和区别?"他回答:"两种理性基本一致。"我更不解,又问:"既然一致,为什么在'理性'之前,非要加个'非'字呢?"他来不及深思,无言以对,也可能为故意留白,引导大家发言。于是,当场引起一场关于"非理性"问题的大讨论。在场的中国社科院外国文学叶廷芳教授、章国锋教授、中国人民大学的黄晋凯教授等著名专家学者,都对解读"非理性"理论很感兴趣,都做了热情的自由发言,给我启发很大。会后,参会的《社会科学战线》(吉林)编审马兰女士邀我撰稿,并在 1993 年第五期发表了我的文章《"荒诞意识"之我见——对"非理性"问题的探讨》。

这件事对我来说具有纪念意义。为什么?正是它锻炼了我的胆气,鼓舞了我的意志,从此我不断自我鼓励,力争走出自己。更重要的是,它引发了我深入考察何谓"非理性"问题的极大兴趣和热情。因为萨特人学的"非理性",是一个绕不开的重要议题,它是我在专著中必须重点论述的核心内容之一。在后来出版的《论文学家萨特》中,它占据了一个整章,下含五个小节。而正是由于这次

“荒诞意识”的讨论，让我找到了一个“抓手”和“切入点”。于是我从“荒诞意识”开始，经欧洲人学，再到欧洲哲学的不断探讨，一路走来，先后发表了 3 篇专题学术论文：《荒诞意识之我见》(见《社会科学战线》)、《加缪荒诞意识剖析》(见湖南教育出版社《论文集》)、《论萨特的非理性》(见《西北大学学报》)，使我逐步理清了八个层次的问题。这就是：

1. 什么是加缪的“荒诞意识”？
2. 什么是萨特的“荒诞意识”？
3. 萨特和加缪二人“荒诞意识”的比较。
4. “荒诞意识”的实质是一种“非理性人学”。
5. 欧洲文学中的“非理性人学”。
6. 萨特文学中的“非理性人学”。
7. “非理性人学”来源于“非理性哲学”。
8. 欧洲“非理性哲学”的历史渊源。

探讨欧洲历史上的“非理性哲学”，真是一根难啃的硬骨头！我从 18 世纪下半叶康德的“纯粹理性批判”(批评学派)开始，经 19 世纪上半叶叔本华确立的“非理性哲学”体系，再经 19 世纪下半叶尼采的继承和发展从而提出的“超人意志说”，直到 20 世纪萨特的新型非理性哲学——“无神论存在主义哲学”的产生，一路啃下来，真是殚精竭虑，费尽神思，竟然使我原本一头黑发很快白了许多，而且开始秃顶！

经过这一长期探索的艰苦征程，我梳理了文学家萨特、加缪和贝克特之间的区别和联系，也厘清了欧洲的文学、人学和哲学三者之间的内在关系，并从萨特的创作实践、文论主张、到哲学根据的三个层次上，终于摸清了它们一脉相承的逻辑关联和内部结构。

“啊，我知道了！倘缺少了探索‘非理性人学’的努力和成果，你撰写的两部论萨特的著作，定会大大逊色。有了‘非理性人学’的全面论述，显然在理论深度上，才能更上一层楼。”

“谢谢您的理解！”

“你以上的侃侃而谈，为‘外面世界很精彩’这句话，做了生动注释。此外，我也觉得你讲的三件事都很有意义。第一件，表现了一个学人在学术探讨上的勃勃雄心;第二件,表现了一个学人在学习他人所长上的谦虚之心;第三件,则表现了一个学人为追求真理锲而不舍的治学苦心!"

我感慨道:"你我都有一颗文人心啊!法国文学把我们联系在一起,我们算是痴心、知心又通心的好朋友了!"他紧接一句:"因为我们都是吃这碗饭的嘛!"

听后,我俩都发出了会心的大笑。

53.《致炜评君的一封信》

（2016.10.23.写于西北大学桃园校区）

炜评君：

你好！

承蒙厚爱，热情约稿，说明在你心中的“学人谱”上，我还占有一席之地。人海茫茫，知音寥寥，而你，就是我“知音栏”里那不多的几个“寥寥者”之一。直到我知道你决定刊用我的文章并遵嘱提供“作者简介”资料时，我才敢写这封私信，向你坦露心怀，说几句掏心窝子的话。

我明白：你年富力强，肩负重任，身为学报主编，在岗忙碌，正处于一生的重要阶段。你曾投身古典文学钻研，我从事外国文学探讨。咱俩虽学科不同，年岁有别，但先后同系任教，相交相知甚深，细算起来，至今已有整整三十年的历史！现在又住同校同楼，却在我退休后很少相遇交谈。偶而碰面，只见你不是肩挎公文包大步流星赶校车上班，就是拖着疲惫身躯从外地开会或出差归来，我实在不忍闲聊，挤占你的宝贵时间，连想请你吃饭喝咖啡，都担心有“宴贿”之嫌，故将几次萌动念头，掐灭在刚刚点燃之后。其实，我总想和你促膝交流，此种殷殷之情，久埋心底，从未熄灭过。

为什么？因为我很欣赏你的品性。你有古文根底，学养深厚；又善于思考，眼界宽阔；你的散文随笔，朴实自然，心存善良，散发着泥土芳香；你的性格诚朴，踏实本分，从不攀龙附凤；你有学者情怀，只会埋头苦耕，毫不自满张扬，也无浮躁浅薄之气；对工作兢兢业业，待朋友热诚忠厚。这一切，都在我心中占有分量，保留着美好印记。我深信，咱俩都是怀有“文人情结”的同一类人。但是这些赞佩之词，我从未向你吐露过。其心照不宣的原因何在？又生怕你误解为虚捧的

"言贿"！故几次话到口边，又都咽了回去。我想：这大概就叫"君子之交淡如水"吧！

我记得，你对我说过：你曾在学生时代，只带了一斤油条就勇登秦岭之巅太白峰顶，傍晚返回时，饿着肚子迷路于荒无人烟的山野之中，极度恐惧之际，你竟把远处枯朽的树桩误当作人影而激动得热泪盈眶，体验了那种濒临危亡的孤独可怕，也悟到了人类生命的珍贵和个体与群体关系的重要。我因记忆犹深，曾在讲解萨特"相对自由论"的课堂上，举你此例，生动说明人与人是不可分离的群体存在。

我也记得，当年春游时，我们在秦岭腹地、隶属户县的"后畛子"镇，不期相遇，你我在望外欣喜中，相谈甚欢。于是咱俩突发奇想，邀请当地女孩小芳作向导，租赁一辆吉普车，一行六人（你和同学，我和老伴，司机和小芳），兴致勃勃地入丛林，越小溪，同觅佛坪老县城旧址，一路翻山越岭、畅游山水时的欢乐情景。

我还记得，你曾在一次中文系干部会上说过，我讲课时的口语表述，准确生动，简洁流畅，倘记录下来，就是一篇没有一字多余的好文章。那种诚实口吻，真情赞誉，也许因为表扬的是我，使我至今难忘。

尤其令我不能忘记的是，去年，当你读完我的《笔墨春秋》后，在桃园校区住宅楼下和你偶遇，你诚恳而庄重地对我说："杨老师，从你的《笔墨春秋》中，我读懂了你的'文人情怀'！"真是一语中的。对于此书，亲朋好友的赞美之词甚多，唯有你的"文人情怀"四字，中肯实在，打动了我的灵魂，永留我的心头。我发现，你不仅是我的文学同行，还和我心通心，是知音。说实话，真正与我通心者不多，够得上知音者更少！

我从1959年二十岁考入西北大学中文系，就开始培养这种文人情怀，至今须臾不忘，且为此而奋斗终生。萨特早在六十岁时便豁然醒悟，宣布彻底从"文学神经病"（也是一种文人情怀）中解脱出来。而我至今，七十有八，仍痴心不改，说明我身陷迂腐，难以自拔，严重到不可救药的地步。我想该梦醒了！所以，我应你约稿，撰写的《我和萨特——答朋友问》一文，当是我今生发表的最后一篇文章；劳你闲读审阅的《拾零集》，也是我最后一本书稿，它们应该成为我的封笔之作，是给我文字生涯最后画上的一个终结句号。

炜评君，你们正在蒸蒸日上，而我则已夕阳西下；你们正处于人生巅峰，血气方刚，而我则带病生存，垂垂老矣。每每遇见志慧、李浩、建军和你向我问好的时候，我暗自揣测，你们心里肯定在说：“借问廉颇，尚能饭否？”是的，到时候了。自然规律逼迫我，我将要告别文字，专注于养生保健了。

相信《西北大学学报》在你手中，定会越办越好！

祝福你工作顺利，身体健康，阖家吉祥！

杨昌龙

2016 年 10 月 23 日于桃园书屋

54.《人学大概念·聚焦“非理性”》

——摘自我的哲学笔记 1

（2017.4.25.写于西北大学桃园校区）

除了我在专著《论文学家萨特——存在主义的艺术人学》里，集中论述过西方和萨特的“非理性”人学之外，总觉得言犹未尽。长期以来，我想就人学大概念中有关“非理性”问题，再做一次专门的理论梳理和简洁表述。因为无论对于理论研究还是实践应用，它都应该是很有意义的。

1. 哲学和人学之关系

何谓哲学？亦称形而上学，即宇宙、人生之真理也。它包括两大内容：宇宙真理和人生真理。前者的研究对象是大自然，即哲学中的宇宙观；后者的研究对象是人事界，即哲学中的人学观。暂置宇宙真理于视线之外，只集中于人生哲理之研究，就叫人学。

中国哲学始于老子而非孔子。凡读过《论语》者，皆知其中并无论及形而上学，而谈到宇宙之根本者，乃老子也。如他说：“有物混成，先天地生。寂兮廖兮，独立而不改，周行而不殆，可以为天下母。吾不知其名，强字之曰道。”（《老子》第二十五章）。老子认为：宇宙人生之根者“道”也。他又说：“天得一以清，地得一以宁，神得一以灵，谷得一以盈，万物得一以生，侯王得一以为天下正。”（《老子》第三十九章）还说：“一生二，二生三，三生万物。”在老子的头脑里，道即一，一即道，是万物之根。老子还认为，宇宙、人生这两大真理内部，都含有两极对应变化之规律，即后人称之为“辩证法”者，如天对地，日对月，寒对暑，阳对阴，雄对雌，昼对夜等等。可见,老子实为开中国哲学思维之先者!

2. 人学和理性之关系

人学的首要问题,是人与动物之区别。王国维说:“人之所以为人者,岂徒饮食男女,芸芸以生,厌厌以死云尔哉!饮食男女,人与禽兽之所同,其所以异于禽兽者,则岂不以理性乎哉!”(《王国维文集》第三卷第4页《哲学辨惑》中国文史出版社)叔本华也说:人是什么?人是形而上学之动物,形而上学即哲理性,也可以说人是理性的动物。可见人和动物的根本区别,就是有理性。

那么,什么是理性呢?应先从理性之语源上说起。《说文解字》曰:“‘理’,治玉也。”段玉裁注《战国策》曰:“郑人谓玉之未理者为璞,是理为剖析也。”即璞玉被“理”之后成玉,故此理取剖析、打理和雕饰之意。显然,此“理”字并非名词,已饱含治理之动作在其中,所以应视为动词。同样,在西方词语中,英语之“理”为“Reason”,法语之“理”为“Raison”,都来自于拉丁语“Ratio”,而它,又出自动词“Retus”,即思考之意。可见,它也与动词属同一词根,和动词具有天然联系,是个动词性的名词。

其次,须梳理“理性”之含义。

“理性”,一般说来有二义。一是广义的理解即“理由”,二是狭义的理解即“道理”。前者所谓理由,就指充足理由原则,是说人们认识所有事物,有结果必有充足原因,有结论必有充足前提,有命题必有充足论据。原因、前提、论据就是理由。后者所谓“道理”,即我们这里要讨论的理论思维中的理性,哲理层面上的理性,它是针对“感性”而言的。所以探讨理性,必须在和感性作比较中才能说明。

那么,什么是感性呢?感性是人在官能作用下,将外界感受,如大小高低、红黄蓝白、昼夜冷暖、酸甜苦辣、悲欢离合、喜怒哀乐等等,印入记忆和联想中,产生实践经验,实践经验就是感性认识。

但感性只是直觉。而理性,则是在感性经验的基础上,通过悟性,作主观推论,属于一种精神创造,是主观性质的活动。所以说,究竟什么是理性?用一句话概括,它是以客观存在为基础,运用概念从事推理的能力。无论理由或道理,都是人类主观活动的产物。可见,理性认识的产生,是来自对感性认识的升华。

感性怎样升华为理性呢?

王国维综合欧洲哲学家的有关论述之后解释道:人类“一切能力,其发生最早且成育最先者,感觉也”。强调人们“宜利用各感觉,使由一感觉而得之印象,更由他感觉以试验之,测算之,比较之。吾人认识之广延,关于观念之数,其悟性之正确,则以观念之纯粹且明了也。比较观念之技能,称之曰理性”。而且,这种“感觉的理性,乃由种种感觉之相(结)合,而构成简单之观念者。而真正之理性,则由许多之简单观念构成复合观念者”。(《述近世教育思想与哲学之关系》,见《王国维文集》第三卷第14—15页)

简言之,这是说人们认识事物都是从感觉开始的,说明了感觉的基础性和重要性。再将众感觉经验,经悟性的加工整理,形成正确观念。而正确观念,则由最初的众多简单观念最后构成复合观念,这便产生了真正的理性。所以说,从感觉→经验→悟性→观念→理性,便是产生真正理性的路径和升华的过程。

显然,理性是在悟性基础上,为追求人类普遍价值而形成的重要判断和结论。两相比较就会发现:感性认识虽真实但属思维的浅层和低层,是自然的感受;而理性认识,则是思维的深层和高层,属于智慧的结晶。

以上就是感性和理性的主要联系和区别。

3. 理性和非理性之关系

然而更重要的是,必须看到理性仍有自己的误区。误区何在呢?因为理性来自概念,而概念随着时间推移,很容易被定格,被固化,便出现自身的短板,这正是产生理性误区的根源所在。

这里先举一例加以说明。

我国改革开放初期,歌曲《跟着感觉走》被唱红一时,年轻人在生活中也普遍认同此语,意思是不要跟着理性指导走。大家知道,当时的理性,即计划体制下的极左思潮。不跟这种僵化思潮走,当然很有道理。因为这种曾经正确的理性,已经走到它的尽头,固化成了脱离实际的“唯理性”论。但是,它虽然唱出了年轻人的心声,而它作为舆论引导的口号,仍然显得天真短视和浅薄浮躁。因而十到二十多年过后,当这一代人在社会、在商海的打拼和浮沉中,经历了失败和挫折,尝到了痛苦滋味之后,这才体验到,不该简单幼稚地信赖一时之感觉,还是得深思熟虑、从长计议,直到获得新的科学理性判断才成。大家终于悟到:“理性”是个好东西。当然,这个“理性”已经指的是新理性而不是旧理性。

简单点说:超出“有效和有限”范围之外的理性,就变成“死理”,讲死理就陷入唯理性了!又如有人说:“家,是个讲情的地方,不是讲理的地方。”这话讲对了一半。前一句正确,后一句便失之偏颇,应当改为“家,不是讲死理、死讲理的地方”,即不要陷进唯理性的泥淖。

关于理性误区,王国维也说过:“感觉(即感性)屡欺人,故吾人不得信赖之;即(使)理性,吾人亦不能无条件而信用之也。何则?难保其不陷谬误也。”(《述近世教育思想与哲学之关系》出处同上,第12页)他认为:感性不可信赖,理性也不可无条件信赖。为什么?因为理性的存在条件,是时间、空间和因果关系的实在性和有限性。脱离了与之密切依赖的具体时间、空间和因果关系,它必然失去其存在的合理性。显然,随着时代发展,理性存在两种截然相反的价值:理性的正值即它的有效性(合理性)和理性的负值即它的失效性(谬误性)。

关于理性赖以存在的时空因果条件,康德也说过:凡事物皆存在于有限的时间和空间(也隐含因果关系)中,纯理性论者则将理性孤立地置于无限的时间和空间中,即无视具体的时空条件,以为放之四海而皆准,当然就错了。正确的哲理经验必然是:审视个别事物时,虽然审视者的全时间和全空间观念已隐含其中,但对于被审视者来说,它的存在,只是全时间和全空间中的一小部分,绝不能适用于全部。

正因为在有限的时间、空间和因果关系里,理性具有合理性,所以加缪说“绝对地反对理性是错误的”,既表述了理性的有效性,也暗示了它的有限性。正因为它是“有限的有效”,所以对之要“批判地继承”或叫“在继承中批判”,就是说,确认理性“有效”因而要“继承”;看到理性“有限”所以要“批判”。对理性的这两个定性,指明了“批判地继承”或“在继承中批判”的根本缘由。它说明应该继承什么,批判什么;也说明了为什么既要继承,又要批判。一正一反,辩证存在,两个取向,形成一体,不可偏废亦不可割裂,从而成为对“理性”一词的最精确解释和最完整理解。它不论对于逻辑推理的思维方式,还是对于历史现象的科学解读,无疑都具有深刻意义。

我也注意到,季羡林先生在《关于"天人合一"思想的再思考》一文中,谈到艺术想象力时说道:"这种想象力的成分,有柏拉图的理念、康德的先验主义,以及大量带有非理性(不是反理性)色彩的人文主义。"其括号内的注释"不是反理性"一语,与我在《论文学家萨特》专著中分析的"非理性"概念完全一致,也是"非理性不等于反理性"可以立论的又一力证。

显然,要将理性的合理和谬误、有效和失效分辨清楚,正是认识和解析"非理性"产生的必然过程。因为严谨的逻辑推理,之所以能从最初的合理论断,逐步陷入荒谬误区,便是从最低抽象走向最高抽象、从理性走向非理性的症结所在。

理性的有理和有效易懂,而理性的有限和失效则难解。故在此,我还想借用"规矩"一词,再次阐释什么是理性的失效处和理性的有限性。

孟子说:"大匠诲人,必以规矩,学者亦必以规矩。"是说工匠培养学徒,必须讲究规矩;学者研究学问,也要遵循规矩,强调了"规矩"的重要。所以说:有规有矩,中规中矩,按规矩行事,便成为人们的共识,规矩的共识就是理性。可是问题在于,是旧规旧矩,还是新规新矩?旧规矩应破,而新规矩应立。时代不断发展,社会正在进步。人人都处在历史渐变之中,即置身于"破旧立新""永恒创新"之中。因此尽管人们常说:没有规矩,不成方圆;但也不断强调,循规蹈矩,亦步亦趋,抱残守缺,必将一事无成。这便从哲理上产生了对非理性的强烈需求和热诚呼唤,这也使我们在与理性的同存共在之中,为大家敲响警钟,"非理性"便应运而生!

再举一例。原始初民看见个物白犬、黄犬,抽象为共性概念曰"犬";看见个物白马、红马,抽象为共性概念曰"马";再由犬、马、牛、羊抽象为共性概念曰"动物";再由动物、植物、矿物等概念,扩大为更高一级的广泛概念曰"物"。从此,"物"便与人类精神活动之"心"相对应,构成一对范畴。而人类的抽象能力是无穷尽的,故将所有心与物再抽象为一个最高层次的概念曰"有"。"有"与"无"相对应,便又成为哲学上的一个至高存在的范畴,被称之曰"元"概念。我们看,原始初民的思维,距离实物很近,其概念常自实物始,经抽象而得,继而久之,遂忘其所自,便将客观所有的"物"和人类精神活动的"心",统统归之于"有',而古今中外的哲学,又将"有"之概念视作一种实在物,这便产生了一个更大更高的概念：在中国谓之“太极”，或曰“玄”曰“道”；在西方则谓之“神灵”，或曰“上帝”曰“第一原理”。这种东西，不能他证只能自证，不可证实只能证伪。因为它脱离了客观条件，高悬于真空之中，还要强迫人们对之盲从膜拜，不是很荒谬么？所以被柏格森称之为“物种偶像”，被康德称之为“先天幻影”。

啊，写到这里，我常发感慨：人类在进化发展中，固然创造了和正在创造着辉煌的文明和智慧，应总称为“科学理性”；但同时也产生了不少概念的垃圾，或叫“纯理性”，或叫“唯理论”！现在世界各地流行的多如牛毛、五花八门的主张、观念和结论，都借“公理”、“合理”和“真理”等美丽词句包装起来加以表述，把不少误会、误解和偏见推上极致，植入神龛，或夹杂在广袤暧昧的混合概念中进行推销，那不正是一些空洞的幻影和可怕的误导么？人类从合理的理性，经极端的唯理论，最后推导出不可知的迷、幻、神、邪，达到了虚无缥缈、足以乱真的可笑程度，难道不值得否定和诫勉吗？这就是思维的误区，鉴别和研究这些误区之理论，就叫“非理性论”！

最后，为了准确理解“非理性”，还必须强调说明一点：理性、非理性和伦理学之间的关系。

理性和伦理学是什么关系呢？理性与感性不同，它是感觉官能冲动的升华，也与利己欲念相悖，其动机显然会思考人类命运、取向普遍价值，必然会排小欲而立大欲，弃小爱而立大爱，人类的意愿和行为也必然会超越感性经验，突破自然感受，追求最高境界的真善美。换言之，理性和伦理学是正比关系。

那么，“非理性”和伦理学难道是反比关系吗？

当然不是。最常见的误解是，凡“理性”都是真的，而“非理性”都是假的；凡“理性”都是善的，而“非理性”都是恶的；凡“理性”都是美的，而“非理性”都是丑的。即把“非理性”的哲学概念，简单而直接和伦理学挂钩，这显然是一种庸俗化的理解。严肃精确的哲理思维则必须看到，此处的“非理性”，不含感情色彩，没有道德评判，完全不涉及伦理学意义在其中，它无关乎真善美、假恶丑之类人为的主观动机和感情行为。在这里，非理性这个概念之属性，乃系哲学范畴，只为理论探讨而用，纯属形而上学领域的、只是个稳居中性的思辨元素，它仅仅为此存在而已。这里的“非”，饱含分析、鉴别之意，并不等同于“反”，并不是对理性论简单地、彻底地一棍子打死，全盘予以否定。所以说，哲学上的“非理性论”，不等于“反理性论”，也不是“反伦理论”，更不是“反道德论”！

综上所述，我们可以这样总结：一般说来，承认理性，尊重理性，服从理性，无疑是正确的，因为它与赖以存在的客观条件（时间、地点、因果关系）相适应。但是，倘无视条件变化，走入极端，盲目地死抱住旧理性不放，仍然对之绝对顺从，无条件地遵循和信赖，这却是更经常、更普遍、更多人最容易犯的错误。若能高瞻远瞩，居高临下，在时间、空间和因果关系的洪流中，看到时过境迁，拒绝盲从盲信，及时从固有的僵化理性中解脱出来，清醒地悟出其中道理者，实在为数不多。

所以说，能依据大条件变化，明辨既定理性之误，当属上等智慧！

55.《欧洲人学史上的非理性论》

——摘自我的哲学笔记2

（2017.5.20.写于西北大学桃园校区）

1. 康德的非理性人学

谈到西方非理性人学的理论系统，倘从历史纵向审视，我认为，应从康德算起。换句话说，最早与理性人学分道扬镳、划清界限者，是康德！

正如学界前辈所言：康德的人学虽未完成体系，还停留在“知识论”上，但可以说，他是“非理性”人学的奠基人！非理性人学从他萌芽，后继者有叔本华→尼采→直到萨特，形成一脉相承的关系。

康德把自古希腊柏拉图、亚里士多德以降，直到康德出现的18世纪启蒙时代以前的欧洲人学，统统视作古代人学，即我们称谓的“传统人学”。传统人学的理论，是一种纯理性论，也叫惟理性论。

对于这种纯理性论，康德完全持批判态度。他的代表性名著就叫《纯粹理性批判》，它要揭示的，就是纯理性在产生根源上的谬见，其价值判断上的错误，即指斥其权能的有限性，也为其界限划定一个边缘。等于说，康德面对纯理性论者，耳提面命地大声喊道：“你有正确部分，但更有错误的另一部分！你看到了吗？”

纯理性论在产生根源上错在哪里呢？错在先验论。他们认为，理性原则是一种先天的综合判断，不靠经验而自得，具有必然性和普遍性。正因为它超越了一切经验，否定了必经的检验和论证，显然是一种专断人学。而康德的批判人学则认为：必须首先检验这些判断结论是否符合实际，这些理性原则是否结论正确,即批判的方法先自知识论始!

正因为纯理性论的推论及概念,不能决定事物的真实存在及其因果关系。所以康德把这种纯理性论者叫做"(建造)空中楼阁的工人",意谓其建筑与实物之间毫无关联。因而,必须探求由经验所得之概念和关系,检查这些概念和判断的普遍性和必然性是否确实,这便产生了"非理性论"的萌芽,从而预告了未来崭新的"非理性论"人学的诞生!

所以王国维说,灌注于《纯粹理性批判》全书的灵魂是:"吾人及万物之根本,乃非理性而意志也!"(王国维又说:"康德谓意志,与悟性同。")倘把传统理性称作"纯粹理性",那么我认为,康德的理性则可叫做"批判理性"或"实践理性"。

2. 叔本华的非理性人学

王国维说:"凡有(介)绍(论)述康德之(学)说,而正其误谬,以组织完全之哲学系统者,叔本华一人而已矣。"(见《王国维文集》第三卷第 318 页)

王国维认为:康德的学说,只是批判性的,只是破坏性的("有如陈胜、吴广"),而不是建设性的;康德向往形而上学但未能实现,便想以知识论置换形而上学。所以康德的学说仅可谓之"哲学之批判",不可称之为真正之哲学。而叔本华呢?则从康德的知识论着手,建设起了形而上学,再加上他的美学、伦理学,形成了整体系统。所以,与其说叔本华是康德的后继者,不如说康德是叔本华的前驱者更为妥帖。

叔本华对非理性人学的主要贡献,是清晰地解释了不可信赖纯理性,即产生非理性的缘由和发端。

叔氏哲学最重要的整体性特点,在于其出发点是直观(即直觉)而不是概念。自中世纪以降,哲学往往由最普遍的概念立论。他们不懂得概念之为物,本由种种直观开始,然后将其抽象而得。故其内容,不能有直观以外之物。由直观而生之概念,常常在之后,随时间推移常变其形,便离开了直观自身的真切性质,于是一切妄谬皆生于此。可见,概念之愈普遍者,离直观愈远,其生妄谬也愈易。故我们欲深知一概念,必须源于直观,且以直观表述之而后可。由于直观知识乃最确实之知识,而概念,仅为记忆和传达知识而用,它不能产生新知识。真正的新知识，只能从直观、从经验中得之。故概念哲学，虽无不庄严宏大而美丽，但那是海市蜃楼，虚幻缥缈，凡严肃学人绝不愿驻足于此。所以叔氏斥之为“语言游戏”(概念游戏)而已。因而叔氏主张：其形而上学之系统，皆本于一生直观之所得。他有名言曰：“哲学者，存于概念而非出于概念，即其研究之成绩，载之于语言(概念之记号)，而非由概念出发者也。”故被后人称之为“经典哲学”。

继承叔本华的，则是尼采的非理性人学。

56.《尼采的非理性人学》

——摘自我的哲学笔记 3

（2017.6.15.写于西北大学桃园校区）

尼采的非理性人学，是继叔本华之后，又偏向极端的发展，其影响遍及世界。所以在此，我想专门谈谈尼采的非理性人学。

尼采在我的概念里，曾经几次翻烧饼。大学生时期，老师高举批判旗帜，说他思想反动，希特勒就信奉他的超人哲学；改革开放后，又说他会独立思考，智慧丰富，于是其著作大量译介出版；现在，有赞同也有批判。到底该怎样评价他呢？

对于欧洲哲学史上的尼采，还是王国维说得对。他认为：十九世纪，是文化批判思潮蓬勃发展的时代。崇尚统一，追求平等，成为所谓的现代文明，但仍延续着传统的封建色彩，繁缛虚饰，旧习难改，积弊厚重。在这种境遇中，有人振臂而起，大声疾呼，竭力提倡崭新活泼的文化，从而震撼学界，此乃何人？尼采是也！他常常语出惊人，不同凡响，足以惊天地，震古今！守旧之徒攻击他是狂人、恶魔；而新型学者则称他为伟人、天才。其毁誉之声，交相响彻文坛。今天看来，上至欧洲学界，下至欧洲百姓，几乎都或多或少地受到尼采的影响，此话绝非言过其实。尼采的思想，虽然系统不很明晰，结构也欠完整，但它承自前贤，又有独创。其远见卓识之高，不愧为哲学家之雅号；其文笔优美奇绝，亦堪称艺术家之美名。但对他某些极端思考，必须具体分析，批判地继承。

对于尼采，我梳理出三个问题，认为应当厘清。

1. 尼采来自何处?

所有名哲,绝非来自真空;哲学的灵魂,都离不开对“人”的解读,即学界称之为“人学”者,尼采亦是。尼采人学中的“超人意志说”,来源于叔本华的“人学意志说”。

叔本华的主要观点是,在知识论上奉康德之说:“世界者,吾人之观念也。”即吾人所知之物,绝非物之自身,只是吾人之观念而已。为什么这么说呢? 请看其人学上的逻辑推理:以我为例,我之为我,是众物自身之一部分。而我之为我,现于直观中,显系空间、时间中之一物,与万物无异。然而反观时,则我被称之为意志。反观时之我乃我之自身也。然而自身是意志与身体的结合,所以,身体是意志的客观载体,可见有意志的人存在于知识的形式之中。由反观我为例,推而导之,扩而大之,则一切物之自身,皆意志也。这样,叔本华便把康德的知识论升华为形而上学,即哲学。

自柏拉图始,哲学核心是“主知论”。这里的“知”,我认为主要指智慧之“智”,故也可理解为“主智论”;经康德强调意志的价值之后,直至叔本华出现,又倡导“主意论”,即“意志论”。他发现意志是人类的本质,是人类精神中的第一元素,并将它提高到自觉程度,且推论为世界万物之本质。于是在哲学史上,建立了形而上学的“意志说”。

什么是他的“意志说”呢? 叔本华解释说:

植物,上追阳光,下靠土壤,乃意志使然,系意志起的作用。他问道:知识安在?

动物,饮食公母,好逸恶劳,与人类同,亦系意志之作用。他问道:知识何在?

人类,诞生落地,呱呱啼饥,跃跃寻母,还是意志的作用。他仍断定:也与知识无关。

人,出月而能视(意志),始见悟性之作用(叔本华认为,动物和人都有悟性,悟性即意志);三岁而能言(意志),始见理性之作用;可见知识智力之发达后于意志。意志在先,知识智力在后,知识智力产生于意志的需要,成了意志的奴隶,它为意志而生,也为意志所用。人类需要的物质比动物量多、质精、种杂,悟性不足以应其需,遂生理性作用,理性亦即意志也。直到天才出现,知识智力才开始起独立作用,从此便不再属于意志的奴隶了。

2. 什么是尼采的人学观?

尼采的“意志论”,继承自叔本华,也超越了叔本华,使其“意志论”的人学观更加走上极端。

他认为:自然状态的人类,其本性是严酷,猛烈,好权,尚势,其性近于猛禽毒兽。这种喜争好斗的本性即意志,具有自求向上的精神,是一种人性活力。这种自然人的刚强特色,是上天赋予人类,是与生俱来,属于本能范围。一旦失去这种本能,人的生命活力就会衰减。所以他认为:眼前新文化的目的,在于使个人与个人之间、君主与百姓之间的差别日益扩大,愈加明显。如果反其道而行之,一切企图消灭这种差别的努力,如互敬互爱呀、宽恕包容呀,即人人平等之说,都是应予抛弃的古老文化遗物,继承它,只能使人类日益堕入深渊而已。

他还认为,这种人类意志,在争斗中自然形成两个层次。其一,少数伟人,高高在上,心胸广阔,目光远大,以统御众多平民百姓;其二,平民百姓,人数众多。他们应心怀忠实,善于服从,俯首听命于伟人之下。

显然,他心中的社会,只存在伟人和平民,两者对峙而立。伟人有创造文明的本领,有享受教育的特权;平民则为伟人而存在,也为伟人所利用。故平民不该觉悟,只能安于顺从,并非重点教育对象。这正是我国孔子的“民可使由之,不可使知之”的愚民主张。但尼采尤甚,认为这是自然形成的阶级,神圣存在的状态,也是亘古不变的秩序和铁则。

在这种“意志论”的人学思想指导下,尼采为未来理想社会描绘的蓝图,则是两种人类模型。

第一种,少数伟大的人,如国王君主,统称之为“伟人”。他们的特点是,自尊,冒险,刚勇,利已,信仰坚定,意志刚强,惟知有己,不知有他。伟人支配平民,理所应当,是义之所在。这里不存在报偿恩惠,无所谓仁慈爱心。什么叫社会?他说:乃是少数伟大人物开创事业的舞台。尼采对这种伟人属望甚切,他最尊崇这些为了未来而不断辛勤播种的人。又说,他们之中更有一种特别高尚的人物,可称之为“超人”。“超人”这个名词,并不自尼采始,不是他的创造,昔日之歌德,早在他的诗歌中就提到过,后经尼采极力倡导,才开始脍炙人口,到处使用了。尼采将超人等同于上帝,他常劝导世人,不要信仰上帝,而要信仰超人。说上帝是死去的人,我们宁愿此等活着的超人生存和成长。另一方面,尼采又将平民等同于兽类,说超人在上,兽类在下,人类社会就是将这两者结合起来的绳索。

所以尼采的君主观,认为君主有享受教化之特权,一切文化不仅为伟人而存在,也为伟人而创造。伟人的声誉和影响,存在于兽人之宗教、道德、法律之中,兽人要崇拜伟人。然而他视今日之文明,即昭示互敬互爱的人类平等说,却导人类于迷途,认为它不是向善和改良,而是倒退和恶化。因为它驱使生性刚烈的兽人更柔弱无能,正如驯养的家畜一样,反而使支配兽人的伟人,走向沉沦和堕落。所以他说:苏格拉底、柏拉图、亚里斯多德等人,实为希腊国民退化之模型,是腐败衰落的代表。

第二种,多数平民百姓,尼采称之为“兽人”。他认为:兽类存在的价值有三:1. 兽类是伟人的基础(蓝本和分母);2. 兽类是伟人的反照(比较和对照);3. 兽类是伟人使用的工具。尼采视国民如群氓,如奴隶,所以他反对平民政治、平民文化之类的主张,认为给平民以自由平等、赋予以选举权等等,都属谬见,只能造成人类堕落,阻止伟人产生,使社会只有成群的牲畜而无牧人,只有治于人之人而无治人之人。

既然有此两种不同的人类,故他主张,也就应当有两种不同的宗教和两种不同的道德:伟人(君主)宗教和道德与兽人(奴隶)的宗教和道德。前者是治人者的宗教和道德,即应授予君主以权力,给予行使权力以方便,以支配奴隶的命运和镇压奴隶的抵抗;后者是治于人者的宗教和道德,即要效忠治人者,服从治人者,而且要让兽人安其位、乐其情、甘其心,与同类兽人共苦乐。

在我们今天看来,这种人学性质,显然是贵族奴隶主的荒唐理论。它视垃圾如珍宝,捧谬误为真理,颠倒了美丑,反转了黑白,完全属于狂人梦呓,痴人妄说。

3. 今天对于尼采,应怎样盖棺论定呢?

我认为,倘用如下文字概括尼采,应该比较客观。

尼采,一生从事哲学思维,就宏观而论,其观察敏锐,判断深刻,故立论奇拔超群,文辞痛快淋漓,用语也新鲜活泼,很多判断都能在突破传统中如石破天惊,震撼灵魂。尤其论及现代教育,能直击要害,多为至理名言。故在学界中,无论持何观点,皆对其善思和文采赞赏不已。我想:凡天才者,恰如悍马。倘任其驰骋,则昂扬奋蹄,速如疾风,然控之不易,御之甚难,这正是其野性使然也。此种野性,一旦勃起,遂忘掉我之为我,会挣脱所有羁绊,率性飞奔,勇往直前,以致不达其极,决不罢休,尼采人生恰属此例。但也正因为如此,其人学思想判断谬误,结论偏激(如上述),常陷入极端,实不可取;因此后世评论者,对其整体哲学思维,也或爱或恨,有褒有贬,各取所需,故对之大毁大誉者,兼而有之,便自在情理之中矣。

(注:关于尼采之后的萨特,其非理性人学,请参阅我的专著《论文学家萨特》第五章第58—70页,这里恕不赘述。)

57.《恭贺郑克鲁教授八十大寿》

（2018.3.20.写于海南省海口市·南国威尼斯城）

今天，我能应邀参加此次隆重庆典，感到非常荣幸！

首先，我热烈祝贺郑克鲁教授八十寿诞！也热烈祝贺他多达37卷的学术文集，由商务书局高规格出版，隆重发行！

我和郑克鲁教授的友谊，可从上个世纪八十年代末期算起，至今已有整整三十年的历史了！

他和我同行又同龄，我们走过了同一个历史时代，经历了共同的潮流起伏，饱尝过人间的生活甘苦。大家知道，他出身名门望族，有良好的家风传承，有优秀的文化熏陶，也有深厚的知识基础。故我俩的起点大不相同，命运却让我们中途相遇，都共同走上了一条外国文学之路。

在我入道之初，他和柳鸣九、金志平等人，都是我心仪已久、全国知名的专家学者。我们虽然身处两地，相隔千里，但共同参加的学术会议，却让我俩有幸相识，开始交往。经长期的以文会友、以会会友和以书会友，一路走来，直到今天！我们之间建立的纯真而浓郁的学人友情，都早已酿成了陈年老酒，彼此心领神会！

更为有趣的是，他上大学时，从喜欢巴尔扎克开始，爱上了外国文学，尤其是法国文学；和他一样，我也在大学时代，就因为喜欢巴尔扎克，从此爱上了外国文学，特别是法国文学，所以我送他的第一部专著就是《巴尔扎克创作论》。我曾赴巴黎任教两年，又对萨特情有独钟，故在一次外国文学研讨会后，我和郑教授聊起学术来，尤其对萨特的人学问题，交谈十分投机。感动之余，我大发感慨："你我都有一颗文人心哪！法国文学把我们联系在一起，我们真是一对好朋友！可谓痴心、知心又通心！”他接着补充道：“因为我们都是吃这碗饭的嘛！”两人听完，都发出了会心的大笑。

但和他不同的是，我作为出国师资，两次出国任教，虽奠定了我走上外国文学之路的坚定决心，但也损失了部分埋头专业的宝贵年华。而他呢，从未离开过这条选定的教研之路。显然，他的学养比我深厚得多，悟性比我敏锐得多，眼界也比我宽阔得多，胸襟更比我远大得多！因而除了大量独立撰著之外，他还能集思广益，吸引各路精英，参与以他为领军人物的大项目攻关。我作为编委，亲身参加过由他主编的、面向 21 世纪的、由高教出版社出版的全国统编教材《外国文学史》的编写工作，印象非常深刻。他突出强调了以人学为灵魂，灌注教材于始终；对“文学是人学”的观念，在前言中阐述得既鲜明又精辟；为严把质量关，他要求必须有丰富教学经验者，才有资格参与讨论；必须有专著成果出版者，方可执笔撰稿。可见其具有责任担当、组织领导、和团结协作的过人才能，也更比我强过百倍！因而，他取得的学术成就巨大而辉煌，不只享誉学界内外，还波及国内国外，真让我有高山仰止之感！

我觉得，他是生就的一块优秀学者的材料！他忠厚的学者品质渗透在他的血液里，熔铸在他的灵魂上，更表现在他能始终如一，专心钻研，多半个世纪以来顽强奋斗在翻译和研究的坚持之中！仅我所知和不完全统计，至今他撰写出版的各种文学史著不下五种！撰写的研究论集和专辑竟达十本之多！出版翻译世界名著共约二十多部！所以他积累了丰富的治学经验，体现了优秀的治学精神！

正因为他起点高，又能以惊人毅力，踏实耕耘，辛勤开垦，因之取得了上述学界公认的不凡业绩。可以说，他从法语到中文，从诗歌到小说，从翻译到探讨，从教学到研究，从语言到文学，从文学到人学，从断代研讨到整体史观，从现实主义、浪漫主义的演变，直到现代主义、后现代主义的盛衰，他都能点面结合，宏观把控，一部世界文学史全囊括于他的心胸之中！所以，他不仅硕果累累，功绩卓著，在我的眼里，在我们同行之中，他不仅是个人才，是个英才，更几近于全才和通才！尤其是他对科研选点的经典意识，追求质量的学术品位，既高标准又顽强坚持。这种精诚守贞、孜孜以求、埋头苦耕的治学态度，实在值得大力推广！也正因如此，他才成为我们这一代学人中硕果仅存、屈指可数的佼佼者之一！可以毫不夸张地说，他不仅是学校的财富，也是学界的楷模，更是我学习的榜样！

因此我认为："郑克鲁现象"，很值得我们学界同仁们认真探讨！

古人云："靡不有初，鲜克有终。"强调了最终完胜的可贵品格。而他呢，生命不息，奋斗不止！分明也是我们队伍里，只有开始而没有终止的极少数精华之一！他至今年届八十，还仍然早出晚归，不离书桌，活跃在科研第一线，真可谓凤毛麟角，实属难得！

因此我更相信：他的撰著出版并未结束，他的新作还将陆续面世。我们心怀喜悦之情，正在翘首以待！

2018 年 4 月 7 日　发表于郑克鲁教授学术研讨会

图书在版编目(CIP)数据

拾零集/杨昌龙著.—上海:上海三联书店,2020.3
ISBN 978-7-5426-6887-5

Ⅰ.①拾… Ⅱ.①杨… Ⅲ.①散文集-中国-当代
Ⅳ.①I267

中国版本图书馆CIP数据核字(2019)第258638号

拾零集

著　　者/杨昌龙

责任编辑/殷亚平
特约编辑/张静乔
装帧设计/徐　徐
监　　制/姚　军
责任校对/张大伟　王凌霄

出版发行/上海三联书店
(200030)中国上海市漕溪北路331号A座6楼
邮购电话/021-22895540
印　　刷/上海肖华印务有限公司

版　　次/2020年3月第1版
印　　次/2020年3月第1次印刷
开　　本/710×1000　1/16
字　　数/548千字
印　　张/35.25
插　　图/8面
书　　号/ISBN 978-7-5426-6887-5/I·1565
定　　价/98.00元

敬启读者,如发现本书有印装质量问题,请与印刷厂联系 021-66012351